中國俗文學學會　中山大學中國古文獻研究所　合辦

戲曲與俗文學研究

第二輯

黃仕忠　編

社會科學文獻出版社
SOCIAL SCIENCES ACADEMIC PRESS (CHINA)

子弟書全集（全 10 卷）

編　者：黄仕忠　李　芳　關瑾華
出版社：社會科學文獻出版社
定　價：9800.00 圓
出版時間：2012 年 12 月

國家出版基金資助項目，第三届中國出版政府獎圖書獎提名獎

子弟書是由清代八旗人士創制的一種説唱藝術，體裁爲詩體韻文，多爲七字句。子弟書取材十分廣泛，不僅具有極高的文學藝術價值，而且具有重要的文化史價值，是了解清代中後期北京及東北地區社會文化不可或缺的資料。同時在北京方言俗語和語音、詞語研究方面，更是一個有待開發的寶庫。

目　録

Contents

目連戲的成立過程

——以宋代佛典《佛説目連救母經》爲起點的考察

田仲一成*

摘　要：通過對日本京都金光寺所藏《佛説目連救母經》卷末木記年代、地名的逐步篩查，可以確定此經實為南宋初年的寧波刻本。韓國高麗大學藏《佛説大目連經》爲此經的同文異版，二者皆有“變文”的文本格式，當爲宋元佛講的底本。後世的《目連寶卷》和目連戲文皆繼承了《佛説目連救母經》的部分情節與文字，這説明北宋末期從佛教講經文學之中產生了中國戲劇的成熟劇本。從目連戲的例子可以看到宗教和文學在東南沿海的互相滲透，戲劇傳播的路綫等同於福建商人的商路。

關鍵詞：祭祀演劇　變文　東京夢華録　宋元戲劇史　戲路

序　問題之所在

目連戲是中國戲劇史上最早有演出記録的戲劇。早在南宋初期出版的孟元老《東京夢華録》所云如下：

> 七月十五日中元節，构肆樂人，自過七夕，便般《目連救母》雜劇，直至十五日止，觀者增倍。

據此可知，在孟元老記憶中的北宋首都汴京劇場裹，的確曾七天演出目連戲，但其劇本没有傳下來。有人懷疑，那麼早的時代，是否可以演出長達七天的長篇目連戲。對此，已故戲曲研究家周貽白認爲有可能把十殿地獄的情節拉長而演出七天之久，但目前材料未能提供當時目連戲演出的詳細情況。之後，目連戲的劇本，直到明代中期，纔出現在安徽徽州祁門縣文人鄭

---

* 田仲一成，1932 年生，男，東京人。日本學士院會員，東京大學名譽教授，東洋文庫研究員。著有《中國祭祀演劇研究》等。

之珍所撰《目連救母勸善戲文》（略稱《勸善記》）中。也就是説，從北宋末期到明嘉靖之間的400多年之中，目連戲的劇本或其内容，一直杳然無踪，這是中國戲劇史上的一個難題。

要解决這個問題，有一個可以接近於此的綫索，就是日本京都金光寺所藏的佛典《佛説目連救母經》，其卷末木記，録有元代大德八年的紀年，其故事較爲豐富，其中登場的人物姓名，一部分與明清目連戲的劇本中的相符合，可以把這部《佛説目連救母經》看作宋代到明代的目連戲發展過程中承上啓下的文本。最近，筆者據曆算表調查這部佛典出版的紀年干支，發現這部文獻不屬於元代，而屬於南宋初期，甚至可以追溯到北宋中期。而且，前年韓國高麗大學也發現這部佛典的後印本（明嘉靖十五年刊），叫做《佛説大目連經》，其文字跟日本金光寺所藏本幾乎相同，所以這種文獻也含有北宋成書的痕迹。

如果這部佛教經典創作於北宋的話，我們可以由此一窺《東京夢華録》所載《目連救母》雜劇内容之一端，並推測其發展爲明代嘉靖鄭之珍本的過程。本文希望在探討這一佛典成書時代的基礎上，研討從佛教盂蘭節法會所用的宋代文本《目連救母經》演變爲明代《目連寶卷》，進而變爲清代閩北目連戲的過程，同時還希望通過這個研討，闡明中國祭祀戲劇的發展史。

一　日本金光寺所藏《佛説目連救母經》的故事

先介紹這部佛經所記述的故事①，如下：

王舍城中富家傅相，家中有妻子劉青提，原爲劉家女兒，輩行第四，兒子羅卜，下僕益利，奴婢金支等。他病死後，兒子羅卜將父親遺

① 宫次男：《目連救母説話與其繪畫》（日文），載《美術研究》1967年第5册，總255號，東京文化財研究所刊。又，吉川良和《關於在日本發現的元刊〈佛説目連救母經〉》（中文），爲1988年4月中國藝術研究院戲曲研究所、安徽省藝術研究所、祁門縣人民政府合辦“鄭之珍目連戲學術討論會”上宣讀之論文，其首次將宫次男的發現介紹給中國戲曲專家。不過，它的主要論點在於跟敦煌變文比較，完全没有提到與寶卷的關係，其價值不如下面要介紹的朱建明論文。

> 産三千貫，分割爲三，一是給他母親劉氏使用，一是托母親爲了亡父作齋，一是充當自己經商的資本。羅卜帶着益利去外國做買賣。劉氏不遵守傅相崇佛的遺囑，未到服期，破戒開葷。羅卜經商回鄉，先派益利回家報知羅卜回鄉之訊。鄉鄰得知，到郊外出迎。羅卜從鄉鄰處得知母親破戒之事，悶絶倒地。劉氏立誓堅拒不認其事，忽然染病而死。羅卜替母築墳，百鳥助之。之後，服喪於庵室。三年服滿，羅卜出家。經世尊指點剃髮，改名目連，坐禪於寶缽羅庵，獲得神通。觀看三十三天，得知亡父在天堂，但不知母親去向，遂向世尊詢問母親之所在。世尊告知其母在地獄。目連下地獄找尋母親，巡行諸地獄。在阿鼻地獄，找到母親，但不能救出，遂騰空飛到世尊處，獲賜袈裟、盂缽、錫杖等，打破獄門，見到母親，奉給碗飯。但母親被押送到黑暗地獄，蒙世尊念經，被變爲餓鬼。世尊叫目連舉行點燈、放生等儀式，劉氏又變身爲一條狗。世尊又叫目連舉行盂蘭盆會，其母遂得脱離狗身，被拔升到天堂。

值得注意的是，這裏登場人物的姓名，比如目連俗名爲羅卜，母親名爲劉青提，其輩行爲第四，家僕名爲益利，婢女名爲金支（金支疑爲金奴之訛），都與明代鄭之珍本《勸善記》相符合。在北宋那麼早的時代，就已經形成了明代劇本的一系列人物結構關係，是一個令人驚訝的事實。我們也可以推測《東京夢華録》所説的《目連救母》雜劇中的人物和故事大概也有鄭之珍本的規模。

目連救母經故事秩序

圖	段	故事内容	備考
第 1 圖	第 1 段	傅相的家宅	院子裏畜馬猪
	第 2 段	羅卜元旦祝壽	傅相受壽詞於家堂
第 2 圖	第 3 段	劉氏破戒	令僕捉狗
	第 4 段	羅卜出國	羅卜騎馬離鄉
	第 5 段	劉氏虐待僧尼	趕走僧人
	第 6 段	劉氏開葷	割殺牲畜
	第 7 段	替亡父在寺廟設法事	
第 3 圖	第 8 段	益利先回家報告	
	第 9 段	比鄰出迎羅卜	

續表

圖	段	故事內容	備考
第4圖	第10段	羅卜回到家裏	車載財物
	第11段	劉氏迎接羅卜	劉氏乘轎出迎
第5圖	第12段	羅卜知情倒地	鄉鄰告訴羅卜劉氏破戒之情
	第13段	劉氏卧病	劉氏立誓，七日得病而死
第6圖	第14段	羅卜替母築墳，百鳥助之	
	第15段	羅卜服喪，鹿子出現，白鶴呈祥	庵中服喪
	第16段	服滿，羅卜剃髮	世尊派遣阿難摩頂
第7圖	第17段	羅卜由世尊改名	改名爲目連
第8圖	第18段	目連坐禪得知父在天堂，不得知母所在	目連獲得神通觀看三十三天
	第19段	目連向世尊問母所在，得知母在地獄	
第9圖	第20段	剉碓地獄	第1地獄
	第21段	劍樹地獄	第2地獄
第10圖	第22段	石磕地獄	第3地獄
第11圖	第23段	餓鬼地獄	第4地獄
	第24段	奈何地獄	第5地獄
第12圖	第25段	鑊湯地獄	第6地獄
	第26段	火盆地獄（1）	第7地獄
第13圖	第27段	火盆地獄（2），目連問母	
第14圖	第28段	獄卒頂禮目連	獄卒尊重目連
	第29段	獄主查簿	
第15圖	第30段	阿鼻地獄（1），敲門而不得入	第8地獄
	第31段	世尊賜袈裟盆鉢錫杖	
第16圖	第32段	阿鼻地獄（2），目連打破獄門，罪人枷鎖自落	
第17圖	第33段	阿鼻地獄（3），劉氏受苦（1）	
第18圖	第34段	阿鼻地獄（4），劉氏受苦（2）	
第19圖	第35段	阿鼻地獄（5），目連見母	
第20圖	第36段	阿鼻地獄（6），獄主趕母入獄	
第21圖	第37段	阿鼻地獄（7），世尊破地獄，罪人獄卒升天	
第22圖	第38段	黑暗地獄，目連見母施飯	第9地獄
第23圖	第39段	劉氏變身爲餓鬼，點四十九燈，放生	
第24圖	第40段	劉氏變身爲狗，目連見狗	
第25圖	第41段	盂蘭盆會，劉氏升天	
第25圖	第42段	卷末木記	元大德八年刊刻

下面開列所有的圖畫：

第 1 圖

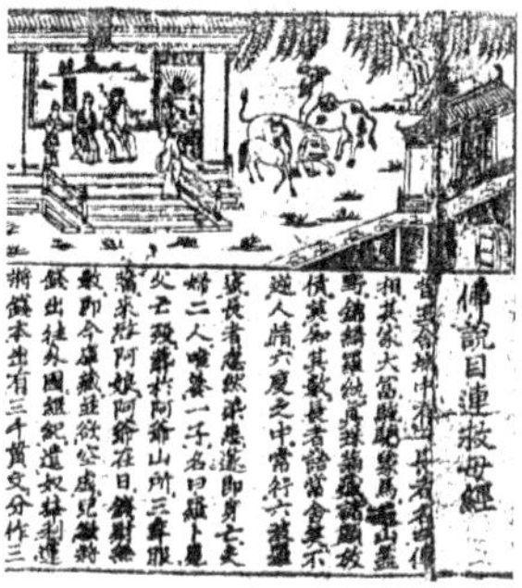

題字（從左向右，下同）：王舍城（城門），寶藏堂（房子右邊），禱祝/長壽（房子上邊），青提夫人（房子左邊）

第 2 圖

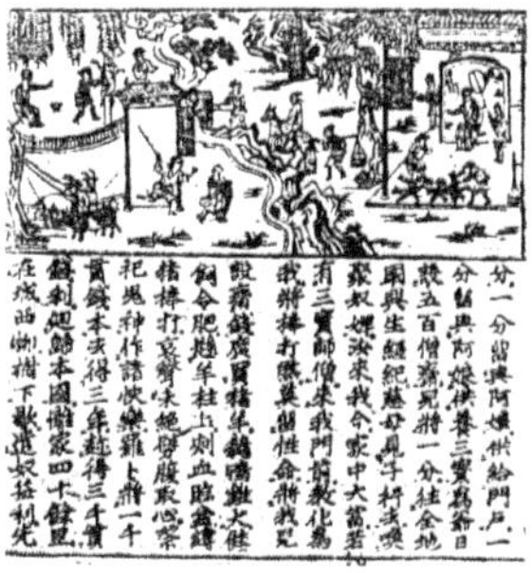

題字：青提夫人與/羅卜分開處（房子左邊），羅卜出往外國處（中央石頭前邊），棒打和尚（門口）

第 3 圖

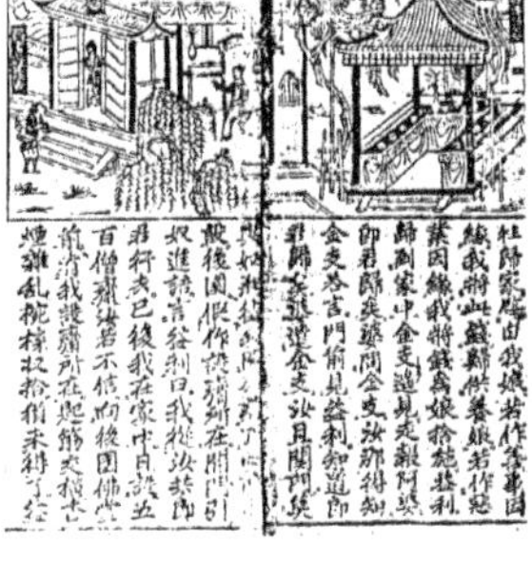

題字：花園假作設齋處（亭右），金奴引/接奴處（門口上邊），羅卜遣奴報告（門左）

第 4 圖

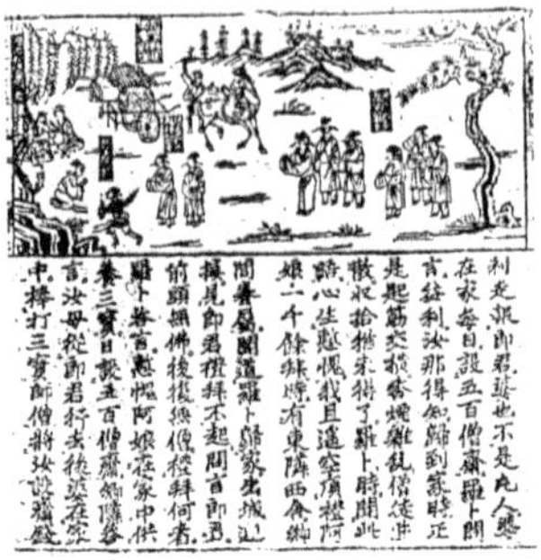

題字：東鄰西舍/迎接羅卜（樹下），羅卜外國/回歸財寶（山陵左邊），鄰舍問言/禮拜何者（車馬下邊），羅卜頂拜（鄰舍前面），歸後初下坐歇處（圖左端）

第 5 圖

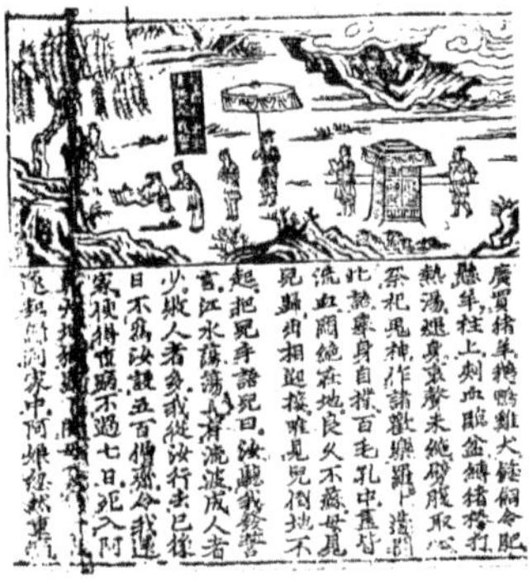

題字：羅卜悶倒於地/青提夫人發誓（傘前）

第 6 圖

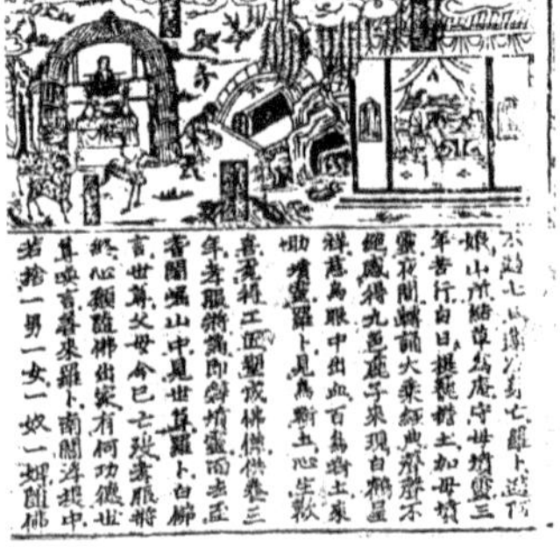

題字：青提夫人還/家得重病處（房子上面），敕封（柩頭），羅卜持齋堆/土加母墳靈，結草爲庵（草庵右上），鹿鶴吉祥（草庵前面）

第 7 圖

題字：羅卜投佛/出家披剃（圖右），世尊摩頂/受訖改名（圖中央），目連（圖左）

第 8 圖

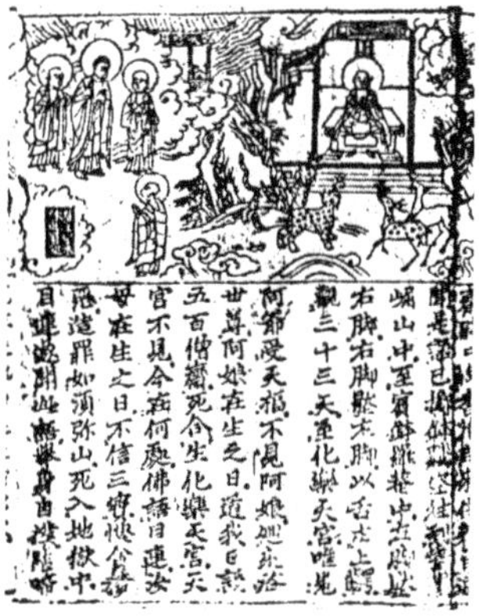

題字：寶鉢羅庵（庵房上面），目連回來/啓世尊處（圖左端）

第 9 圖

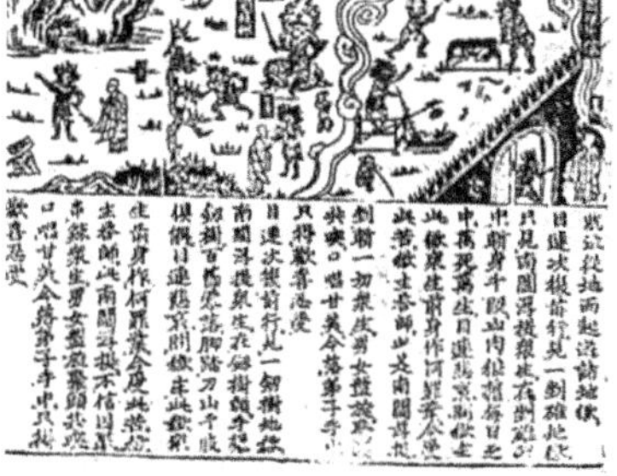

題字：剉碓地獄（圖右），劍樹地獄（獄主後面），目連（獄主下面），目連（劍樹後面）

第 10 圖

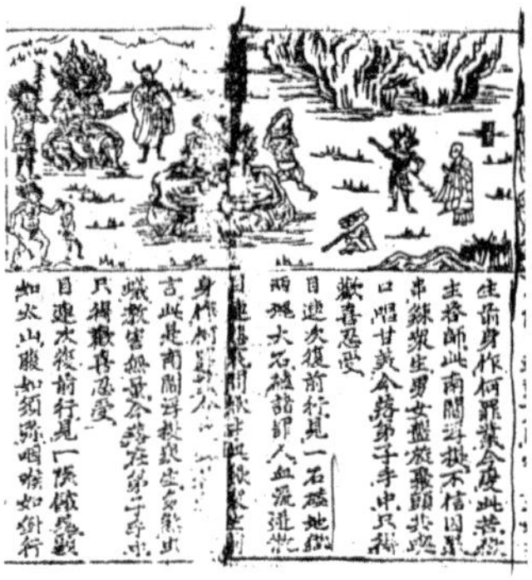

題字：目連（圖右），肉爛血流狀（圖中央）

第 11 圖

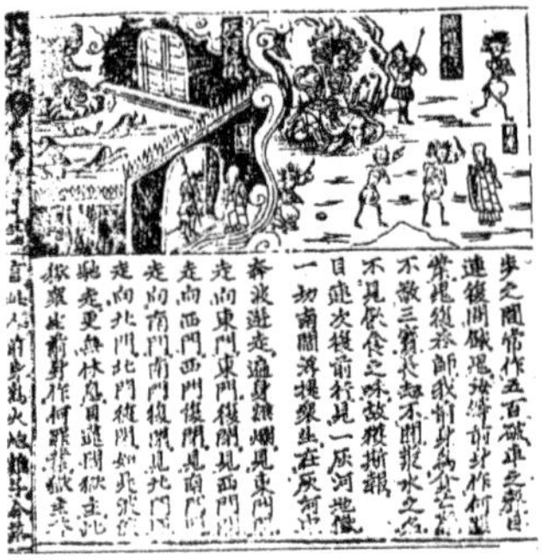

題字：目連（圖右），餓鬼地獄（目連上面），灰河地獄（圖中央），目連（獄門）

第 12 圖

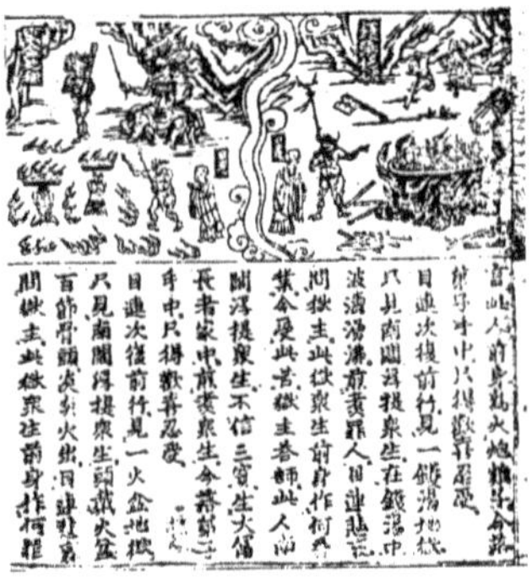

題字：鑊湯地獄（圖右），目連（圖中央），同，火盆地獄（圖左）

第 13 圖

題字：目連覺禪定/與獄吏問答處（圖右），□□卒□押送/衆罪人至處（圖中上）

第 14 圖

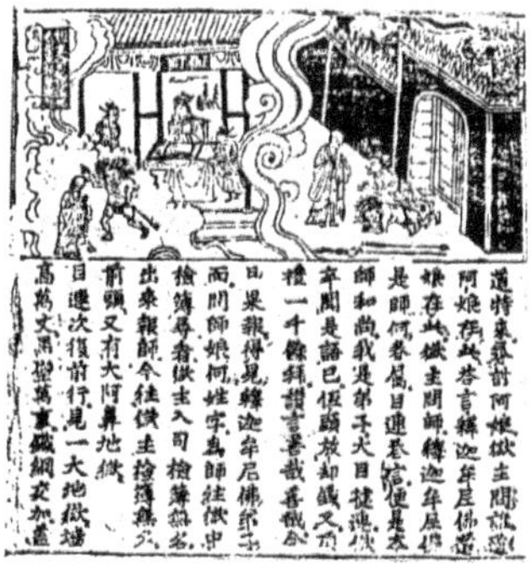

題字：獄司（房間上面），獄主人司檢簿無/名出來報目連處（圖左）

第 15 圖

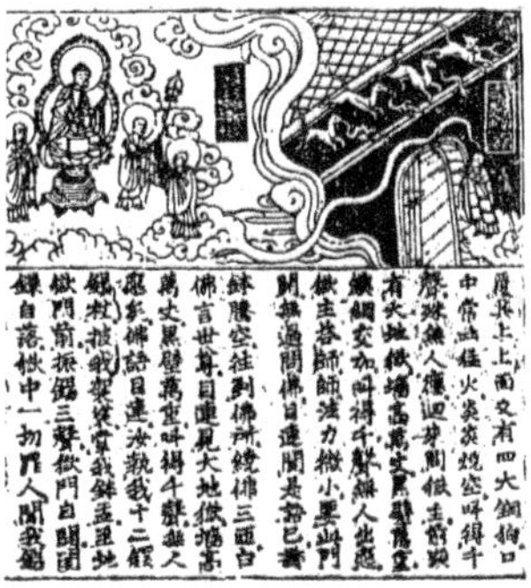

題字：目連在獄門前/叫問無人應處（圖右），目連到佛所賜/袈裟盂鉢錫杖（圖中央）

第 16 圖

題字：目連將錫杖/振破地獄處（城門），枷鎖自落處（城門内）

第 17 圖

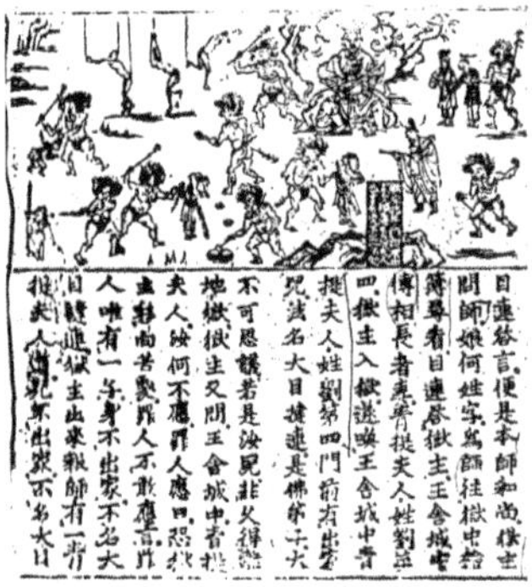

題字：獄卒報告門前有出/家兒相尋青提夫人/答言有兒不出家處（圖下）

第 18 圖

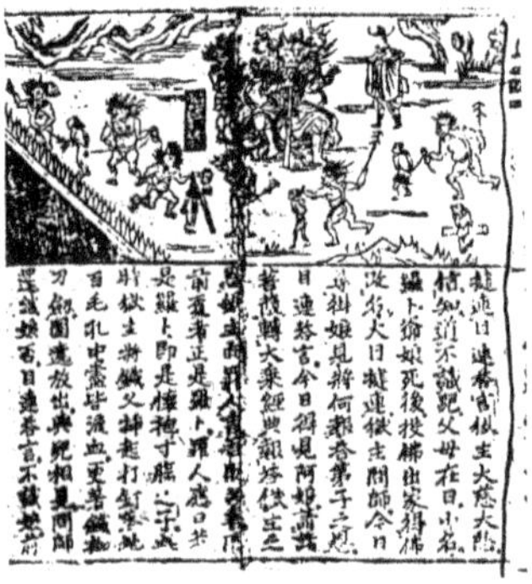

題字：青提夫人答曰/羅卜却是我兒（圖中央）

第19圖

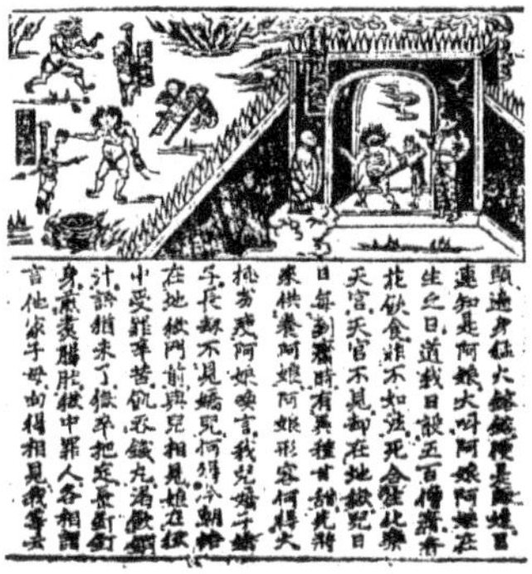

題字：目連得見娘處（獄門），飢吞鐵丸（門内），渴飲銅汁（門内）

第20圖

題字：目連見娘據/獄中將頭臂住處（獄門），□□□□/□□□佛（圖左下）

第21圖

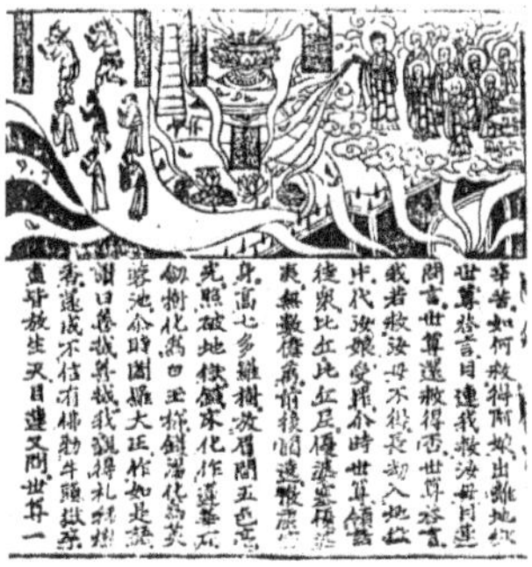

題字：世尊放毫光/點破地獄處（圖中上），鑊湯化/作芙蓉處（台下），鐵床化作蓮花座（台左），劍樹化作白玉櫛（台又左），牛頭獄卒生天處（圖左端）

第 22 圖

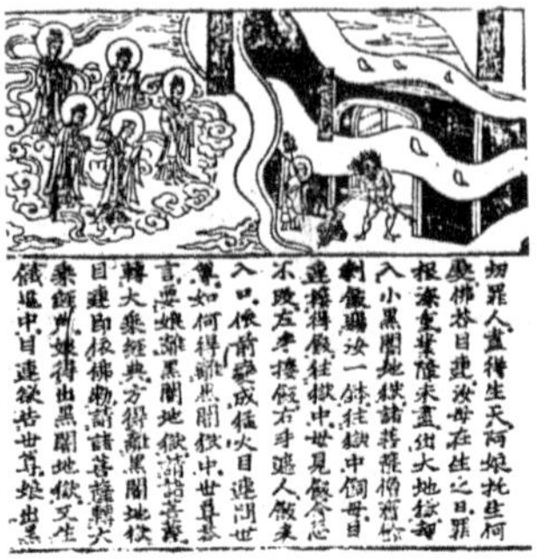

題字：黑暗地獄（圖右），目連按飯飼母（獄門），請諸菩薩者等/其母得離黑暗（圖中上）

第 23 圖

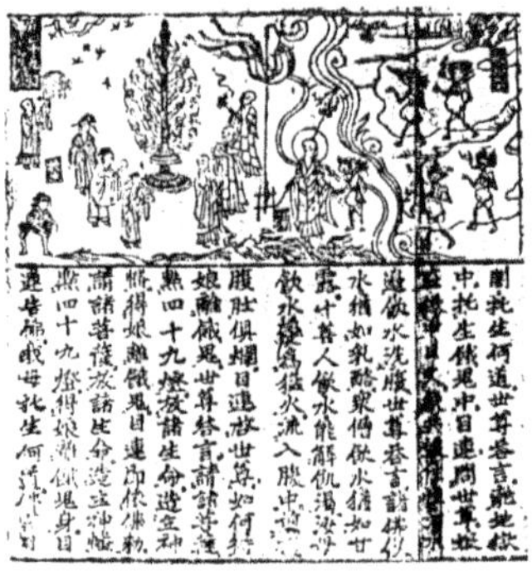

題字：餓鬼衆（圖左），點四十九燈/得離地獄内餓鬼（圖右），放生（圖左下）

第 24 圖

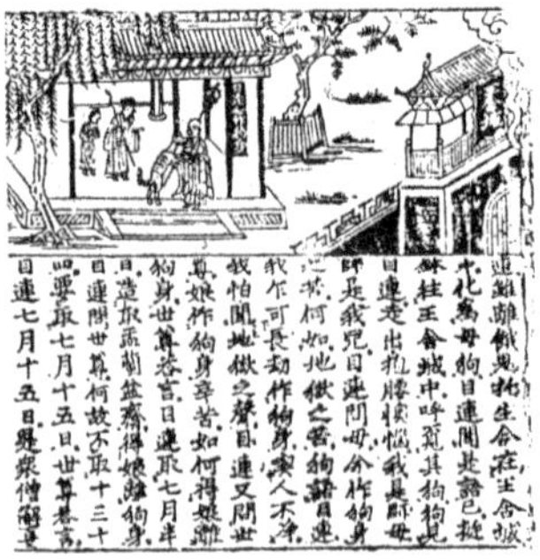

題字：目連母作狗身（圖中央）

第25圖

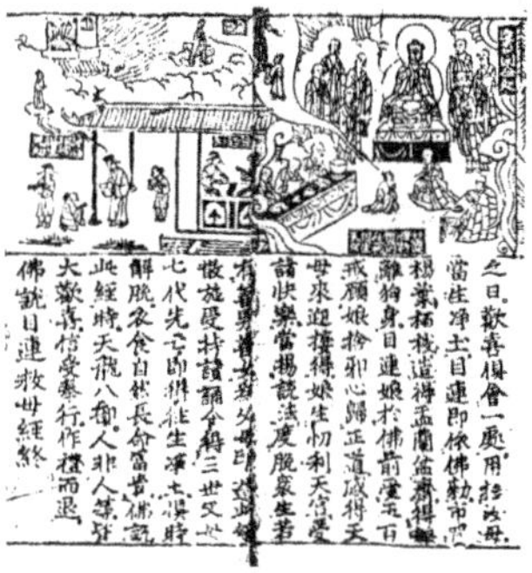

題字：造盂蘭會處（圖左），目連/母於/佛前/受戒/得生/天處（世尊前），天母來迎（圖中上），造經處（房子内），施經/功德/得生/天處（圖右）

二　《佛説目連救母經》的成書時期

下面討論這部經典的成書時期。關於其成立的時期，其卷末木記（圖A）所云如下：

> 大元國浙東道慶元路鄞縣迎恩門外焦君廟界新塘保經居，亦/奉三寶受持，讀誦經典，弟子程季六名忠正，辛亥年十月廿二日乙酉呈。/甲辰年大德八年五月　日，廣州買到經典，普勸世人行孝，幾領，傳之。/大日本國，貞和二年歲次丙戌七月十五日重刊。

從這裏可知，第一次出版是在辛亥年十月二十二日乙酉。這裏的“辛亥”，没有記載其年號，而且“元”這個朝代的名稱，是在蒙古至元八年（1271）以後纔成立的。從木記的年號排列次序來看，這裏的辛亥年是大德八年（1304）以前的。但是在1271年至1304年之間，並没有“辛亥”年，因此導致分歧之意見。將這部經典初次介紹給學術界的日本人宫次男先生認爲：最接近大德八年的辛亥年，就是1251年（元憲宗元年，南宋理宗淳祐十一年）。而且他認爲該年十月廿二，其干支正爲乙酉，但是，實際上這年十月廿二日不是乙酉而是癸酉，他推算的干支是完全錯誤的（詳後）。中國學者常丹琦先生也追從宫先生，認爲辛亥爲1251年，從而沿襲其錯誤①。

圖 A　金光寺本木記（宮論文引，黑白微卷照片）

圖 B　金光寺本木記 Digital 畫像

圖 C　金光寺本木記 Digital 畫像局部放大

那麼，十月廿二爲乙酉的是哪一年呢？下面研討這個問題。

先列出干支循環表，如下。

01 甲子	02 乙丑	03 丙寅	04 丁卯	05 戊辰	06 己巳	07 庚午	08 辛未	09 壬申	10 癸酉
11 甲戌	12 乙亥	13 丙子	14 丁丑	15 戊寅	16 己卯	17 庚辰	18 辛巳	19 壬午	20 癸未
21 甲申	22 乙酉	23 丙戌	24 丁亥	25 戊子	26 己丑	27 庚寅	28 辛卯	29 壬辰	30 癸巳
31 甲午	32 乙未	33 丙申	34 丁酉	35 戊戌	36 己亥	37 庚子	38 辛丑	39 壬寅	40 癸卯
41 甲辰	42 乙巳	43 丙午	44 丁未	45 戊申	46 己酉	47 庚戌	48 辛亥	49 壬子	50 癸丑
51 甲寅	52 乙卯	53 丙辰	54 丁巳	55 戊午	56 己未	57 庚申	58 辛酉	59 壬戌	60 癸亥

如果十月廿二日爲乙酉的話，該月的朔日應當爲甲子。據《三正綜覽》（日本内務省地理局，1879）、《日本曆日原典》（内田正男，1975），調查日本貞和二年（1346，元朝至正六年）以前的辛亥年十月朔日的干支，其結果如下：

① 常丹琦：《〈佛説目連救母經〉探討》，中國南戲暨目連戲國際學術研討會（莆田、泉州），1991。

1071年辛亥十月朔日壬子　廿二日甲戌
1131年辛亥十月朔日甲子　廿二日乙酉
1191年辛亥十月朔日丙子　廿二日丁酉
1251年辛亥十月朔日丁巳　廿二日戊寅
1311年辛亥十月朔日戊辰　廿二日己丑

據此可知，符合這一條件（十月朔日爲甲子的辛亥年）的，只有一個，就是1131年，即南宋紹興元年，其他前後的辛亥年都不符合這一條件。縱使將這一辛亥年勉强看作在大德八年以後，日本貞和二年以前，其間有的辛亥年爲元朝武宗至大四年（1311），但是其十月廿二日爲己丑，也不符合條件。

因此，可知這部《佛説目連救母經》，比先前被學界考定的1251年更早產生，兩個年份相差120年之多。這大概是出乎大家意料的。紹興元年十月廿二日，是宋朝剛南渡的時期，元朝還没有建立，這本書木記中“大元國浙東道慶元路”這句話，當時的出版人是不會寫的，一定是重刊這本書的元代人士寫的。

蒙古忽必烈（世祖）至元八年（1271）改國號爲元，當時杭州還在南宋統治之下。至元十三年（1276），元軍攻陷臨安，在此之前，鄞縣人是不會説“大元”這個國號的。版本作“大元”，一定是在1276年以後；在1251年，不會稱“大元”。

《宋史》卷八十八《志第四十一・地理四》“兩浙路”條，所云如下：

> 慶元府，本明州，奉化郡，建隆元年（960），升奉國軍節度。本上州，大觀元年（1107），升爲望。紹興初（1131），置沿海制置使。……縣六：鄞、奉化、慈溪、定海、象山、昌國。

由此可知，明州改稱爲慶元府，在宋初960年。

《元史》卷六十二《志第十四・地理五》“浙東道”條，所云如下：

> 浙東道宣慰司都元帥府
>
> 注：元初治婺州，大德六年即公元1302年移治慶元
>
> 慶元路，唐爲鄞州，又爲明州，又爲餘姚郡。宋升慶元府。元至元十

> 三年（1276），改置宣慰司，十四年（1277）改爲慶元路總管府。……
> 縣四：鄞縣、象山、慈溪、定海。

據此可知，慶元府改稱慶元路，在1276年。

據《延祐四明志》①（延祐七年即公元1320年）卷八“城邑考”上，“本路”（鄞縣）條，有云：

> 迎恩門，城西門，舊名朝京門。慶元中，守鄭興裔更名望京。

宋代，此門被稱爲朝京門，慶元（1195～1200）以後稱爲望京門。可知元代以後，纔被稱爲迎恩門。但進入明代，比如成化四年（1468）刊《寧波郡志》② 卷一，只稱西門，所云如下：

> 西門，舊名朝京門，又名望京門、迎恩門。

這反映出從南宋朝京門，到望京門，再到元代迎恩門的變遷。

那麼，在元代什麼時候改名爲迎恩門呢？據上引《延祐四明志》的記載，延祐七年（1320）已經有“迎恩門”這一稱呼。元至正《四明續志》③（至正二年即1342年）卷三“城邑”“坊巷橋道”條所載如下：

> 迎恩坊，在縣西三里，泰定二年（1325），縣尹阮申之立。

又云：

> 來青亭，在城西門五里。舊曰接官亭。爲屋三間，臨流送迎舟次。泰定四年（1327），阮申之重修，改名。迎恩公宇，在來青亭北。

---

① 咸豐四年甬上徐氏煙嶼樓刊光緒五年補刊本《宋元四明六志》所收。
② 1974年東京東洋文庫用台北“中央圖書館”藏本景照。
③ 《四明續志》十二卷，至正二年序，徐氏煙嶼樓刊《宋元四明六志》所收。

可知，沿着寧紹運河，城西門西方五里有迎恩公宇，更行二里有迎恩坊，更行三里到達迎恩門。如此可以推定，1320～1327年之間，迎恩公宇—迎恩坊—迎恩門這一系列接官設備慢慢完成。這木記是在日本（北朝）貞和二年，即元順宗至正六年（1346）寫成的。據上述記録來看，木記被改竄爲“大元浙東道慶元路鄞縣迎恩門外焦君廟皆新塘界住居”，可以肯定是在1320～1346這短短的20多年之中（依着望京門改稱迎恩門的時期，當然有更早的可能性）。

紹興元年（1131）出刊這本書時，其木記應該是：

> 大宋國兩浙路慶元府鄞縣朝京門外焦君廟界新塘保住居。

後來纔被改竄爲：

> 大元國浙東道慶元路鄞縣迎恩門外焦君廟界新塘保住居。

木記更云：

> 甲辰大德八年（1304）五月　日，廣州買到經典，普勸世人行聞，幾永傳之①。/大日本國貞和二年（1346）歲次丙戌七月十五日重刊小比丘法祖/助緣；嶋田、理在、空念、周皎、理住、石塔、赤松、細川、佐々木。

從木記的筆迹來看，全部筆迹出於一人之手，可以判定是日本人小比丘法祖重刊時寫成的。日本貞和二年（1346），當值元朝至正六年，還是元朝的時代，但日本人大約没有有關當時行政性地名的知識，不會改竄中國地名，故小比丘法祖重刊本書時，其本子已經改爲目前的字樣。木記上寫明的焦君

---

① 金光寺本木記，還有一個難讀處，就是，大德八年這一行末尾幾個字，字迹模糊，極爲難讀（請看圖C）。宮次男論文讀作：“普勸世人行年，幾領傳之。”常丹琦論文讀作：“普勸世人行孝，幾領傳之。”而筆者讀作：“普勸世人行聞，幾永傳之。”此一“幾”字，即庶幾的意思。又末四字，宮次男、常丹琦兩氏讀作“幾領傳之”，意不通；筆者讀作“幾永傳之”，也不算鐵案，待考。

廟，不見於宋元各種《鄞縣志》①。新塘保也不見存其中，但在嘉靖《寧波府志》② 卷一鄞縣境圖中可見新塘保之痕迹，如圖 D 所示。

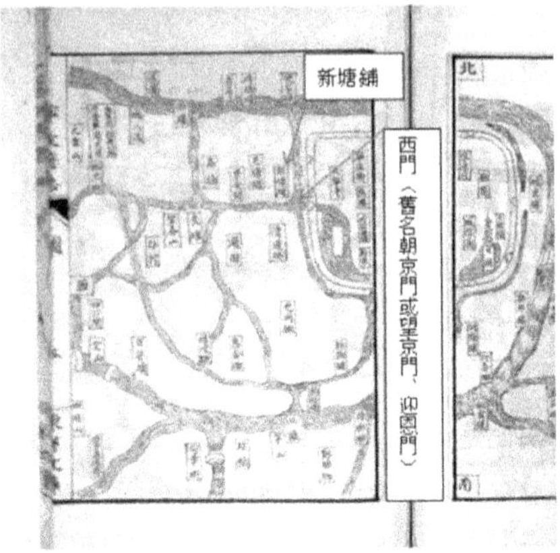

圖 D　明代嘉靖《寧波府志》西門、新塘鋪地點示意圖

綜上可見，元代人士覺得把宋代發刊的木記的記載改竄爲元朝的朝代和地名，其辦法較爲簡單。如“大宋國”改爲“大元國”，“兩浙路”改爲“浙東道”，“慶元府”改爲“慶元路”，“朝京門”改爲“迎恩門”，字數相同，每一處只要改一字就够了，其大致用挖改的辦法。屆時，改竄者當然删去紹興這個宋朝年號，但没有改動“辛亥年十月廿二日乙酉呈”這个年月日的部分。以往的研究者以爲辛亥年爲南宋理宗朝淳祐十一年（1251），如宫次男、常丹琦。宫次男先生的説法較爲含糊，只説辛亥年，没有記載年號，但據十月廿二日乙酉之干支，可以推定爲憲宗元年（1251，參見上引宫次男論文第 171 頁）。就是説，他依據十月廿二日之干支（乙酉），推定此年爲

① 木記上寫明的焦君廟，不見於各種《鄞縣志》。但，據最近公開的網絡“中國寧波網”信息，北宋鄞縣的確有這間廟宇（這是黄仕忠教授賜教的）：“北仑大□碶鎮往南越過 329 國道，行 2 公里便是石湫村了。石湫村是小小村落，竟有東岳宫（俗稱老行宫）、焦君廟、孟君廟和義民寺 4 座寺院。雖然目前除東岳宫尚存少許斷壁外，其餘已被歷史的長河湮没。石湫村河流如織，發達的水上交通促進了石湫經濟的繁榮。鼎盛時期的石湫街，集港埠、商埠、魚埠於一體。店鋪林立，商賈雲集。相傳北宋慶曆七年（1047），時任鄞縣知縣的王安石到此視察水情，擬就了圍塘、築□碶的方案。石湫出名還因曾是宋元明三個朝廷貶罰所謂墮民的聚居地方。至今，全村千餘人口，約有三分之一是當年所謂墮民的後裔。村里姓氏竟有 80 多個。當年朝廷逼迫墮民從事剃頭、閹雞、守廟、抬轎、做小戲文等行業。”筆者也據谷歌地圖確認石湫村地點。但這個石湫村位於鄞縣西南 5～6 公里，方向不算西方，而且其距離有 5～6 公里之遠，不能稱爲“門外”，不符合木記所記載的焦君廟。不過，這條信息使我們推測，鄞縣一帶有奉祀焦君的習俗。如此讓人推想，城西門外會有一間焦君廟宇。何况，城西門外爲寧紹運河的起點，商店叢集，其繁華一定超過石湫。

② 周希哲修，張時徹纂《寧波府志》四十二卷，嘉靖三十九年（1560）抄本，東洋文庫藏。

1251年，但他没有説明所據的曆書，也不知他是否真正調查過曆書。

常丹琦先生的説明更爲清楚，其論文《〈佛説目連救母經〉探討》（1991年3月在福州、莆田、泉州舉行的“中國南戲暨目連戲國際學術研討會”上提出，油印本）所云如下：

> 供養人程忠正所署的年代是“辛亥年”，按小比丘法祖買經的時間推算，應是1251年，在曆書上也查到這年十月廿二日的干支確爲“乙酉”。造經供養的這個時間也應是準確無誤的。

但據我的調查，1251年十月廿二日的干支爲戊寅，不是乙酉。也不知常先生依靠什麼曆書而做出如此斷定。但我敢説，這個説法也是錯誤的。

元代刻板的人删去“紹興元年”的年份，只保留模糊的“辛亥年”，顯示出企圖隱蔽年號、改竄地名之意。這是爲了避免元朝認爲有造反的嫌疑而改正違礙文字，遂致如此，是異民族統治下不得已的。反正，原本是南宋初期在浙江鄞縣（寧波）城外出版的，這個記述是可靠的。

木記云在廣州買到這部經典，還與宋代外貿環境有關係。當時，明州（鄞縣）、泉州、廣州爲三大市舶港，彼此在海上交通往來不斷。鄞縣出版的經典，可以在廣州買到也不是偶然的。

初次提到北宋演出《目連救母》雜劇的《東京夢華録》，是紹興十八年出版的，如果《佛説目連救母經》在紹興元年也就是1131年出版的話，其出版比《東京夢華録》更早17年。其成書的時間很可能在宋朝南渡之前，也就是在北宋時期。

關於此事，此外值得注意的，就是韓國高麗大學藏《佛説大目連經》明嘉靖十五年刊本（下面略稱爲“高麗大學本”），是《佛説目連救母經》的同文異版本。其中卷首第一行作：

> 佛説大目連經　西天三藏法師　法天　譯

這個法天是北宋初期的人，雖然不能完全相信這個記載，但其文中含有比金光寺本更爲古老的文字，可以推測此書在北宋已經成書。

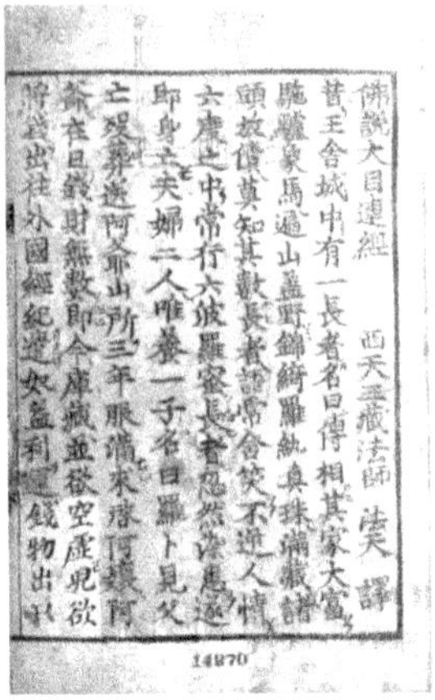
佛說大目連經　西天三藏法師 法天 譯
昔王舍城中有一長者名曰傅相其家大富

圖 E　高麗大學本第 1 葉

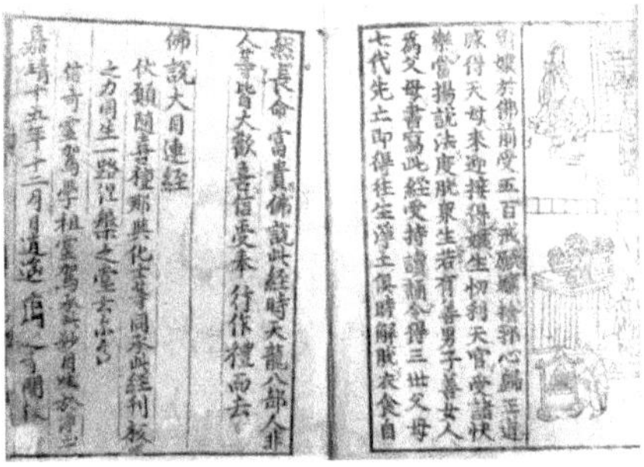
佛說大目連經

圖 F　高麗大學本第 24 葉

與其説《佛説救母經》是經典，不如説是“談經”（孟元老《東京夢華録》所謂“四家説話人”之一）的文本，與《大唐三藏取經詩話》的形式相似。下面試作討論。

三　作品上的特點

（一）文學形式的特點——説經、説唱

這裏值得注意的是，“做某某處”的文字很多。這種表現形式也是在唐代變文及《大唐三藏取經詩話》中經常見到的，通常是講經的俗講僧，指着圖畫説明内容時，使用這一形式的語句。

從《佛説目連救母經》裏的例子來看，俗講僧直接指説圖畫時，用“做某某處”這種形式來表達説明，是毋庸置疑的①。

① 關於“——處”，學術界認爲是説唱者指着繪畫的部分而説明的標號性表現，但是從來没有發現含有這種標號的繪畫。因此，專家至今還在繼續討論這個“處”的語義。比如，最近陳引馳《〈大唐三藏取經詩話〉零劄》（香港浸會大學中國語言文學系“宋元文學與宗教國際學術研討会論文集”，2012 年）討論了這個問題，觀點如下：

1.《大唐三藏取經詩話》一共記録了 15 節故事，其中，除了第 3、4、5 節之外，其他 12 節都表現爲“——處”。比如“行程遇猴行者處第三”等。

2. 這類“處”的表現，在變文之中，也常常看得到。比如《李陵變文》有下面的例子：

○看李陵共單于火中戰處；○李陵共單于鬥戰第三陣處；○且看李陵共兵士別處；○單于高聲呵責李陵降服處；○誅李陵老母妻子處。（转下页注）

第 2 圖：青提夫人與羅卜分開處（房子左邊）

第 3 圖：花園假作設齋處（院亭右邊）

金支引派遣處（大門左邊）

第 4 圖：歸後初下坐歇處（圖左端）

第 6 圖：青提夫人還家得重病處（房子上面）

第 8 圖：目連回來啓世尊處（圖左端）

第 13 圖：目連覺禪定與獄吏問答處（圖右邊）

□□卒□押送衆罪人至處（圖中上）

第 14 圖：獄主入司檢簿無名，出來報目連處（圖左邊）

第 15 圖：目連在獄門叫問，無人應處（圖中央）

第 16 圖：目連將錫杖振破地獄處（城門）

第 17 圖：獄卒報告，門前有出家兒，相尋青提夫人，答言，有兒不出家處（圖下）

第 19 圖：目連得見娘處（獄門）

第 20 圖：目連見娘，據獄中將頭臂住處（獄門）

第 21 圖：世尊放毫光，點破地獄處（圖中上）

鑊湯化作芙蓉處（台下）

牛頭獄卒生天處（圖左端）

第 25 圖：造盂蘭會處（圖左邊）

目連母，於佛前受戒，得生天處（世尊前）

造經處（圖中上）

施經功德，得生天處（圖右）

（接上页注①）3. 類似的表現，在《漢将王陵變》《降魔變》《大目乾連冥間救母變文》《伍子胥變文》《王昭君變文》《張義潮變文》《張淮深變文》之中，也可以看到。

4. 這類"處"的用法，很可能起源於圖像的傳統。比如在莫高窟 76 號窟東壁右部窟頂上，有描繪大佛本行的壁畫，有下面的題榜：

○照連河浴澡處；○太子六年苦行處；○太子雪山落髮處；○教化昆季五人處。

5. S2614"大目乾連冥間救母變文並圖一卷並序"題名之中，有"並圖"二字。據此可以推測，這變文是帶着圖畫的。這變文含有的 17 例"某某處"之中，含有"看"字的有兩個例子。

○看目連深山坐禪處；○且看與母飯處。

李陵變文中也含有"看"字的例子 2 個。這都是表示说話者讓聽衆看圖畫而說明的情況。後世的說唱文藝常常用"看官"之語，向聽衆提醒，即起源於變文這一形式。

本文所舉的《佛説目連救母經》"——處"的許多例子，可爲此説提供具體的證據。

這類"——處"的表現形式，就是佛教寺廟的俗講僧向聽衆解説經典，將圖畫（曼陀羅）挂上，而指出其一部分講説時常用的一種句式。元代《大唐三藏取經詩話》裏大量出現這樣的句式。但是以前没有學者留意到這樣的語例也出現在目連經及其繪圖之上，這可以説是一大發現。筆者認爲這部《佛説目連救母經》在宋元佛教經籍之中是罕見的，甚至可以説是唯一的。這本書，與其説是佛經，不如説是僧人説經的底本①。

（二）故事結構上的特點——故事性、文學性、戲劇性

《目連救母經》的故事結構富有戲劇性，尤其是用圖畫表現出其曲折的高潮部分，很有效果。下面以若干用例説明。

1. 羅卜築墳

《目連救母經》第6圖，描寫劉氏死故，羅卜服孝，服喪期滿，羅卜爲母築墳，百鳥銜泥，飛來幫助，終於修成。

鑒於傅家富裕，這個情節不太自然，只是爲了强調羅卜孝順而寫出這段故事。元本《琵琶記》一劇中，有主角趙五娘爲了埋葬公婆，親手築墳，陰兵來助，給她建成墳墓。五娘窮困，没辦法自己運土。可是羅卜是青年男子而家境富裕，可見《目連救母經》將故事刻意文學化。

2. 火盆地獄獄卒的感情

《目連救母經》第14圖，描寫火盆地獄的獄卒，聽到目連爲釋迦牟尼的弟子，放棄鐵叉，伏地拜他。而且獄主也勸他再向佛打聽母親所在。在恐怖的地獄之中，這類對目連的尊重與同情，給予其一些安慰，也可以説是一種文學性的潤色。

3. 阿鼻地獄的恐怖性

《目連救母經》第16圖，盡力描寫阿鼻地獄的恐怖性。

這裏文章很長，爲了求得上圖下文的平衡，圖畫篇幅也不得不增多，第17圖至第18圖，獄卒把罪人吊起來用鐵叉亂打，罪人裸身受刑，獄卒在獄主指揮之下，將一群罪人（多爲女人）押送到河邊加刑之地。獄卒身高，鬼面可怕，罪人縮身，走步踉蹌，殘酷之情，畫得細緻形象，叫人不忍正視，使觀者感到恐怖，極有效果。經文的文字雖然樸素，但跟圖畫配合起來，充

① 常丹琦論文（注2）力主這個看法，筆者完全贊同。

分表現了阿鼻地獄的悲酸。

4. 目連母子的悲劇性

第19圖、20圖，目連雖然見到母親，但救不得；劉氏戴着鎖枷，再進入獄門，目連左脚在門内，右脚在門外，切齒扼腕，目送母親。悲痛至極，極有悲劇性。

5. 母親變狗的戲劇性

第24圖，劉氏變爲狗身，在王舍城裏，見到目連，撲到目連懷裏來了。其情景畫得極爲精彩。子母悲歡交至，讓觀者感動，是極有戲劇性的描寫。

描寫目連跟狗身的母親相逢的畫圖，另外有一種，就是莆田廣化寺宋塔之雕刻，如下：

圖G　廣化寺宋代舍利塔下層的雕刻，目連見母狗

比較兩圖，可以看到，《目連救母經》的動態性畫像比宋塔的静態性畫像更具戲劇性或文學性。總的來説，《目連救母經》雖然是佛經，但其跟畫像配合起来，富有文學性、戲劇性。

四　從《目連救母經》演變而來的《目連寶卷》

上海藝術研究所朱建明教授①曾指出，鄭振鐸《中國俗文學史》所引的《目連救母出離地獄升天寶卷》（簡稱《目連寶卷》）是繼承《佛説目連救母經》（簡稱《目連救母經》）創作而成的，不但其情節，而且其文字也跟《目連救母經》相同不二。這是很重要的發現，其觀點基本上可以肯定。但比較這兩部作品，它們在情節和文字上有些差别，各有特點。因此朱建明先

① 朱建明：《元刊〈佛説目連救母經〉考論》，《民俗曲藝》第77期，台北施合鄭民俗文化基金會，1992。

生之説也還有些可以補充的内容。試述於後。

（一）情節的繼承

《目連寶卷》繼承了《目連救母經》的情節，這是顯而易見的。比如，目連到火盆地獄找尋母親，獄主檢查黑簿，找不到其母名，目連没辦法，只好離開火盆地獄，往前達阿鼻地獄，但看不見獄門，怎麼也進不去。目連回到火盆地獄，懇求獄主幫助他。獄主告訴目連，因爲他不够神通，所以不能進入，勸其回到世尊處懇請進門之法。目連騰空飛到世尊前，世尊賜下袈裟、盂鉢、錫杖，目連以此打破獄門，進到阿鼻地獄，找到母親。承蒙火盆獄主的指點，他飛到世尊處，獲得錫杖，從而打進阿鼻地獄，這樣曲折的情節，在其他目連故事之中是看不見的，只在《目連救母經》之中看得到。因此可以斷定《目連寶卷》全面繼承了《目連救母經》的情節，《目連寶卷》的作者大致依靠《目連救母經》撰寫其故事的細節。其中值得注意的是地獄的結構。《目連救母經》中的地獄，不是十王地獄，而是九幽地獄。鄭振鐸引的《目連寶卷》文字，雖然除了阿鼻地獄外，未涉及目連所遍歷的其他地獄部分，但關於地獄結構，有一句話，如下：

（世尊）恩霑九有，獄破千層。

這裹的“九有”，就是“九幽”之同音别寫。可知目連所遍歷的地獄一定是九幽，也繼承了《目連救母經》的地獄結構。

（二）文字的繼承

1. 火盆地獄與阿鼻地獄的部分

這部分，鄭振鐸所引《目連寶卷》的文字，與《目連救母經》相應的部分，可以彼此對照而看到兩者的異同。用對照表比較兩者的文字如下所示。

	《目連救母經》	《目連寶卷》
5	目連從禪定起，	尊者不見母， 牢邊身坐禪， 獄主前來問，

續表

《目連救母經》	《目連寶卷》
	到此有何緣。
	夜叉報知，獄主（曰），
目連從禪定起，	牢前無有罪人？（夜叉曰）
	有一聖僧，在牢門前坐禪，
	獄主聽説，出牢來看見。
	有一真僧，方袍圓頂，
	入定觀空，頓悟坐禪。
	獄主向前，連叫數聲，
	驚醒尊者，
	獄主問曰，
問師是何人，來我地獄門前。	吾師到此爲何。
目連答言……尋討阿娘。	尊者答曰，特來尋我母親。
獄主問，誰道阿娘在此。	獄主言曰，誰説師母在？
答言，釋迦牟尼佛道，娘在此。	尊者曰，釋迦文佛説，我母在此。
獄主問師，釋迦牟尼佛是師何眷屬？	獄主又問曰，釋迦牟尼是何人？
目連答言，便是本師和尚，我是弟子，大目犍連。	尊者曰，是我本師。
獄卒……頂禮一千餘拜，讃言，善哉善哉，今日果報，得見釋迦牟尼佛弟子面。	獄主聽説，低頭，禮拜，今日弟子有緣，得遇世尊上足弟子。
	便問我師何名字，我去牢中檢簿看。
	尊者與説鬼王聽，吾師如來弟子身。
	道號目犍連尊者，惟我神通第一人。
	特到此間來尋母，獄主聽説盡皆驚。
	連拜告師得知道，吾師老母是何名。
	尊者告訴曰，獄主須聽，母青提劉四身。
	獄主聽罷，便入牢尋。從頭查勘。
	獄主出獄，回告目連尊。
	獄主出牢口，告與我師聽，
	牢内無師母，前有鐵圍城。
問，師娘何姓字。	獄主問，師母何名姓，
（有脱文？）	尊者曰，青提劉四夫人。
爲師往獄中，檢簿尋看。獄主入司檢簿無名。	獄主問罷，入牢檢簿，無有此名。
	即時出獄親尊者得知。
出來報師。	牢中查勘，無有師母。
	尊者曰，此獄無有，却在何處。

續表

《目連救母經》	《目連寶卷》
今往獄主（曰）檢簿無名。前頭又有大阿鼻地獄。	（獄主曰）前面還有阿鼻地獄，鐵圍山中，衆生若到，永劫不得翻身。
	只怕吾師孃在此，還去獄中看虛真。
	鬼王啓告目連尊，吾師今且聽分明。
	爲師檢簿無名字，前有阿鼻地獄門。
	尊者聽罷心煩惱，何年字母得相逢。
	辭别獄主尋娘去，無人作伴自行程。
	獄主啓告，師且須聽，牢中無母親。
	尊者聽説，煩惱傷情，思想老母，何日相逢。
	人間養子，皆是一場空。
	爲救親娘母，獨去簿中尋，
	目連辭獄主，前至鐵圍城。
目連次復前行，見一大地獄。	尊者辭地獄主，直至阿鼻城邊。
墻高萬丈，黑壁萬重。	見鐵墻高萬丈，黑壁數千層。
鐵網交加，蓋覆其上。	半空中焰焰火起，四下裹黑霧騰騰。
上面又有四大銅狗，口中常吐猛火，炎炎燒空。	城上銅蛇口噴猛火，山頭鐵狗常吐黑煙。
	尊者看了多時，又無門而入，
叫得千聲，無人應。	高聲大叫數百聲，無人答應。
回來問獄主。	目連回還問前獄主。
	痛苦悲傷歸舊路，回轉牢前問鬼王。
	尊者想母好凄惶，眼中流淚落千行。
	阿鼻地獄無門路，高叫千聲又轉還。
	此座鐵城高萬丈，千重黑壁霧漫漫。

在上表中，《目連救母經》一共有59行，其中18行（約30%）被《目連寶卷》繼承，有41行（約70%）是《目連寶卷》重新增補的。可見寶卷並不是全部襲自《目連救母經》。

（三）寶卷流行的地域

與第210行至第269行之60行相對的《目連寶卷》文字，鄭振鐸没有引用，這裏無法加以比較分析。在此，比較最後一段僧侣做建醮，念誦《盂蘭盆經》以普度衆生的部分如下：

目連問世尊，何故不取十三，十四，要取七月十五日，	
世尊答言目連，七月十五日，是衆僧解夏之日，歡喜俱會一處。	七月十五日，
用□汝母當生净土。目連即依佛敕，市買楊葉柏枝，造得盂蘭盆齋，得娘離狗身。目連娘於佛前，受五百戒，	啓建盂蘭，釋迦佛現瑞光，世尊説法，普度衆生，
願娘捨邪心歸正道。感得天母來迎，接得娘生忉利天宮，	青提劉四，頓悟本心，永歸正道，便得上天宮。
	目連行大孝，救母上天宮，
	諸佛來接引，永得證金身。
	世尊説法，度脱青提，目連孝道，感動天地。
	只見香風飄飄，瑞氣紛紛，天樂振耳，金童玉女，
	各執幢幡，天母下來迎接。青提超出苦海，升忉利天，
	受諸快樂。目連見母，垂空去了。心中大喜。
	向空禮拜，八部天龍。
	母告目連，多虧吾子，隨佛出家，專心孝道，
	今日我得生天，若非吾子出家，長劫永墜阿鼻，
	受諸苦惱。
	普勸後人，都要學目連尊者，孝順父母，尋問明師，
	念佛持齋，生死永息，堅心修道，報答父母，養育深恩。
當場説法，度脱衆生，若有善男善女，爲父母印造此經，	若人書寫一本，留傳後世，持誦過去，
散施受持讀誦，令三世父母，七代先亡，即得往生净土。	九祖照依目連，一子出家，九祖盡生天。
	衆生欲報母深恩，仿效目連救母親。
俱時解脱，衣食自然，長命富貴，佛説此經時，天龍八部，	
人非人等，皆大歡喜，信受奉旨，作禮而退。	
	果然一個目犍連，陰司救母得生天，
	母受忉利天宮福，千年萬載把名傳，
	念佛原是古道場，無邊妙義卷中藏，
	善人尋着出身路，十八地獄化清凉。
	南贍部州，人戀風流，不肯早回頭，
	口吃血肉，惹罪無休，閻王出帖，惡鬼來勾，
	怎生回避，悔不向前修。
	提起無生語，思想早還鄉，
	會的波羅蜜，不怕惡閻王
	説一部目連寳卷，諸人讚揚，提起青提，個個心酸，

上面所引用《目連寶卷》奏文之中，第296行有“南贍部州”一語。佛教的世界觀，是將世界分爲四方，即：東北方“東勝神州”、東南方“南贍部州”、西南方“西牛貨州”、西北方“北俱廬州”。所以這裏的“南贍部州”一語主要是指中國東南方閩粵地區，但常用“南贍部州”指自己地區的是閩北福州人。其實新加坡福州人向神靈奉上的榜文之中，時常見到這樣的文字。

比如，新加坡小坡，Kitchener Road與Verdun Road的交界處有福州人廟宇鳳嶺北壇，奉祀三相公（張巡、許遠、雷萬春），農曆八月初九舉行神誕祭祀，屆時向孤魂發出其幽榜，所云如下①：

> 雷光植福壇：照得一泗天下，南贍部州，謹據中國福建省福州府福清縣南門外，化北里鳳嶺村，暨各里各鄉人民，僑居此邦，星洲小坡華頓街門牌二十六號，施齋賑幽。……

由此可見福州人習慣用“南贍部州”。與此相反，閩粵地區其他的族群，比如閩北莆田仙遊幫、閩南漳州泉州幫、潮汕幫、海南幫、廣府幫等向神靈奉上的榜文、奏文之中，不管本地或南洋僑地，看不見這個詞組。因此我認爲，《目連寶卷》流行的地區一定是福州，其作者也一定是福州人。

（四）劉氏的輩行

在莆田目連戲中，劉氏以劉四真的名字登場，輩行爲第四。“真”字可能是“貞”字之別寫。

目前，在目連戲通行本的鄭之珍本與其他許多地方劇本之中，提到劉氏輩行的極爲罕見。用表格來表示，如下：

	劇本	姓	名	輩行	備考
北京	影卷忠考節義目連戲	劉氏			民俗曲藝叢書劇本
江蘇	江蘇高淳兩頭紅目連戲	劉氏			民俗曲藝叢書劇本
	江蘇高淳陽腔目連戲	劉氏			江蘇省劇目工作委員會劇本

① 田仲一成：《中國鄉村祭祀研究》，東京大學出版會，1989，第611頁。

續表

	劇本	姓	名	輩行	備考
	江蘇高淳陽腔超倫本目連戲	劉氏			民俗曲藝叢書劇本
浙江	浙江新昌調腔目連戲	劉氏			民俗曲藝叢書劇本
安徽	皖南高强目連戲	劉氏			民俗曲藝叢書劇本
	祁門鄭之珍目連戲	劉氏			
江西	江西贛劉目連戲	劉氏	清提		江西贛劉團劇本
福建	莆仙目連救母	劉氏	四真	第四	民俗曲藝叢書劇本
	新加坡莆田目連戲	劉氏	四真	第四	新加坡莆田同鄉會劇本
	泉腔目連戲	劉氏	世真		民俗曲藝叢書劇本
	傀儡戲目連全傳	劉氏	世真		泉州地方戲曲研究社
湖南	湖南辰河腔目連戲	劉氏			懷化文化館劇本
	湖南祁劇目連戲	劉氏			湖南藝術研究所劇本
四川	川劇目連戲	劉氏	四娘	第四	杜建華《巴蜀目連戲劇文化概論》"劉氏四娘哭嫁"

从這裏看到，江南地區（江蘇、浙江、安徽）、江西地區的目連戲，没有繼承《佛説目連救母經》將劉氏看作輩行第四的稱呼，只有福建地區的目連戲繼承了這類稱呼。從閩南將四真訛稱爲"世真"這個現象來看，劉四真之名似乎是從閩北開始逐漸流傳到閩南地區的。

由此觀之，在浙江寧波出版的《佛説目連救母經》先是流傳到福建，並在福建出現了寶卷和閩北目連戲、閩南目連戲等目連主題的曲藝，之後，莆田目連戲進入江西，傳播到江南一帶。整個傳播的途徑是：以浙江東北（寧波）爲起點，沿着東南沿海，進入閩北，其次閩南，最後經過閩江上游而進入江西，然後擴大到安徽、江蘇、浙江西北。這個路綫，不是我們以往認爲的從寧波直接進入浙江西部或江蘇。

四川也有劉四娘的稱呼，可見四川目連跟福建目連有很密切的關係，傅羅卜前三代祖傳天斗的故事，也只在莆田和四川可見，但從地理的角度來看，這個名稱先是在莆田目連中出現，然後通過高腔沿着長江流域傳播，進入四川。

七　結論

這篇拙文有兩個結論：一爲有關中國戲劇産生於祭祀儀式的問題，一爲有關中國戲劇沿着商路傳播的問題。

(1) 中國戲劇產生於古代以來巫覡的憑依動作中。戲劇首先由巫覡演出，然後巫覡的功能慢慢由戲人代替，最後全面由戲人演出。那麼，什麼時候巫覡被戲人代替呢？這是問題之關鍵所在。

對於此問題，目連救母的故事會提供一個方案。上引孟元老《東京夢華録》所描述的，"构肆樂人"在七月十五之前連續七天搬演《目連經救母》雜劇，這是中國戲劇史上第一次有表演具體劇目與演出時間的記載。常被引用的《官本雜劇段數》(《武林舊事》)、《院本名目》(《輟耕録》)等，只是記述宋元戲劇的劇目而已，而某某劇目某時某處演出等具體記述，完全不見載其中。從這一角度而言，《東京夢華録》所提到的有關表演《目連救母》雜劇的記録，可以算是中國戲劇史上第一次出現的記載，但是這裏有一些難題。專家一直都認爲，北宋那麼早的時代，縱使有劇本，其内容一定是極爲簡單的，從七夕演到中元這麼長篇的劇本不會存在，一定只是母親在地獄受苦内容的反復演出而已。不過，這裏提到的金光寺所藏《佛説目連救母經》之中，羅卜、劉四娘、傅相(輔)、金奴等明清目連戲中出現的人物名字都已經出現，而且其刊刻年代也是南宋剛開始的時代，即紹興元年(1131)，其成書時期可以上溯到北宋，那麼，其流布的年代一定跟汴京構肆演出《目連救母》雜劇的時代幾乎相同，演出雜劇的"构肆樂人"(戲人)一定是受到《佛説目連救母經》的影響。面對的事實是，《東京夢華録》所説的《目連救母》雜劇也會有較爲複雜的故事，甚至接近明代中期創作的鄭之珍本。可以説，北宋末期，中國戲劇已經有成熟的劇本。而且更值得注意的是，這類初期劇本還是從佛教談經文本之中產生的，這正是在中國戲劇史上，反映巫覡演進爲戲人的過渡階段，又是中國戲劇從祭祀儀式中產生的一個明證。這是本文的第一個結論。

(2)《目連救母經》屬於宗教文獻，《目連寶卷》《莆田目連戲》屬於文學文獻，但是宗教和文學向來有着不可分開、交叉發展的關係。這些文獻主要是在浙東、浙南、閩北三個地區產生的，而且部分延伸到閩南(目連戲)。宋元時代是宗教世俗化的時代，上層人士的宗教世界得以民衆化。《目連救母經》也是在這樣的潮流之中，經文的内容表現形式變爲更富通俗性的説唱形式，傳播到民衆之中，其上圖下文的版式很像唐代變文，民衆樂意據此聽法並理解其中的道理。《目連寶卷》針對以女人爲主的更爲廣泛的崇佛民衆的心理需求，將《目連救母經》的故事發展成更爲詳細的長編歌謡。之後，閩北的佛道普度儀式更進一步發展，從而在閩北産生長編莆田目連戲。目連戲本身在北宋已經成立，而且其情節接近於明清劇本的水平。在這樣基礎之上，長編的《目連寶卷》發展成的莆田目連戲，内容極爲豐富，情節更爲曲折。

從目連戲的例子可以看到宗教和文學在同一地域的互相滲透，這個地域正是美國學者施堅雅所指出的中國八大地域之中（參閱下面的地圖）的東南沿海地區（Southeast Coast），目連戲正是在這樣一個獨立的地理圈之内，逐漸進行演化的。

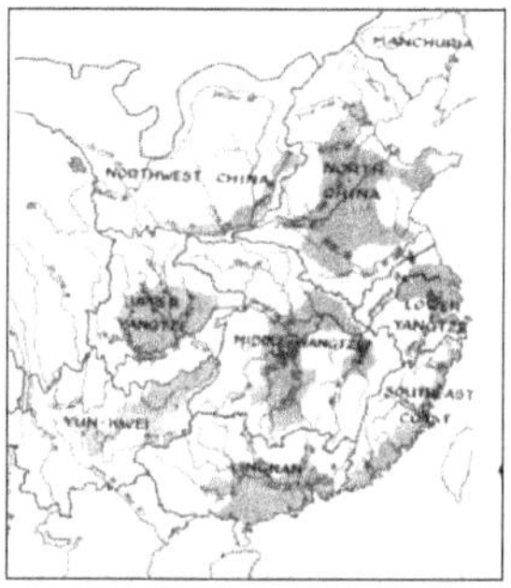

圖 H　中國八大地域①

那麼，宋元以來，在東南沿海地區的文學和宗教之間産生了彼此依靠、互相滲透而交叉發展的趨向，其背景一定有開展海上交通與海上貿易的福建商人的活動。在某種意義上，戲劇傳播的路綫等同於福建商人的商路，這是本文的第二個結論。

（2016 年 10 月 20 日脱稿）

---

① William Skinner, *The City in Late Imperial China*, Stanford University Press, 1977, p. 211, The Regional Approach.

明刊朱墨套印本《南柯記》述評

華　瑋*

摘　要： 臺北故宫圖書文獻館藏明刊朱墨套印本《南柯記》三卷，未見今日通行之戲曲目録著録。此本當與明朱墨刊本《邯鄲記》三卷同刊，“以湯本爲主而臧改附傍”。其底本爲晚明刊《柳浪館批評玉茗堂南柯夢記》，批語的來源是臧改本、柳浪館批本，以及未署名的此本批者。此本“有湯亦有臧”，原著與改訂合併呈現。其批語對臧之删改，褒貶互見，對湯氏原著之結構、思想、文字也有細密警省之處。其獨特的刊本形式與内容，對於湯顯祖劇作之傳播、接受及出版研究，皆富有學術意義。

關鍵詞： 朱墨套印　南柯記　柳浪館

一　刊本簡介

《古本戲曲叢刊（初集）》所收湯顯祖《邯鄲記》，爲“影印北京圖書館藏明朱墨刊本”，此本刻者吴興閔光瑜在書前《小引》將《邯鄲》與《南柯》共論。批者四明天放道人劉志禪亦在眉批中將二劇加以比較。①《邯鄲》刻者與批者不約而同地提到《南柯》，是否有可能此二劇同刻？筆者近日在臺北故宫圖書文獻館親見明刊朱墨套印本《南柯記》三卷，證實與《古本戲曲叢刊（初集）》所收《邯鄲記》版式、正文字體相同，亦同爲三卷，應屬同套。② 此本在傅惜華《明代傳奇全目》《善本古籍書目》中皆未言及。③

---

* 華瑋，女，文學博士，香港中文大學中國語言及文學系教授。著有《明清婦女之戲曲創作與批評》等。

① 《邯鄲記》卷下第二十五折《雜慶》眉批云：“衆人喜慶如此，盧生隆遇何如！是作者善形容處。正與《南柯·風謡》一律。臧每削之，何也！”《古本戲曲叢刊（初集）》第78册，《邯鄲夢記》卷下，葉14b。

② 據我所知，“四夢”版本爲三卷本的只此二部。故宫圖書文獻館注明，此本原藏於國立北平圖書館。正文首頁有董康印。按：北平圖書館藏部分善本，抗日戰爭時轉移到美國國會圖書館，後輾轉至臺北，先存於“中央圖書館”，後轉至故宫。此書即其中之一。國會圖書館移交時，製作了膠片。2013年，北京的國家圖書館據膠片影印出版了《原國立北平圖書館甲庫善本叢書》，其中第988册即爲此《南柯記》。以上信息由黄仕忠教授提供，謹此致謝。

③ 毛效同編《湯顯祖研究彙編》所收《南柯記》版本中列有：“（三）明刻朱墨印本。北京圖書館藏。三卷。”上海古籍出版社，1986，第1426頁。

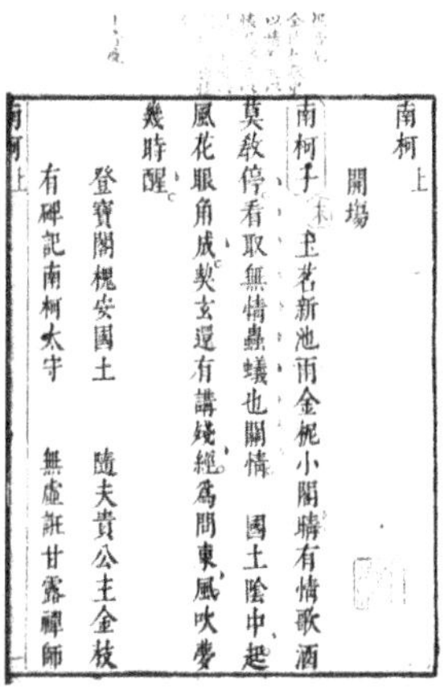
南柯　上
開場
南柯子（末上）玉茗新池雨金柅小閣晴有情歌酒
莫教停看取無情蟲蟻也關情　國土陰中起
風花眼角成契玄還有講殘經爲問東風吹夢
幾時醒
登寶閣槐安國土　隨夫貴公主金枝
有碑記南柯太守　無虛誑甘露禪師
南柯　上

《南柯記》三卷三册，卷首書名標作“南柯”，版心題同。首有“萬曆庚子夏至清遠道人題”之《南柯記題詞》。① 次爲“目”，依序列出卷上、卷中、卷下之折目。卷上由《開場》到《得翁》；卷中由《議守》到《朝議》；卷下由《召還》到《情盡》。② 然後是插圖十四幅。③ 每半葉八行，行十八字，四周單邊，白口，上欄有眉批。如同朱墨套印本《邯鄲記》，此本《南柯記》正文“以湯本爲主，而臧改附傍”④，上欄亦同樣將臧評梓在墨板，而將其他批語，用朱印以示區别。“臧改”“臧評”，指的是臧懋循（1550～1620）在萬曆四十六年（1618）出版的“四夢”改訂本《玉茗新詞四種》。⑤

臧氏自述其改編主要是爲了搬演。在《玉茗新詞四種》卷首《玉茗堂傳奇引》中他寫道：

臨川湯義仍爲《牡丹亭》四記，論者曰：“此案頭之書，非筵上之

---

① 此爲翻印臧本《南柯記題詞》，唯版心題作“南柯序”，而臧本作“南柯記序”。

② 卷上：《開場》、第一折《俠槩》，依次是《樹國》《禪請》《宫訓》《謾遣》《偶見》《情着》《決壻》《就徵》《引謁》《貳館》《尚主》《伏戎》《侍獵》《得翁》（連開場共16折）。卷中：第十六折《議守》，依次是《拜郡》《薦佐》《御餞》《録攝》《之郡》《念女》《風謠》《玩月》《啓寇》《閨警》《雨陣》《圍釋》《帥北》《擊〔繫〕帥》《朝議》（共16折）。卷下：第三十二折《召還》，依次是《卧轍》《芳隕》《還朝》《粲誘》《生恣》《象譴》《疑懼》《遣生》《尋寤》《轉情》《情盡》（共12折）。

③ 版心下方有注：俠槩一、樹國二、禪請三、宫訓四、謾遣五、遇粲六、就徵七、引謁八、貳館九、召還十六、芳隕十七、象譴十八、遣歸十九、尋寤二十。

④ 見明天啓元年（1621）刻朱墨套印本《邯鄲記》三卷《凡例》，葉1a～1b。

⑤ 扉頁署“雕蟲館校定/玉茗新詞四種/本衙藏版”，美國伯克利加州大學東亞圖書館等有藏。内容依序爲《牡丹亭》《南柯記》《邯鄲記》《紫釵記》。卷端題下署“臨川湯義仍撰，吴興臧晉叔訂”。本文所引臧改本，均據伯克利藏本。

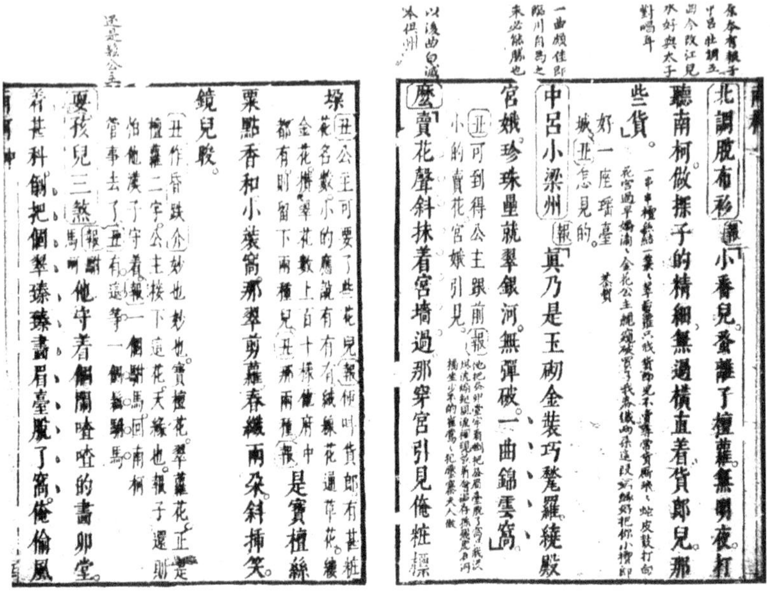

【北調脫布衫】［報］小番兒。發擺了檀蘿無明夜打聽南柯做搖子的精細無過橫直着貨郎兒那些貨。
妳一座瑤臺城［丑］怎見的。
【中呂小梁州】［報］眞乃是玉砌金裝巧甃羅。繞殿宮娥。珍珠壘就翠銀河。無彈破。一曲錦雲窩。
［丑］可到得公主跟前［報］……小的賣花宮娥引見。
【么】賣花聲斜抹着宮墻過那穿宮引見俺粧螺［丑］公主可要了些花兒［報］俺叫貨郎有甚粧花名數小的應說有有有絨線花過芋花纏金花攢翠花數上百十樣鑽府中都有時留下兩種兒［丑］那兩種［報］是寶檀絲粟點香和小鞋窩那翠剪蘿春纖兩朵斜插笑鏡兒畔。
［丑作昏跌介］妙也妙也。寶檀花。翠蘿花。正是檀蘿二字公主接下這花天緣也。報子還怕他漢子守着［報］一個斷馬回南柯管事去了［丑］有。這等一個……
【耍孩兒三煞】［報］斷俺守着個闌喳喳的畵卯堂着甚科斷把個翠臻臻畵眉臺斷了窩俺偷風

曲。”夫既謂之曲矣，而不可奏於筵上，則又安取彼哉？……予病後，一切圖史，悉已謝棄，閒取四記，爲之反覆删訂。事必麗情，音必諧曲，使聞者快心，而觀者忘倦。即與王實甫《西厢》諸劇並傳樂府，可矣。①

由於刻印精美，並且附圖多幀，甚爲美觀，故此刊本廣受歡迎，一時之間，幾有臧而無湯矣。明泰昌元年（1620）吴興閔氏朱墨套印本《牡丹亭》中，茅元儀即對臧改本有此批評：

雉城臧晉叔，以其（《牡丹亭》）爲案頭之書，而非場中之劇，乃删其采、剉其鋒，使其合於庸工俗耳。讀其言，苦其事怪而詞平，詞怪而調平，調怪而音節平。于作者之意，漫滅殆盡。②

從朱墨套印本《邯鄲記·小引》可知，閔光瑜於天啓元年（1621）在晟溪里隆恩堂刻印此書，與《玉茗新詞四種》相隔僅有三年，且出版地就在臧

① 臧懋循：《玉茗堂傳奇引》，《玉茗新詞四種》，葉 1a～4b。
② 茅元儀：《批點〈牡丹亭記〉序》，《古本戲曲叢刊（初集）》第 74 册，葉 2b。

懋循“雕蟲館”的所在地吴興。[①] 依此可以推斷朱墨刊本《南柯記》亦約在天啓初年於吴興出版。其時，臧懋循已於前一年過世。晚明吴興刻書業繁盛，其地刻書的重要特點，依學者的歸納是“採用多色套印和多刻評點書，將評點和套印完美地結合起來，相得益彰”[②]。朱墨套印本《南柯記》可謂此類刻印雅緻評點書的代表。

朱墨本《南柯記》與臧本《南柯記》相比，草書題詞和版畫相同，唯臧本有圖三十五幅（即每折皆有圖），在眉欄注出折數與折目，朱墨刊本取消眉欄，改由版心標示折名與折數，且少二十一幅圖。有趣的是，儘管臧本第六折《遇槩》在朱墨刊本中已依原著改爲《偶見》，但此處圖版説明仍沿用臧本，盡顯因襲的痕迹。朱墨本也同臧本，以“折”代“齣”，且將首折標作《開場》，不算入折數，此與萬曆刊本或柳浪館本作“第一齣　提世”相異。此外，臧本全文無圈點，而朱墨本有圈點，並於上欄增加不少臧評之外的他人批語。二者刻印都極爲考究，朱墨刊本因用二色套印，更顯精緻。最重要的差别是，朱墨刊本用湯氏原本作底本，將臧改本所删之折目、所改之文字全數復原。[③]

臧氏關注場上搬演，故在音樂方面，他注意曲文是否合律依腔、曲牌運用與編排是否合情合理；在表演方面，他補充了原著未説明的行當配置、指定穿戴，重訂了角色上下場，有時還安排吊場。在結構方面，他在一齣内删減曲牌數量與賓白，時而重新創作。（如《啓寇》批云：“原本有報子【中吕】北調五曲，今改【江兒水】，好與太子對唱耳。”[④]）就全本而言，則删去一些他認爲與情節發展不太相關的齣目，以使全劇結構更爲緊凑。誠如朱墨本《邯鄲記・凡例》所言：“新刻臧本，止載晉叔所竄，原詞過半削焉；是有臧竟無湯也。兹以湯本爲主，而臧改附傍，使作者本意與改者精工，一覽並呈。”[⑤] 可見閔光瑜是有意彰顯臨川“本意”，但同時又認爲臧改本亦有“精工”之處。换言之，此書盡可一書二用，同時滿足購買者對於原著與改

---

① 有關吴興閔氏家族刻書的歷史，參見周興陸《明代吴興刻書家閔、凌二姓世系考》，《浙江社會科學》2008 年第 7 期。

② 周興陸：《明代吴興刻書家閔、凌二姓世系考》，《浙江社會科學》2008 年第 7 期。

③ 有關臧改本《南柯記》的詳細討論，請參見拙著《思想與情感的簡化：論臧懋循改本〈南柯記〉》，《戲劇藝術》2015 年第 6 期。

④ 卷上，第 20 折《啓寇》，葉 55b。

⑤ 見明天啓元年（1621）刻朱墨套印本《邯鄲記》三卷《凡例》，葉 1a ~ 1b。

編、案頭之書與場上之曲的好奇需求。基於這樣的出版想法，湯顯祖《南柯記》之本來面目，在《玉茗新詞四種》占有優勢的情況下，始以獨特的“複合”形式面世。

二 正文來源

根據筆者考察，朱墨套印本《南柯記》的底本是《柳浪館批評玉茗堂南柯夢記》，① 因爲無論是曲文、賓白還是齣名，均可見朱墨本只與柳浪館本相同，而與其他明刊本相異的例子。②

首先在曲文方面，朱墨本卷中第二十八折《圍釋》，瑤芳公主唱【牧羊關】，中有“小心腸、心腸兒多大”句（葉 32a），柳浪館本同，而此句在長樂鄭氏藏萬曆刻本《南柯夢》（即《古本戲曲叢刊》所收本）中作“小則小、心腸兒多大”（葉 16a ~ 16b）。此外，朱墨本卷下第三十三折《臥轍》，淳于棼唱【懶畫眉・前腔】中有“重重樹色隱隱巒”句（葉 5b），柳浪館本亦然；此句在萬曆刻本中作“重重樹色隱鳴巒”（葉 30a）。

其次在賓白方面，朱墨本卷中第二十三折《風謡》，紫衣官道：“曾遊幾處，近見此邦”（葉 15b），“近見”在他本均作“僅見”，只有柳浪館本作“近見”。另外，卷下第三十五折《還朝》，右相段功道：“朝房下有王親酒到。”（葉 12b），柳浪館本同；在萬曆刻本《南柯夢》中，此句作“朝房下有列位老國公、王親的酒到”（葉 35a）。

再次在齣（折）名方面，朱墨本卷下第三十五折名爲《還朝》（葉 10a），同柳浪館本，此齣在萬曆刻本中作《議冢》（葉 33b）。③ 事實上，朱墨本只有首折循臧改本之例，作《開場》，而柳浪館本標作《提世》，其餘之齣（折）名，朱墨本皆與柳浪館本相同。

朱墨本於原文之外的臧本改訂文字，大體而言，或列於湯氏正文旁側，

① 柳浪館評點出自袁于令（1592 ~ 1672）之手。此説見鄭志良《袁于令與柳浪館評點“臨川四夢”》，《文獻》2007 年第 3 期。

② 筆者手邊没有《柳浪館批評玉茗堂南柯夢記》原本可資比對，唯根據劉世珩與吴梅在《暖紅室彙刻傳奇臨川四夢・玉茗堂南柯記・跋》中所云“楚園先生此刻據柳浪館本”，可見暖紅室本實以柳浪館本爲底本。經筆者將朱墨本與暖紅室本比對後發現，後者眉批提到的柳浪館原文，均與朱墨本完全相同。

③ 按：目録作“還朝”。

或列於正文下空白處。需要指出的是，朱墨本也非一字不漏照録臧本。例如第二折《樹國》結尾下場詩，在臧本中標明爲蟻王和右相各念二句，之後臧本增加了"王吊場"，並以眉批説明原因，這些都不見於朱墨本。詳見下表：

	臧本	朱墨套印本
下場詩	(王) 萬物從來有一身，一身還有一乾坤； (右) 敢於世上明開眼，肯把江山别立根	萬物從來有一身，一身還有一乾坤；敢於世上明開眼，肯把江山别立根
王吊場	(右相净末先下)① (王吊場) 我想公主瑶芳，年已及笄，該招駙馬。只是本國中一時難得智勇之士，可以充選。不若到人世間遍行尋訪，必得其人。如今且回宫去，與中宫計議而行便了②	(無)
眉批	國王吊場，不但外等先下，便於卸妝改扮，且國母遣郡主選婿，亦覺有因。吴人每稱此爲戲眼，正關目之謂也	(無此批語，但於上場詩"一身還有一乾坤"上增批曰："妙句。")

從上表可見臧懋循精心爲《南柯夢》重訂了角色下場，以使原劇更適於舞臺搬演。我們可以想見，將兩種文本並置紙上，在實際操作中並不容易，因此朱墨本只遵循"以湯本爲主"的原則，而非處處顧到"使作者本意與改者精工，一覽並呈"。由此也可看出，雖然其時昆曲盛行於江南，臧氏改本應時而生，但相對於"場上之曲"的改編本，朱墨本更注重"案頭之書"的原著。批者細讀原作文本，連下場詩也不放過。其中一句，"一身還有一乾坤"就受到批者句旁加圈，以及"妙句"的稱賞。考慮到此齣《樹國》主角本爲螻蟻，今爲"大槐安國主"的情況，批者所讚不謬。

柳浪館本和臧本之外，朱墨本所録文本還有另一個不明的來源。目前所見至少有二例可證。其一，《開場》之下場詩："登寶閣槐安國土，隨夫貴公主金枝。有碑記南柯太守，無虚誑甘露禪師。"其中第一句前三字，柳浪館本作"登寶位"，臧改本作"登寶座"，而此本作"登寶閣"。此外，在朱墨本第四十三折《情盡》【南步步嬌】中原文"則一答龍岡，到把天重會。恰些時弄影彩雲西"被改爲"則一搭龍岡，是你歸魂地。今日個弄影彩雲西"，批者云："'一搭龍岡，是你歸魂地'，句佳。"（葉42b）經與臧改本比對，發現

① 臧本在此折開場時説明："小生蟻王引净末扮内官，貼搽旦扮校尉執扇上。"原本中只是簡單的"蟻王引衆上"。

② 卷上，第2折《樹國》，葉7a。

臧改本與原文毫無差别，仍是“則一答龍岡，到把天重會。恰些時弄影彩雲西”。[1] 究竟改動的文字從何而來，會不會有可能出自批者自己？目前殊難斷定。

三　批語内容

朱墨本的批語採用朱、墨二色套印，刻在每頁正文上欄，内容可分爲四類。

（一）臧本原有的眉批，包括音釋、改動説明，以及對原著的正負面批評，一般刻在墨版。（二）朱墨本批者對臧氏改訂的意見，多以朱紅色顯示在臧批之旁。舉例而言，此本批者不同意臧懋循删去《念女》和《風謡》二折。

> 此折間《餞别》（按：指《御餞》）之後，《召還》之前，聯絡上下情節，自不可少。况埋伏公主病患，又爲《卧轍》張本。晉叔苦欲删之，不知何意？（第二十二折《念女》，葉 13b ~ 14a）

> 非此折，七千三百條德政碑，無根據矣。二十年出守大郡，不見一毫政績，豈不缺典？此是臨川善穿插處，臧本删去，何也？（第二十三折《風謡》，葉 15b）

他的反對基於情節失去照應。其實，從思想意藴的角度來看，此二折也不應删去，因爲删除《念女》和《風謡》，有損湯氏此劇，及湯氏其他劇作所一貫關注的女性人生經驗和個人聲音的表達、士子功名抱負的實現，以及政治清明的理想等重要主題的呈現。

有時批者對於臧氏删減或增加某些字句表示贊同。例如：

> 不宜多着此想，删之是。[2]（第三折《禪請》，葉 9a）
> 此調“荔枝”句下當增六字。[3]（第三折《禪請》，葉 9a）

---

① 卷下，第 35 折《情盡》，葉 57a。

② 此指契玄禪師唱完【正宫宫端正好】後的道白：“（回介）不去罷。我看衲子們談經説誦的，不在話下；一般努目揚眉，舉處便喝，唱演宗門，有甚裹交涉也？”臧本删去。

③ 此指【滚繡毬】“那裏有笑拈花吃荔枝”後，臧增“笑拈香聽鷓鴣”六字。臧本中對此增改未加説明。

"人非人"，已見神通；又引道經明説螻蟻便着相，删之是。[①]（第七折《情着》，葉21b）

比較難得的是，批者偶爾也會稱讚臧氏之改訂。第十二折《尚主》【錦堂月】本四曲，臧删其半，並改動原劇之唱法與部分文字，批者認爲"臧改較勝"。[②] 另如第三十七折《生恣》【鵝鴨滿度船】之原句："則見香肌褪，望夫石都襯迭床兒上。"臧改作"早把相思枕、相思被都襯迭床兒上"，並自詡"曲極緊凑"。[③] 此本批者也讚曰："'相思枕'等句，鮮美可愛。"[④]

批者也會指出臧懋循對湯氏原著之改訂有所不足。例如第四折《宫訓》，大槐安國母訓女，問："四德三從，可知端的？"瑶芳公主回答："孩兒年幼，望母親指教。"於是國母説道："夫三從者：在家從父，出嫁從夫，老而從子。四德者：婦言，婦德，婦容，婦功。有此三從四德者，可以爲賢女子矣。"批者對此處的寫法表示不滿：

四德三從，應有數曲作訓，只直説便少精神。臨川失檢，晉叔亦未之及也。

惜乎！徒删其白，與下曲何關？（第四折《宫訓》，葉11a）

顯然批者認爲三從四德的訓誨，應由曲文表現而非僅以道白直叙，而臧本將國母所言删去，緊接原本【傍妝臺】曲，[⑤] 改訂並不完善。事實上，我們可以從此一細節的處理看到，湯顯祖没有濃墨重彩强調女性教化的思想。

（三）直接採自柳浪館本的批語。朱墨本《邯鄲記・凡例》有云："批評舊有柳浪館刊本，近爲坊刻删竄，淫蛙雜響。兹擇其精要者，與劉評共用

---

① 此指臧本删除原著中瓊英郡主與契玄禪師問答的一段："（小旦問介）大師，似我作道姑的，也可度爲弟子乎？（净）你那道經中，已云'道在螻蟻'，則看幾粒飯，散作小須〔沙〕彌，怎度不的？"

② 第12折《尚主》，葉34b。按：臧所改包括唱法及曲文，見臧懋循訂《南柯記》卷上，第12折《尚主》，葉36a。

③ 卷下，第31折《繫誘》，葉36b。

④ 卷下，第37折《生恣》，葉19b

⑤ 此曲爲老旦扮國母所唱，曲文如下："一種寄靈根，依然樓閣賀生存。論規模雖小可，乘氣化有人身。中宫忝作吾王正，下國憑稱寡小君。掌司陰教，齊眉至尊。你須知三貞七烈同是世間人。"臧本只改動曲牌名，作【二犯傍妝臺】，並將"掌司陰教"至末句之唱法改訂爲"丑合"；臧本以丑扮宫娥，原本未標明。見卷上，第4折《宫訓》，葉11b。

朱印。”“劉評”是劉志禪的評語，此本前有其題詞。① 經筆者比對，朱墨本《南柯記》對柳浪館刊本的批語同樣也是“擇其精要者”，將其刻於眉欄。這類批語除了少數論及文字，多半屬於借題諷世之類。玆列舉如下：

總評：只爲老僧饒舌，螻蟻成精。故今天下，蟻作講師，講師如蟻。（第三折《禪請》，卷上，葉 9b ~ 10a）

三從四德，人亦有不如蟻者。（第四折《宮訓》，葉 11b）

“虹作”“蛘親”，謔甚，趣甚！②（第四折《宮訓》，葉 12a）

佳詞都入三昧。（第九折《就徵》，葉 27a）

妙謔解頤。（第九折《就徵》，葉 28b）

從來楚漢爭天下，亦只如是。真可助達者一噱也。（第十三折《伏戎》，葉 37a）

右相謀國甚忠，凡爲相者不可有愧此蟻也。（第十六折《議守》，卷中，葉 1a）

可咲段生，難道淳于棼遂不能爲螻蟻先驅？（第十六折《議守》，葉 1b）

曾聞宋板《大明律》，這又在宋以前了。（第二十折《録攝》，葉 10a）

此雖戲謔，實從經歷得來，若書生何以知此？（第二十折《録攝》，葉 10b）

對老婆講書，是駙馬弄文法，（按：柳本多“終是腐儒色相”）不如婦人倒暗合道妙。（第二十四折《玩月》，葉 20b）

世上生祠碑記，無不如是。（第四十一折《尋寤》，卷下，葉 31b）

世上文章，無不如是。世上妻孥，無不如是。（第四十一折《尋寤》，葉 32a）

世上風水，無不如是。（第四十一折《尋寤》，葉 32b）

世上江山，無不如是。（第四十一折《尋寤》，葉 33a）

---

① 劉志禪的生平不詳，我們只知道他是四明人，生活於晚明。他與傳奇《李丹記》的作者劉還初（劉志遠）是否爲同一人，殊難判定。有關劉志遠生平的考證，可參見程芸《明傳奇〈李丹記〉作者劉還初新考》，《元明清戲曲考論》（中國社會科學出版社，2013），第 19 ~ 29 頁。劉還初，别署“天放道人”。

② 此指大槐安國母【傍妝臺】曲文“知他同誰‘虹作’夫妻分，了你‘蛘親’父母恩？”中雙關語運用所造成的諧謔效果。

讀此記竟尚（按：柳本作“而”）不大悟者，真夢漢也。（按：柳本多“即蟻子亦不如是也!”）臨川先生大法師也。（第四十三折《情盡》，葉46b）

由上可見，柳浪館主的批語繼承了唐傳奇《南柯太守傳》末尾“貴極祿位，權傾國都；達人視此，蟻聚何殊?”[①] 的政治性與諷喻性傾向，將此劇視爲湯顯祖醒世和度世之言。在《南柯夢記總評》中柳浪館主寫道：“此亦一種度世之書也。螻蟻尚且生天，可以人而不如蟻乎?”“余嘗謂：情了爲佛，理盡爲聖。君子不但要無情，還要無理。又恐無忌憚之人藉口，蘊不敢言，不意此旨《南柯記》中躍躍言之。”[②] 個人以爲，柳浪館主快人快語，朱墨本批者比起他來，社會批判的力道相對缺乏，上引第二十四折《玩月》批語“終是腐儒色相”以及第四十三折《情盡》批語“即蟻子亦不如是也!”被省去，或者並非無意。

（四）此書批者對原著之主題思想、關目結構、文字聲韻的評論。茲擇其要者列舉如下。

（1）主題思想方面

全傳折數中以《情着》起，以《情尽》終，皆以“情”字聯絡。此《開場》拈出“情”字。（《開場》，卷上，葉1a）

“痴情妄起”四字，通本眼目。（第七折《情着》，葉22b）

“多情”二字，應第四折“有情”字。（第七折《情着》，葉23a）

文墨二字，世上無處用著，只得向蟻穴奏獻，哀哉!（第十四折《侍獵》，葉39a）

垂不朽文章者看此。[③]（第十四折《侍獵》，葉40a）

名垂青史者看此。[④]（第十四折《侍獵》，葉40b）

諷切時弊，妙甚。[⑤]（第二十折《録攝》，卷中，葉11a）

---

① 見錢南揚校注《南柯夢記》附録，人民文學出版社，1981，第182頁。

② 見《暖紅室彙刻傳奇臨川四夢》(9)，江蘇廣陵古籍刻印社，1997，葉4a。

③ 此指蟻王所言：“這田子華才子之文，不可泯滅，可雕刻在金鑲玉板之上。”

④ 此指下文所引大槐安國右相對國王的稟報：“（右）今日以南柯有警，講武玆山。非樂也。臣已於國史之上書了一行。（王）怎麼書?（右）大槐安國義成元年秋八月，大獵於龜山。講武事也。”

⑤ 指此折結尾，南柯郡衙吏的曲白：“（吏）没錢糧，有處。因公且科派，事後再商量。”

夢中説夢。（第二十七折《雨陣》，葉 28b）

是夢，是醉，是戲。①（第三十折《繫帥》，葉 41a）

情真。②（第四十折《遣生》，葉 26a）

真禪語。③（第四十二折《轉情》，葉 37b）

度人法門。④（第四十二折《轉情》，葉 38a）

幻法。痴人。⑤（第四十二折《轉情》，葉 38b）

痴人还做夢。⑥（第四十三折《情盡》，葉 41b）

此淳于生情障。⑦（第四十三折《情盡》，葉 43b）

六根斬斷淫心最難，故臨川於此種種提醒。⑧（第四十三折《情盡》，葉 44a）

金犀、槐英作二觀耶？（第四十三折《情盡》，葉 45b）

是佛。（按：指“空個甚麼?”）（第四十三折《情盡》，葉 45b）

批者一方面承襲了柳浪館諷世的做法，另一方面則透過細讀《情着》、《轉情》和《情盡》數齣，闡發了湯顯祖《南柯記題詞》所云“夢了爲覺，情了爲佛”的主旨，此爲柳浪館主和臧懋循所未及。

（2）關目結構方面

非此一别，則南柯聚首無根。（第一折《俠槩》，卷上，葉 42b）

金釵犀盒，關目好。（第四折《宫訓》，葉 12a）

引“寶珠瓔珞”爲金釵犀盒地步。（第七折《情着》，葉 21a）

此與《象譴》折照應。（第十六折《議守》，卷中，葉 2a）

惓惓付托，有体式，有關目。（第十九折《御餞》，葉 8a）

---

① 此指周弁以下表白：“你不信，有詩爲證：‘暑往寒來春復秋，夕陽西下水東流。將軍戰馬今何在？野草閒花滿地愁。’這都是你半萬個泥頭酒之過也。”

② 指生唱【逍遥樂】中“恨遠芳容，驚承嚴譴，暗恃慈顔”數句。

③ 指契玄禪師所言：“（净）彼諸有情，皆由一點情，‘暗增上騃癡受生邊處’。”

④ 指：“（净）待再幻一個景兒，要他親疏眷屬生天之時，一一顯現，等他再起一個情障，苦惱之際，我一劍分開。”

⑤ “癡人”指：“（生）檀蘿國是我之冤仇。我這一壇功德，顛倒替他生天。”

⑥ 此指淳于棼見到國王國母時，道：“前大槐安國左丞相駙馬都尉臣淳于棼叩頭迎駕。”

⑦ 指淳于棼見到瑶芳時唱道：“【南江兒水】我日夜情如醉，相思再不衰。”

⑧ 指淳于棼問瑶芳道：“天上夫妻交會，可似人間？”

請經照應《念女》折。（第二十四折《玩月》，葉 20a）

一個“快討酒來”，關目最好。（第三十折《繫帥》，葉 38b）

做法惡，然亦爲《風謠》折關鎖。（第三十二折《召還》，卷下，葉 3b）

此處哭公主，安頓得好。（第三十三折《卧轍》，葉 8a）

右相背笑，使觀者當場儆醒，有做法。（第三十五折《還朝》，葉 11b）

應開國折，此乃爲君之法。（第四十折《遣生》，葉 26a）

國母首生哭，有做法。（第四十折《遣生》，葉 26b）

爲普度張本。[①]（第四十折《遣生》，葉 27a）

不但爲同在南柯根由，亦結同皈六合公案。[②]（第四十一折《尋寤》，葉 33a）

收拾金釵犀盒，有情致。（第四十三折《情盡》，葉 44b）

批者細心，能注意金釵、犀盒在《南柯記》中前後貫串的作用，間接也就稱讚了湯顯祖的關目安排。第七折取名《情着》，就因金釵、犀盒爲淳于棼一見留情之物。當他看見瓊英郡主代瑶芳公主獻給禪師的一對金鳳釵與一個通犀小盒時，他不禁痴情妄起，由物思人。唯有到劇末《情盡》，淳于棼了悟到自己一向痴迷，纔會感嘆：“咱爲人被蟲蟻兒面欺，一點情千場影戲。”那時他已夢醒情忘，再看金釵、犀盒，所見已不相同：金釵是槐枝，犀盒是槐莢子。此外，對於齣與齣之間的埋伏、照應，或某齣中的人物動作及情節設計，以上批語亦有警省之處。

（3）文字聲韻方面

“酒徒”爲半萬泥頭張本，“文友”爲《龜山大獵賦》張本，非漫落此四字。（第一折《俠槩》，卷上，葉 2a）

“法度”二字與《遣生》折“小江山全憑一令法”字句相照應。（第二折《樹國》，葉 5a）

① 指國母所云：“但要淳郎留意，便有相見之期。”

② 指田子華、周弁“同日無病而故”。

此調“荔枝”句下當增六字。（第三折《禪請》，葉9a）

去此數語，何等雅潔。① （第四折《宮訓》，葉10b）

“幫鑽”諢是。② （第五折《謾遣》，葉14a）

謔亦趣。③ （第六折《偶見》，葉18a）

以經典作曲白，句句是講壇妙義。（第七折《情着》，葉20b）

驚疑光景，極似夢中。（第十一折《貳館》，葉32a）

字字與廣陵關切，妙，妙！（第十二折《尚主》，葉35b）

此做《琵琶記》寄書。（第十五折《得翁》，葉42b）

荐本、奬語俱得体。（第十八折《薦佐》，卷中，葉5a）

“審雨堂”出《搜神記》，引用夢中事，切當。（第二十七折《雨陣》，葉27a）

用“蟻”字太多。④ （第二十八折《圍釋》，葉32a）

學君瑞口角，妙，妙。⑤ （第二十八折《圍釋》，葉32b）

填詞應削。⑥ （第三十一折《朝議》，葉44b）

以下數曲堪與《西厢》《拜月》驂駕。⑦ （第三十六折《粲誘》，葉14b）

聲韻甚佳。⑧ （第三十七折《生恣》，葉18a）

此數曲不減元詞。⑨ （第三十七折《生恣》，葉19b）

即落場一詩，頑皮極矣。⑩ （第三十九折《疑懼》，葉25a）

“風光頃刻”句佳。⑪ （第四十折《遣生》，葉27a）

---

① 指删去國母自報家門中“初爲牝蟻，配得雄蜉。細如蟣虱之妻，大似蚉虻之母。偶爾稱孤道寡，居然正位中宮”的幾句。按：臧本删去，但並無批語。

② 此指沙三問丑：“你東人做甚麼生意？”丑答：“做裨將。”然後沙三道：“做皮匠。叫我去帮鑽。”

③ 指（老旦）靈芝國嫂所説：“把水月觀音倒做了。”

④ 此處批評的是【牧羊關】：“（旦）看他蟻陣紛然擺……”

⑤ 此指檀蘿四太子曰：“小子非爲哺啜而來。”

⑥ 指：“（王）論我國家氣勢，得時而羽翼能飛，失水則蛟龍可制。瑣瑣檀蘿，遭其挫敗。”

⑦ 指【金落索】、【憶秦娥後】、【金落索】、【劉潑帽】。

⑧ 指【前腔（解三醒犯）】：“似咱這‘迤逗多嬌粉面郎’。”

⑨ 指“【前腔（鑾兒犯）】：（貼衆）風摇翠幌，月轉迴廊，露滴宮宮槐葉響。好秋光風景不尋常，人帶幽姿花暗香。（合前）【前腔】（生）把金釵夜訪，玉枕生凉，辜負年深興廣。三星照户顯殘妝，好不留人今夜長。（合前）”等。

⑩ 詩云：“夫子常獨立，鯉趨而過庭。一聞君命召，不俟駕而行。”

⑪ 指“風光頃刻堪腸斷”。

批者指出湯氏注意文字、機趣，受元曲啓發，其文采不下元人，這些並不令人驚訝。比較特别的是，批者對湯氏曲文之聲韻亦有佳評，不似臧懋循對其徹底否定；① 但同時，他對湯氏用“蟻”字太多，念白有多餘之處等也提出了批評。

總的來説，批者對於《南柯記》“情”的主題呈現、關目情節安排、内容和字句上的埋伏照應、人物情感刻畫，甚至插科打諢，都能言之成理。

四 版本意義

湯顯祖傳奇在晚明出版的朱墨套印本，學界以前僅知有《牡丹亭》和《邯鄲記》二種，事實上還有第三種《南柯記》。此三卷本《南柯記》對於湯顯祖研究、戲曲傳播、接受與出版研究，有以下幾方面的意義。

首先，朱墨套印本對《南柯記》之曲文校勘有其價值。據筆者比對此本與萬曆刻本《南柯夢》（即《古本戲曲叢刊》所收本，下簡稱“古本”），除了前已提及的第三折《禪請》【滚繡毬】“此調‘荔枝’句下當增六字”（葉9a），② 以及第四十三折《情盡》【南步步嬌】作“則一搭龍岡，是你歸魂地。今日個弄影彩雲西”③ 之外，另有以下數處文字相異，可資參考。

《開場》：落場詩“登‘寶閣’槐安國土”（卷上，葉1a），古本作“寶位”（1a）。

第六折《偶見》：【對玉環帶過清江引】“觀音‘坐’寶欄”（葉17a），古本作“座”（14a）。

第九折《就徵》：【前腔（駐雲飛）】“誰道俺去何來”（葉26b），古本“誰”作小字（22a），爲念白；【前腔（駐雲飛）】“兄靠着小圍屏”（葉27a），古本“兄”作小字（22a），爲念白。④

第十折《引謁》：【前腔（點絳唇）】“素錦‘霜袍’”（葉30a），古

---

① 臧懋循在《玉茗堂傳奇引》中云：“今臨川生不踏吴門，學未窺音律，豔往哲之聲名，逞汗漫之詞藻，局故鄉之聞見，按亡節之絃歌，幾何不爲元人所笑乎？”葉3b～4b。

② 按：【滚繡毬】“那裏有笑拈花吃荔枝”後，臧增“笑拈香聽鷓鴣”六字；古本、暖紅室本、錢南揚校注本、《湯顯祖全集》本，均未增加。

③ 按：原文爲“則一答龍岡，到把天重會。恰些時弄影彩雲西”。

④ 暖紅室本、錢南揚校注本、《湯顯祖全集》本，均與朱墨本相同，作曲文。

本作“雪袍”（24b）。

第二十折《録攝》：【前腔（字字雙）】“山妻叫俺‘外郎郎’”（卷中，葉9b），[①] 古本作“外郎外郎”（44b）。

第二十六折《閨警》：【尾聲】“須則是駙馬親來纔救的我”（葉25b），古本全句入賓白，作小字（卷下，10a）。[②]

第二十七折《雨陣》：【啼鶯兒】“猛端相‘斷雲’何處”（葉27），古本作“斷魂”（12a）。

第二十八折《圍釋》：【梁州第七】“怎便把顫嵬嵬‘兜鍪’平戴”（葉31b），古本作“兜矛”（15b）。[③]

第三十折《繫帥》：【北醉花陰】“俺這裏匹馬單鞭怕提起，即‘塹’的一家兒。這裏頭直上滾塵飛……”（葉38a），古本作“漸”（20b）。[④]

第三十二折《召還》：【猫兒墜】“天公‘前定’，緊處略放輕鬆”（卷下，葉2b），古本作“前程”（27b）。[⑤]

第四十一折《尋寤》：【前腔（宜春令）】“尋源洞穴”（葉31a），古本作“尋原洞穴”（50b）。

查錢南揚校注本和《湯顯祖全集》本，以上僅有第九折《就徵》、第二十折《録攝》、第二十六折《閨警》與第二十八折《圍釋》，同朱墨本，其他均與古本相同。然而個人以爲，“素錦‘霜袍’”、“猛端相‘斷雲’何處”、“即‘塹’的一家兒”、“天公‘前定’，緊處略放輕鬆”和“尋源洞穴”，這幾處朱墨本文字均較古本爲勝。此外，朱墨本與古本相同而與今通行之《南柯記》本相異者還有第一折《俠槩》【破齊陣】首句“‘將氣’直衝牛斗”，通行本作“壯氣”。以上所列雖然不全，但已足以看出朱墨本在《南柯記》曲文校勘上的價值。

---

① 朱墨本此處雖録原文“山妻叫俺外郎外郎”，但在眉批説明：“首句應是‘山妻叫俺外郎郎’也，原本誤多‘外’字耳。”按：臧本此句作“山妻叫我是外郎”，暖紅室本與錢南揚注本同作“山妻叫俺外郎郎”。

② 暖紅室本與錢南揚注本均作大字。前者少“是”字。

③ 應作“兜鍪”，意爲打仗用的盔。古本誤。暖紅室本與錢南揚注本等，均與朱墨本同。

④ 按：此曲爲周弁兵敗塹江後，隻身逃回南柯後所唱。“塹”古同“塹”，此處意指挫敗，與“塹江”一語雙關。古本用“漸”不用“塹”。暖紅室本與錢南揚注本等，均與古本同，作“漸”，語意難明，且標點與朱墨本相異，作“俺這裏匹馬單鞭怕提起，即漸的一家兒這裏。頭直上滾塵飛……”

⑤ 此曲爲瑶芳病危時對淳于棼所唱，朱墨本全文爲：“（旦泣介）如寒似熱，消盡了臉頰紅。那宫宫女開函，俺奏幾封，蚤些兒飛入大槐宫宫。（生拜介）天公前定，緊處略放輕鬆。”古本作“天公前程”，因而此句今被標點爲：“天公，前程緊處，略放輕鬆。”意思有所不同。

其次，朱墨本《南柯記》也提供了湯顯祖作品在晚明傳播與接受的一個新例，是湯氏作品之“文學經典”地位建立過程之具體反映。湯氏生前對他人擅改己作“以便俗唱”忿忿不平，① 他曾以詩爲自己的原作辯解：“醉漢瓊筵風味殊，通仙鐵笛海雲孤。總饒割就時人景，却愧王維舊雪圖。”② 然而在他死後二年，臧懋循大幅改訂的“四夢”（《玉茗新詞四種》）問世大受矚目，而從書名來看，頗有魚目混珠之嫌。有學者曾指出，臧本刊布後，如何評價作者與改訂者的工作成爲問題，刊刻者斡旋於兩者之間，提出自己的見解。③ 其時吴興閔氏，值得我們特別重視，因爲無論是泰昌元年朱墨套印本《牡丹亭》，④ 還是天啓元年朱墨套印本《邯鄲記》，在其序言及《凡例》中均論及臧氏改訂使湯氏原作泯滅的問題：“臧晉叔先生删削原本，以便登場，未免有截鶴續鳧之嘆。欲備案頭完璧，用存玉茗全編。”⑤ “新刻臧本，止載晉叔所竄，原詞過半削焉；是有臧竟無湯也。”⑥ 的確，就《南柯記》而言，臧氏在注重搬演的理念下，簡化了湯顯祖原著思想之複雜性，以及湯氏對於人物（尤其是女性）情感，細緻深刻而且真實的呈現。朱墨套印本《南柯記》將原著與改訂並呈，此種“複合”的形式，雖有針對當時出版市場的商業考量，然事實上糾正了“有臧竟無湯”式的流行傾向，而在版面上直接就昭示讀者，改本相對於原著在文字聲律、情節内容、思想情感方面的差異。利用眉批和圈點，此書批者尚且循循善誘，闡揚作者本意，肯定湯氏傳奇的文學與思想價值。這點與閔光瑜出版“二夢”的理念相呼應。

> 若《邯鄲》、若《南柯》，托僊托佛，等世界於一夢 。從名利熱場一再展讀，如滚油鍋中一滴清凉露。乃知臨川許大慈悲，許大功德，比作大乘貝葉可，比作六一金丹可，即與《風》《雅》驂乘亦可。豈獨尋

① 此在他《與宜伶羅章二》的短信中清楚可見：“《牡丹亭記》，要依我原本，其吕家改的，切不可從。雖是增減一二字以便俗唱，却與我原做的意趣大不同了。”見徐朔方箋校本《湯顯祖全集》第二册，北京古籍出版社，1999，第 1519 頁。

② 湯顯祖：《見改竄〈牡丹〉詞者失笑》，《湯顯祖全集》第一册，第 682 頁。

③ 王小岩：《臧懋循改本批評語境中的朱墨本〈邯鄲夢記〉》，《文化遺産》2012 年第 2 期。

④ 此刊本一般都未言及刊者，惟日本學者根山徹指出其爲“吴興閔氏朱墨套印本”，見《明清戲曲演劇史論序説——湯顯祖〈牡丹亭還魂記〉研究》第六章《〈牡丹亭還魂記〉版本試探》，創文社，2001，第 257 頁。

⑤ 明泰昌元年朱墨套印本《牡丹亭・凡例》，《古本戲曲叢刊（初集）》第 74 册，葉 1a。

⑥ 明天啓元年朱墨套印本《邯鄲記・凡例》，《古本戲曲叢刊（初集）》第 78 册，葉 1a。

宮數調，學新聲、鬪麗句已哉！①

以上引文的最後一句，顯然是針對臧氏改本標榜“場上之曲”而發的。因此我們可以説，朱墨套印本對“二夢”作爲文學作品的傳播和接受，實有其意義。

最後，朱墨套印本《南柯記》也彰顯了戲曲評本的出版，在戲曲之文化傳承和教育上的功用。從其批語的多種來源，可見“評點”作爲批評方法之多向性、積累性與複合性。此書形同臧批的再批評，同時書中又擇要摘録了柳浪館本的批語，其眉批的内容包括音釋、文字聲律、關目結構與主題思想等多個方面，加上精美的版畫，與對各齣字句的圈點，實有助於讀者親近、欣賞、理解戲曲作品。而從此本《南柯記》之例，我們還可以見到戲曲在晚明作爲出版物流通的蓬勃文化現象，以及刻書業者在出版市場競争下，對戲曲經典傳播的大力推進作用。

---

① 閔光瑜：《邯鄲記・小引》，《古本戲曲叢刊（初集）》第8册，葉1b～2a。

《南詞叙録》三點補考

吴佩熏*

摘　要：校讀《南詞叙録》，發現尚有三點可以再作申述。第一，徐渭所言的“南九宫”與蔣孝《南九宫十三調詞譜》的體例有相應之處，但徐渭所見“南九宫”未署作者，故周維培推估其是書坊圖利爲删去蔣序而刊行的另一種“南九宫曲譜”，可聊備一説。第二，徐渭將《香囊記》比作終非本色的雷大使之舞，源自陳師道的《後山詩話》，韓詩、蘇詞勇於“文體跨界”，但不符合唐詩宋詞的本色之美，其道理如同宋代教坊中人雷大使的舞技再高，終究“色”不如女；明正德年間，《香囊記》運用麗藻繁典的時文筆法，在徐渭看來，自然不是宋元南戲的本色出演，因此以雷大使之舞譬況《香囊記》。第三，有兩條音韻信息，可作討論：其一反映明代方言的部分語音已歸併不分，然腔調劇種使用的戲曲語言，應當先行“正音”，纔能確保傳播更加廣遠；其二，徐渭解釋了“薄暮”的音義，應讀作“磨”上聲，意指妓女的假母——“鴇母”，在曲中或寫作“博磨”“薄母”。

關鍵詞：南詞叙録　南九宫　香囊記　雷大使　薄暮

《南詞叙録》全文不到七千字，是明人論述南戲的第一部專著，現已有多種整理本。① 筆者在黄仕忠先生的指導下，重新點校整理《南詞叙録》，發現有三個問題有待補考。第一，徐渭所言的“南九宫”是指什麼書；第二，徐渭將《香囊記》比作終非本色的雷大使之舞，雷大使的生卒事迹，與《香囊記》的作者、成書如何進一步綰合理解；第三，書中有兩條音韻信息需討論，前人的注釋還有待補充，可從漢語史的發展，與戲曲演唱、方言俗語等

---

* 吴佩熏，女，台灣政治大學中國文學研究所博士研究生。著有《南管樂語、腔調及其體製之探討》。

① 此書原上海商務印書館涵芬樓曾藏有明代抄本，1932 年“九一八”事變，毁於日機轟炸。傅惜華《中國戲曲小説之浩劫》著録涵芬樓被毁善本戲曲小説，謂：“《南詞叙録》明徐渭撰明鈔本一册（集字六四八號）。”參見《傅惜華戲曲論叢》，文化藝術出版社，2007，第 381 頁。今尚存者，有清黄丕烈士禮居藏抄本，上海圖書館藏（索書號：綫善 15575）；清代魯氏壺隱居抄本，南京圖書館藏（索書號：GJ/EB/118253）。1917 年，董康輯刻《誦芬室讀曲叢刊》，第二册收《南詞叙録》，據壺隱居黑格抄本校刻。1920 年以降，《南詞叙録》排印點校與注釋疏證的出版情形詳文末附録。本文以最常見的《中國古典戲曲論著集成》本爲據。

現象綜合探討。兹述論於下。

一 《南九宫》爲何書

《南詞叙録》三次提到“南九宫”。

> **今《南九宫》不知出於何人**，意亦國初教坊人所爲，最爲無稽可笑。……永嘉雜劇興，則又即村坊小曲而爲之，本無宫調，亦罕節奏，徒取其畸農市女順口可歌而已。諺所謂“隨心令”者，即其技歟？間有一二叶音律，終不可以例其餘，烏有所謂九宫？必欲窮其宫調，則當自唐宋詞中别出十二律、二十一調，方合古意。是九宫者，亦烏足以盡之？多見其無知妄作也。
>
> 夫南曲本市里之談，即如今吴下【山歌】、北方【山坡羊】，何處求取宫調？必欲宫調，則當取宋之《絶妙詞選》，逐一按出宫商，乃是高見。彼既不能，盍亦姑妄於淺近，大家胡説可也，**奚必《南九宫》爲**？
>
> **《南九宫》全不解此意**，兩隻不同處，便下“過篇”二字，或妄加一“么”字，可鄙。①

總此三段文字，徐渭所説的“南九宫”不單指樂律上的九個宫調，更是指南曲的一本曲譜。李復波《南詞叙録注釋》認爲：“徐渭所處的明中葉，南曲譜有《十三調南曲音節譜》《舊編南九宫譜》流傳，嘉靖年間，蔣孝據以擴編成《南九宫譜》，成爲今存最早的南曲譜。徐渭這裏指的可能就是《舊編南九宫譜》。”② 李俊勇《南詞叙録疏證》言：“可能是《舊編南九宫譜》之類將南曲繫以宫調之名的譜子。”③

徐渭生於明正德十六年（1521），卒於萬曆二十一年（1593），蔣孝《南九宫十三調詞譜》的成書在嘉靖己酉（1549）年，徐渭當時27歲；後人稱蔣譜爲“舊編”，乃有别於明末沈璟所編的《增訂南九宫曲譜》。據徐朔方

---

① 中國戲曲研究院編《中國古典戲曲論著集成》第3册，中國戲劇出版社，1959，第240、241、242頁。

② 李復波、熊澄宇：《南詞叙録注釋》，中國戲劇出版社，1989，第16頁。

③ 李俊勇：《南詞叙録疏證》，江西教育出版社，2008，第13頁。

《晚明曲家年譜》考訂，沈譜“約於1606年出版”，① 沈譜晚於徐渭卒年，自是無緣得見了。蔣譜刊行十年後，嘉靖己未年（1559），徐渭完成《南詞叙録》，並撰自序②。此書稱“《南九宫》不知出於何人”；筆者認爲有兩種可能，一是徐氏未見蔣譜，二是指蔣譜的前身，即是陳、白二氏的《十三調譜》《九宫譜》。又，周維培《蔣孝與他的〈舊編南九宫譜〉——兼説陳白二氏〈九宫〉〈十三調〉譜目》提出另一説法：“徐渭直斥爲‘無知妄作’的《南九宫》，可能就是當時坊家依據蔣譜原刻，删去蔣序及《十三調南曲音節譜》目録而行世的一種曲譜，其格局類同於皇葶子（何鈁）所據蔣盈甫手録《南九宫詞》刊行的萬曆本。由於它不題撰者，故徐渭臆測是教坊人所爲。”③

蔣孝《南九宫十三調詞譜》按照宫調編排，依序爲仙吕調、正宫調、南吕調、黄鐘調、越調、商調、大石調、雙調；每宫調之下，再分“引子”“過曲”“别本附入”，唯獨仙吕調“過曲”之後另立“净唱附後”。蔣譜顯然已將曲牌按照宫調分類，每個牌名下舉一隻作品爲例（劇曲、散曲皆有），並有分行另題的“么”“么篇”作爲同牌名的另一例。④

回溯詞的體例，二至四段的詞體叠用仍視作同一闋詞；元散曲則將曲體的反覆視作兩隻獨立的曲牌，稱作“么篇”⑤“幺篇”⑥；南、北劇曲的聯套承襲元曲的辦法，北曲稱“幺篇”“么篇”，南曲稱“前腔”。王古魯《蔣孝舊編南九宫譜與沈璟南九宫十三調曲譜》引《欽定曲譜》所言“只宜連貫一處，而以‘么’字或‘前腔’或‘换頭’二字隔之，不可分行立題，使若另爲一體”，指摘蔣譜混用南、北曲術語：“蔣《譜》不獨於南曲譜中用北曲

① 徐朔方：《晚明曲家年譜·蘇州卷》，《徐朔方集》卷二，浙江古籍出版社，1993，第294頁。

② 成書時間實際上是在三年前（1556），參見徐朔方《晚明曲家年譜·浙江卷》，《徐朔方集》卷三，浙江古籍出版社，1993，第103頁。

③ 周維培：《蔣孝與他的〈舊編南九宫譜〉——兼説陳白二氏〈九宫〉〈十三調〉譜目》，《藝術百家》1994年第2期。

④ （明）蔣孝《舊編南九宫譜》載録情况是：仙吕過曲【美中美】，下爲【么】；仙吕過曲【聚八仙】，下爲【么篇】。參見《善本戲曲叢刊》（第3輯）第1册，臺北學生書局，第71～72、74～75頁。

⑤ 任中敏《曲諧》卷四“幺篇”：“曲中幺篇、過篇之‘篇’，皆應作‘徧’，或‘遍’，源於唐宋大遍之曲也。‘幺’字疑是‘袞’之省文。‘袞’亦唐宋大曲之遍名，或换頭，或不。《九宫譜定》卷前總論‘論换頭’，謂篇中‘或幺或袞，大率即是前腔’云云，是其證也。”《散曲叢刊》第四册，台灣中華書局，1964，第25頁。

⑥ 陸澹安《戲曲詞語匯釋》云：“幺篇：即‘後篇’。‘幺’是‘後’的簡寫。”見氏著《戲曲詞語匯釋》，上海古籍出版社，1981，第61頁。

‘么篇’之名，且分行立題，使若另爲一體。而沈《譜》則悉行矯正。”①

若《南詞叙録》批評的是有一本《南九宫》曲譜，將南曲曲牌依宫調分類，又以北曲的“么”“么篇”術語指稱南曲曲譜中疊用前調之現象，那麼蔣孝《南九宫十三調詞譜》一書，的確符合徐渭所描述的“南九宫”，但徐渭所言之書並無署名作者，故筆者也不能由蔣譜體例就回推徐渭所見的“南九宫”就是蔣譜；而陳、白二氏的《十三調譜》《九宫譜》，在没有更新的材料問世前，可説是僅存於古人的書面記載中，在上述兩種假設都没有充分證據的情況下，周維培推估是書坊圖利所爲，删去蔣序及《十三調南曲音節譜》目録而行世的另一種“南九宫曲譜”或可聊備一説。

二 《香囊記》何以比作雷大使

《後山詩話》：“退之以文爲詩，子瞻以詩爲詞，如教坊雷大使之舞，雖極天下之工，要非本色。”宋代教坊中人雷大使的舞姿，自從被陳師道援引做詩話譬喻，遂成爲一個典故。徐渭則將《香囊記》比作終非本色的雷大使之舞。

> 《香囊》如教坊雷大使舞，終非本色，然有一二套可取者，以其人博記，又得錢西清、杭道卿諸子幫貼，未至瀾倒。至於效顰《香囊》而作者，一味孜孜汲汲，無一句非前場語，無一處無故事，無復毛髮宋元之舊。三吴俗子，以爲文雅，翕然以教其奴婢，遂至盛行。南戲之厄，莫甚於今。②

《南詞叙録》兩次提到《香囊記》，其一討論劇本的用字遣詞③，其二提及《香囊記》的作者與成書。是以，疏證《香囊記》與雷大使將有助於我們解讀徐渭的譬喻。

首先，《南詞叙録》有言：“《香囊》乃宜興老生員邵文明作。”關於該

---

① 青木正兒：《中國近代戲曲史》（附録二），王古魯譯，作家出版社，1958，第635～636頁。

② 中國戲曲研究院編《中國古典戲曲論著集成》第3册，第243頁。

③ 《南詞叙録》：“以時文爲南曲，元末國初未有也，其弊起於《香囊記》。《香囊》乃宜興老生員邵文明作，習《詩經》，專學杜詩，遂以二書語句匀入曲中。賓白亦是文語，又好用故事作對子，最爲害事。夫曲本取於感發人心，歌之使奴童婦女皆喻，乃爲得體。經子之談，以之爲詩且不可，況此等耶？直以才情欠少，未免輳補成篇。吾意與其文而晦，曷若俗而鄙之易曉也？”

劇的作者，舊有邵文明、邵弘治（號半江）、邵給諫三種説法，吴書蔭《〈香囊記〉及其作者——有關邵璨生平的點滴發現》最早對此有專文考辨，① 馬琳萍、侯鳳祥《邵璨生平及〈香囊記〉創作時間考辨》輔以其他材料斷定《香囊記》大致寫於弘治、正德年間（1495～1510）②；黄仕忠先生《〈香囊記〉作者、創作年代及其在戲曲史上的影響》③，將吴文"邵宏治和邵璨應是同一人"④ 的説法追溯釐清，認爲"在明清時期，人們實際上是把幾個不同人物的生平揉雜於一處，而今人之説，雖有所廓清，但也仍有一些内容需要訂正補充"，其結論爲：

> 《香囊記》的作者爲宜興老生員邵璨，並經宜興生員杭濂字道卿與武進生員錢孝號西青"幫帖"而成。…… 舊説《香囊記》作者爲邵給諫、邵弘治（邵宏治、邵半江、邵珪）等，乃因邵珪（1441～1488）字文敬，官居高位，於邵璨爲同鄉前輩，兩人字音相近，被附會而致。

邵璨、錢西青、杭道卿三位老生員用八股筆法編劇，在三四十年後的徐渭看來，無疑是明代南戲發展史上的特殊事件，便援引詩話中雷大使的寓意來説明《香囊記》不復宋元南戲本色，同時也是明代戲曲轉向文詞派的關鍵樞紐。

宋代關於"雷大使"的記載，又見於蔡絛《鐵圍山叢談》與孟元老《東京夢華録》二書：

> **《鐵圍山叢談》**卷六：太上皇在位時，屬升平手，藝人之有稱者，……教坊琵琶則有劉繼安。舞有**雷中慶**，世皆呼之爲**雷大使**。笛有孟水清。
>
> **《東京夢華録》**卷九《宰執親王宗室百官入内上壽》：第一盞御酒，歌板色，……宰臣酒，樂部起【傾杯】。百官酒，三臺舞旋，多是**雷中慶**。其餘樂人舞者，諢裹寬衫，唯**中慶**有官，故展裹。⑤

① 吴書蔭：《〈香囊記〉及其作者——有關邵璨生平的點滴發現》，《戲劇學習》1981年第3期。

② 馬琳萍、侯鳳祥：《邵璨生平及〈香囊記〉創作時間考辨》，《石家庄學院學報》2006年第1期。

③ 此爲第五屆中國文體學國際學術研討會會議論文，2016年11月23日，中山大學中文系。承蒙黄仕忠先生會議前賜稿。

④ 吴書蔭：《〈香囊記〉及其作者——有關邵璨生平的點滴發現》，《戲劇學習》1981年第3期。

⑤（宋）蔡絛：《鐵圍山叢談》，中華書局，1983，第107～108頁；（宋）孟元老：《東京夢華録》，古典文學出版社，1957，第53頁。

海寧、曉文《“教坊雷大使舞”考釋》據上述兩材料，推論：“‘雷大使’當即徽宗時的教坊藝人雷中慶，善舞，‘雷大使’則是時人送給他的別稱。”①

蔡絛，字約之，號百衲居士，約生於1053年，卒於1156年之後，蔡京（1047～1126）四子。蔡京仕途大起大落，宣和六年（1124）第四度掌權爲相，但已年老不能决事，奏判皆由蔡絛爲之。靖康元年（1126），蔡京被貶嶺南，死於潭州崇教寺（今湖南長沙），其子孫二十三人同被放逐，蔡絛被流放到白州（廣西博白），死於此地。《鐵圍山叢談》一文稱徽宗爲“太上”，稱高宗爲“今上”，並述及高宗南渡後約二十年的若干史實，且以白州境内的鐵圍山當書名，足見此書系蔡絛流放白州時所作。② 蔡絛曾經身處徽宗朝的政治核心圈，所記的朝堂掌故有助於我們了解北宋的宫闈概况，且就《續通典》卷八十五《樂一》所記，蔡絛曾在徽宗朝上書宴樂問題，③ 是以就蔡絛所記，徽宗時期教坊中有一位擅舞的雷中慶，當足可信。

而據《東京夢華録》卷九所記，十月十二日在皇宫内舉行徽宗壽宴，④ 上至親王宗室、宰相，下至百官、禁從，以及大遼、高麗、夏國的使者共襄盛舉。輪到百官祝酒時，在台上翩然領舞的是身穿“展裹”的雷中慶，紫色的官服象徵着他在教坊中的官位，其餘舞者的衣着則是諢裹寬衫，“諢裹”是囊形的氈帽，是教坊色、雜劇色的藝人的官樣配飾。

陳師道卒於建中靖國元年（1101），孟元老則在崇寧癸未年（1103）來到京師，居住在城西的金梁橋，靖康之難的隔年（1127）離京南下，避地江左，

① 海寧、曉文：《“教坊雷大使舞”考釋》，《文學遺産》1998年第5期。

② 白州境内有鐵圍山，在舊興業縣（在今廣西郁林西）南，古稱鐵城。《鐵圍山叢談》記載了宋太祖建隆年間至宋高宗紹興年間約二百年的朝廷掌故、宫闈秘聞、歷史事件、人物軼事、詩詞典故、文字書畫、金石碑刻等諸多内容，色彩斑斕，異常豐富，可謂一部反映北宋漢族社會各階層生活狀况的鮮活歷史長卷。

③ （清）清高宗敕撰《續通典》卷八十五《樂一》：“攸弟絛曰：宴樂本雜用唐聲調，樂器多夷部，亦唐律徵角二調，其均自隋唐間已亡，政和初，命大晟府改用大晟律，其聲下唐樂已兩律，然劉昺止用所謂中聲八寸七分琯爲之，又作匏笙塤篪，皆入夷部，至於徵招角招，終不得其本均，大率皆假之以見徵音，以其曲譜頗和美，故一時盛行於天下，然教坊樂工嫉之如讎。”參見《十通》第2種，王雲五主編《萬有文庫》第2集，上海商務印書館，1924，第1649頁。

④ 宋徽宗是元豐五年（1082）五月五日出生，但古代民俗以五月爲“惡月”，而五月五日則是惡月中的凶日，這天生下的子女都被認爲是“不肖不壽”。爲避俗忌，“改作十月十日爲天寧節”；據《宋史》記載，天寧節是專爲徽宗誕辰定下的節日，每年到了這天，文武朝臣都得上殿爲徽宗祝壽。

終老此生。若綰合陳師道、蔡絛與孟元老三人重合的時間，借以定位推斷雷大使的活動時期，應當以陳師道的卒年（1102）爲中心點，[①] 由此拉開時間軸，可以假設雷大使的得名未必在徽宗即位之後，可能在哲宗朝已展露頭角。

沈德符《萬曆野獲編》與清姚燮《今樂考證》所載是“唐人謂教坊雷大使舞，極盡巧工，終非本色”，[②] 其指出雷大使的朝代。海寧、曉文《“教坊雷大使舞”考釋》考證的結果是：“沈氏將‘雷大使’誤作了有着更廣泛影響的教坊藝人雷海青，犯了張冠李戴的錯誤。而清人姚燮搬襲沈説又未加説明，起碼也失於疏忽了。”[③] 另外，《四庫全書》收《後山詩話》與《鐵圍山叢談》二書，《四庫全書總目》提及“雷大使”的案語多了“宣和中”的年號説明，[④] 宣和乃徽宗朝最後一個年號，時間上就和陳師道的卒年矛盾了，故《四庫全書總目》言：“軾卒於建中靖國元年（1101）六月，師道亦卒於是年十一月，安能預知宣和（1119～1125）中有雷大使借爲譬况，其出於依托，不問可知矣。”[⑤] 然而在《鐵圍山叢談》中並未明言“宣和”，恐是由宋到清的傳抄過程中出現異文，而《四庫全書總目》的執筆又加以辯證。

海寧、曉文《“教坊雷大使舞”考釋》梳理南唐以降對歌舞的審美存在着由男女並重到重女輕男、由單純重視技藝到色藝並重的轉變。唐以後，這一“重女輕男”的審美趣味爲後代承繼、沿襲。具體到雷中慶生活的時代，起碼在部分文人中，對舞蹈有着“色藝並重”的審美趣味，認爲具備女兒媚態的舞蹈纔真正地道、本色。“雷大使”生爲男子之身，儘管其舞能“極盡工巧”，怎奈“色”不如人，難入文人“法眼”，陳師道稱其“要非本色”，

---

① 《後山詩話》最早的單行本，是宋咸淳九年（1273）左圭輯刊《百川學海》（丁集）本；全集本，最早見於明弘治十二年（1499）馬暾刻《後山先生集》。

② （明）沈德符：《萬曆野獲編》卷二十五“舞名”條，中華書局，1959，第651～652頁；（清）姚燮：《今樂考證》，《中國古典戲曲論著集成》第10册，中國戲劇出版社，1959，第41頁。

③ 海寧、曉文：《“教坊雷大使舞”考釋》，《文學遺産》1998年第5期。

④ 《四庫全書總目》（卷一百九十五）《後山詩話》提要云：“舊本題宋陳師道撰，師道有《後山叢談》，已著録是書。《文獻通考》作二卷，此本一卷，疑後人合併也。陸游《老學菴筆記》深疑《後山叢談》及此書，且謂《叢談》或其少作，此書則必非師道所撰。今考其中於蘇軾、黄庭堅、秦觀俱有不滿之詞，殊不類師道語，且謂‘蘇軾詞如教坊雷大使舞，極天下之工，而終非本色’。案：蔡絛《鐵圍山叢談》稱‘雷萬慶，宣和中以善舞隸教坊’。”參見《四庫全書總目提要》，中華書局，1965，第1781頁。又，《四庫全書總目》（卷一百四十一）《鐵圍山叢談》提要云：“……諸條，皆足以資考證，廣異聞。又如陳師道《後山詩話》稱‘蘇軾詞如教坊雷大使舞’，諸家引爲故實，而不知雷爲何人，觀此書乃知爲雷中慶，宣和中以善舞隸教坊。”參見《四庫全書總目提要》，第1195頁。

⑤ （清）永瑢：《四庫全書總目提要》，第1781頁。

也理所當然了。① 每一種藝術各有審美指標，舞蹈是動態的視覺藝術，女性舞者的色藝雙全能將舞蹈之美發揮至淋漓之境，沈德符《顧曲雜言》總結歷代歌舞的發展，曰："至若舞用婦人，實勝男子，……蓋本色，婦人態也。"雷大使有極盡天下工巧的舞藝，但身爲男兒身，先天條件就與藝術本質的審美追求隔出一道跨越不了的鴻溝，自然影響世人給他的評價，只能是"終非本色"。雷大使的情形被陳師道用來類比韓愈、蘇軾文學的越界嘗試，因根本道理相通，就成爲詩話中廣爲傳之的熟典。

徐渭長期關注南戲，宋元舊篇質樸切情，耳聞即曉纔好深入鄉間，這是南戲扎根民間以來所形塑的藝術本色；然而邵璨等人在正德間另闢蹊徑，用時文筆法編寫劇本，各門脚色都是一口經史語，處處駢語用典，以文詞派的修辭倡言五倫綱常，抒發風化教民的理念，故被王驥德批評爲"儒門手脚"。② 以文爲雅的"飛躍提升"衝擊了原先南戲的流麗易曉風格，對文人而言無疑多了一個練筆逞才的園地。徐渭論曲，以宋元本色爲工，晦澀難懂不如淺顯易懂，綰合上述，徐渭對《香囊記》的評價自然是"如教坊雷大使舞，終非本色"。

三 《南詞叙録》的音韻問題

《南詞叙録》中有兩個音韻問題的討論。首先，徐渭指出，曲唱應認識到正音與鄉音有别。

> 凡唱最忌鄉音。吴人不辨清、親、侵三韻；松江支、朱、知；金陵街、該，生、僧；揚州百、卜；常州卓、作，中、宗，皆先正之而後唱可也。③

李復波《南詞叙録注釋》核查詩韻，説明各字的韻部、反切，李俊勇《南詞叙録疏證》以清人沈乘麐《韻學驪珠》説明各字聲母、韻部及聲調，④ 二位

---

① 考證詳見海寧、曉文《"教坊雷大使舞"考釋》，《文學遺産》1998年第5期。

② （明）王驥德《曲律·論家數十四》云："曲之始止本色一家。觀元劇及《琵琶》《拜月》二記可見。自《香囊記》以儒門手脚爲之，遂濫觴而有文詞家一體。近鄭若庸《玉玦記》作而益工修詞，質幾盡掩。"參見《中國古典戲曲論著集成》第4册，第121～122頁。

③ 中國戲曲研究院編《中國古典戲曲論著集成》第3册，第244頁。

④ 詳見李復波、熊澄宇《南詞叙録注釋》，第69～70頁；李俊勇《南詞叙録疏證》，第64頁。

學者已從聲韻學的角度初步梳理，但徐渭所述乃是明代的方言，仍有一些内容有待補正。就韻書的選擇，如元代的《中原音韻》或明代的《洪武正韻》都是選定首都地區的方言作爲官話，無法反映同時期的各地方言。從漢語史的角度來理解徐渭所言，在中古《廣韻》的音韻系統中，這幾組字的發音是有所區别的，降至徐渭所處的明代，吴語區的方言中某些聲母、韻母已逐步簡化，歸併了許多發音，所以徐渭就其所知，舉出蘇州、松江、南京、揚州、常州鄉音中幾組同音或音近的字。雖然明代方言的確切音值已無從還原，然而這幾組字在今天的方言中仍是同音不分，可藉以佐證方言的簡化歸併，① 整理如下表。

宋代《廣韻》	明代徐渭所知方言	今日方言
清：清母清韻 親：清母真韻 侵：清母侵韻	明代吴人方言 清、親、侵不分	今日蘇州方言 清［ts ‘in44］ 親［ts ‘in44］ 侵［ts ‘in44］
支：章母支韻 知：章母廣韻 朱：知母支韻	明代松江方言 支、知、朱不分	今日上海松江方言 支［tsɿ52］ 知［tsɿ52］ 朱［tsɿ52］
街：見母佳韻 該：見母咍韻 生：生母庚韻 僧：心母登韻	明代金陵方言 街、該不分； 生、僧不分	今日南京方言 街［tɕie31］、該［kɑe31］今日讀音差距頗大 生［səŋ44］ 僧［səŋ44］
百：幫母陌韻 卜：幫母屋韻	明代揚州方言 百、卜不分	今日揚州方言 百［pɔʔ4］ 卜［pɔʔ4］
卓：知母覺韻 作：精母鐸韻 中：知母東韻 宗：精母冬韻	明代常州方言 卓、作不分； 中、宗不分	今日常州方言 卓［tsɔʔ55］ 作［tsɔʔ55］ 中［tsoŋ44］ 宗［tsoŋ44］

天南地北，南腔北調，本是正常的語言現象，但徐渭在此特别捻出來討論，反映的是明代曲壇崇尚北曲，普遍以《中原音韻》爲宗，因此忌諱以鄉

① 筆者向台灣大學中文系李惠綿教授和楊秀卿教授請教這兩個音韻問題，承蒙二位教授多次書信往返，指導筆者撰寫本小節，特此誌謝。

音唱曲。李復波《南詞叙録注釋》言："徐渭信手指來，説明各地方音不合正規音律，必先正之而後唱的例子。這些字並不是某部韻書的韻部。我國各聲腔劇種，都是各具特色的地方語言與音樂有機地、和諧地結合一體的産物，所謂正音，當是指依本劇種方言而正音。"① 各地方言本來就有聲韻上的平行差異，若要先正音而後唱，那要以哪一種方音方言惟正呢？若處體製劇種（北曲雜劇、南曲戲文）階段，有遵行的音韻方可樹立其主流劇種且流播廣遠之地位，周德清的《中原音韻》以當時北方河北、河南等地，各種場合通用的共同語言作爲"中原之音"的依據，總結北曲雜劇作品中的發聲規律，收集了北曲中的韻脚，將聲韻規範爲十九個韻部，成爲北曲創作者和演唱者審音定韻的標準。明代南戲四大聲腔崛起，② 進入聲腔劇種時期，《琵琶記》可由各種聲腔劇種來演，此時再論"正音"則是各循其本，如昆曲的咬字吐音以姑蘇音中州韻（十九韻部）爲準則，京劇則使用湖廣音中原韻（十三道轍）。

其次，徐渭彙整曲中的方言，其中"薄暮"一條同時解釋了字義與字音。

> 薄暮，母也。"薄"音"博"，"磨"上聲。③ 薄民綿母，以切脚言。④

《南詞叙録》這一行話實在費解，李復波《南詞叙録注釋》從反切入手，但是"薄暮"是切不出"母"或"毋"⑤ 這兩個讀法的。⑥ 筆者認爲要從字音和字義兩方面來探討，首先"薄"與"博"讀作同音，就明代與現代的語音都没有問題，但是徐渭在此强調要將"薄"改讀作"磨"的上聲，因爲"薄"的聲母是幫母［p－］，"磨"則是明母字［m－］；最後"薄民綿母"四字，台灣大學楊秀芳教授"猜測它或許是仿效韻圖，以'歸納助紐字'，

---

① 李復波、熊澄宇：《南詞叙録注釋》，第 70 頁。

② 明代聲腔劇種之崛起，參見葉德均《明代南戲五大腔調及其支流》，《戲曲小説叢考》卷上，中華書局，2004，第 1～67 頁；曾永義《戲曲腔調新探》，文化藝術出版社，2009。

③《集成》本校勘：此條似有脱譌。疑原作："薄暮，母也。'薄'，音'博'；'母'，'磨'上聲。薄民綿母，以切脚言。"參見《中國古典戲曲論著集成》第 3 册，第 256 頁。

④ 中國戲曲研究院編《中國古典戲曲論著集成》第 3 册，第 247 頁。

⑤ 母，《讀曲叢刊》作"毋"，非也，從士禮居本。

⑥ 李復波、熊澄宇：《南詞叙録注釋》，第 98 頁。

來表示聲母的讀音"①，《韻鏡》"陳麟之序文"有言："每翻一字，用切母及助紐歸納，凡三折總歸一律②，即是以推千聲萬音，不離乎是。"③ 助紐字是中古時代拼讀反切所用的一組雙聲字，《韻鏡》中明母的助紐字即是"民綿"，所以"薄民綿母"可理解爲："薄"是被切字，"民綿"是幫助拼音的雙聲助紐，"母"爲聲紐（明母［m－］）。再進一步觀察"薄暮"附近的詞語，謝娘（妓女）、勤兒（浪子、嫖客）、行首（歌妓之首）、小玉（妓女），都與歌樓妓院從業或出入的人員相關。總上所述，應將"薄"讀作"磨上聲"［muo］，釋作"母親"，大膽推測即是妓院中的"鴇母"，在曲中或方言、行話中或稱爲"博磨""薄母"，例如郭勛《雍熙樂府》卷十六，【十樣錦】《有所思》一曲：

> 幽窗下沉吟半晌。追思俏的嬌娘。娉婷處不弱似鶯鶯，妖嬈處，可比。非獎。堪誇性格兒溫柔，難描他諸餘停當。説不盡風流可喜，萬般模樣。相當。我在月下花前，吐膽傾心，把誓盟深講。行思坐想。望盡老今世，同效鸞凰。誰想驀然平地波浪生，方信道任從天降。霧迷雲障。**被博磨毆苦**，打開鴛帳。情慘切，添悒怏。閣不住淚珠汪汪。勞神役志鎮端詳。尋思那人情怎忘。④

曲詞以青樓女子的口吻追憶過往，美好姻緣毁於"博磨"的棒打鴛鴦。又如馬致遠【大石調】套曲《青杏子·悟迷》【擂鼓體】"也不怕薄母放訝掐⑤，諳知得性格兒從來纖下"⑥，寫女子不畏懼"薄母"的狠毒嚴厲。《九宮大成》卷二十【擂鼓體】"薄母"作"鴇母"⑦。而《南詞叙録》則是記録下

① 感謝楊秀芳教授，2015 年 11 月 21 日與筆者 e-mail 討論。

② 所謂"三折"是：①把反切下字提出，單獨來念；②聲紐後加上兩個助紐字；③連讀出反切上字、助紐字、被切字。如《玉篇·切字要法》："何，居經堅歌"，歌字居何切，何（反切上字），居（聲紐、反切上字）—經堅（助紐）—歌（被切字）。

③ （宋）陳彭年等編《宋本廣韻·永禄本韻鏡》，江蘇教育出版社，2002，第 1 頁。

④ （明）郭勛《雍熙樂府》卷十六，載《四部叢刊》三編集部，臺北商務印書館，1966，第 10 頁。

⑤ 王鍈《元明市語疏證》"牙恰、訝掐"條曰："《全元散曲》（第 1689 頁）無名氏小令【滿庭芳】：'牙恰母親，吹回楚雨，喝退湘雲。'牙恰，猶言嚴厲，《行院聲嗽·人事》：'利害——牙恰。'亦作'訝掐'，蓋隨聲取字也。"載《語文叢稿》，中華書局，2006，第 77 頁。

⑥ 隋樹森編《全元散曲》，中華書局，1964，第 259 頁。

⑦ （清）周祥鈺、鄒金生編《九宮大成南北詞宮譜》卷二十，《善本戲曲叢刊》（第 6 輯）第 3 册，臺北學生書局，1987 年據清乾隆内府本影印，第 1969 頁。

“薄暮”這一個寫法，並注明發音和釋義。

小　結

本文提出三點商榷。

第一，書中三次提到“南九宮”，從上下文來判斷，不單指樂律上的九個宮調，也指一本曲譜。蔣孝的《南九宮十三調詞譜》成書在徐書之前，核對蔣譜依照宮調編排之體例，且在同牌名重複舉例時標以“么”“么篇”，確與《南詞敘録》所描述的“南九宮”十分相似，但徐渭明言“不知出於何人”，故周維培推估是書坊圖利，删去蔣序及《十三調南曲音節譜》目録而行世的另一種“南九宮曲譜”可聊備一說。

第二，徐渭將《香囊記》比作雷大使之舞，可溯源至陳師道的《後山詩話》，最早以雷大使之舞比擬韓詩、蘇詞。唐宋歌舞的美學崇尚色藝雙全，男舞者的技藝即便極盡工巧，終究“色”不如女；同理，蘇、韓勇於文體跨界，但衡諸文體的審美趨向，並非唐詩宋詞的本色之美。徐渭長期關注南戲的發展，敏鋭地指出，正德年間，邵璨、錢西青、杭道卿三位老生員以時文筆法寫成的《香囊記》，其麗藻繁典的修辭技巧已經不是宋元南戲的本色出演了。

第三，徐書有兩個音韻問題，其一反映明代方言的簡化，許多語音已合併不分，然腔調劇種使用的戲曲語言，應當先行“正音”，纔能確保傳播更加廣遠。其二，徐渭彙整曲中常用方言，“薄暮”一條除了解釋字義，還標示了讀音，特別是“薄民綿母，以切脚言”一句，容易引導讀者從反切來理解，但“薄暮”是切不出“母”的讀音的。筆者認爲，徐渭的標音只針對“薄”字，應改讀作“磨”上聲。薄字本來的聲母是幫母［p］，但在此要改以“母”爲聲紐（明母字［m］），“民綿”則是明母的雙聲助紐字；而“薄暮”釋義爲“母親”，指的是妓女的假母——“老鴇”，在曲中或寫作“博磨”“薄母”。

附録：《南詞敘録》的整理出版情況

1917，武進董氏誦芬室《讀曲叢刊》刊本。

1921，陳乃乾編《曲苑》（據董氏《讀曲叢刊》本景印）。

1925，陳乃乾編《重訂曲苑》1925年10月增訂石印本（據《曲苑》本景印）。①

1932，《增補曲苑》石集（六藝書局，1932年據《曲苑》本排印）。

1959，《中國古典戲曲論著集成》第3册（中國戲劇出版社，1959）。此本整理時只看到壺隱居黑格抄本，另採姚燮《今樂考證》引文補足。

1974，楊家駱主編《歷代詩史長編二輯》第3册（臺北鼎文書局，1974年據《中國古典戲曲論著集成》本影印）。

1988，中國書店掃描油印本，據《讀曲叢刊》本景印。

1989，李復波、熊澄宇注釋《南詞叙録注釋》（中國戲劇出版社，1989）。頁10凡例："採用《中國古典戲曲論著集成》這個標點本爲底本，小標題爲注釋者所加。"②

1996，汪宇、黄飆審閲《南詞叙録》，《傳世藏書》集庫·文藝評論第2册（海南國際新聞出版中心，1996）。

1997，王德毅主編《叢書集成三編》第32册藝術類（臺北新文豐出版公司，1997年景印董氏讀曲叢刊本）。

2002，《續修四庫全書》集部曲類第1758册（上海古籍出版社，2002年景印董氏《讀曲叢刊》本）。

2004，汪宇整理，黄飆審閲《南詞叙録》，《四庫家藏》集部文藝論評第146册（山東畫報出版社，2004）。

2006，《宋元明清書目題跋叢刊·明代卷》（中華書局，2006年景印董氏《讀曲叢刊》本）。

2009，《歷代戲曲目録叢刊》第1册（廣陵書社，2009年景印董氏《讀曲叢刊》本）。

2009，俞爲民編《歷代曲話彙編》明代編第一集（黄山書社，2009），頁481～497。頁481稱："以壺隱居黑格抄本爲底本，原本有何焯批語，今附於所批文字下。"

2010，鄭志良：《關於〈南詞叙録〉的版本問題》，《戲曲研究》2010年第1

---

① 《重訂曲苑》第3册，書皮題"徐文長三種衡曲塵譚曲律"，含徐渭《南詞叙録》、徐渭《舊編九宫目録》等。

② 該書注釋、校勘、引證龐博。全書分編輯説明、前言、凡例、自序、叙文、元宋舊篇、本朝等七個部分。《南詞叙録》的"叙"包括自序和叙文（二十六則）、戲曲術語（十五則）、方言俗語（五十三則）的釋義等三個部分。《南詞叙録》之"録"，主要是著録宋元及明初的南戲劇目。這些劇目可分爲三類情況：一是劇本今存；二是劇本已佚但有散出佚曲存世；三是劇本全佚亦無散出佚曲留存。本書收録了何焯的全部眉批以及傅惜華、杜穎陶二位先生的大部分校勘記。

期。以壷隱居黑格抄本爲底本，參考士禮居本、《今樂考證》引文、《讀曲叢刊》本、《中國古典戲曲論著集成》重新整理點校，正文見頁355～371。

2015，李俊勇疏證《南詞叙録疏證》（江西教育出版社，2015年以《中國古典戲曲論著集成》本爲底本）。

【郁文堂曲話】王國維不欲重印《曲録》

王國維《曲録》成書於1908年，次年由番禺晨風閣叢書刊行。此爲第一部中國戲曲總目，彙纂宋金元明清五代院本雜劇傳奇劇目，非徒爲考鏡之資，亦可作搜討之助。然十餘載後，静安以爲此書未備，不欲重印。

静安於1923年6月11日致陳乃乾書云：拙著《曲録》當時甚不完備，後來久廢此事，亦不復修補。弟意此書聽其自滅，至爲佳事，實不願再行翻印。兄若不見告而逕行翻印，則弟亦絶不干預也。（《王國維全集》第十五卷，浙江教育出版社，2010年，第699頁）

6月23日致陳乃乾書，又云：拙撰《曲録》不獨遺漏孔多，即作者姓名，事實可考者尚多。後來未能理會此事，故不願再行刊印。兄如能補遺正誤，並將作者事實再行蒐羅，則所甚禱也。（同上書，第700頁）

故陳乃乾略加訂補，收入《增補曲苑》（1922），後復有《重訂曲苑》本（1925）。嗣後重印之本皆祖《晨風閣叢書》本，如羅振玉輯《海寧王忠慤公遺書》本（1927），趙萬里輯《海寧王静安先生遺書》本（1940），台北藝文印書館重印本（1971），台北新文豐出版公司重印本（收入《叢書集成續編》，1989），廣陵書社影印《歷代戲曲目錄叢刊》本（2009），中國書店影印《晨風閣叢書》本（2010），《廣州大典》影印《晨風閣叢書》本（2015）。《日本所藏稀見中國戲曲文獻叢刊》第二輯影印有馬廉、趙萬里、倉石武四郎三家批註本。

韋力《失書記》云，《曲録》初稿二卷，海王村拍得11萬元。《曲録》清稿六卷，保利拍得150萬元。

朱有燉《李亞仙花酒曲江池》雜劇小考

羅旭舟*

摘　要：朱有燉《李亞仙花酒曲江池》雜劇，有周藩原刻本，存世甚稀。新見天一閣藏朱鼎煦"别宥齋"舊藏原刻本，使此劇原刻存本增至四種。"别宥齋"藏本亦有缺損，可以與他本互參訂補，探究原刻全貌。又，傅惜華《明代雜劇全目》對此劇存本記録存有訛誤，乃是"别宥齋"同時收藏有《古名家雜劇》四種所致。朱有燉《曲江池》雜劇並非抄襲元雜劇《曲江池》，今人之誤識，乃是臧懋循編《元曲選》時的改動所致。

關鍵詞：朱有燉　曲江池　雜劇　指誤

朱有燉（1379～1439），號誠齋、全陽子、錦窠老人、梁園客，明太祖朱元璋第五子周定王橚長子，謚曰憲，世称周憲王。朱有燉所作雜劇 31 種，均有周藩原刻本存世，今分存於中國國家圖書館等處。其中《李亞仙花酒曲江池》（以下簡稱《曲江池》）雜劇篇幅甚長，为朱有燉永樂七年（1409）的作品。

一　《曲江池》雜劇原刻存本狀況

《曲江池》雜劇，在相當長時間内，學界僅知其原刻存本藏於國家圖書館。國家圖書館所藏朱氏雜劇原刻本有兩種：一種題名"誠齋雜劇二十五卷"，編號 A01839，收劇 25 種，其中第七册收《曲江池》雜劇僅存卷首"引文"（以下簡稱"二十五卷本"）；另一種題名"誠齋雜劇二十二卷"，編號 04914，收劇 22 種，其中第十六册收《曲江池》雜劇全本（以下簡稱"二十二卷本"），卷首有"謙牧堂藏書記"白文方印，知爲清康熙年間揆叙

---

* 羅旭舟，1976 年生，男，湖北當陽人。文學博士。中山大學中國古文獻研究所兼職研究員，研究方向爲古典戲曲文獻。發表有《〈盛明雜劇〉的輯刊與流傳》《〈復莊今樂府選〉存本新考》等。
本文係國家社科基金青年項目"明代的雜劇輯刊與戲曲文學發展研究"（批准號：13CZW043）研究成果。

（1674～1717）舊藏，[①] 此本於民國初年歸吴梅先生，後歸北京圖書館。此外，台灣中研院傅斯年圖書館亦藏有朱有燉雜劇原刻本，題名“明周王誠齋刻古今雜劇”，編號 A855.5/219，收劇 10 種，其中第六册亦收《曲江池》雜劇全本（以下簡稱“傅圖本”），卷首有“賴古堂藏”及“海豐吴氏石蓮盦”印，可知曾爲清初周亮工（1612～1672）[②] 和民國吴重憙（1838～1918）遞藏。

20 世紀 50 年代，傅惜華先生《明代雜劇全目》曾著録朱酇卿藏有周憲王雜劇原刻本《常椿壽》《十長生》《蟠桃會》全本及《神仙會》殘本。[③] 朱酇卿，即朱鼎煦（1885～1968），字贊父、酇卿，號別宥、香句，乃蕭山藏書家，其藏書處稱“別宥齋”。別宥齋藏朱氏雜劇原刻，學界久未得見，因此，傅氏所記亦遲遲未得印證。

其實，“別宥齋”藏書十萬餘卷，在 1979 年已由朱鼎煦後人捐贈給寧波天一閣博物館。近年天一閣專爲此部分藏書編著《別宥齋藏書目録》，纔使學界得知別宥齋藏朱氏雜劇原刻本的確切去向。《別宥齋藏書目録》集部之“曲類”專列“雜劇”，記有“誠齋雜劇二十二卷”一種，録爲：“明刻本，一册。存一卷。有‘曾經滄海’朱文方印、‘蕭山朱別宥收藏書籍’白文長方印。”[④] 今年，筆者終得在天一閣見到別宥齋舊藏朱有燉雜劇原刻存本，不過，此存本與傅惜華先生所記相去甚遠（傅氏誤記原因見後文分析），實僅存一卷，乃是《曲江池》雜劇（見圖 1、2，以下簡稱“天一閣本”），此本半葉框高 183 毫米，寬 115 毫米，与國圖二十二卷本相同，天一閣本的出現使得《曲江池》原刻存本又增加了一種，即現存朱有燉《曲江池》原刻存本共有四種。

從圖 1、圖 2 可見，天一閣本劇卷首用印，與天一閣編《別宥齋藏書目録》所載大體相同，唯卷首右下框外白文長方印實爲“蕭山朱鼎煦收藏書籍”。卷末鈐“酇卿樂賞”朱文印。天一閣本保存較爲完整，與其他存本相較，唯天一閣本引文首葉完全佚失，且引文全部置於劇末。從現存的朱氏雜劇原刻本看，凡劇有引文者，引文皆置於劇前，天一閣本置引文於劇末，當

---

① 揆叙生卒年參見劉德鴻《清初學人第一：納蘭性德研究》，中國社會科學出版社，1997，第 432 頁；傅璇琮：《中國詩學大辭典》（浙江教育出版社，1999，第 614 頁）作 1675 年。
② 李玉安：《中國藏書家通典》，中國國際文化出版社，2005，第 308 頁。
③ 傅惜華：《明代雜劇全目》，作家出版社，1958，第 63、64、66 頁。
④ 天一閣博物館編《別宥齋藏書目録》，寧波出版社，2008，第 637 頁。

是流傳中首葉佚失，導致藏家不知此數葉爲“引”，故誤裝於劇末。

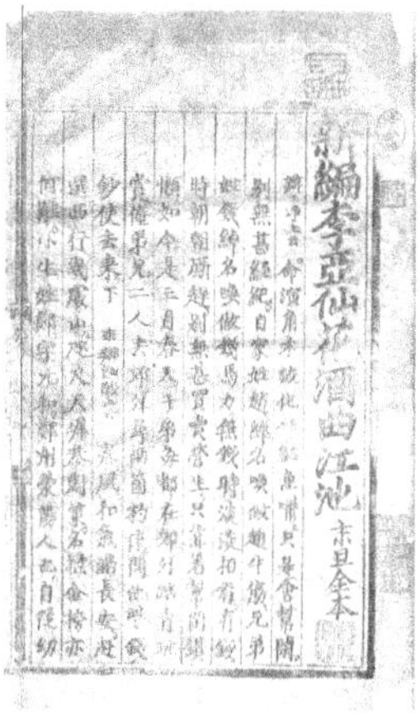

圖1　天一閣本卷首①

圖2　天一閣本卷末

朱有燉《曲江池》雜劇原刻的四種存本都存在缺損，缺損最大的是二十五卷本，僅存劇前引文，正文全佚，但就引文來説，二十五卷本的引文却又是保存最完整的。二十二卷本劇前引文落署處缺失“永樂己丑”四字，筆者曾仔細辨認原書，發現二十二卷本此處乃是紙面被人爲剜去。傅圖本落署年完整，但引文末“游戲音律”“梁園風月”二印已缺失。二十五卷本引文正好爲這些缺損提供了必要的參證。天一閣藏本引文置於劇末，且有署年的首葉佚失，而且，天一閣本的正文第二十一葉也缺損較多（見圖3）。因此，從文本完整角度來看，朱氏《曲江池》雜劇原刻的四種存本，皆非完璧，諸本互參，方可確證原刻全貌。

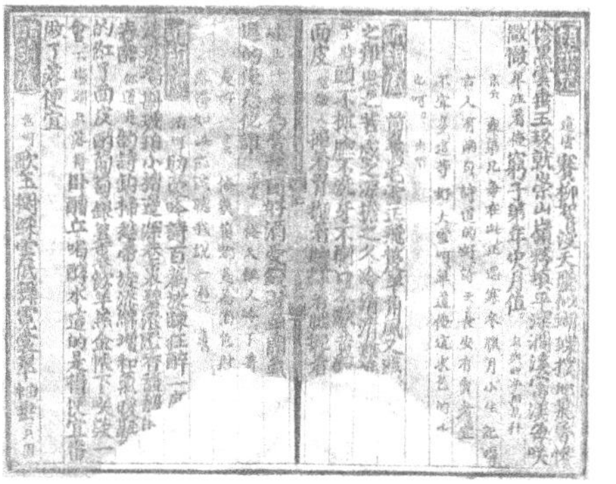

圖3　天一閣本缺損葉

① 本文圖片由天一閣博物館提供。

二　《明代雜劇全目》誤記原因及《曲江池》主要傳本

從前面天一閣本與另三種存本的對比分析可知，《明代雜劇全目》所記實有錯誤，但致誤原因却可查考。筆者排查天一閣所收别宥齋舊藏，發現别宥齋同時還收藏有《古名家雜劇》四種，恰巧是朱有燉雜劇四種：《常椿壽》《十長生》《蟠桃會》《神仙會》，且特征與傅氏所載完全相同，末一劇《神仙會》後部缺損。因此，《明代雜劇全目》所載朱鼎煦藏朱有燉雜劇原刻本四種，乃是誤將明萬曆十七年（1589）新安徐氏選刊的《古名家雜劇》本朱有燉雜劇歸爲周藩原刻，《明代雜劇全目》此點需加訂正。

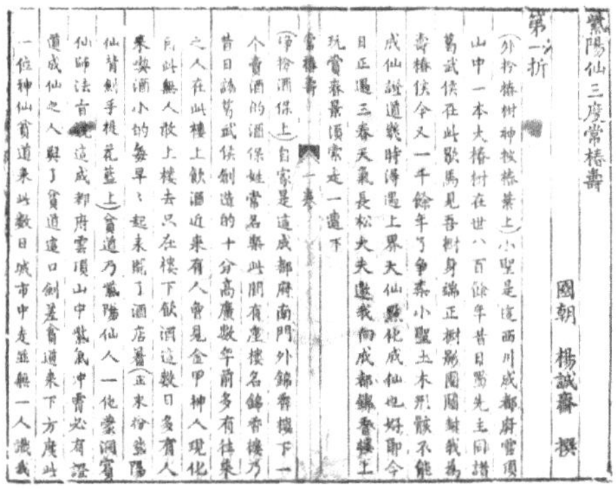
紫陽仙三度常椿壽
國朝　楊誠齋　撰
第一折
（外扮椿樹神披枝葉上）小聖是這西川成都府雲頂
山中一本大椿樹在世八百餘年昔日蜀先主同諸
葛武侯在此歇馬見吾樹身端正樹影團團封我爲
壽椿侯今又一千餘年了爭奈小聖土木形骸不能
成仙證道幾時得遇上界大仙點化成仙也好即今
日正遇三春天氣長松大夫邀我們成都錦香樓上
玩賞春景須索走一遭下
常椿壽　一卷
（淨扮酒保上）自家是這成都府南門外錦香樓下一
個賣酒的酒保姓常名繁此間有座樓名錦香樓乃
昔日諸葛武侯創造的十分高廣數年前多有往來
之人在此樓上飲酒近來有人曾見金甲神人現化
自此無人敢上樓去只在樓下飲酒這數日多有人
來喫酒小的每早早起來賦了酒店看（正末扮紫陽
仙背劍手提花籃上）貧道乃紫陽仙人一化崇洞賓
仙師法旨[illegible]這成都府雲頂山中紫氣沖霄必有證
道成仙之人與了貧道這口劍着貧道來下方度此
一位神仙貧道來此數日城市中走並無一人識我

圖4　天一閣藏《古名家雜劇》之《常椿壽》

《古名家雜劇》所收朱有燉雜劇正是朱劇在明末的一個重要傳本，其書模仿原刻，在劇前亦刻有“引文”，甚至連原刻印章也一並模上，這可能也造成藏家誤認其爲朱劇原刻，而傅氏未親閱原書，轉記致誤。《古名家雜劇》本所收朱氏雜劇已知共有8種，分别是《曲江池》《常椿壽》《團圓夢》《十長生》《繼母大賢》《香囊怨》《蟠桃會》《神仙會》，《曲江池》是其中之一，但此本錯將作者刻爲“國朝　楊誠齋”。《古名家雜劇》本在明末流傳影響甚廣，祁彪佳《遠山堂劇品》記爲“曲江池　北四折　楊誠齋”，[①] 即是實録《古名家雜劇》本署名狀況，可知彼時祁氏亦未得見朱氏雜劇原刻，僅

① 祁彪佳：《遠山堂劇品》，《中國古典戲曲論著集成》第六册，中國戲劇出版社，1959，第142頁。

能以《古名家雜劇》爲據。後世藏家顯然已發現此誤，在脈望館校藏《古名家雜劇》本《曲江池》中已將署名“楊”字塗改爲“周”，即“周誠齋”。

比《古名家雜劇》更早傳刻朱氏《曲江池》雜劇的，當是嘉靖三十七年（1558）紹陶室刊印的《雜劇十段錦》，其書收朱氏雜劇八種：《義勇辭金》《曲江池》《八仙慶壽》《團圓夢》《仗義疎財》《繼母大賢》《豹子和尚》《煙花夢》。《曲江池》列爲第二種。

三　朱有燉雜劇《曲江池》與元雜劇《曲江池》關係

朱有燉在《曲江池》劇前引文中自云：“近元人石君寶爲作傳奇，詞雖清婉，叙事不明，鄙俚尤甚，止可付之俳優，供歡笑而已，略無發揚其行操，使人感嘆而欣羡也。予因陳迹，復繼新聲，製作傳奇，以嘉其行。”① 可知此劇乃是朱有燉在石君寶雜劇基礎上的再創作。

《元曲選》收石君寶《曲江池》雜劇，有數支曲文與朱氏劇幾乎完全一樣，徐子方先生因而批評朱氏“作劇多沾丐前人。如劇首楔子【仙吕・賞花時】、【幺篇】二曲及第四折【高調（徐氏原文如此，當爲商調）・上京馬】，曲文皆襲自石君寶劇，無稍改異”②。其實，對於此點，吴梅先生早就指出：

> 因有疑憲藩此作爲改易舊詞者，此説非也，……古詞儘有名同文異者，不獨此劇然也，且打瓦罐一劇雖佚不可見，而石作《曲江池》儼然在《元曲選》中，同相比較，殊不相類，惟楔子【賞花時・幺篇】與石作同，此非王之襲石作也，或即臧晉叔據此劇以改石作而删去【端正好】一曲耳，又石作第三折有【商調・上京馬】一支，即此劇第四折中曲文，亦疑是晉叔改竄，而王之原作固昭如星日也。③

曲文幾乎完全一樣，如果存在抄襲，元人在前，朱氏在後，則後出者抄

① 朱有燉：《李亞仙花酒曲江池》，周藩原刻本劇前引文。
② 徐子方：《明雜劇研究》，文津出版社，1998，第162頁。
③ 吴梅：《奢摩他室曲叢二集》，《曲江池跋》，商務印書館，1928。

襲無疑。但問題並非這樣簡單，因臧氏編《元曲選》在明末萬曆年間，事實上《元曲選》所收石氏《曲江池》反屬晚出，且臧氏編《元曲選》時已有大加改筆之舉，臧氏自云："戲取諸雜劇爲删抹繁蕪，其不合作者，即以己意改之。"① 前人對此已大加詬病，孫楷第有"師心自用，改訂太多"② 之譏。同時，石氏雜劇還有另一傳本可加參證，即顧曲齋《古雜劇》本。在顧曲齋本中，並無上述二曲。因此，《元曲選》本中此曲当为臧氏竄入，退一步説，即便臧氏收石劇入《元曲選》時未加改動，但臧氏所據元劇底本當是已竄入朱劇曲文的傳本。吴先生此評，概言之，即《元曲選》所收石氏雜劇是由於臧懋循的改筆，竄入了朱氏的曲文，朱氏並未抄襲石劇原曲，其劇爲自作無疑，此自是正論。

以【尚京馬】曲爲例，《元曲選》石氏劇在正旦主唱的第二折【梁州第七】曲後，突入末、净所唱挽歌：

【商調·尚京馬】也則俺一時間錯被鬼昏迷，這是贍表子平生落得的。那有見識的哥哥每知了就裏，似這等切切悲悲，從今後有金銀多攢下些買糧食。

而朱氏劇末主唱的第四折有：

【尚京馬】也是我一時間錯被那鬼昏迷，這是贍表子平生落得的。有鑒識的哥哥每知了就裏，似這等切切悲悲，從今後有金銀多攢下些買粮食。

兩支曲文幾乎相同，且不説在石氏劇中此曲是否適合作爲"挽歌"，僅就此曲内容與前後劇情相較就顯得十分突兀。在朱氏劇中，此曲是鄭元和在街上叫化時所唱，前曲鄭元和唱當時如何風花雪月，嘆如今落魄如何艱難，緊接此曲即唱悔恨之意，前後語意連貫，並無突兀之感。反觀《元曲選》本石氏劇，此曲的出現，尤顯得無頭無尾，即便以"挽歌"搪塞觀衆，也難與前後文相諧。此曲爲朱氏雜劇原曲無疑。徐先生因雷同數曲的存在，簡單得

① 臧懋循：《負苞堂集·文選》卷四，《寄謝在杭書》，古典文學出版社，1958，第92頁。
② 孫楷第：《也是園古今雜劇考》，上雜出版社，1953，第151頁。

出朱劇“皆襲自石君寶劇，無稍改異”的結論，未免武斷。

朱氏“予因陳迹，復繼新聲”一語，不妨理解爲對題材、關目的承襲改造。關於《曲江池》所述李亞仙、鄭元和故事題材從《李娃傳》以來的流變，學界已多有論述，[①] 此不贅言，在曲文創作上，朱氏對石氏的因襲可略加分析。

例 1：

朱氏劇第一折：

【點絳唇】春日遲遲，困人天氣，韶光媚，草色芳菲，遍野均鋪翠。

顧曲齋本石氏劇第一折：

【仙吕·點絳唇】春滿郊園，晚來雨過，東風軟，花柳争妍，山色青螺淺。

《元曲選》本石氏劇第一折：

【仙吕·點絳唇】朝来個雨過郊原，早蕩出晴光一片，東風软，萬卉争妍，山色青螺淺。

此曲寫春日景色，朱氏曲與顧曲齋本石氏曲在句法上較爲接近，但各有重點。僅從曲文意象上來看，石劇寫春雨、花柳、山色，描摹的是春風化雨的清麗；而朱劇寫春日、春光、草色，突出的是春日暖陽的慵懶。本來描摹春景，寫春風、春雨、花柳，再爲平常不過，朱氏若亦寫春雨，也毫不奇怪，但朱氏在作曲時還是刻意回避了石劇曲文的意象，故意選擇了不同的側重點，這種明顯刻意的回避，正體現了朱氏的自創之心。到了臧氏的《元曲選》本中，則將兩者摻揉在了一起，“早蕩出晴光一片”，寫雨後天晴，有春雨，亦有春光，爲顧曲齋本的清麗又打上了一抹春日的亮色，這種調和很聰

---

① 可參看伊維德《朱有燉的雜劇》，張惠英譯，北京大學出版社，2009，第 130 頁；青木正兒《中國近世戲曲史》，王古魯譯，中華書局，2010，第 108 頁；曾永義《明雜劇概論》，學海出版社，1979，第 159 ~ 160 頁。

明，但也露出了《元曲選》本實際是在糅合前兩本而後出的馬脚，因此，若據《元曲選》本反過來批評朱氏劇，有失公允。

對於回避不了的意象，朱氏又采取了不同的創作方法。

例 2：

顧曲齋本石氏劇第一折：

【混江龍】東君堪羡，買春光滿地撒榆錢。你看那王孫蹴踘，仕女鞦韆。畫板蕩開紅杏雨，絳裙拂散緑楊煙。我逐朝席上，每日尊前，可臨郊外，乍到城邊。據此景呵，好着人無意相留戀。若依着我呵，则着這好花休謝，明月常圓。

朱氏劇第一折：

【混江龍】佳人遊戲，鞦韆慵困解羅衣。梨園杏塢，竹徑桃蹊。收薄霧暖雲紅掩岫，漲清波新水緑平池。聲恰恰黄鶯唤友，語喃喃紫燕争泥。亂紛紛偷香蝶舞，鬧穰穰課蜜蜂飛。士女每香車寶蓋，王孫每玉勒金羈。筵排着龍笙鳳管，酒斟着緑蟻香醅。花步障，綉屏圍。金錯落，錦擒披。柳絲絲風軟玉驄驕，水溶溶沙暖鴛鴦睡。一處一箇董源圖畫，一步一箇杜甫詩題。

石氏【混江龍】曲仍寫春景，有人的行動，如蹴踘、鞦韆，有景的靈動，如榆錢。“畫板蕩開紅杏雨，絳裙拂散緑楊煙”，寫的還是尋常人家的遊春之行。

朱氏【混江龍】曲中寫春遊之人雖然仍承襲了一些意象，例如也有鞦韆，但是朱氏曲文春景中的人物却完全不同，乃是富貴王侯的遊春：“士女每香車寶蓋，王孫每玉勒金羈。筵排着龍笙鳳管，酒斟着緑蟻香醅。花步障，綉屏圍。”此等奢華遊春的情形，已非尋常百姓家的寫照，富貴之氣甚於春光。朱氏將石氏曲中關於春景的意象，比如寫榆錢“買春光滿地撒榆錢”，化爲另一支曲【油葫蘆】中的“撒青錢是榆莢飄”。如此改换角度，復加點染，同樣描寫遊春之景，朱曲已擴張了數倍。

總的説來，除去題材故事的因襲不論，僅就曲文創作來講，如果説朱氏劇對石氏劇有所因襲，當如上述数例中那樣，更多是一種意象的因襲。永樂七年（1409），彼時剛滿三十歲的周憲王，不會輕易放過逞露自己才情的機會，抄襲舊曲，絶非其所爲。祁彪佳列朱氏《曲江池》劇爲“妙品”，評云：“才膽横軼，猶不及石君寶劇；而推敲點染，已極精工。”[①] 從上述看，這“推敲點染，已極精工”，自是精到之論。

“可以人而不如鳥乎”出處辨正

鄭尚憲

《牡丹亭》第九齣《肅苑》，春香稱：“小姐説，關了的雎鳩，尚然有洲渚之興，可以人而不如鳥乎！”因爲被視爲杜麗娘青春覺醒的標誌，這句話長期以來很受人們重視。還有學者指出，《牡丹亭》裏這“最後一句話一字不改地來自《如意君傳》”，因此可以作爲湯顯祖閲讀以色情描寫著稱的《如意君傳》，“並在作品中留下印記，可以作爲他曾經閲讀《金瓶梅》的旁證”（徐朔方《小説考信編》，上海古籍出版社，1997，第183頁）。

湯顯祖是否讀過《如意君傳》和《金瓶梅》，此處暫不討論，只想指出“可以人而不如鳥乎”一語並非《如意君傳》原創。它的原創者不是别人，而是孔老夫子！《禮記·大學》：“《詩》云：‘邦畿千里，惟民所止。’《詩》云：‘緡蠻黄鳥，止於丘隅。’子曰：‘於止，知其所止，可以人而不如鳥乎！’”

南宋以後，《大學》《中庸》《論語》《孟子》合稱“四書”，成爲學校官定教科書和科舉考試必讀書，讀書人無不將之倒背如流，因而“可以人而不如鳥乎”成了人們耳熟能詳的話頭，所以在創作小説、戲曲時隨手引用，乃不難理解之事，不存在誰引用誰的問題。實際上，筆者在莆仙戲傳統劇本中就不止一次讀到“可以人而不如鳥乎”或與之相似的句子。明清小説也不例外，如《姑妄言》第二回就有“何以人而不如母狗乎”之語。今人由於對“四書”不大熟悉，所以一直以爲這句話是湯顯祖等人原創，故而有必要予以辨正。

① 祁彪佳：《遠山堂劇品》，《中國古典戲曲論著集成》第六册，中國戲劇出版社，1959，第142頁。

《康熙萬壽雜劇》散論

戴　雲*

摘　要：現藏於中國國家圖書館的《康熙萬壽雜劇》是鄭騫先生在1936年以賤價購入的，原無總書名，現書名是鄭先生根據書中内容所定的。該書本身是一個殘卷，據現存十三齣的内容來看，這部雜劇是專門爲康熙六旬壽誕而創作的。劇中對康熙一生的豐功偉績作了全面總結，對其文治武功極盡歌頌：康熙平叛的勝利，使周邊屬國臣服，以及康熙尊崇理學，重視選拔人才，重視農耕，減免徭役等，劇中還對康熙的博學多才和睿智超群予以頌揚。這部雜劇有其獨特的藝術手法，它在每齣的正文之前均有短序，序後則以一小段文字來述明大義。全劇採用虛實結合的方法，以古喻今來歌頌康熙政績，並借助唐參軍戲中的插科打諢來調劑場上氣氛。

關鍵詞：康熙萬壽雜劇　萬壽慶典　文治武功

古代皇帝的誕辰之日被稱爲萬壽節，取萬壽無疆之意。有清一代，作爲三大節之一的萬壽節，是全國性的重要節日。每年的萬壽節舉國歡慶，特别是逢皇帝整壽之時，皇宫内外還要舉辦十分隆重的慶典活動。清代皇帝標榜以“仁孝”治天下，所以，皇太后的生日也被列入萬壽慶典活動之列，而且其規模並不遜於皇帝的萬壽節，有時甚至要超出帝王的萬壽慶典。我們從文獻記載中，可知乾隆年間，在乾隆生母崇慶皇太后五旬、六旬、七旬、八旬之時，都舉辦過規模盛大的萬壽慶典活動。此慶典活動不只限於京城，各省都要以不同方式來祝賀。如崇慶皇太后六十壽辰時，江西的青年才俊蔣士銓（1725～1785）便根據當地的民間風謡編撰了《西江祝嘏》雜劇集，包括《康衢樂》《忉利天》《長生籙》《昇平瑞》四劇，表達了江西士民對皇太后壽辰的遥相祝願。清代學者趙翼在《簷曝雜記》中，曾詳細描繪了崇慶皇太后六十慶典的宏大場面，而宫廷畫師張廷彦等繪製的《崇慶皇太后萬壽盛典圖》，更是使人直觀地瞭解了當時盛典的場面以及各地所演劇目、歌舞、説

* 戴雲，女，浙江建德人。中國藝術研究院戲曲研究所研究館員。著有《勸善金科研究》等。

唱等方面的情况。至清末，慈禧太后爲給自己舉辦七十壽典，在當時國力衰敗的情况下，還大肆鋪張，不惜挪用國家的海軍軍費，整修頤和園等。慈禧七十壽典的場面雖也很壯觀，但比之乾隆時崇慶皇太后的萬壽慶典活動，那是相去甚遠的。

萬壽慶典是清宫十分重要的儀典活動。清兵進關後，順治一朝舉辦的萬壽慶典活動因文獻记載較簡略，故難知其詳情。① 但據故宫博物院珍藏的康熙六旬《萬壽圖》卷以及國家圖書館保存的《康熙萬壽雜劇》殘卷，可知在康熙年間，萬壽慶典活動的規模就已經很可觀了。康熙六旬《萬壽圖》卷是由冷枚等十四名宫廷畫家所繪的，其以寫實的手法，精細描繪了在康熙六旬壽誕期間，從京城神武門至西直門，又從西直門外至暢春園沿途熱鬧的慶祝活動。據《萬壽圖》卷前識文可知，康熙五十二年（1713）玄燁六旬壽誕期間，京師九門内外張燈結綵，錦坊彩亭及樓閣水榭連綿不斷，其金碧輝煌可與雲霞争燦。文武百官及黎民百姓皆在路邊捧觴候駕，夜晚火樹銀花，在鐘鼓迭宣之中，笙歌此起彼伏。如果仔細觀察這幅長卷，便知畫卷識文所説“祝嘏之盛，曠古未有”之説，絶非虛妄之言。

關於康熙六旬《萬壽圖》卷，以及圖中所涉及的戲曲、曲藝、歌舞等藝術方面，已有許多精彩的論述，在此不贅。② 筆者想對《康熙萬壽雜劇》談一下自己的研究心得。

一 《康熙萬壽雜劇》的總體面貌及創作時間

《康熙萬壽雜劇》現爲中國國家圖書館收藏，係朱絲欄精鈔本，共一函四册。界欄上下呈彎曲弧狀，有朱筆點板，並脚色、表演動作提示。天頭金鑲玉裝裱處有“鄭”字小印，書有墨筆題記二。函套簽題：“康熙萬壽雜劇，康熙鈔本，存十三齣，鄭伯書室藏。”函套内有題記云：“此本弘曆等字均不避，確是康熙時鈔本。首尾不全，殊可惜耳。丙子冬日，海市界邢某持來求

---

① 僅知在順治元年（1644）爲慶賀萬壽、元旦、冬至等節，曾制定諸王貢獻例（《清世祖實録》卷十一），順治八年（1651）又制定萬壽等三大節的禮儀（《清世祖實録》卷五十六）。

② 參見（清）馬齊等奉敕纂修《萬壽盛典初集》（清康熙武英殿刻本），相關文章還有：朱家溍《〈萬壽圖〉中的戲曲表演寫實》（收入《故宫退食録》，紫禁城出版社，2009），劉乃英《康乾盛世的風俗長卷——〈萬壽盛典圖〉》（《中華文化畫報》2013 年第 5 期）等。

售，以廉直得之，命文奎堂重裝。次年小陽之月，英百題記。”卷端有“高陽齊氏百舍齋存書之印”，卷尾有“如山過目”章。根據題記可知，《康熙萬壽雜劇》是鄭騫先生在1936年以廉價購入的，因殘缺而書名佚，現書名係鄭先生據内容而定的。又據印章可知，齊如山先生也曾是该书的主人。《齊氏百舍齋戲曲存書目》這樣著録：

> 康熙朝承應戲　四册一函　安殿本
>
> 存玉燭均調（第六）　罷虎韜威（第七）　文明應候（第八）　律吕正度（第九）　璿璣授時（第十）　（失名）（第十一）　金母獻環（第十二）　雲師衍數（第十三）　蒼史研書（第十四）　百穀滋生（第十五）　萬方仁壽（第十六）　鳳麟翔舞（第十七）　長幼歌風（第十八）①

鄭齊兩先生都曾是該書的持有者，對書中内容想必進行過仔細研究。二人將書的年代定爲康熙朝是正確的。齊先生或因全書首尾不全，無法判斷其名，只將其歸類爲承應戲，這固然不錯，但承應戲的範圍較爲寬泛（包括月令承應、慶典承應等）；鄭先生根據内容，將書名定爲“萬壽雜劇”，似更加貼切且符合實際。20世紀40年代後期，二人先後赴臺定居，此書最終則爲北京圖書館（即今中國國家圖書館）庋藏。20世紀50年代有復抄本，今存中國藝術研究院圖書館。

《康熙萬壽雜劇》原本到底有多少齣，已不可知。今天我們能見到的，僅有第六齣至第十八齣。傅惜華《清代雜劇全目》曾有著録，是以每齣的齣名分别著録的。

清内府演劇，常常將遊離於劇情之外的時事插入其中。如寫目連救母故事的康熙舊本《勸善金科》，② 在十卷二十二齣，借劇中人物（採訪使者）之口道出“當今萬歲爺，設爲《勸善金科》，使人警醒”；又在十卷二十三齣説出了“幸逢大清康熙二十年十二月二十日，因天下蕩平，廣頒赦詔，十惡之外，咸赦除之”之語，這就把編演《勸善金科》的目的（慶賀三藩平定）及演出時間向觀衆作了交代。《康熙萬壽雜劇》雖没有如《勸善金科》那樣

---

① 參見《齊如山全集》四，臺北聯經出版公司，1979，第2619頁。

② 中國藝術研究院圖書館藏。

直接明寫，而它本身又是一個殘卷，我們無法弄清它殘缺的內容，但根據現存內容中的蛛絲馬迹來看，筆者認爲，這部雜劇是專門爲康熙六旬壽誕而創作的。

綜觀全劇，其內容是以歌功頌德的方式祝賀康熙壽辰。作者將康熙在位時的主要“政績”以戲曲藝術的手法加以詮釋，目的是在壽誕期間表演給王公貴族（包括康熙本人）觀看。劇中雖然插入了不少神話傳説中的人物，但主要仍是以寫實的手法，直接或間接將康熙的政績和盤托出。如《律吕正度》一齣，演的雖是瑶池仙子演律上壽，歌頌皇朝萬年，但其卷首之序，稱當今皇上天縱多能，“審音正樂，通律吕之本原，爲中和之製作”，可知這是在讚頌在康熙皇帝主持下編撰的《律吕正義》一書。《律吕正義》成書於康熙五十二年（1713），所以《康熙萬壽雜劇》創作的上限應在康熙五十二年。

另外，在第十齣《璿璣授時》中，借羲仲、羲叔、和仲、和叔之口説出了“當今聖皇在位，深明曆甲”，等等。這是暗指在康熙親自過問下編成的《曆象考成》等著作。《曆象考成》也是在康熙五十二年編成的。而這年的三月十八日，便是康熙皇帝的六旬壽誕。

特别是在第十二齣《金母獻環》中，金母上場自報家門後，言道：“因當今聖皇治世，弘圖永固，福壽無疆，已傳諭諸仙同往恭祝。我將上古玉環一枚進獻，以應循環花甲、福壽延綿之象。”大家知道，中國古代以干支紀年，六十年爲一個甲子，周而復始，循環使用，所以人們常稱六旬老人爲“花甲之人”。劇中借金母之口，點明了進獻古環的目的，就是“以應循環花甲、福壽延綿之象”，這也充分説明了該劇就是專門爲賀“聖皇”六十歲生日而編演的。

綜上所述，筆者認爲，《康熙萬壽雜劇》是爲康熙皇帝六旬壽誕而創作的。劇中對康熙即位以來的豐功偉績作了總結，對其文治武功極盡歌頌。劇中時時出現黄帝堯舜等上古部落首領，並稱康熙與之相比，其政績要更高出一籌。

二 《康熙萬壽雜劇》旨在歌頌康熙的政績

《康熙萬壽雜劇》是借賀康熙六十壽誕之機，將他在位時的政績向看戲的王公大臣、海外使者等演述一番，以此顯示皇帝功高蓋世，無與倫比。現在讓我們來看一看，劇中都歌頌了康熙爲政時的哪些業績。

1. 歌頌了康熙平叛的勝利

在第七齣《羆虎韜威》之中，表面演的是巨靈神奉如來之旨，巡綽諸山，搜緝四野，驅趕熊羆虎豹遠遁深山，斂迹潛蹤，但實際則是歌頌康熙平叛的勝利，正如劇前《序》中所稱“當今聖主南靖海氛，北平沙漠，武功丕振，文德覃敷，爲軒轅堯舜以來所未有”。“南靖海氛”指的是收復台灣事。康熙二十年（1681），據守台灣的鄭經（又名鄭錦）中風病死，其子鄭克塽年僅十二歲，繼任延平王後大權旁落。康熙認爲這正是收復台灣的好機會，於是在康熙二十二年（1683）任命施琅爲福建水師提督，出兵攻臺，在澎湖大敗鄭氏水軍，一舉攻陷台灣，從此台灣納入了清政府的版圖之中①。而“北平沙漠”指的是平定噶爾丹叛亂等事。康熙二十四至二十五年，玄燁兩次派兵抗擊入侵黑龍江流域的沙俄遠征軍，把盤踞在雅克薩城的侵略者幾乎全殲，使沙俄政府坐在談判桌前，與清政府在康熙二十八年（1689）簽訂了《中俄尼布楚條約》，確定了兩國東段邊界。② 但沙俄政府並不甘心，多次挑撥部分部族進行民族分裂活動。準噶爾部的首領噶爾丹在沙俄的煽動下，率兵進攻喀爾喀蒙古，而且繼續南犯。康熙帝三次御駕親征，終於在康熙三十六年（1697）消滅了噶爾丹的叛軍，收復了喀爾喀地區③。劇中寫熊羆見了人均垂手低頭，不敢舒展，點首潛避，猛虎也摇頭掉尾，斂迹藏蹤。這就暗指叛亂分子只得遠避深山老林，再也不敢出來興風作浪了。正如劇末的【十

① 參見趙爾巽等撰《清史稿》卷六《聖祖本紀一》，康熙二十年正月，“鄭錦死，其子克塽繼領所部”（第二册，中華書局，1976，第205頁）。卷七《聖祖本紀二》，二十二年五月，“甲子，命施琅征台灣”。閏六月，“戊午，施琅克澎湖”。八月，“戊辰，施琅疏報師入台灣，鄭克塽率其屬劉國軒等迎降，台灣平”（第212頁）。

② 據《清史稿》卷二六九，列傳五十六“索額圖”傳：“時俄羅斯屢侵黑龍江邊境，據雅克薩，其衆去復來，上發兵圍之。……二十八年，上命索額圖與都統佟國綱往議。……上曰：‘尼布楚歸我，則俄羅斯貿易無所棲止，可以額爾固納河爲界。’索額圖等與議，費耀多囉果執尼布楚、雅克薩爲請。索額圖等力斥之，仍宣上意，以額爾固納河及格爾必齊河爲界，立碑而還。”（第三三册，第9990頁）又據《清史稿·聖祖本紀二》：（二十八年）十二月，“乙亥，内大臣索額圖疏報與鄂羅斯立約，定尼布楚爲界，立碑界上，以五體文書碑”（第二册，第228頁）。

③ 據《清史稿·聖祖本紀二》：康熙二十七年九月，“喀爾喀爲噶爾丹攻破，徙近邊内”（第二册，第225頁）。二十九年秋七月，“辛卯，噶爾丹入犯烏珠穆秦。命裕親王福全爲撫遠大將軍，皇子胤禔副之，出古北口……癸卯，上親征，發京師”。八月乙未，“撫遠大將軍裕親王福全大敗噶爾丹於烏闌布通”（第230頁）。三十五年春正月，“甲午，下詔親征噶爾丹”（第243頁）。三十六年，“二月丁亥，上親征噶爾丹”。夏四月，“甲子，費揚古疏報閏三月十三日噶爾丹仰藥死，其女鍾齊海率三百户來降。上率百官行拜天禮。敕諸路班師”（第246、247頁）。

二時】所唱："豺狼遁迹，不敢把雄威縱，降伏得馴良不猛。太平世遍乾坤，樂熙熙，聖天子鎮中華萬年永。"

2. 描述了周邊屬國無不臣服的景象

在康熙"南靖海氛，北平沙漠"之後，雖然邊境也時有小的戰事，但一些周邊的小國已經感於大清帝國的威懾力量而表示臣服，他們向清帝國納貢稱臣，以示友好。在《清史稿·聖祖本紀》中，多次記載了朝鮮、琉球、安南、暹羅的使者前來納貢，甚至荷蘭、俄羅斯①及西洋國②也不遠萬里遣使入貢。本劇第十一齣，演的就是八蠻進寶事。很可惜，這齣戲前面缺葉，其齣名及卷前之序均已散失。劇演逢萬壽聖誕，萬國同朝，普天大慶。焦僥國、柔利國、女子國、君子國、大樂國、愚彊國、軒轅國的使者均奉國主之命，整齊土物，虔備表章，競相到皇朝祝壽進寶。大家各貢殊珍，呈現出"四海八荒齊呈異寶，休誇相抑制稱臣，正是好一個太平盛世也"的景象。劇中涉及的焦僥、柔利、女子、軒轅等國，均出自《山海經》，富有神話色彩，但作者却通過這些子虛烏有的國家，折射出當時萬國來朝的恢宏場面，反襯出康熙統治下的大清帝國的無比强大。

3. 對康熙尊崇理學，廣緝遺經，開科取士，重視選拔人才政策的讚許

康熙在位期間，崇文教，重賢良，以儒家學説爲治國之本。他曾多次開博學鴻詞科，創建了南書房制度，使知識分子能够通過應科中舉來實現自己的政治抱負。在第八齣《文明應候》之《序》中，引用了《瑞應圖》中的話："王者清明好賢則玉馬至。"要搞好國家，就必須選拔人才。劇中讚揚了康熙時代清明的政治和對人才的重視，通過開科取士來詔求實學，做到"朝多英俊，野無遺賢"，並以詼諧的插科打諢描述了舉子們應試前的輕鬆心境，大唱"文運還同國運昌"。

4. 對康熙重視農耕、減免徭役政策的肯定

大家知道，康熙在封建帝王之中，是一位既重視農耕，又重視民生的皇帝。在家給人足，而後濟世的思想主導下，康熙在位期間，採取了輕徭薄賦，與民生息的政策，曾多次下旨獎勵墾荒，減免徭役賦税。《清史稿·聖

---

① 《清史稿》中多處寫作"鄂羅斯"。

② 西洋是古代以中國爲中心的地理概念，指今文萊以西的東南亞及印度洋沿岸地區。明太祖《皇明祖訓》中列有永不攻打的 15 個國家中就有西洋國，並言其在大明帝國的西南，其國濱海。

祖本紀》中，就詳載他執政期間歷年免除灾賦有差的省份州縣。康熙四十九年（1710）冬十月甲子，他下諭旨曰："朕臨御天下垂五十年，誠念民爲邦本，政在養民。迭次蠲租數萬萬，以節儉之所餘，爲涣解之弘澤。惟體察民生，未盡康阜，良由生齒日繁，地不加益。宜沛鴻施，藉培民力。自康熙五十年始，普免天下錢糧，三年而遍。直隸、奉天、浙江、福建、廣東、廣西、四川、雲南、貴州九省地丁錢糧，察明全免。歷年逋賦，一體豁除。其五十一年、五十二年應蠲省分，屆時候旨。"① 此旨下達後，全國範圍内的錢糧得以免除。他的這種藏富於民的做法使百姓得以休養生息，故深受大家歡迎。在該劇的第十五齣《百穀滋生》之序中就寫道："我皇上至德好生，如天育物。蠲租免賦，數逾於億千萬計；敦本重農，化被於億千萬方。"由此而演陽和君奉上帝之命，命東西南北中五方五穀神將嘉禾瑞麥分播五方，"令他發生滋長，各呈祥獻瑞"。神州大地呈現出一片風調雨順、物阜民安的太平景象。

5. 對康熙博學多才、睿智超群的頌揚

在中國歷代封建帝王之中，康熙是一位十分聰明的皇帝，他樂於求學，勤於辦事，對天文、地理、律曆、算術乃至文學、藝術多所通曉，對西方文化及先進的科學技術很感興趣，向來華的傳教士學習代數、幾何、天文、醫學等方面的知識，並頗有著述。在位期間，他組織編輯了《康熙字典》《佩文韻府》《全唐詩》《古今圖書集成》《曆象考成》《數理精蘊》《康熙永年曆法》等大型圖書，涉及文理多個學科。這些功績在這齣戲裏也有所涉及，如編曆法之事。

我國從帝堯時代即已從事與天文觀測和曆法制定有關的活動。據《尚書·堯典》記載，當時的天文曆法由官方掌握，將一年分爲四季，並將之與東南西北四方相對應，後世以五行説解釋自然現象即源於此。在該劇第十齣《璿璣授時》中，借帝堯時掌管天文觀測和曆法制定的官員羲仲、羲叔、和仲、和叔之口説出了"當今聖皇在位，深明曆甲。洞徹歲時，雨順風調，民安物阜，功高堯舜，德邁古今"，等等。他們口中的"當今聖皇"當然不是指帝堯，而是指康熙。康熙在位時，積極向西方學習先進的科學技術，齣名中的"璿璣"，即古代觀測天文的儀器。他敕命編輯的《曆象考成》，就是一部專

① 《清史稿》第二册，第278頁。

門論述曆法的專著，完成於康熙五十二年。書中還將丹麥天文學家布拉赫的理論和運算資料引入書中，可見康熙對西方先進科學技術的推崇和應用。也正因此，劇中纔借這四位帝堯時代的官員之口，來讚揚康熙“功高堯舜，德邁古今”。

康熙對數學的精通在劇中也有所體現。在第十三齣《雲師衍數》中，借隸首之口說出了“當今聖主睿智聰明，研精數學，闡先賢之蘊奥，爲後世之法程，使吾等並有榮施”，誇讚“我皇上聰明睿智，天縱多能。通河洛之淵源，立古今之極則。數學之精，至本朝而大備”。這些語句雖在極盡誇讚康熙的數學天才，但也基本符合事實。康熙本人對數學極感興趣，他既倡導西算，也重視中算，曾撰寫過很專業的數學論文《御制三角形推算法論》，其數學造詣之高，在中國封建帝王中可說是絕無僅有的。他還令允禄、允祉等編輯《數理精蘊》。該書編纂始於康熙二十九年（1690），包括算術、代數、幾何、三角等初等數學的多方面材料，融中西數學於一體，可說是一部“初等數學百科全書”。書中的“對數表”及“三角函數表”爲康熙親制，後以《數表・度數表》爲書名單行刊印，現存康熙內府朱墨套印本。[①]《數理精蘊》因有“御定”成分而獲得廣泛流傳。

非但如此，康熙的藝術造詣也不容忽視。他精通音律，曾言“昆山腔，當勉聲依咏，律和聲察，板眼明出，調分南北，宫商不相混亂，絲竹與曲律相合爲一家”[②]，如對昆曲音律不熟悉，是絕對談不出這麼專業的見解的。在該書第九齣《律呂正度》序中談道：“皇上天縱多能，當治定功成之日，審音正樂，通律呂之本原，爲中和之製作，八方之風氣正，萬古之雅樂調，盡善盡美，超軼咸英。”這裏指的應是康熙敕撰《律呂正義》之事。該書原分上、下、續三編，乾隆即位後又增加了後編。前三編成書於康熙五十二年，以樂律學爲主要內容，還保存了不少明清時的音樂資料。康熙對西方音樂也不排斥，曾“向外國傳教士學習過外國音樂，義大利傳教士德理格於康熙五十年覲見了康熙帝，被委任爲宫廷樂師。德理格曾向皇子傳授樂理知識，並參與了《律呂正義》的編纂”[③]，故德理格以及葡萄牙人徐日昇所傳五綫譜、

① 參見朱家溍主編《兩朝御覽圖書》，紫禁城出版社，1992。
② 《掌故叢編》，轉引自丁汝芹《清代內廷演戲史話》，紫禁城出版社，1999，第120頁。
③ 丁汝芹：《清代內廷演戲史話》，第124頁。

音階唱名等，皆保存在《律吕正義》中。

總之，康熙既是一位治理國家的一流聖皇，又是一位多才多藝的天才君主。他勵精圖治，在他統治期間，奠定了中華帝國的版圖，開康乾盛世之先河，其功績遠遠超過中國歷史上的絶大多數帝王。正因如此，我們在《康熙萬壽雜劇》中，或直接，或間接地領略到在這位聖皇的治理下，“城郭不閉，財物不爭，官不懷私，民不習僞，連虎豹也不妄噬鷙鳥”（第六齣《玉燭均調》），風調雨順，國泰民安，周邊屬國爭相納貢（第十一齣），麒麟鳳凰各呈祥瑞，以表太平盛世（第十七齣《鳳麟翔舞》），全國各省耆老競相恭祝聖皇萬壽（第十六齣《萬方仁壽》），白叟黄童一齊謳歌皇朝萬年（第十八齣《長幼歌風》）的一派欣欣向榮的景象。正如十八齣的尾曲所唱：“陽春其曲彌高，當今盛世過唐堯，巍巍帝德難酬報。”

當然，作爲封建王朝的一代英主，康熙的統治並非如劇中所述那麼完美無缺。他曾爲了打擊台灣鄭氏集團，實施遷界禁海政策，强制沿海居民内遷，使廣大漁民放棄了賴以生存和作業的島嶼，這也使後世的中華子孫喪失了諸多遼闊的海疆。他利用“文字獄”打擊漢族異議人士，晚年倦勤，導致官吏貪污，吏治敗壞等，但這些不在本文討論範圍之列。總之，引經據典，通過歌功頌德來慶賀康熙六十大壽，這就是《康熙萬壽雜劇》的編寫主旨。

三 《康熙萬壽雜劇》藝術特色

以賀壽爲主旨的《康熙萬壽雜劇》，其内容涉及廣泛，幾乎囊括了康熙大半生的主要功績，平心而論，劇本編寫的藝術水準並不是很高，全劇極盡歌頌之能事，且都是泛泛而談，就像一本流水賬，歌頌感戴之詞充斥篇中，但仔細閲讀全劇後發現，這部《康熙萬壽雜劇》還是有許多獨特之處的。

首先，這部雜劇在每齣的正文之前均有短序，序後則以一小段文字來述明大義。這就使讀者能瞭解每齣所演的主要内容。現在還不清楚這些附在劇前述明大義的文字是供“審查”劇本的官員方便瞭解劇情用的，還是在演出時作爲傳統戲曲副末開場時誦讀給觀衆聽的。爲使研究者能充分瞭解這部雜劇獨特的體例面貌，玆將部分序及述明大義的文字迻録於此。

第六齣：《玉燭均調》

《序》：史稱，黃帝之世，民不習僞官，不懷私市，不預價城郭，不閉見利，不爭風雨。時若方今聖世，仁風普被，玉燭均調，生長此世者，皆如行地神仙。

此齣擬吕、何二仙遊覽山川，觀風問俗，歌咏太平。

第七齣：《羆虎韜威》

《序》：自軒轅氏修德振兵，教熊羆貔貅虎豹，以平榆罔，擒蚩尤。至於堯舜垂衣裳而天下治。當今聖主南靖海氛，北平沙漠，武功丕振，文德覃敷，爲軒轅堯舜以來所未有。

此齣擬巨靈神驅逐熊羆虎豹遠伏深山，以慶億萬年永享昇平之樂也。

……

第十六齣：《萬方仁壽》

《序》：《經》曰，一人有慶，兆民賴之。我皇上深仁厚澤，淪浹九垓，尚齒尊年，風行億兆。躋群生於壽域，登四海於春臺。是以年過百歲，五代相見者，所在皆有。恭逢萬壽，萬方耆老扶杖來朝，獻芹呈曝者溢於輦轂。

此齣以群仙作引，爰及耆英，效嵩祝之丹誠，紀聖朝之實事。

第十七齣：《鳳麟翔舞》

《序》：按，漢公孫弘《策》曰：王者德配天地，明並日月，則麟鳳至，此和之極也。洪惟聖天子撫平成之，景運建位，有之神功，至道格於蒼穹，仁心光於紫極。固宜五蹄瑞獸，樂君囿而來遊，六象威禽，覽帝梧而萃止。

此齣述麟鳳之瑞，表太平之符。

第十八齣：《長幼歌風》

《序》：竊考史書所載，兒童康衢之頌，老人擊壤之歌，皆堯時事。兹者恭逢聖世，俗恬民泰，處處謳吟，家家熙皞。

此齣擬長幼歌風，以見白叟黃童，均安至治，共祝堯年。

在筆者過目的康熙之後存世的慶典承應戲劇本中，似乎均没有這樣的結構形式。這種每齣之前附《序》的慶典承應戲編寫方式自何時始，又爲何不被後世的編劇者所採納？這倒是個很值得研究的問題。順便提一下，筆者曾見過乾隆八旬萬壽的承應戲殘本①，全劇六齣，僅存三、四、六齣，爲經折裝，葉心爲粉色的，四周裱以紅條。全劇基本看不出有什麽具體情節，只是祝壽的吉祥話語充斥滿紙，如“（齊呼）萬歲祝聲聲，聖酒醺醺。家兒户兒皆笑語，迎豈秋社散雞豚……聖恩滿眼的太平清盛，山塍水泚也承恩幸，共承恩幸”，云云。每齣的正文之前就无短序，但在每一齣的結尾處，均有“仁風播遠德彌高，萬歲千秋祝盛朝”這句話。可見，乾隆晚年的萬壽承應戲的編寫形式，與康熙時代有很大的不同。

其次，此劇採用虚實結合的方法，以古喻今，將當今聖皇與遠古時代的黄帝堯舜相比，而對比的結果當然是其功績遠遠超過這些遠古的部落首領。作者還將古代人物以及神話傳説中的神仙均拉到劇中，什麽羲仲、羲叔、和仲、和叔、陳摶、邵雍、彭祖、東方朔，還有吕純陽、何仙姑、巨靈神、瑶池金母等，通過他們之口來讚頌帝國的偉大。試想，這些穿戴各異的人物上場，該是多麽熱鬧的場面呀！如第十一齣，演的是八蠻進寶事，開始有這麽一段。

（丑扮焦僥國使上，以矮胖人爲之，手擎珍羽）生長焦僥土，形如鶴國民。日行千里地，去祝帝堯春。

劇中提到的“焦僥國”，在《山海經》中就談到這個地區的人生得特别短小。而劇中的柔利國，據《山海經圖説》記載，這裏的人們反膝曲足曲脚反肘。軒轅國，據《海外西經》講，這個國家在窮山的附近，不長壽的人也能活到八百歲。他們人面蛇身，把尾巴盤結在頭上。試想，這麽多奇形怪狀的人物上場表演，肯定是能吸引觀衆眼球的。這些演員必須得有自己擅長的絶活，如扮演焦僥國使者的演員矮子功得好，而扮演柔利國使者的演員手脚的柔韌度得好，否則是無法勝任演出的。而軒轅國使者的人面蛇身，尾交首上，恐怕得借助化裝技術了。之所以這樣編演，就是爲了要告訴觀衆，就連

① 中國藝術研究院圖書館藏。

那麼邊遠的蠻荒地區都"整齊土物，虔備表章"，争先恐後地到帝都恭賀聖皇壽誕，何况是周邊的屬國呢！這就從側面描繪了大清帝國在康熙統治之下的國力强大，其威懾力和影響力均是不可低估的。

最後，劇中有些插科打諢借用了唐代參軍戲中的某些情節進行。在第八齣《文明應候》中，寫的是年逾五十的老儒單奇文（副）因登鄉榜，在會試前夕，約同學社友馮盛治（生）、喜崇文（小生）、畢大年（末）、唐堯叟（末）、袁可通（丑）在寓所會講云云。大家討論考官出題的意向，喜崇文説："近聞上諭九卿，場屋出題不拘忌諱，平日那些擬題通套的話頭，一概用不着了。"於是大家就將自己所打聽來的消息相互交流。

（副）前日被一個朋友難倒了。（衆）爲何？（副）他説：奇文兄，你諸子百家三教之書無不通曉，可知道如來佛是女？我説：這倒不曉得。他説：《金剛經》第一分載得明白，説"夫坐而坐"。讓其夫先坐，豈不是女？我問他老子出身，他説也是女。（衆）怎麽也説是女？（副）他説《道德經》云："大患者爲王有身，及吾無身，吾有何患？"他有了身，豈不是女？（衆）孔子呢？（副）他説也是女。（衆）這一發可笑了。（副）我問他怎見得。（衆）他怎麽説？（副）他説《論語》上有的。（衆）是那一句？（副）我待嫁者也，我待嫁者也。（衆）休得取笑。（丑）昨日有個朋友問我曾子是怎麽樣一個人。（衆）兄弟怎説？（丑）我説：聖門之大，賢也。他説：據我看來，更是一個奇怪凶暴之相。我説怎見得。他説：曾子自家説"十目所視，十手所指，其嚴乎！"十目十手，豈非凶暴之相乎？（衆）這是二兄善謔，不信果有此論。

其實，這段科諢的前半部分出自唐代高擇的《群居解頤》一書。書中記載，在唐懿宗咸通年間，有個名李可及的優人，滑稽諧戲，智巧敏捷，獨出輩流。有一次在皇宫中演出，"可及乃儒服險巾，褒衣博帶，攝齊以升崇座，自稱'三教論衡'。其隅坐者問曰：'既言博通三教，釋迦如來是何人？'"後來這人又問太上老君及文宣王（孔子）都是何人，可及以《金剛經》中"敷座而坐"，《道德經》中"吾有大患，是吾有身。及吾無身，吾復何患"，以及《論語》中"沽之哉！沽之哉！吾待賈者也"之語，以語音雙關的方式歪解三教經典著作中的語録（將"敷"曲解爲"夫"，將"身"曲解爲

“娠”，將“賈”曲解爲“嫁”），言如來、太上老君、孔子這三位均爲女人。李可及出色的表演使得觀戲的懿宗皇帝由開始的“爲之啓齒”，而到“大悦”，再到“上意極歡”，由是對李可及“寵錫甚厚。翌日，授環衛之員外職”①。而上文後半部分引自《禮記·大學》中曾子的一段話：“十目所視，十手所指，其嚴乎！”其本意是説，人在獨處之時，所幹的事情（多指不好的事）别以爲無人看見，其實有無數隻眼睛在看着你，無數人的手在指着你，這難道還不可畏嗎？而劇中，却將曾子的這段話有意曲解，説曾子是個長着十個眼睛，十隻手的凶暴怪物。這段插科打諢，與相聲《歪批三國》有異曲同工之妙。

這段科諢雖不是原創，但它能被允許使用在《康熙萬壽雜劇》之中，用來調侃儒釋道三教，除有增加笑料，活躍場上氣氛的功效外，還説明了在康熙年間雖然恢復了科考制度，康熙帝也重用有真才實學的滿漢知識分子，他自己還親臨曲阜拜謁孔廟，但一直被漢民族視爲神聖的三教經典，特别是儒家經典學説，在當時的滿族統治者眼中，却並非那麽神聖不可侵犯。它的經典語録可以隨意被優人歪批歪解，可以被用來充當包袱笑料任演員們隨意調侃以博得看戲的貴族觀衆取樂。

從現有資料來看，《康熙萬壽雜劇》似爲清代現存最早的宫廷慶典承應戲，它與後世的同類戲劇有所不同。同樣是作爲慶賀皇帝六旬壽誕的《寶鏡開祥》②，其排場宏大，並動用了諸種藝術手段。在慶賀聖主六旬壽誕時，舞臺上出現六壽星並十六星童手持嵌鏡，意欲合珠璧光華，團仁壽寶鏡，以顯神州六合庥祥。衆星童持鏡載歌載舞，鏡中展現瑶光，一大鏡中出彩，現“太平萬歲”四字。後面的小雲幔内現出繡幡，仙女們輕歌曼舞，給聖主祝壽。康熙之後，年齡過六十的皇帝有乾隆、嘉慶和道光。道光七年（1827），清廷演出機構南府改爲昇平署後，由於演劇人員减少，演出規模也受到制約。而從《寶鏡開祥》提示的演出人數及多處運用燈彩效果組成各種圖案或吉祥詞語等方面看，此劇應是乾嘉時期的宫廷演出本。還有一個劇本名《太和保合》③，也是慶壽戲，劇寫文殊、普賢欲將“天地中和之氣、凝佇氤氲、

① 參見任二北《優語集》，上海文藝出版社，1981，第52頁。
② 《萬國麟儀八種》之一，清内府精抄本，中國藝術研究院圖書館藏。
③ 《太和保合》，清南府抄本，中國藝術研究院圖書館藏。

萬化千靈”之寶盒，獻與聖主作爲生日禮物，以應太和保合之徵。瑶池金母命仙女許飛瓊、吴彩鸞將九轉金丹送至御筵祝壽。但這兩個寶物先後被也想前往祝壽的青獅、白象、玉面猿仙、金絲猴仙化作仙人盗走。經過幾番周折，神將擒捉妖魔，寶物恭獻壽筵之上。該劇末有“太和元氣之中，現出嘉慶萬福壽，足徵當今聖主無疆福、無疆壽，真乃洪福齊天、萬壽無疆也”之句，可見該劇是爲嘉慶皇帝祝壽而編演的。相比於《康熙萬壽雜劇》表演單一，結構簡約，内容平直，這個戲不但表演形式繁複，使用了彩砌，而且情節曲折，有很强的觀賞性。

從《康熙萬壽雜劇》到《寶鏡開祥》，再到《太和保合》，可看出清宫慶壽戲演出由簡而繁的發展軌迹。《康熙萬壽雜劇》給我們留下來一份研究清宫早期慶典戲劇的翔實史料，它與康熙六旬《萬壽圖》是研究康熙時代慶典戲劇文字資料和形象資料的雙璧。

莊士敦和他的《中國戲劇》

徐巧越*譯介

莊士敦，英國人，1874 年出身於蘇格蘭愛丁堡，先後在愛丁堡大學和牛津大學莫德琳學院就讀。1898 年，他以東方見習生的身份被派往香港英殖民政府，1904 年被派往威海衛擔任要職，4 年後，在李鴻章次子李經邁的推薦下成爲年僅 14 歲的末代皇帝溥儀的老師。離任回國後，莊士敦曾在倫敦大學亞非學院擔任漢學教授，並在 1935 年把自己 16000 餘卷藏書全部捐贈給了該校圖書館；由於他在北京的宅院的正廳挂有溥儀親筆題寫的“樂静山齋”匾額，所以其藏書偶貼有“樂静山齋”的標籤。主要著作有《從北京到瓦城》（1908）、《威海衛獅龍共存》（1910）、《中國佛教》（1913）、《紫禁城的黄昏》（1934）及《儒教與近代中國》（1935）。

THE
Chinese Drama

BY

R. F. JOHNSTON, C.B.E. M.A.
MEMBER OF THE ROYAL ASIATIC SOCIETY, LA SOCIÉTÉ ASIATIQUE, ETC.
AUTHOR OF "BUDDHIST CHINA," ETC.

WITH SIX ILLUSTRATIONS REPRODUCED FROM THE
ORIGINAL PAINTINGS
BY C. F. WINZER

PRINTED AND PUBLISHED BY
KELLY AND WALSH, LIMITED
SHANGHAI · HONGKONG · SINGAPORE · HANKOW · YOKOHAMA
1921

圖 1 《中國戲劇》的版權頁

---

* 徐巧越，1991 年生，女，浙江諸暨人。中山大學中國古文獻研究所博士生。發表有《嘉慶二十四年内廷承應情況初探》等論文。本文爲國家社科基金重大攻關項目“海外藏珍稀戲曲俗曲文獻薈萃與研究”（11&ZD108）階段性研究成果。並得到中山大學博士研究生國外訪學與國際合作研究項目資助。

《中國戲劇》是莊士敦在擔任溥儀帝師期間所撰之作，於 1921 年由上海別發洋行出版。全書共 36 頁，附有 C. F. Winzer 創作的 6 幅精美人物銅板畫，定價十二圓。筆者於 2015 年 9 月赴英交流時於大英圖書館訪得此書，倫敦大學亞非學院圖書館也有入藏。鑒於莊士敦的外籍帝師身份以及其對中國思想文化的熱愛，學界多將研究重點放在其中國宗教研究及任職經歷上，此書鮮少被人提及。最先關注此書的乃余上沅先生，他在 1922 年 11 月 6 日的《晨報副刊》發表的《在讀了莊士敦〈中國戲劇〉之後》一文中即表達了對這位蘇格蘭人的敬佩："有人説受過中國舊社會之同化的外國人，比一般老頑固更加厲害，或許這句話也有幾分可靠"，更在文中感慨："這本書確是一本好書，我們應當謝謝他的宣傳。有了這個宣傳，纔更能促起我們的反省。"

莊士敦自小熱愛音樂與藝術，后由於工作需要，不僅擔任過地方行政官，更成爲皇帝的太傅，深厚的學養、豐富的興趣愛好及與衆不同的任職經歷，讓他能以全面而獨到的視野去介紹中國戲劇。此外，由於帝師職務的特殊性，其結交之友不僅有羅振玉、王國維這樣的學者，更不乏胡適、徐志摩與宋春舫等文壇名流。其中，王國維是中國戲曲史學的開山鼻祖，而宋春舫則是近代劇壇有名的理論家與創作家。與這批名家的交遊自然拓展了這位英國學者的學術視野，也讓他對中國戲劇有更深入的理解。

圖 2 《中國戲劇》中"趙雲""武松""侍婢"銅版畫書影

莊士敦在中西文化大交融的時代背景下創作了此書。自馬可波羅的遊記出版後，西方社會一度興起"中國熱"（Chinoiserie），對中國文明的仰慕更於 17 世紀末掀起了"東方戲劇熱"的浪潮，愈來愈多的中國戲曲在此後百餘年間通過多種途徑傳入歐洲，逐漸爲西方讀者所認知。而 20 世紀初的中

圖 3 《中國戲劇》中“明裝婦女”“滿洲婦女”“明時宰相”銅版畫書影

國，剛經歷了一系列革命運動的洗禮，改革文藝思潮在新舊文化的碰撞下蔚然成風，更有激進的改革派對中國傳統戲曲進行全面否定，主張以西方戲劇完全將其取代。這位熱愛東方文化的英國學者，身處中西戲劇文化交融的漩渦中，一方面順應着歐洲的潮流，另一方面對當時中國戲劇改革出現的偏差心有感慨，他便在這種時代背景下撰成此本見解獨到之作。

此書共分爲“序”“農村戲劇”“城市戲劇”“歷史發展”“滿清朝代”“中國戲劇的幾個特徵與不足”“共和國時期的中國戲劇”七章。莊士敦在序言中闡明了創作此書之目的——改變西方讀者的陳舊觀念，引起漢學界對中國戲劇的重視。由於深受“戲曲不登大雅之堂”這種本土傳統理念的影響，西方研究者對這門古老表演藝術的態度普遍較爲冷漠，更存在不少誤解之處。但在莊士敦看來，中國的戲劇是這個文明古國最爲發達成熟的一種藝術形態，它滲透於中國各階層民衆的生活，“任何一名從事中國生活與思想研究的學生都不應該忽視戲劇這門學科”。在參考了王國維、辻聽花、德庇時與明恩溥等中外學者的相關研究著作後，莊士敦就城鄉演劇生態及中國戲劇發展歷程有重點地介紹了中國戲劇，並分析了中國傳統戲劇所存在的缺點，更從思想層面對中西戲劇觀進行了對比。

當然，莊氏《中國戲劇》尚非成熟完善之作，他對中國傳統戲劇缺點的分析比較淺顯，闡釋也有片面之嫌，書中尚存在一些引用疏漏與解釋訛誤。但莊士敦於此書表達的觀點乃中西戲劇文化碰撞出的璀璨火花，具有特定的時代意義。在中西文化融匯之時代，他熱心地向西方民衆介紹中國的傳統戲劇，試圖改善歷史遺留之偏見；更站在旁觀者的角度，以理性之思維冷静地爲中國劇壇出現的問題把脈就診，讓中國戲劇界之有識之士能及時做出反思，其提出的建議更爲20世紀30年代的國劇改革運動帶來深遠的積極影響。所以，翻譯介紹他的這部著作，對於戲劇研究具有學術史的意義，對於當今的戲曲研究，也不無參考價值。

中國戲劇

莊士敦

序

對西方學生來説，戲劇應是中國所有藝術文學分支中最受冷落的一種文藝形態。毫無疑問，造成此現象的原因部分源於中國人自身。雖然其國民對戲劇演出有着狂熱的喜愛，但他們自古對戲劇藝術與表演行業便鮮有尊敬之意，而在中國文學的語境中，戲劇創作更被置於渺不足道之地位。儘管如此，在可追溯的共識中，中國人雖從未對戲劇固有的極高價值做出任何貢獻，可它却是（中華文化）[①] 最爲發達成熟的一種藝術形態。然而，無論世界將對中國戲劇的文學藝術價值做出怎樣的定論，哪怕僅從戲劇在中國社會各階層中的風靡程度及其深遠影響而言，任何一名從事中國生活與思想研究的學生都不應該忽視戲劇這門學科。令人詫異的是，無論是常年與中國老百姓打交道的作家，抑或是終身致力於研究中華國民心態與特徵的學者，在他們的表述中，中國戲劇竟是如此不足挂齒。在聞名遐邇的《中國文獻紀略》（*Notes on Chinese Literature*）中，亞瑟韋利（Arthur David Waley）對戲劇這門學科做出了如此的評價："鑒於（中國）戲劇著作在本土書目之中也未能享有一席之地，在此也無需對該學科做過多的探討。"[②]《中國鄉村生活》（*Village Life in China*）[③] 的作者，在此書中適當地加入了"鄉村戲劇"這一看似

---

① 上加重點符號的括弧内文字均爲譯者補充，特此説明。

② 原文爲"As dramatic works do not find a place in the native book-catalogues, it is unnecessary to enlarge on the subject here"，原文引自 *Notes on Chinese Literature: With Introductory Remarks on the Progressive Advancement of the Art: and a List of Translations from the Chinese Into Various European Languages*, Shanghai: American Presbyterian Mission Press, London: Trubner&Co. 60, Paternoster Row. 1867. Page 206

③ 此書全名《中國鄉村生活：社會學的研究》（*Village life in China : A Study in Sociology*），初版由 F. H. RevellCoampay 發行於 1899 年。作者是美國基督教公理會傳教士明恩溥（Arthur Henderson Smith, 1845—1932）。他 1872 年來華，1905 年辭去宣教之職。

乃社會學研究的章節；但作者本人在序言中坦承，他從未親眼目睹過鄉社戲劇表演，更缺乏關於研究中國舞臺表演的一手資料。① 令人匪夷所思的是，該書作者在坦白缺乏一手資料的情況下，隨後便不自覺地列舉了確鑿的證據。在他看來，中國戲劇表演都過分地冗長，有時需耗費幾個小時，甚至幾日的光景。他還以打趣的語氣誇張地補充道，即使是“再有耐心的歐洲人”，也不可能在聽完一場戲之後而“不精疲力竭”。因口耳相傳，類似的言論隨即廣泛流傳於西方大陸。

事實上，絕大多數的中國舞臺戲劇的表演要遠遠短於歐洲戲劇的普遍時長。雖然單齣的中國戲劇表演時間並不是太長，但由於缺乏謝幕與布景轉換，(最傳統的中國戲劇表演是完全没有舞臺布景的)，類似的誤解便源於這樣的舞臺演出環境。因此，没有受過專業訓練的外籍觀衆在觀看了兩出甚至更多的完整表演後，往往會得出只觀看了一場演出或者是一場表演的某一部分的印象。

憑此寥寥數頁，是不可能對中國戲劇進行全面透徹的分析介紹的。本文僅在此對中國農村及城市的戲劇做簡短的描述，並按朝代更替對中國戲劇的發展進行簡要概述，最後再就當下的戲劇改革運動做概況性的探討。

農村戲劇

對於那些在中國的外籍人士，若他們生活在城市，鐵心鐵意杜絕戲劇活動並不困難；但要是在農村地區，除非能在村裏穿街走巷時緊閉雙目，並採用赫伯特·斯賓塞（Herbert Spencer）那種讓耳朵自動遮罩一切難以接受聲音的方法，否則，要保持完全忽視中國戲劇的名聲絕非易事。使中國農村地區出現如此境況的原因並不難推測——我們不該忘了絕大部分中國人民都是在土地上耕作謀生的——故所有戲劇活動皆在户外舉辦演出。村莊的規模與富裕程度直接决定了演出舞臺的結構是臨時搭建或是長久落成的。僅需幾個小時，即可利用竹竿、木板和墊子搭建一個臨時舞臺；而常駐的舞臺則以建築結構爲基礎，可能或多或少地配有堅固的石頭地基、精雕細琢的屋頂及寬

① 此處爲莊士敦之説有誤，明恩溥在“鄉村戲劇”一章聲明了自己通過聽戲獲得第一手資料。據午晴、唐軍翻譯的《中國鄉村生活：社會學的研究》（時事出版社，1998）第54頁的譯文，此句原文應爲“我們要聲明的是，這裏有關中國戲劇的情況都來自第一手資料，也就是説，直接通過聽戲獲得的資料。應當説，通過這種方式獲取資料是存在一些障礙的，甚至還有其他一些困難”。

敞的演員休息後臺。通常來説，村民都要等待多年纔能攢够用以搭建配有屋簷舞臺的費用；在此之前，除了草席茅蓋，能爲演員們遮陽擋雨的東西寥寥無幾。相對而言，爲觀衆準備提供的舒適設施則更爲簡陋。由於缺乏常規的觀衆席和帶有座位的場地，觀看者無需爲觀看演出和座位支付任何費用。表演場所可能會是菜市場的角落、主幹道的某個位置或鄉社寺廟前的空地，觀衆們便聚集在舞臺前的閒置區域，或站着或蹲着觀看演出。在以盛產文人作家而著稱的中國地區（對於這個幅員遼闊的國度，没有描述能同時適用於所有地區），鄉村裏的戲劇表演或多或少都會與宗教或相類似的儀式有關，此類演出亦被稱爲“神戲”。對於這些完全世俗的神戲形式，其内容題材則無從參照，但與之息息相關的理論則内含這樣的寓意：借舞臺表演去取悦那些受萬人敬仰的神靈，如此便能以此種方式獲得神仙的眷顧與護佑。這種娱神形式附帶着也爲整個鄉村社區帶來娱樂消遣，而村民的戲劇審美趣味恰好與此類源於向神靈祈福的方式一致，這也可被視爲一種幸運的巧合。這裏的神靈通常是道教神譜中一員，諸如三神女，遠離空靈的庇護並不斷磨礪其精神，以此供奉神聖的東嶽泰山，而祭拜她們的寺廟及雕像遍布中國南方地區；還有來自“三國”故事的英雄人物關帝，他被歐洲人稱爲中國的“戰神”；此外，龍王掌管調節（或失職於調節）降雨，其職責的履行情況很大程度上決定了豐收與否。

這些（由一系列短劇組成的）演出，通常在白天進行。按照合約所定的長度，有時會連着搬演三至四天。通常，如果表演中包含與宗教節慶相關的慶祝環節，演出費用便由寺廟税收給予支付。如果資金不足，村裏長輩組成的委員會，便會用由他們保管的共同經費來支付這樣或類似的公共活動費用。若不存在這樣的經費，或經費已被用完，便會發起募捐，讓村民們進行個人捐贈。由於此類募捐的失敗會牽涉一系列的“丢面子”，所以類似的活動甚少以流産告終。當募捐者看見自己的名字出現在寺廟牆上張貼的紅色長卷“榮譽榜”中時，他們會由衷地感到喜悦與自豪。

除了節慶季節由村裏出資舉辦的常規性戲劇演出外，還會有富裕的鄉紳自費資助此類演出。他們深知爲鄉村鄰里提供這種可彰顯優越性的娱樂活動，乃是最簡單可靠提升自我在當地受歡迎程度的途徑。有時會出現這樣的情況，當某位村民觸犯或違反了村規，他會被要求自掏腰包請劇團來村裏演出，以此作爲贖罪方式。

表演者由在農村裏遊走尋求演出合約的流浪演員組成。每份合約的條款與細節都會以紙質合同的形式寫定，而劇團經理“掌班”和村社“管理者”代表各自的團體，在達成讓雙方都滿意的條款之前，往往會産生有失體面的争吵。演員所提供的服裝、面具與其他行頭，通常都破損得十分嚴重。在這群以巡演爲生的藝人中，有時會有天資過人的演員，可以賺取相對較高的酬勞。他們多數都曾在城市的劇院裏有過風光的日子，最終因年事漸高、命途多舛或放蕩不羈而混迹於鄉村舞臺。絶大多數的演員都是從兒童時期便開始接受舞臺訓練的，皆經歷過漫長嚴苛的試用期，這一過程與中世紀歐洲學徒制十分相似。他們的道德準則尚存在着許多不足之處，鑒於其隨遇而安、放蕩不羈的生活態度，再加上驟窮暴富的急劇變化，許多藝人都會淪爲目光短淺的流氓無賴。但是，其無賴行徑屬於友善的類型，在許多富有代表性的例子中，演員們都表現出慷慨、善良與耐心的品質，這些性格特徵從他們所扮演的角色上都可尋得。饑腸轆轆和疲憊不堪，都不會削弱藝人們在舞臺上的奕奕神采和十足氣派，更不會減少他們用那不同凡響的假聲進行表演的能量。在中國人聽來，這種假嗓發聲方式是舞臺念白風格不可分割的元素，但對於西方聽衆，它却是中國戲劇裏最糟糕的習俗。所有的成年觀衆對表演劇目都如數家珍。他們尤其喜愛取材於中國歷史的古老傳説或浪漫篇章，劇中的人物通常爲過往的帝王、勇士、智者及惡人。

中國有句俗語：“唱戲的是瘋子，看戲的是傻子。”前者之所以被稱爲“瘋子”，是因爲他們以一種强迫而不自然的誇張矯揉造作方式進行表演與念白；後者即使無法理解表演，他們也應不假思索地叫好與鼓掌，這也是稱其爲“傻子”之緣由。然而，在過往的幾個世紀中，戲劇都以其特有的形式爲無數中國老百姓帶來了歡欣喜悦，並爲其單調平淡的生活注入了活力與生氣。《中國農村生活》的作者就十分讚賞某個“非常明智”縣官所做的努力，他在其管轄區域内嚴格禁止戲劇演出（這無疑是對娱樂權利與自由的一種武斷干擾），但毋庸置疑的是，若類似的禁令被强行實施，民衆的生活將會變爲無法填補的一片空白。

城市戲劇

在衆多大小城鎮中，其劇院並没有比農村優越多少，臺上的演出，有時甚至還不如那些讓田間“傻子”如癡如醉的遊蕩“瘋子”之表演。對比那些穿梭於田間阡陌、精力旺盛或是饑腸轆轆都由去年莊稼收成决定的鄉野藝人，按行内準則，内陸城鎮伶人的地位確實要稍高一等。相較之下，城鎮的戲劇演出與宗教之間的聯繫雖不如村裏那般密切，但城裏劇院的選址也多爲寺廟庭院或廟宇門前的公共廣場。由此可見，即使在城市，戲劇舞臺也没有完全世俗化。

在不同劇院財務可承擔的範圍内，演員的服飾不僅價格高昂，更是華麗奪目；據一名外籍觀衆觀察，那些演出戲服造價十分昂貴，即使是倫敦西街的劇院經理也會爲之瞠目結舌。可在其他方面，中國戲劇的表演舞臺則可謂簡單至極。舞臺後面有兩扇門，一爲上場口，一爲下場口；而演奏樂隊就坐在其中一扇門旁的角落。正如前文提及，中式戲劇舞臺上不但缺乏或近乎没有布景，更没有帷幕，通常只有幾件非常簡單的擺設或家具，通常爲一至兩把椅子，在更多數情況下乃空空如也。手執一鞭可用來指代騎馬，中間帶有缺口的布料乃是城門關卡的象徵。表演舞臺採用最簡單的傳統象徵方式來呈現厮殺疆場、宫廷王座、奇山秀水及百萬雄師這一系列場景。難怪中國俗話有言，“天下的東西只有舞臺最大”——英國詩人布萊克（William Black）“從一粒沙子看到一個世界”① 的感悟，與此有異曲同工之妙。中國觀衆必須依靠自己的豐富學識並馳騁想像去彌補舞臺上缺失的布景與戲劇動作。最偉大的西方劇作家②曾明確對英國伊莉莎白時期的劇迷説明：“用你們的想像來補充我們的缺陷”，並讓演員“來激發你們的想像力”；無獨有偶，中國劇作家也用同樣的方式來吸引觀衆。賈斯特菲爾德勛爵曾説，人們去觀看歌劇時，應把思維留在家中。雖然中國戲劇與歌劇這種演出形式最爲接近，但即使觀衆被戲謔稱爲“傻子”，也没有人會在中國拿賈斯特菲爾德勛爵的高論去建議劇迷，因爲，如果不保持清醒的意志和活躍的思維，觀衆將無法理解與享受他們所觀所聽的演出。

讓一名演員劇組之外的隨從在衆目睽睽中上臺爲某位演員整理長袍，却適得其反造成了混亂；或按劇情的細心安排，一名大鬍子英雄嗓子火燒火燎

---

① 此詩歌全文爲：To see a world in a grain of sand. And a heaven in a wild flower. Hold infinity in the palm of your hand And eternity in an hour.

② 莊士敦所指的劇作家乃莎士比亞（William Shakespeare），文中引用的句子出自《亨利五世》（Henry V）第一幕劇場説明人的念白。

急需要止咳糖漿，在他異常激動的翻着白眼之時，這位隨從爲他遞上一杯茶。這些在西方觀衆眼裹，都是尋常可見的戲劇笑料。可對他們而言，已死之人忽然起身在舞臺上來回行走——或幫忙奪回尸體，這樣的情節仍顯得十分怪誕離奇。但是，類似的情節並不會讓中國觀衆大驚失色，更算不上驚世駭俗。

與鄉村劇院不同，中國城鎮裹的劇院會爲觀衆提供座位：可至少在某個重要的方面，一個爆滿的中國劇院，在綜合外表上依然迥異於西式劇院。男女觀衆不能坐在一起。從入門那刻起，即使是夫妻也必須分開入座——女性坐在一邊，而男性在與之相對的另一邊就坐。新式的摩登劇院以私人厢房的模式放鬆了這種老規矩，在厢房裹，男女觀衆可以混坐在一起。許多劇院都爲女性觀衆專門辟出了旁觀席；那些十分老式的傳統劇院根本不會爲女性提供座位，在此之前，女性更是被禁止踏入公共劇院。

除非是"改良"劇院，否則，在門口兜售劇票仍是罕見之事。所有的觀衆都必須購買茶水、點心及其他附帶品，即使他們並不情願爲此掏腰包。服務員在伺候觀衆的各種需求之時，會抓住一切機會，其態度總是讓人難以稱心。

當下中國的劇院皆承襲了中式戲劇傳統，並繼承了老式習俗。因此，這些劇院都符合前文提及的"缺乏舞臺布景"的特徵。但值得一提的是，受西方（劇院）模式的影響，部分大城市（劇院）在近年都開始了革新之路。中國的第一所新式現代劇院在1905年開業。這所現代劇院被恰如其分地命名爲"新天地"，而上海也在衆望所歸中成了試驗田。稍後，類似的劇院如雨後春筍般紛紛落户於其他大城市。可直到1913年（辛亥革命推翻了君主制的兩年後），首都纔開始由衷地追隨上海，其表現形式即是"第一劇院"於北平開業。這所新式劇院現在又被稱爲文明劇院，它採用了大量西洋化的建築概念，它也是北平第一所在每場演出結束後有落幕形式的戲劇表演場所。

在清朝（於1644年明朝覆亡後掌權）初期，中國的戲劇活動中心乃是北平、南京及揚州。（上海與天津）因與西方貿易往來之需求而被打開的通商口岸，隨後作爲重要的港口城市而崛起，並取代後面的兩所城市（南京與揚州）成爲新的戲劇活動中心。目前，北平仍保持着其戲劇之都與演員培訓基地的地位，上海緊隨其次，而天津與漢口分列第三與第四名。毗鄰福建與廣西的廣東省，以及在英殖民管轄下的香港，其欣欣向榮的戲劇表演活動，絲毫不遜色於北方地區；風靡於此片地區的粵劇，其風格與傳統都與北方戲劇大相径庭，它也因此獨領風騷。

歷史發展

權威的日本學者認爲，中國戲劇已有三千年之歷史①。從有限的意義而言，戲劇之濫觴在周朝（建朝於公元前十二世紀②）初年已見端倪。據閱讀可知，“巫”乃集祭司、占卜者、喚雨師、靈媒及黑魔法師於一身的巫婆族群（有時也可能是男巫，但情况相對較少）。而他們的歌舞通常被認爲是中國戲劇之起源。近來，一名英國作家如是寫道：“詩歌之誕生，像碧翠詩，一位舞蹈明星”③；如果去追溯中國戲劇最古老的源頭，我們將發現舞蹈元素在其誕生之初時便已存在。

不管可能性爲何，同其他幾個大陸的情况一樣，中國戲劇的起源與準宗教有着清晰的聯繫。據聞，對先人的祭祀推進了戲劇的演變，祭禮中的“尸”——在儀式中扮演其祖先的年輕人——就承擔了戲劇中必要的角色扮演功能。

在周及其後的朝代中，舞臺上出現了“倡優”及“侏儒”。倡即歌者，優又是當下用來指代伶人的一種表述。侏儒即矮子，其地位與中世紀歐洲的御用宫廷小丑（他們多數也身材矮小）十分相似。據聞，臭名昭著的夏桀④助長了這種風氣，這位夏朝的末代統治者“既棄禮儀，求倡優侏儒，而爲奇偉之戲”（《事物紀原·俳優》），但這也有可能只是漢代的傳統，而非歷史事實。相較之下，關於晉國的優施及楚國的優孟的史料可信度更高。此二者都生活在孔子（公元前 551 – 前 479 年）出生前的春秋時期。優孟的傳説在

---

① 辻聽花《菊譜翻新調》中“劇史”一節開篇即爲“中國三千年前，已有戲劇，證據固多，兹不贅述”。辻聽花（1868 – 1931），本名辻武雄，號劍堂，又名聽花散人，日本九州熊本縣人，民國時供職於《順天時報》。《中國劇》由“順天時報社”於 1920 年刊行，1925 年更名爲《中國戲曲》再版，浙江出版社再版時將書名改爲《菊譜翻新調》。

② 此處有誤，應爲公元前十一世紀。

③ 此處所提及英國作家乃露西·蒙哥馬利（Lucy Maud Montgomery）女士，莊士敦所引原文爲“as if they had been born, like Beatric, under a dancing star”，但莊士敦誤寫爲“poetry was born, like Beatric, under a dancing star”。爲遵從莊文，此處依其原文翻譯。

④ 原文作“桀癸”。桀，姒姓，夏后氏，名癸，一名履癸，謚號桀，史稱夏桀，是歷史上有名的暴君。

公元前600年十分盛行，司馬遷的《史記》對此也有所記載。傳聞他身長八尺，絶非侏儒之流。優孟本人心地善良，更身具一名優秀演員所應有的特質，這也是他能被歷史所銘記的原因。當時權高望崇的楚國令尹就十分欣賞優孟。這名位高權重的楚令尹名曰孫叔敖，他被貶失勢後，因積勞成疾而亡，留下其子貧困潦倒。曾受過孫叔敖知遇之恩的孟優十分同情其遺子，並想方設法改變忘恩負義的楚莊王之心意。他花了一年時間模仿孫叔敖的言談舉止，由於其模仿十分傳神，在其穿戴上孫的服飾參加酒宴之時，楚王以爲孫叔敖死而復生。在聽完孟優的陳情後，欣喜的楚莊王要提拔他爲新的楚令尹。然而，孟優拒絶了此番好意，並對楚王建議，此職務由叔敖之子擔任最佳。莊王欣然接受了優孟的提議，立刻召見孫叔敖之子，賜予他榮耀的高位與大量的財富。

絶大多數的優都是雜耍人、小丑、雜技演員、高蹺藝人或御用弄臣，但優孟的故事告訴我們，從事倡優的佼佼者，其存在意義不僅是爲了給無所事事的貴族提供短暫的消遣娱樂，更是爲了追求更高的藝術境界。可以想象，基本之表演都是早有準備的，但絶大多數優的專業表演都是即興而來的，演出的成功與否全憑其個人的敏捷才思。

在那個時代，優對上層貴族之道德品行所帶來的影響差别甚大。有些倡優會公開指責諸侯的不端品行、失責瀆職及忘恩負義，並致力於助其雇主走向改革之路；但是，大部分的優都會利用自己的影響力謀取私利，他們與高官之間的親密私交更一度成爲坊間醜聞。魏厲公就因寵幸倡優、侮辱儒士並彈打諫官而備受譴責。哲學家管子（死於公元前645年）有言：“倡優侏儒在前而賢大夫在後，是以國家不日益，不月長。”（《管子・小匡》）同樣，秦始皇的先輩秦昭王曾預言：“吾聞楚鐵劍利而倡優拙。夫鐵劍利，則士勇，倡優拙，則思慮遠”（《史記・范睢蔡澤列傳》），而拙也就是愚蠢的意思。换而言之，楚國全心鈷研兵法，而没有耽於酒色。

至此，我們只探討至周朝，在經歷漫長的分崩離析之後，這個王朝終於在公元前222年覆亡。繼任的秦朝僅維持了十餘年（公元前221－前207年）的短暫統治，其創始者自稱“始皇”，他不僅是中國歷史上赫赫有名（或臭名昭著）的君主，更是世界上最有名的獨裁者之一。同其他獨裁者一樣，他的處事手段殘酷冷血、心狠手辣。爲了在中國歷史上開創一個新紀元，他掃清了一切的舊傳統習俗，更毫無人情地推行苛政；由於其政權不爲儒士所承認，他便下令“焚書坑儒”。儘管如此，他對傳統文化的仇恨並没有蔓延至戲劇，這也是戲劇作爲一種文學藝術形式能存留至今的最佳證據。由於戲劇並没有實質的威脅，所以它躲過了災難性的浩劫。這位皇帝從未流露出任何要讓伶人爲儒士陪葬的想法。倡優不僅没有受到影響，更光明正大地被皇室所寵愛。其中一名叫旃的職業優伶——他極有可能是侏儒——甚爲始皇所寵愛；如前輩孟優一樣，優旃盡其所能去勸諫始皇及其子不要過度奢華鋪張。

在接下來的朝代中，優伶依舊擔任着爲皇宮貴族提供無傷大雅之娱樂消遣的職責，但戲劇的發展十分緩慢。雖然，我們缺乏足够的資料去探討平民中的戲劇表演，但毫無疑問，就如其活在當下的後代一般，他們熱衷於觀看各種形式的舞臺表演。

如果傳統是可信的，那在漢朝的統治期間，優或俳優開始敷演故事。同一時期，黄門倡——宫廷歌手——以 145 人爲群，隨音樂伴奏表演特定的軍舞。約於公元一世紀中葉，北齊（公元 550 - 577 年）就有“合歌舞而演一事”的戲劇雛形。緊隨其後，舞臺上首次出現了佩戴面具的表演。早期的面具形狀皆同野獸之首。面具的引進與公元六世紀下半葉的蘭陵王息息相關，他爲了掩蓋自己略帶娘氣的外貌而在戰場上佩戴面具。鑒於其過分俊美的容貌難以起到威懾敵人的作用，他便採用在疆場上佩戴木刻“假面”的戰略。由於木頭面具的外表過於駭人，敵人見之落荒而逃，蘭陵王因而以其出衆的軍事才華聲名大噪。綜上，面具隨後成爲中國舞臺表演廣受歡迎的特質，但它的用處遠不止於此。

隨後的戲劇演進發生於隋朝，但至此，戲劇中的歌舞元素遠勝於動作與念白。就如相對年輕的日本能劇，它就是一個主要由歌舞組成的附帶臺詞的戲劇。部分伶人憑藉他們出衆的音樂天賦而非表演技藝，而爲後人所熟知。萬寶常就是其中之一，他超群的才華使他能用最不起眼的物品演奏出美妙動聽的旋律。對此稍作詳細説明，萬寶常用竹筷敲擊大小碗盞什物，便能奏出和諧的曲調。另一名通達音律的奇才是王令言，他靠聆聽樂曲就能預見到隋煬帝即將遭遇刺殺。

直到唐代（公元 618 - 906 年），戲劇在範圍及尊嚴上都得到了長足的發展。自中國劇史上論之，唐代戲劇，可稱爲大革命時代。[①] 戲劇的主要發展

① 來自“劇史”的“唐與梨園”條。參見辻聽花《菊譜翻新調》，浙江古籍出版社，2011，第 6 頁。

都發生於唐明皇時期。這位時運不濟却充滿個人魅力的玄宗皇帝於公元 713 至 755 年在位執政。他設立了梨園機構以鼓勵音樂、舞蹈及表演藝術的發展。這個著名的機構是按當時一種特定的主流曲樂風格而命名的，這個詞至今還爲曲藝伶人使用，他們自稱爲“梨園子弟”。玄宗精通音律，據聞，“選坐部伎子弟三百，教於梨園。聲有誤者，帝必覺而正之”（《新唐書·禮樂志》）。他既有男童組成的歌隊，也有成年人歌隊，更設立了類似梨園的宜春院機構，專門訓練歌女與女性伶人。

唐明皇在戲劇業享有極高聲譽，故他被尊爲“梨園祖神”也並非出奇之事。據另一種説法，中國的“戲劇之神”並非唐明皇，他雖然名氣不如明皇響亮，但他高超的模仿技藝及高貴的善良品質在前文已有提及——此人便是楚國優孟。

唐明皇的繼任者同樣支持戲劇（發展），事實上，無論男女，唐代是這群歌者、舞者及優伶的黃金時代。在此時期，伶人的表演藝術絶對不會被社會的執政者所輕視，因爲他們不僅時常在業餘的表演中客串，還會拜有名的藝人爲師。

在唐末宋初交替之際，時代動亂紛争，並非藝術發展的良好時期。即使如此，依然有文獻記載了後唐皇帝李存勖之逸事。這位唐莊宗不僅喜好與伶人同臺共戲，更給自己取下藝名“李天下”。這些都發生在公元十世紀的上半葉。

據中國學者所言，中國的戲劇發展史有三個重要的黃金時期。第一個時期自公元 720 年（明皇執政期間）起，終於唐代覆亡的公元 906 年。當時流行的戲劇被稱爲“傳奇”①。第二個時期爲公元 960 至 1119 年，自宋開朝起，並涵蓋了徽宗的執政時期，這個階段的流行戲劇名曰“戲曲”。從公元 1125 至 1367 年是第三個時期，包括金朝佔領中國北境及整個元朝的統治時期。戲劇在此階段被稱爲“院本”與“雜劇”，它們是中國戲曲的宗源，但在清朝有所變化。這些名詞對外行人來説形如天書，除非是擁有悠久傳承歷史的中國演藝之家，否則這些詞語也不會是普通人的入門之徑。它們的差異主要表現在戲劇音樂與對白之間的關係、衆多娱樂本質中的突出特徵、同臺演員之數目、戲劇題材之淵源及表演程式等方面。

---

① 此處有誤，蓋莊士敦將唐人傳奇小説與傳奇戲曲混淆了。

在宋朝，幾位重要的皇室戲劇資助者分別爲宋太祖趙匡胤、宋真宗趙恒及宋徽宗趙佶。最後提及的宋徽宗由衷地熱愛藝術，其自身便具有極高的繪畫天賦。據聞，他曾對戲劇服飾做了大量的改進，其中不少靈感更來自入宮覲見外國使臣的服飾。

即使在宋朝，依然有根深蒂固之觀念認爲，優伶只是御用弄臣，他們在舞臺之外也可表演其技。這一時期最有名的藝人乃李家明，有兩個與之相關的故事值得一提。① 其一，皇帝宴飲於近郊花園，指着遠處山頂之雲説即將下雨。“是的”，李家明回應，“雲雨將至，但不會進入京城”。“你爲何知道?”皇帝隨後詢問。“因爲雨水害怕城裏的苛捐雜税，故不敢進京。”據聞，皇帝隨後採納了李家明的暗示，並減輕了賦税。其二，在一個相似的場景中，皇帝與群臣在後苑垂釣，朝臣都順利地釣到了大魚，一無所獲的皇帝勃然大怒。李家明便即刻回應，能爲君王所垂釣是極高的榮耀，只有真龍纔有此殊榮。皇帝聽後龍顔大悦——像智者一般——他隨即收起釣竿。

在宋朝最後的數十年中，中國北境都爲遼金所佔領，戲曲在此時期蓬勃發展。韃靼貴族對中原的戲劇知之甚少，他們將其所熱愛的演劇從西北帶入了中原。宫廷裏的樂團曾爲好幾任君主服務，不同風格的戲劇群芳争豔。貴族與高官尤其喜愛天資聰慧、外形靚麗的年輕伶人，除了爲這些優伶提供舒適的生活，更將他們視爲高貴的家臣。

1192年，在金章宗完顔璟的統治期間，演員們被禁止扮演過去或現任的帝王，但在實際的執行中，除了金朝的皇帝，演員們依舊在舞臺搬演其他朝代的帝王之事。在此期間，董解元創作出了一部極富詩意的作品，它爲中國最知名的一部戲劇作品《西厢記》的誕生打下了基础。

這部偉大的作品寫成於元代初期，而元朝（公元1280至1367年）也是我們隨即要探討的時期。這是中國舞臺表演歷史中最知名的階段。元朝的戲劇發展是如此令人矚目，其奪目光彩讓此前任何一個朝代都黯然失色；有些

① 此處有誤。這兩條史料，其實並没有記叙宋朝之事。其一爲南唐申漸高諷諫：“申漸高，優人。異元中爲教坊部長。時關征苛急，屬畿内旱。一日，宴北苑，烈祖顧侍臣曰：‘近郊頗得雨，獨都城未雨，何也？得非刑獄有冤乎？’漸高遽進曰：‘大家何怪？此乃雨畏抽税，故不敢入京爾。’烈祖大笑。明日，下詔馳税額。信宿，大雨君洽。”（《南唐書》卷十七）其二爲李璟垂釣之事：“璟於後苑命臣僚臨池而釣。諸臣屢引到數十巨鱗，惟璟無所獲，家明乃進口號曰：‘新甃垂鉤興正濃，禦池春暖水溶溶。凡鱗不敢吞香餌，知道君王合釣龍。’璟大喜，賜宴極歡。”（《江南野録》）

文人因此完全忽視前朝（戲劇），更誤以爲戲劇是在蒙古統治時期纔成形的。其中一個主要論據便是所有元朝之前的戲劇文本都已佚失。與之相反，今有大量元雜劇劇本得以流傳，似乎都無需去質疑“適者生存”這一法則的準確性。翟理斯博士（Dr. Herbert Allen Giles）在《中國文學》中指出：“直到十三世紀，當（中國）戲劇忽然演變爲當下舞臺戲劇的形式之後，演員的表演藝術纔真正地被認同。”他還進一步闡釋，中國的戲劇並非土生土長之産物，極有可能是由熱衷於戲劇表演和培養伶人的韃靼族所引進的。翟理斯博士的觀點（也爲權威所認可）或許有些言過其詞，但戲曲在十三世紀末至十四世紀初期會有如此迅猛的發展，這與元朝統治政權的建立有直接聯繫；而對比中原地區，蒙古的戲劇發展早已達到了一個更高的水準，這也對該時期的戲劇發展起到了推進之作用。

蒙古人在中國的政治統治是短暫的，他們對中國老百姓社會生活的絶大數方面都没有造成過多影響，僅在其表層留下了淺淺的漣漪；但他們給戲曲帶來的深遠影響，不僅波及跌宕起伏的明清兩朝，即使在當下的動蕩時局，在危難之境它也依然發揮着其影響力。

王實甫是這一時期最知名的高産劇作家，他創作的《西廂記》在衆多作品中脱穎而出，不僅爲歷代讀者和劇迷們所喜愛，更是衆多藝術家的創作源泉。施君美、馬致遠及喬孟符[①]是其他幾名代表性的作家。他們及其餘劇作家的作品都被一部有名的元雜劇集所收録[②]，這部劇集爲每個漢籍圖書館所收藏。其中最負盛名的幾部作品已被翻譯傳入歐洲。

在中國歷史中，戲劇創作無疑是元朝最震古鑠今之文學成就。由於正統學者對戲劇抱有偏見，這些優秀的創作在明清兩朝都慘遭忽視；即使如此，仍有少數獨具慧眼之士十分欣賞其描述人類激情與禮儀的技巧，並對其天然去雕飾的語言風格大加讚賞。

不僅元雜劇在該時期取得無可比擬的成就，伶人的表演藝術也得到長足的發展。戲劇業獲得了此前從未有過的尊嚴，良家子弟作爲專業演員登臺演出也是相對尋常之事。

在此後的明朝統治期間，戲劇潮流發生了如下的變化——在大都流行的

---

① 原文誤寫爲“喬立符”。

② 按，即明臧懋循的《元曲選》。

北雜劇逐漸讓位於來自江南水鄉的昆曲。明朝草創之初曾定都南京，這是造成這一變化的主要原因；雖然明成祖朱棣（永樂）後遷都北平，但昆曲的主流地位在清朝建立前都未受到任何動搖。

在皇家資助下，戲劇的總體發展依然生機勃勃。其中的領軍劇作家就有《牡丹亭》的作者湯顯祖，以及阮大鋮。此外，高則誠在十四世紀末寫成的《琵琶記》備受中國劇評家妙贊。這部作品在多年前已被漢學家巴贊（Antoine Bazin）翻譯爲法文①。

滿清朝代

在清朝的統治下，戲劇始終保持着欣欣向榮的狀態。王朝的每一任統治者及其家族都沉醉於國家戲劇所帶來的享受，而承應演出更成爲宫廷節慶不可缺少的重要環節。在清初，當時戲劇界最有名氣的劇作家是吴偉業，其名號爲梅村。他曾出仕爲官，閒暇之餘創作了大量爲人稱讚的詩作與劇本。《通天臺》就是他的代表戲劇作品。與其同時代的尤侗，他的劇作曾博得康熙皇帝的青睞，後者更一度下令把尤氏的作品搬上内廷舞臺。對比其祖父康熙，乾隆皇帝對戲劇的喜愛與投入可謂有過之而無不及。他讓以詩文創作著稱的張照創作了大量的戲劇作品，這位元元文人於 1745 年逝世；乾隆皇帝自己也寫了不少戲劇選段，他的創作不僅被搬上了宫廷舞臺，更毫無疑問地受到了來自當時主流作家的一致好評。近來，清朝皇室中最著名的戲劇雇主非命途多舛的慈禧太后莫屬；西方作家不僅戲謔地稱其爲“大帝”，更指責其愚昧昏庸。撇開此等言論，慈禧的確對清王朝的滅亡及皇權的覆滅負有歷史責任。毫無疑問，組織觀看戲劇演出（據可靠的小道消息，她曾親自在戲劇演出中擔任角色）是她最喜愛的娱樂消遣之一。如果她能稍微緩和對光緒皇帝改良運動的阻撓，中國極有可能避免過去二十年所遭遇的悲慘境遇。鑒於慈禧太后在文學藝術上的不入流品位，以及她篡改戲曲所帶來的不良影響，如果這位垂簾聽政的太后能潛心禮佛，那麼中國戲劇將會進入一個充滿活力

① 安托尼·巴贊（1799－1863），法國聖布裹斯蘇福雷人，知名漢學家。巴贊就讀於法蘭西學院，是雷慕沙（Jean Pierre Abel Rémusat，1788—1832）與儒蓮（StanislasAignanJulien，1797－187）的學生，1840 年成爲東方語言學院的教授，同時在法國亞洲學會任職，其法譯本《琵琶記》於 1841 年出版。

的全新紀元。

在清朝戲劇史中，有一名劇作家值得特别介紹。據中國當下首席戲劇評論家——北京大學的宋春舫教授[①]所言，此人才華横溢，是滿清一朝甚至中國歷史中最傑出的戲劇創作家。他便是聲名遠揚的小説家與戲劇家——李笠翁，他曾創作了15部戲劇作品，現有10部流傳於世。對比大部分的中國劇作，李笠翁的戲劇含有更多的對白。如前文提及的評論所言，雖然他没有像法國劇作家那樣獨創一個流派，但他值得被稱爲“中國文士”。蔣士銓是清朝另一位大名鼎鼎的劇作家，曾有人拿他的作品與唐詩相提並論。

在戲劇評論流派崛起的時期，戲劇創作得到了健康的激勵。其中，最有才華者莫過於李調元，他在1763年寫定的《曲話》，也是劇評界難得的精品著作。另一本同名劇評著作同樣有口皆碑，其作者乃梁廷枏；大名鼎鼎的劇作家李笠翁也在《一家言》中探討過戲劇的創作技巧。

自清中葉以後，昆曲日漸式微，取而代之的亂彈又被稱爲“今劇”或“新劇”，對比前者，它的表演形式及念白更爲簡單自由。此種帶有音樂性的戲劇至今仍廣受歡迎，按其聲腔分類又被稱爲“西黄戲”[②] 及“皮黄戲”。鑒於隨處可得的留聲機及唱片，對此種戲劇音樂本質感興趣的外籍人士，在劇院之外也能得到滿足。

中國戲劇的幾個特徵與不足

按照西方標準，絶大部分自元朝誕生的中國戲劇，都可被定義爲音樂喜劇、歷史歌劇、歌舞鬧劇、滑稽戲和輕歌劇。近來，隨着西方戲劇的引進，對其的仿效與翻譯，纔使中國人認識了没有音樂性的戲劇作品；值得注意的是，此類改編自西方的戲劇作品，至今皆遭遇了冷淡的反響。確實，缺失了音樂的中國戲劇，將不可避免地失去中國化（特色），城裏和村裏的狂熱劇迷團體都會對它失去興趣。一位英國詩人[③]曾斷言：“東方即東方，西方即西

---

① 宋春舫（1892－1938），浙江吴興人，别署春潤廬主人，王國維的表弟。宋春舫曾留學瑞士，精通多門外語，1916年回國後於北京大學任職，是我國最早引進與研究西方戲劇理論的學者。

② 此處應爲“宜黄戲”之訛誤。

③ 此乃出身於孟買的英國籍詩人拉迪亞德·吉卜林（Rudyard Kipling），後面引用的詩句出自其作《東西方民謡》（*The Ballad of East and West*）。

方，二者永不相見。”如果我們試圖去中國劇院求證此論，不難發現，令外籍觀衆對中國戲劇產生隔膜的首要元素必然是劇院裏的音樂。在西方觀衆耳裏，中國戲曲音樂中最惹人厭惡者，非震耳欲聾的喧天鑼鼓聲莫屬，他們會小心翼翼地在搬演武打戲時離開劇院；相較之下，餘音嫋嫋的長笛、胡琴（一種弦樂）及其他幾種樂器，通常會使外籍觀衆如癡如醉。

長久以來，中國戲劇皆取材於過往歷史，完全忽視目前的境況與問題，這也是它最令人矚目的缺陷。在缺乏刺激的中國，此等陳陳相因會使中國戲劇與當今社會脱節，更無法起到喚醒這片古老土地的知識分子的作用。鑒於那些對“中國青年”知識群體影響深遠的思想與志向已開始嚴重動搖廣大社會群體，（中國戲劇的）這一弊端會愈來愈引人關注。

中國戲劇的另一弊端乃存在太多的不確定性因素，這皆由不確定之人的不確定行爲造成的。因爲中國戲劇甚少反應現實生活，故它也無法對現實生活提出確切的批判。正如前文提及的弊端，（中國戲劇）過分頻繁地去營造巧合。即使是大名鼎鼎的李笠翁，有時也會粗製濫造地去設置情節，其《蜃中樓》就存在這樣問題。

如果肯定中國戲劇是人倫綱常的助力，那我們必須承認其積極的道德影響在某種程度上仍存在局限。換而言之，（中國戲劇）善惡是非分明——或分明過甚——善舉總會得到鼓勵與回報，而惡行終究會遭受應有的懲罰。但正如近來的中國評論家所言，這都簡單初級而淡然無味。某位評論家指出，鑒於對佛教因果報應的盲目遵從，即古語所云之“善有善報、惡有惡報”，大量的戲劇情節都因此被破壞。劇作家爲了達到勸導觀衆信服“惡人難逃懲罰，善人必有回報”的戲劇目的，數量可觀的好故事由此被破壞得面目全非，但現實生活却並非總是如此。中國戲劇不存在西方語境中的悲劇，這也是導致此種理念被廣泛認可的緣由。亞裹斯多德主張，悲劇應避免三種情節套路。首先，好人不能從幸福生活淪落至悲慘下場。其次，壞人不可在擺脱困苦日子後，過上歡喜團圓的生活。就此而言，中國式理論與實踐仍與古希臘不謀而合，但中國戲劇中的衆多案例都屬於亞裹斯多德所譴責的第三種蹩脚情節——一個十惡不赦的壞人在失去榮華富貴後殘喘營生。亞裹斯多德對這種完全無法激起人之同情與恐懼的情節設置由衷反感，造成這一現實的原因與中國戲劇從未採用卡塔西斯（Katharsis）理論密切關聯。

對比西方同行，許多中國藝人都被認爲是“天生的演員”，僅從必備的（表演）藝術而言，最優秀的專業伶人幾乎不需要學習。翟理斯博士曾提及一名康熙時期演員的故事，他在舞臺上扮演背叛英雄岳飛的宋朝大奸臣秦檜，這也是其職責的痛苦之處。由於表演過於逼真，一名激動的觀衆衝上舞臺將其捅死。無可否認，中國演員的表演做派（他們只是遵從了嚴格的傳統習俗，並非罪魁禍首），在西方觀衆看來總是有些讓人惱火。蕭伯納告訴我們，演員應被看作“公認宗教般不朽神聖祭禮的聖職者”，而非“雇來的丑角及雜耍演員”。在中國，如果官方對戲劇與舞臺的態度没有徹底的改變，普遍接受此種理論將是一件不可思議之事。然而，與中國官方對該理論的輕蔑態度相比，其對表演實踐的看法則相對緩和；雖然，如梅蘭芳（中國當下最熾手可熱的演員）這樣的當紅藝人並没有被抬舉爲祭禮的聖職者，但他們無疑比任何一名牧師更能激起深沉的共鳴興味，其劇院裏熙熙攘攘的觀衆也要遠多於中國境内任何一所寺廟的禮拜者。

共和國時期的中國戲劇

自本世紀初葉起，人們對劇作家之創作藝術是體面嚴肅的這一新理念的認可度越來越高，更意識到戲劇潛在之啓發及感化的深遠社會影響。早在辛亥革命爆發前，關於現代歐洲戲劇的知識便已傳入中國，這也不可避免地點燃戲劇改良運動火炬。（所謂的）共和國的成立加速了運動進程，這在當時不僅表現在戲劇本身的改革進程被提上日程，更加速了表演形式的改良。好比其他的改革運動，這群懷抱熱誠的留洋青年把這場戲劇改良運動推進得過火。這群有着西式教育背景的青年，都對那些曾動搖西方大陸根基的社會政治問題十分感興趣，他們錯誤預估了胸無點墨的保守（中國）村民會同樣産生共鳴的現狀。因此，在他們着手把歐洲最“前衛”的社會問題戲劇翻譯並引進中國後，普羅大衆對此類改良試驗成果的興趣主要是源於好奇心，即使是最初獲得的微小成就，都帶有十足的迷惑性。當好奇的熱情漸褪，被引進中國的西方戲劇，在進入大衆視野之前便已黯然失色。

蕭伯納是最先引起中國翻譯家注意的西方劇作家。《華倫夫人的職業》

是他第一部被搬上中國舞臺的戲劇作品①。由於演出時間短得令人失望，故這場失敗的演出並沒有給那些熟悉中國的人帶來過多的驚喜。其他來自英格蘭、法蘭西、日爾曼及斯堪的納維亞的劇作家，他們都受到衆多中國文學團體的致敬，最受推崇的應該爲易卜生。但是，這些翻譯或改編自西方語言的劇作，甚少被搬上專業的表演舞臺。作爲一名受過良好教育並有警覺意識的中國人，除非他曾長期在國外定居，並已對西方的（社會）問題有所瞭解，或至少能暫時站在西方人的利益與思維角度來換位思考，否則，他只可能在認知層面對西方戲劇的主題產生同感，而無法從感情層面與之產生共鳴。對於廣大没有踏出國門的中國觀劇者，他們自然會對這些在認知或情感層面都無法對其產生吸引力的戲劇感到厭倦。此外，正如一名鄉野村民近來的感悟體會，中國人最喜聞樂見的乃舞臺上的虛幻之境——這有時是超脱於山海大澤之外的景象，有時是讓他們擺脱現世公務煩惱的場景。音樂聲響越是喧囂，表演動作越是誇張，對白臺詞越是天馬行空，觀衆便愈是對此欲罷不能。就此而言，中國人與世界上的其他種族一樣，其所渴望之物是普通生活從未或永遠不會給予的海市蜃樓。他們從未渴望戲劇便是現實生活，即使心存此念，中國劇迷也絶不會去西方世界尋找答案。

值得一提的是，以研究西方現代劇而著稱的宋春舫先生，他決不會像其朋友那般激進；如果他的朋友都隨心而行，他們會摒棄傳統的皮黄及中國其他帶有音樂的戲劇，而以脱胎自西方模式的不帶音樂性的話劇將其取代。在他的主張中，中西方戲劇之間無需存在競爭與淘汰，不該干擾老派中式戲劇（自然發展），其地位應如歐洲的歌劇一般；而話劇也會獲得應有的獨立地位。他的言論精彩獨到，希望不會被輕易視若無睹。

諸如鄭振鐸與陳大悲兩位先生這樣的作家都堅定認爲，一個新劇種的誕生將擺脱過往及包括西方模式在内的一切束縛，（此過程）最好依托業餘舞臺之媒介，因爲此類適合於自由實驗的新劇種不會帶來票房回報。這也暗示着，新劇主要被狂熱的學院派所掌握；這無疑會帶來許多益處，但同時也存在許多弊端。因爲，在校園之外的現實世界，有一條巨大的鴻溝，横跨在受

① 《華倫夫人的的職業》是蕭伯納的代表作，於1894年在英國首演，曾因揭露資本主義上層社會的黑暗面而在本土被禁演約30年。1920年10月，在話劇演員汪優遊的主持安排下，該劇在上海的新舞臺上演，遭遇失敗。

過新式教育的中國人與絶大多數的老百姓之間，這種現狀將維持相當長的一段時間。

就此評價迄今爲止的（戲劇）現代化運動是一場徹底的失敗，實乃有失公允。雖然它没有達成所有的目標，但這場運動在多個方面都取得了卓越的成就。比如，這群改良者的前期準備工作，已對改善伶人地位産生了積極的影響。衆所周知，伶人乃“倡優皂卒”四大賤業之一，其後代禁止入仕爲官。雖然，外界仍缺乏對優伶這一行業的肯定，但藝人們已開始努力改善自身職業的低賤地位。近來，上海的伶人們組織成立了“伶界聯合會”，其中一條重要宗旨就是改變社會對優伶行業普遍存在的偏見。鑒於演員低得令人髮指的文化程度，他們現在已深刻意識到提升自身教育水準的必要性。伶人們開始明白，戲劇表演本身不僅僅只是一個供人打發時光的消遣方式。除非戲劇本身爲人推崇，否則演員很難獲得他人的尊重，而這些未經改革的中國老派戲劇似乎則没這麼幸運。戲劇的首要功能應爲教化——但忽視了演員的重要性，其教化功能將何以施展？

由於從業的女伶人數量極少，她們也甚少被人提及。在當下中國，男女演員同臺演出仍被視爲不可思議之事。女性角色多由男童或年輕男子反串，許多聲名遠揚的中國男性演員，都以打破性別界限扮演女性而著稱。相反，在有女性演員表演的劇院中，男女角色皆有女伶人出演；雖然天津與别處有幾家類似的劇院，但由於演出班底皆爲女性，故其知名度也十分有限。

文學改良家們以北京大學爲據點，通過《曙光》等進步刊物，出版戲劇改良運動的成果。大部分有價值的成果都是歷史性著作，其中的典型代表，即出自知名學者兼考古學家王國維之手的《宋元戲曲史》①，這部不可多得的著作值得被翻譯成英語或法語。另一本近日出版的著作也值得引起漢學專業學生的注意，此書乃《中國劇》，作者是被其中國及外籍好友稱爲“聽花”的旅華日人。② 此書目前只有中文讀本，令人期待的英語及日語讀本也在準備（出版）中。

爲了促進戲劇學科的發展及爲才華横溢的劇作家及時提供信息，1921 年

---

① 《宋元戲曲史》，王國維於 1912 至 1913 期間撰成，先由《東方雜誌》連載一年，1915 年商務印書館出版單行本。

② 即前文所提及的辻聽花。

創辦的一本優質月刊大大推進了戲劇評論界的發展。如同其他現代中國刊物，這本月刊的主旨乃是傳遞前衛的思想見解；隨着文學創作愈來愈廣泛地採用白話文，這本名爲《戲劇》的刊物也採用了這種通俗的語言進行辦刊，對比傳統的文言表達，這種語言風格能吸引更廣泛的社會閱讀群體。新式流行戲劇演化所依托的良好創作氛圍來源於社會機制，劇作家們已逐漸意識到他們前輩所犯下的錯誤，若想戲劇演出在中國取得成功，其創作源泉必須植根於這片土地上的現實生活，必須反映中國老百姓的心理境況，可以從歐洲戲劇中汲取必要的戲劇素材，但並非一味的盲目模仿。可以預見的是，這群年輕有爲的作家已深刻意識到他們重要的民族職責；新式戲劇的創作者與啓發者不僅要對話劇表演懷抱滿腔熱情，更要熱愛中國本土的戲劇，無論影響的好壞，他們都能時刻意識到，新中國從歷史灰燼中涅槃重生的命運已成爲其職責。

關於森槐南的《深草秋》和小町傳説

中村優花*

摘　要：日本明治時期的漢學家森槐南，不但是近代學術意義上的中國戲曲研究史的開創者，而且早年還有戲曲創作。他撰有傳奇二種：《補春天》《深草秋》。本文以《深草秋》爲研究對象，分析其結構，梳理所參考的傳説，並對比日本傳説及相關的資料，瞭解該題材在中國戲曲史中的演變和接受情況。對比中，筆者主要以《玉造小町子壯衰書》和日本傳統戲曲"能"的《通小町》《卒塔婆小町》爲參考。

關鍵詞：森槐南　深草秋　小町傳説

一　森槐南與《深草秋》

1. 關於森槐南

首先，我們要瞭解森槐南的生平和他的研究情況。森槐南（1863～1911），名公泰，字大來，行二。别號槐南小史、掃雪山童、秋波禪侶、菊如澹人、説詩軒主人等，他是日本近代"中國學"的開拓者。其父是著名漢詩家森春濤，其母森清子是一名和歌歌人。森槐南很早便開始讀漢文書，17歲時所作《補春天傳奇》戲曲，引起清國詩人黄遵憲的關注。同時他也是著名的漢詩家，晚年自己編定所作詩歌，爲《槐南集》二十卷①。森槐南聰明穎悟，幼有才名，還參與中國戲曲小説的研究，是第一位在大學課堂上講授戲曲的學者。黄仕忠先生認爲："故森槐南實是第一位在大學講壇上講授中國戲曲的日本學者，而早稻田大學也是近代中國戲曲研究的發祥地。"② 森槐南的貢獻不只在詩歌方面，還在戲曲方面。張傑曾這樣評價森槐南的《作詩法講話》："森槐南先生意在向日本讀者勾勒我國戲曲發展的總貌"③，"對促

* 中村優花，女，東京人。日本早稻田大學博士研究生。研究方向爲日中戲曲交流。

① 黄仕忠：《日本所藏中國戲曲文獻研究》，高等教育出版社，2011，第11－12頁。

② 黄仕忠：《戲曲概論·解題》，《文化遺産》2011年第1期。

③ 張傑：《簡論日本近代的中國戲曲研究》，《社會科學戰綫》1984年第2期，第337～346頁。

進戲曲的普及和戲曲研究的開展，特别是對促進大學裏戲曲教學的開展，都有不容否定的影響和作用”①。

事實上，1891 年，森槐南在《郵便報知新聞》上發表了《支那戲曲的沿革》，《西厢記讀方》也在《支那文學》創刊號上連載，這些都是頗具影響力的戲曲著作，除此以外他還有許多戲曲方面的研究②，兹不贅。

另外，森槐南在詞學上的地位也是不容忽視的。他不僅有很多詞作，如《水調歌頭・文章固小技》《滿江紅・秋杯次韻》等，還是一個著名的詞評家。其《槐南詞話》對北宗（蘇辛）與南派（姜史）的討論都頗有見地。

2. **關於《深草秋》**

《深草秋》作於 1882 年，是森槐南創作的第一部戲曲。它以日本著名傳説《百夜通》爲原型改編而成，講述了平安時代的美女小野小町和深草少將的遇合。曲牌上則參考了《牡丹亭》的第十齣《驚夢》一齣。這部戲曲篇幅很短，只有一折。開頭有《深草秋・水調歌頭》題詞一篇，並附秋詞六首，正文爲《深草秋》南曲一折，另有蕉陰客之評論、橋本寧之《題深草秋後》兩篇。劇情梗概如下：

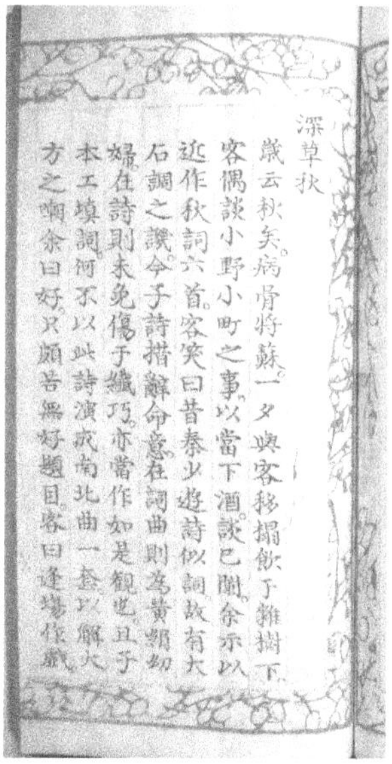
深草秋
歲云秋矣。病骨將蘇。一夕與客移榻飲于雜樹下。客偶談小野小町之事。以當下酒。談已闋。余亦以近作秋詞六首。客笑曰昔秦少遊詩似詞故有大石調之譏。今子詩措辭命意在詞曲則爲黄絹幼婦。在詩則未免傷于纖巧。亦嘗作如是觀也。且子本工塡詞。何不以此詩演成南北曲一套。以解大方之嘲。余曰好。只頗苦無好題目。客曰逢場作戲

① 同上注。

② 參見黄仕忠《森槐南和他的中國戲曲研究》，《戲曲與俗文學研究》第一輯，社會科學文獻出版社，2016。

小野小町父母早逝，搬入深草别院，終日郁郁。一日與丫鬟蕣花月下聞笛，更添愁緒，二人進院漫步，恰遇月下吹笛的風流才子深草少將。小町急忙避開，深草少將却對小町一見鐘情，並從蕣花口中得聞小町身世，遂請蕣花將玉笛轉贈給小野，表達愛意①。

《深草秋》相當於《百夜通》的前傳，也就是小野小町和深草少將的戀愛故事，而完全没有涉及《百夜通》的悲劇結局。看起來只是借傳説中人物的名字改編而成的戲曲，但作者借家童的口暗示了小野小町和深草少將的悲劇。

“往常時人都道我家相公是才子，原來是個呆子。咦，不毒不秀，不秀不毒；不才子不呆子，不呆子不才子。好笑好笑，若不這樣，怎的和那小野小町，虚擔了九十九夜的單相思。影裏情郎，影也不摸一摸；畫中愛寵，畫也不叫一叫。白白的做了個雪裏凍壞的没名鬼。”② 而且小野小町“生書香之後，爲豪富之家。性耽書史，最喜和歌。争奈雙親，相繼捐館，唯剩奴家，孑然一身。……”③ 深草少將“埋姓隱名，人都唤做深草少將；吹花嚼蕊，自道不讓在五王孫。生性風流，客儀閑雅”④。

雖然小野小町確有其人，但她與深草少將的生平很難説清楚。從以上文字大致可見，深草少將是一個自在的風流才子，小野小町是一個書香門第的文雅才女。蕉陰詞客點評説：“待要把月魄蘇，花淚銷。瘦身兒映着階前草也，還算我一點星魂托得牢。滴滴是淚，滴滴是血，雖吴兒木石腸，亦當寸裂，不知替薄命人寫照耶？爲可憐蟲説法耶？《紅樓夢》中林黛玉，《紫史》中夕顔姬，可與語此。”⑤

明治十四年（1881），森槐南在《新文詩》發表了《深草秋填詞》。這説明他之前就已經對《百夜通》的故事有所關注，並且動念創作《深草秋》了。所以，森槐南稱這個劇本是即興之作，或是對此故事發生感想，纔創作了這部戲曲。

---

① 《新文詩别集》第十七號，新進堂，1882。
② 《新文詩别集》第十七號，第8葉。
③ 《新文詩别集》第十七號，第4葉。
④ 《新文詩别集》第十七號，第7葉。
⑤ 《新文詩别集》第十七號，第14葉。

二　故事來源：《百夜通》

森槐南所參考的《百夜通》，講述的是深草少將愛上小野小町、不捨追求的故事。小野小町是一位絶代佳人，慕名求愛的男子不計其數。其中，風流才子深草少將最是痴心，行思坐想，夢斷魂勞，便真摯地向她求愛。小野小町也被他的真摯所打動，向他提出了一個條件："如果你能連續一百個夜晚來與我相會，我將接受你的愛。"於是深草少將恪守諾言，風雨無阻，每個夜晚都會來看她。就這樣，九十九個夜晚過去了。然而，在最後一個晚上，深草少將却因故未能履約，這段即將圓滿的愛情，就此結束了。

關於爲何最後一天深草少將未能履約，曾有很多種説法。例如遇到大雪，深草少將不顧家臣百般阻止毅然前行，却凍死途中；或者是遇到大雨，過橋時落水而死。

關於《百夜通》傳説的形成過程，山本提出了"和歌兩首説"。

平安後期には、その歌が素材となって百夜通いの説話が無名の男女のこととして成立したとみられている。それが少將と小町のこととして語られるようになったのは、室町期の観阿彌・世阿彌父子による謡曲——小町物のうちの小町を愛した少將の激しい戀心は死後も執著して小町の成仏を妨げるが、二人は過去の懺悔をしてめでたく成仏するという「通小町」や老女(小町)に少將の霊が憑いて狂亂狀態になるが、それを脫した小町は仏道を念じ、悟りの道に入ることを約束するという「卒塔婆小町」以降のようである①。(小町伝説 P3)

(平安後期，以這首歌爲題材的《百夜通》傳説已經形成了，而裏邊男女主人公還都没有明確的名字。到了室町時期，觀阿彌·世阿彌父子作了《通小町》和《卒塔婆小町》兩部謡曲——内容是熱愛着小町的深草少將，死後也十分執着，其魂魄附在小町身上，阻礙她成佛。但在故事最後他們都破除心魔、懺悔成佛。從此，這個故事主角的名字就變成了"深草少將"和"小野小町"而流傳下來了。)

---

① 山本博史：《小町伝説について——深草少將の百夜通いの話から——》，《盛岡大學日本文學會研究會報告》第三號，盛岡大學文學部日本文學科，1994，第86~87頁。

由此可見，這個傳説大概是在室町時代形成並流傳的。山本是這樣理解流傳在各地的《百夜通》傳説的。

このように伝説の背景にあるものを見てくると、小町伝説は小町の作歌とその歌風から発生し、それが文學化し、謡曲に集約され、各地の伝説の発生に展開されるものであると言えよう。しかし、伝説が語り手によって各地に伝承され、土地のものとして伝説化した話が文學に展開したとも考えられるのではないだろうか①。

（如此説來，從傳説的背景來看，小町傳説源自小町所作和歌，這些和歌通過文學化形成謡曲，各地的傳説也就此通過謡曲流傳開來。這些傳説在各地經過口耳相傳，從而變化成不盡相同的文學作品。）

另外，有一部叫《小町子壯衰書》的作品，也給小町傳説帶來了影響。關於這本書的作者，有空海、阿倍清行、仁海等，歷來衆説紛紜。對此，杤尾提出了幾種看法。

右に示した作者説はいずれも決定的なものはないが、空海の「生死海賦」（『三教指帰』）、「九想詩」（『性霊集』）等を原初的を壯衰書とし、真言宗の教团で成長させたものではなかろうか②。

（前文作者的説法並非定論，但是把空海的《生死海賦》（《三教指歸》）、《九想詩》（《性靈集》）等作爲《壯衰書》的雛形，可能是受真言宗教團的影响。）

小野小町和深草少將的故事有好幾種形態，而小野小町的悲劇結局則是由《小町子壯衰書》發端。《小町子壯衰書》的内容大略如下：作者遇到一個老嫗在路邊行乞，面容憔悴、衣衫襤褸。問及其身世，方知老嫗年輕時是貴族之女，風姿絶代，但正值青春時，盡喪父母兄弟。從此家道中落，嫁於獵人爲婦，育有一子。后子夭夫歿，孤苦伶仃，遍歷人間苦難，向往極樂，最終决定出家。作者聞之，心有所感，記之而成《小町子壯衰書》。這個故事常常爲其他故事的創造提供素材，但杤尾對《壯衰書》是不是本來就以小野小町和深草少將的故事爲内容産生了懷疑。

しかし壯衰書は本來小野小町を題材にしたものではないのだろうか、

① 山本博史：《小町伝説について——深草少將の百夜通いの話から——》，第86～87頁。

② 杤尾武校注《玉造小町子壯衰書》，岩波書店，1994，第20頁。

すでに述べた曼殊院本『玉造小町女壯衰書』の「玉造小町女」の語は女人壯衰書が小町伝説と結びついて『玉造小町壯衰書』となって後、小町の語がないのに疑いを持ち、石作大田丸という人物とともに造語したものと思える①。

（《壯衰書》是不是本來就以小野小町的故事爲題材的作品？我認爲此前提到的曼殊院本《玉造小町子壯衰書》的“玉造小町女”這個詞，是《女人壯衰書》和小町傳説相糅合，演變成《玉造小町子壯衰書》之後出現的。石作大田原對故事裹面並没有出現“小町”這個詞語産生了懷疑，並且做出了這個論斷。）

綜上所述，《玉造小町子壯衰書》跟《百夜通》的傳説是有淵源的。但是這本書的主人公並非小野小町。它與“百夜通”的傳説糅合以後，對小野小町的形象塑造産生了很大的影響。從《百夜通》裹風姿絶代的紅粉佳人，到《玉造小町子壯衰書》裹形容枯槁的皤然老嫗，共同構成了我們今天所熟知的小野小町的形象。但《玉造小町子壯衰書》講的主要是小野小町凄凉的晚景故事，和《百夜通》有着顯著區别。

壯衰書の作者が白居易の愛好家であることは周知の事実である。壯衰書の書の字は記とした本があるが、長文の序を持つ古調子である②。

（衆所周知，《壯衰書》的作者是白居易的愛好者。受其影響，《壯衰書》也以有長文作序的古調的形式創作而成。）

其内容是：

壯衰書は長文の序を持つ古詩であって、書という稱を持つこと自體不思議である。詩の形式はおそらく序の結びに言う白居易の「秦中吟」よりは「長恨歌」に學んだものと思える③。

（《壯衰書》是有長文作序的古詩，用“書”來稱呼，有點令人費解。詩的形式，可能不是序裹所説“且學樂天秦中吟之詩”的《秦中吟》，而是《長恨歌》。）

也就是説，《壯衰書》的結構不像是文章，而像是詩。日本傳統戲曲

---

① 杤尾武校注《玉造小町子壯衰書》，第13頁。
② 杤尾武校注《玉造小町子壯衰書》，第12頁。
③ 杤尾武校注《玉造小町子壯衰書》，第12頁。

"能" 裏《卒塔婆小町》《通小町》等，都有和小野小町故事相關的情節。《卒塔婆小町》和《通小町》講的都是小野小町家道中落、人老珠黄以後的事情。《卒塔婆小町》講的是有僧侶在上京途中，行至鳥羽附近，見有百歲老嫗坐在"卒塔婆"上面休息，（卒塔婆是梵文的音譯漢字，意指祖廟背後的木造高台，代表佛陀），便前去責嫗不可坐在臺上，並向老嫗講解佛理。老嫗却毫無愧意，作歌曰："極樂之内不當坐，既在外面（與'卒塔婆'同音）坐何妨。"僧人驚其才，叩問來歷，老嫗乃告以自己身份，是曾經艷絶當時的小野小町。談及深草少將之悲劇，老嫗陷入沉思。此時少將亡靈回來糾纏小町，小町幾乎發狂。……後來小野小町與深草少將都在卒塔婆上了悟成佛。

《解説備考卒塔婆小町》裏面有解説：

小町は小野篁の次男出羽の郡司小野良眞の二女といふ容姿艶麗才藻豊富を以て世に名高けれど、惜しい哉その傳は詳ならず。この曲はその晩年に姿色衰へ身もまた零落して乞食となりたる時の事を作りしもの。古は小町物狂とも云へり①。

（小町是小野篁次子出羽郡司小野良真之次女，素有才名艷名，惜其傳不詳。此曲爲其年老色衰、身世零落、淪爲路邊乞丐的故事。古時又稱小町物狂。）

《卒塔婆小町》裏小野小町自傷身世：

哀や實にいにしへは。けう慢もつともはなはだしう。翡翠のかんざしはあだと嬋娟にして（中略）②。

（哀吾曾是金屋女，常矜絶色不自持。碧簪妝成秋蟬鬢，顰笑自生傾城姿。）

今は民間賤の女にさへきたなまれ。諸人に恥をさらし。嬉しからざる月日身に積もって。百年の姥と成って候ふ③。

（如今殘年零此軀，寒女作踐世人欺。算罷紫微應有怨，命數無常只自知。）

從這些描述可知，能樂《卒塔婆小町》是一個悲劇，《通小町》的情節

① 杤尾武校注《玉造小町子壯衰書》，第1頁。
② 杤尾武校注《玉造小町子壯衰書》，第2頁。
③ 杤尾武校注《玉造小町子壯衰書》，第2頁。

也大致如此，但細節上還有差異。《通小町》講的是一個住在山裏的僧人，每天都能看見一個衣衫襤褸的老嫗撿拾柴薪，採摘蔬果。在與這個老嫗聊天的過程中得知，這位落魄老嫗就是當年風華絶代、不乏裙下之臣，且被冠以六歌仙之美名的女歌人——小野小町。現在雖已成亡魂，却以供奉僧侶的生活爲依歸，爲求踏上得道之途，每天極盡身心之修行。

《通小町》以小町求佛爲故事的主軸，引出小野小町的身世，以及她對人生的詠嘆、對過往的緬懷，最後從修得道、了悟成佛。

如此可見，《卒塔婆小町》和《通小町》的主要情節都是小野小町和深草少將了悟成佛的故事，雖然有和《百夜通》相關的内容，但並非故事的主題。

三　森槐南的改寫

森槐南不太關注相當於《百夜通》後續的《小町子壯衰書》、《卒塔婆小町》或《通小町》等描寫小町凄涼晚景的悲劇情節，而是將《百夜通》故事的悲劇成分删掉，使之成爲類似中國才子佳人的故事。所以《深草秋》没有類似三書都出現的“出家得醒悟”之類的描述，也去除了其中的宗教元素。

森槐南自稱“聲調則一仿玉茗《牡丹》‘驚夢’一曲”，他對《紅樓夢》也有所研究，有《紅樓夢序説》存世。可知他熟知《牡丹亭》和《紅樓夢》的故事。小野小町是絶代佳人，深草少將是風流公子，這讓森槐南聯想到戲曲小説中才子佳人的人物設定。所以他創造出《深草秋》這部以才子佳人故事爲主要内容的戲曲，也有其必然性。

另外，橋本寧所作《題深草秋後》五首詩也證明了森槐南和友人都是熟知《百夜通》傳説的。其中兩首如下所示。

百年人世一蜉蝣。傷斷玉鈎斜畔秋。君是三生在中將。芒花風裏吊枯髏①。

月地雲階認不真。秋花般瘦善愁人。一枝笛是三生石。征得當年未了因②。

---

① 杤尾武校注《玉造小町子壯衰書》，第2頁。
② 杤尾武校注《玉造小町子壯衰書》，第2頁。

這五首詩都揭示了《百夜通》故事没有涉及的小野小町的悲劇故事，但在《深草秋》戲曲裏，除了上文家童説的那一段具有預言和暗示性的話，幾乎没有悲劇的元素。

森槐南在前言中説："乃示之於客，客爲按拍歌呼。潸然曰：悲鬱蒼凉，洵嘔心抉成之文。"①

不過，《深草秋》戲曲所暗示的悲劇，可能只是小野小町的父母早逝而已；也可能因爲《百夜通》的故事太過有名，所以容易聯想到《深草秋》中家童的話，以爲暗示了《百夜通》的悲劇。

關於《深草秋》，左鵬軍認爲："雖則作者用意如此，但從創作效果和藝術水準來看，《深草秋》無論是創作觀念、思想深度，還是藝術結構、聲律詞采，都明顯地難與《牡丹亭》相提並論。"② 森槐南雖自謙爲"工尺頗有不諧"，但是他確實對自己的填詞才能很有自信，而且想提高戲曲的地位。他自己在前言中説："客笑曰：昔秦少游詩似詞，故有大石調之譏。今子詩措辭命意，在詞曲則爲黄絹幼婦，在詩則未免傷於纖巧。亦當如是觀也。且子本工填詞。"③

由此可見，森槐南素有詞才，且其作戲曲時："乃急剪燈填南曲一折。其時落葉打窗。蟲語蕭寂。頃刻而成。" 足以證明他才思敏捷。森槐南雖有才華，在生活上却不甚得志。日野在《夢説》裏提道：

明治十四年、十九歳になって、修史館二等繕寫という最下級の官吏となった槐南にしてみれば、まして、それ以前は已の境遇の不満、不安を解消するためには、小説などを耽読するしかないということか。伊藤博文の秘書となり、東京帝國大學講師では中國文學を講義し、文學博士となる後の槐南とは違った、鬱屈した若き槐南の一面が映し出されている。④

（相對於擔任伊藤博文的秘書、東京帝國大學的講師、取得博士學位時期的森槐南，明治十四年，十九岁的他只擔任修史馆最下等的官员二等繕寫，此時森槐南呈現出來的更多是抑鬱不得志的一面。）

---

① 杤尾武校注《玉造小町子壯衰書》，第2頁。

② 左鵬軍：《日本戲曲家森槐南傳奇二種考論》，《文化遺産》2013年第5期，第97頁。

③ 《新文詩別集》第十七號，第3葉。

④ 日野俊彦：《森春濤と森槐南——「新文詩」ノート》，《國文學解釈と鑑賞》2008年10月號，至文堂，第176頁。

如果日野所説屬實，那麼森槐南爲什麼創作這部戲曲？筆者認爲，當時很少有人關注戲曲，森槐南本身又懷才不遇，認爲戲曲的境遇與自己相同，因而産生了創作戲曲的想法。

除了《小町子壯衰書》以外，其他作品均没有小野小町父母雙亡的描述。所以《小町子壯衰書》應該給小野小町的形象塑造帶來很大的影響。所以筆者推測，可能是《小町子壯衰書》這樣帶韻的古調詩，能比較容易地改寫爲其他帶韻的作品形式，如戲曲的曲牌。如果森槐南看到過《小町子壯衰書》，可能會受其影響。

關於才子佳人的要素，《深草秋》裏没有深草少將和小野小町之間的直接對話來體現。深草少將也没有直接表達對小野小町的感情。只是把自己的笛子交給她的丫鬟，請其代爲轉達自己的愛慕之情。其實，平安時代男女之間談戀愛，就是男生“垣間見”（舊時貴族女子足不出户，男子需在墻外偷看來了解女子樣貌），然後通過書信纔開始真正談戀愛。初次見面的時候，基本上没有直接説話的機會。丫鬟就像紅娘一樣，是一個連接小町和少將的角色，從中可以看到才子佳人故事的影子，而且展現了日本平安時代的婚戀面貌。

在《深草秋》裏，森槐南關注到了其他相關作品很少提及的小野小町和深草少將相遇的情節，並且賦予了二人具體的形象。小野小町才貌雙全，並且增加了《紅樓夢》中林黛玉、《紫史》的夕顔姬那樣的病弱體質的人物設定，是否可以説，槐南是想把小野小町的故事向才子佳人的模式靠攏？

如果這樣的話，森槐南爲了把《深草秋》創作成才子佳人的故事模式，删掉了一些不必要的元素（如小町早年富庶的生活，以及成佛的情節等），添加了女主人公病弱的角色設定，使之更貼近中國的“才子佳人”小説中的“佳人”形象。而且戲曲中有曲牌那樣帶韻的格律形式，這是森槐南發揮填詞才能最合適的方式。况且森槐南當時抑鬱不得志，也許是想通過創作地位不是那麼高的戲曲，來自比當時境遇。如果説他想以此來提高戲曲價值，也是有一定可能的。森槐南是這樣描述當時賓客給他出“深草遺事”這個題目時的情况的：“余曰：好。只頗苦無好題目。客曰：逢場作戲，則嬉笑怒駡，無往不文章。囊所談小町深草遺事，豈非絶好題目耶？余曰：可矣！”①

所以説，《深草秋》爲森槐南當場而作，説明他改寫南曲的能力是令人

---

① 《新文詩别集》第十七號，第3葉。

嘆服的。而且森槐南改編的《牡丹亭》也是南曲，所以森槐南是有一定南曲創作經驗的。左鵬軍說："森槐南所作戲曲兩種，《補春天》四齣，《深草秋》僅一齣。如上文所述，以往研究者頗有目《補春天》爲'雜劇'者，蓋主要是根據作品篇幅長短立論。準此而推之，則篇幅更加短小的《深草秋》，究竟應當視爲'雜劇'還是'傳奇'？似也可以同樣視爲'雜劇'。"森槐南自己說："急剪燈填南曲一折。"可見森槐南自己是打算用南曲來創作的。明代人的南雜劇多爲一折，且用南曲，森槐南似乎也用了這樣的形式。

結　語

森槐南《深草秋》的創作機緣是客人給了他"深草遺事"這個題目，這在日本是耳熟能詳的傳説，加上他兼善詩詞，有相關創作經驗，於是一氣呵成，在短時間内便完成了《深草秋》的創作。《深草秋》以戲曲的形式被森槐南創作出來，大概是因爲當時在日本，詩歌被認爲是高雅的藝術，而對戲曲的評價却没有那麼高。結合森槐南個人經歷和當時社會對戲曲的評價，他似乎有意致力於提高戲曲的地位。並且，從森槐南的創作經驗來講，模仿《牡丹亭》，利用在詩詞等韻文創作上的優勢，用戲曲的形式創作，似乎更爲容易。

日本人熟知的小町傳説中，小野小町的形象就是才貌雙全、風姿卓絶的女子，深草少將也是才氣過人的翩翩公子。加上小野小町生平不詳，所以森槐南將"深草遺事"創作成才子佳人模式的戲曲，删掉"深草少將和小野小町故事"的悲劇性、宗教性以及一些不必要的情節，變成才子佳人的模式，像是南曲中的一折。

不過，森槐南先生已成古人，其創作心理我們亦無從得知，本文只是通過閱讀他的作品，聊作推測。

參考文獻

《槐南集》第一卷，森健郎出版，1912。
《新文詩别集》第十七號，新進堂，1882。
寶生重英等校閲《解説備考卒塔婆小町》，民友社，1926。
《日本國民文學全集》第11卷，河出書房新社，1958。
杤尾武校注《玉造小町子壯衰書》，岩波書店，1994。

至文堂：《國文學解釈と鑑賞》2008年10月號170～177頁日野俊彦《森春濤と森槐南——〈新文詩〉ノート》。

日本芸術文化振興會：《詞章：江口（喜多流）・通小町（観世流）・三輪（観世流）・九十九がみ・葛城（寶生流）：平成十八年十二月公演》，日本芸術文化振興會，2006，第6～8頁「通小町」。

《盛岡大學日本文學會研究會報告》第三號，第79～88頁，山本博史《小町伝説について——深草少將の百夜通いの話から——》，盛岡大學文學部日本文學科，1994。

左鵬軍：《日本戲曲家森槐南傳奇二種考論》，《文化遺産》2013年第5期。

森槐南撰，黃仕忠譯介《〈戲曲概論〉（上）》，《文化遺産》2011年第1期。

森槐南撰，黃仕忠譯介《〈戲曲概論〉（下）》，《文化遺産》2011年第2期。

張傑：《簡論日本近代的中國戲曲研究》，《社會科學戰綫》1984年第2期。

彭黎明：《日本填詞述略》，《河北師範大學學報》1983年第3期。

《青天歌》考

曾　瑩*

摘　要：《青天歌》，首創自金代全真道丘處機，是一組書寫道情的齊言體七言詩。此歌在元代入樂歌舞，用於酒筵。其音樂曲調當屬道教音樂。元末明初，雜劇中偶見用【青天歌】曲牌，仍爲七言四句之齊言體，主要以道情舞曲充作劇中插曲，穿插了歌舞場面，豐富了表演和聲情。由筵席至雜劇，《青天歌》齊言體性突出而穩固，始終未廢歌舞。是以《青天歌》之存，可證齊言詩歌於元明猶然有聲。考其相關事迹，目之爲聲詩當屬無疑。

關鍵詞：青天歌　元明雜劇　全真道

《青天歌》者，首創自長春真人丘處機（1148～1227），是一組齊言體的七言詩，共有三十二句。其詩句如下：

青天歌

青天莫起浮雲障，雲起青天遮萬象。萬象森羅鎮百邪，光明不顯邪魔王。

我初開廓天地清，萬户千門歌太平。有時一片黑雲起，九竅百骸俱不寧。

是以長教慧風烈，三界十方飄蕩徹。雲散虚空體自真，自然現出家家月。

月下方堪把笛吹，一聲響亮鎮華夷。驚起東方玉童子，倒騎白鹿如星馳。

逡巡别轉一般樂，也非笙兮也非角。三尺雲璈十二徽，歷劫年中混元斲。

玉韻琅琅絶鄭音，輕清遍貫達人心。我從一得鬼神輔，入地上天超古今。

* 曾瑩，女，文學博士，現任教於雲南大學文學院。

本文爲國家社科基金一般項目“元代聲詩研究”（16BZW097）的階段性成果。

縱横自在無拘束，心不貪榮身不辱。閑唱壺中白雪歌，静調世外陽春曲。

吾家此曲皆自然，管無孔兮琴無絃。得來驚覺浮生夢，晝夜清音滿洞天。①

這三十二句詩，每四句一换韻，形同八首七言絶句。在不同的載籍中，其題名、形制和字句均略有差異。比如，金刊本《棲霞長春子丘神仙磻溪集》卷二所收，題爲《清天歌》，注明"八首"②。《道藏》本《磻溪集》卷三所録，則作《青天歌》，列作八段，未直言八首之數③。《道藏》還收有《青天歌注釋》一種，統列三十二句，依句評説，並未分首④。至於字句上的差異，集中體現在詩歌前四句。通行本即如上引；《青天歌注釋》第四句寫作"光明不顯邪魔旺"⑤。《北詞廣正譜》於"雙調"下録有【青天歌】曲牌，所録曲詞爲七言四句齊言體，與丘作前四句大略相同，唯後兩句稍異，寫作"萬象森羅鎮百邦，光明不現邪魔旺"⑥。

全真道在元代盛極一時，丘處機又爲"北七真"的中堅，是故，《青天歌》一出，遂成某種修真要徑⑦，配以歌舞，流傳甚廣。無論酒筵歌席、文人雅集，還是雜劇舞臺，俱曾有所焕映。同時，《青天歌》不僅在元代宗教文化、聲樂文學中有過重要意義，且於明代戲曲與佛道聲樂中，也依然産生着影響。

一

在元代的筵席上，《青天歌》曾入樂歌舞，當無異議。

---

① 楊鐮主編《全元詩》第一册，中華書局，2013，第25、26頁。

② 見《棲霞長春子丘神仙磻溪集》卷二，金刊本。該本有傅增湘跋，稱海内孤本，定其刊刻時間當在金大安之初，即1209年。楊維楨《鐵崖先生詩集·辛集》（涵芬室叢刊本）中《續青天歌》詩後附有丘處機所作，題爲"附録丘真人《青天歌》八章"，同屬分作八首之例，文字略見參差。

③ 《道藏》第25册，文物出版社、上海書店出版社、天津古籍出版社，1988，第821頁。

④ 《道藏》第2册，第890～893頁。關於《青天歌》注者，任繼愈主編《道藏提要》在《青天歌注釋》下有"本篇題'混然子注釋'。混然子即元末道士王道淵"（中國社會科學出版社，1991，第101頁）。張廣保《全真教的創立與歷史傳承》則稱其爲"元人王玠所注"（中華書局，2015，第438頁）。未知王玠、王道淵是否爲同一人，但皆爲元人無疑。

⑤ 《道藏》第2册，第891頁。

⑥ 《北詞廣正譜》，《續修四庫全書》第1748册，第305頁。

⑦ 張三丰即曾依丘作《青天歌》中"晝夜清音滿洞天"一句，製出《洞天清唱六疊》，則修真要道之意義可知也。見上海江左書林印行《張三丰全書》卷四。

元人夏庭芝《青樓集》“連枝秀”條載：“連枝秀，姓孫氏。京師角妓也。逸人風高老點化之，遂爲女道士，浪遊湖海間。嘗至松江，引一髽髻，曰閩童，亦能歌舞。有招飲者，酒酣則自起舞，唱《青天歌》，女童亦舞而和之，真仙音也。”① “連枝秀”者，陶宗儀《南村輟耕録》亦記有：“京師教坊官妓連枝秀，姓孫氏，蓋以色事人者。年四十餘，因投禮逸士風高老爲師，而主教者褒以空湛静慧散人之號。挾二女童，放浪江海間。偶至松江，愛其風物秀麗，將結數椽，爲棲息所。郡人陸宅之居仁嘗往訪焉，秀頗不以禮貌。”② 據《元人傳記資料索引》，陸居仁曾中泰定三年（1326）鄉試，其後隱居教授，至明洪武四年（1371）猶存③。則連枝秀入道後來到松江，於筵席上歌舞《青天歌》事，大致即發生在元代中後期。

連枝秀以女道士身份在筵席上舞唱《青天歌》，有伴舞，且“舞而和之”，可見此曲風調與酒筵歌席並不相違。既稱“真仙音”，則其曲調之清越曼妙，泠然與塵俗無涉的氣質，亦不難想見。加之連枝秀由角妓入道，歌舞原爲其專業，則技藝之精湛超拔，自屬情理中事。此即爲元時女子歌舞《青天歌》的一則記載。

元人顧瑛《玉山名勝集》卷下“聽雪齋”《分韻詩序》中，昂吉又記有這麼一筆：“至正九年冬，予泛舟界溪，訪玉山主人。時積雪在樹，凍光著户牖間。主人置酒宴客於聽雪齋中，命二娃唱歌行酒。霰雪復作，夜氣襲人，客有岸巾起舞唱青天歌，聲如怒雷。於是衆客樂甚，飲遂大醉。”④

依舊是在筵席之上，同樣有舞蹈的參與，然而此番《青天歌》之聲情，却與前之“真仙音”顯然有别。由此可知，演唱者不同，演唱方式各異，所傳遞的風神自不相同。這也説明《青天歌》所具聲情並不單一。而從其後雅集所賦之詩看，分得春字的虞祥，很可能即是這位“聲如怒雷”的歌者。其詩最末兩句有：“酒酣大叫出門去，頭上失却烏紗巾。”⑤ 顯然，即便“聲如怒雷”，不復有仙音之曼妙，但這番歌唱所傳遞的仍然是一種超拔於塵俗、放浪不羈的風度。這與《青天歌》本身所具有的道骨仙風，恐怕直接相關。

---

① （元）夏庭芝：《青樓集》，《中國古典戲曲論著集成》第二集，中國戲劇出版社，1959，第28、29頁。
② （元）陶宗儀：《南村輟耕録》，中華書局，1959，第147頁。
③ 王德毅等編《元人傳記資料索引》第二册，臺北新文豐出版公司，1979，第1356頁。
④ （元）顧瑛輯《玉山名勝集》上册，中華書局，2008，第279、280頁。
⑤ （元）顧瑛輯《玉山名勝集》上册，第282頁。

從上引兩則，可見《青天歌》於元代確曾入樂歌舞，且都和筵席有關——唱《青天歌》之聲，或清泠，或恣意，出塵拔俗，彰顯着仙道之屬的骨相，且時有和聲；歌《青天歌》之舞，可以獨舞，時見伴舞，甚至還能岸巾起舞；而歌舞《青天歌》者，不限男女，也不拘是否道人。

元末楊維楨（1296～1370），便是喜歌《青天歌》的一位著名文人。其所作有《續青天歌》一詩，題下小引即稱："余酒後喜歌師之《青天歌》，因和以續之。師名處機，字通密，號長春子，登州栖霞山人。"① 清人顧嗣立《元詩選·二集》所撰"丘處機小傳"亦稱："所作《青天歌》，鐵崖醉後輒喜歌之。"② 鐵崖，即楊維楨之號，其人於元季詩壇所具有的影響力無人能及："聲光殷殷，摩戛霄漢，吴越諸生多歸之，殆猶山之宗岱，河之走海，如是者四十餘年乃終。"③ 是以，《青天歌》爲其酒後喜歌一事，不但可證《青天歌》之有聲，亦可藉此推知此調於當日席間之流行。《青天歌》與筵席關係如此之密，正符合了聲詩格調每於酒筵充作酒令之常情。

當然，對於《青天歌》之入樂歌舞，亦不乏心存憂慮者——"愚見世人只作閑文歌唱舞蹈，終不知其中九和十合之理"④。由前一句，可知《青天歌》之入樂舞唱在元時並非個别現象。至於憂慮之生，則無非是就《青天歌》日益流行，漸趨世俗化而發。

二

筵席之外，《青天歌》之舞唱亦見諸元明雜劇中。

明初賈仲明雜劇《鐵㧏李度金童玉女》（簡名《金安壽》）的第四折，就有"八仙"共舞合唱《青天歌》的表演。《北詞廣正譜》所録【青天歌】曲牌，唯見一格，曲詞則注明引自賈撰《金童玉女》，其詞云：

> 青天莫起浮雲障，雲起青天遮萬象。萬象森羅鎮百邦，光明不現邪

① （元）楊維楨：《鐵崖先生詩集·辛集》，誦芬室叢刊本，第 2 頁。
② （清）顧嗣立輯《元詩選·二集》，中華書局，1987，第 1335 頁。
③ （明）宋濂：《元故奉訓大夫江西等處儒學提舉楊君墓誌銘》，黄靈庚編輯校點《宋濂全集》卷五十八《墓誌銘三》，人民文學出版社，2014，第 1352 頁。
④ 見《青天歌注釋·序》，《道藏》第 2 册，第 890 頁。

魔旺。[1]

如前所述，這就是丘作《青天歌》的前四句，只是文字略異。據譜例，該曲牌的格式即爲七言四句，齊言體。不過，在《金安壽》傳世的三種本子中，却看不到上引這一七言四句的曲詞。其中，《古名家雜劇》本、繼志齋《元明雜劇》本均脱此曲，只存提示——“八仙上舞【青天歌】，住”[2]。《元曲選》本，則在“（金母云）金童玉女，您離瑶池多時，您則知您女直家會歌舞，可着俺八仙，舞一會你看。（八仙上歌舞科）（共唱）”[3] 之後接【青天歌】曲詞。不過，該曲詞迥異於《北詞廣正譜》所録，却與明初朱有燉《群仙慶壽蟠桃會》雜劇第三折中的【青天歌】如出一轍。朱劇作：

（金母云）今日三界高真，十方仙子，同赴此會。簪仙花，飲仙酒，獻蟠桃以添壽。索唤幾個仙童仙女，舞一回仙家之曲，以佐歡會之筵。

（辨四仙童四仙女上唱）

【青天歌】真仙聚會瑶池上，仙樂和鳴鸞鳳降。鸞鳳雙飛下紫霞，仙鶴共舞仙童唱。

【么】仙童唱歌歌太平，嘗得蟠桃壽萬齡。瑞靄祥光滿天地，群仙會裏論長生。

【么】長生自知微妙訣，幾番開口應難説。不防泄漏這玄機，驚得虚空長吐舌。

【么】舌端放出玉毫光，輝輝朗朗照十方。春風只在花梢上，何處園林不豔陽。

【么】豔陽時節採靈苗，莫等中秋月色高。顛倒離男逢坎女，黄婆拍手喜相招。

【么】相招相唤配陰陽，密雨濃雲入洞房。十載靈胎生箇子，倒騎白鹿上穹蒼。

【么】穹蒼顥氣剛風健，吹得璇璣從左轉。三辰萬象總森羅，三界

---

① 《北詞廣正譜》，《續修四庫全書》第1748册，第305頁。

② 王季思主編《全元戲曲》第五卷，人民文學出版社，1999，第511頁。

③ 見（明）臧晉叔編《元曲選》第三册，中華書局，1958，第1105頁。

仙官朝玉殿。

【么】玉殿金堦列衆仙，蟠桃高捧獻華筵。仙酒仙花映仙果，長生不老億千年。

［舞住］①

《元曲選》本《金安壽》【青天歌】，僅有“鸞鳳雙飛下紫霄”“群仙會裏説長生”“番口開口應難説”“不妨洩漏這玄機”數處略異上引；同樣分作八支曲，但兩曲之間僅以空相隔，未以【么】列出②。

另外，兩劇中【青天歌】都作低一格書寫，除了表明演唱者不同——是“八仙”而非正末外，其曲調之特殊亦差可見之。伊維德曾就賈劇指出：“第一折中，這一對讓一群歌女給李表演，讓李看到豪華生活的樂趣。第四折中，八仙一起按常規歌舞一番。金童玉女則應西王母之請也翩翩起舞。這兩場配合舞蹈的歌並不屬於常見的樂曲，也不見於一般的雜劇或散曲，很可能是些專門的舞曲。”③ 誠如斯言，【青天歌】確爲不見於一般雜劇或散曲的樂曲。“專門的舞曲”云云，强調舞的排場之餘，也點出了曲調性質的不同尋常。

鄭騫先生對此有所謂“插曲”之説。他以爲，“還有一種插曲，或在劇中唱道情以勸世覺迷，如《竹葉舟》第四折套曲前列禦寇所唱，或爲劇中穿插歌舞場面所唱的舞曲，如《金安壽》第一折衆歌兒所唱，及第四折八仙所唱”④，“打諢的插曲比較常見，道情或舞曲比較少見，而且是元劇末期的産物。劇中插入歌舞場面始於元末，入明而盛，合唱也是元末以後的風氣”⑤。這類插曲，在他看來，“不必與本套同宫調韻部，反而是不同的居多。不一定用北曲；有時用南曲；有時用不入調的山歌小曲”⑥。

歌舞與道情，恰是【青天歌】之常。再看韻部，賈劇第四折爲雙調，押皆來韻，而【青天歌】之韻與之迥異。朱有燉《蟠桃會》此折調屬正宫，押

① 《蟠桃會》，《奢摩他室曲叢二集》印本。朱有燉《八仙慶壽》雜劇也有：“（末云）今日奉獻蟠桃，可令仙童來歌道情（辦四仙童舞唱蟠桃會第三折内《青天歌》一折了）。”（據《奢摩他室曲叢二集》）另，《韓湘子全傳》第三十回也有“《青天歌》八闋紀其事”（《新鐫繡像韓湘子全傳》，金陵九如堂藏板），内容與此大同小異。則《青天歌》在小説、戲曲中作爲道情載體當屬常情。

② 《元曲選》第三册，第1105頁。

③ 伊維德：《朱有燉的雜劇》，張惠英譯，北京大學出版社，2009，第67頁。

④ 鄭騫：《元雜劇的結構》，載《從詩到曲》，商務印書館，2015，第146頁。

⑤ 《從詩到曲》，第147頁。

⑥ 《從詩到曲》，第146頁。

真文韻，【青天歌】之韻部亦與之異。前引《北詞廣正譜》之所以將【青天歌】列入“雙調”，當是援賈氏《金安壽》第四折之例。而依鄭氏所論，則【青天歌】不僅並不特屬於某一宫調，甚至也可能並非北曲。

賈、朱雜劇中這八曲【青天歌】，“專門”的色彩可謂分明。首先，八曲之數目，七言齊言之體例，都與丘作《青天歌》相同。文詞内容也同樣以敷演道情爲核心。其次就押韻看，丘作所押韻部依次是：江陽韻、庚青韻、車遮韻、齊微韻、蕭豪韻、侵尋韻、魚模韻、先天韻；八曲【青天歌】所押韻部則爲：江陽韻、庚青韻、車遮韻、江陽韻、蕭豪韻、江陽韻、先天韻、先天韻。不同者唯見三首，二者可謂大體相似。加上《北詞廣正譜》所録曲詞正爲丘氏原作，則雜劇中的【青天歌】曲與丘作《青天歌》詩之淵源可見。【青天歌】一種，雖非“不入調的山歌小曲”，但顯然是以不入調的“道情舞曲”身份躋身於北曲雜劇的。這應該是元明之際雜劇作家尋求突破與創新的努力所致。而【青天歌】之入北曲雜劇，帶來的也不只是歌舞排場，尚有新的演唱方式——合唱，以及新的聲情——道教音樂。《北詞廣正譜》將其列爲曲牌，亦見北曲雜劇對於新音樂的吸納與融合。

至於曲詞文本之先後歸屬，雖然臧懋循多有“孟浪”之舉，但臧本此處是否抄自朱劇，尚難定論。畢竟賈仲明在明初曾一度引領此類雜劇的寫作，他對於朱有燉可謂影響顯著——“賈仲明的超度劇藉助於新奇的音樂及對華麗的强調，在很多方面成爲朱有燉超度劇的先導”①。還有，賈劇中【青天歌】曲詞内容是否即爲丘作《青天歌》前四句，亦因只存《北詞廣正譜》一則孤證而難以判定。不過，此孤證之存，也使【青天歌】與丘作《青天歌》之關聯更見分明。

另外，二劇中【青天歌】的舞唱，均是群體歌舞，有較大規模，場面熱鬧。日常筵席上，凡俗人等舞唱《青天歌》，傳達的是一種對於塵囂的遠離。而到了元明雜劇中，却由一衆仙家演繹出人間的鬧熱，着實耐人尋味。

而據浦江清先生考證，元代神仙戲，特别是八仙戲，都有實際功能，這功能便不離筵席——“按諸實際，雜劇多半演於勾欄，或應官府良家的召喚，所謂‘戾家把戲’者，思想，宣傳，都談不到，目的還是娱樂及慶賀。元人神仙道化戲本，都可用來祝壽的”，“於此，我們可恍然於元代神仙戲之

① 伊維德：《朱有燉的雜劇》，第230頁。

多，原來是有實際的應用的”①。是以，【青天歌】之出現在末折，由八仙共舞共唱，這樣的排場估計也與祝壽和筵席直接相關②。

三

無名氏《漢鍾離度脱藍采和》，現僅存《古名家雜劇》本，其中亦有《青天歌》出現。劇中，《青天歌》與藍采和相關。藍采和，是八仙中較爲特殊的一位，在加入八仙之前，他就與歌舞有着緊密關聯。

《太平廣記》卷二十二所録《續神仙傳》之“藍采和”，本自五代沈汾的《續仙傳》。據浦江清先生考訂，這是現世最早的藍采和事迹③。其文曰：

> 藍采和，不知何許人也。常衣破藍衫，六銙黑木腰帶，闊三寸餘。一脚着靴，一脚跣行。夏則衫内加絮，冬則卧於雪中，氣出如蒸。每行歌於城市乞索，持大拍板，長三尺餘。常醉踏歌，老少皆隨看之。機捷諧謔，人問，應聲答之，笑皆絶倒。似狂非狂。行則振靴唱：踏歌，踏歌，藍采和，世界能幾何。紅顔一春樹，流年一擲梭。古人混混去不返，今人紛紛來更多。朝騎鸞鳳到碧落，暮見蒼田生白波。長景明暉在空際，金銀宫闕高嵯峨。歌詞極多，率皆仙意。人莫之測，但以錢與之。以長繩穿，拖地行，或散失，亦不回顧。或見貧人，即與之，及與酒家。周遊天下。人有爲兒童時至及斑白見之，顔狀如故。後踏歌於濠梁間酒樓，乘醉，有雲鶴笙簫聲，忽然輕舉於雲中，擲下靴衫腰帶拍板，冉冉而去。④

著藍衫、衣奇服，拍板踏歌而行，於金元的畫像上，仍是“長板高歌本不

---

① 見《浦江清文録》，人民文學出版社，1958，第11、12頁。

② 《八仙考》中也言及排場，謂“元人‘度脱劇’中的末折同場唱曲，其排場必有一定規矩”，見《浦江清文録》，第14頁。

③ 《八仙考》有云：“藍采和的事迹，最早見於沈汾的《續仙傳》。《太平廣記》卷二十二襲用其文。”《浦江清文録》，第16頁。

④ 見《太平廣記》卷二十二，中華書局，1961，第151、152頁。浦江清《八仙考》所引文字與此略異，一則爲“行則振靴言曰”，一則歌辭開頭乃是“踏踏歌，藍采和”。引文中下劃綫爲筆者所加。

狂，兒曹自爲百錢忙。幾時逢着藍衫老，同向春風舞一場”①。可見，藍衫是其特定著裝，拍板是其特定樂器，而踏歌就是其特定的歌舞動作。浦江清先生考其姓名，甚至認爲“‘藍采和’‘籃采禾’‘藍采禾’，都是踏歌的泛聲有音無義”②，並稱“八仙畫中張果的拍板，及韓湘的笛子，似皆分自此公，因爲在元代，以爲他是伶工”③。

雜劇中言及藍采和，多見與歌舞並提。馬致遠《吕洞賓三醉岳陽樓》凡言及藍采和，即云“我着你看藍采和舞春風六扇雲陽板”④，“這一個是藍采和板撒雲陽木”⑤。岳伯川《吕洞賓度鐵拐李岳》則有“藍采和拍板雲端裏響”⑥。范康《陳季卿悟道竹葉舟》唱到藍采和時，也稱“這一個緑羅衫拍板高歌”⑦。

明確其伶人身份的，則是《漢鍾離度脱藍采和》一劇——“見洛陽梁園棚内，有一伶人，姓許名堅，樂名藍采和”⑧。之後有大段勾欄中做場的表演，意在敷演其雜劇生涯。第三折中，《青天歌》登場：

> （旦云）着你家去，你不肯去，你跟着師父學了些甚麼？（正末云）師父教我唱的是青天歌，舞的是踏踏歌，（旦云）你對俺敷演一遍我聽。（正末舞科，念）踏踏歌，藍采和，人生得幾何。紅顔三春樹，流光一擲梭。埋者埋，拖者拖，花棺彩轝成何用，箔捲像台人若何。生前不肯追歡笑，死後着人唱挽歌。遇飲酒時須飲酒，得磨陀時且磨陀。莫恁愁眉常戚戚，但只開口笑呵呵。營營終日貪名利，不管人生有幾何。有幾何，踏踏歌，藍采和。⑨

由於藍采和本身的特殊性，劇中《青天歌》之呈現亦隨之特殊。除却出家後

---

① 《藍采和像》，見狄寶心校注《元好問詩編年校注》卷六，中華書局，2011，第1798頁。
② 見《浦江清文録》，第18頁。
③ 見《浦江清文録》，第19頁。
④ 王季思主編《全元戲曲》第二卷，第173頁。
⑤ 王季思主編《全元戲曲》第二卷，第185頁。
⑥ 王季思主編《全元戲曲》第三卷，第165頁。
⑦ 王季思主編《全元戲曲》第四卷，第666頁。劇後所附元刊本《新刊關目陳季卿悟道竹葉舟》唱到藍采和時略有小異，作“這個緑羅衫笑舞狂歌”，第681頁。
⑧ 王季思主編《全元戲曲》第七卷，第116頁。
⑨ 王季思主編《全元戲曲》第七卷，第126頁。下劃綫爲筆者所加。

學唱所强調的道情色彩外，此處《青天歌》顯以“踏歌”爲其舞容。“踏歌”者，即“用踏步以應歌拍，乃歌舞中之一種基本動作”①。動作看似簡單，但舞起來時那衣袂飄飛的情狀，仍令人思欲“同向春風舞一回”。

另外，明初雜劇中，亦偶見非齊言之【青天歌】。朱權《冲漠子》第一折，吕洞賓所唱【青天歌】便是——“呀！便做到堯帝舜帝文王武王般仁聖，孔子孟子子思子夏般賢明，豈不見皋夔稷契事何成。一自秦坑，事業朦騰，賢聖無憑，歲月遷更。世事消盈。恰便似一場蝴蝶夢莊生，兀的不皆前定”②。雜劇中該折爲仙吕宫，押庚青韻，是處【青天歌】與整折韻部一致，顯爲套曲中之一支，而非上文“插曲”之例。同時，該曲牌曲譜中未見著録。就曲詞看，道情意味甚微；就形制看，其來源當異乎前述③。

四

雜劇而外，《青天歌》於明代仍然有聲可尋。有見於詩歌者——明人程敏政《篁墩文集》卷八十七《秋日雜興二十首》第七首即作：

> 客有宋逸清，瘦勁如立鶴。醉唱《青天歌》，勢欲上寥廓。邇來絶葷飲，語我以静樂。俯仰天地間，相期在林壑。朝看沙草青，暮嘆巖花落。人生幾何時，朱顔不如昨。行當啓瑶壇，分我九還藥。④

這一“醉唱《青天歌》”的神韻，與元代玉山雅集筵席上所呈現的，還有楊鐵崖之醉後喜歌，可謂别無二致。加上“絶葷腥”“静樂”“瑶壇”“九還藥”等語，歌者身上的道教風習可見，《青天歌》的道情内容亦可見。

還有見諸寶卷者。明刻本《普明如來無爲了義寶卷》下卷，即有兩處【青天歌】唱詞。第一處，見於“那羅延如來　分第二十三”。其辭曰：

---

① 任半塘：《唐聲詩》（上册），上海古籍出版社，2006，第308頁。

② （明）朱權：《冲漠子》第一折，見《孤本元明雜劇》第二册，涵芬樓藏版。

③ 明代傳奇亦有幾種用到【青天歌】曲牌的，比如《千金記》《寶劍記》等，但其中的【青天歌】已儼然隸屬於南曲，就形制與内容看，與本文所探討的《青天歌》並無更多關聯，是以此處不贅。

④ （明）程敏政：《篁墩文集》，《影印文淵閣四庫全書》第1253册，第688頁。

【青天歌】

妙法原來一性真，照見恒沙徹底清。打破崑崙翻出海，身跨白鶴進金宮。

西來妙法有誰通，無始以來到如今。皇極古佛傳玄妙，普賢菩薩了三乘。

五百羅漢説根源，三千佛祖駕鐵舡。七十二顆牟尼寶，護定法王坐蓮舡。

上得舡來不動身，龍虎相交轉法輪。水火相合性命見，姹女嬰兒結成婚。

吾是朝陽一大仙，談玄説妙化賢良。普傳西來無爲道，四句偈裏把身安。

晝夜持誦無字經，打破虛空見天青。蓮華蕊裏安身命，照見堂堂出世人。①

該寶卷於六曲【青天歌】間，有明顯的分隔符號，則其樂調格式亦爲七言四句之齊言體。

第二處，是“普明無爲了義如來分第三十六”中的一組【青天歌】，未分段，共二十句七言詩，大體亦四句一韻。

長者説得奧妙玄，善男信女發心虔。二六時中勤下功，採取先天性命全。掃盡塵勞去歸家，兒女都是眼前花。投火飛蛾人人見，蠶吐絲兒自家纏。我勸人人發信心，棄舍凡胎種全身。古佛都以弘誓願，見性明心度賢人。達摩指透古真天，後代迷人被情牽。錯達一字難了道，妄談般若串塵寰。普賢菩薩發慈心，弘誓大願度衆生。若人肯依無爲道，同去歸家見無生。②

該寶卷篇末題有“萬曆二十七年孟冬重刻”字樣，則説明時至晚明，仍然存有齊言體【青天歌】的相關歌唱。不過，此時【青天歌】顯然已非純粹敷演

① 見周燮藩主編，濮文起分卷主編《中國宗教歷史文獻集成之五·民間寶卷》第二册，黄山書社，2005，第403、404頁。

② 見周燮藩主編，濮文起分卷主編《中國宗教歷史文獻集成之五·民間寶卷》第二册，第445、446頁。

道情之曲目，觀其文詞，佛道合流的痕迹明顯。核心内容與前代相異，可見思想潮流之隨時更易，同時，却也道出【青天歌】一調在修真、宣講諸事上所具有的長足空間。

五

任半塘先生論“唐聲詩”，對“聲詩”這樣定義——“結合聲樂、舞蹈之齊言歌辭”，“聲詩之形式，主要爲齊言，體在斯”①，並稱聲詩有所謂“樂、舞、歌、辭”四事，而以聲爲之主。

據此，則《青天歌》之爲聲詩當屬無疑。首先，《青天歌》有樂、有舞、有歌、有辭，其聲可以爲仙音，也可以若怒雷。其次，《青天歌》之形式，從丘處機首制開始，包括後來雜劇、寶卷中出現的曲調，齊言體性堪稱恒定；加上有關“和聲”的記録，則無論就體而言，還是就聲而論，《青天歌》均可視作元時特有的聲詩格調。其“有聲”之事實，一直蔓延至有明一代。

《青天歌》之有聲，與其道教背景密不可分。道教與音樂之密切，除了宗教儀式功能外，也和傳播弘教相關。由王重陽創立於金代的全真道，不但被認爲是“道教鼎革過程中涌現出來的一支影響最大、最重要的教派”②，其對於文學的重視，以及在文學上取得的成就，也已是公認的事實。“無論在金初的草創階段，還是在元代的鼎盛階段，全真道對文人們似乎都有着奇妙的魅力。在具體的道教活動中，全真道的領袖人物注意運用詩詞等文學手段來表達他們的思想情趣。”③

實際上，全真道於音樂上建樹亦頗著。詩詞手段，受衆畢竟有限，而藉助音樂來敷演傳唱道情，則可大幅突破知識的局限，擴展受衆的範圍。以故，全真道領袖人物們所作詩詞多入樂可歌者。《青天歌》外，王重陽《宣靖三台》，馬鈺《白鶴子》，丘處機《離苦海》等，俱爲此例。《宣靖三台》，任半塘稱之“意在歌之以止喧，道場倍增嚴肅”④，田玉琪《詞調史研究》也認爲其“賦道情，聲情清曠灑脱”。至於《白鶴子》，則是“五言句式，

---

① 任半塘：《唐聲詩》（上册），第46、103頁。
② 任繼愈主編《中國道教史》，中國社會科學出版社，2001，第661頁。
③ 詹石窗：《南宋・金元道教文學研究》，上海文化出版社，2001，第4頁。
④ 任半塘：《唐聲詩》（下册），第100頁。

與五律形式相同，雙片四十字，平韻，賦道情，聲情流美歡快”。雜劇中，作爲曲牌的【白鶴子】基本即爲五言四句之齊言體。《離苦海》一調，又是“雙片五十六字，七言八句齊言體，上去韻，賦道情，聲情明快健激”①。據此，則多以齊言賦道情②，或即全真道之常。

《青天歌》有聲之事實，還與筵席密切相關。樂調用於筵席充作酒令，是爲唐代慣例。據任半塘先生考論，唐代許多聲詩格調，本身即爲席上酒令。比如，《拋球樂》《莫走》《三台》等，便是此例③。伴以此類酒令，筵席聲樂之盛可想而知。同樣有歌有舞的《青天歌》，雖賦道情却並未影響其在筵席上現身頻繁。它所起到的作用，恐怕也和催酒助興有關——“於是衆客樂甚，飲遂大醉”④。是以，康保成先生稱：“文獻明確記載可入酒令的曲牌還有【驟雨打新荷】與【青天歌】。”⑤ 不過，充當酒令的《青天歌》，究竟歸於聲詩，還是北曲曲牌，愚意以爲尚有探討的空間。

至於《青天歌》之聲情，或與“漁鼓簡子”亦有關聯。“漁鼓簡子”，又作“愚鼓簡子”，即雜劇中“唱道情”之主要伴奏樂器。元明雜劇中，藍采和之外，大多數道士的登場即打漁鼓簡子上。馬致遠《吕洞賓三醉岳陽樓》中，正末上場，就是“正末愚鼓簡子上”⑥。谷子敬《吕洞賓三度城南柳》，也是“正末背劍打漁鼓簡子”⑦。楊景賢《馬丹陽三度劉行首》，還是“正末打漁鼓上”⑧。無名氏《瘸李岳詩酒玩江樓》描述出家生涯時，亦稱：“既然跟貧道出家去，更改了衣服：頭挽雙鬏髻，身穿着粗布袍，腰系着雜彩縧，手拿漁鼓簡子。”⑨ 就連山中偶遇一仙，也是“遠遠地漁鼓簡子響”⑩。“漁鼓簡子”，楊蔭瀏《中國古代音樂史稿》又作“魚鼓、簡子”，並稱“元宮廷宴樂在壽星隊的第十隊中用‘魚鼓、簡子’爲歌舞導具”⑪，定其創制於元。新的樂器，往往意味着新的音樂形態，或是音樂風調。元雜劇中頻現

---

① 田玉琪：《詞調史研究》，第525、526、527頁。
② 《宣靖三台》雖非齊言格式，但它却與唐代聲詩格調《三台》之間有着分明的關聯，值得注意。
③ 任半塘：《唐聲詩》（上册），第319、320頁。
④ 《玉山名勝集》上册，第279、280頁。
⑤ 康保成：《酒令與元曲的傳播》，《文藝研究》2005年第8期。
⑥ 王季思主編《全元戲曲》第二卷，第177頁。
⑦ 王季思主編《全元戲曲》第五卷，第312頁。
⑧ 王季思主編《全元戲曲》第五卷，第342頁。
⑨ 王季思主編《全元戲曲》第七卷，第10頁。
⑩ 吴昌齡：《西遊記》，見《全元戲曲》第三卷，第478頁。
⑪ 楊蔭瀏：《中國古代音樂史稿》，人民音樂出版社，2004，第730頁。

的漁鼓簡子，與“唱道情”可謂如影隨形，則《青天歌》這等與道情共生的樂調，其音樂特質便隱約可見。

綜上所述，《青天歌》首創自全真道丘處機，是一組書寫道情的齊言體七言詩。其於元代曾入樂歌舞，爲元時特有的聲詩格調。《青天歌》於筵席之聲情呈現並不唯一——仙音怒雷皆有，亦時見和聲；舞容也不單調——獨舞伴舞皆可，岸巾起舞亦可。其音樂“很可能來源於道教音樂”①，亦很可能即以“漁鼓簡子”爲主要伴奏樂器。

在明初賈仲明、朱有燉等人的雜劇中，舞唱【青天歌】的片段引人注目。劇中【青天歌】爲八曲之數，都以低一格形式書寫，意在突出其與同折諸曲的相異所在——除演唱者有别外，這八曲與同折諸曲韻部亦異，且八曲之韻脚也並不統一，更似套曲之外的獨立樂曲。不同宫調的可能性較大。就形制來看，它與丘作《青天歌》大體相近，賦咏道情亦其核心，是則雜劇中【青天歌】淵源於丘處機《青天歌》組詩當屬無疑。不妨説，雜劇中【青天歌】乃是以“道情舞曲”充作插曲——插入歌舞場面的同時，也插入新的表演形態和聲情。其後采入曲譜，則北曲雜劇對於新音樂之包容可見。

要之，《青天歌》於雜劇中出現，“所呈現的就是元代聲詩全新的聲情——源於道教的音樂風調。這一類唱道情的聲詩來至雜劇，帶入漁鼓簡子明快節奏的同時，也把‘道情’所特有的冲豁閑逸、樂道徜徉引入戲曲”，“這些歌唱的存在，無疑説明了雜劇聲情的多樣性”②。

和唐代聲詩相類，元明時期《青天歌》與筵席的關係同樣密切，它不但可以佐樽催酒，充當席上酒令，而且於雜劇中藉衆仙穿插歌舞，呈現鬧熱排場，從而在筵席上實現慶壽助興之功能。另外，《青天歌》與歌妓、優伶、道士、文人都有關聯，足見其聲情富於變化，神情氣韻並不單一拘囿。

最後，《青天歌》無論現身筵席還是躋身雜劇，無論以何種歌舞形式呈現，其齊言體性都始終穩固而分明。鑒於此，《青天歌》之聲詩身份便也不遑多論。是以，上述《青天歌》入樂歌舞之種種事迹，洵爲齊言詩歌於元明猶然有聲的明證一則。

① 康保成：《酒令與元曲的傳播》。

② 見拙文《聲詩元素與雜劇之“雜”》，載《黃天驥教授從教六十周年慶賀文集》，中山大學出版社，2016，第408頁。

中國藝術研究院藏鈔本《打燈科》的科儀形態

王　馗*

摘要： 中國藝術研究院圖書館保存的清末民國鈔本《打燈科》，是流傳在湖南北部地方的佛教度亡儀軌，其名稱保持了清代以來民間度亡儀軌的一般概念，即用表演的形式來展示“燈”與“生命”的關係。鈔本與明清以來流傳於嶺南等地的佛教儀軌異曲同工，内容多有重合。從這部佛教地方文獻可以清楚地看到，明代教僧制度下的地方社會在適用佛教儀式之時，實際擁有相對確定的統一法本，同時根據地方文學、音樂等藝術的特點進行適度調整。通過本文的分析，佛教音樂的民間鈔本系統需要引起學術界的格外重視。

關鍵詞： 科儀　超度　教僧　打燈科

佛教儀軌是佛教音樂、表演、文學等藝術形式的載體，作爲佛教禮儀的重要再現方式，展現佛教執業者的精神依皈與修持境界；作爲佛教法施的重要手段，用來表達佛教信仰者的心靈訴求與情感寄托。佛教儀軌的民俗化傾向與佛教在中國各地不斷推廣的進程密切相關。元代如瑛編撰《高峰龍泉院因師集賢語録》之前言即有所謂“佛事則剪繁撮要，科儀則按舊添新。雖四方異俗所用或殊，然天下同文無施不可”①，其中“剪繁撮要”“天下同文”側重的是結構上的佛理依止與文本上的正字規範，“按舊添新”“四方異俗”强調的則是佛教科儀的與時俱變和文本的隨緣相生。在叢林佛教規範下，中國傳統佛教更多地展現出天下同文所要求的科儀文本一致性，但在佛教依從的世俗空間中，佛教科儀則更多地體現出“異俗”導致的表現形態的多元性。

明代以來教僧制度的推廣，讓佛教顯密科儀更加貼近民衆的需求，應俗

* 王馗，1975 年生，男，山西人。中國藝術研究院研究員、戲曲研究所所長。著有《解行集》等。

① （元）如瑛編《高峰龍泉院因師集賢語録》十五卷，見《續修大藏經》第 65 册。

的佛教儀軌中不斷增加世俗内容，逐漸地在規範近乎統一的佛教科儀文本中，增加了彰顯人情、契合倫理教化的世俗内容。在《釋鑒稽古略續集》卷二所列的《申明佛教榜册》① 中，即有如下規定：

> 顯密之教軌範科儀，務遵洪武十六年頒降格式内。其所演唱者，除内外部真言難以字譯，仍依西域之語，其中最密者，惟是，所以曰“密”。其餘番譯經及道場内接續，詞情懇切交章，天人鬼神咸可聞知者，此其所以曰“顯”。於兹科儀之禮，明則可以達人，幽則可以達鬼，不比未編之先，俗僧愚士妄爲百端，訛舛規矩，貽笑智人，鬼神不達。此令一出，務謹遵，毋增減爲詞，訛舛紊亂。敢有違者，罪及首僧及習者。

這種對於“顯”“密”儀軌的規範，雖然藴涵着《申明佛教榜册》中所涉佛像、香燈以及表、申、牒、帖、疏、榜等文本規範，却總以“俗僧愚士”對科儀的傳習作爲改變的基礎。延至後世，便出現了因傳承團體、傳承地域、傳承歷史等多元因素而産生的文本差異，佛教科儀規範最容易因人、因地、因時形成貼近民俗需求的形態。例如《點石齋畫報》辛四《大鬧盂蘭》云：“每年中元令節，各城市各鄉鎮盛行盂蘭盆會，名曰振濟無主孤魂。相沿既久，乃成風俗。揚城灣子街亦興是舉，焰口放畢，例唱佛曲，其節拍則與土妓之小調相彷佛，故識者鄙之，而庸庸者轉樂道之。”② 這種由嚴肅的顯密儀軌轉變而成的吸收小調俗曲、參合儀軌與佛曲的宗教儀軌，確非教僧制度確立之時官方的最終目的，却成了民衆適用佛事儀軌必然的一種趨勢。

一 《打燈科》的流傳地區

《打燈科》③ 是清末民國時期流布於湖南湘陰的佛教科儀文本。通過該文

---

① （明）釋幻輪編《釋鑒稽古略續集》卷二，《大正新修大藏經》第四十九册，第936a 頁。

② 《點石齋畫報大全》第 10 册，宣統二年上海集成圖書公司印行，第 31b ~ 32a 頁。

③ 本文對於《打燈科》的相關内容説明，均引自中國藝術研究院圖書館藏鈔本，鈔本文字多有錯訛之處，徵引全文時均不做更正，相關介紹則轉作正體或統一使用最常用之字，以後不再出注。

本展現的儀軌形態，即能看到教僧制度下基層佛教儀軌的共通面貌。

《打燈科》，爲湖南湘陰洞真雷壇釋教胡妙勝所抄，中國藝術研究院圖書館藏。鈔本長 18.1 釐米，寬 10.9 釐米，59 葉，封面題“打灯科　胡妙勝記”，首葉天頭題“冬月　初一日　壬午歲”，次葉天頭題“初三日”。第三頁天頭題“初四日”。在《請佛聖一宗》後題：“洞真雷壇釋教胡妙勝記　民國貳拾叁年甲戌歲陽月下浣之八日　抄書之人所受辛苦，連抄四日四晚，切莫遺失，終總宜好意收存，内有失落，再請各位老先生滕解，切莫談笑。”從題記可知，該本抄録於 1934 年農曆十月二十八日。鈔本正俗字體參雜，多有錯訛，如“歎”“嘆”“叹”共用，“一宗”“一棕”互通。

鈔本在每段科儀前一般標注科儀名稱，今按卷内題識及科文著録内容，分列如下：

> 請水聞　開壇　發關一宗　開方　安靈位　禮方一宗　參方一宗　繞官一宗　轉更一宗　回聖一宗　開靈一宗　又開靈文一段　嘆女人靈偈　嘆少年亡靈一段　水懺　十王表　十王文　懸旛一宗　方筵偈一宗　發司命牒一宗　請水一宗　扎門神一宗　又門神偈　家堂偈一宗　請佛聖一宗　又請佛聖一宗　成服讃官一宗　打掃話語一宗　四催花文一段　請佛聖一宗　安聖駕話語　清朝花一段（嘆四季花一段）　十二個嘆古花一段　嘆湘陰花一段　嘆清朝花　對聯語

其中“開壇”“水懺”“開方”“對聯語”均無題識，“開壇”科儀文本中有科文作“南無開壇作梵師菩薩摩訶薩”；“水懺”科儀首題作“慈悲水懺在西乾、三卷靈文賜地宣”；“開方”接在《安靈位》之後，在科文中有“開方法事，以遂云周”的提示；“對聯語”位於卷末，爲左右對稱的聯語，筆者據此擬定四段科儀名稱。此外，在鈔本封面内側有《請水聞（文）》一段讚文（“志心皈命”），並非獨立儀式，而是科儀行進時所用的“皈命文”。

《打燈科》是流播在湖南湘陰縣一帶的宗教科儀，該科儀《發關》一段中明確提及“一心奉請長沙府府主城隍、湘陰縣縣隍司主者之神、本祭管界管界廟王土地、里域正神”，即證。科儀又列《叹湘陰花一段》，以湘陰縣地方勝迹作爲唱誦對象，比較豐富地展示了湘陰城市風物，亦充分顯示了這部科儀的屬地特徵。其文曰：

且叹羅湘一坐城，外有兩塔保湘陰。上有八甲一文星，文星對着迎秀門。寶塔起在鳳凰頭，塔内造成七層楼。此塔原來修得妙，乃是前朝佱人造。文昌閣坐在鳳凰嘍，左過李章在前朝。下面有個三峯窑，堯舜帝君把貨燒。名賢閣洛了灣河外，有個黄貓滩、金貓埠鼠不非凡。此地原是保閔山，闢山古寺數千年。烏龍一塔伴山眠，寶塔起在烏龍嘴。古塔原是保水口，水口寺内誦皇經。廻到城内講地名，八山九井不非輕。此地原是保聖宫，聖宫頭門未打開，王侯拜象那得來。頭門有坐狀元礄，月宫池内水漂漂。中殿有個鐘鼓停，一十八省誰不聞。坭木兩行修得妙，聖宫也是佱人造，聖宫景致难言表。叹花又把東門表，東門有坐鄧婁礄，一年四季水滔滔。南門有個大陽溝，漁翁晒網八景楼。西門有個白龍壇，保合圍文武官元都走西門廻。水門有個白龍壇，外有友方對着半邊山。北門有個接龍街，文官一去武官來。正朔門有個二里墩，利城不遠接官停。迎秀門有個東湖神，水内汆瓜不落城。不怕西水高萬丈，總有青兜外面存。此是湘陰地脈古文花一段，留名天下廣傳揚。

上述演唱科文細膩地展示了湘陰古城的獨特城標“湘陰雙塔”及相關城市建築。湘陰雙塔是湘陰縣城西北部的烏龍塔和縣城東南部的文星塔。文星塔亦名魁星塔，因塔頂塑魁星而得名，文昌閣距其不遠，當有共主文運之意。烏龍塔亦名狀元塔，清郭嵩燾撰《光緒湘陰圖志》卷二十六稱“狀元塔，嘉慶三年知縣李其豐有記”，並有注云：“在縣北烏龍嘴。諺云：烏龍出角狀元生。因名。”① 科儀所唱“烏龍一塔伴山眠，寶塔起在烏龍嘴”，即與《圖志》相合。

科儀提及相關城鎮建築，亦大致與清後期的湘陰地方志所記相合。《圖志》卷二十六稱：“……凡七門。南曰通津，北曰廣儲，西曰望□，東曰文星，西南曰來薰，西北曰挹清，東北曰鎮朔。李廷龍有記。萬曆中邑人王秀峰於鎮朔門右，鑿城以通，巷名秀峰巷。國朝康熙三年，知縣唐懋淳重修縣城，因秀峰巷之舊爲門，而廢來薰門，其挹清門稍略爲水關，號水門。懋淳

① （清）郭嵩燾撰《光緒湘陰圖志》卷二十六《營造志》，《中國地方志集成·湖南府縣志輯》第10册，第390頁。

有記。其後邑人王之翰益捐秀峰巷左右隙地建城門，號曰迎秀門。”① 科文所謂西門附近的“水門”，應與《圖志》所録城西北由“挹清門”重修改作而成的“水門”相合，水門旁有白龍潭，在科儀中有相應説明。科文所謂“迎秀門”，亦與《圖志》所録東北“鎮朔門”往南的方位相合。文星塔與迎秀門相對，成爲縣城東部的名勝。

另，科儀所謂“名賢閣”，《圖志》卷二十三稱“名賢閣在城北三峰山，今廢”②，是專祀屈原的一處館閣。而“三峰窑”，是三峰山上一塊岳州窑窑址，科儀稱“堯舜帝君把貨燒”，即指其古老的燒窑歷史，至今湘陰俗諺有云“湘陰是個萬窑窩，未有湘陰先有窑”，即其謂也。此外，科儀提及東門“鄧婆橋”，《圖志》稱：“城東南堤橋二。一恩波橋，宋咸平中鄧咸母許氏修南堤，始爲木橋，因謂之鄧婆。……國朝康熙三年知縣唐懋淳重修，仍名鄧婆橋。”③ 此橋當位於城東南。由此即知，科儀所謂湘陰城四至，乃大概而論，與實際方位略有出入，但基本上如實反映了湘陰城市面貌。

需要説明的是，科儀用較多篇幅提到的“聖宫”，是湘陰城内一處重要宫廟，尤其是從“聖宫”的配套建築如“狀元橋”“月宫池”等的象徵意味來看，聖宫的神聖性不言而喻。結合現存湘陰古城的文化遺迹，即知“聖宫”當爲至今存在的湘陰文廟。該處建築始建於北宋慶曆八年，清乾隆年間重建，至今由南向北仍存冲天坊、泮池、狀元橋、太和元氣坊（欞星門）、大成門、大成殿等古建築。特别是狀元橋横跨泮池，舊例文武官員至此下馬，只有狀元纔能打馬過橋，此即科儀“聖宫頭門未打開，王侯拜象那得來。頭門有坐狀元橋，月宫池内水漂漂”所强調的“聖宫”傲視“王侯”的所在。

湘陰歷史悠久，周代屬楚國羅子國封地，秦代改設羅縣，隋代改岳陽縣爲湘陰縣，縣治羅城，此即科儀將“湘陰”稱作“羅湘”的原因。據此，《打燈科》確爲清代後期湘陰宗教度亡的一套代表性儀軌，顯示了這一區域世代相襲的精神世界。

---

① 見《中國地方志集成·湖南府縣志輯》第10册，第388頁。
② 見《中國地方志集成·湖南府縣志輯》第10册，第360頁。
③ 見《中國地方志集成·湖南府縣志輯》第10册，第32頁。

二 《打燈科》的儀式内容與宗教屬性

《打燈科》是湘陰“洞真雷壇”度亡儀軌的總稱。從鈔本所録内容來看，《打燈科》的組成儀式實際包括了《開壇》《發關》《安靈位・開方》《禮方》《參方》《繞官》《轉更》《回聖》《開靈》《水懺》《十王表》《懸旛》《方筵偈》《發司命牒》《請水》《紮門神》《家堂偈》《請佛聖》《成服讚官》《打掃話語》等獨立的儀式段落，其他相關内容應該是這些組成儀式在表演時隨時可以增加改换的内容。

今按儀軌行進順序，對各段儀式進行介紹説明。

《開壇》，以“良因初啓，法事宜行。弟子虔誠，讚揚妙偈”開始，通過唱誦八句佛偈讚文（十方諸佛太虚空），禮請“十方諸佛”，展現“遥望西乾伸禮請，願與東土鑒修宗”的祈盼。在呼唤“南無開壇作梵師菩薩摩訶薩請降道場作證盟”之後，分别念誦“説水文”，唱【水讚】；“説香文”，唱【香讚】，然後分别禮請十方“常主佛”“常主法”“常主僧”以及“三十（世）一切佛、文殊普賢觀音地藏王”；禮請“天官水府神南斗十王啓君”“地官水府神北斗十王馬趙君”“虚空過往神廟王土地四直功曹神”以及“伽藍香火神垂科演教香水衆師尊”；禮請“家堂香火神＊門＊代宗親五祀衆六神”以及“香花臺上神合壇滿會衆高真”。通過“迎請聖駕，下降來臨”，奉獻酒禮，念誦“説酒文”，火化紙寶，以此開建壇場（道場或懺壇）。

《發關》，以“佛法僧三寶，衆生量福田。若人皈敬者，亡者早生天”開始，唱誦“稽首皈依（佛、法、僧）文”，敲動金鐃，引領亡靈，“恭投三寶、四府、滿會大作證盟”。之後，行到“土地祠庭”，唱八句偈文（敕封社主座祠庭），念禮請文，“一心奉請長沙府府主城隍、湘陰縣隍司主者之神、本祭管界管界廟王土地、里域正神”，“請降祠庭，開通冥路”，並獻酒禮，宣讀並火化土地牒文，祈願“超度亡魂，早生天界”。

《安靈位・開方》，該段科儀需先到大門口，念誦“遥望西方極樂界，阿彌佛號大慈悲”，遥請“皇壇受度亡故△△大（孺）人一亡魂下”上蓮台，此即科儀所謂的“安靈位”。接着以“昨日鳳凰臺上過，今朝蛱蝶夢中歸。彩雲送上天堂路，香風吹開地獄門”開始，接八句“維願文”及十句“地藏偈”（魏巍地藏不思議），念“説水文”，誦十句“咒水偈”（一灑東方甲乙木），禮請幽冥教主地藏王菩薩“爲南閻浮提衆生作大證盟”。接着奉請五方五帝，降臨道場，同時敲動金鐃，“五方開闢”，即開闢“東方佛世界阿閦佛如來”“西方佛世界彌陀佛如來”“南方佛世界寶森佛如來”“北方佛世界成就佛如來”“中央佛世界毗盧佛如來”，並以“青、白、赤、黑、黄”五色“蓮花世界座寶台”，禮請五色“依花童子”手執五色“華幡界”，祈願佛陀降臨，行三獻禮，火化紙寶，以八句“讚禮文”，結束此段儀式，祈願“超度亡魂，早生天界”。

《禮方》，以“佛法僧三寶，衆生量福田。若人皈敬者，亡魂早生天”開始，唱誦八句偈文，以此“恭投三寶、四府、滿會大作證盟”，敲動金鐃，“五方禮謝”。此段儀式主要恭禮“東方佛”（“阿閦佛”），“一心奉請東方佛世界阿閦如來”，念誦並焚化《東方狀詞》，孝主“叩頭四拜”，以持誦真言結束。

《參方》，以“三聲調日，四致能人。運動金鐃，五方參謝”開始，分別按照東、南、西、北、中五個方位，分五次以“我佛遊到東（南、西、北、中）門外壇，羅禮請赴香齋”的形式，祈願“開獄府、地獄化作青蓮花台，亡者永離三途苦”，接應亡魂禮拜如來。

《繞官》，以“香花繚繞，燈燭揮煌。弟子壇前，讚揚妙偈”開始，念誦《蓮池讚》（阿彌陀佛身金色）八句，以此“恭投三寶、四府、滿會大作證盟”，敲動金鐃，禮讚“繞官功德”，分別召請“幽冥界内冥莫功中”十殿冥王（秦廣朝王、楚江朝王、宋帝朝王、五官朝王、閻羅天子、變成朝王、太山朝王、平等朝王、都是朝王、轉輪朝王）以及“左殿功德先師官”“右殿冤債司先官”“奈何橋上引魂童子”“橋下牛頭馬面”降臨法會。

《轉更》，以“燈筵整備，法事宣行。弟子壇前，讚揚妙偈”開始，唱誦八句偈文（大願彌陀救苦危），白：“是夜慈尊以到，地獄門開，亡者正好生天，不知時何時刻，譙樓上鼓轉幾更，鼓轉初更，請師初樓鼓啓，亡者燈壇求懺悔”，唱“鼓打初更思尋睡”一段；接白：“初更以畢，二鼓當期，譙樓上鼓轉二更，請師二樓鼓啓，亡者燈壇求懺悔”，依次唱念《五更》畢；接白：“日去山高晏，海闊浪來遲。春遊芳草地，下賞緑荷池。秋飲黄花酒，冬吟白雪時。五更將以滿，正是散花時”，接唱“散花歌”。“散花歌”爲七言四句，科儀鈔本共録有三組，以“繞燈光菩薩摩訶薩”結束；此外尚有

“遇春天，時景到”“春以過不着，一時夏有到”“夏以過不着，一時秋有到”“秋以過不着，一時冬有到”四組，每組十句，以“叫到＊天不久長，時光似見催人老”做結。在“散花歌”全部結束時，念白：“請問嘆花師，清平世界甚麼煩惱”，接唱“煩惱一年春去一年來，正月未盡二月到。四季相催各有時，時光似見催人老”，結束。

《回聖》，以八句偈文（三教原來共一家）開始，呼誦“安（回）聖駕菩薩摩訶薩”，一心回向佛法僧三寶、菩薩回歸兜率，回向天地水三官、城隍、社令、土地、伽藍、護教龍神等衆，焚化紙竇，感謝佛神，最後唱誦十句偈文，祈願“諸聖諸神起馬登程，來時降福去後留恩，消灾消難度衆生，留恩降福與人間”。

《開靈》，以四句偈文（打破誠勞敬）開始，仗承三竇力，召請亡魂來赴壇場，通過念誦“開靈文”，攜領孝主“求度亡故＊＊大/孺人一亡魂下、一魂二魄二魂三魄三魂七魄來赴靈前餉餐化食，手執華幡三伸招請”，持誦“開亡者咽喉真言”，三獻香禮，三獻酒禮；持誦“湯飯真言”，奠獻茶禮，焚化紙竇；持誦“化主真言”“安靈位真言”，祈願“開靈事畢退徹位，超薦亡魂早生界”。科儀鈔本同時著録四段“開靈文”，展示對女人、少年等不同身份的亡者的哀嘆。

《水懺》，以“時當早景，表進當期。弟子壇前，讚揚妙偈”開始，唱八句偈文（慈悲水懺在西乾），呼誦“南無茶隴山啓教等妙元覺地菩薩摩訶薩”，分别念誦“説水文”“説香文”，唱“水讚”“香讚”，接念“請水聞”①。之後分別三次念誦四句偈，“嚴執香花，一心奉請茶隴山啓教等妙元覺地菩薩禮請降來臨”，並以清樽美酒，開壺酌獻。

《十王表》，以“黑黑閻羅殿，冥冥孽鏡臺。亡魂聞法語，隱步上蓮台”開始，唱八句偈文（堪嘆地獄不情常），呼誦“超十殿菩薩摩訶薩”，分别念誦“説水文”“説香文”，唱“水讚”“香讚”，奉請十殿冥王以及“九華山焰魔界羅帝”“幽冥教主地藏願王菩薩”降臨法會主盟，三獻酒禮，宣讀並火化“王官表文”，之後禮讚冥京十王，祈願“十殿王官分善惡，六曹官力掌威傳。願薦亡魂，早生天界”。科儀鈔本後録《十王文》，當爲該套科儀所宣讀的“王官表文”。

① 按：科儀鈔本作“念聞一段”，其所謂的“聞”，當爲卷首抄録的“請水聞”。

《懸旛》，以八句偈文（寶幡竪立在長空）開始，奉請“旛司會上寶蓋龍神、本祭上下五音十類男女孤魂鬼子”降臨主盟，宣禮請文，念誦“三皈依”，宣“懺悔文”（孤魂所造諸惡孽），祈願“孤魂若要生净土，聽誦華嚴半偈經”。

《方筵偈》，以八句偈文（檀越虔誠薦善因）開始，奉請“監錢監齋二大神”降臨主盟，三獻酒禮，宣讀並火化牒文，唱誦“懺悔文”（亡魂所造諸惡孽）結束。

《發司命牒》，以八句偈文（昆侖老母下凡塵）開始，奉請“東厨九天司命太乙火煌府君張冶相公、李氏夫人、挑柴童子、運水郎君”以及五方五帝灶龍神君，降臨厨堂主盟，宣讀並火化牒文，唱誦四句偈結束。

《請水》，以八句偈文（水天王子水晶宫）開始，奉請“水府扶桑丹霞大帝”降臨主盟，接念奉請文，三獻酒禮，宣讀並火化牒文，唱誦四句偈結束，以此表達“迎請曹溪水，九龍吐去來。皇壇灑一灑，厭穢自然開”。

《紮門神》，以八句偈文（稽首門庭二尊神）開始，表達“是日法筵聲禮請，修齋過後謝神恩”的禮謝情懷，通過奉請“神荼鬱壘二大神員”降臨道場主盟，三獻酒禮，宣讀並火化牒文，並念咒“開光”，讚揚天光、地光、年光、月光、日光、祖師威光、日月祥光以及門神“大放毫光”。科儀鈔本另録《門神偈》四句，當爲該套科儀行進時取用。

《家堂偈》，以八句偈文（焚香炳燭叩家堂）開始，奉請“家堂香火五祀六神”降臨作證盟，三獻酒禮，宣讀並火化牒文，以四句偈文結束。

《請佛聖》，科儀鈔本共録三套文詞，其中第一套文詞爲諸佛神名號，有佛教諸佛菩薩：釋迦文佛、藥師文佛、阿彌陀佛、文殊普賢、觀音地藏、普庵祖師，道教諸神聖：玉皇大帝、丹霞大帝、豐都羅山大帝、五嶽朝天聖帝、府縣城隍廟王土地、四大功曹，以及皇帝萬歲、太子千秋、梁武志公等佛神名號。第二套呈現基本的儀式形態，以釋迦、彌勒、無量壽佛、文殊、普賢、觀音、天龍八部、廟王土地、家堂香火神等佛神名號引領，唱“水讚”“香讚”，呼誦“南無香水蓋菩薩摩訶薩”，念誦佛偈，佛偈取用《金剛經》之“一切有爲法”“若以色見我”，《妙法蓮華經》之“若以散亂心”，《華嚴經》之“應觀法界性”，最後以三聯十二句偈文結束。第三套分别展示佛神名號，最後以“皇壇内鑒修因，惟願慈悲作證盟，不違禮請降來臨”結束。

《成服讚官》爲喪葬成服禮，通過五讚五方，表達“讚起東南西北中，亡人凶煞盡歸空”的祝福，並以“孝眷對棺四拜”“披麻執杖”“鳴金三禮”，再次禮讚五方，以孝眷對棺四拜後“起喪”，出殯結束。

《打掃話語》爲喪禮結束後，承攬《打燈科》的執業人員對與亡者相關的處所、物件進行打掃時念誦的吉祥話語，例如“脚踏死人門，口念法華經。祖師來到此，邪鬼化灰塵”等，以此來實現生亡兩界的徹底告别，最後“若還不肯去，祖師來押去。一聲不肯去，轉步動天兵。二聲不肯去，雷火滿天驚。三聲不肯去，寸斬不留停。祖師毫光，香水落地，死尸速起”，接念《太上立科教》一段結束。

上述二十套儀式，呈現了對亡者完整的生命過渡禮儀，從遥請佛神降臨壇場，稽首皈依三寶，通過發送關文，禮請土地正神開通冥路，安置亡者靈位；到借助地藏菩薩的加持，開闢五方佛陀道場，特别奉請東方阿閦如來，並參禮五方，接引亡魂禮拜如來；再到憑藉阿彌陀佛加持，召請地獄十殿降臨道場，在晚上燈筵上唱誦《五更》，恭行法事，以《散花歌》宣叙人生無常、生命迅忽的空無思想，一心回向諸佛神靈消灾免難度衆生，留恩降福與人間；再到仗承三寶加持力，恭敬獻禮，安妥亡魂，並於次日早上，恭拜《水懺》，宣讀《十王文》，祈禱亡魂總行懺悔，聽聞佛法；同時，將寶幡高竪，以佛教皈依懺悔之法，超度當界孤魂往生净土，宣讀並焚化牒文，禮敬監齋、司命、水府大帝、門神、家堂祖宗，借助佛聖名號及佛教經偈的力量，祈願“超度亡魂，早生天界”；最後在成服禮儀中，起喪出殯，與亡者生前相關的住所、物件，經過祖師毫光降臨，一切恢復清吉正常。《打燈科》以對亡靈的“邀請”與“相送”作爲呼應，通過佛神降臨道場宣傳佛法，勸慰亡者徹底結束對現世的留戀，在佛法加持下懺悔己過，得生天界。這種立意明確而結構嚴謹的度亡儀軌，展現了深厚的佛教教理背景，尤其是借助外力加持和自性懺悔，在生亡兩界實現靈魂過渡和生命輪轉。

在這套儀軌中，雖然能够屢屢看到湘陰民間對於道教教理與名相的接受，例如佛神系統中的天、地水府神，《開方》中“咒水偈”（一灑東方甲乙木，二灑南方丙丁火，三灑西方庚辛金，四灑北方壬癸水，五灑中央戊己土，五方妖氛皆肅静），尤其是在《打掃話語》一套儀式之後緊接“太上立科教一段”，其“太上”一詞又顯示出濃郁的道教色彩，但是，前述二十套儀式的整體結構，以及以參禮五方如來作爲儀式重點，以此來統合滲透於該套儀軌中的十王信仰、阿彌陀佛信仰、地藏信仰，則可鮮明地將佛教教義通俗化地呈現出來，特别是《打燈科》的鈔録者洞真雷壇釋教胡妙勝，直言“釋教”，真切地標識出該套儀軌的佛教屬性。

《打燈科》作爲佛教超度儀軌，是與“燈”在明清時期祭祀儀式中的内涵功能相關的。“燈”在秦漢以後逐漸成爲宫廷士庶普遍使用的照明用物，南北朝時期進入宗教禮儀中，南朝宋陸修静《洞玄靈寶齋説光燭戒罰燈祝願儀》、北朝周宇文邕編撰《無上密要》均展示出燈在道教儀軌中的破暗功能，延至後世，與燈相關的儀式也在佛教、道教中普遍存在。例如在閩粵客家地區至今保存着康熙三十八年（1699）林梁峰所著《一年使用雜字文》，其記録了閩西地區佛教度亡儀軌的基本名目，其中便有“開冥路”“還受生”“破砂”“做齋”“水懺”“十王”“焰口”“施孤”“千佛懺”等内容。這些内容傳承至今，被稱爲“做香花”“做燈”。直到現在，閩西仍將喪禮中的佛教度亡儀式稱爲“燈儀”，而梅州豐順客家所做佛事普遍被稱爲“做燈”。特别是其中的“破砂”，至今仍被列入閩西普庵教門的“目連懺燈功德道場（二日兩夜）”儀式[①]，與梅州豐順普庵教門的做燈儀式、興寧做齋儀式的《破獄》具有形似的表現形態，顯示出閩粵兩地客家地區在適用宗教度亡儀軌時的共通性。尤其是在梅州梅江區東郊祥雲庵保存的“康熙壬午年二月廿五日”所立碑中即有“殯葬修燈”的提法，“修燈”即爲喪葬必備禮儀，由此可知至少在康熙四十一年（1702）的梅州程鄉一帶，“做燈”（或“修燈”）是此地民間度亡儀式的俗稱。

事實上，“修燈”應該屬於其時傳統社會中的普遍稱謂，例如清代康熙至乾隆間盛演於宫廷的《勸善金科》第六本第七齣即有：

> 掌家大叔，佛事將已完畢，不知在何處觀燈破獄，早些打點停當，省得臨期有誤……【仙呂宫正曲月上海棠】，在廳後旁，安排破獄俱停當，要觀燈超度、濟拔西方，救苦海接引寶筏、受極樂定登安養，消魔障，度脱閻浮、蓮台華藏[②]。

---

① 劉遠：《漳平道壇〈目連救目〉的發現》，1996 年泉州國際南戲學術研討會論文，第 6 頁。

② （清）張照編《勸善金科》第 6 本卷上第 7 齣《道場中虔修法事》，《古本戲曲叢刊》本，頁 30a。

由此，“做燈”“修燈”“觀燈破獄”“觀燈超度”等稱謂中的“燈”，是與超度儀軌密切相連的，當然也最有可能與儀式中使用的“燈”有密切聯繫。在梅州客家地區的佛教香花中，專設《關燈》一段儀式，以此作爲全套香花佛事中最後的大型儀軌，在儀式開始時，要將兩張方桌叠放，上面燃點白色蠟燭，並放置祭祀糕果，通過唱念禮讚的形式，展示“一盞燈薦亡魂，二盞燈免灾厄，三盞燈孝竹家裹保平安，四盞燈四安慰，五盞燈五見聞，六盞燈六道免輪回，七盞燈薦亡魂。願薦亡魂生净土，諸佛現心燈，燈燈利有情，遍諸塵刹土，萬劫鎮常存”的佛教内涵。

《打燈科》所謂的“燈”應該與此相類。在《發關》儀式禮請土地時，即有“點起冥路三盞燈，金燈銀燈爍師燈。金燈照徹天堂路，銀燈照開鐵圍門”，展現出“燈”在度亡破暗時的獨特功能。而在該套儀軌高潮處的《轉更》儀式中，開壇即以“燈筵整備，法事宣行”開始，將此時的佛壇稱作“燈壇”，在儀式結束唱誦“散花歌”後，以“繞燈光菩薩摩訶薩”結束，顯示出“燈”實際成爲儀式中不可或缺的禮儀用物。當然，全套儀式名之爲“打”，當側重於科儀表演而言，正暗合佛教超度功能藴含於禮儀法度的精神旨趣。

三　《打燈科》對“教僧系”佛教儀式的傳承

《打燈科》是湖南湘陰民間適用的佛教度亡儀軌，與明初以來教僧制度確立的科儀文本規範基本相同。

洪武二十四年（1392），明政府明確了佛、道二教依準的諸多規範，對宗教界長期存在的弊端予以肅清，將佛教寺廟分爲禪、講、教三類，尤其是教僧一系僧團操行顯密瑜伽法事，進入世俗家庭，即如《申明佛教榜册》① 所謂“若瑜伽者，亦於見佛刹處，率衆熟演顯、密之教，應供是方足孝子順孫報祖父母劬勞之恩。以世俗之説，斯教可以訓世；以天下之説，其佛之教陰翊王度也”，最能展示佛教度亡職能。明初教僧慣用的“利濟之法”也被稱作“瑜伽顯密法事儀式”，其最初淵源與密宗在漢地的流行關係最近。在洪武十六年（1383）僧録司頒布的關於教僧儀軌政策中，即標明了：

① （明）釋幻輪編《釋鑒稽古略續集》卷二，《大正新修大藏經》第四十九册，第936a 頁。

五月二十一日早朝，僧録司官於奉天門欽奉聖旨：即今瑜伽顯密法事儀式及諸真言密咒，盡行考較穩當，可爲一定成規，行于天下諸山寺院，永遠遵守，爲孝子順孫慎終追遠之道，人民州里之間祈禳伸請之用。恁僧録司行文書與諸山住持並各處僧官知會，俱各差僧赴京，于内府關領法事儀式，回還習學。後三年，凡持瑜伽教僧赴京試驗之時，若於今定成規儀式通者，方許爲僧；若不省解，讀念且生，須容周歲再試；若善於記誦，無度牒者，試後就當官給與；如不能者，發爲民。欽此。①

通行於天下諸山寺院的“瑜伽顯密法事儀式及諸真言密咒”，附帶有濃厚的密教色彩，直開中陰度亡的教化法門，明確地彰顯着“爲孝子順孫慎終追遠之道，人民州里之間祈禳伸請之用”的佛教功能與倫理責任。通過强有力的政策規範，借助“一定成規”，將“考較穩當”的儀軌盡行於天下諸山寺院，並且成爲瑜伽僧通習“成規儀式”的重要基礎，這種上通下達的方式促使瑜伽顯密法事儀式在各地流布時，具有相通或近似的結構與辭章。雖然瑜伽教僧會將儀軌中涉及顯宗“詞情懇切交章，天人鬼神咸可聞知者”的内容，實現了在地化的創造，但是基礎的儀軌結構、佛教主旨以及涉及“内外部真言難以字譯”的密宗内容，却通過口耳心傳始終傳承於教僧群體中。

筆者於2001年開始調查並研究的梅州客家地區的“佛教香花”，即是明清梅州客家地區的教僧群體共同傳承並創造的度亡儀軌。2009年筆者與李春沐重新調查梅州客家佛教香花，對其儀軌形式進行了再次梳理。其儀軌形態與《打燈科》近乎一致。正如筆者與李春沐合著的《梅州佛教香花音樂研究》中指出的，在梅州當代僧侣保存的各種香花鈔本中，均列有表文格式的内容，例如民國十四年（1925）《香花科儀》羅列有“十王字”“勘合牒皮”“僧人本寺懺悔表”“預修起懺表”“預修完懺表”“集福表”“諸天表”“追修開起表”“追修完懺表”“和合表”“各諸神完福表”“年旦駐守表”“七月十五盂蘭盆孤牒”“瑜伽法院給出爲追修文榜一聯”等文表格式。當代卜汝棟鈔本《香花》中列有“廣孤字肉”“救苦字肉”“繳錢字肉”“十王字肉”“開啓表頭”“完懺表頭”“關文字肉一式”“過勘金章一式”“榜文一式”等

① （明）釋幻輪編《釋鑒稽古略續集》卷二，《大正新修大藏經》第四十九册，第933a頁。

文表格式。所謂的“字肉”，實即可以靈活填寫齋主信息情況和佛事名目的模式化的文表結構。這些相對穩定的應用文體，正與明初在佛教儀軌中被明確的“表”“申”“牒”“帖”“疏”“榜”等文體格式相類。而儀式中頻繁使用的《金剛經》《普門品》《心經》等佛教經典，《大悲咒》《普庵咒》《准提咒》《咒水真言》《佛寶咒》《地府咒》“十小咒”等咒語真言，《現在賢劫千佛寶懺》《彌陀懺》等佛教懺儀，甚至曾經在大型佛事中使用的《水懺》《梁皇寶懺》等，乃至屬於僧人“藝”所包括的身法、步法、手印、鑼鼓、鐃鈸等，均是在教僧制度背景下，佛教密法的重要組成部分。而《十王勸善歌》、“把酒詞”、“五更”、“十别”等詩韻體文學，則能够因人因地，靈活創造，甚至《拜血盆》《招魂》這類辭彩華麗、情緒充沛的文字，也可以因爲具體喪家情况而有不同的節奏處理和情緒傳達①。

對照佛教香花，則可清楚地發現《打燈科》的著録方式與儀軌框架，同樣保留着類似的規範。在《打燈科》比較完整的二十段儀式中，包括了衆多真言密咒，在鈔本中只以“＊＊真言，謹當持誦”呈現，這些爛熟於心的内容應該是儀軌作爲度亡儀軌的功能所在，自不必全部展現。即如梅州香花文本中雖然將必需的一些咒語文詞記録下來，却將最具佛教意旨的符、咒，僅通過師徒相授承傳，例如梅州佛教香花中的《開光》《蓮池》中所用的符咒與觀想，是構成其秘密心法的重要内容。同時，在《打燈科》鈔本中列出的“土地牒文”“東方狀詞”“王官表文”“發司命牒文”“請水牒文”“門神牒文”“家堂牒文”，又屬壇場布置和儀式進行的必需内容，這些牒文一如梅州佛教香花僧團，或在列印成固定格式的文本上添加必要的齋主姓氏；或只按照背誦的文本格式，在需要增加相關齋主名姓處列入齋主信息，這些牒文亦基本不必反應在鈔本中。由此，記憶傳承的内容與鈔本著録的文本並不完全吻合，但又相互補充，共同構成儀軌真正的科儀内容。

除此之外，《打燈科》鈔本還著録了“四催花文一段”“嘆四季花一段”“嘆古花一段”“嘆湘陰花一段”“嘆清朝花”“對聯語”等内容。這些内容所謂的“一段”，實則是一套完整的詩韻體文本，例如前引《嘆湘陰花》基本上是七言長行。再如《嘆四季花》：

---

① 該段文字及内容轉引自李春沐、王馗《梅州客家佛教香花音樂研究》第六章《教僧制度與佛教香花藝術》第二節“教僧制度下的明清佛事儀軌”，宗教文化出版社，2014，第189頁。

春季桃花朵朵紅，常山去了趙子龍。長板坡前救幼主，救去阿陀一真龍。

夏季河花满池塘，袁門斬子楊六郎。六郎要斬楊宗保，宗保难舍穆家莊。

秋季菊花满園香，英雄界世関雲將。過五関、斬六將，楼鼓三通斬蔡陽。

冬季梅花對雪開，刁禪女現去吕布。來先許崽來後許爺，害他父子結冤家。

此是四季花文一段，留名天下廣傳揚。

這類齊言格的長行形式，以及按照四季、十二月等形式將歷史典故、戲文説唱、傳説故事摻入佛教儀軌中，與佛教香花的文詞結構是完全一樣的。唯有最後兩句以“留名天下廣傳揚”做結，則展現出湘陰民間説唱形式的一些地域特點。

由於《打燈科》是鈔録下來的儀軌，其中通過口傳心授留存在宗教執業者記憶中的内容必然不會反映在文本中。特别是鈔本以文字提示的方式，顯示了鈔本之外實際存在着許多被熟記於心、非常必要的佛教文書内容。例如《水懺》在呼誦“南無茶隴山啓教等妙元覺地菩薩摩訶薩”之後，即有如下提示：

夫水一段　夫香一段　唱水讃一隻　唱香讃一隻　唸聞一段

所謂“夫水一段”“夫香一段”，即“説水文”“説香文”，在《開壇》《開方》儀式中即有：

夫此水者，涓涓不絶，滴滴無涯，八功德水而万劫修來，四大海中而一口波盡。三汲浪中含日月，自然平地起波濤。

夫香者，南山一片木，東土浩明香，献在金爐内，供養化中王。（以上《開壇》）

夫此水者，穿山透石莫辭勞，大地山河此處高，溪澗起能留得住，終歸滄海做波濤。（《開方》）

至於“唱水讚一隻”“唱香讚一隻”，亦即該套儀式中所録：

【水讚】：清净洒遥池，蕩滌昏迷，楊枝洒處潤焦枯，能與衆生/亡人除熱惱，洗滌塵涯。

【香讚】：沉乳共旃檀，馥郁心香，金爐纔熱徧十方，假使耶輸離苦難，火内除殃。

這些内容固然可以與之對應，但又不排除另有其他的讚文内容可供靈活選擇。從上述詩韻體的結構來看，《打燈科》實際包括了以固定曲牌爲依托的長短句，構成了與齊言格長行不相同的文詞結構。這與梅州佛教香花以曲牌體、板腔體作爲音樂基礎的文學形式，是一致的。其實，以偈讚唱誦配合經咒真言，來渲染佛教儀軌的神聖莊嚴；借助佛神、亡靈的同時共在，來展現生命個體的拯救與救贖，是兩地儀軌共同的宗教訴求，從前述二十套儀式結構即可見其大概①。

同時，在《打燈科》中的齊言格詩韻長行由於不受文詞格式的束縛，亦創造出許多靈巧的語文表達形式，例如《禮方》中的八句偈文，即用民間藏頭詩的形式，將“西方世界阿彌陀佛”八字隱括其中，顯示出民間文學創作在宗教儀軌中的使用。原文如下：

西方佛祖不根基，方便修行秤此時。世事茫然宜省悟，界堂沐浴早修持。

阿名六字朝朝唸，彌號千身玉日提。陀子國中標信記，佛垂金手拨提攜。

必須要説明的是，《打燈科》作爲一套度亡儀軌，亦如梅州佛教香花，可以適用於非度亡的場合。例如上引【水讚】所標“能與衆生/亡人除熱惱”，即表明【水讚】在適用於超度場合時，即選用“亡人”一詞；使用於其他非超度場合時，則選用“衆生”一詞。另如《開壇》結束所謂“請降道場/懺壇，主盟修奉”，展現“道場”“懺壇”兩種場合，這正顯示出該套

① 關於類似的佛教香花儀式内容，可參看李春沐、王馗《梅州客家佛教香花音樂研究》。

儀軌作爲佛教開啓儀式，更多地適合於多種場合的需要。《開方》禮請五方五帝赴道場時，科儀鈔本同時標列“請赴道場/燈筵/懺壇主盟”，展現了這套儀式可以根據“道場”“燈筵”“懺壇”三種不同場合，進行宗教内涵的表達，這正與該套儀式試圖極力彰顯五方佛世界如來的密宗境界，是密切相關的。

存在於廣東梅州客家佛教香花與湖南湘陰“打燈科”儀軌中的一致性，足以使我們認識明清基層存在的教僧系佛教儀軌的大概形式。同時，在兩地儀軌中存在的大量相同文詞，則顯示出它們曾經依準着近乎一致的佛教法本。

表1　梅州佛教香花與湘陰“打燈科”儀軌比較

梅州佛教香花	湘陰“打燈科”
佛堂土地，神之最靈，伸天達地，出入幽冥，爲吾傳奏，不得留停，有功之日，名書召請（《安土地真言》）	祠庭土地，神之最靈，通天達地，出幽入明，爲今傳奏，不得留停，有功之日，明書上請
稽首皈依佛，佛在給孤園，孤園常説法，説法利人天；稽首皈依法，法華十卷經，三卷留在藏，七卷度亡魂；稽首皈依僧，問僧有何能，會插無根樹，能添海上燈；稽首皈依神，赫赫顯威靈，功德大司官，在位諸聖賢（《二辰救苦》）	稽首皈依佛，佛在給孤園，孤園常説法，説法利人天，超度亡魂早生天；稽首皈依化，法華金華開，五千四八卷，卷卷有如來，超度亡魂早生天；稽首皈依僧，僧問有何能，會徹無根樹，能縹海上天，超度亡魂早生天（《發關》）
兩手撥開生死路，翻身跳出鬼門關（興寧做齋《召亡》）	兩手撥開生死路，翻身跳出鬼門關（《發關》）
一發東方甲乙木，庇佑子孫作都督；二發南方丙丁火，庇佑兒孫早登科；三發西方庚辛金，庇佑砂籮（子孫糧米）門糧金；四發北方壬癸水，庇佑兒孫作富貴；五發中央戊己土，庇佑用事之人，各事其事（《送葬呼龍》）	一灑東方甲乙木，二灑南方丙丁火，三灑西方庚辛金，四灑北方壬癸水，五灑中央戊己土，五方妖氛皆肅静（《開方》“咒水偈”）
八功德水，蕩滌昏迷，楊枝净處潤焦枯，咽喉中甘露，自有瓊漿透（民國印本《水讚》）	清净灑遥池，蕩滌昏迷，楊枝灑處潤焦枯，能與衆生/亡人除熱惱，洗滌塵涯（《水讚》）
掌托明珠光地獄，六珠金錫鎮天堂（《西方懺》）	寶珠照徹天堂路，金錫敲開地獄門（《開方》）
四十八願度衆生，九品咸令登彼岸（《完懺》）	阿彌陀佛身金色，相好光明無等倫。百毫宛轉五須彌，紺目澄清四大海。光中法佛無數億，法菩薩衆亦無比。四十八願度亡魂，九品咸令登彼岸（《蓮池讚》）
佛在靈山莫遠求，靈山只在人心頭。人人有個靈山塔，好向靈山塔下修	佛在靈山莫遠求，靈山就在耳心頭。人人有個靈山塔，好向靈山塔下修（《請佛聖》）

除上述文詞相同者外，《打燈科》中數套《開靈文》感嘆人生無常，其文詞與梅州佛教香花中《招魂沐浴》所用的“召請詞”幾近相同，例如“當初盤古開天地，彭祖壽高八百歲。神農享壽一千春，後來那見這盤人。果老二萬七千春，也曾一命見閻君。真宗仁宗唐太宗，到頭辛苦一場空。曾

子顔子與孟子，那個聖賢誰不似。堯帝舜帝梁武帝，那個帝王有千歲”，諸如此類，在此不再引述。此外，在湘陰鈔本出現的“三皈依”“懺悔文”，以及來自《金剛經》《法華經》《華嚴經》中的佛偈，與梅州佛教香花相同，亦同出於叢林禪門日常功課與常見經典中，顯示出《打燈科》依附於正統佛教經教的深厚背景。

需要指出的是，作爲湘陰地方特色鮮明的一套佛教儀軌，《打燈科》在呈現基本的佛教教理之時，也將長期流布於此的獨特的佛教信仰匯入儀軌中。在這套儀軌中，最突出的有以下兩方面的内容。

（一）五方佛信仰

作爲《打燈科》最重要的儀式組成，《開方》《禮方》《參方》三套儀式通過地藏菩薩對亡靈的接引，以“咒水真言”在東、南、西、北、中五方進行灑净，復以對地藏菩薩的讚禮，奉請東、南、西、北、中五方帝君降臨主盟，以此開闢出五方如來的蓮花境界，青、白、赤、黑、黄五色花、旛，渲染出隆重神聖的救度氛圍，由此呈現出“風摇金錫停酸楚，月映心珠破暗光。度盡亡魂登上品，皈依惟願轉輪王”的度人、自度的精神解脱。之後則以宣讀“狀詞”的形式，分别到東、南、西、北、中五方，禮敬五佛，借此佛力，接引亡魂。“東方佛世界阿閦佛如來”“西方佛世界彌陀佛如來”“南方佛世界寶森佛如來”“北方佛世界成就佛如來”“中央佛世界毗盧佛如來”也被稱爲五智如來，是佛教密宗中最高的主尊佛，雖然在民間道場中未必能够準確地展示出對五方佛的教義説明，還只是局限於迎請佛陀駐道場，獲取佛力恩惠這類粗淺世俗的佛教印象，但是將接請的對象限定於五佛如來，並以隆儀凸顯五佛的神聖莊嚴，則又展示了五佛信仰在《打燈科》中所占的重要地位。

（二）普庵祖師信仰

普庵祖師信仰是宋代以來盛行的佛教流派，其流布地域廣泛波及長江流域及其以南地區，有所謂“大江之南，凡民值水旱、疾疫，禱於師輒應，尤崇敬之”[①] 的巨大影響。在佛教香花儀式中，普庵祖師是一位重要的佛教祖

---

① （元）宋褧：《贈慈化寺僧妙愈序》，見《燕石集》卷12，《景印文淵閣四庫全書》第1212册，第483頁。

師，特别是在梅州豐順地區普庵教門的做齋儀式中，最具法力的印章上除了五雷符咒外，還書寫有“普庵驅邪”“香水法院”，展示出這一教門的殊勝威力。這在閩西北等地的普庵信仰中普遍存在。因此，“香水”作爲這一教門的代表性名詞，展現着普庵信仰的獨特宗派觀念。在《打燈科》的《開壇》儀式中，禮請的佛神中即有“垂科演教香水衆師尊”，以此作爲十方世界、虚空過往的佛神世界與家堂祖宗的過渡。《請佛聖》中亦有“南泉山啓教普庵祖師”。前引《打掃話語》所謂“若還不肯去，祖師來押去。一聲不肯去，轉步動天兵。二聲不肯去，雷火滿天驚。三聲不肯去，寸斬不留停。祖師毫光，香水落地，死尸速起”，若參之以“香水”“雷火”，則文中强調的“祖師”當即普庵祖師。普庵信仰在《打燈科》中的呈現，實際上正與這一信仰從宋代以來就影響到湘陰地區的歷史是密切相關的。至今存續的湘陰南泉山雙林寺，即因普庵祖師在此休憩得泉而創立，普庵信仰對於湘陰地區的熏染可見一斑。

此外，《水懺》儀式亦不同於叢林通常所用的《慈悲三昧水懺》，而是以與《打燈科》其他儀式相同的儀軌結構，通過八句偈引起“説水文”“説香文”和“水讚”“香讚”，並奉請“茶隴山啓教妙覺地菩薩”降臨壇場，恭行禮敬。在這套儀式中標明“由是輕敲玉磬，參禮佛名”，則此套儀式應該包括了對於諸佛洪名的持誦。該套儀式前的八句偈中有“慈悲水懺在西乾，三卷靈文賜地（次第）宣。悟達國師初啓教，諾迦尊者説根源。千里去尋茶隴嶺，一心記取落迦言。岩前清水明於鏡，洗滌亡魂孽垢冤”，即概括地闡明了《慈悲三昧水懺》的緣起，顯示了《打燈科》儀軌對佛教經典性經懺的把握，但是由於文字訛誤處頗多，如將“迦諾迦尊者”寫作“諾迦尊者”之類，又是世代傳承不可避免的。只是由於科儀只是儀軌梗概，對於全面的儀式内容的探究還需根據更加豐富的文獻和田野資料。但是，儀式反復提及的“茶隴山啓教”，從一個角度也展現了四川、湖南等地在地佛教信仰的交流狀態。這應該是深入理解湘陰《打燈科》與梅州客家佛教香花之所以同中有異的重要視角。但不可否認的是，湘陰“洞真雷壇釋教”《打燈科》構成了與梅州佛教香花相類似的佛教儀軌文本書寫，真切地展示了教僧制度下，教僧群體在不同文化地域中創造的佛教度亡儀軌。豐富的在地表現形式，共通的佛教度亡宗旨，多元的信仰與文本構成，針對的則是基層民衆對於生命安妥的精神訴求，這應該是教僧系佛教儀軌長期存在的重要原因。對於湘陰基層

“打燈科”的真實面貌，《打燈科》提供了一個梗概的文本基礎，其中的佛教音樂、表演藝術，以及這一獨特的佛教儀軌與民衆息息相關的存在形態，則需要在切實的田野視野中去獲得了。

“戲劇”一詞最早出處

鄭尚憲

以往論及“戲劇”一詞，皆以杜牧（803－852）《西江懷古》“魏帝縫囊真戲劇”爲最早，實則還可大大前推。

請看敦煌寫本《啓顔録·嘲誚》（斯00610號1）最後一則文字：

有一僧年老疾，恒共諸僧於佛堂中轉經，即患氣短口乾，每須一盃熱酒。若從堂向房温酒，恐堂中怪遲，即於堂前懸一銅鈴，私共弟子作號語云：“汝好意聽吾鈴聲，即依鈴語。”弟子不解鈴語，乃問之。僧曰：“鈴云‘蕩蕩朗朗鐺鐺’，汝即可依鈴語蕩朗鐺子，温酒待我。”弟子聞鈴，每即温酒。數日已後，弟子貪爲戲劇，遂忘温酒。僧動鈴已後，來見酒冷，曰：“□□□汝，何意今日，不聽鈴聲？”“爲與舊聲有别。”僧曰：“鈴聲若□有别？”答云：“今日鈴聲云‘但冷冷朾朾’，所以有别，遂不温酒。”僧□□而赦之。開元十一年捌月五日寫了，劉丘子於二舅□。

顯然，此處的“戲劇”即遊戲、兒戲之意，與杜牧《西江懷古》的“戲劇”意思相同。《啓顔録》著録作者爲隋朝侯白，若此説可信，則隋代已有“戲劇”一詞。退一步説，即使作者不是侯白，該寫本的鈔寫时间爲“開元十一年”，即公元723年，年代也大大早於杜牧的《西江懷古》。

（這條材料，十年前曾提供給曾永義先生，曾先生曾面告筆者已採用，但筆者未見，故此再次披露，公諸同好。）

《緑棠吟館子弟書選》考釋

李　芳*

摘　要： 首都圖書館藏《緑棠吟館子弟書選》，是晚清和民國間子弟書愛好者的自抄本，反映了子弟書在民衆中流傳和接受的具體狀況。作爲子弟書愛好者的選集，它保存了子弟書研究的相關資料，體現了民國時期對子弟書這種藝術形式的認識和看法。

關鍵詞： 緑棠吟館　子弟書　吴曉鈴

《緑棠吟館子弟書選》（以下簡稱《子弟書選》），一册，原爲吴曉鈴先生藏書，後捐贈給北京首都圖書館。吴曉鈴（1914～1995），古典小説、戲曲和曲藝研究名家。吴氏藏戲曲、小説版本甚精，吴書蔭先生撰有《吴曉鈴和“雙楮書屋”藏曲》一文介紹甚詳。吴曉鈴先生所藏子弟書，據其於一九八二年自撰的《綏中吴氏雙楮書屋所藏子弟書目録》（以下簡稱《目録》），共計七十三種，八十四部，均未載於傅惜華《子弟書總目》。《目録》小序有言：“至於曲藝之屬，雖心焉好之，然未暇廣爲羅掘；以子弟之書而言，五十年來亦不過此目載記之數，寒傖可見。”① 吴氏藏子弟書，大部分爲1930～1980年間所收集。吴氏藏書於2001年入藏首都圖書館，這批子弟書也因此得爲研究者所見。

《子弟書選》是吴氏舊藏子弟書之一，内容包括小蓮池居士序、自序，緑棠吟館子弟書百種總目、凡例；正文部分，僅第一卷《八仙慶壽》《蝴蝶夢》《天台奇遇》《俞伯牙摔琴》《孟姜女哭城》《漁樵問答》等六種子弟書尚存。《目録》著録的子弟書中，並未包含《子弟書選》第一卷收入的六篇篇目。筆者於2004年至2007年間，多次在首都圖書館訪查館藏子弟書資料，並據《目録》逐一細核吴氏舊藏子弟書，得未見目録著録之子弟書八部；而

---

* 李芳，女，江西贛州人。文學博士。中國社會科學院文學研究所副研究員。研究方向爲中國古代戲曲、俗文學，合作編集有《子弟書全集》《新編子弟書總目》等。

① 吴曉鈴：《綏中吴氏雙楮書屋所藏子弟書目録》，《文學遺産》1982年第4期。

目録所收之篇目中，却有三部未見。以此可見，先生舊藏，似有散失；或目録撰成之後，亦間有所得。《子弟書選》一書，或即爲1982年吴氏《目録》撰成後之收藏。

子弟書是清代盛行一時的説唱藝術。清末民初交替之際，子弟書的演唱逐漸湮没不聞，引發愛好者特别留意其文本收集與保存。據筆者目前所作之文本調查，在民國初年，北京的三畏氏、小蓮池居士，天津的無名氏、蕭文澄，都曾着力搜集過子弟書曲本。對於自己的藏本，他們或編集整理，或擇選刊布，或編撰目録。有意識地對子弟書文本進行編選和整理，當以三畏氏一書爲開先河者。但是，即使在當時，子弟書之文本收藏，已非易事。民國十一年（1922），北京署“金台三畏氏”者，仿臧晉叔《元曲選》之例，選子弟書一百種編成《子弟書選》二十卷。其序言言及編選過程曰：

> 從前余家所藏此項子弟書不下百餘種，因庚子變亂，盡行遺失。迨和局定後，而京師出售此項曲本之家，大都歇業。暇時偶一思及，頗難物色，殊可惜也。比年以來，又復隨時搜羅，僅得六十餘種。然瑕瑜互見，非盡無上妙品。蓋作者既非出自一人之手筆，則文字之工拙自然不能一致。惟區區此數，亦如麟角鳳毛而求之不易得者也。近蒙老友蔡石隱先生介紹，謂其友小蓮池居士家藏此項曲本甚多。余即往訪求之，而居士慨然允許鈔録。於是又得四十餘種，如獲奇珍。爰仿元人百種曲體裁，選成百種，以存古人高山流水之遺韻焉。余因恐此項曲本失傳，有如廣陵之散，特爲付梓，以供於世。①

序文末署“中華民國十一年歲次壬戌夏曆中秋前三日金台三畏氏自識於緑棠吟館”，據此，《子弟書選》應選輯於民國十一年（1922）。金台三畏氏和小蓮池居士，姓氏生平待考。金台，自明朝起即爲北京代稱。據序跋中所述，二人自幼居於北京，耳濡目染子弟書的演出，對子弟書作家的生平和文本的售賣，也都有所瞭解。當其時，清朝滅亡已有十載，八旗子弟早已零落爲尋常百姓，子弟書亦成廣陵絶響。序中“此曲人間無聞久矣”，“頗難物色，殊可惜也”等語，足以見其葆古存人之心意及收集編撰之困難。一代文

---

① 金台三畏氏：《緑棠吟館子弟書選序》，稿本，現藏於首都圖書館。

藝在其衰落或消息之時，通常會有熱心人給予總結與彙集，使之傳存於世。三畏氏所爲，也正志在於此。遺憾的是，或許出於時局動蕩之因素，緑棠吟館選本未能刊行，其收集和選輯之原本，亦已散佚，不知所蹤。今唯據首都圖書館藏之第一卷，可略知其概貌。

《緑棠吟館藏子弟書百種總目》（以下簡稱《百種總目》）即爲三畏氏編輯的《子弟書選》之目録。《百種總目》依二十卷卷次，分别羅列了他所選輯的百篇篇目。卷次的編排以故事年代爲序；改編自同一故事題材者，編排在同一册或相連數册。作爲一部民國間編撰而成的子弟書目録，對子弟書研究極有價值。故此，筆者將此二十卷之目録掇録於後，間以各篇目考訂之劄記。

第一卷

八仙慶壽　蝴蝶夢　天台奇遇　俞伯牙摔琴　孟姜女哭城　漁樵問答

按：此卷六篇均存。衍先秦故事。

《八仙慶壽》，鈔本，一回。劉復、李家瑞《中國俗曲總目稿》頁1112、傅惜華《子弟書總目》頁26著録。首二行曲文爲："王母瑶池會群仙，仙桃熟透幾千年。年年歲歲增福壽，福比蓬萊壽比山。"此書别題《慶壽》。

《蝴蝶夢》，鈔本，四回。《中國俗曲總目稿》頁323著録，未標曲類；《子弟書總目》未録。緑棠吟館收入此本，曲詞與《子弟書珍本百種》所收録《蝴蝶夢》（一）大同，略有差别。唯脱曲文最後四句，但末有按語云："按原書收尾尚有七言四句云：'春花秋柳君休戀/樹葉梅枝草上霜/齋藏聖賢書萬卷/作寫奇文字幾行。'余以此四句俚不成文，且與通篇口氣大相軒輊，必翻刻之時續貂之作也。"然三畏氏未識此爲一首藏頭詩，每句第一字合爲"春樹齋作"，暗含作者之名也。

《天台奇遇》，石印本，不分回。與《天台傳》衍同一故事，但曲詞迥異，實爲别本。《中國俗曲總目稿》《子弟書總目》均未著録。首二行曲文爲："仙凡殊路兩難逢，爲人何處覓長生。豈知自有情緣在，何患難逢邂逅中。"此篇後緊接《二仙采藥》，但《目録》未題"二仙采藥"之名，且原本之標題被刻意劃掉。二篇故事相連，編者或將此二篇作爲一種篇目收録。此書今另存有光緒年間海城合順書坊刻本，上下篇分别題爲"天台奇遇"與"二仙采藥"，兩篇亦合而爲一册刊行。

《俞伯牙摔琴》，鈔本，五回。《中國俗曲總目稿》頁43著録《伯牙摔琴》;《子弟書總目》頁 60、146 分別著録《伯牙摔琴》及《摔琴》,與本書曲詞大同。但二目均未著録此一别題。

《孟姜女哭城》,鈔本,五回。《中國俗曲總目稿》頁 216 著録《哭長城》;《子弟書總目》頁 69、98 分別著録《孟姜女尋夫》和《哭城》,即爲此書,但均未著録此一别題。

《漁樵問答》,鈔本,一回。《中國俗曲總目稿》頁 620、《子弟書總目》頁 141 著録。别題《漁樵對答》。

第二卷

月下追信　癡夢　藏舟　刺梁　龍鳳配　長阪坡　罵王朗　白帝城托孤　安五路

按:此卷均衍漢代和三國時期故事。

《月下追信》,篇名未見前人著録。《子弟書總目》頁 39、91 分別著録有《月下追賢》和《追信》,均衍韓信故事,此書當即爲二種之一。

《龍鳳配》,篇名未見前人著録。日本早稻田大學雙紅堂文庫和傅惜華舊藏(現歸藝術研究院)中均有同題石印本,衍劉備招親故事。曲詞首二句爲"赤壁鏖兵戰烏林,周都督汗馬功勞化灰塵"。用韻爲人臣轍。

《安五路》,篇名未見前人著録。北京國家圖書館藏有同題鈔本,即二回本《諸葛罵朗》之頭回。又藏題《罵王朗》鈔本,爲《諸葛罵朗》二回本之第二回。《百種總目》此卷亦收録《罵王朗》一種,單獨成篇,且與《安五路》的編排並不連接,推測應爲《諸葛罵朗》之一回本。

第三卷

望兒樓　狄梁公投店　薛禮訴功　樊金定罵城

第四卷

梅妃嘆　沉香亭　楊妃醉酒　憶真妃　錦水祠　莊氏降香　羅成托夢

按:此二卷均衍隋唐故事。

《狄梁公投店》,篇名未見前人著録。《子弟書總目》頁 58 著録《投店》,十三回,叙狄仁傑上京趕考,途中投宿之事,當即此書。

《薛禮訴功》,篇名未見前人著録。北京國家圖書館藏《訴功》,鈔本,四回,《子弟書珍本百種》據以收録。衍薛禮向同伴講述自己功績事,當即此書。

第五卷

紅葉題詩　琵琶行　雪夜訪賢　後赤壁

按：第五至八卷衍唐、五代、宋朝故事。

《雪夜訪賢》，未見前人著録。《子弟書總目》著録《訪賢》，衍趙太祖夜訪趙普家商討國家大事之事，當即此書。

《後赤壁》，未見前人著録。北京國家圖書館藏同題子弟書，鈔本，一回，即《赤壁賦》。"後"赤壁之"後"，大概是相對於三國時《赤壁鏖兵》故事之前代故事而言的。

第六卷

玉簪記　梅花塢

《玉簪記》，現存有十回本和十八回本兩種，皆衍潘必正、陳妙常情事。百本張、别埜堂等書坊之《子弟書目録》皆只録十回本，可見爲流傳較廣之本；十八回本，今僅見中國藝術研究院藏鈔本，《子弟書珍本百種》據以收入。

第七卷

滚樓　戲秀　烏龍院　活捉　春香鬧學　離魂

按：此卷皆衍水滸人物和《牡丹亭》杜麗娘故事。

《烏龍院》，未見前人著録。李嘯倉先生藏有同題鈔本，即《活捉》。

《春香鬧學》，《子弟書總目》録有同題子弟書兩種，一爲三回本；一爲不分回本。北京國家圖書館藏《春香鬧學》鈔本，三回本，封面題"壬戌七月廿三日録緑棠吟館村抄本/與文華堂梓行之印版本異"。可見此卷收録之《春香鬧學》，即三回本無疑。

第八卷

千金全德　拷玉　調精忠　紅梅閣

第九卷

玉搔頭　百花亭　下河南

第十卷

雙官誥　祭姬　賣畫　斬竇娥

第十一卷

草詔敲牙　秦孝梅吊孝　商郎回煞　甯武關　刺湯　刺虎

按：第九至十一卷皆衍明朝故事。

《玉搔頭》，未見前人著録。北京國家圖書館藏同題子弟書，鈔本，一册，《子弟書珍本百種》據以收入，衍明正德帝訪得雙美故事，當即此書。

《賣畫》，未見前人著録。國家圖書館藏同題子弟書，鈔本，一册。封面題“賣畫子弟書”，另注“壬戌七月二十六日録綠棠吟館存敬詒堂藏/鈔本不全/癸亥二月二十七日復於東四牌樓買得後半部/並知書名乃意中緣也”。由此可知，此書即《意中緣》前四回。

第十二卷

高老莊　盜芭蕉扇　乍冰　合鉢　嘍羅漢　哭塔

按：此卷皆衍《西遊記》人物和白娘娘雷峰塔故事。

第十三卷

不垂別淚　春梅遊舊院　永福寺　得鈔嗷妻

按：此卷皆衍《金瓶梅》之人物故事。

第十四卷

露淚緣

第十五卷

雙玉聽琴　湘雲醉酒　牙牌令　黛玉葬花　黛玉悲秋

第十六卷

遣晴雯　晴雯遺恨　思玉戲環　寶釵産桂

按：第十四至十六卷皆衍紅樓夢人物故事。

第十七卷

青樓遺恨　葛巾　續黄粱　阿繡　蕭七　馬介甫

第十八卷

書癡　鍾生　胭脂　鳳仙　菱角　嫦娥　績女　聊齋目

按：此二卷除《青樓遺恨》之外，均衍《聊齋》故事。

《續黄粱》，未見前人著録。《聊齋》中有《續黄粱》一篇，衍曾某夢中事。此書或據此改編。

《書癡》，未見前人著録。《聊齋》中有《書癡》一篇，子弟書之《顔如玉》即衍其故事，或即此書。

《聊齋目》，未見前人著録。中研院歷史語言研究所傅斯年圖書館藏子弟書《謎目奇觀》一種，《俗文學叢刊》399册收録。此書曲文中鑲嵌有數百個《聊齋志異》故事篇目，或即此書。

第十九卷

俏東風　續俏東風　姑嫂拌嘴　連理枝

第二十卷

尼姑思凡　僧尼會　炎涼嘆　老斗嘆　厨子嘆　青草園　燈迷會

按：第十九、二十卷爲具體時代不明和描寫當代生活的故事。

《老斗嘆》，一回。現存同題子弟書兩種。一本首行題“盛世升平錦繡春，家家豐阜有餘銀”；別本首行題“徽班老斗覼龍陽，傅粉熏香坐客傍”。

《青草園》，未見前人著録，亦無文本傳世。

清末民初，子弟書的演唱雖然逐漸衰落，但是由於其文詞優美，愛好者們互相交流、抄録，藉以保存之情形並不鮮見。國家圖書館藏《春香鬧學》鈔本封面題“壬戌七月廿三日録緑棠吟館村抄本/與文華堂梓行之印版本異”；《賣畫》鈔本封面題“壬戌七月二十六日録緑棠吟館存敬詒堂藏/鈔本不全/癸亥二月二十七日復於東四牌樓買得後半部/並知書名乃意中緣也”，即記録了愛好者從緑堂吟館藏本中過録得《春香鬧學》和《賣畫》兩種子弟書的過程。由此看來，當時，緑棠吟館主人三畏氏，在子弟書的愛好者中應该是赫赫有名的人物。壬戌年（1922），即爲三畏氏編纂《緑堂吟館子弟書選》之時，他於小蓮池居士處抄得子弟書四十餘種，亦有愛好者從緑棠吟館抄録子弟書，由此可見以緑棠吟館爲中心，子弟書的文本傳播之密切和頻繁。

據三畏氏序，《子弟書選》收入之子弟書版本，既有他家中舊藏的坊間鈔本、刻本和石印本，又有抄録自小蓮池居士家的過録本。從第一卷收録的六篇子弟書的版本情況來看，《八仙慶壽》《俞伯牙摔琴》《孟姜女哭城》三篇爲子弟書常見形式的鈔本，每頁四行，行兩句，小字雙行；《蝴蝶夢》一篇，抄録於中縫題有“昇泰”二字標誌的紅格稿紙；《漁樵問答》一篇，抄録於中縫題有“緑棠吟館”標誌的稿紙，當爲三畏氏過録本；《天臺奇遇》一篇，則爲石印本。民間愛好者鈔録子弟書，多爲自娱自樂，以一己之好惡任意改動原文，十分常見。三畏氏曰編《子弟書選》，是仿臧懋循編《元曲選》之法，增删改動，更不可免。譬如，在《蝴蝶夢》一篇中，三畏氏因前後風格不一，語詞俚俗，删去末尾四句詩，卻並未意識到這正是一首隱含作者名字的藏頭詩。

《子弟書選》雖僅存一卷正文，但其百種總目亦提供了不少珍貴信息。現存子弟書之篇名情況十分混雜，同書異名、同名異書的情況頗爲常見，常常由此導致混淆錯亂。《百種總目》所著録的百篇篇名中，頗有劉復、李家瑞先生《中國俗曲總目稿》和《子弟書總目》所未録者。經筆者考察，目前未見任何相關資料的唯有《青草園》一篇。《青草園》無文本傳世，既與目前所存子弟書篇名毫無聯繫，又無法借助戲曲或小説以揣測其故事大要，故尚未能判斷其是否爲失傳之文本。

雖然，除《青草園》外，《百種總目》未載他種孤本，但在其著録之篇目中，或有未見於著録之别名，或有未見於著録之版本，對瞭解子弟書在民國間的傳抄狀况很有價值。《百種總目》中還著録了幾種珍貴的版本：《玉搔頭》，目前存世僅有北京國家圖書館藏鈔本一種，五回，《子弟書珍本百種》據以收入；《薛禮訴功》，目前存世僅有國家圖書館藏鈔本，題《訴功》，四回帶戲，《子弟書珍本百種》據以收入；《戲秀》，據《子弟書總目》著録，目前僅存有傅惜華舊藏刻本，現歸中國藝術研究院藏。

現今對子弟書版本的研究，基本都是以北京的鈔本、東北的刻本和上海的石印本爲核心展開的。晚清和民國間子弟書愛好者的自抄本，雖然從數量和品質上不能與上述三種相比，但它們反映了子弟書在民衆中流傳和接受的具體狀况。《綠棠吟館子弟書選》作爲子弟書愛好者的選集，保存了子弟書研究的相關資料，體現了民國時期對子弟書這種藝術形式的認識和看法。可惜其餘十九卷不知下落，未能完全達到三畏氏所希冀的“存古人高山流水之遺韻”，殊爲遺憾。

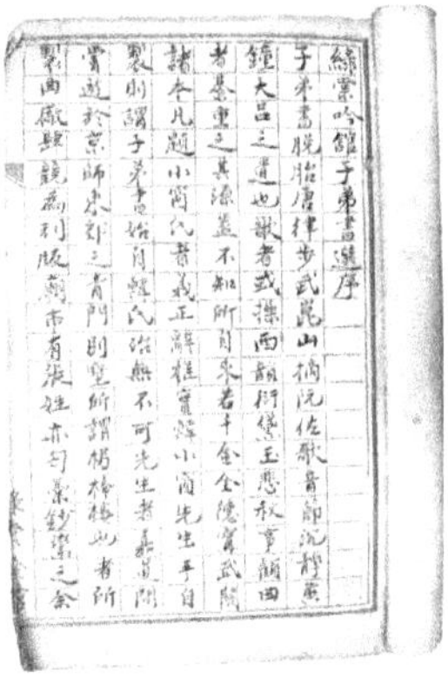
綠棠吟館子弟書選序

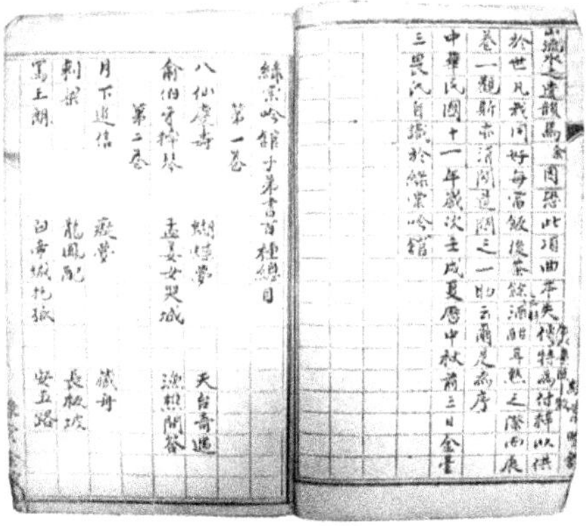
綠棠吟館子弟書百種總目
第一卷
八仙慶壽 蝴蝶夢 天台奇遇
俞伯牙摔琴 孟姜女哭城 漁樵問答
第二卷
中華民國十一年歲次壬戌夏曆中秋前三日
三畏氏自識於綠棠吟館

清代方志中散見戲曲史料的學術價值

——《清代散見戲曲史料彙編（方志卷·初編）》導論

趙興勤[*]

摘　要：清代戲曲價值大而研究者少，下筆易而突破難，關鍵問題是研究資料難以搜訪。儘管經過衆多學者的不懈努力，資料搜集工作已取得一些成果，但相對於清代戲曲史料的總量而言，還有相當多的散見史料有待發掘。目下的史料整理，仍難以滿足研究者的需要。鑒於此，本書編者承前賢時彥之餘緒，計劃編纂一套《清代散見戲曲史料彙編》，分爲《詩詞卷》《方志卷》《筆記卷》《小説卷》《詩話卷》《尺牘卷》《日記卷》《文告卷》《圖像卷》等，將依次推出，以期對清代戲曲的整體研究有所助推。已出版的《詩詞卷·初編》《詩詞卷·二編》，共收録清代600餘位作家的2576題（4000首左右）涉劇詩、詞。本編爲《方志卷·初編》，共使用方志320餘種，搜得涉劇（含伎藝表演）内容1636則，資料涵蓋25個省。所收散見戲曲史料的學術價值，主要表現在如下幾個方面：一是頻繁的節令慶典、密集的廟會祭儀與戲曲、歌舞等伎藝表演的密切融合、互爲作用。村鎮必有廟，有廟必有祭，有祭必有會，逢會必演戲，已成爲傳統社會民間生活之常態，這大大提高了戲曲的地位，甚或有人將戲曲與被奉爲儒家經典的《詩》等量齊觀。二是戲曲、歌舞、雜耍等表演伎藝的多層面載述。在伎藝表演方面，如鐵花、橋燈、龍舟、抬垛、緣竿、猴戲、説平話、跳脚舞、跳端公、秧歌、節節高、雲車等，均曾涉及。在戲曲演出方面，清戲、囉囉腔、梆子腔、南腔、昆腔、弋陽腔、秦腔以及採茶歌、花鼓戲、影戲等各類戲曲及地方聲腔的生存狀態與活動場景均有載述。在演出場所方面，有各神廟前戲臺（或戲樓）的演出、搭臺演戲、在船上或水面演劇等。在戲曲班社的運作方式上，主要有熱心人士“醵錢演劇”、農民主動凑錢演戲、商賈富豪輪流出資演戲、靠演出基金盈利所得支撑演出等形式。三是在劇目著録、戲曲班社及戲曲語言方面的文獻價值。在相關劇目的收録方面，涉及古代戲曲劇目五六十種，其中《存孤記》《梁太傅傳奇》《桂宫秋》《玉蓮華》《鴛鴦傳奇》《霜磨劍》《黄亮國傳奇》《蓮花報》《臺城記》等，論者極少，資料彌足珍貴；在方言、俗語、隱

[*] 趙興勤，男，江蘇師範大學文學院教授。著有《理學思潮與世情小説》《中國早期戲曲生成史論》《清代散見戲曲史料彙編》等25種。

語、江湖市語的收録方面，不僅有助於對小説、戲曲之類作品文本的理解，而且還爲語言研究提供了珍貴的史料。

關鍵詞： 清代　方志　戲曲史料　學術價值

史學家曾稱，“州郡之有志書，以括舉一方之事”，“其中兼叙人物風土，一方之要删略具”，可以與“唐宋以來之官修諸史等量齊觀”，“爲最有用”①，是重在論述方志在史學研究中的價值。其實，早在清代中葉，章學誠在《文史通義》一書中就曾强調，地方志書，“雖曰一方之志，亦國史之具體而微矣”，“以存一時掌故，與史相輔而不相侵”②。正因爲方志具有濃烈的地方色彩，收録並載述了一般史書所吐棄的風俗人情、民謡俚曲、方言俗諺、節令風俗、祠廟寺觀以及姓名不彰的地方賢達乃至各類軼聞雜事，從事戲曲史研究的學者，恰可從此中窺見消息，時有如入寶山之感。皇皇數萬卷的方志，往往成了“吾儕披沙揀金之憑藉”③。有學者稱：“方志之書既爲偏記一地方之事，則其所記，必甚詳盡，故其間所包藏史料之巨富，殆無可倫比。”④ 誠不欺也！

從方志中搜尋研究史料，乃前人問學之一途徑。明代郎瑛的《七修類稿》，其中“辯證”一類，時而藉助於方志。魯迅的《小説舊聞鈔》，曾取資於《（天啓）淮安府志》《（康熙）淮安府志》《（光緒）淮安府志》《（同治）山陽縣志》《山陽志遺》《（光緒）江陰縣志》《（光緒）嘉興府志》《烏程縣志》《南潯志》諸志書。錢南揚的《梁祝戲劇輯存》，則得力於《（光緒）鄞縣志》《寧波府志》《嘉慶四明志》《延祐四明志》《四明郡志》《常州府志》《清水縣志》等志書不少。尤其是趙景深、張增元合編之《方志著録元明清曲家傳略》，從千餘種方志中，輯得許多珍貴的戲曲研究資料，“發現了罕見曲目一百多種”，收録元代戲曲作家 20 人，明代戲曲作家 155 人，清代戲曲作家 258 人，元明清散曲家 140 人，元明清戲曲理論家及其他 85

① 金毓黻：《中國史學史》，河北教育出版社，2003，第 142 頁。
② 章學誠撰、葉瑛校注《文史通義校注》卷七《外篇二・亳州志人物表例議下》，中華書局，1994，第 808、815 頁。
③ 梁啓超：《中國近三百年學術史》，復旦大學出版社，1985，第 441 頁。
④ 鄭師許：《方志在民俗學上之地位》，《民俗》第一卷第四期，1942，第 10 頁。

人，共計658人，其中“未見著録的戲曲家共一百二十四人”①。是書開拓了人們的研究視野，發現了許多人所未知的珍貴文獻，其“資料豐富，搜羅齊備，對研究中國文學史和中國戲曲史頗有參考價值”②。前人謂：“方志中所蘊藏至富，爬梳而出之必有可觀。”③ 本書編纂者不揣譾陋，踵迹前賢，花費十餘年功夫翻閱方志，頗有感觸，特將其中所載之戲曲資料加以搜剔、梳理，將在未來幾年内陸續分編推出。

本編所收散見戲曲史料，其價值大致體現在如下幾個方面。

一　豐富多彩的民俗活動與歌舞、戲曲演出的密集出現

在長期的封建社會中，農耕是其主要的生産方式。大自然的陰晴風雨，直接關乎作物收成的好壞，並進而影響生活品質，故在古時，順天應時幾乎成了人們的共識，乃至有“天曰順，順維生；地曰固，固維寧；人曰信，信維聽。三者咸當，無爲而行”④ 之説。《吕氏春秋》冠於其首的“十二月紀”，就表達出這一思想。而《禮記・月令》，則是鈔撮《吕氏春秋》“十二月紀”而成，對農曆十二個月，每月的時令、物候、政令發布、耕作、收藏、齋戒、祭祀、奉祀對象、社會活動等，皆有詳細表述，如孟春，“其帝太皞，其神勾芒”⑤。立春之日，“天子親率三公、九卿、大夫，以迎歲於南郊”⑥。仲秋之月，“易關市，來商旅，納貨賄，以便民事，四方來集，遠鄉皆至，則財不匱，上無乏用，百事乃遂”⑦。季冬之月，“命農計耦耕事，修耒耜，具田器。命樂師大合吹而罷”⑧，“以待來歲之宜”⑨。《大戴禮記》中的“夏小正”，也涉及此類内容，但重在農事、物候，其他則所記較簡。

① 趙景深：《〈方志著録元明清曲家傳略〉序》，趙景深、張增元編《方志著録元明清曲家傳略》，中華書局，1987，第2頁。
② 齊森華等：《中國曲學大辭典》，浙江教育出版社，1997，第945頁。
③ 瞿兑之：《讀方志瑣記》，《食貨》第一卷第五期，1935，第9頁。
④ 《吕氏春秋・序意》，嶽麓書社，1989，第84頁。
⑤ 《禮記・月令》，《十三經注疏》（下册），中華書局，1980，第1353頁。
⑥ 《禮記・月令》，第1355頁。
⑦ 《禮記・月令》，第1374頁。
⑧ 《禮記・月令》，第1384頁。
⑨ 《禮記・月令》，第1384頁。

這些稚拙、樸陋的文字符號，經過歷代人們的豐富與發展，竟然演化出前後連貫、生動活潑的社會風俗畫面。這裏不妨略舉幾例。

《（光緒）吉林通志》載述吉林歲時演劇道：

元旦，旗民於昧爽前，盛服焚香祭祖、禮神，炸（聚爆竹爲之）爆鼓樂之聲，徹夜不絶。天明親友互相賀歲，車馬絡繹。二日黎明，商户祀財神，然炸爆。院中建席棚，祀天地神祇。前植松樹二株，或四或六不等，皆高丈餘。上貼桃符，張設燈綵，富家間亦爲之。六日，商賈開市半日。十五日，爲元宵節，以粉餈祀祖先。街市張燈三日，金鼓喧闐，燃冰燈，放花爆，陳魚龍曼衍、高轎（編者案："轎"似應爲"蹺"）秧歌、旱船竹馬諸雜劇。是日男女出遊，填塞衢巷。或步平沙，謂之"走百病"；或聯袂打滚，謂之"脱晦氣"，入夜尤多。二十五日，爲添倉，煮黍飯、焚香楮、祀倉廒、曰祭倉，鄉間尤甚。

二月二日，俗謂龍擡頭，婦女忌鍼黹。是日多食豬頭，啖春餅。正、二月内，有女之家多架木打秋千，曰"打油千"。

清明日，家無貧富，必攜酒饌墓祭。培墳土，壓紅楮於馬鬣之前。是日，城隍出巡，以肩輿舁神像至西關行宫，童男女荷校跪迎道側，悔罪祈福。

三月三日，城北元天嶺真武廟會，演劇報賽。嶺巔磚壁高丈餘、寬八九尺，中嵌白石象坎卦，以鎮城中火災。又，是日爲仙人堂會，又爲三皇廟會，城鄉瞽者均往祭神，不到者罰。十六日，山神廟會，各蔘户醵貲演戲。山村具牲醴，祀神者尤衆。二十八日，東嶽廟會，祀神演劇，遊人甚多。

四月十八日，東關娘娘廟會，婦女焚香還願。有獻神袍、幔帳、金銀斗、替身人等物。小兒七八歲，每於此日留髮。囑兒立凳上，僧人以笏擊頂，喝令急行，不許回顧，曰"跳墻"。二十八日，北山藥王廟會，男女出遊。演戲，旁設茶棚、食館尤衆。婦女爲所親病許願，由山麓一步一叩，直造其巔。遊人挈酒榼，聚飲林中，興盡始返。亦一盛會也。

端陽節，門户懸蒲艾，包角黍，食糯米餻，飲雄黄酒，門楣挂葫蘆。婦女以綵絲爲帚，以五色緞製荷包、葫蘆諸小物簪髻上。或以布作虎繫兒肩，皆除災辟沴之意。龍潭山櫻桃熟，士女渡江登覽，備酒暢飲，日暮方歸。十三日，俗謂關帝單刀會，北山廟演劇。前一日俗謂磨刀期，雖旱必雨。

六月六日，蟲王廟會，各菜園備牲醴，祭神、祈年、賽願。是日多有曬衣、曝書者。十九日，觀音堂會，各旗協領、參領董其事。演戲祀神，旁設茶樓。中建高棚，以蔽炎日。二十四日，北山關帝廟會，演戲，咸往登臨，藉以消暑。

七夕，婦女陳瓜果，以綵縷穿鍼乞巧。

中元節，男女祭墓，會族人，食餕餘。北山作盂蘭會，夜燃燈，徧置山谷，燦若列星。江中以船二，載荷花燈，燃燈順流，如萬朵金蓮浮於水面。船僧唄經，鐃鈸鼓吹並作，士民兢觀，接踵摩肩。是日，舁城隍神出巡，與清明同。

中秋節，鮮果列市，皆販自奉天醫巫閭山，購以供月。戚友以月餅等物相餽。是日合族聚食，不出外，曰過團圞節。

九月九日，食菊花餻。以麪合糖酥爲餅，凡數層，上黏菊葉，每層夾以果仁、山查、葡萄、青梅諸物。又名九花餻。元天嶺演戲，士女登高。其三皇廟、仙人堂各會，與上巳同。是月，人家糊窗、醃菜，治竈多蓄白菜，煮以沸水置缸中，以石壓之，日久則味酸質脆，爽若哀梨，爲禦冬之用。十七日，財神誕辰，供桃麪雞魚。各商赴廟祭拜，演劇敬神，觀者如堵。

十月朔日，展墓祀祖，謂之"送寒衣"。舁城隍神出巡，與中元節同。開粥廠、散棉衣，以濟窮黎。

十一月江冰，沿江旅店因岸爲屋，鑿冰立栅，以集行人。市售獐狍、鹿豕、雉魚之屬，居人購作度歲之饈，並爲餽禮。

十二月八日，諺稱臘八，雜米合棗栗、果仁煮粥，亦有食黍米飯者。前數日，功德院僧人沿門乞米，謂化臘八粥，以食院中養濟所之窮民。二十三日，夜祀竈神，供餳餻，放炸爆，謂之"過小年"。前後數日，家以肉糜裹麪作水角，曰包角子；以餹包麵蒸餻，曰蒸餑餑，與魚肉殺蔬俱先儲備，必足半月之需。

除日清晨，千門萬户氣象同新，鼓樂沿門賀歲。午後列神主、懸遺像、設供祭拜並祀諸神，炸炮之聲不絶。晚間内外燃燈，親友交賀，曰"辭歲"，三更方罷。人家有未墓祭者，是夜在巷口焚化冥資，曰"燒包祆”。嗣則合族拜賀，各分歲錢，團聚飲食。亦有終夜不寢者，謂之“守歲”。①

同樣，《（同治）番禺縣志》則載及廣州一帶節次歌舞表演之情景。

立春日，有司逆勾芒、土牛。勾芒名拗春童，着帽則春暖，否則春寒。土牛色紅則旱，黑則水。競以紅豆、五色米灑之，以消一歲之疾疹。以土牛泥泥竈，以肥六畜。

元日拜年，燒爆竹，啖煎堆、白餅、沙壅，飲柏酒。

元夕，張燈燒起火，十家則放煙火，五家則放花筒。嬉遊者，率袖象牙香筒，打十八閒爲樂。城内外舞獅象龍鸞之屬者百隊，飾童男女爲故事者百隊。爲陸龍船，長者十餘丈，以輪旋轉，人皆錦袍倭帽，揚旗弄鼓，對舞寶鐙於其上。晝則踢毽五仙觀。毽有大小，其踢大毽者市井人，踢小毽者豪貴子。歌伯鬭歌，皆着鴨舌巾，駝毼服，行立櫈上。東唱西和，西嘲東解，語必雙關，詞兼雅俗。觀者不遠千里，持瑰異物爲慶頭。其燈師又爲謎語，懸賞中衢，曰“燈信”。

二月始東作社，曰“祈年”，師巫遍至人家除禳。望日以農器耕牛相市，曰“犁耙會”。

清明有事先塋，曰“拜清”。先期一日曰“剗清”。新塋必以清明日祭，曰“應清”。

三月二十三日爲天妃會，建醮扮撬飾童男女如元夕，寶馬綵棚亦百隊。

四月八日浴佛，採麪莶榔，擣百花葉爲餅。是日江上陳龍舟，曰“出水龍”。潮田始作。

五月自朔至五日，以粽心草繫黍，卷以柊葉，以象陰陽包裹。浴女蘭湯，飲菖蒲雄黄醴，以辟不祥。士女乘舫，觀競渡海珠，買花果於蛋家女艇中。

夏至，磔犬禦蠱毒。農再播種，曰“晚禾”。小暑小穫，大暑則大穫。隨穫隨蒔，皆及百日而收。

① 長順:《（光緒）吉林通志》卷二七，清光緒十七年刻本。

七月初，七夕爲七娘會，乞巧。沐浴天孫聖水。以素馨、茉莉結高尾艇，翠羽爲篷，遊泛沉香之浦，以象星槎。十四，祭先祠厲爲盂蘭會，相餉龍眼、檳榔，曰“結圓”。二十五，爲安期上昇日，往蒲澗採蒲，濯鋅鋅水。

八月蓼花水至，有月，則是歲多珠，爲大餅象月浮桂酒。剥芋，芋有十四種，以黄者爲貴。九日載花糕萸酒，登五層樓雙塔，放響弓鷂。霜降，展先墓，諸坊設齋醮禳彗。

十月下元會，天乃寒，人始釋其荃葛。農再登稼，餅菜以餉牛，爲寮榨蔗作糖霜。

冬至曰“亞歲”，食鱠，爲家宴團冬。墓祭曰“挂冬”。

小除祀竈，以花豆灑屋。次日爲酒以分歲，曰“團年”。歲除祭，曰“送年”。以灰畫弓矢於道射祟。以蘇木染雞子食之。以火照路，曰“賣冷”。①

兩地遥距數千里，且有山水相隔，但節令風俗竟然十分相近，如元旦的親友相互賀歲，二月二日的迎春祈福，清明的祭祖，五月端午的賽龍舟，七月七日的乞巧，七月十五日的盂蘭會，八月十五日中秋節的“秋報”，九月九日重陽節登高，十二月二十三（或二十四）日的祭竈、送神。還有，台灣的上元節鬧傘，“裝故事向人家作歡慶之歌”②，二月二日“各街里社逐户鳩資演劇”③，端午節龍舟，“爲小兒女結五色縷”，七月十五日盂蘭會，“命優人演戲以爲樂”④，中秋節“張燈演戲”⑤，重陽節登高，冬至的祀祖，十二月下旬的祀竈等，都大致相同。

在當時，國家既没有行政命令，規定某日風俗當如何，也没有人居中傳遞信息，刻意爲之。然而，“風者，相觀而化者也；俗者，相習而成者也”⑥。北齊劉晝也曾説：“風者，氣也；俗者，習也。土地、水泉，氣有緩急，聲

① 李福泰：《（同治）番禺縣志》卷六，清同治十年刊本。
② 王必昌：《（乾隆）重修台灣縣志》卷一二，清乾隆十七年刊本。
③ 王必昌：《（乾隆）重修台灣縣志》卷一二。
④ 王必昌：《（乾隆）重修台灣縣志》卷一二。
⑤ 王必昌：《（乾隆）重修台灣縣志》卷一二。
⑥ 王謙益：《（乾隆）樂陵縣志》卷三，清乾隆二十七年刊本。

有高下，謂之風焉；人居此地，習以成性，謂之俗焉。”① 雖然山水相隔，但大家終究生活在同一塊熱土上，長期的共同生活與耳濡目染，逐漸形成了共同的信仰與追求、興趣與愛好、風俗與習慣。所以，一旦到了某一節令，無論天南地北，還是山曲海隅，都不約而同地發起相類的活動，這正是華夏文化傳統高妙之所在。因爲同爲炎黄子孫，同根同源、同脈同宗，纔有着共同的信仰與風習。這一華夏民族的優良傳統，經過歷史風塵的淘濾，已積澱成全民的集體記憶，融化於血脈中，凝固成一種既有時間長度，又有空間維度，還有情感温度的“情結”，一種具有特殊價值與意義的文化符號，一種烙有深深民族印記並具有獨特感召力、向心力的精神標識。無論相距多遠，無論語言溝通有多困難，一旦看到這類帶有宗教色彩的儀式，立即會升騰起强烈的認同感和親切感，瞬間拉近了與對方的距離，這就是民族文化的魅力。

當然，中國人口衆多，幅員廣闊，各地由於地理環境、歷史變遷、生存狀態、人口結構的不同，所奉祀之神也存在或多或少的差異。如台灣七月七日爲魁星降靈日，而内地則以二月二日爲文昌帝君誕辰。文昌，即文曲星。北斗第四宫爲文曲，魁星爲北斗第一星，爲文運之兆。奉祀文昌者，往往兼祀魁星。台灣於二月二日爲當方土地神慶壽，此俗與浙江桐鄉、安徽繁昌、福建厦門、廣東廣州等地皆同。

在古代，祭祀名目甚多，如江蘇江陰，正月初五迎五路神，蘇州則於此日祀財神。福建泉州，以正月初九爲玉皇大帝生日。安徽浮山，以正月二十九日爲火星誕辰。甘肅合水，二月二日舉行藥王廟會。浙江桐鄉，以二月十二日爲百花生日、二月十九日爲觀音誕辰。浙江台州，以二月二十二日爲城隍誕辰。三月三日，浙江處州祭温元帥，舁其像巡街逐疫，前有黄金四目鬼裝者導行，近似於古代的驅儺之戲。浙江麗水亦如此。而廣東的曲江，則以此日爲玄武大帝誕辰。安徽鳳臺，以三月十五日爲東嶽大帝之后誕辰。山東東阿，以三月二十八日爲東嶽大帝誕辰。四月四日，山西平定蒲臺山有迎龍王之儀。四月八日，爲佛祖生日。四月十五日祀炎帝。在安徽廣德，以四月十五日爲城隍生日。而在安徽和州，則以五月十五日爲城隍生日，相差整整一個月。山西左雲，又將城隍生日定在五月二十八日。四月十八日，山西神

---

① 劉晝：《劉子》卷九“風俗第四十六”，《百子全書》（下册），浙江古籍出版社，1998，第932頁。

池祭娘娘廟，山東登州以此日爲碧霞元君生日。五月五日端午節，河北定興却祀火神，福建福州又將是日作爲掌管瘟疫之神（俗稱大帝）的生日。在山西左雲縣，六月初一祭龍神；初六，曬衣；十八日，祭蠟神。山東博興，於六月二十三日祭馬神。七月主要是“七夕”與“中元節”，而七月二十五日，又被視作牛之誕辰。在四川大邑縣，以八月初一作爲許真君誕辰，初三爲竈神生日，十五中秋又被視作火神降生日。九月九日，爲重陽節。在安徽黄梅，十月十三日奉祀大滿禪師。在山西榆社，十月終祀農神。十一月，賀長至節（即冬至）。十二月八日，寺院施粥。二十三日，祀竈神。三十日爲除夕，扮鍾馗驅鬼。節令、奉祀之密集，可以想見。

在河北唐山，“浮屠、老子之宫遍村舍，男女朔、望奔走膜拜，歲時祭賽，無虚月焉”①。在山西高平，“每村必社，社有祠，春祈秋報必以劇事神。醵錢合飲”②。在安徽廣德，“祠山之廟，城鄉多至數十處。每元宵有會，二月初八有會，而各處神會集場，無月不有。張燈演劇，宰牲設祭，每會數十百金不等”③。又有五猖會、龍船會、觀音會、地藏會等，“每至孟夏之月，鋪户居民，醵錢敬戲，多至四五十檯。男婦雜遝，曉夜不散”④。節令慶祝場面之熱鬧，於此可見。

因各地情況不同，節令所奉祀之神，除天下共祭者外，還有地方上特有之神。這類神，有的來自道教故事，有的出自民間傳聞，還有的本是歷史人物，因事迹不凡而被奉爲神，再有就是出自小説、戲曲。如朱虚侯劉章、治水判官黄恕、護堤侯張六、潮神陳賢、孔子弟子子夏、將軍馮祥興、司空黄法𣰰、藥王孫思邈、晉别駕易雄、羅江之神屈原、蕲國公康茂才、龍亭侯蔡倫、宋名將楊業之子楊四郎，唐人張巡、許遠、雷萬春，伏波將軍馬援、河神栗毓美、眉山太守趙昱、地方官吴汝爲、威惠王陳元光等，皆實有其人。如趙昱，曾斬蛟爲民除害。蔡倫，發明造紙以施惠後人。屈原，行吟澤畔，忠貞愛國。唐人張巡，固守城池，英勇殺敵。清代河道總督栗毓美，修築堤岸，恪守其職，河不爲患，保障一方。唐時陳元光，戍守閩地時，請於潮、泉間創置漳州，有開拓之功。後漢馬援，歷經戰陣，老當益壯，屢立戰功，

① 陳法：《重修唐山縣學記》，蘇玉《（光緒）唐山縣志》卷一一，清光緒七年刻本。
② 龍汝霖：《（同治）高平縣志》地理第一，清同治六年刻本。
③ 貢震：《禁淫祠》，胡文銓《（乾隆）廣德直隸州志》卷四三，清乾隆五十九年刊本。
④ 貢震：《禁淫祠》，同上。

彪炳青史。因爲他們皆有功於當時或布澤於後世，故被奉祀爲神。正如有人所説："近代儺神，多以生有功德於民者祀之鄉里。演劇迎送，謂之行儺。"① 恰説明知恩、感恩、酬恩，是中華民族的優良傳統，重情重義、敢於擔當、興利除害、施惠鄉里，纔會爲後人所銘記。錢穆在《雙溪獨語》中曾説："一部四千年中國史，正是一部浩氣常存、正氣磅礴的中國史。不斷有正氣人物、正氣故事，故使中國屢僕屢起，屹然常在。"② 誠哉斯言！泱泱中華崛起於東方，在任何惡勢力的威懾下，均能不屈不撓、泰然處之，靠的就是這種民族精神的支撑。

其他如雷、電、風、調、雨、順、康公、温公、賴爺、張公、惠商大王、金花夫人、金龍大王、三霄神、青苗神、鎮江神、南海神、開山王、黄溪神、田祖神等，大多來自民間傳説，或將不可知的自然現象異化爲神。如百姓生産，以農耕爲主，"牛於農有功，故神之爲王而共祀之也"③，"農人以牛爲命，故尊之曰王"④，立牛王廟以祀之。"能出雲爲風雨皆曰神"⑤，"山水之神，非有關於出雲興雨、禆益政教者，不在祀典"⑥。百姓祀神，講究的是"春秋祈報""賀雨賀晴"⑦，"耕食鑿飲，必報其本"⑧。天氣陰晴雨雪無定，山洪暴發、河水泛濫，都可能給百姓帶來直接威脅，所以，他們祭山川河流、風雨雷電。常年與土地打交道，自然盼望風調雨順，結果，就立風、調、雨、順四神以奉祀之。

還有些則來自小説，如楊二郎，乃出自《封神演義》；孫大聖，爲小説《西遊記》中人物；柳毅，唐李朝威《柳毅》載其人。至於崔鶯鶯，又是受到元稹小説《會真記》以及王實甫《西厢記》的影響，河北安平就建有崔鶯鶯廟。所以，當時就有人聲稱："世所立神祠，一村不知幾處。合天下論，殆難數計"⑨，且"往往有世無其神，爲道家之所托、小説之所傳、俳優之所

① 王維新：《（同治）義寧州志》卷四〇，清同治十二年刻本。
② 錢穆：《錢賓四先生全集》第47卷，聯經出版事業公司，1998，第102頁。
③ 李調元：《略坪牛王廟樂樓碑記》，李桂林《（嘉慶）羅江縣志》卷三六，清嘉慶二十年修同治四年重印本。
④ 李調元：《略坪牛王廟樂樓碑記》，同上。
⑤ 崔偲：《重修龍王廟記》，艾紹濂《（光緒）續修臨晉縣志》"藝文"，清光緒六年刻本。
⑥ 邱克承：《豐樂亭記》，黄維翰《（道光）巨野縣志》卷一八，清道光二十六年續修刻本。
⑦ 康基淵：《（乾隆）嵩縣志》卷九，清乾隆三十二年刊本。
⑧ 文聚奎：《（同治）新喻縣志》卷二，清同治十二年刻本。
⑨ 李元春：《（咸豐）咸豐初朝邑縣志》卷一"朝邑志例"，清咸豐元年刻本。

演、巫覡之所飾，而民争奉之以爲靈"①。

至於瀕臨南海的廣東番禺，"遇一頑石即立社，或老榕、龍荔之下輒指爲土地，無所爲神像，向木石祭賽乞呵護者，日不絶"②。廣東按察使署後園有一榕樹，乃明朝故物，大數圍，只剩半截，但據説有神居於上，"官初下車，必祭以少牢。每朔、望，則設牲演戲以侑"③，足見奉祀之濫。

有廟宇即有戲臺，戲臺有的建於儀門之内，有的建於廟左，但大多建在廟宇前面的大門之上。還有的建在廟的對面，且"旁構兩廊以避雨"④，設計頗顧及人情。官府戲臺，大都設在後衙，也有臨時在官署門前搭臺演戲者。試院中也設有戲臺，名之曰"觀文化成"。至於民間，北方則依山築臺，南方却臨水搭臺。而沿海，有時則將大船連接在一起，搭篷屋演戲。商人則聚集於會館以演戲。

在當時，各種名目的廟會繁多，"凡會必演劇"⑤，且"巨族演戲，先後不以期限。秋報亦如之"⑥。演劇成了生活的常態，"張筵演劇，富家率以爲常"⑦，甚至在浙江嘉善出現了專門操持此業的村落——梨園村。

演戲，除了年節時令祭祀的需求之外，還出現在諸多特殊場合。如皇帝出巡中，爲迎接皇帝的車駕要演戲；皇帝、皇后壽辰，要演戲祝嘏；官吏間的迎來送往要演戲，良吏爲官一方，任滿離去，自然要送上一臺好戲；官員往災區賑濟災民需演戲，就連事關人命存亡的督、撫會同司、道等官的秋審，竟然也"席氈懸綵，鼓吹喧闐"⑧，"有似於宴會之禮者，甚至召令優人演劇爲樂"⑨；"士庶尋常聚會，亦必徵歌演劇"⑩；表彰貞潔烈女更要演戲。

演戲甚至充斥於官場政治生活。據《茶餘客話》記載，靳輔治理南河時，創議開車邏十字河，一時聳人聽聞，廷議時無人能反駁，朝廷下令督撫、河漕諸臣共同計議。此時，總督董訥、巡撫田雯、漕督慕天顔，皆知此

---

① 左蘿石：《崇儉書》，饒應祺《（光緒）同州府續志》卷九，清光緒七年刊本。
② 李福泰：《（同治）番禺縣志》卷六，清同治十年刊本。
③ 李福泰：《（同治）番禺縣志》卷五四，清同治十年刊本。
④ 雙全：《（同治）廣豐縣志》卷二之一，清同治十一年刻本。
⑤ 陶奕曾：《（乾隆）合水縣志》下卷，清乾隆二十六年鈔本。
⑥ 嚴思忠：《（同治）嵊縣志》卷二〇，清同治九年刻本。
⑦ 章廷珪：《（雍正）平陽府志》卷二九，清乾隆元年刻本。
⑧ 郝玉麟：《（乾隆）福建通志》卷首四，清文淵閣四庫全書本。
⑨ 郝玉麟：《（乾隆）福建通志》卷首四，清文淵閣四庫全書本。
⑩ 阿克當阿：《（嘉慶）揚州府志》卷六〇，清嘉慶十五年刊本。

河不能開，但懾於靳輔之威勢，且此事關係重大，都不便開口，而當地豪華公子鄒某等人，却設法將記滿百姓反對開河事由的號簿搞到手，交與董訥。作品記載曰：

> 公一見，大笑曰："是不須口舌爭矣！"次日，會議郡庠尊經閣下，見演劇《鳴鳳記》，二伶唱至"烈烈轟轟做一場"，董公拍案大笑，點首自唱："烈烈轟轟做一場！"四座瞪目愕眙，將弁行酒者相視失色。宴罷，屬官持疏稿請畫押，靳公左右指唱，口若懸河。漕撫諸臣，無以難之。董公徐置疏，搖首曰："紙上空談，奈於民大不便，吾不忍欺吾君。"出袖中號簿，擲向靳公，曰："是千餘人呼號痛哭之聲，胡不並入疏稿耶？"靳公取閱色變，不能發一語。急登輿回署，而車邏十字河之議始息。①

"烈烈轟轟做一場"曲文，見於《鳴鳳記》（《六十種曲》第二册，中華書局，1958）第十四齣"燈前修本"。敘忠直之士楊繼盛，對權臣嚴嵩把持朝政、"一門六貴同生亂"（第59頁）、"四海交通貨利場"（第59頁）的罪惡行徑無比憎惡，便不顧祖宗鬼魂、結髮妻子的極力勸阻，寧願"頸血濺地"（第62頁），也要上疏彈劾，激昂慷慨地唱道："夫人，你何須泣、不用傷，論臣道須扶綱植常。罵賊舌不愧常山，殺賊鬼何怯睢陽。事君致身當死難，你休將兒女情縈絆。我大丈夫在世呵，也須是烈烈轟轟做一場。"（第62頁）《鳴鳳記》劇中所述，與此情此景恰較相符，故而董訥聽場上伶人唱至"烈烈轟轟做一場"時，纔會心地拍案大笑，點頭自唱，説明此時他已下定了駁回靳輔疏稿的决心，並胸有成竹，出奇制勝。如此看來，是戲文中唱詞給了他啓示與力量，纔决計要"烈烈轟轟做一場"。戲曲在政治生活中的作用，由此可見一斑。

官場如此，普通百姓更與戲曲結下很深的緣分。婚喪嫁娶、功名福壽、經商開業、春種秋收，都離不開戲曲、歌舞、説唱之類的演出。在河北束鹿，"有死未含殮，門外招瞽人説評話，名爲伴宿。柩將引紼，堂前開戲臺

① 阮葵生：《茶餘客話》，邱沅《（宣統）續纂山陽縣志》卷一五，民國十年刻本。

以演劇，名爲侑喪”[①]。而河北元城，舉行喪禮，“四鄉殷富之家，好作佛事，甚至演劇，作百戲，遠近聚觀，若觀勝會”[②]。山西稷山，親喪之家，喪禮必點樂户唱戲，“誦經超度，扮劇愉尸，習爲固然”[③]。且大户人家一般都有祠堂，祠堂又建有戲臺，祭祖必演戲。“選伎徵歌，必極秦、豫名倡，緣竿走解，百戲叢集，競鬭奇巧，動逾旬月”[④]。在廣東廣州，“於停喪處所連日演戲，舉殯之時，復扮演雜劇戲具”[⑤]。江南一帶，“舉殯之時，設宴演劇”[⑥]。而山東樂陵，喪家“坐棚間有架臺作戲，觀聽雜遝，名曰暖伴”[⑦]。湖南永州，有“妝起故事數擡，致衆聚觀者”[⑧]。而且，喪葬之時，最常演的戲是《目連救母》。

至於婚禮，因是喜慶之事，演戲更必不可少。或親迎用鼓吹雜劇。“親迎儀仗，音樂填咽里巷。”[⑨] 在湖南永州，女子“嫁之前日，女家既受催妝禮，設歌筵燕女賓。有歌女四人，導新嫁孃於中堂，父母亦以客位禮之。至夜，歌聲唱和，群女陪於中堂，遠近婦女結伴來臨，曰‘看歌堂’。達旦徹席。……明日，新郎往女家（但取新婦巾帨，簪花以往）拜其祖廟及父母、宗黨、賓客殆遍，曰‘拜門’。女父母宴之，曰‘卯筵’，厚致歌堂錢而歸。《竹枝詞》云：‘阿嬌出閣事鋪張，女伴歌聲徹夜長。聽到花深深一齣，不知何處奏鶯簧。’又云：‘女孃隊隊夜相邀，來看歌堂取路遥。多謝兒時諸姊妹，勾留笑語坐通宵。’又云：‘諸女坐來歌一周，載聆花席正歌酬。夜深翻出清新譜，解唱梨園一匹綢。’”[⑩] “世俗每遇稱壽，大率高會演劇。”[⑪] 病體痊癒演劇，禁煙演劇，菊花會展演劇，“夜張燈綵作梨園樂”[⑫]。取得功名演劇，甚至連鄉間鬭鵪鶉、鬭蟋蟀，也藉助演劇以招徠人前往觀看。

---

① 李文耀：《（乾隆）束鹿縣志》卷五，清乾隆二十七年刻本。
② 吴大鏞：《（同治）元城縣志》卷一，清同治十一年刊本。
③ 沈鳳翔：《（同治）稷山縣志》卷一，清同治四年石印本。
④ 李焕揚：《（光緒）直隸絳州志》卷一七，清光緒五年刻本。
⑤ 戴肇辰：《（光緒）廣州府志》卷四，清光緒五年刊本。
⑥ 《陳文恭公風俗條約》，馮桂芬《（同治）蘇州府志》卷三，清光緒九年刊本。
⑦ 王謙益：《（乾隆）樂陵縣志》卷三，清乾隆二十七年刊本。
⑧ 隆慶：《（道光）永州府志》卷五上，清道光八年刊本。
⑨ 王復初：《婚葬減鼓吹説》，李焕揚《（光緒）直隸絳州志》卷一七，清光緒五年刻本。
⑩ 隆慶：《（道光）永州府志》卷五上，清道光八年刊本。
⑪ 陳鍾琛：《重修横山大堰記》，蔡呈韶《（嘉慶）臨桂縣志》卷一六，清嘉慶七年修光緒六年補刊本。
⑫ 田明曜：《（光緒）香山縣志》卷二二，清光緒刻本。

明人何孟春愛看戲，“不論工拙，樂之終日不厭”①，並稱，從所演戲曲中能悟到“處世之道”②。清蔣方增《（道光）瑞金縣志》卷一六（清道光二年刻本）載鍾翁喜觀劇，“聞某處演戲，雖遠在十數里外，盛暑行烈日中，或天雨泥濘，衣冠沾漬，履屐蹣跚，勿惜也。且必自開場至收場止。雖有急事，呼之不應。往往從朝至暮，自夜達旦，目不轉睛。人與之語，皆若勿聞”，是典型的戲迷。浙江嵊縣李德忠，“偶出觀劇，適演《琵琶記》，至翁媪食糠核，嗚咽不能仰視，其儕拉至酒肆，德忠泣不能飲。衆詰之，曰：‘吾鄉饑，老母不足粗糲食，吾忍飲酒耶？’即日渡江歸，而母適病，德忠侍疾，調護倍至”③。餘杭董錫福，觀看《尋親記》演出時，一旦看到孝子“變服尋親事，歸語母輒涕下”④。江都曾曰唯，“觀劇至忠孝處，輒慟哭。演《鳴鳳記》，長跪不起”⑤。晚明周順昌，將赴杭州推官任，“杭人在都者置酒相賀。優人演岳武穆事，至奸檜東窗設計，公不勝憤，即席命捽其優棰之，拂衣去，舉坐驚愕”⑥。浙江嘉善楓涇鎮某皮匠，乃清初人，“楓涇鎮每上巳賽神，邀梨園演劇。康熙癸丑，演秦檜害岳武穆事，忽一人從衆中躍出，以利刃刺演秦檜者死。其人業皮工，所操即皮刀也。送官訊之，對曰：‘與梨園從無半面，實因秦檜可恨，初不計其真假也。’”⑦入劇情之深，可想而知。

即使無戲可看，稍微識字者，也每每購置小説、戲劇文本來閱讀。在湖州一帶，就有這類專門銷售圖書的書船，“書船出烏程織里及鄭港、談港諸村落”⑧，“織里諸村民以此網利，購書於船，南至錢塘，東抵松江，北達京口，走士大夫之門，出書目袖中，低昂其價。所至，每以禮接之，客之末座，號爲書客。二十年來，間有奇僻之書，收藏家往往資其搜訪。今則舊本日希，書目所列，但有傳奇、演義、制舉時文而已”⑨。圖書市場之廣闊，購書熱情之高漲，傳奇、演義之類作品銷售之快捷，由此可以想見，從某種意

---

① 何孟春：《勸戲説》，朱偓《（嘉慶）郴州總志》卷三六，清嘉慶二十五年刻本。
② 何孟春：《勸戲説》，朱偓《（嘉慶）郴州總志》卷三六，清嘉慶二十五年刻本。
③ 嚴思忠：《（同治）嵊縣志》卷一五，清同治九年刻本。
④ 張吉安：《（嘉慶）餘杭縣志》卷二七，民國八年重刊本。
⑤ 謝延庚：《（光緒）江都縣續志》卷二五上“列傳第五上”，清光緒九年刊本。
⑥ 馮桂芬：《（同治）蘇州府志》卷一四七，清光緒九年刊本。
⑦ 江峰青：《（光緒）重修嘉善縣志》卷三五，清光緒十八年刊本。
⑧ 宗源瀚：《（同治）湖州府志》卷三三，清同治十三年刊本。
⑨ 宗源瀚：《（同治）湖州府志》卷三三，清同治十三年刊本。

義上來説，載負着道德、情操等傳統文化内藴的戲曲演出，優秀小説、戲曲讀物，的確具有“易置人心、培養民俗”① 的社會功用。

看戲，就交往層面而論，還能聯絡親情。在奉親、娱親方面，也起着不少作用。據方志載，“優人作戲，各家邀親識來觀”②。借本村演劇之機，將親戚請來一同看戲，既密切了彼此之間的關係，也使得生産、經營方面的信息得以及時而充分的交流，有助於農業生産單位效益的提高。父母年邁，容易産生孤獨無助之感，兒女陪他們看看戲，借此以盡孝道。父母老景得娱，有利於身心健康，且戲臺上所演，家長里短、孝悌誠信之事較多，對親人相處之道、家庭關係的調節，都不無裨益。安徽桐城胡其愛，每當村中演戲，“必負母往觀”③。湖北光化人梁光甲，其母癱瘓不能走路，聽説鄰村在演戲，他立即“以車挽往觀之”④。平度李存良，“街市有演劇、雜戲，必負母出視”⑤。清初江都某孝子，傭工於某商賈，每歸，奉母情切，“陳説市井新異事，或歌小曲”⑥ 以娱母。湖南邵陽袁芝鳳，奉母甚孝，“母或不懌，則爲縷述新聞；仍不懌，則故問往年快意事；復不懌，則唱村歌小出，作小兒腔，母時爲之一笑”⑦。山西忻州焦潛修，母癱瘓，“居常鬱鬱”⑧。潛修“召思所以娱之者，遇社會優人作劇，請於父，負之登車，親導之。及所，侍輿側，每一齣終，必陳説所以，以資色笑。戲畢，導輿歸”⑨。蘇州李湧治，“少貧甚，習爲雜劇，以養父母”⑩。河南葉縣王某，“忽聞報賽演梨園，侍父觀場父怡悦”⑪。雲南浪穹縣人施某，其父喜看戲，“每邑有戲場”⑫，“必親負其父往觀之”。陝西大荔陳功元，“貧無車馬，每負親於十數里外觀演劇”⑬。可見，戲曲演出活動，不僅爲官場所喜愛，更成爲普通百姓日常生活的重要

① 潘援：《程侯生祠記》，周傑《（同治）景寧縣志》卷一三，清同治十二年刻本。
② 章焞：《（康熙）龍門縣志》卷五，清康熙刻本。
③ 廖大聞：《（道光）續修桐城縣志》卷一一，清道光七年修十四年刻本。
④ 鍾桐山：《（光緒）光化縣志》卷六，民國二十二年重印本。
⑤ 保忠：《（道光）重修平度州志》卷一九“列傳五·人物”，清道光二十九年刻本。
⑥ 謝延庚：《（光緒）江都縣續志》卷三〇“拾補”，清光緒九年刊本。
⑦ 黄宅中：《（道光）寶慶府志》卷一三一，清道光二十七年修民國二十三年重印本。
⑧ 石皓：《焦孝康先生别傳》，方茂昌《（光緒）忻州志》卷三七，清光緒六年刻本。
⑨ 石皓：《焦孝康先生别傳》，方茂昌《（光緒）忻州志》卷三七，清光緒六年刻本。
⑩ 馮桂芬：《（同治）蘇州府志》卷八九，清光緒九年刊本。
⑪ 李榮燦：《王孝子歌》，鄒景文《（同治）臨武縣志》卷四一，清同治增刻本。
⑫ 趙輝璧：《施孝子傳》，羅瀛美《（光緒）浪穹縣志略》卷一一，清光緒二十八年修民國元年重刊本。
⑬ 熊兆麟：《（道光）大荔縣志》卷一三，清道光三十年刻本。

組成部分，是"易置人心、培養民俗"的主要途徑之一。因爲它場面熱烈，演事真切，貼近民衆，纔深得普通百姓歡迎，乃至"把臂一呼，從者四應"①，足見戲曲活動在民間有着廣泛的群衆基礎。

然而，這樣一種群衆喜聞樂見的藝術活動，其生存環境却極爲艱窘，一直受到統治者的打壓。早在宋代，朱熹的得意門生陳淳，在《上傅寺丞書》中就曾嚴厲强調："群不逞少年，遂結集浮浪無賴數十輩，共相唱率，號曰'戲頭'，逐家裒斂錢物，豢優人作戲。或弄傀儡，築棚於居民叢萃之地、四通八達之郊，以廣會觀者"，並認爲戲曲有"無故剥民膏爲妄費""荒民本業事遊觀"② 等八大罪狀，應在嚴禁之列。至清代，禁戲愈烈。江蘇巡撫湯斌、紹興知府李亨特、江陰縣令馮皋强、武進縣令孫一士等，均曾榜禁演戲。"禁演唱夜戲"③，"屏去里巷戲劇"④，"禁演劇"⑤，"婦女禁豔妝觀劇"⑥，"申賽會演劇、博戲、拳勇、掠販之禁"⑦，"禁婦女觀劇"⑧。尤其是湯斌，一再下令禁戲，稱："迎神賽會，搭臺演劇一節，耗費尤甚，釀禍更深。此皆地方無賴棍徒，借祈年報賽爲名，圖飽貪腹。每至春時，出頭斂財，排門科派。於田間空曠之地，高搭戲臺，哄動遠近。男婦群聚往觀，舉國若狂，廢時失業，田疇菜麥，蹂躪無遺"，"深爲民病。合行出示嚴禁"⑨。到了乾隆中葉，江蘇巡撫陳宏謀，在"風俗條約"中規定，不許"將佛經編爲戲劇，絲竹彈唱"，"鐙綵演劇""擡閣雜劇"⑩ 也在擯棄之列。有的爲了禁止婦女觀劇，還想出了這樣一個主意。清康熙年間，孫讜任武進縣令，曾禁止婦女觀劇，然收效甚微。"丁酉季春演劇皇亭，婦女雜遝，無以禁之。時歲饑，因令里甲持簿一本，向諸婦云：'縣主欲每人化饑民米一石，請登名於右。'衆愕然，潛散。"⑪ 以派捐米糧的名義，硬是將前來觀劇者嚇走。

就是在衣着上，對優人也多有限制，並寫入官府檔："胥隸倡優，概不

① 鄭交泰：《（乾隆）望江縣志》卷三，清乾隆三十三年刊本。
② 吴宜燮：《（乾隆）龍溪縣志》卷一〇，清乾隆二十七年刻本。
③ 李亨特：《（乾隆）紹興府志》卷一八，清乾隆五十七年刊本。
④ 馮桂芬：《（同治）蘇州府志》卷一二七，清光緒九年刊本。
⑤ 盧思誠：《（光緒）江陰縣志》卷一五，清光緒四年刻本。
⑥ 馬家鼎：《（光緒）壽陽縣志》卷八，清光緒八年刊本。
⑦ 尹繼善：《（乾隆）江南通志》卷一一二，清文淵閣四庫全書本。
⑧ 王祖肅：《（乾隆）武進縣志》卷一四，清乾隆刻本。
⑨ 《湯文正公撫吴告諭》，馮桂芬《（同治）蘇州府志》卷三，清光緒九年刊本。
⑩ 《陳文恭公風俗條約》，馮桂芬《（同治）蘇州府志》卷三，清光緒九年刊本。
⑪ 王祖肅：《（乾隆）武進縣志》卷一四，清乾隆刻本。

許着花緞、貂帽、緞靴。犯者許人扭稟，變價充賞”[①]，“奴僕、優伶、皂隸許用繭紬、毛褐、葛布、梭布、貉皮、羊皮，其紡絲綢絹緞紗綾羅、各種細毛及石青色衣，俱不得服用。”[②] 視優伶與奴僕、皂隸爲同等，竭力貶抑其地位，以示與普通百姓的區别。但無論統治者對戲曲藝人如何壓制，優人場上的歌舞演唱能給人們帶來快樂，却是不容抹杀的客觀現實。戲班作場處，往往是“觀者如狂，趨之若鶩”[③]，“郡中士庶，争挈家往觀”[④]，“男女奔赴，數十百里之内，人人若狂”[⑤]。在蘇州一帶，一些家庭貧困的農户，還令其子弟自幼習藝於梨園，“色藝既高，驅走遠方”[⑥]，以作謀生之計。在浙江紹興，“家道殷實者，往往納充吏承，其次賂官出外爲商，其次業藝，其次投兵，其次役占，其次搬演雜劇，其次識字”[⑦]。在職業選擇上，“業藝”與“搬演雜劇”反而在讀書習文之上。這充分説明，人們並没有因統治者對伶人的貶抑、打壓而對他們有絲毫的鄙視，反而對他們的場上表演越發喜愛。所謂“習俗移人，賢者不免”[⑧]，表達的正是這一道理。緣此之故，一些能辦得起戲曲演出者，往往很有面子，而“力不能備，則以爲恥”[⑨]。

在一些人看來，戲曲不僅可以“娱心意、悦耳目”，還具有勵志的作用。據説，明成化年間，福建上杭縣修葺衙門官舍，一邱姓建築工匠整天接連不斷地責打其徒弟，縣令馬淳看到後，“怒謂：‘彼亦人子，不供役，則還諸其父母已耳，奈何數撻之?’工曰：‘余兒道隆也，欲從塾師學，不願爲工，讀書豈枵腹可能? 屢諭之不從，故箠之耳!’淳驚異，適衙前演梨園爲蘇季子故事，因謂道隆曰：‘爾爲學，試以對。能，則説父任爾；不能，版築終身無憾也。’遂爲出句曰：‘説六國君臣易。’即應聲曰：‘處一家骨肉難。’淳曰：‘此子不凡，脩脯在我。’遂延師教之。三年，將解任，出百金托一紳終其事。後道隆學業大成，登正德進士，適令順德”[⑩]。作爲工匠之子，看到

① 《湯文正公撫吴告諭》，馮桂芬《（同治）蘇州府志》卷三，清光緒九年刊本。
② 戴肇辰：《（光緒）廣州府志》卷四，清光緒五年刊本。
③ 《禁花鼓戲示》，汪祖綬《（光緒）青浦縣志》卷一四，清光緒四年刊本。
④ 楊開第：《（光緒）重修華亭縣志》卷二三，清光緒四年刊本。
⑤ 《陳文恭公風俗條約》，馮桂芬《（同治）蘇州府志》卷三，清光緒九年刊本。
⑥ 許治：《（乾隆）元和縣志》卷一〇，清乾隆二十六年刻本。
⑦ 李亨特：《（乾隆）紹興府志》卷二一，清乾隆五十七年刊本。
⑧ 艾紹濂：《（光緒）續修臨晉縣志》“風俗”，清光緒六年刻本。
⑨ 馬鑑：《（光緒）榮河縣志》卷二，清光緒七年刊本。
⑩ 戴肇辰：《（光緒）廣州府志》卷一六一，清光緒五年刊本。

《蘇秦金印記》的演出，觸動不小。在縣令馬淳的資助下，刻苦讀書，由"版築"者之子而進士及第，成了食國家俸禄的政府官員。讀書改變命運，此當是一例。邱道隆史有其人，乃福建上杭人，爲明正德七年（1512）三甲第102名進士。[1] 方志所載邱氏幼年之事，當可信。戲曲在民間生活中的作用，應給予充分重視。

在當時，爲戲曲的存在而鼓與呼者亦不乏其人。清人陳時泰在《新建關廟戲樓記》（載清高龍光《（乾隆）鎮江府志》卷四六，清乾隆十五年增刻本）一文中，就曾針對"演戲之爲褻"的説法提出批評，認爲戲曲具有孔子所説"以孝弟忠信教人者，諄諄矣"與《詩》同樣的社會功能，説道：

> 金人立國，制爲院本傳奇入之，人人所好。鄭衛之聲，艷冶之形，以深入其耳目，而窮鄉僻里之販夫、炊婦不識《史記》者，皆相嘖嘖曰："五娘糟糠，雲長秉燭。"戲樓之設安在，不可以"興觀群怨"、與孔子學詩之訓而同功也哉？

在他看來，"演戲"是傳輸民族精神的重要載體、涵育風操節概的有效途徑，不管識字與否，都能從中悟到有益於身心健康的道理。特別是一些販夫、炊婦，他們對歷史知識的接受與瞭解，大都憑藉觀看戲曲演出。"興""觀""群""怨"，見於《論語·陽貨》。在孔子看來，《詩》，具有"興""觀""群""怨"之功能。照前人解釋，"興"，説的是"觸物以起情"，"感發志意"；"觀"，則有"觀風俗之盛衰"，"考見得失"之意；"群"，强調的是"群居相切磋"，以長短互補，共同提高；"怨"，則有"怨刺"、"怨忿"、牢騷之意。這裏，將爲正統文人所鄙棄的戲曲與被奉爲儒家經典的《詩》等量齊觀，並認爲這一藝術形式對百姓情操的涵育、精神品格的提升、世道人情的考察以及現行政治的怨刺，均起到不可低估的重要作用。放在當時特定條件下，這一議論是難能可貴的。

同時，還不時有人强調，"古之設教，莫重於樂"，"樂以導和，不和不足爲樂"[2]。而"樂"，其價值又不僅僅止於"娱心意、悦耳目"，還應該在

---

① 朱保炯、謝沛霖編《明清進士題名碑録索引》（下册），上海古籍出版社，1979，第2502頁。
② 黄溍：《海鹽州新作大成樂記》，李衛《（雍正）浙江通志》卷二六。

“有禆風教”[①] 方面起到良好的助推作用，給人以積極奮進的力量。樹人間之正氣、立處世之正道，使得家庭和諧、社會安定，而不是一味獵奇，以露骨的色情展示、拙劣的“豔異”[②] 扮戲、怪誕的鬼怪表演、粗鄙的人物對白，去討好接受者。這一看法，對於保障戲曲文化市場的健康發展，無疑具有積極的促進作用。

因爲戲曲文化積澱由來已久，它對人們平素生活的滲透也顯而易見。如直隸太倉州的鬧元宵，“好事者遴俊童，扮演故事。或爲漁婆採茶，以金鼓導從”；三四月間的迎神賽會，“多扮獵户、喪神，間飾女妝”；臘八，“丐者戴紙冠、塗面扮儺逐疫”[③]。山西大同的迎春儀式，“優人樂户各扮故事，鄉民攜田具唱農歌演春於東郊”；元宵節，“各鄉村扮燈官吏，秧歌雜要，入城遊戲”[④]。滎河縣的春秋祭賽，“多有妝扮男女，出醜當場者”[⑤]。在浮山，“立春，先期一月用樂户，假之冠帶，曰‘春官’‘春吏’。又裝春婆一人，叩謁於官長及合邑薦紳之門，誦吉語四句以報春。至期，先一日集優人、妓女及幼童扮故事，謂之‘演春’”[⑥]。在昭文縣，十二月初一，“乞人始偶男女，傅粉墨，妝爲鍾馗、竈王，持竿劍望門歌舞以乞”[⑦]。元和縣，於同日“扮男女竈王向人家跳舞乞錢”[⑧]。在鎮海，“立冬，打鬼胡，花帽鬼臉，鐘鼓劇戲，種種沿門需索”[⑨]。在慈溪，“臘月，勾頭戴襆頭，赤鬚持劍，沿門毆鬼，謂之‘跳竈王’”[⑩]。更有甚者，或作乞丐狀，或披枷戴鎖作罪人狀，“以酬神願”[⑪]。種種情狀，名之曰祀神酬願，其實，皆帶有很濃的表演成分。有的是直接將戲場搬演移入節令奉祀活動，或假之衣冠，以美觀瞻；或並人而借之，以强化可看性。

就連繪畫、雕塑、木刻等伎藝，也時而以反映戲曲故事爲主要內容。如

① 李維鈺：《（光緒）漳州府志》卷三八，清光緒三年刻本。
② 李生光：《戒扮演粉戲説》，李焕揚《（光緒）直隸絳州志》卷一七，清光緒五年刻本。
③ 見王昶《（嘉慶）直隸太倉州志》卷一六，清嘉慶七年刻本。
④ 吴輔宏：《（乾隆）大同府志》卷七，清乾隆四十七年重校刻本。
⑤ 馬鑑：《（光緒）滎河縣志》卷二，清光緒七年刊本。
⑥ 鹿學典：《（光緒）浮山縣志》卷二六，清光緒六年刻本。
⑦ 勞必達：《（雍正）昭文縣志》卷四，清雍正九年刻本。
⑧ 許治：《（乾隆）元和縣志》卷一〇，清乾隆二十六年刻本。
⑨ 于萬川：《（光緒）鎮海縣志》卷三，清光緒五年刻本。
⑩ 楊泰亨：《（光緒）慈溪縣志》卷五五，清光緒二十五年刻本。
⑪ 鄒漢勳：《（咸豐）興義府志》卷四〇，清咸豐四年刻本。

山東東光縣城北之接佛寺，“兩壁範琉璃爲人作演劇狀，共若干齣”[①]。江蘇宜興縣衙前，兩壁所畫皆是優人演戲圖像[②]。鎮江東嶽别廟，“後殿壁乃大觀四年名筆所畫。侍衛、優伶、衣冠、器仗，皆極精妙”，後人爲保護這一絶世名筆，“乃爲木函護之”[③]。著名縫工柏俞齡，以碎綾在紅綾帕上精心製作出《王祥卧冰圖》，令觀者嘖嘖稱奇。這大概是受了戲曲《王祥卧冰》的影響[④]。還有人在一小小雀籠上，竟然“刻元人劉知遠傳奇（即《白兔記》）全本”[⑤]。

戲曲文化不僅在人們的精神陶冶上起到不少作用，還直接影響了現實生活中行爲、動作的選擇，足見入人之深。尤其值得注意的是，“每科鄉試前，擇吉延科舉生員貢監，設宴縣堂。架登瀛橋，結綵棚，插桂枝。諸生公服至，知縣率僚屬迎於堂簷下，行禮畢，就席。知縣主席，僚屬席東向，諸生席西向。酒三行，演劇。諸生起揖辭行，過登瀛橋，折桂花一枝，從儀門出，鼓樂前導。知縣率僚屬出龍門坊，送至南門外，揖别。武場亦如之”[⑥]。而蘇州則將賓興日定在農曆六月十五日，並創作有《賓餞曲》，令優人預先演習熟練，届時演奏。優人皆穿起霓裳羽衣，作月宫仙人之打扮。“宴罷，諸生由月宫出，每一人，優手執桂枝以贈。又製綵旗數十對，各綴吉語，令諸生任意探取之，以卜他日榮遇云”[⑦]。而廣德直隸州，則是由優人仿《鹿鳴曲》演奏數闋，撤宴後，“優人於儀門内張設綵幔作月宫形，扮嫦娥一、侍女一，手執桂叢，候生員從月宫過，各以一枝予之”[⑧]，將蟾宫折桂進一步具象化。南昌府，則除賓興表演儀式大致同蘇州府外，官府送諸生東郭外，還“各贈以卷資”[⑨]。而惠民縣，宴畢，諸生“由龍門各折桂花先赴文廟，立戟門外。知縣至，率諸生入廟行辭廟禮。畢，諸生遂行，知縣回署”[⑩]。賓興儀式，初在縣衙舉行，後在文廟完成最後程序。由“龍門各折桂花”[⑪]，取跳龍

---

① 周植瀛：《（光緒）東光縣志》卷一二，清光緒十四刻本。
② 參看章廷珪《（雍正）平陽府志》卷二三，清乾隆元年刻本。
③ 高龍光：《（乾隆）鎮江府志》卷一七，清乾隆十五年增刻本。
④ 參看金福曾《（光緒）吴江縣續志》卷四〇，清光緒五年刻本。
⑤ 金福曾：《（光緒）吴江縣續志》卷四〇，清光緒五年刻本。
⑥ 王家坊：《（光緒）榆社縣志》卷七，清光緒七年刊本。
⑦ 馮桂芬：《（同治）蘇州府志》卷一四九，清光緒九年刊本。
⑧ 胡文銓：《（乾隆）廣德直隸州志》卷二二，清乾隆五十九年刊本。
⑨ 許應鑅：《（同治）南昌府志》卷二七，清同治十二年刻本。
⑩ 沈世銓：《（光緒）惠民縣志》卷一一，清光緒二十五年柳堂校補刻本。
⑪ 同上。

門之意。咸陽，是在儀門外製作升仙橋，植桂花於橋上，設宴於公堂。禮畢，諸人從升仙橋通過，“優人扮仙女簪花，諸生乘馬，鼓吹、綵旗前導，縣官率僚屬肩輿送出。東郊復設宴演劇”①。意謂一登龍門，身份驟變，如入仙境。且將演戲場所設在東郊。雒南縣，是先演劇，表演如五魁歡跳的歌舞。席散後，諸生將行，“儀門外架橋作月宫狀，飾嫦娥把酒簪花，諸生以序躡橋出，鼓吹、彩旗前引，至萬壽寺前，官僚繼至送行”②。儀式的中間環節，與上述略有不同。整個賓興儀式，就具有很濃的表演色彩。而儀式進行過程中，又穿插有戲曲表演，可謂戲内、戲外，臺上、臺下，互爲照應，相映成趣。戲曲文化滲透進人們生活的諸多環節，是不言而喻的。

二　歌舞、戲曲表演及其演出經費的運作方式

本編所收文獻，不少涉及四時節令歌舞、戲曲表演的珍貴資料。在拙編《清代散見戲曲史料彙編・詩詞卷》中，雖然也有不少這方面的内容，但由於受特殊文體表達方式的局限，對表演情況的表述只能取其大略，而不能作全面、詳細的描寫。而方志則不同，它是知識的寶庫，以至有地方“百科全書”之稱。一般的志書，往往包括圖表沿革、疆域、河防、學校、祠祀、户口、武備、田賦、職官、選舉、人物、列女、藝文、古迹、祥異、雜誌等門類，但節令禮儀、歲時民俗、生活習慣、民間信仰、俗言俚語等内容，則是必不可少的。因爲這類載述，看起來無足輕重，但“民俗之美惡，政治之得失繫之矣”③。再説，節令時俗之類描述，是最能體現地方特色的，又豈能不詳細書寫？這給我們戲曲、歌舞表演研究，提供了莫大方便。這裏，不妨將本編所收文獻有關歌舞、雜耍與戲曲表演之記載略加論述。

戲曲藝術的生存土壤，應該説主要是在農村。這是因爲，在傳統社會裏，農民一年四季的時間，勞作於田間者居多，只是到了秋收冬藏之時，纔有餘暇稍作休息。但一生辛勞的淳樸百姓，早已習慣了忙碌的生活，一旦閒下來，這段時間如何打發，倒成了問題。所以，鬭雞、鬭羊、鬭鵪鶉、跳

① 臧應桐：《（乾隆）咸陽縣志》卷四，清乾隆十六年刻本。
② 范啓源：《（乾隆）雒南縣志》卷五，清乾隆十一年刻本。
③ 孔尚任：《平陽府志》卷二九“風俗”，徐振貴主編《孔尚任全集輯校注評》第四册，齊魯書社，2004，第2489頁。

繩、踢毽子等民間娛樂活動應運而生。而觀賞戲曲演出，無疑是最佳的選擇。這是春節前後農村各類娛樂活動集中出現的主要原因。與城市生活相比，有着很大的不同。城市居民一般没有土地，靠某種手藝或小商品經營以謀生計，而一旦接受某事，便須不間斷地去操持，否則，舉家生活來源則成了問題。除非家中甚爲富裕，纔可能有閒暇去作文化消費。就此而論，戲曲演出的接受群體，遠不如農村隊伍龐大、時間集中。

而在農村，又由於農民特殊的生活方式、生存樣態，戲曲活動又必須在農閒時舉行，“自收穫畢，各鄉村皆演劇報賽”①。如同人云：“土伶皆農隙學之”，“每届秋熟，則載木偶泥像，敲鑼吹角，旗幟臺閣，備極工巧，遊行城郭，擁道塞途，以爲戲樂”，“夜使優伶演劇，簫歌達旦”②。歲時社祭，夏冬兩季，“鄉鎮多香火會，扮社鼓演劇”③；上元節，張花燈，架鼇山，“鼓吹雜戲，火樹銀花”④，“金鼓與散樂、社火層見叠出”，“吹簫擊鼓，優伶奏技。而各社各有社火，或騎或步，或爲仙佛，或爲鬼神，魚龍虎豹，喧呼歌叫，如蜡祭之狂”⑤。元城縣燈節，“肆市通衢，張燈結綵，放花炬，演扮雜劇，擊社鼓歡唱以爲樂”⑥。平定州，元宵節前後三日，“燈火輝煌，鼓樂喧闐。里人扮演雜劇相戲。坊肆里巷士庶之家與街市鋪面各家門前，累砌炭火焚之，名曰‘塔火’”⑦。神池縣，“軍民各扮秧歌、道情、龍燈等戲，歡歌行遊，通霄不寐”⑧。黑龍江，“城中張燈五夜，村落婦女來觀劇者，車聲徹夜不絶”⑨。在上虞，“街市懸燈，各社廟賽神，以鼓樂劇戲爲供”⑩。在武義，“各家懸燈於門，街衢或接竹爲棚，挂燈其上，笙歌喧闐徹旦。各坊作龍燈，長數十丈，多紮花燈爲人物、亭臺數百盞，迎於街市，以賽神鬬勝。自初十夜起至二十夜止”⑪。瀏陽縣，“鄉村以布數丈繪龍鱗，織竹被之，剪紙製龍首尾形，綴而合舞，曰龍燈。爲魚蝦形，曰魚燈。或製獅首，綴

① 張營堠：《（嘉慶）武義縣志》卷三，清宣統二年石印本。
② 童範儼：《（同治）臨川縣志》卷五二之二，清同治九年刻本。
③ 李焕揚：《（光緒）直隸絳州志》卷二，清光緒五年刻本。
④ 李焕揚：《（光緒）直隸絳州志》卷二，清光緒五年刻本。
⑤ 賴昌期：《（光緒）平定州志》卷一〇，清光緒八年刻本。
⑥ 吴大鏞：《（同治）元城縣志》卷一，清同治十一年刊本。
⑦ 賴昌期：《（光緒）平定州志》卷五，清光緒八年刻本。
⑧ 崔長清：《（光緒）神池縣志》卷九，清鈔本。
⑨ 西清：《（嘉慶）黑龍江外記》卷六，清光緒廣雅書局刻本。
⑩ 唐煦春：《（光緒）上虞縣志》卷三八，清光緒十七年刊本。
⑪ 張營堠：《（嘉慶）武義縣志》卷三，清宣統二年石印本。

布，令童子被之，曰獅子燈。或剪盆花形，曰花燈。晴日緣村喧舞，雜以金鼓，主人然爆竹、剪紅帛迎之爲樂。又有服優場男女衣飾，暮夜沿門歌舞者，曰花鼓燈”①。登州府，“街市及各巷口皆結棚，懸綵燈。各廟張燈，或爲鼇山、獅象、龍魚，謂之燈會。好事者作燈謎榜於通衢，群聚觀之，謂之打獨脚虎；又有煙火會，銀花火樹，雜以爆竹，砰訇遍遠邇；或竪木作高架，縛各種煙火於上，謂之架花，皆巧立名目以競勝。子弟陳百戲，演雜劇，鳴簫鼓，謂之秧歌，喧闐徹夜”②。廣州府，燈綵繁多，目不暇接，“其鼇山用綵楮爲人物故事，運機能動，有絶妙逼真者。鼇山燈出郡城及三山村，機巧殆甚，至能演戲”③。在興義，自正月初十，城中就有“龍燈、花燈及唱燈之戲。元宵城中觀燈遨遊，漏下三四鼓不絶”④。清康熙間人陳豫朋在《午亭村燈火》一詩中寫道：“鄉儕尤多傀儡忙，村詞野調乖宮商。聆徧前街與僻巷，園亭暫對村優場”⑤，恰反映出這一鬧元宵之盛況。

（一）各類伎藝的表演情狀

尤其值得一提的是，這類群體性的娛樂活動中具有典型特色的伎藝表演。

一是鐵花之戲。據清人賴昌期《（同治）陽城縣志》卷一八（清同治十三年刊本）記載：

> 邑中元夕有鐵花之戲。召工冶鐵如水，豫取木窽其首，注鐵汁其内，使有力者舉而擊之，鐵汁乘擊勢自窽外激可至數丈，然必向林木間。其汁激注樹上，光鋩飛射，如火如雹，金銀照灼，最爲奇觀。惟澤州諸縣有之，他處不聞此戲。

這是一種近似於焰火的伎藝。不過，焰火是利用點燃的火藥爆出火花，此則是用鐵汁灌入預先鑿有洞穴的木料，靠擊打之力，使火花四濺，形成絢爛多

① 王汝惺：《（同治）瀏陽縣志》卷八，清同治十二年刻本。
② 方汝翼：《（光緒）增修登州府志》卷六，清光緒刻本。
③ 戴肇辰：《（光緒）廣州府志》卷一五，清光緒五年刊本。
④ 鄒漢勳：《（咸豐）興義府志》卷四〇，清咸豐四年刻本。
⑤ 朱樟：《（雍正）澤州府志》卷四八，清雍正十三年刻本。

彩之奇觀。此術今已不可見，這一記載十分珍貴。

二是“橋燈”製作。清嚴思忠《（同治）嵊縣志》卷二〇（清同治九年刻本）載曰：“鄉社人擎一版，版聯二燈，竅兩端而貫接之，長數十丈，前後裝龍頭、龍尾，可盤可走，謂之‘龍燈’，又謂之‘橋燈’。今橋燈惟金、處等郡尚爲之。”而清周傑《（同治）景寧縣志》卷一二（清同治十二年刻本）也有相似記載，謂：

龍燈之製有二：有滚龍，縛竹爲首，身足連之以布，舞於庭前；有橋燈，長板一片，架燈三盞爲一橋，端軸聯接，負之以行，周巡坊隅，多者八九十橋。遠望見燈不見人，一綫夭矯，爍爍如龍。

由此看來，“橋燈”“板燈”，乃一物而異名。據説，在浙江，“橋燈”之表演，春節慶祝活動中尚可一見，其他地方則不見了蹤迹。《（道光）續修桐城縣志》卷一二（清同治十二年刻本），也記載有龍燈製作與表演，曰：

製爲龍燈，長數丈，篾紮，中空，或紗或紙糊其外，或繪鱗甲，或繪人物雜劇於上，每人持一節，街市旋舞。又有船燈、車燈、馬兒燈、採茶燈、麟鳳燈、獸燈、魚燈，金鼓喧鬧，看燈者争放，火花飛爆，謂之燈節。

仍可見燈火之盛。元宵燈節時，人們還會“畫龍獅諸燈，長可八九丈，分作十節、八節，點放燈光按節，而持其柄以盡飛舞之態。如龍燈，則前有一盞白圓燈作戲珠狀。獅燈，則前有一盞大紅燈作弄球狀。華彩鮮明，輕便婉轉，所至人家門首，無不争放爆竹以作送迎”①。當今所表演的“二龍戲珠”“獅子滚繡球”，實則是從古代承繼而來，在動作的複雜性方面，並有所豐富、發展。

三是龍舟的製作與競賽。清姚念楊《（同治）益陽縣志》卷二（清同治十三年刻本）引邑人周代炳《龍舟記》，曾詳細記述了湖南益陽一帶龍舟的製作與競渡場景，曰：

---

① 陳淑均：《（咸豐）續修噶瑪蘭廳志》卷五，清咸豐二年續修刻本。

湖湘競渡之俗，莫盛於益。每麥秋，沿江無賴，水陸索費，行旅苦之。龍舟長十丈許，巨木爲脊，以竹絙絡首尾，澆以沸湯絞之。木雖堅，亦翹如張弓，內設橫木如齒，可容百數十人。外傅薄板，飾以彩繪，鱗爪、首尾畢具。旗別以色。艙中坐者橈四尺，立者橈七尺，兩兩相間。前坐二人，名分水橈，以趫技善搏者充。後一人，名柁瓦橈，擇老成諳水者充之。設鉦一、鼓一、銃一、長竿一，鬭械俱備。旁置別舸三間，藏驍健以備助。在關王夾者曰“關王船”，黃泥湖者曰“扁担船”，在粟公港者曰“紫山船”，在于家洲者曰“玉皇船”，各以旗辨其地。自五月朔至端午日，每日嘯侶江干，裹紅巾，排列登舟。舟始行，鉦鼓徐應，坐者緩橈而進，立者豎橈而歌，整以暇也。迨兩三舟相近，鼓乃急，立橈分水，橈俱下，竿摇水激，呼聲雷動，江水爲沸。舟行迅疾，雖楊幺水輪不及也。數舟爭進，須臾漸分勝負。捷者更捩舵，繞出其舟，放銃三。兩岸觀者，各爲喝采，而揶揄其負者。負者忿而思逞，稍讓則已，否則豕突羊狠，不覆不止。嘉慶戊寅年，以鬭致溺者撈尸七十有三。膚將腐矣，猶怒目舉橈作鬬狀，可笑也。市樓有女，方簸米，目注龍舟，以手助勢，而米已撥去無餘。又舟婦方乳兒，聞龍舟鼓緊，抱亦緊，兒啼急，猶曰：“莫哭莫哭，看爾爺爺贏船。”比覺，兒已氣絶懷中矣。是日沿江演劇，觀者如堵。綵船畫檝，簫管間奏。酒饌豐飫，婦女亦盛飾相炫燿，往來雜沓。

當今，各地每當端午節，雖大都有龍舟競渡，一些旅遊景點，也時常舉行此類活動，以招徠遊客，但舟之規模較以往則小許多，製作之複雜性，也遠遜古時。

而廣東番禺的宣和龍舟，製造工藝更爲複雜，不僅舟之兩旁有蕩槳者，而舟的兩層臺閣上，還有許多服飾裝扮、手中所持物各異，且能做出種種表演的不同人物，並裝配有能操縱舟上偶人行爲舉止的機關，可謂一絶。清李福泰《（同治）番禺縣志》卷六（清同治十年刊本）記載：

番禺大洲有宣和龍舟遺製，船長十餘丈，廣僅八尺，龍首尾刻畫，奮迅如生。蕩槳兒列坐兩旁，皆錫盔朱甲，中施錦幔，上建五丈檣五，檣上有臺閣二重，中有五輪閣一重，下有平臺一重。每重有雜劇五十餘種，童子凡八十餘人，所扮者菩薩、天仙、大將軍、文人、女伎之屬，所服者冠裳、介冑、羽衣、衲帔、巾幗、襶襶之屬，所執者刀槊、麾蓋、旌旗、書策、佩帨之屬。凡格鬥、挑招、奔奏、坐立、偃仰之狀，與夫揚袂、蹇裳、喜懼悲恚之情，不一而足，咸皆有聲有色，盡態極妍，觀者疑爲樂部長積歲練習，不知錦幔之中，操機之士之所爲也。每一舉費金錢千計。

這種龍舟，乃世所僅見。此條乃採自屈大均《廣東新語》卷一八，文字稍有出入。

四是“擡垛”（又名“兒郎架”）。謝應起《（光緒）宜陽縣志》卷一四（清光緒七年刊本）引清人張恕《宜陽縣竹枝詞》之九謂：“聞聲驀地齊翹首，雲擁飛仙閣上來”，句後注曰：“擇姣好小兒，衣以綵服，扮演故事。鑿几設機，擎小兒於上，舁之遊戲，俗名擡垛。”河南宜陽有此戲。同時，童範儼《（同治）臨川縣志》卷五四（清同治九年刻本）也曾記載：“里中每歲迎賽神會，各家多有將十歲以下幼孩裝扮綵臺，名爲兒郎架。”二者當爲同一種伎藝。不過，由於流傳地域不同，故名稱各異。在山西一帶，此類伎藝，今尚偶一爲之。

五是緣竿之戲。此實是一種雜技表演。東漢張衡的《西京賦》就有相關記載。清魏嵊《（康熙）錢塘縣志》卷七（清康熙刊本）載曰：“有爲緣竿之戲者，竿高數十尺，徒手直上，據竿頂左右盤旋，以腹貼竿，投空擲下，捷若猿猱。聚觀者神驚目眩，而爲此技者如蝶拍鴉翻，籧籧然自若也。”至今，雜技舞臺仍有此等表演。

六是猴戲。清王相《（康熙）平和縣志》卷一〇（清光緒重刊本）謂：“猴，一名狙公。性躁，食物必滿貯兩頰。土人加以冠帶教之，能作百劇。”清人馬步青《義猴行》云：“猴能戲，猴有義。猴戲猴之常，猴義人所異。人傍猴戲作生涯，猴隨人兮到人家。猴忽幻作人態度，衣曳錦繡帽烏紗，人歌猴舞猴得栗。”① 筆者幼年在鄉間常觀猴戲，猴子在其主人的指令下，能披官袍、戴烏紗，會騎犬、作揖等多種動作，表演如詩中所寫。近年之猴戲，已非往日之規模，僅僅是耍猴而已。

---

① 朱偓：《（嘉慶）郴州總志》卷四二，清嘉慶二十五年刻本。

七是説平話。清周凱《（道光）厦門志》卷一五（清道光十九年刊本）記載："又有説平話者，緑陰樹下，古佛寺前，稱説漢唐以來遺事。衆人環聽，斂錢爲饋，可使愚頑不識字者爲興感之用。間有説豔書及《水滸衍義》者。"又，清吴世熊《（同治）徐州府志》卷二二上之下（清同治十三年刻本）引袁枚《直隸總督兵部尚書李敏達公家傳》曰：浙江巡撫李衛，雖不大識字，但是喜聽藝人講説平話，曾"召優俳人季麻子説漢唐雜事，遇忠賢屈抑、僉壬肆志，輒嗚咽憤駡，拔劍擊撞"。平話這一伎藝，不僅爲下層百姓所歡迎，也得到達官貴人的追捧。平話，在晚清流傳至福建沿海一帶，且成了尋常百姓"緑陰樹下，古佛寺前"最常欣賞的一門伎藝，此事很少見文獻叙及。或稱福州評話"流行於福州方言地區與建陽、三明、莆田、寧德等地，台灣與東南亞華僑集居地區也有演出。相傳由柳敬亭弟子居輔成南下傳授"①。然福州評話是一曲種，"有説有唱。唱詞多爲七字句，八字句，基本腔調有序頭（相當於開篇）、吟句、沂牌三種"②。而柳敬亭則主要靠説，有文獻可證。吴偉業《柳敬亭傳》引雲間莫後光語曰："聞子説者，危坐變色，毛髮盡悚，舌撟然不能下"，又叙述曰："屬與吴人張燕築、沈公憲俱，張、沈以歌，生以談。"③ 平話與福州評話大不相同。而且，方志稱，"有説平話者"④，亦强調"説"，非"説唱"。就此而言，方志所載説平話者，當與柳敬亭風格相類，而與所謂"福州評話"，或並非一事。

八是"跳脚舞"。此乃彝族的一種民間歌舞。據《（咸豐）興義府志》記載："將焚之前，姻黨群至，咸執火以來，至則棄火，而聚其餘炬於一處，相與攜手吹蘆笙，歌唱達旦，謂之'跳脚'也。"⑤ 衆人手牽着手，圍着火堆，在蘆笙的伴奏下邊唱邊跳，氣氛熱烈歡快。

九是山歌小調。"里巷歌謡，父老轉相傳述，樵牧賡和，皆有自然音節。"⑥ 但因其俚俗，往往得不到應有的重視。而清何慶朝《（同治）武寧縣

① 李桂玉、陳春生等作，張傳興等整理《福州評話》，范伯群、金名主編《中國近代文學大系 1840—1919·俗文學集二》，上海書店出版社，1993，第 555 頁。
② 李桂玉、陳春生等作，張傳興等整理《福州評話》，第 555 頁。
③ 吴偉業：《吴梅村全集》（下册），上海古籍出版社，1990，第 1055、1056 頁。
④ 周凱：《（道光）厦門志》卷一五，清道光十九年刊本。
⑤ 鄒漢勳：《（咸豐）興義府志》卷四一，清咸豐四年刻本。
⑥ 何慶朝：《（同治）武寧縣志》卷八，清同治九年刻本。

志》卷八（清同治九年刻本）却有着較爲詳細的記載，稱：

> 農民插禾，聯鄰里爲伍，最相狎暱。日午飲田間，或品其工拙疾徐而戲答之，以爲歡笑。每擊鼓發歌，遞相唱和，聲徹四野，悠然可聽。至若禦桔槔，口歌足踏，音韻與轆轤相應，低昂宛轉，尤足動人。然往往多男女相感之辭，以解其憂勤辛苦，若或不能自已者，亦田家風味也。

這裏所載述的乃兩種表演形式：一是田間休息時，擊鼓發歌，遞相唱和；二是踏龍骨水車時，隨着轆轤轉動而歌唱。還有一種唱法，即農民於夏秋前後，勞作田間，“老少負荷，數十爲群。每群擇能謳者一人爲長，高聲朗唱，衆人和之。晝夜絡繹，笑語相隨”①。一人領唱，衆人相和，别有一番情趣。廣東人更愛唱歌，“凡有吉慶，必唱歌爲樂”。“其歌也，辭不必全雅，平仄不必全叶，以俚言土音襯貼之，唱一句或延半刻，曼節長聲，自迴自復，不肯一往而盡。辭必極麗，情必極至，使人喜悦悲酸，不能已已。”“其歌之長調者，名曰《摸魚歌》。或婦人歲時聚會，則使瞽師唱之”，“其短調蹋歌者，不用弦索，往往引物連類，委曲譬喻，如《子夜》《竹枝》體，天機所觸，自然合韻。兒童所唱以嬉，則曰山歌，亦曰歌仔，似詩餘，音調雖細碎，亦多妍麗之句”②。試舉幾例：

> 有曰：“中間日出四邊雨，記得有情人在心。”曰：“一樹石榴全着雨，誰憐粒粒淚珠紅。”曰：“燈心點着兩頭火，爲娘操盡幾多心。”曰：“妹相思，不作風流到幾時？只見風吹花落地，那見風吹花上枝。”《蜘蛛曲》曰：“天旱蜘蛛結夜網，想情只在暗中絲。”又曰：“蜘蛛結網三江口，水推不斷是真絲。”③

甚至還有唱歌比賽，猶如當今之“青歌賽”“中國好聲音”等。據演唱水準

---

① 何慶朝：《（同治）武寧縣志》卷八，清同治九年刻本。
② 以上載李福泰《（同治）番禺縣志》卷六，清同治十年刊本。
③ 李福泰：《（同治）番禺縣志》卷六，清同治十年刊本。

評定高下，决定名次，名次高者有獎勵。有的方志，還記載下賽歌過程與場面，謂：

> 試歌，主人具禮幣聘善歌者爲主試，正、副二人，鼓樂導引，盛宴之，送歌臺。臺高數尺，主試登臺垂簾坐。獻歌者投卷，自署姓名、歌某曲。卷齊，以次注明於册。臺下聚看者如堵墻。叙先後唱名，梯而上坐。簾外歌，簾内懸大鈔金。主試者對所納卷諦聽之，歌至某句某字佳，密圈點之。誤則抹，抹則落其卷而金鳴，歌者詘然赧而下。其所取者，榜而覆之，此初場也。自是而二場，而三場，較課至極精，乃加總評分甲乙。然擅高技者，初場輒不至，以濫竽者多不足爲儕伍也。二三場始納卷，一鳴而萬喑，直奪狀頭，往往如此。場畢榜定，花酒鼓樂送之歸。賀者盈門，賓客雲集。大啓筵席，召梨園[①]。

整個比賽，其嚴肅程度不亞於入禮闈、考功名。正因爲喜歡唱歌者多，這纔成了鄉間百姓共同參與的娱樂活動。“兒女子歲時聚會，每以歌唱相娱樂”[②]，所以，纔會有當場比試以决高低之舉。其他地方，也是如此。如江西雩都，“人插茉莉，唱《採蓮》之曲”[③]。台灣彰化的青年男女，每當九、十月份收穫完畢，飲酒歌舞，“酒酣，當場度曲，男女無定數，耦而跳躍，曲喃喃不可曉，無詼諧關目。每一度，齊咻一聲，以鳴金爲起止”[④]。噶瑪蘭廳百姓跳躍盤旋，飲酒歌舞，“歌無常曲，就現在景作曼聲，一人歌，群拍手而和”[⑤]，也是即興而歌，當場度曲，即景而起興，信口而歌唱。而鬧燈則唱《龍燈歌》，女孩子則往往“挈花籃唱《十二月採茶歌》”，如所謂“二月採茶茶發芽，姊妹雙雙去採茶。大姊採多妹採少，不論多少早還家”[⑥]，也唱《紡棉歌》。江南吴歌，以輕清柔緩、婉轉悦耳著稱，有古曲《江南曲》《子夜歌》之遺風。

當時的普通百姓，在勞作時歌唱生活、歌唱勞動、憧憬未來、祝願親

---

① 李福泰：《（同治）番禺縣志》卷六，清同治十年刊本。
② 李書吉：《（嘉慶）澄海縣志》卷六，清嘉慶二十年刊本。
③ 顔壽芝：《（同治）雩都縣志》卷五，清同治十三年刻本。
④ 周璽：《（道光）彰化縣志》卷九，清道光十六年刊本。
⑤ 陳淑均：《（咸豐）續修噶瑪蘭廳志》卷五下，清咸豐二年續修刻本。
⑥ 萬發元：《（光緒）永明縣志》卷一一，清光緒三十三年刻本。

朋，有着健康爽朗的基調，故逐漸受到文人的重視。人稱：

> 吴江之山歌，其辭語、音節，尤爲獨擅。其唱法則高揭其音而以悠緩收之，清而不靡；其聲近商，不失清商本調；其體皆贈答之辭，或自問自答，不失相和本格；其詞多男女燕私離别之事，不失房中本義；其旁引曲喻，假物藉聲之法，淳樸纖巧，無所不全，不失古樂府之本體，實能令聽者移情①。

而在文人的視野中，廣州一帶的民歌，“夫男於田插秧，婦子饁餉，撾鼓踏歌相勸慰”，“一唱三嘆，無非兒女之辭、情性之感也，然天機所觸，襯以土音俚言，彌覺委曲婉轉。信口所出，莫不有自然相叶之韻焉。千古風雅，不以僻處海濱而有間，斯固采風者所不廢也”②。其充分肯定了山歌小調的價值與意義。其觀念較之以往，則進步許多。

還應值得一提的是，上文所引《摸魚歌》，内容大致來自屈大均《廣東新語》卷一二《粵歌》，文字稍有出入。據譚正璧考證，“木魚”一詞，最早見於明末詩人鄺露（1604～1650）的五言排律長詩《婆猴戲韻學宫體詩》中的“琵琶彈木魚，錦瑟傳香蟻”一聯③。故而，一般研究者認爲：

> 木魚，也叫“摸魚”“木魚歌”“沐浴歌”，流行於廣東粵語地區。是寶卷與當地民歌結合的産物，也有認爲即彈詞的變種。早期佛教徒傳唱佛教故事。清乾隆、嘉慶年間，當地凡詩贊體的説唱，通稱“木魚”④。

如此一來，《摸魚歌》究竟源自何處，木魚在其中起何種作用，倒成了應予思考的問題。清初王士禎《帶經堂集》所收《廣州竹枝六首》，第一首即謂：

---

① 陳纕：《（乾隆）吴江縣志》卷三九，清乾隆修民國年間石印本。

② 李書吉：《（嘉慶）澄海縣志》卷六，清嘉慶二十年刊本。

③ 譚正璧：《釋“木魚歌”》，譚壎、譚篪編《譚正璧學術著作集》第9册，上海古籍出版社，2012，第24頁。

④ 何惠群、龍舟珠等：《廣東木魚歌與南音》，范伯群、金名主編《中國近代文學大系1840—1919·俗文學集二》，上海書店出版社，1993，第687頁。

“潮來濠畔接江波，魚藻門邊净綺羅。兩岸畫欄紅照水，蜑船齊唱木魚歌。”①很顯然，在清初，木魚歌的流行與蜑民有關。而蜑民往往“編篷水滸”，“以漁釣爲業”②，“浮家泛宅”，“捕魚而食，不事耕種”③。由此而推論，木魚歌，最初之名當爲“摸魚歌”，這與蜑民的生活方式有很大關係。它由民間小調發展而來，主要用於抒情。到後來，叙事功能强化，改唱長篇故事，且加進了敲擊木魚之類的伴奏，名稱也隨之改變。况且，“摸”與“木”，音相近，是很容易被李代桃僵的。大概可以這樣認爲，這類民歌的源頭，很可能是蜑民們所唱的歌或廣東一帶沿海百姓的歌。發展到後來，有的仍保持其原始面貌，“不用弦索”，“引物連類，委曲譬喻”，如《子夜》《竹枝》之體，是爲短調踏歌。有的則發展爲演述一長篇故事，兼用弦樂伴奏，敲擊木魚以節制之。如此解釋，則比較接近方志對《摸魚歌》的表述。當然，事實究竟如何，還有待資料的進一步發現去驗證。

十是“跳端公”。本爲苗族習俗，乃是一種驅禳儀式。端公，乃男巫。清鄒漢勳《（咸豐）興義府志》卷四一（清咸豐四年刻本）引《田居蠶室録》云：

> 今民間或疾或祟，招巫驅禳，必以夜。至其所奉之神，製二鬼頭：一赤面長鬚，一女面，謂是伏羲、女媧。臨事，各以一竹承其頸，竹上、下兩篾圈，衣以衣，倚於案左右，下承以大椀。其右設一小棹，上供神曰“五猖”，亦有小像。巫黨椎鑼擊鼓於此。巫或男裝，或女裝。男者衣紅裙，戴觀音七佛冠，以次登壇歌舞，右執者曰神帶，左執牛角，或吹或歌或舞，抑揚拜跪以娱神。曼聲徐引，若戀若慕，電旋風轉，裙口舒圓，散燒紙錢，盤而灰去，聽神絃者如堵墻也。至夜深，大巫舞袖揮訣，小巫戴鬼面，隨扮土地神者導引，受令而入、受令而出，曰“放五猖”。大巫乃踏閾，吹角作鬼嘯，側聽之，謂時必有應者，不應，仍吹而嘯，時擲筊，筊得，謂捉得生魂也。時陰氣襆人，香寒燭瘦，角聲所及之處，其小兒每不令睡，恐其夢中應也④。

① 王士禛：《帶經堂集》卷五七“蠶尾續詩三”，清康熙五十年程哲七略書堂刻本。
② 田汝成：《炎徼紀聞》卷四，清指海本。
③ 鄺露：《赤雅》卷上。
④ 鄒漢勳：《（咸豐）興義府志》卷四一，清咸豐四年刻本。

後來之“端公戲”，即在此基礎上發展而來。

十一是秧歌。在各類伎藝的搬演中，秧歌的表演較爲頻繁，且大致有這樣幾種形式。

首先是純粹的歌唱。如浙江慈溪，在元宵節前，“每夕兒童黏五色燈唱歌，謂之‘鬧秧歌’”①。或是打着彩色燈籠而歌唱。在山東惠民，“八方寺窪，向爲積水之區。北人不解種稻，一經水潦，視若石田，邑令沈世銓親製水車，教民栽種。每當緑雲遍野，畫鼓連村，謳歌聲與桔槔相應”②。地方官沈世銓（江蘇陽湖人），從南方引進水車製造、水稻栽插技術，提高了本地百姓的農業生産收入，百姓邊唱秧歌邊勞作，頗接近於秧歌演唱的原始狀態，此爲“北泊秧歌”。在廣東潮州，“農者春時，數十輩插秧田中，命一人撾鼓，每鼓一巡，群歌競作，連日不絶，名曰‘秧歌’”③。其仍保留有秧歌演唱的固有特色。

其次是邊走邊演唱。在龍山縣，“元宵前數日，城鄉多剪紙爲燈，或魚，或鳥獸，或龍，或獅，揀十歲以下童子扮演採茶秧歌”④。飾作採茶女子，邊扭動身軀邊遊走演唱。在吉林，清長順《（光緒）吉林通志》卷二七（清光緒十七年刻本）引《柳邊紀略》謂：

> 上元夜，好事者輒扮秧歌。秧歌者以童子扮三四婦女，又三四人扮參軍，各持尺許兩圓木戛擊相對舞。而扮一持傘燈賣膏藥者前，道旁以鑼鼓和之。舞畢乃歌，歌畢更舞，達旦乃已。

是以鑼鼓伴奏，且以木棒敲擊調節舞步節奏，雖説没有多少情節内容，但已有人物裝扮，是另外一種更爲火爆的演出形式。

再次是將不同伎藝的混雜演出統稱爲“秧歌”。如登州，“子弟陳百戲，演雜劇，鳴簫鼓，謂之秧歌”⑤，即是一例。秧歌舞，至今仍在民間流行，但只有鑼鼓伴奏，大多只舞不唱。

---

① 楊泰亨：《（光緒）慈溪縣志》卷五五，清光緒二十五年刻本。
② 沈世銓：《（光緒）惠民縣志》卷末，清光緒二十五年柳堂校補刻本。
③ 周碩勳：《（乾隆）潮州府志》卷一二，清光緒十九年重刊本。
④ 繳繼祖：《（嘉慶）龍山縣志》卷七，清嘉慶二十三年刻本。
⑤ 方汝翼：《（光緒）增修登州府志》卷六，清光緒刻本。

十二是節節高。清章焞《（康熙）龍門縣志》卷五（清康熙刻本）記載：

> 上元節，公擬一人作燈官，地方官給以劄付，擇日到任。儀從擬□長，各舖户具賀貲以爲工役費。街房燈火，不遵命者扑罰，無敢違。自十四至十六三日夜爲度。縣城及各堡多建燈厰，并立木竿，曲折環繞，擎燈三百六十一盞，名九曲黄河燈。男女中夜串遊，名爲去百病。又隨處演戲、辦社火、唱秧歌及節節高等戲以爲樂。

拙編《清代散見戲曲史料彙編（詩詞卷・二編）》上册“前言”雖亦論及“節節高”，但終因資料的匱乏而語焉不詳①。筆者近日翻閲清人劉廷璣的《在園雜志》，於卷三“小曲”條忽見有此記載，中曰：

> 又有節節高一種。節節高本曲牌名，取接接高之意。自宋時有之。《武林舊事》所載元宵節乘肩小女是也。今則小童立大人肩上，唱各種小曲，做連像，所馱之人以下應上，當旋即旋，當轉即轉，時其緩急而節湊之，想亦當時鷓鴣、柘枝之類也②。

睹此，始明白，“節節高”原來是一種小兒立大人肩上，上下配合，作種種表演與歌唱的藝術形式。這一發現，真令我喜出望外。此資料的發現，完善並補充了本人此前在這一問題上的看法，有助於戲曲研究的深入。

十三是雲車之戲。在江蘇武進，俗以五月初一爲天地生日，以雲車之戲相賀。清王祖肅《（乾隆）武進縣志》卷一（清乾隆刻本）謂：“其制，煅鐵爲朵雲，下承鐵桿，高可仞，跗雙植如弗，縛有力者胸背間，上坐兩小兒扮故事，重可二百斤許。負之趨，旋舞如意，雖都盧尋橦未足擬也。”卷一二又引董文驥《常州風俗序》云：“五月，有雲車之戲，力士負鐵莖，長可仞，莖上鏤鐵如雲，置三嬰兒，優孟衣冠，負之疾行。或圈豚行，雖拉脅絶筋不顧。”此戲，僅在電影上偶一見之，能演此伎者已甚少。

---

① 參看趙興勤、趙韡編《清代散見戲曲史料彙編（詩詞卷・二編）》上册“前言”，花木蘭文化出版社，2015，第31頁。

② 劉廷璣：《在園雜志》，中華書局，2005，第95頁。

十四是採茶歌。採茶歌的演出，同樣比較多。據説，採茶歌是由廣東傳來的。清人謝肇楨《採茶歌》寫道：

> 採茶歌，嘔啞嘈雜滅平和。土音流傳自東粵，村童裝扮作妖娥。遍歷鄉閭導淫液，迴眸一盼巧笑瑳。紈絝子弟爭打采，指盃謔浪肆摩挲。可憐鐵石燕江口，蚩氓生計下煤窩。滿面煙灰十指黑，出看採茶也入魔。辛苦得錢歡樂洒，囊空歸去學得阿妹一聲嗢①。

可見，採茶歌當時已很盛行。演唱者多爲裝扮成"妖娥"的村童，且也是邊走邊演唱，故有"遍歷鄉閭"之説。因演出很精彩，故吸引得紈綺子弟禁不住裝模作樣地模仿其舉止。其最初，可能與茶園採茶女勞作之時的歌唱有關，後來逐漸流行於其他地方，成了年節時常演出的一種藝術形式。據應寶時《（同治）上海縣志》卷一（清同治十一年刊本），花朝日，"出燈用十番鑼鼓。又有紙紮花枝、花籃，擊細腰鼓，扮採茶女，雜遝而歌"。其表演與前相類。宜昌府，元宵之時，"有少年輩飾婦女妝作採茶狀，歌唱作態，金鼓喧嘩"②，亦是其例。在永明縣，"飾兒童，往來富家巨室，挈花籃唱《十二月採茶歌》，音節綿麗，頗有古《竹枝》遺調"，表演則文雅許多；在不斷演出的過程中，所演唱内容，由原來的"姊妹雙雙去採茶"③，逐漸蜕變爲以演唱男女風情爲主，故屢次遭禁，但這類表演仍很流行。後世之採茶戲，就是在古代採茶歌的基礎上發展而成的。

十五是花鼓戲。花鼓戲同樣很活躍，主要是以家庭爲基本單位，男女搭配演唱，由男子"攜帶婦女，出没鄉鄙"④，"執板臨風，慣擊細腰之鼓"⑤，"演習俚歌"⑥，"或在茶肆，或在野間，開場聚衆"⑦，所唱曲調多爲《楊柳花》曲，甚至巡回演出至浙江嘉善的三店鎮⑧、嘉興的斜塘⑨一帶。在當地

---

① 游法珠：《（道光）信豐縣志續編》卷一五，清同治六年補刻本。
② 聶光鑾：《（同治）宜昌府志》卷一一，清同治刊本。
③ 萬發元：《（光緒）永明縣志》卷一一，清光緒三十三年刻本。
④ 博潤：《（光緒）松江府續志》卷五，清光緒九年刊本。
⑤ 汪祖綬：《（光緒）青浦縣志》卷一四，清光緒四年刊本。
⑥ 梁蒲貴：《（光緒）寶山縣志》卷一四，清光緒八年刻本。
⑦ 金福曾：《（光緒）南匯縣志》卷二〇，民國十六年重印本。
⑧ 參看許瑶光《（光緒）嘉興府志》卷四二，清光緒五年刊本。
⑨ 參看江峰青《（光緒）重修嘉善縣志》卷三五，清光緒十八年刊本。

産生很大影響，以致官府出面，派兵驅逐。然而，這類藝人，憑藉自己的出色演技，使這一伎藝逐漸豐富、完善，形成歌舞小戲。所謂“演龍燈暨花鼓雜劇”①，“族衆將迎演小劇號爲花鼓者，門外豎木架臺矣”②，就真實地反映出這一現實。而且，這一新興小劇，在清嘉慶初已流傳至台灣，有文獻記載道：“優童皆留頂髮，妝扮生旦，演唱夜戲。臺上争丢目采，郡人多以錢銀玩物抛之爲快，名曰‘花鼓戲’。”③ 足見其影響之大。

十六是影戲。在當時，各種戲曲的流播範圍很廣。影戲，主要“用以酬神賽願”④，“村中自爲禱祈者，多用影戲”⑤。在潮州，“夜尚影戲，價廉工省而人樂從，通宵聚觀，至曉方散”⑥。

在戲曲方面，崑山腔，雖委婉曲折，但因文字過雅，節奏太慢，至乾隆之時，已不大爲人們所歡迎。“若唱崑腔，人人厭聽，輒散去。”⑦ 而剛剛興起的地方聲腔，却深受欣賞群體的歡迎。在漢州（今四川廣漢），秦腔、崑腔、高腔並存，“至報賽演劇，大約西人用秦腔，南人用崑腔，楚人土著多曳聲曰高腔”⑧，則各取所好，相互間的競争可以想見。川劇的形成與演化，或可借此得窺端倪。康熙間，已“鼓撾高唱四平腔”⑨。四平腔，明人顧起元《客座贅語》卷九已叙及，謂：“大會則用南戲，其始止二腔，一爲弋陽，一爲海鹽。弋陽則錯用鄉語，四方士客喜閲之；海鹽多官語，兩京人用之。後則又有四平，乃稍變弋陽而令人可通者。”（中華書局，1987，第303頁）故而，一般認爲，四平腔形成於明萬曆中葉，萬曆間逐漸流行起來。清初，劉廷璣《在園雜志》卷三也稱：“近今且變弋陽腔爲四平腔、京腔、衛腔，甚且等而下之，爲梆子腔、亂彈腔、巫娘腔、瑣哪腔、囉囉腔矣。”（中華書局，2005，第89～90頁）台灣黄茂生《迎神竹枝詞》謂：“神輿繞境鬧紛紛，鑼鼓冬冬徹夜喧。第一惱人清夢處，大吹大擂四平崑。”⑩ 看來，四平腔

① 聶光鑾：《（同治）宜昌府志》卷一一，清同治刊本。
② 吴敏樹：《胥罍傳》，姚詩德《（光緒）巴陵縣志》卷三七，清光緒十七年岳州府四縣本。
③ 鄭大樞：《風物吟》之二，謝金鑾《（嘉慶）續修台灣縣志》卷八，清嘉慶十二年刻配道光三十年刻本。
④ 孫家鐸：《（同治）高安縣志》卷二，清同治十年刻本。
⑤ 陶奕曾：《（乾隆）合水縣志》下卷，清乾隆二十六年鈔本。
⑥ 周碩勳：《（乾隆）潮州府志》卷一二，清光緒十九年重刊本。
⑦ 周碩勳：《（乾隆）潮州府志》卷一二，清光緒十九年重刊本。
⑧ 劉長庚：《（嘉慶）漢州志》卷一五，清嘉慶十七年刊本。
⑨ 李人鏡：《（同治）南城縣志》卷一〇，清同治十二年刻本。
⑩ 齊森華等編《中國曲學大辭典》，浙江教育出版社，1997，第57頁。

是用鑼鼓伴奏，且聲音特響。黄氏之詩與方志所載是相吻合的，爲我們考察四平腔的場上演出特點以及流播情況，提供了重要資料①。

早在清代康熙年間，河南上蔡一帶與黄河兩岸的其他地域一樣，“自秋成以後，冬月以至新春三四月間，無處不以唱戲爲事”，“會場之中，高臺扮戲，雜劇備陳”，“男女雜遝，舉國若狂”②，所演戲劇，主要是清戲、囉戲。所謂“清戲”，就是由青陽腔演化而來的一個劇種。清人李調元在《劇話》中稱：

> “弋腔”始弋陽，即今“高腔”，所唱皆南曲。又謂“秧腔”，“秧”即“弋”之轉聲。京謂“京腔”，粤俗謂之“高腔”，楚、蜀之間謂之“清戲”。向無曲譜，只沿土俗，以一人唱而衆和之，亦有緊板、慢板③。

“囉囉腔”，劉廷璣《在園雜志》已述及。清乾隆間李斗《揚州畫舫録》卷五，也敘及京腔、秦腔、弋陽腔、梆子腔、囉囉腔、二簧調等亂彈類劇種。一般認爲，該劇種在乾隆時的揚州甚爲盛行，其實早在清初，已在河南南部一帶流行，且引起官方的重視，甚至山西上黨囉囉，也受其影響很大。

“梆子腔”，清李福泰《（同治）番禺縣志》卷五三（清同治十年刊本）引《鄺齋雜記》曰：“布席於地，金鼓管弦，雜遝並奏，唱皆梆子腔，聽者不知爲一人也。”《鄺齋雜記》乃清人陳曇撰。陳曇（1784～1851），字仲卿，廣東番禺人，官澄海訓導。《國朝詩人徵略（二編）》有其小傳。他生活於清中葉的乾隆、嘉慶年間。這條記載至少可以説明，在嘉慶年間，梆子腔已遠播廣東番禺。當然，這裏的梆子，是指秦腔。李調元的《劇話》謂秦腔：

> 始於陜西，以梆爲板，月琴應之，亦有緊、慢，俗呼“梆子腔”，蜀謂之“亂彈”。金陵許苞承云：“事不皆有徵，人不盡可考。有時以鄙俚俗情，入當場科白，一上氍毹，即堪捧腹。此殆如冬烘相對，正襟捉肘，正爾昏昏思睡，忽得一詼諧訕笑之人，爲我羯鼓解穢，快當何如！

① 參看齊森華等編《中國曲學大辭典》，第57～58頁。

② 楊廷望：《（康熙）上蔡縣志》卷一，清康熙二十九年刊本。

③ 中國戲曲研究院編《中國古典戲曲論著集成》第八册，中國戲劇出版社，1959，第46頁。

此外集所不容已也。”其論亦確。按：《詩》有正風、變風，史有正史、霸史，吾以爲曲之有“弋陽”“梆子”，即曲中之“變曲”“霸曲”也[①]。

其不僅介紹了本劇種的來源，就連演唱特色以及伴奏形式都做了交代。梆子腔的影響可想而知。

而台灣一帶的戲曲表演，主要是唱“南腔”。曾任户部員外郎的伊福訥（字兼五、肩吾，號抑堂、白山，雍正八年進士），曾在《即事偶成二律》（之二）中謂：“劇演南腔聲調澀，星移北斗女牛真。”[②] 伊福訥是鑲紅旗滿洲人，當然聽不慣“南腔”。但是，“南腔”究竟是何種曲調？這仍然能從方志中找到有關答案。謝金鑾《（嘉慶）續修台灣縣志》卷八（清嘉慶十二年刻配道光三十年刻本）收有清人郁永河所作《臺海竹枝詞八首》，該組詩第七首謂：“肩披鬒髮耳垂璫，粉面朱唇似女郎。（原注：梨園子弟垂髫穴耳，傅粉施朱，儼然女子）媽祖宫前鑼鼓鬧，侏𠌯唱出下南腔。（原注：閩以漳、泉二郡爲下南。下南腔，亦閩中聲律之一種也）”

“下南腔”，其實是閩中較爲流行的一種聲腔。福建東南沿海一帶（古稱“下南”），屬民與台灣人民交往密切，商貿往來頻繁，故戲曲聲腔亦隨着商貿船隻來到台灣，並爲當地所歡迎。而林豪《（光緒）澎湖廳志稿》卷一五（清抄本）所收清人陳廷憲《澎湖雜詠二十首》之十九謂：“鉦鼓喧嘩鬧九衢，一條草簟當氍毹。舳艫亦到江南地，曾聽鈞天廣樂無。（原注：聲曲皆泉腔）”稱澎湖一帶所唱聲腔爲泉州調。當地百姓，鑼鼓一敲打，地上鋪上草席，權作舞臺，戲就唱了起來。據志稿載，“台灣演劇，多尚官音，而澎湖僅有土音”（卷八）。這裏所説的官音，即當時閩南流行語；而土音，纔是澎湖地方語言。因這類土音“男婦觀聽易曉”，很容易爲普通百姓所接受，“不覺悲喜交集有泣下者”，“而興起其善善惡惡之良，使忠愛孝弟之心油然而生，未始非化民成俗之一助”（卷八），足見戲曲感人之深，以至連當道大僚李光地（字晉卿，號厚庵，福建安溪人），也竟然爲鄙俗不堪的土戲説起好話來。上面引文中的“泉腔”，即“下南腔”。劉念兹《南戲新證》也曾指出：“‘泉腔’與‘潮腔’即今之梨園戲和潮劇等。泉腔、潮腔當時被通

---

① 中國戲曲研究院編《中國古典戲曲論著集成》第八册，第47頁。

② 范咸：《（乾隆）重修台灣府志》卷二五，清乾隆十二年刻本。

稱爲下南腔。下南包括泉州、潮州等地（宋代泉、潮兩州歸福建管轄）。”①

作爲南戲主要聲腔之一的弋陽腔，大概在清康熙之時就傳入澤州（今山西晉城）。曾任定襄教諭的樊度中，曾在《東嶽廟賽神曲五首》（之五）中寫道：“臺上弋陽唱晚晴，臺前百戲鬧童嬰。博郎鼓子琉璃笛，山路東風處處聲。”② 而今，此地的上黨梆子（又稱上黨宮調、東路梆子）最爲流行。此劇唱腔雄豪奔放、高亢激越、粗獷活潑，“除梆子腔調外，也吸收了羅羅腔、崑腔、賺戲、皮黄的曲調，但互不溶化而同時存在”③，“具有着極强的相容性和豐富多彩的風貌”④。在粗獷、高亢方面，吸收了弋陽腔的某些因素，也是很可能的。人稱：“江以西弋陽，其節以鼓。其調喧”⑤，然“句調長短，聲音高下，可以隨心入腔”⑥。李聲振《百戲竹枝詞》也說：“弋陽腔，俗名高腔，視崑調甚高也。金鼓喧闐，一唱數和。”⑦ 且“沿土俗”，“錯用鄉語”。如上載述，均説明弋陽腔不僅聲調高亢、氣勢粗豪，還能入鄉隨俗，雜用方言，“隨心入腔”，具有很强的包容性。而上黨梆子，相容多劇種聲腔，又與弋陽腔甚爲相近。湯顯祖謂“至嘉靖而弋陽調絶”⑧，因視野所限，未必準確。至清初，它仍以“弋陽腔”的名目，流播於澤州，倒是一事實。它所傳播的地域，不僅僅限於江西、兩京、湖南、閩、廣，而且横跨太行，出現在澤州的賽神活動中。這一發現，對於研究戲曲聲腔的發展、流變很有助益。

就戲曲的生存環境而言，它往往附麗於秋冬節令的祭祀活動、需要造勢的大的慶祝場面。從漢代的平樂觀演出，到隋大業二年（606），“總追四方散樂，大集東都”⑨ 的百戲上演盛况，再到唐代的大酺、宋代的節令競伎……每一次的演出，都是各類伎藝競相登場、各顯絶技的大比拼。也正是在這種較爲開放的演出態勢中，初始之時稚嫩的戲曲藝術，從相關伎藝的表演中不時地

---

① 劉念玆：《南戲新證》，中華書局，1986，第56頁。
② 朱樟：《（雍正）澤州府志》卷四八，清雍正十三年刻本。
③ 上海藝術研究所編《中國戲曲曲藝詞典》，上海辭書出版社，1981，第181頁。
④ 薛麥喜主編《黄河文化叢書・藝術卷》，山西人民出版社，2001，第81頁。
⑤ 湯顯祖：《宜黄縣戲神清源師廟記》，徐朔方箋校《湯顯祖全集》第二册，北京古籍出版社，1999，第1189頁。
⑥ 凌濛初：《譚曲雜劄》，中國戲曲研究院編《中國古典戲曲論著集成》第四册，第254頁。
⑦ 楊米人等著、路工編選《清代北京竹枝詞》，北京出版社，1962，第149頁。
⑧ 湯顯祖：《宜黄縣戲神清源師廟記》，徐朔方箋校《湯顯祖全集》第二册，第1189頁。
⑨ 《隋書・音樂志》（《二十五史》第五册），上海古籍出版社、上海書店出版社，1986，第3298頁。

汲取藝術營養，逐漸地豐富並完善自身，使其由一弱小的藝術幼苗，終於成長爲一棵枝繁葉茂的參天大樹。在戲曲研究過程中，倘若忽略了對相關藝術生存情狀的觀照，就無法詮解戲曲的生成與發展。筆者在《中國早期戲曲生成史論》（北京大學出版社，2015）一書中，就曾一再申明這一觀點。這是本人在對清代戲曲表演情狀作全面論述時，同樣論及歌舞、雜耍之類伎藝表演的主要原因。

（二）戲曲演出場所之記載

各類伎藝的表演情狀既是如此，那麼，戲曲演出場所又當如何？方志對此同樣有清晰表述。戲曲團體的作場，大致有這樣幾種情況。

首先，是各神廟前的戲臺（或戲樓）。這一點，方志中載述得最多。在古代，無處不有神，有神必有廟，有廟就有會，有會必演戲。據楊世達《會記》記載，“然有會必須有戲，非戲則會不鬧，會不鬧則趨之者寡，而貿易亦因之而少甚矣。戲固不可少也”①。廟會戲，主要是受地方鄉紳委派而演出。有時會有好幾個班社，同時在同一地點演戲。在金山的五了港，八九月間，“鎮海侯廟迎神演劇，戲臺至五六座之多”②。還有的因廟與廟相去不遠，同時演戲，“兩廟相誇，惟恐不若”③。競争之激烈，可以想見。

其次，是搭臺演戲。寶山的鄉間，就往往是“曠野搭臺”④ 演戲。蘇州一帶，也是“於田間空曠之地，高搭戲臺，哄動遠近”⑤。這種情況，一般是地方好事者爲豐富鄉間生活而請戲班演戲，或者是戲班爲謀生而主動要求出演。

再次，是演戲於茶坊。茶坊，往往是有閒者打發時光的所在，也是文人談詩論文之地，如揚州的惜餘春茶坊，即“老輩藉爲論文之地”⑥。品茗賞曲，是舊時文人生活之常態，故茶坊演戲就成了戲曲藝人表演伎藝的最佳選擇。有的茶坊、戲園合而爲一，茶坊主借演戲以聚集人氣，而藝人則藉茶坊之地而演出，優勢互補，各取所需。如嘉慶年間，建於揚州東大門的陽春茶

① 楊世達：《會記》，殷時學校注《乾隆・湯陰縣志》（内部印刷），湯陰縣志總編室，2003，第 332 頁。
② 龔寶琦：《（光緒）金山縣志》卷一七，清光緒四年刊本。
③ 吕正音：《（乾隆）湘潭縣志》卷一三，清乾隆二十一年刻本。
④ 梁蒲貴：《（光緒）寶山縣志》卷一四，清光緒八年刻本。
⑤ 《湯文正公撫吴告諭》，馮桂芬《（同治）蘇州府志》卷三，清光緒九年刊本。
⑥ 徐謙芳：《揚州風土記略》，江蘇古籍出版社，2002，第 28 頁。

社，其實就是戲園。

還有，就是在船上或水面演劇。《（同治）湖州府志》卷三三（清同治十三年刊本）引《南潯志》曰："大者曰沙飛船，船頂可架戲樓演劇，謂之'樓船'。每年五月二十日官祭弁山黄龍洞顯利侯廟，例雇此船，往山下演劇。鎮人婚禮迎娶必用之，曰'迎船'。"又如，何紹章《（光緒）丹徒縣志》卷五六（清光緒五年刊本）收有清人何絜《江上觀競渡記》，就曾記載五月間丹徒鄉間舟上藝人的種種表演。

舟尾各繫綵帛，懸一童，衣錦衣朱袴，演鞦韆盤舞。舟首演元（玄）壇神，傅黑面騎虎者一。冠束髮，金冠，披紅戰服，束金帶，執戟演吕温侯者三。烏紗巾，黑袍，持劍演鍾馗神者一。金甲胄，演大將狀者二。龍袍玉帶，演吴王夫差。採蓮划舟人，皆演爲内官狀者一。又演南極老人，乘鹿揮玉麈尾者亦有三。舟上立層樓飛閣，丹楹碧檻，掩映雲霞。二童演善才，參大士，演漁、樵相對。傳奇中荒唐不經故實，更番迭演。

另外還有即地設戲場、鋪草席作舞臺者。村落較小，看戲者少，則用不着築臺，往往如此。

當時演戲，還有一個很大的特點，那就是與促進商品貿易、拉動鄉村經濟有着密切的關係。演劇祀神，招徠四方客商，"雖城市鄉鎮，頗有商賈，而舟車莫通，懋遷恒少，蠅營於粟布絲鐵，亦寥寥數家"①。百姓若想及時購得所需商品尤其是外地所生産者，誠非易事。而圍繞春祈秋報所舉行的各種祭神廟會，恰爲各地貨物的互通有無提供了一個寬闊的平臺。正所謂"貿遷有無，以會爲市，趁墟之人，雲集麕至，車載斗量，填城溢郭。五洲異物，冬裘夏葛。其時優伶演劇，陳百戲之鞺鞳，緣橦、舞絙、吞刀、吐火，鐵板銅琶與人聲相沸雜，如此者，各有日月"②。在阜平，"設棚宴會，招商貿易，數日乃已"③。在神池，"城隍廟、龍王廟各獻女戲三天，商賈雲集，少長咸

① 賴昌期：《（同治）陽城縣志》卷五，清同治十三年刊本。
② 周秉彝：《（光緒）臨漳縣志》卷一五，清光緒三十年刻本。
③ 勞輔芝：《（同治）阜平縣志》卷二，清同治十三年刻本。

至。男女看戲者，車以百輛計”①。在平陽，“鄉鎮立香火會，扮社火，演雜劇，招集販鬻，人甚便之”②。在江陰，“有司官迎春東郊，綵亭、鼓吹，裝演戲劇故事”，“申港季子墓集場，商賈輻湊，買農具者悉赴”③。在登州，“結彩演劇，商賈販鬻百貨，遊人如織”④。在濟寧，“百物聚處，客商往來，南北通衢，不分晝夜”⑤。在汾西，“汾邑地處山僻，商賈不通，市物匪易。每歲三八兩月，城中會期，鄰封霍、趙、洪等處有鋪來縣貿易花布貨物，邑素稱便”⑥。在蘇州，每當節令，“鬬茶賭酒，肴饌倍於常價，而人願之者，樂其便也。雖遊者不無煩費，而貧民之賴以養生者亦衆焉”⑦。在玉環，城隍廟前，“鄰境商販駢集，百貨雜陳，農家器具及家常什物、終年所需用者多取給於此。廟中召優人演劇，市肆皆懸鐙。四鄉男女，此往彼來，絡繹如織。凡七日而罷”⑧。這類賽會，與其說是娛神，倒不如說給商人貿易、百姓購置所需提供了契機，“遠近香客雲集，商賈因以爲市”⑨，“各項貨物沿街作市”⑩，且“市易牛馬並莊農器具”⑪。

在以農業耕作爲主要生産方式的古代，每年有許多大小不一的節日，但每個節日，大多與與人們生活密切相關的農業生産有關。這是因爲，“在四時農事平静而緩慢循環輪回中，歲時節慶是穿插其中調節人們心理狀態的有效方式，仿佛是樂曲慢板中的華麗樂章一樣，無論是年首的祈祝迎新還是歲末的慶賀豐年，人們懷着一種不無誇張的激情和歡娱歡慶節日，其目的不外乎借歲時吉慶放鬆身心、調整情緒、聯絡親朋，從事日常勞作中無暇顧及的人際交往”⑫。而一旦逢到節日，便四方雲集，人頭攢動，歌舞表演，應有盡有，仿佛到了狂歡節，内在情緒得以盡情釋放，也爲商家經營帶來契機。商人趁機賺了大錢，百姓不出遠門也能買到外地貨物，的確是兩全其美。這一

---

① 崔長清：《（光緒）神池縣志》卷九，清鈔本。
② 章廷珪：《（雍正）平陽府志》卷二九，清乾隆元年刻本。
③ 盧思誠：《（光緒）江陰縣志》卷九，清光緒四年刻本。
④ 方汝翼：《（光緒）增修登州府志》卷六，清光緒刻本。
⑤ 徐宗幹：《（道光）濟寧直隸州志》卷三之五，清咸豐九年刻本。
⑥ 曹憲：《（光緒）汾西縣志》卷七，清光緒七年刻本。
⑦ 許治：《（乾隆）元和縣志》卷一〇，清乾隆二十六年刻本。
⑧ 杜冠英：《（光緒）玉環廳志》卷四，清光緒六年刻本。
⑨ 李賢書：《（道光）東阿縣志》卷二，清道光九年刊本民國二十三年鉛印本。
⑩ 程兼善：《（光緒）於潛縣志》卷九，民國二年石印本。
⑪ 李祖年：《（光緒）文登縣志》卷一下，清光緒二十三年修民國二十二年鉛印本。
⑫ 仲富蘭：《中國民俗文化學導論》，浙江人民出版社，1998，第408頁。

文化搭臺、經濟唱戲的運作模式，在當今的商業經營中仍隱約可見。

（三）戲曲班社的運作方式

戲曲班社的演出，當然是需要成本的。他們是如何將精心排練的藝術成果推向文化消費市場的？其運作方式也有案可稽。就本編所收文獻而論，大致分爲這樣幾種。

一是由熱心人士出面，“醵錢演劇”①，“按户斂錢，登臺演曲”②，這是祭神演戲活動中最常見之舉，即所謂“醵金演劇，以答神庥”③。

二是農民爲了豐富閒暇之時的生活，主動湊錢演戲。“鄉村則祈報紛繁，措資尚攤於各户”④。如繁昌縣，“八月社，農民醵錢迎神，召伶人演劇，謂之‘蓼花社’，蓋取禾稼既登、報賽稱慶之意”⑤。而且，付錢多少，根據家庭實際情况而定，“其費用率里巷爲伍，度人家有無差派，好事者主其算”⑥，甚至出現萬人湊分以演劇的情况。

三是讓富有經濟實力的商賈、富豪輪流出資以演戲。在晚清，商人的地位得到很大提升，有了財富的積累，也就有了號召力，乃至影響到當時的社會風氣，即所謂“今俗賤士而貴商，文學之士，反不得齊於商賈。民質之開敏者，挾貲財以奔走四方。欲其俯首入塾序，輒指爲非笑”⑦。因此，社會上的許多帶有公益性質的社會活動，便有商人出錢出力，出面張羅。“誦經演劇，商販醵金以辦”⑧。如台灣噶瑪蘭廳，“漳屬七邑、閞蘭十八姓，加以泉、粵二籍及各經紀商民，日演一檯，輪流接月”⑨。遂昌，主持者與“市肆諸人均各遞日演劇”⑩。

四是建立一定數量的演出基金，投資商業經營，靠盈利所得支撑演出。或“置田演戲”⑪，有的是由富户捐出一定數量的土地，一般不少於十畝，田

---

① 梁啓讓：《（嘉慶）蕪湖縣志》卷一，清嘉慶十二年重修民國二年重印本。
② 汪祖綬：《（光緒）青浦縣志》卷一四，清光緒四年刊本。
③ 彭君穀：《（同治）新會縣續志》卷一〇，清同治九年刻本。
④ 賴昌期：《（同治）陽城縣志》卷五，清同治十三年刊本。
⑤ 曹德贊：《（道光）繁昌縣志》卷二，清道光六年增修民國二十六年鉛字重印本。
⑥ 李亨特：《（乾隆）紹興府志》卷一八，清乾隆五十七年刊本。
⑦ 龍汝霖：《（同治）高平縣志》建置第二，清同治六年刻本。
⑧ 西清：《（嘉慶）黑龍江外記》卷二，清光緒廣雅書局刻本。
⑨ 陳淑均：《（咸豐）續修噶瑪蘭廳志》卷五，清咸豐二年續修刻本。
⑩ 胡壽海：《（光緒）遂昌縣志》卷四，清光緒二十二年刊本。
⑪ 嚴思忠：《（同治）嵊縣志》卷七，清同治九年刻本。

地所産，供演戲之用。有的靠抽租金以供演戲所用。如景寧，“士民於正月元宵設花供祭，又於五月十六演劇祝壽，俱各有會，合置香燈租。開後一土名田洋横路下，租貳石；一敬山薑衢坑，租捌石；一基嶺根坑邊，租玖石。此租現作本廟迎燈之費”；還有就是“置有山租、祀田租，息頗厚。歲收其入，以爲迎神演劇之資”①。另外一種方式是籌措演出基金，如山東登州，於“道光二十七年，知府、諸鎮督同蓬萊知縣文增倡捐，得錢千緡，發商生息。每逢鄉試，以息錢分給諸生，始猶演劇飲餞”②。

當今的地方戲等文化遺産保護，從中或可悟出一些具體操作方法。當然，戲曲的真正出路，在於戲曲藝人自身的刻苦努力，以精湛的技藝，博得接受群體的喜愛；以積極樂觀的態度，去精心培育戲曲文化市場；以藝術精品，留住婆娑鄉愁。戲曲必須回歸民間，應時而變，在人民群衆中汲取營養、完善自身，而不是靠他人之施捨。

三　本編所載散見戲曲史料的文獻價值

本編所載散見戲曲史料的文獻價值，可以從三個方面來表述。

（一）對相關劇目的收録

據粗略統計，本編所收方志史料，涉及古代戲曲劇目五六十種。主要有《存孤記》《鐵冠圖》《萬金記》《一捧雪》《躍鯉記》《玉蓮華》《萬里緣》《蕉扇記》《鶴歸來》《長生殿》《湘湖記》《牡丹亭》《鳴鳳記》《西厢記》《胭脂記》《水滸記》《尋親記》《桂宫秋》《唐明皇遊月宫》《雪夜訪普》《曇花記》《韓湘子升仙記》《九世同居》《天山雪》《荔鏡記》《洛陽橋》《昊天塔》《奇烈記》《緑牡丹》《霜磨劍》《琵琶記》《桃花扇》《鴛鴦記》《孔雀記》《目連救母》《黄亮國傳奇》《白兔記》《綵樓記》《梅影樓》《蓮花報》《賜福》《單刀會》《西遊記》《臺城記》《東郭記》《戲鳳》《蘇秦金印記》《雙鴛祠》《江祭記》《一文錢》《芙蓉亭》《梁太傅傳奇》《歲寒松》《蜀鵑啼》等。

---

① 周傑：《（同治）景寧縣志》卷四，清同治十二年刻本。
② 方汝翼：《（光緒）增修登州府志》卷八，清光緒刻本。

所收劇目，不僅有《牡丹亭》《琵琶記》《長生殿》《桃花扇》等爲世所稱的名著，還涉及不少人們很少論及的劇作，如《天山雪》《奇烈記》《孔雀記》《梅影樓》等，近幾年始有人略略述及。而《存孤記》《梁太傅傳奇》《桂宫秋》《玉蓮華》《鴛鴦傳奇》《霜磨劍》《黄亮國傳奇》《蓮花報》《臺城記》等，則論者極少。這裏，不妨逐條論列如下。

《存孤記》

莊一拂《古典戲曲存目彙考》（上海古籍出版社，1982，以下簡稱《莊目》）卷九“下編傳奇一·明代作品上”，收有同名劇作，乃明人陸弼所作，叙東漢王成受李固之女文姬之托救護其弟李燮事（第870頁）。同書卷八“中編雜劇五·清代作品”，於許鴻磐名下著録有《孝女存孤》，叙孝女張淑貞撫侄之事（第771～772頁）。而清胡延《（光緒）絳縣志》卷一九（清光緒二十五年刻本）所載《存孤記》，乃叙乾隆時能吏陳夢説之事，略謂：

> 陳夢説，初名夢月，字象臣，號曉巖，陳村里人，生於垣曲劉張村。十歲隨父返里讀書，能知大義。工詩古文詞，見者咸許爲大器。二十二歲補縣學生，中乾隆丙辰恩科舉人，戊辰科進士，補刑部主事，遷員外郎郎中，兼辦河南、安徽司，並提牢聽。遇事勤慎明允，長於折獄，王大臣稱爲賢員。後轉禮部郎中。暹羅入貢，奉旨伴送貢使入粤海，六閲月而覆命。著《入粤紀事》一書。次年補浙江寧紹台道，得同鄉官佽助而後到任，其爲京官之廉可知矣。在任革陋規、察奸吏、惠黎民，凡有修塘、修城、修船大工役，大疑獄，上憲皆委辦。决之而法外施仁，如梅監生歐官一案，曲宥其少子，台人德之，演劇爲《存孤記》以傳其事。

該劇之作者及劇作之存佚皆不詳。

《梁太傅傳奇》

《莊目》卷六“中編雜劇三·明代作品”，僅收有明馮惟敏所作《梁狀元不伏老》一劇（第430～431頁）。而党金衡《（道光）東陽縣志》卷二五（民國三年東陽商務石印公司石印本）著録有王乾章所作《梁太傅傳奇》。同書卷二七叙録王乾章事迹曰：

> 弱冠遊庠，家貧未偶，媒者以浦江鄭氏爲字。既聘，而女病□，四

> 肢俱□。女之父欲辭婚，王不可。娶三年而病不起，執王手泣告曰："君三年來，再生父母也。所恨者不能爲君舉一子。虽然，必有以報君。"自此夜常入夢，笑語如常。有吉，則喜而相告。以此鄉、會中式，章皆預知。忽一夕，語章曰："吾報君厚德，相隨四十餘年。其數已同，自此與君永訣，不復相見矣。"語次，聲□交下。章亦泣，謂曰："吾無他言，吾壽几何？願以告我。"鄭曰："報父子狀元，此其時矣。"章大喜，時子嘉亳已領鄉薦，孫亦能讀書，穎悟過人。因將宋梁太素事，自爲傳奇，按部拍板，令優人習之。曲既成，大會親朋，演劇，至報"父子狀元"，不覺掀髯鼓掌，一笑而逝。

王乾章其人，《莊目》亦未收。

《桂宫秋》

《莊目》未予著録。

張吉安《（嘉慶）餘杭縣志》卷二七（民國八年重刊本）引章楹撰《蘗碧别志》曰：

> 亡友俞勝侶舉社課於緑野亭中，會者二十三人，而虹川獨厚予，自是日益暱，而毀譽遇合亦時相近。邑有吴生者，能爲戲劇，嘗譜《桂宫秋》四折，寫虹川及余相厚善之意，亦一佳話也。

據此，知該劇爲當地吴姓某生所作，叙章楹與鮑庭堅（字虞皋，號虹川、懷謝山房）相交甚厚之事。

《玉蓮華》

《莊目》未予著録。

清蔣啓勳《（同治）續纂江寧府志》卷一四上"江寧"（清光緒六年刊本）著録此劇，謂：

> （道光年旌）何長發聘妻高氏女。父文華，爲縣役。何之父亦茶傭。女小字玉蓮，年十五，未嫁，婿病疫死，義不再適，投繯以殉。兩家合葬養虎巷。邑人金鰲爲作墓誌，並製《玉蓮華》傳奇以表章之。

由此可知劇作本事及作者。

《鴛鴦傳奇》

《莊目》卷三“上編戲文三·明初及闕名作品”，收有同名劇作，是據明徐渭《南詞叙録》著録（第134頁），非本劇也。

據清何應松《（道光）休寧縣志》卷一六（清道光三年刻本），當地有《鴛鴦傳奇》，略謂：

> 程再繼妻汪氏。藏溪女，名美，幼許聘汊口再繼。其妹許聘榆村程華，俱在室。妹夭，父嫌繼貧，貪華富，欲以美改適華。美以死誓，父不能奪，再繼白於官，得遂初盟。繼早卒，美苦志撫子成立。初美逼於父命，欲自盡，忽有鴛鴦飛集於閣，里人異而聚觀之，得救不死。時有《鴛鴦傳奇》。守節三十七年，壽七十有二。

劇情由此可知。

《霜磨劍》

《莊目》未予著録。

唐煦春《（光緒）上虞縣志》卷一一（清光緒十七年刊本）載該劇及其本事曰：

> 張自偉，字德宏，年十二嘗割股療母。順治乙酉入邑庠。庚寅，山寇王思二索餉，擒其父鳴鳳去，自偉追至孤嶺。將加刃，自偉奮臂負父歸，賊猝割父首去。自偉遍覓不得，大慟幾絶，夜夢神以南池告（《家傳》）。隨往，果得，始獲殮。誓報父仇。逾年，賊赴縣投誠，自偉遇之，舉利刃刺賊中喉死。《浙江通志》。守道沈□上其事於朝，詔旌其門。康熙十三年入孝子祠。傳奇者譜《霜磨劍》行世。

該劇之内容，由此可知。

《黄亮國傳奇》

《莊目》未予著録。

清李維鈺《（光緒）漳州府志》卷三三（清光緒三年刻本）謂：

> 黄亮國，字輝秋，號鏡潭，原名步蟾，長泰人。嘉慶辛酉拔貢，光禄寺署正，揀發山西，歷任遼、隰、絳、平定、保德、霍、解、沁等州牧，代理河東兵備道，兼山、陝、河南三省鹽法道。爲政廉恕明敏，凡有興革，無不捐俸毁家以便民。其在絳也，聞喜有蠹役强篡，既受聘，女訟輿，其令誤坐本夫罪。亮國廉得其情，置役於法，州人譜爲傳奇。其在解也，有兄弟争産搆訟，使其跪三義廟，卒相與媿悔。亮國居鄉，慷慨好施，友于尤篤。著有詩文草數卷，藏於家。子存錫，邑諸生，工楷法，喜吟咏，惜享年不永。

據此，可知黄亮國生平梗概。

《蓮花報》

《莊目》未予著録。

清王贈芳《（道光）濟南府志》卷五三（清道光二十年刻本）載有本劇，謂：

> 余肇松，字茂嘉，其父自會稽遷歷城。康熙五十四年，肇松由監生援例官太倉州知州，逐奸胥，獲巨盜，政聲大著。開覺寺僧結豪右淫良家婦女，鄉民無敢忤者。肇松佯不問，一日誘至署，杖殺之。士民歡呼，好事爲作《蓮花報》傳奇，流播江南北。二年以疾歸。

據此可知，時有《蓮花報》傳奇流播。

《臺城記》

《莊目》未予著録。

清唐榮邦《（同治）鄘縣志》卷七（清同治十二年刊本）收録乾隆三十年二月府衙告示叙及此劇，謂："本府訪得各屬鄉村演唱《目蓮》《西遊》《臺城》等戲，名曰'大戲'。三日、五日，始得終場。"據史載，梁武帝蕭衍篤信佛法，大通元年（527）三月，"初，上作同泰寺，又開大通門以對之，取其反語相協，上晨夕幸寺，皆出入是門。辛未，上幸寺捨身"①。中大通元年（529）九月，"上幸同泰寺，設四部無遮大會。上釋御服，持法衣，

① 司馬光：《資治通鑒》卷一五一"梁紀七"，中州古籍出版社，1994，第1356頁。

行清净大捨，以便省爲房，素床瓦器，乘小車，私人執役。甲子，升講堂法座，爲四部大衆開《涅槃經》題。癸卯，群臣以錢一億萬祈白三寶，奉贖皇帝菩薩，僧衆默許。乙巳，百辟詣寺東門，奉表請還臨宸極，三請，乃許"①。中大通五年（533）正月，"上幸同泰寺，講《般若經》，七日而罷，會者數萬人"②。中大同元年（546）三月，"上幸同泰寺，捨身如大通故事"③。貴爲天子，在位四十餘年，三次捨身入佛寺爲浮屠，並先後爲群臣花巨款贖歸，的確荒唐得很。侯景之亂，京師被圍，他困居臺城，飲食斷絶，加之憂憤過度，竟餓死。上述《目蓮》《西遊》，均與佛教故事有關，故劇當叙梁武帝蕭衍事。

以上略舉數例，皆可補相關曲目之不足。

它如《唐明皇遊月宫》《雪夜訪普》《牡丹亭》《曇花記》《西遊記》《鳴鳳記》《尋親記》《目連救母》《荔鏡記》《天官賜福》諸劇的演出流播情况，均有載述。此外，《萬里緣》"打差"一齣之來由，《蕉扇記》《湘湖記》《緑牡丹》《萬金記》等之本事，《鶴歸來》之創作經過，清初蘇州織造李煦之子李佛"好串戲，延名師以教習梨園，演《長生殿》傳奇，衣裝費至數萬"④ 之載述，都爲戲曲史的多方位研究，提供了極爲珍貴的材料。

（二）對戲班、曲家、伶人的載述

這裏所説的戲班，包括官紳、富豪的家庭戲班與戲曲藝人自願組成的戲班兩種。就家班來説，有明代的嚴嵩家班、馮家禎家班、宋坤家班、馮夔家班，清代的介休梁氏家班、廣東鹽商李氏家班、廣東四會李能剛家班、四川羅江李調元家班等。明代人宋坤，"家饒於貲，治一畫舫，容六七十人，養白馬其中，喂以酒漿，聲輒噴玉。集女樂一部，豔麗絶世，所至載以自隨。花晨月夕，輒爲文酒之會，而奏女樂以娱賓"⑤。清代的梁氏家班，乃詹事府少詹事梁錫嶼祖父之戲班。錫嶼幼年時，祖父擔心其學業，遂"叱散家伶"⑥。而鹽商李氏家班，主要活動於清嘉慶末年，曾"延吴中曲師教之。舞

---

① 司馬光：《資治通鑒》卷一五三"梁紀九"，第 1370 頁。
② 司馬光：《資治通鑒》卷一五六"梁紀十二"，第 1389 頁。
③ 司馬光：《資治通鑒》卷一六〇"梁紀十六"，第 1425 頁。
④ 《顧丹五筆記》，馮桂芬《（同治）蘇州府志》卷一四八，清光緒九年刊本。
⑤ 韓佩金：《（光緒）重修奉賢縣志》卷二〇，清光緒四年刊本。
⑥ 蔡新：《國子監祭酒梁錫璵墓誌銘》，徐品山《（嘉慶）介休縣志》卷一二，清嘉慶二十四年刊本。

態歌喉，皆極一時之選。工崑曲、雜劇，關目節奏，咸依古本。咸豐初，尚有老伶能演《紅梨記》《一文錢》諸院本”①。

以上數家班，有的則較少爲論者所述及。而一般戲班，又有外江班、内江班、七子班、文獻班等。所謂外江班者，乃是在鹽商李氏家班影響下而發展起來的一些戲班。當時，番禺城中，“設有梨園會館，爲諸伶聚集之所。凡城中官宴賽神，皆係‘外江班’承值”②。佛山鎮有瓊花會館，也是優人聚集之地。外江班因非止一班，競爭激烈，“各樹一幟。逐日演戲，皆有整本。整本者，全本也。其情事聯串，足演一日之長。然曲文説白，均極鄙俚，又不考事實，不講關目，架虚梯空，全行臆造。或竊取演義小説中古人姓名，變易事迹；或襲其事迹，改换姓名，顛倒錯亂”。移花接木，改編新劇，“架虚梯空”，出以新奇，自然是爲了争奪文化消費市場。而内江班即本地班，“由粤中曲師所教，而多在郡邑鄉落演劇者，謂之‘本地班’，專工亂彈、秦腔及角抵之戲。脚色甚多，戲具衣飾極炫麗。伶人之有姿首聲技者，每年工值多至數千金。各班之高下，一年一定。即以諸伶工值多寡分其甲乙。班之著名者，東阡西陌，應接不暇。伶人終歲居巨舸中，以赴各鄉之招，不得休息。惟三伏盛暑，始一停弦管，謂之‘散班’”③。當時的戲班演出，往往一專多能，崑、亂不擋，是由其特殊的生存環境决定的。而在廣東順德一帶，又活躍有馮牧賡的文獻班，“各村賽神演劇，必延名部。大良馮牧賡有文獻班，海鄉雇之”④，主要活躍於沿海一帶。

除了梨園會館外，廣東的戲園也很多。清道光年間，江南人史某曾創慶春園，此後，又有“怡園、錦園、慶豐、聽春諸園相繼而起”⑤。戲曲演出之盛况可以想見。在台灣的澎湖地區，由内地泉、厦傳入的“七子班”之演出又很活躍，最常演的劇目乃是《荔鏡傳》，每每“男婦聚觀”⑥，場面熱鬧。

本編還收録了明、清多名曲家的軼事、傳聞，如葉宗英、湯顯祖、屠隆、沈明臣、張岱、湯琵琶、徐彝承、莊徵麟、吴景伯、沈鳳峰、閔潮、陸兆鵬、沈鳳來、楊廷果、湯歌兒、錢謙貞、孫胤伽、陳瓚、徐濤、徐伯齡、

---

① 《荷廊筆記》，梁鼎芬《（宣統）番禺縣續志》卷四四，民國二十年重印本。
② 同上。
③ 同上。
④ 《粤屑》，郭汝誠《（咸豐）順德縣志》卷三二，清咸豐刊本。
⑤ 《桐陰清語》卷八，梁鼎芬《（宣統）番禺縣續志》卷四四，民國二十年重印本。
⑥ 林豪：《（光緒）澎湖廳志稿》卷八，清抄本。

楊鉶、王洛、蕭煒、王隼、黎炳瑞、陳發和、余治等數十人，或是著名劇作家，或精擅一藝，或以善度曲見長。如生活於明清之交的莊徵麟，“博通經史，喜填詞曲，令梨園歌之。吴門袁于令慕名造訪，誦所作，斂容握手曰：‘某五十年來惟遇君一人。’”[①] 因擅長詞曲，竟然得到著名劇作家袁于令的稱賞，殊爲難得。寧波守沈鳳峰，視演劇爲雅事，“凡燕席中有戲劇，即按拍節歌，有不叶則隨句正之，終日無一俗事在心，終歲無一俗人到門”[②]，可謂熟諳曲律者。陸兆鵬“洞精音律，宿伶於齒齶間微有抵牾，輒能指誤”[③]。楊廷果“善鼓琴，兼工琵琶，自製一曲曰《潺湲引》。嘗抱琵琶踞虎邱生公石，轉軸撥弦，聞者以爲絶調”[④]。孫胤伽“善填南詞，與人言皆唐宋稗官小説及金元雜劇，語不及俗”[⑤]。徐伯齡“工樂府。嘗雜集瓷瓦數十枚，考其音之中律者奏曲一章，俄頃而協”[⑥]。竟能在瓷瓦上彈奏出樂章，堪稱一絶。吴景伯“精音律，善琵琶，自謂大江以南無出其右。生平有三約，遇勢利人、賈人、俗人則不彈”[⑦]。爲人頗有氣骨，且著有《琵琶譜》。會理州陳發和，“善度曲，能百餘齣。所至之處，笛一，茗盌一，月夜啜苦茗，高歌以自適”[⑧]。這類人物，除少數名家外，大多爲史書所不載，在文人圈因聲名不彰，也難以進入著名文士的視野，故一般文獻也不收録。若非方志記載其事迹，恐早已湮没無聞。

尤其值得注意的是，一些伶人的事迹，也能在方志中覓得一二，如五代時優人申漸高，元代的曹咬住，明清之交伶人楚玉、錦舍、菱生、絲老，由吴地而流落寧夏的伶人周福官、林秉義等。尤其是番禺伶人鑼鼓三，本姓譚，目瞽，伎藝爲一道士所傳授，“其技能合鼓吹一部，而一人兼之”[⑨]。“三每出，有招作技者，布席於地，金鼓管弦，雜遝並奏，唱皆梆子腔，聽者不知爲一人也”[⑩]。還有的伶人，憑藉自己的滑稽善辯，譏刺了弊政，扳倒

---

① 韓佩金：《（光緒）重修奉賢縣志》卷一一，清光緒四年刊本。
② 楊開第：《（光緒）重修華亭縣志》卷二四，清光緒四年刊本。
③ 金福曾：《（光緒）南匯縣志》卷一五，民國十六年重印本。
④ 裴大中：《（光緒）無錫金匱縣志》卷二六，清光緒七年刊本。
⑤ 高士：《（康熙）常熟縣志》卷二〇，清康熙二十六年刻本。
⑥ 魏嵊：《（康熙）錢塘縣志》卷二二，清康熙刊本。
⑦ 翁美祜：《（光緒）浦城縣志》卷二七，清光緒二十六年刊本。
⑧ 鄧仁垣：《（同治）會理州志》卷六，清同治九年刊本。
⑨ 李福泰：《（同治）番禺縣志》卷五三，清同治十年刊本。
⑩ 同上。

了酷吏。如申漸高，清阿克當阿《（嘉慶）揚州府志》卷七一（清嘉慶十五年刊本）引《南唐書》曰：

> 在吴爲樂工，吴多内難，伶人不得志，漸高嘗吹三孔笛，賣藥於廣陵市。升元初，按籍編括，漸高以善音律爲部長。時關司斂率尤繁，商人苦之。屬近甸亢旱，一日宴於北苑，烈祖謂侍臣曰："畿甸雨，都城不雨，何也？得非獄市之間違天意歟？"漸高乘談諧進曰："雨懼抽税，不敢入京。"烈祖大笑，急下令除一切額外税。信宿之間，膏澤告足，當時以爲優旃漆城、優孟葬馬無以過也。

事見《南唐書》卷二五。

又據江峰青《（光緒）重修嘉善縣志》卷三五（清光緒十八年刊本）記載，優人扮戲諷諫，殺酷吏林宏龍：

> （明）林宏龍，溪人，令嘉善。性嚴酷，作生革鞭，斃人不可勝計。小吏周顯發其奸，假他事殺其家十八人，雖孕婦、幼女、館客皆不免。顯别弟訟冤於監司，獄久不决。會中官與藩臬宴，一優扮雪獅子出，一優曰："獅則美矣，怕烈日，必無日地可跳。"因問何地，曰："惟嘉善可耳！"衆詰其故，曰："嘉善林知縣打殺一家十八人而不償命，非有天無日地乎？"時問官亦在坐，相顧竦然。罷宴，迨論宏收繫，磔於市。

此優伶雖不知名，但他與申漸高一樣，都繼承了古代滑稽戲的表演風格，用隱語、反話、諷刺、暗喻來表達特定的思想内容，帶有很强的現實指向性。有人稱，滑稽戲至明以後幾近絶迹，恐未必然。

（三）對方言、俗語、隱語、江湖市語的收録

既是方志，所收録的内容，當然應帶有濃厚的地方特色。而其間最大的不同，當是風土人情、節令習俗、語言習慣，所以，前輩學者在文學研究中，非常注意方言、俗語的搜訪與詮釋。漢代揚雄就著有《方言》一書。清代文史大家趙翼的《陔餘叢考》，就收有不少有關方言、習俗方面的内容。清人翟灝《通俗編》，不僅收録有方言俗語，就連"市語"及"江湖切要"

也酌情採録。著名戲曲史家錢南揚，曾編撰有《市語彙鈔》一文，從江湖方言、梨園市語等中搜集到相當數量的極具行業特色的語言，並稱："江湖各行各業，爲保守其内部秘密，往往流行一種特有之語言，非局外人所能瞭解。"① 而古代戲曲作品中，此類語言恰"多不勝舉"②。所以，搞清楚這類獨特語言的真實含義，對瞭解作品文本很有助益。而本編所收方志，恰有不少與此相關之内容，不妨列舉如下：

舍（社）會：迎神賽會，"推一人爲會首，畢力經營，百戲羅列。巨室以金珠翠鈿裝飾孩稚，或坐臺閣，或乘俊騎，以耀市人之觀，名曰'捨會'"③。

呆木大：俗謂不慧者爲呆木大。大讀作馱，去聲。《輟耕録》院本名目有此④。

扯淡、掃興、出神：《遊覽志餘》：杭人有諱本語而巧爲俏語者，如胡説曰扯淡，有謀未成曰掃興，無言默坐曰出神。自宋時梨園市語之遺，未之改也。

跳槽：《丹鉛録》：元人傳奇以魏明帝爲跳槽。俗語本此。

牽郎郎拽弟弟：張懋建《石癡别録》：兒童衣裾相牽，每高唱云云。初意其戲詞，後見《詢芻録》，乃知爲多男子祝辭。

作獺：《敔止録》：不惜器物曰作獺。南唐張崇帥廬州貪縱，伶人戲爲人死，被冥府判云："焦湖百里，一任作獺。"⑤

堂戲：九月十二日，兩城秋賽，迎城隍神，農復留傭刈晚禾。冬至前後，各鄉村祠廟鼓樂演劇，名曰"堂戲"⑥。（編者案：此與一般所稱將戲班請至家中演戲叫唱堂會，有着明顯不同）

社夥（火）：九月間，城坊"舁祠廟神像，遊行街市。導以兵仗綵亭、金鼓雜劇，各相競賽，觀者塞路，謂之'社夥'"。

① 錢南揚：《漢上宧文存》，中華書局，2009，第108頁。
② 錢南揚：《漢上宧文存》，第109頁。
③ 馮桂芬：《（同治）蘇州府志》卷三，清光緒九年刊本。
④ 于萬川：《（光緒）鎮海縣志》卷三九，清光緒五年刻本。
⑤ 以上見于萬川《（光緒）鎮海縣志》卷三九，清光緒五年刻本。
⑥ 周炳麟：《（光緒）餘姚縣志》卷五，清光緒二十五年刻本。

跳竈王：臘月，匄頭戴幞頭，赤鬚持劍，沿門毆鬼，謂之“跳竈王”①。

柯（科）班：“邑子弟工度曲者聚而演劇，謂之‘柯班’”②。即所謂“惟遊歲競演小戲，農月不止。村兒教習成班，宛同優子”③ 者。

賽會：祭神、迎神時，“盛陳旗鼓，扮故事，謂之賽會”④。

則劇：“遊戲曰‘則劇’，雜劇也。訛‘雜’爲‘則’也”⑤。（編者案：編者在《中國早期戲曲生成史論》⑥ 一書中，曾提出此觀點，今在古籍中尋得例證，更堅定我之推斷）

春臺：元旦，人們“往來賀歲，接期，各邨先後迎神演劇，謂之‘春臺’”⑦。（編者案：春臺，一般理解爲登高遠眺之處。與此處所説，有很大不同）

報賽：農務既畢，秋乃賽神，攤錢設醮演戲，謂之報賽⑧。

馬呈圖《（宣統）高要縣志》卷二六（民國二十七年重刊本）引地方隱語曰：

金陵隱語：火藥改爲紅粉。礮子改爲元。馬遺矢爲調化，溺爲潤泉。百姓爲外小。以崽呼孩，以疏附稱文報，以升天稱死亡。大礮以爲洋莊。心爲草。真草，好心也；反草，變心也。起程爲裝身。斂費爲科炭。廣東隱語：脅人取財物曰打單。擄人勒贖曰拉參。攻城曰跳圈。賊首曰紅棍、曰老媽。同黨曰義伯、曰義兄。拜旗曰做戲。擄長官曰拉公仔。放火曰發花。金銀曰瓜子。食飯曰□沙。放礮曰吠犬狗。飲茶曰飲青。連錢曰穿心。牛曰大菜。猪曰毛瓜。人曰馬小。刀曰衫仔。大刀曰綯紗。鞋曰踸街。蟒袍曰袈裟。番攤曰咕堆。鷄曰七。鴨曰六。湯曰太平。船曰屐。煙曰雲霞。朋友曰龜公、契弟。殺曰洗。穢褻蕪雜，皆戲

① 楊泰亨：《（光緒）慈溪縣志》卷五五，清光緒二十五年刻本。
② 梁啓讓：《（嘉慶）蕪湖縣志》卷一，清嘉慶十二年重修民國二年重印本。
③ 姚詩德：《（光緒）巴陵縣志》卷五二，清光緒十七年岳州府四縣本。
④ 胡文銓：《（乾隆）廣德直隸州志》卷一二，清乾隆五十九年刊本。
⑤ 李福泰：《（同治）番禺縣志》卷五四，清同治十年刊本。
⑥ 趙興勤：《中國早期戲曲生成史論》，北京大學出版社，2015。
⑦ 鈕方圖：《（咸豐）鄧川州志》卷四，清咸豐四年刊本。
⑧ 朱偓：《（嘉慶）郴州總志》卷二一，清嘉慶二十五年刻本。

文中之新名詞也。

而《（光緒）香山縣志》所引，則曰："主文字者曰'白紙扇'，奔走者曰'草鞋'，各頭目曰'紅棍'。拜會曰'登壇'，演戲入會曰'出世'。"①

其他尚有"度厄""節水""剥鬼皮""照虚耗""發春""普度""殺蟲""發案""頭壓""尾壓""神煉""看歌堂""殘燈""犁耙會""出會"等詞語，含義各不相同，此不一一贅述。這類詞語，一般辭書不收，給文本閱讀帶來諸多不便。而方志將這類俗語、市語、隱語採入，不僅方便了對小説、戲曲之類作品的理解，即使對語言的研究也當很有幫助。

筆者在梳理本編所收方志史料時，着眼點主要在清代，而對清代以前的曲家及戲曲現象，關注相對較少。如童範儼《（同治）臨川縣志》（卷一四）所收清人李紱所撰《清風門考》一文，竭力稱道湯顯祖等爲當世之"偉人"，謂："元、明以來，撫之人文若草廬、道園、介庵、明水、若士、大士諸先生，亦皆偉人。然以視晏、王、曾、陸，不無多讓"，並爲其"未躋通顯，皆未能盡其耳目聰明之用"而嘆慨，將湯顯祖與吴澄（號草廬）、虞集（號道園）、章袞（號介庵）、陳際泰（字大士）諸鄉賢並稱，還以晏殊、王安石、曾鞏、陸九淵等宋代撫州籍大家相比擬，足見評價之高。這一資料，一般人很少提及，即使《湯顯祖全集》附録，也未採入，本文也未就此多作論述，未免遺憾。由此可知，相當多的文獻，還有待讀者諸君細細梳理，此不過略作提示而已。

---

① 田明曜：《（光緒）香山縣志》卷二二，清光緒刻本。

台灣歌仔戲“做活戲”知見劇目目録的初步建構

林鶴宜*

摘　要： 劇目的累積是劇種成長的指標，台灣歌仔戲自二十世紀初出現，流播至今超過一百年，累積了數量相當可觀的劇目。然而，長久以來，台灣民間歌仔戲主要採取“做活戲”（即“幕表戲”）的方式運作其演出，這些劇目絶大部分未經寫定，只透過演員的表演和流動，在各職業歌仔戲劇團間傳遞。

内臺時期的劇目在演出當時並未被記録下來，目前已無由得見。所幸自 20 世紀 60 年代末至今，歌仔戲在廟會劇場演出的“活戲”劇目，大多取自内臺劇目的删修改編；當然也有少部分爲當今藝人新創，這使我們得以探索歌仔戲“活戲”劇目的内涵。

本文試圖爲台灣歌仔戲幕表戲劇目遺産整理出一份初步目録。首先説明筆者對於建構此一劇目目録的理念，材料的獲取和選擇，目録架構的設計和考量等；接着呈現目録内涵。總計筆者“所知”和“所見”的歌仔戲劇目，有確實來源依據足供登録者，共 753 筆。這份目録不僅可以作爲特定劇目流傳和辨識的起點，對於瞭解歌仔戲這個劇種的劇目内涵、題材偏好等都有一定的幫助。

關鍵詞： 歌仔戲　做活戲　幕表戲　即興戲劇　劇目

前　言

劇目的累積是劇種成長的指標，在劇種學研究中，對於個别劇種的認識，首重歷史沿革，其次是劇目，再次是表演藝術、音樂唱腔等。目前所知影響力較大的戲曲劇種，都擁有豐富的劇目。其中累積數量較大者，如京劇有五千八百餘個劇目，秦腔有五千多個，粤劇現存一千五百多個，豫劇也有近千個劇目。①

台灣歌仔戲自二十世紀初出現，流播至今超過一百年，已累積了數量相

---

*　林鶴宜，女，文學博士。台灣大學戲劇學系暨戲劇研究所教授。著有《明清戲曲學辨疑》等。

①　參見萬葉等編《中國戲曲劇種大辭典》，上海辭書出版社，1995，第 6、1529、1306、966 頁。

當可觀的劇目。特別是自20世紀20年代到60年代末的“内臺商業戲院”階段（其間經歷二次世界大戰曾短暫停止活動），因爲市場的競争，新鮮劇目被大量創造出來。然而，由於長久以來，台灣民間歌仔戲主要都採取“做活戲”（即“幕表戲”）的方式進行演出，這些劇目絶大部分未經寫定，只透過演員的表演和流動，在各職業歌仔戲劇團間傳遞。

内臺時期的劇目在演出當時並未被記録下來，目前已無由得見。所幸自20世紀60年代末至今，歌仔戲在廟會劇場演出的“活戲”劇目，大多取自内臺劇目的刪修改編；當然也有少部分爲當今藝人新創，這使我們得以探索歌仔戲“活戲”劇目的内涵。

一齣幕表戲若由同一群人演出，時間久了，臺詞和唱曲會漸漸被固定下來，成爲“定型劇”，甚至以文字書寫下來，成爲“劇本戲”。“定型劇”若不被文字書寫固定，只要演出成員改變，便立刻開始鬆動；而“劇本戲”也可能被熟悉幕表制者以“提綱”的方式，快速吸收移植，（台灣歌仔戲稱爲“撿戲”）成爲一齣新的幕表戲。這種高度的不穩定特質，增加了我們掌握歌仔戲“活戲”劇目的困難。這也提醒我們建構這一劇目目録“信息設定”的有效性考量。

就如同筆者在回顧、分析五十年來台灣學者爲傳統戲曲研究建構的體系與視野時所言，從事台灣戲曲研究，尚無豐厚的文獻可供挖掘探索，它還處在“建構文獻”的階段。①

本文試圖爲台灣歌仔戲幕表戲劇目遺産整理出一份初步目録。首先説明筆者對於建構此一劇目目録的理念，材料的獲取和選擇，目録架構的設計和考量等；接着呈現目録内涵；並在結語説明這一份劇目目録可能具備的意義以及問題。

一 “所見”“所知”及目録架構設計

戲曲劇種在發展過程中，大多數都曾經歷過幕表戲的階段，而後因爲種種因素，部分或完全走向“劇本戲”。大陸在經歷“戲改”之後，幕表戲基

---

① 參見林鶴宜《體系與視野：五十年來（1945－2002）台灣學者對傳統戲曲學的建構》，見《從戲曲批評到理論建構》，“國家”出版社，2011，第361～421頁。

本已經消失，但我們從研究文獻中，仍然可以看到幕表戲的相關描述。以《中國戲曲劇種大辭典》爲例，其中明確提到曾經以幕表戲的方式操作的大陸戲曲劇種，就有祁太秧歌、滬劇、錫劇、揚劇、越劇、婺劇、温州和劇、湖劇、黄梅戲、廬劇、皖南花鼓戲、高甲戲、薌劇、贛劇、撫州採茶戲、吕劇、柳琴戲、河南曲劇、襄陽花鼓戲、辰河戲、常德花鼓戲、粵劇、瓊劇、正字戲、白字戲、西秦戲、高山劇等27 種之多。這些劇種的幕表戲大多僅出現在發展歷程中的某一段時間，其後便全部或部分被劇本戲所取代。即使目前仍保留有不少幕表戲劇目，多半只是做爲文獻資産而存在，或成爲“劇本戲”的基礎。①

台灣民間職業歌仔戲劇團目前主要在廟會劇場演出幕表戲。許多較受矚目的明星劇團同時也從事藝文劇場②的劇本戲演出，這些在藝文劇場演出的劇本戲，只有少部分爲文學編劇的新編戲，更多是來自外臺戲劇目的整理，而業經整理的劇目僅屬極少數。長期以來，由民間藝人編創的大批“活戲”劇目，目前散落在四方，極需以“可閲讀的臺數”方式加以記録、整理。③ 此一工作曠日費時。首要的工作則是整理一份“劇目目録”。

如何爲幕表戲這種“只存在於當下”的戲劇建構一份劇目資産目録呢?從材料來説，這份目録包括筆者“所見”和“所知”的劇目，説明如下。

（一）“所見”“所知”的材料來源

1. 筆者“所見”的歌仔戲“做活戲”劇目

（1）田野筆記：筆者從事台灣本土戲劇研究已有二十年，在田野觀察採訪中，養成了記録劇目的習慣。目前保留一百三十五筆採集記録，其中大部分同時擁有録影資料。這些劇目大多以“故事梗概”的方式記録，直到筆者進行歌仔戲“幕表戲”系列研究的後期，纔轉而以“臺數”的方式記録，雖然美中不足，仍不失爲第一手資料。

---

① 參見林鶴宜《中西即興戲劇脈絡中的歌仔戲“做活戲”——藝術定位、研究視野與劇場運用》，《民俗曲藝》179 期（施合鄭基金會，2013.03），第 123～184 頁。

② “藝文劇場”包括現代化室内劇場和外臺文化場。

③ “可閲讀的臺數”指較爲詳細記録劇情的臺數。筆者認爲，以幕表記録幕表戲乃是幕表戲最好的記録方式，相關論述參見林鶴宜《台灣歌仔戲做活戲的田野數據類型與運用》，《中華藝術論叢》第 12 輯，復旦大學出版社，2014，第 123～145 頁。

（2）台灣歌仔戲"做活戲"知名講戲人代表劇目講戲示範臺數，共十一齣戲，十三本。①

（3）田野所搜集的"臺數"，包括：

①"小飛霞"劇團黄月霞臺數六種。②

②"秀琴"歌劇團莊金梅臺數一本八十七種。③

③"秀琴"歌劇團陳安妮臺數一本十七種。④

④"秀琴"歌劇團陳美淑臺數二本四十六種。⑤

⑤"明華園天字"戲劇團臺數二本三十二種。

⑥"玲藝"歌劇團臺數二本一百四十種。⑥

⑦零散臺數三種，四筆。⑦

（4）田野所搜集的演員筆記：

①"一心"歌劇團孫詩詠筆記三本一種。⑧

②"小飛霞"歌劇團黄月霞筆記四本二十六種。

③"明華園天字"戲劇團孫詩雯筆記一本三十一種。⑨

2. 筆者"所知"的歌仔戲"做活戲"劇目

（1）文獻記録一：蔡欣欣《戲説、説戲——内臺歌仔戲口述劇本》（傳統藝術中心，2005），根據特定藝人回憶口述内臺時期劇本，共十齣戲，十

① 這十一齣戲是筆者執行傳統藝術中心"歌仔戲幕表戲劇目及説戲人才調查"研究計劃部分成果，執行期限2004/04/01～2004/11/30。

② 黄月霞爲小生演員，同時也常擔任講戲人，她的臺數除了特別整理的六種外，餘皆見於演員筆記。屬於小生演員的"單片"，内容較注重小生的場次，但因小生戲分最多，内容還算完整。

③ 莊金梅爲苦旦演員，同時也常擔任講戲人，她的臺數相當豐富，但只有少數爲完整的講戲臺數，餘多爲苦旦演員的"單片"，她在每一本臺數的左上角注明劇中苦旦姓名，只注重苦旦的場次，内容並不完整。

④ 陳安妮爲旦脚演員，她本爲戲迷，因對歌仔戲表演産生興趣，努力自學。其所提供的臺數十七種皆記録完整，可供閲讀。

⑤ 陳美淑爲生脚演員，提供的臺數記録有四十六種，詳略不一，有些可閲讀，有些爲殘本。

⑥ "玲藝"臺數有二大本，第一本較完整，收録六十九種；第二本多殘本，收録七十一種。

⑦ 分别是"日光"歌劇團臺數上下二本、"國光"歌劇團吕鴻禧臺數、"明華園黄字"戲劇團陳勝國臺數。

⑧ 筆者搜集小生演員孫詩詠的演出筆記三本，封面特徵爲白色、深藍格紋和寶藍，提及的劇目依序爲：《雪梅教子》《乞丐養狀元》《七星廟》《流星》《八府巡案》《六郎告狀》《挂名夫妻》《情海風波》《情歸何處》《月下殺人魔》《玫瑰賊》《風流王子》《雙龍化武》《親與仇》《未了情》《五代大團圓》《前世君妃後世相會》《審梧桐》《胭脂虎》《劉秀走國》《泰山邱一郎》等，十分豐富，但多爲預想唱詞、四句聯、重要對話内容等，只有《挂名夫妻》一劇較爲完整。

⑨ 筆者搜集苦旦演員孫詩雯筆記一本，記録的臺數有三十二種之多，皆僅有苦旦的場次情節，雖然臺數場次較莊金梅的少，但對情節記録得較詳細而連貫。此外，這本筆記還記録了一些預想唱詞、四句聯、吟詩、重要對白等。

九本。[①]

（2）文獻記録二："民權"歌劇團網站"民戲劇目"，共四十九種。[②]

（3）文獻記録三：蔡欣欣《台灣地區歌仔戲研究論述及演出劇目初編》計劃成果報告（"國家"科學委員會，1998，未出版）（三）《演出劇目篇》中明確登録"資料來源"及"劇中人姓名"的"民戲"劇目，共九十五種。[③]

（4）文獻記録四：林茂賢《"歌仔戲重要詞彙編纂"計劃成果報告》（傳統藝術中心，2006，未出版）第八章《重要劇目劇情簡介》，結合網絡所見的台灣歌仔戲"民戲"演出分享影片，查證其中可確認爲歌仔戲幕表戲劇目，並去除與上述資料來源重複者，得五十二種。[④]

以上資料來源各不相同，"所見"者乃筆者研究計劃的執行成果，皆第一手資料。"所知"三種資料，雖非一手資料，因來源可確認，亦具參考價值。

（二）目録架構設計

這份目録主要提供四個方面的信息。

1. 劇名：依筆畫排列，方便查索，並使名稱相同、來源不同的劇目能放在一起參看。

2. 主要劇中人物：每個劇目視情況記録四個左右劇中人名。連臺本戲中，每一本都被視爲獨立劇目，依該本劇情著録主要人物。幕表戲雖然未完整寫下劇本，但劇中人物姓名做爲幕表中的重要元素，即使經過輾轉流播，仍然有相當的固定性。

3. 記録形式：記録歌仔戲幕表戲最準確的方式應是根據"臺數"來記録，若材料來源是筆者搜集或記録的"臺數"，皆注明共有幾臺。但有些劇

---

① 這十齣戲分別是：《周成過台灣》《愛姑告御狀》《火燒百花臺》《千里送京娘》《黃巢造反》《三下天牢》《賢妻殺夫》《補破網》《丹下佐膳》《恩怨情天》。

② 網址：http://www.minkuan.org.tw/index.php/works/show/p05，檢索時間：2016年4月8日。

③ 這份"初编"的"劇情簡介"詳略頗不一致，短至只有一句話，長至數百言。其明確交代來源劇團的"民戲"共一百一十二筆，除去其中重複、劇情過於簡略或未交代劇中人姓名者十七筆，得九十五筆。

④ 這份"成果報告"因屬辭典性質，所收録的劇目皆未注明資料來源。網絡上流通的歌仔戲民戲演出分享影片，雖然十分珍貴，却過於零碎、散亂。兩者結合，相互對證，正好互補不足。然因爲這兩份資料皆屬"佐證性"資料，凡是以上"所知""所見"的既有劇目，即不再重複登録。

目係以故事梗概的方式記録，則不登録場次的數量。凡屬筆者研究計劃田野採訪成果的第一手資料，皆注明“田野記録”；若參考他人成果，則注録爲“文獻記録”。

4. 資料來源：指提供原始資料的劇團。

“劇名”相同並不意味着是同一齣戲，“同名異實”的情形相當普遍，因而我們需要著録“主要劇中人物”以及“記録形式”以知其規格和篇幅，據以辨別異同。而可以想見的是，在幕表戲的講戲過程中，可能隨着講戲人記憶而改變劇中人物姓名，因而需要著録“資料來源”，供使用者按圖索驥，進一步探查演出的情形或相關文獻。而由於幕表戲的變動性很大，所有的這些信息最基本的意義，可能只是標誌其確實存在而已。

二　台灣歌仔戲“做活戲”知見劇目目録

劇　目	主要劇中人物	記録形式	資料來源
（王百欽與賽珠）①	王百欽、賽珠	臺數 21 臺	玲藝 2
（沙飛龍）②	沙飛龍、沙飛虎、陳麗兒、劉玉堂、白玉蓮	臺數 18 臺	玲藝 2
（金刀龍）③	金刀龍、金刀虎、陳麗玉、劉玉堂、白玉蓮	臺數 16 臺	玲藝 2
（秦玉珠）④（殘本）	劉上卿、秦玉珠、蘇龍	臺數 18 臺	玲藝 2
（高繼武與李春花）⑤（殘本）	高繼武、李春花	臺數 11 臺	玲藝 2
（劉漢卿）⑥（殘本）	劉漢卿、魚	臺數 10 臺	玲藝 2
（鄭二郎）⑦上本	鄭二郎、施金花、中村春美、石原武郎	臺數 55 臺	日光
（鄭二郎）下本	鄭二郎、施金花	臺數 31 臺	日光
（魏鳳與郭雲龍）⑧	魏鳳、郭雲龍	臺數 18 臺	秀琴陳美淑 1
一刀流（大俠孤兒夢）	徐田、許如香、高清、南天國公主	講戲範例臺數 26 臺	王束花

① 此本不著劇名。“王百欽”與“賽珠”爲劇中男女主角姓名。

② 此本不著劇名。“沙飛龍”爲劇中主角人物姓名，被其弟“沙飛虎”放逐孤島。緊接此劇之後，另一劇名不詳的臺數，劇中人名改爲“金刀龍”“金刀虎”，劇情則完全相同。

③ 此本不著劇名。“金刀龍”爲劇中主角姓名。

④ 此本不著劇名。“秦玉珠”爲劇中主角姓名。

⑤ 此本不著劇名。“高繼武”與“李春花”爲劇中男女主角姓名。

⑥ 此本不著劇名。“劉漢卿”爲劇中主角姓名。

⑦ 此本不著劇名。“鄭二郎”爲劇中男主角姓名。

⑧ 此本不著劇名。“魏鳳”與“郭雲龍”爲劇中男女主角姓名。

續表

劇　　目	主要劇中人物	記録形式	資料來源
一女兩夫	張少青、方麗娘、沙麗娜、花玉郎	田野記録	民安
一女配兩夫	張少清、方麗娘、花玉郎、沙玉玲	臺數31臺	小飛霞黄月霞
一女配兩夫	方麗娘、張少青、花玉龍	臺數9臺	秀琴莊金梅
一女嫁兩夫	張少卿、方麗娘、黄玉郎	田野記録	蘇恩嬅
一支小雨傘	吴芬芬、吴芬芳、仲文、俊義	臺數9臺	秀琴莊金梅
一文錢	祝興宗、張錦華、吴嬌珠	田野記録	新國聲
一文錢	吴嬌珠、趙一清、廖燕飛、秋霜	文獻記録三	鴻明
一世恨	馬雷龍、張素梅	田野記録	翔鈴
一世恨	楊麗容、張素梅、陳永祥、楊麗兒	臺數31臺	秀琴莊金梅
一代孝婦	孟麗紅、高彦貞、金菊	文獻記録三	陳美雲
一生只有你	楚風、凌曲兒、凌世天、順伯	臺數28臺	小飛霞黄月霞
一江春水向東流	賀雙喜、祝小鳳	田野記録	秀琴
一江春水向東流（一）	賀雙喜、祝小鳳、洪德琳	臺數31臺	秀琴陳美淑1
一江春水向東流（二）	賀雙喜、祝小鳳、洪德琳	臺數12臺	秀琴陳美淑1
一江春水向東流（二）	賀相喜、祝小鳳	臺數26臺	秀琴陳安妮
一門三魁	張文達、孫瑞娘、張天保、張子卿	文獻記録四	秀琴
一段情	木武夷、木武雄、木慶龍、司馬英娘、司馬燕兒	文獻記録二	民權
一宫雙郡馬	宛天祥、趙嬌鸞、劉清雲、雪娘	文獻記録三	新世華
一箭仇	薛文龍、李同	田野記録	葉麗珠三姐妹二團
一鏢還三鏢	甄文龍、莫女	田野記録	一心
丁蘭二十四孝（一）	劉玉珠、丁蘭	臺數8臺	秀琴莊金梅
丁蘭二十四孝（二）	劉玉珠、丁蘭	臺數7臺	秀琴莊金梅
七星廟	楊繼業、佘賽花	田野記録	明華園玄團
九焰山起義	薛剛、紀鑾英	田野記録	光陽
九義十八俠	凌保山、唐春玉、包福强、余敢川、	臺數16臺	小飛霞黄月霞
九義十八俠	胡坤、余金花、林寶山、馬秀英、公孫玉	文獻記録二	民權
九龍玉杯（王姓）	宋王、陳相國、王將軍	文獻記録三	金興社
九龍玉珮①	卓憲明、金麗兒、寇龍牙	臺數21臺	秀琴陳美淑1
九龍玉珮（殘本）	朱欽榮、朱英宗、陳玉鳳	臺數4臺	秀琴陳美淑2
九龍玉珮（殘本）	卓憲明、金麗兒、寇龍牙	臺數12臺	秀琴陳美淑2
九龍珠	林天祥、王兆蘭、侯天保	臺數16臺	玲藝2
二度梅	盧杞、陳東初、梅良玉、陳杏元	文獻記録四	鴻明

① “珮”原作“佩”。

續表

劇　　目	主要劇中人物	記録形式	資料來源
八仙傳	月女神、青牛、李玄	臺數4臺	秀琴莊金梅
八仙傳（一）李賢歸仙得道（殘本）	李賢、越女	臺數17臺	秀琴陳安妮
八府巡按	八府巡案、韓碧鳳	田野記録	翔鈴
十八瓦崗	秦强（瓊）、程咬金、楊林	臺數16臺	玲藝2
十八瓦崗七本救真主	單雄信、李元霸、李世民	臺數19臺	玲藝2
十八瓦崗九本	尉遲恭、王菁英、單雄信	臺數12臺	玲藝2
十八瓦崗二本	程咬金、徐茂公、狐狸	臺數16臺	玲藝2
十八瓦崗八本收尉遲恭	尉遲恭、李世民、劉武周、秦强、程咬金、徐茂功	臺數20臺	玲藝2
十八瓦崗三本	程咬金、裴翠娥、秦强	臺數17臺	玲藝2
十八瓦崗五本紅牙關	東方氏、雷伯虎、王伯當	臺數19臺	玲藝2
十八瓦崗六本（殘本）	王世充、鸚鵡鳥、楊廣、李世民	臺數15臺	玲藝2
十八瓦崗六本（隋唐演義）	王世充、鸚鵡鳥、楊廣、李世民	臺數17臺	玲藝2
十八瓦崗四本	裴元慶、賽飛英①	臺數17臺	玲藝2
十八佳人	秦碧如、陳少卿	臺數10臺	秀琴莊金梅
三下天牢	程咬金、薛仁貴、李道宗、李世民	文獻記録一劇本25臺	吕福禄
三寸絶命金馬鏢	白珺玉、華玉秋	田野記録	屏東仙女班
三仙美人圖	李玉琳、花雲仙、朱鳳仙	田野記録	雪卿
三打城隍	伍青龍、張文和、李長壽	文獻記録四	新明光
三投軍	張士貴、薛仁貴	文獻記録四	松興
三娘教子	薛子其、春娥、薛二哥、薛燕公	文獻記録三	新春玉
三祭鐵球墳二本（武狸起瘋）	樊梨花、武狸、包賜安	臺數16臺	玲藝2
三祭鐵球墳三本（選董照）	樊梨花、董照、狄仁傑	臺數16臺	玲藝2
三祭鐵球墳	花振豐、巴玉梅、樊梨花	臺數14臺	玲藝2
三義村	吴美娘、王千金	文獻記録二	民權
三戰吕布	關公、花揚②、吕布、張飛	臺數8臺	秀琴陳美淑1
三戲牡丹	白牡丹、吕洞賓	臺數4臺	天團孫詩雯
三藏出世	陳妻、江流（唐三藏）	文獻記録四	武童

① 第四本賽飛英爲辛文禮之妻。第五本東方氏之夫爲雷伯虎。

② 花揚當爲華雄。

續表

劇　目	主要劇中人物	記録形式	資料來源
三寶殿	韓慶賀、啞巴、錢三寶、錢秀麗	臺數 19 臺	小飛霞黄月霞
上帝公出世（一）	張金花、陸花風	臺數 5 臺	秀琴莊金梅
上帝公收狐狸	劉定生、朱文卿、劉文龍、狐狸精	文獻記録三	小金枝
上梁山	武松、秦明、朱鳳元	田野記録	新櫻鳳
乞丐王子	（乞丐太子）楊懷玉、祝美玲、馬三寶、祝老爺、祝美滿	文獻記録二	民權
乞食養狀元	李清河、李嫦娥、周阿盧、周清雲	臺數 18 臺	秀琴莊金梅
亡秦之劍——宇宙鋒	趙高、趙豔容、秦扶蘇、胡亥	臺數一張	國光吕鴻禧
千古情怨	李繼宗、李繼耀、文秀、楊二郎	田野記録 臺數 17 臺	秀琴
千里找父	賽文忠、周惠娘、賽金龍、賽麗雲、朱鳳凰、李先廣	文獻記録二	民權
千里送京娘	趙匡胤、趙京娘、董虎	文獻記録一劇本 11 場	陳秀枝
千里尋夫一本①	孟士昭、柳夢春、吕秀蘭	臺數 19 臺	秀琴陳美淑 1
千里尋夫二本	孟士昭、柳夢春、吕秀蘭	臺數 15 臺	秀琴陳美淑 1
大小濟公傳	青雲、黑龜精、小濟公悟禪、濟公	文獻記録三	珠寶桂
大宛風雲變（三王子復仇）	陸春風、笑面虎、良玉	田野記録	秀琴
大明開國傳（五）	陳友諒、伍連興	臺數 6 臺	天團孫詩雯
大金橋	陳慶龍、朱少清、白瓊娘	臺數 15 臺	秀琴陳安妮
大俠 ABC	許花菜、胡碧卿、許英枝、江太郎	臺數 24 臺	秀琴陳安妮
大俠一陣風	陳寶郎、施鳳琴、陳碧力、白雲山人	臺數 21 臺	小飛霞黄月霞
大俠紅衣客	楊柏風、楊柏雨、白英英	臺數 21 臺	玲藝 1
大俠羅少峰（一）	羅少峰、施玉仙、春桃	臺數 7 臺	明華園天團孫詩雯
大俠羅少峰（二）	羅少峰、施玉仙、鳳凰	臺數 5 臺	明華園天團孫詩雯
大俠羅少峰（三）	羅少峰、施玉仙、春桃	臺數 7 臺	明華園天團孫詩雯
大俠羅少峰（四）	羅少峰、施玉仙、春桃	臺數 3 臺	明華園天團孫詩雯
大拜壽	郭曖、公主	田野記録	梅玉
大唐朝傳奇	李淵、九命真龍	文獻記録三	連興
大盜王九（一）	葉蘭、高進發、王九、高雲堂	臺數 9 臺	明華園天團孫詩雯
大盜王九（二）	高進發、王雲堂、山玉	臺數 12 臺	明華園天團孫詩雯

① 此本原無劇名，情節大要與劇中所有人物皆與張淵福編劇之“拱樂社”電視歌仔戲劇本《千里尋夫》同，據以補上。《傳統戲劇輯録・歌仔戲卷・拱樂社劇本》第 63 種，臺北傳統藝術中心籌備處，2001。

續表

劇　　目	主要劇中人物	記録形式	資料來源
大義滅親（歐陽春殺子）①	歐陽春、歐陽明、江海東	臺數 20 臺	玲藝 2
大道公鬥媽祖婆	吴本、林默娘	文獻記録四	明華園天團
女俠胭脂虎	賽文忠、胭脂虎賽麗雲、李升廣	田野記録	新金英
小女俠洪蝴蝶（風流公子與小女孩）（殘本）	洪秀珍（洪蝴蝶）、陳文賓	臺數 10 臺	秀琴陳安妮
小白菜	楊乃武、小白菜、劉錫彤、楊淑英	文獻記録三	新琴聲
才子鳳凰情（洛陽下井得金印）（殘本）	吕范、孫策、大小喬	臺數 10 臺	秀琴陳美淑 1
中興大夏（殘本）	寒浞、夏相王、伯靡	臺數 10 臺	秀琴陳美淑 2
丹下佐膳第一本	梅劍平、梅漢昌、錦秀、林天祥	文獻記録一劇本 25 臺	吕福禄
丹下佐膳第二本（殘本）	梅劍平、板東、林秀珠	文獻記録一劇本 7 臺	吕福禄
五甲八條	施明玉、麗華、蕭友文	田野記録	陳美雲
五華山恩仇記	杜昆平、史青青	田野記録	秀琴
五雷神陣（孫臏下山）	郭子儀、孫臏、海中眉	文獻記録四	佳新
五福連環	蕭文華、楊至忠、段玉瑶、徐龍英、蔭豉仔、再世觀音、許瓜、許心蓮	文獻記録二	民權
五鳳山大決鬥	張太平、岳美珠	田野記録	新明光
五龍二虎傳	胡雁璋、白馬城主	文獻記録三	衡忠
仇血染情花（上本）	世玉、金素秋、王小虎	田野記録	葉麗珠三姐妹二團
仇恨二十年	李元霸、李麗君、李麗雲（鳳凰）、林志宏	文獻記録三	阿財班
六月雪	宛光輝、宛鳳如、盧春蓮	臺數 23 臺	玲藝 1
六載恩怨	宋仁宗、陸雪紅、陸雪青、顔春敏	文獻記録二	民權
天下父母心	李天祥、周阿奴、劉秀秀、周清雲	文獻記録三	新春玉
天下財王	康華瑞、宋玉英	田野記録	鴻明
天下財王	施得寶、康昆瑞、宋金鳳	田野記録	新慈雲
天倫夢劫	祝宗和、鶯鶯、金成	文獻記録三	草屯小輝龍
天賜良緣	羅世文、李天鳳	臺數 19 臺	小飛霞黄月霞
太后出嫁（一塊碗粿）	魏鳳、郭雲龍、嘉慶君、粿兒	臺數 11 臺	明華園天團孫詩雯
太陽山起義	金賽花、郭子儀	田野記録	葉麗珠三姐妹一團
夫妻情	白少武、劉巧娘、陳天勝	臺數 18 臺	玲藝 2
孔明下山第一功	劉備、孔明、張飛、夏侯惇	文獻記録三	雅惠少女

① 《大義滅親》與《彭公案》21 臺本情節相類，皆爲王爺或大官之子强占人妻，只是人名不同，且没有彭公。《彭公案（大義滅親）》則爲郡主强占人夫，後被其父公堂處死，大義滅親。

續表

劇　　目	主要劇中人物	記録形式	資料來源
少年朱洪武	朱元璋、舅舅、舅母	文獻記録三	雅慧少女
引狼入室（漢宫驚魂）（殘本）	劉鞭、劉妾、何進、張亮	臺數5臺	秀琴陳美淑2
手足情淚	梅鳳雪、文章、文昌	田野記録	新國聲
手足無情	馬洛玉、馬洛生、洪孔雀、洪蝴蝶	田野記録	光陽
手足無情	洪進武、洪蝴蝶、吴聰明、洪鳳凰	文獻記録三	心音
月下怪人	秦劍輝、秦劍秋、白蓮姑、江鳳林	田野記録	宏聲
月下殺人魔	江鳳琴、秦玉實、孔秀英	臺數5臺	明華園天團孫詩雯
月形金剛俠（一）	李三桂、曹伯虎、白宗龍	臺數29臺	玲藝1
月形金剛俠（二）	白金剛、白嬌娘、李坤實、曹千金	臺數21臺	玲藝1
月形金剛俠（三）	白金剛、白嬌娘、李坤實、曹千金	臺數16臺	玲藝1
水滸傳	嚴雪姣、張三郎、宋江	臺數10臺	秀琴莊金梅
水瓢怪影（一）	丁瑞雲、洪玉華、趙水萍	臺數12臺	秀琴莊金梅
水瓢怪影（二）	丁瑞雲、洪玉華、趙水萍	臺數14臺	秀琴莊金梅
水瓢怪影（三）	丁瑞雲、洪玉華、趙國良	臺數3臺	秀琴莊金梅
水瓢怪影（五）	丁瑞雲、洪玉華、趙水萍、趙國良	臺數4臺	秀琴莊金梅
水瓢怪影（六）	丁瑞雲、洪玉華、趙水萍、趙國良	臺數4臺	秀琴莊金梅
水瓢怪影（四）	丁瑞雲、趙水萍、趙國良	臺數5臺	秀琴莊金梅
火燒平陽城	夢飛龍、紅龍客、白玉姣	田野記録	陳美雲
火燒百花臺	李文俊、穆淡雲、飄香、孫化龍	文獻記録一劇本15場	謝天賜夫婦
火燒卧龍山	薛剛、紀鑾英、武則天、狄仁傑、薛蛟、薛葵、劉素娥、武三思	文獻記録二	民權
父子干戈	楊劍龍（楊春風）、歐雪琴	田野記録	陳美雲
父子干戈（一）	歐雪琴、楊春風	臺數12臺	秀琴莊金梅
父子干戈（二）	歐雪琴、楊劍明、楊春風、楊實田	臺數19臺	秀琴莊金梅
父子同妻	鄭元佩、雙鳳	田野記録	勝珠
父子情深	李惠君、關元帥、李十一	臺數10臺	秀琴莊金梅
父子圖	關三月、大理公主、大理國王、包公	文獻記録三	珠玉鳳二團
父子雙封侯	挑（姚）仙梅、（高明玉）、①實實	臺數11臺	秀琴莊金梅
父子雙挂帥（金水橋）	秦懷玉、秦猛	田野記録	藝人少女
父之過	陸俊生、陸昭安、陸麗娟	臺數26臺	小飛霞黄月霞
牛郎織女（殘本）	牧牛童子、七公主、獨角青牛	臺數13臺	秀琴陳美淑2

① 此臺數不全，僅有小旦臺數，且無小生姓名。臺北“鴻明”及“一心”劇團皆有此劇目，據一心劇團網絡資料補。

續表

劇　　目	主要劇中人物	記録形式	資料來源
王子與狐狸	高繼文、高繼武、狐狸	臺數 21 臺	玲藝 2
王文英認親	王文英、施月霞	田野記録	寶雲
王佐斷臂	陸文龍、王佐、兀朮、嶽飛（原文别字）	文獻記録四	秀琴
兄弟多情	馮哲文、馮哲明、周一武、趙反共、周麗君、瓊玉、楊萬青、馮玉山	文獻記録二	民權
兄弟多情（蘭陵王）	高長恭王爺、白玉琳	田野記録	秀枝
兄弟冤仇死了同心	許雲亭、吴文秋	田野記録	新櫻鳳
兄弟情淚	武天虎、梅鳳雪、江夜差、洪三保、武英松（江文充）、武英仁（洪文章）、麗琴、瑞雲	文獻記録二	民權
兄弟情深	房克武、朱惠珍	田野記録	玲藝
包公二次斬郭槐	包公、郭槐、包玲玲、白玉堂	臺數 13 臺	玲藝 1
包公出世	包拯、包山、包海、玉面仙姑	臺數 16 臺	玲藝 1
包公奇案	宋仁宗、陸如霜、杜陽春、包拯	文獻記録三	天香
包公奇案	鎮南王、鄭玉嬌、包拯	文獻記録三	國光
包公奇案之真假娘娘	趙清（宋雙仁）、陸雪青、陸雪紅、鐵山	文獻記録三	新世華
包公奇案——梧桐怨	鄭英、鄭玉嬌、包拯	文獻記録三	國光
包公案之斬千金	高坤寶、趙春紅、馬千金、包公	講戲範例臺數 11 臺	林秀鳳
包公案之釣金龜	張義、包公	田野記録	新慈雲
包公斬王英	王英、娯蚣精、趙鳳嬌、包公	臺數 18 臺	玲藝 2
包公審文判	包昆瑞、林翠翠、包公、文判官	文獻記録三	草屯小輝龍
包公斬文判	包坤瑞、游勇、包公	田野記録 臺數 18 臺	陳美雲
包公審烏盆	包公、張别古、王世昌、趙大	臺數 23 臺	小飛霞黄月霞
包公審楊家將	楊文廣、馬世榮、楊伯山、包公	文獻記録三	草屯小輝龍
可恨的情人二本	張劍鳴、杜琴絲	臺數 20 臺	秀琴陳安妮
可恨的情人頭本	張劍鳴、杜琴絲	臺數 19 臺	秀琴陳安妮
可恨情人	張劍明、杜琴詩	臺數 22 臺	秀琴陳美淑 1
可恨情人（一）	張劍明、杜琴詩	臺數 22 臺	秀琴陳美淑 1
可愛的仇人（一）	杜琴詩、張劍鳴、朱英宗	臺數 10 臺	秀琴莊金梅
可愛的仇人（二）	杜琴詩、張劍鳴、朱英宗	臺數 11 臺	秀琴莊金梅
可愛的情人	張朝勤、周君兒、曾世雄、莊未水	田野記録 臺數 28 臺	春美
四美圖	陸海春秋、趙桂美、趙瓊美、陸四美、陸珠美	臺數 18 臺	玲藝 2
四美圖	陸海春秋、陸賜美、伍月美、伍小美、趙春美	文獻記録二	民權

續表

劇　　目	主要劇中人物	記録形式	資料來源
四郎探母	楊四郎、楊八郎、催雲公主、蕭太后	文獻記録四	一心
未了情	胡東風、劉素秋、蕭讚宏、陳雲蓮、洪海棠	文獻記録二	民權
母子無緣（尋母三千里）	祝忠和、岳英英、祝子	文獻記録四	新櫻鳳
母親在那裏（一）	朱月姑、江漢卿、江志明	臺數9臺	秀琴莊金梅
母親在那裏（二）	朱月姑、江漢卿、江志明	臺數8臺	秀琴莊金梅
玄天上帝收妖	梅山玉、鬼婆、玄天上帝、華光童子	文獻記録三	溪湖新文玉
玉面夜叙龍蛇劍（一）	林月娥、伍鸞英、伊自强	臺數6臺	秀琴莊金梅
玉面夜叙龍蛇劍（二）	伍鸞英、伊自强	臺數4臺	秀琴莊金梅
玉面夜叙龍蛇劍（三）	伍鸞英、伊自强	臺數11臺	秀琴莊金梅
玉面夜叙龍蛇劍（四）	伍鸞英、吴天寶	臺數11臺	秀琴莊金梅
玉面雙怪貓（一）	海珍珠、卜乾坤、小燕	臺數8臺	明華園天團孫詩雯
玉面雙怪貓（二）	海珍珠、小燕、卜乾坤	臺數2臺	明華園天團孫詩雯
玉面雙怪貓（三）	海珍珠、卜乾坤	臺數10臺	明華園天團孫詩雯
玉面雙怪貓（四）	梅花千手、海珍珠、小燕	臺數6臺	明華園天團孫詩雯
甘露寺	周瑜、孫權	田野記録	秀琴
甘露寺	喬墩、孫上香、劉備	臺數14臺	秀琴陳美淑1
生死鴛鴦（漁娘）	陳静如、花逢春、花逢良（占罕）	臺數23臺	玲藝1
生死戀	九龍、二虎、李太郎、田雪兒	文獻記録二	民權
田中告御狀	龐昱、田中、包拯	臺數15臺	玲藝1
田忠告御狀	田忠、龐昱、田舉元、包公	文獻記録三	民權
白色的愛	尚天雲、余秋蓮、劉玉珠、布玉郎	臺數18臺	玲藝2
白虎堂	楊延昭、楊宗保、穆桂英、孟良、焦贊	文獻記録二	民權
白海棠（一）	祝枝山、白雲華、姜四海	臺數28臺	玲藝1
白海棠（二）	祝枝山、白雲華、姜四海	臺數17臺	玲藝1
白紙告青天	宋神宗、趙清風、趙飛鴻	臺數7臺	明華園天團孫詩雯
白國風雲	王金鳳、王金龍（江太郎）、王金虎（胡伯卿）、胡達仔、于鸞嬌、許瑛之、許甘甘	文獻記録二	民權
目連救母	傅木松、劉世貞、目連、閻王	文獻記録三	新春玉
石敬塘反關	唐莊宗、張惠君、李瑞元、石敬瑭	文獻記録四	飛鳳儀
再生緣	白雲卿、趙玲華、姻緣仙姑、白劍春、周玉樓、賴皮、洪劍春、朱鳳鑾	文獻記録二	民權
列國志（鋒劍春秋）	孫燕、孫臏	文獻記録四	明華園天字
合寶金錢會（一）（殘本）	張明祥、祝梅雪、江大俊	臺數10臺	秀琴陳美淑2
因果報（父子冤仇、贖罪塔）	金沙國王、玉芙蓉、龍嘯天、賽玉鳳	臺數20臺	玲藝2

續表

劇　目	主要劇中人物	記録形式	資料來源
收十二太保	程敬思、李克用、李嗣源、劉銀屏、周德威	文獻記録二	民權
收玉面虎	龐洪、西宮洪娘娘、段紅玉、玉面虎白玉郎、白玉鳳、狄龍	文獻記録二	民權
收孟良	楊延昭、孟良	田野記録	雪卿
朱門輕風	嚴季鷹、柳月姑	田野記録	明華園天團
朱亮光鬥程麗華（一）	程麗華、文山玉、朱亮光	臺數 19	玲藝 1
朱亮光鬥程麗華（二）	程麗華、文山玉、朱亮光	臺數 12	玲藝 1
朱亮光鬥程麗華（三）	程麗華、文山玉、龐鳳娥	臺數 17	玲藝 1
朱亮光鬥程麗華（四）	朱亮光、程麗華、東方朔	臺數 20	玲藝 1
朱亮光鬥程麗華（五）	朱亮光、賊仔三、程麗華、賽金蓮	臺數 23	玲藝 1
朱亮光鬥程麗華（六）	朱亮光、程麗華、龐鳳娥	臺數 17	玲藝 1
朱亮光鬥程麗華（七）	朱亮光、程麗華、文進財	臺數 16	玲藝 1
朱亮光鬥程麗華（八）	朱亮光、程麗華、文進財	臺數 27	玲藝 1
朱洪武出世	朱洪武、劉伯温	文獻記録三	新藝芳
朱洪武走國（一）	徐賜輝、共興、陳良、朱七	臺數 45 臺	明華園天團
朱洪武走國（二）	朱洪武、陳友諒、常遇春、劉伯温	臺數 32 臺	明華園天團
朱洪武走國（三）	朱洪武、陳友諒、李成、馬桂英	臺數 35 臺	明華園天團
朱洪武走國（四）	朱洪武、伍恩緣、李翠蓮、白秋娥	臺數 30 臺	明華園天團
朱洪武走國（五）	朱洪武、陳友諒、錢少童、華雲	臺數 32 臺	明華園天團
朱洪武走國（六）	馬桂英、李不才、徐月鶴、胡大海	臺數 42 臺	明華園天團
朱洪武走國（七）	徐達、康茂財、胡玉環、唐賽花	臺數 49 臺	明華園天團
朱洪武走國（八）	朱洪武、錢少童、華玉堂、張定鞭	臺數 35 臺	明華園天團
朱洪武走國（九）	胡大海、武伯虎、吴猛、羅平德	臺數 37 臺	明華園天團
朱洪武走國（十）	吴猛、周劍仙、陳友諒、李翠蓮	臺數 33 臺	明華園天團
江山換美人	李淵、楊廣、杜二娘	田野記録	蘇恩嬅
血仇二十年	林志宏、李麗君	田野記録	葉麗珠三姐妹一團
西岐風雲	洪瑞雲、金劍平、金劍峰、胡彩鳳	文獻記録三	阿財班
西漢演義之梟雄淚	韓信、蕭何、劉邦、吕后	田野記録 臺數 15 臺	明華園天團
何仙姑得道	徐文、何素女、吕純陽	文獻記録四	春美
吴三桂出仕	崇禎皇帝、吴三桂、李長江	文獻記録二	民權
宋宫祕史	陳琳、寇珠	田野記録	寶雲
宋宫祕史	李妃、劉妃、包拯、宋仁宗	文獻記録三	龍聲
巫山風雲（風雪二十年）（一）	温琴娘、温瓊娘、洪瑞娘	臺數 8 臺	秀琴莊金梅

續表

劇　目	主要劇中人物	記録形式	資料來源
巫山風雲（風雪二十年）(二)	温琴娘、温瓊娘、洪瑞娘	臺數8臺	秀琴莊金梅
李老君收獨角青牛	紅花仙女（白牡丹）、看牛童子（韓湘子）、獨角青牛	臺數23臺	玲藝2
李克用復唐之沙陀國	李克用、周德偉	田野記録	真珠
李篡出世（李闖王出世）	李重堅、方鳳琴	田野記録	新金英
杜三春反宫	韓素妹、趙匡胤、鄭恩、杜三春	文獻記録三	新春玉
杜回救主	武媚娘、王皇后、杜回、李開封	文獻記録三	新春玉
決鬥五鳳山	張太平、岳美珠	田野記録	真珠
冲喜小寡婦	秦雲、杜雙雙	臺數14臺	秀琴陳美淑1
牡丹緣（殘本）	馮天賜、王阿狗	臺數5臺	小飛霞黃月霞
狄青取旗（一）	狄青、玄天上帝、黑面仔、白面仔	文獻記録三	珠玉鳳
狄青取旗（二）	狄青、黑面仔、客棧老板	文獻記録三	珠玉鳳
狄青取旗（三）	狄青、黑面仔、高國公主、高國國王	文獻記録三	珠玉鳳
狄青傳一	狄青、狄千金	臺數18臺	玲藝1
狄青傳二（收妖馬）	狄青、狄千金	臺數17臺	玲藝1
狄青傳三（殺王天化）	狄青、石玉	臺數10臺	玲藝1
狄青傳四（嫁軍衣）	狄青、狄金鑾	臺數16臺	玲藝1
狄青傳五（三千關）	狄青、焦延貴、楊宗保	臺數13臺	玲藝1
狄青傳六（楊文廣招親）	楊文廣、薛碧花	臺數15臺	玲藝1
狄青傳七（狄青招親）	狄青、賽花英	臺數14臺	玲藝1
狄青傳八（走關）	狄青、賽花英	臺數14臺	玲藝1
狄青傳九（殺血字）	狄青、賽花英、血字	臺數17臺	玲藝1
狄青傳十（審九孔）	狄青、西遼公主（血字妻）、楊鳳蛟、包公	臺數17臺	玲藝1
狄青傳十一（狄青詐死）	狄青、宋仁宗、包公	臺數15臺	玲藝1
狄青會姑母	狄廣、狄青、狄太后	文獻記録三	紫玉燕
狄龍收玉面虎①	段紅玉、龐洪、狄龍、白玉郎	文獻記録四	藝人
周公法鬥桃花女	周公、桃花女	文獻記録三	小金枝
周成過台灣	周成、月里、阿麵、王根	文獻記録一 劇本16臺	陳秀枝
周成過台灣	周成、月女、妖婦（無姓名）	臺數12臺	秀琴莊金梅
命運鎖鍊	羅岳峰、元吉、金杏雪	文獻記録四	松興
夜審怪風雲	陳月霸（怪風雲）、陳劍珠	臺數32臺	秀琴陳安妮

① 與“民權”《收玉面虎》人物同。

續表

劇　　目	主要劇中人物	記録形式	資料來源
姐弟鬥法包青天	邱雲英、邱天才、劉傳宗、假包公	講戲範例臺數20臺	董錦鳳
姑嫂比劍	樊梨花、薛金蓮、薛丁山	文獻記録四	松興
孟麗君（一）	孟麗君、皇甫少華、映雪	臺數6臺	秀琴莊金梅
孟麗君（二）	酈明堂、映雪	臺數11臺	秀琴莊金梅
孟麗君（三）	孟麗君、皇上、王少甫	臺數10臺	秀琴莊金梅
孟麗君（四）	孟麗君、王少甫、映雪	臺數18臺	秀琴莊金梅
岳飛連續傳——大戰九龍山	楊再興、岳飛、岳雲	文獻記録三	中壢金興社
岳飛傳一本	如來、大鵬金翅、姚氏（岳母）、周侗	臺數15臺	玲藝2
岳飛傳一本	岳飛、李玉娘、柴榮	臺數15臺	玲藝2
岳劍秋回弟	岳劍秋、岳寶寶、董麗紅	田野記録	真珠
岳劍秋回弟	岳劍秋、岳寶寶、董麗紅	田野記録	雪卿
忠孝節義	龐鶯鶯、朝陽妃、李忠信、李龍	文獻記録四	秀琴
忠孝節義——靈前會母	朱春登、惡嫂	文獻記録三	紫玉燕
忠官義賊	靈安尊王、馬金彪、李金虎	臺數20臺	小飛霞黃月霞
怪俠紅扇子	江督統、女俠紅扇子	文獻記録三	金鷹
招財進寶（天下財王）	石崇、劉秀琴	田野記録	新鈺雲
明末血淚	皇太后、朱高遠、朱翊均、阿雪	臺數5臺	明華園天團孫詩雯
明末血淚（一）	朱翊鈞、朱高遠、東方雪、祝娟	臺數17臺	明華園天團
明末血淚（二）	張獻忠、朱由檢、左凉玉、東方雪	臺數15臺	明華園天團
明末血淚（三）	朱由檢、袁淑雲、袁鳳蕭、張獻忠	臺數18臺	明華園天團
明末血淚（四）	袁淑雲、袁崇煥、左凉玉、張獻忠	臺數12臺	明華園天團
明末血淚（五）	左彩霞、袁崇煥、曹化龍、吴三桂	臺數14臺	明華園天團
明末血淚（六）	吴三桂、李自成、曹化龍、崇禎	臺數11臺	明華園天團
明宫怪婆（一）本九龍玉珮①	卓憲明、金麗兒、寇龍牙	臺數25臺	秀琴陳美淑1
明宫怪婆（二）本②九龍玉珮	卓憲明、金麗兒、寇龍牙	臺數13臺	秀琴陳美淑1
明清兩國誌（李篡出世）	李重江、李自成	田野記録	民安
東球島	王伯當、唐碧珠、唐七霸	田野記録	一心
東球島	唐七霸、王伯東、歐陽春、連秋香、唐碧珠、翻江鼠蔣平	文獻記録二	民權

① “珮”原作“佩”。

② 原臺數無劇名，依劇中人名判斷爲續本。“珮”原作“佩”。

續表

劇　　目	主要劇中人物	記録形式	資料來源
林成功	卓文林、文明月、卓寶玉、林成功（卓帶玉)、齊奉雪	講戲範例臺數26臺	洪明雪
林桂香告狀（三俠女哭倒地獄城)（一)	林桂香（秦桂英)、郭文隋、秦不平、高素貞	講戲範例臺數23臺	鄭金鳳
林桂香告狀（三俠女哭倒地獄城)（二)	秦桂英、觀音、郭文隋、高素貞、薛玉仙	講戲範例臺數20臺	鄭金鳳
林桂香告狀——乞丐婆哭倒萬里長城	郭文瑞、林桂香、秦不明、郭元興	文獻記録三	新和興
林愛姑告御狀（一)	詹典、林愛姑、林家木	臺數22臺	玲藝1
林愛姑告御狀（二)	林愛姑、盧秋金、咸豐	臺數15臺	玲藝1
武則天	武則天、唐高宗	文獻記録三	玉興
法門弄魁星	蘇有定、朱東坡、女媧、濟公	田野記録	春美
牧虎關	楊九妹、楊宗葆、高旺	田野記録	秀琴
狀元樓	陸金鳳、薛寶郎	臺數11臺	秀琴莊金梅
狐仙助夫	細貞、崔文瑞、包拯	文獻記録三	臺中金興社
玫瑰賊	玫瑰賊、玫瑰女	田野記録	一心
玫瑰賊	金仲文、玫瑰、美麗	文獻記録二	民權
臥龍案	史令祖、李少環、甘八、金三姐	臺數33臺	小飛霞黄月霞
花月正春風（殘本)①	夏嬌兒（毒娘子)、崔燕雲（笑面虎)、玉簫	臺數17臺	秀琴陳美淑1
金天狗	飛龍（金天狗)、蕭月眉（海珍珠)	田野記録	宏聲
金玉奴棒打薄情郎	金玉奴、莫稽	臺數18臺	玲藝2
金玉滿堂	劉全、劉秋金、李氏、李滿堂、林美玉、(林）李壽、孫麗雅	文獻記録二	民權
金收樓拆	沈昭君、沈昭文、金聰明	田野記録	陳美雲
金童玉女	趙雪玉、趙逢春、吴坤寶	文獻記録四	宏聲
金華府慘案（一)	秦雪兒、秦文談	臺數14臺	秀琴莊金梅
金華府慘案（一)	秦雪兒、秦文潭、譚秋雲	臺數28臺	玲藝1
金華府慘案（二)	秦雪兒、秦文談、譚秋雲	臺數9臺	秀琴莊金梅
金華府慘案（二)	秦雪兒、秦文潭、譚秋雲	臺數21臺	玲藝1
金華府慘案（三)	秦雪兒、秦文談、譚秋雲	臺數7臺	秀琴莊金梅
金華府慘案（三)	秦雪兒、秦文潭、譚秋雲	臺數21臺	玲藝1
金獅子	金正堂、胭脂虎花碧雲	田野記録	宏聲
金雞母	王大象、林萬金、林家孝、林家順	講戲範例臺數16臺	吕瓊珷

① 此本臺數不全，不著劇名，因主要角色及情節與楊麗花歌仔戲《花月正春風》全同，據以補上。

續表

劇　　目	主要劇中人物	記録形式	資料來源
阿郎	白雪、阿郎	臺數 3 臺	明華園天團孫詩雯
雨中緣	柯秀玲、李瑞堂、朱金龍	臺數 10 臺	秀琴莊金梅
雨中緣	李瑞同、花秀明、朱明輝	文獻記録三	陳美雲
雨中緣（單本）	李瑞堂、柯秀玲	臺數 24 臺	秀琴陳安妮
青竹絲	林天祥、陳玉琳、宋石虎	臺數 18 臺	玲藝 1
青竹絲奇案	王金俊、蕭慶娘、吴文魁、王金珠	文獻記録三	新春玉
青蛇傳	青霜飛、左劍艾	臺數 6 臺	明華園黄團陳勝國
前世君妃後世相會	嘉慶太子、沙陀公主白蘭花、櫻花、天生太子	文獻記録二	民權
姜子牙	姜子牙、李哪吒	臺數 18 臺	秀琴陳美淑 1
封神演義（1）	紂王、女媧、尤渾、蘇妲己	文獻記録三	臺中連興
封神演義（2－1、2）	紂王、妲己、雲中子、梅伯	文獻記録三	臺中連興
封神演義（3－1、2）	紂王、妲己、昭陽皇后、太子	文獻記録三	臺中連興
封神演義（4－1、2）	姜子牙、紂王、妲己、姬昌	文獻記録三	臺中連興
封神演義（5）	姜子牙、紂王、妲己、伯里考	文獻記録三	臺中連興
封神演義（6）	紂王、妲己、伯里考、文王	文獻記録三	臺中連興
急救邊庭（殘本）	風入祥、江金龍	臺數 9 臺	秀琴陳美淑 1
恨母	江文彬、蕭玉娘、王玉英、王天祥	臺數 15 臺	玲藝 1
指日東升	薛剛、紀鑾英、武則天、狄仁傑、武三思	文獻記録二	民權
施公案	周大、顧平、施不全	文獻記録三	小金枝
施公案（14 臺版）	施不全、丁有義、邱二娘、施鳳娥	臺數 14 臺	玲藝 1
施公案（17 臺版）①	施不全、馬成、邱素貞、廖麗珠	臺數 17 臺	玲藝 2
施公案（18 臺版）	施不全、馬成、邱素貞、廖麗珠	臺數 18 臺	玲藝 2
春風誤②	吴三桂、吴崑竇、趙雪玉	臺數 15 臺	玲藝 2
春夏秋冬	吴朝明、吴春夏、吴秋冬	臺數 21 臺	玲藝 1
春宫怨	司馬能、韓伯生、韓雪兒、二皇子	文獻記録三	小金枝
柳家店	柳建成、紅蓮心、愛新覺羅、寶貞、白玉山	文獻記録二	民權
洛神	曹植、甄宓、曹丕、曹操、崔琰	講戲範例臺數 16 臺	吴錦桂
洛神（一）	曹植、甄宓、曹丕、曹操、崔賽花	講戲範例臺數 22 臺	莊金梅

① 十八臺版與十七臺版劇情全同，而與十四臺版的《施公案》劇情不同。三版本施公皆名施不全，且劇情皆爲貴族女性爲惡，最後被法辦的故事。

② 此劇原不注劇名，劇情爲吴三桂之侄吴崑竇受趙家竇招親，活捉吴三桂之事。劇情和人名與“春美”歌劇團《春風誤》同，據以補上。

續表

劇　目	主要劇中人物	記録形式	資料來源
洛神（二）	曹植、甄宓、曹丕、曹操、崔賽花	講戲範例臺數 18 臺	莊金梅
洛陽橋	蔡端、觀音大士	田野記録	新琴聲
洪文彬	洪文彬、伍良蕭、伍妻	臺數 18 臺	小飛霞黄月霞
活捉顔世玉	吴明華、顔世玉	臺數 12 臺	秀琴莊金梅
流星一本	白鸚鴿、陸孔雀、耀武	臺數 8 臺	秀琴莊金梅
流星二本	白鸚鴿、萬春風	臺數 6 臺	秀琴莊金梅
流星三本	白鸚鴿、萬春風	臺數 6 臺	秀琴莊金梅
流星五本	白鸚鴿、萬春風、耀武、陸孔雀	臺數 11 臺	秀琴莊金梅
流星四本	白鸚鴿、萬春風、陸孔雀	臺數 5 臺	秀琴莊金梅
爲你活下去	王白雪、瑞隆	臺數 7 臺	秀琴莊金梅
界牌關	薛丁山、柳金花、程咬金	田野記録	漢陽
皇帝命乞丐子（一）	牛鼬秋、阿水	臺數 7 臺	秀琴莊金梅
皇帝命乞丐子（二）	牛鼬秋、阿水	臺數 10 臺	秀琴莊金梅
紀鸞英招親	紀鸞英、薛哥、武散士	文獻記録三	明珠女子
紀鸞英招親	薛剛、薛義、紀鸞英、徐慶佑	田野記録 臺數 11 臺	玲藝
紅妙關	香枝、蔡虎、蔡其初	文獻記録四	民權
紅顔淚史	劉玲紅、李鴻霖、岳天奇	臺數 12 臺	秀琴莊金梅
紅櫻美人島（一）（殘本）	紅櫻、劉景輝	臺數 5 臺	秀琴陳美淑 1
紅櫻美人島（二）（殘本）	趙志文、李秋鳳、紅櫻	臺數 20 臺	秀琴陳美淑 1
胡風反關	蘇英、胡風、楊堅、西妃	臺數 14 臺	秀琴陳美淑 2
苦命鴛鴦	趙梅英、陸明秀	臺數 8 臺	明華園天團孫詩雯
苦雨戀春風	許春風、林金英	田野記録	宏聲
英雄殘夢	杜克偉、姚静君	文獻記録四	一心
虹霓關	王伯當、東方氏、施文禮	田野記録	新慈雲
負心郎	顔世玉、吴明華	田野記録	光陽
重建楚王宫	河南王、郡主、徐達	田野記録	新明光
風流王子	賽乾坤、花玉蘭	田野記録	一心
風流王子	賽乾坤、林淑芬	田野記録	春美
風雪二十年	洪瑞龍、雷陽達、溫琴娘、温慶娘	田野記録	新琴聲
風雪十六年（一）	江秋珠、江文昌	臺數 4 臺	明華園天團孫詩雯
風雪十六年（一）	江秋珠、江文昌、武天虎	臺數 9 臺	明華園天團孫詩雯
飛刀斷情緣（上）	李俊英（鐵漢、飛燕子）、梅女	田野記録	秀琴

續表

劇　　目	主要劇中人物	記録形式	資料來源
飛刀斷情緣（梅花賊）（一）	歐陽玉霜、李（俊英）	臺數 7 臺	秀琴莊金梅
飛刀斷情緣（梅花賊）（二）	歐陽玉霜、李（俊英）	臺數 10 臺	秀琴莊金梅
飛刀斷情緣（殘本）	李俊英、歐陽春、梅花賊	臺數 22 臺	秀琴陳美淑 2
飛天鳥一本	孫明輝、孫明堂、張雲蓮	臺數 18 臺	玲藝 2
飛天鳥二本	張雲蓮、張明堂、秋（名不詳）	臺數 16 臺	玲藝 2
飛賊黑鷹	邱一郎、邱麗雪	田野記録	藝人少女
冤獄二十年	陳淑君、紀劍秋	臺數 10 臺	秀琴莊金梅
冤獄十年	李奇、趙聰、李桂枝	臺數 23 臺	玲藝 1
剖腹驗花	楊元昭、安招善、楊清波、鄺娘	文獻記録二	民權
哪吒鬧東海	哪吒、龍王、太乙真人、李靖	文獻記録四	連興
唐伯虎點秋香（三笑姻緣）	唐伯虎、秋香	文獻記録四	民權
唐明皇遊月宮	唐明皇、太白星	田野記録	新國聲
唐明皇遊月宮	唐明皇、張果老	田野記録	新櫻鳳
孫臏出世	孫武子、王禪、齊宣王、姬無鹽、燕丹郡馬、燕丹郡主、孫臏	文獻記録二	民權
孫龐演義	龐涓、孫臏	文獻記録二	民權
孫龐演義（1）	孫臏、龐涓	文獻記録三	臺中連興
孫龐演義（2）	孫臏、蘇蘭英、昭英、烏元達	文獻記録三	臺中連興
孫龐演義（3）	龐涓、孫臏、昭文通、皇后	文獻記録三	臺中連興
孫龐演義（4）	孫臏、孫臏母（燕國公主）、齊王	文獻記録三	臺中連興
孫龐演義（5）	孫臏、孫策、齊王子	文獻記録三	臺中連興
孫龐演義（6）（完結篇）	孫臏、昭文通、昭賽花、皇太子	文獻記録三	臺中連興
宮怨	司馬洪文、韓燕兒	田野記録	民權
宮怨	洪文、洪武、韓燕兒	文獻記録二	民權
峰山石嚴（殘本）	江耀文、李惠華、江耀武	臺數 19 臺	秀琴陳美淑 1
恩怨仇天	林文遠、慧娘、曹玉龍	臺數 19 臺	玲藝 2
恩怨情天	杜振武、狄六娘、杜漢武、陳進隆	文獻記録一劇本 22 臺	吕福禄
恩將仇報	張天民	文獻記録三	新藝芳
恩將仇報（西瓜平）	陳柏力、白雲山、施瓜平	臺數 22 臺	玲藝 1
恩將仇報（紅姑）	紅姑、董光輝	臺數 14 臺	秀琴莊金梅
案中案	白安、玉蕊、白熊、曾大條	臺數 30 臺	小飛霞黄月霞
浪子刀（一）	丁月玲、夏江龍	臺數 9 臺	秀琴莊金梅

續表

劇　　目	主要劇中人物	記録形式	資料來源
浪子刀（二）	丁月玲、夏江龍	臺數16臺	秀琴莊金梅
浪子刀第一集	夏江龍（岳劍輝）、田月玲	臺數27臺	秀琴陳安妮
浪子刀第二集	夏江龍（岳劍輝）、田月玲	臺數25臺	秀琴陳安妮
浪子回頭	周弘文、胡彩英、胡彩琴	臺數22臺	秀琴陳安妮
浪子回頭①	周弘文、胡彩英、胡彩琴	臺數19臺	秀琴陳安妮
浪子回頭（斷魂橋）	卓寶玉、王燕兒、林成功、李香雪	臺數32臺	小飛霞黄月霞
浪子淚	李瑞龍、尚娟娟、李瑞彬	文獻記録三	民權
浪子與慈母（不全）	宋長文、胡俊義、何玉華	臺數17臺	小飛霞黄月霞
浪蕩子	陳志明、林玉如、陳瑞彬、豔紅	田野記録 臺數16臺	秀琴
海東王（一）	白孔雀、洪世玉	臺數12臺	秀琴莊金梅
海東王（二）	白孔雀、洪世玉、無影兒	臺數12臺	秀琴莊金梅
海東王（三）	白孔雀、洪世玉、猩猩母	臺數7臺	秀琴莊金梅
海東王（四）	白孔雀、洪世玉、胭脂娘	臺數6臺	秀琴莊金梅
海東王（五）	白孔雀、洪世玉、無影兒、海東王	臺數13臺	秀琴莊金梅
海東王（六）	白孔雀、洪世玉、胭脂娘	臺數8臺	秀琴莊金梅
海瑞	海瑞、張老兒、嚴二、張元春	臺數18臺	玲藝2
海賊馬天狗	馬天狗、馬文龍、蘇其花	田野記録	葉麗珠三姐妹一團
烏龍院	張三郎、宋江、師母	臺數11臺	小飛霞黄月霞
狸貓换太子（一）	陳琳、寇珠、李宸妃、劉妃	臺數14臺	玲藝1
狸貓换太子（二）	郭槐、寇珠、陳琳	臺數12臺	玲藝1
狸貓换太子（三）	包拯、陳琳、李宸妃、劉妃	臺數19臺	玲藝1
狸貓换太子	寇珠、陳琳	田野記録	勝珠
珠簾寨	石頭神、浣紗女	田野記録	新國聲
真假千金	張真、金牡丹、魚仙、包拯	文獻記録四	飛鳳儀
真假王子	朱金龍、李玉鳳、朱仁宗、朱國章	文獻記録四	欣櫻鳳
真假狀元	崔明玉、徐文玉、包公	臺數16臺	玲藝1
真假皇后	宋仁宗、陸雪青、陸雪紅	田野記録	鴻明
真假皇后（審玉臍）	宋仁宗、陸雪紅、陸雪青、包公	田野記録 臺數21臺	一心
真假郡主	蜈蚣精、宋金珠、包公	文獻記録三	國光
神州天馬俠	鍾明山、鍾光明、郭鳳珠、紅鷺燕	文獻記録二	民權
神秘殺人針	白文文、宋文邦、神秘怪客、梅花大俠	臺數21臺	秀琴陳美淑1
神劍白太郎	白太郎、白郎玉、江豔秋	田野記録	勝珠

① 原無劇名，爲《浪子回頭》二十二臺本别本，記録緊接其後，而較爲簡略，劇中人物名相同。

續表

劇　　目	主要劇中人物	記録形式	資料來源
神劍白太郎（一）	江鱸秋、白太郎、鐵山虎、小生（無姓名）	臺數6臺	秀琴莊金梅
神劍白太郎（二）	江鱸秋、白太郎、鐵山虎、小生（無姓名）	臺數14臺	秀琴莊金梅
秦始皇	吕不韋、王孫異人、朱姬、秦始皇	講戲範例臺數20臺	吴錦桂
秦始皇出世	吕不韋、異人、趙姬、嬴政	文獻記録二	民權
粉妝樓	胡奎、羅坤、胡秀娘	臺數23臺	小飛霞黄月霞
紙新娘	阮香蘭、劉國華	臺數18臺	玲藝2
紙新娘	劉玉琳、婉香蘭	臺數24臺	秀琴陳安妮
紙新娘	宛香枝、小生（未註姓名）	臺數9臺	秀琴莊金梅
胭脂虎（上本）	賽金龍（怪俠飛山龍）、賽麗雲（胭脂虎）、李先廣	田野記録	梅玉
茫海明珠（一）	岳美珠、張太平、金田	臺數12臺	秀琴莊金梅
茫海明珠（二）	岳美珠、張太平、金田	臺數9臺	秀琴莊金梅
茫海明珠（三）	岳美珠、張太平、金田	臺數6臺	秀琴莊金梅
逃亡二十年	紀夢陽、陳淑君、仇明奇、紀飛龍	臺數26臺	小飛霞黄月霞
郡馬斬子	史建文、劉陽郡主、劉彪、劉陽郡馬	文獻記録四	飛鳳儀
馬義救主	馬義、王青福、王青文、龐豹、包公	臺數15臺	玲藝2
高金花三偷狀元印（代嫁鴛鴦情）	高金花、吴坤寶、周麗仙	臺數19臺	明華園天團
乾隆下江南	乾隆君、蕭志清、徐鳳嬌、施嬌嬌	臺數28臺	小飛霞黄月霞
乾隆下江南	乾隆、甘鳳池、楊寶林、姚鳳仙	文獻記録三	新琴聲
乾隆下江南（殘本）	乾隆君、蕭志清、徐光輝	臺數4臺	小飛霞黄月霞
乾隆斬皇孫	乾隆、韓阿春、靖如、鳴春	文獻記録三	新玉青
國王找母	胡淑霞、王彩蓮、吴金城、朱阿同、朱天妹、朱紅玉、朱鶴雲、吴坤寶	文獻記録二	民權
國法無情①	陸文光、江輝龍、陳志明、林素秋	文獻記録四	飛鳳儀
國寶金鎖匙	王伯卿、金珠、殿冰相、殿保元	文獻記録三	新明聲
娶親錯親	施建坤、莫香君、施坦直、莫莫游	田野記録 臺數20臺	小飛霞
密山林（殘本）	陳武林、傅仙姬、施君郎	臺數8臺	秀琴陳美淑1
將相和	藺相如、廉頗、藺鳳仙、廉德輝	文獻記録四	陳美雲
崇禎出世	朱萬曆、東方雪、祝娟	田野記録	秀琴
崇禎出世	朱萬利、東方雪、祝娟	臺數16臺	秀琴陳美淑1
崇禎出世（一）	朱萬力、東方雪、祝娟	臺數21臺	玲藝1
崇禎出世（二）	張獻忠、崇禎、東方雪	臺數15臺	玲藝1

① 與“溪湖新文玉”《陸文公斬子》人物同。

續表

劇　　目	主要劇中人物	記録形式	資料來源
崇禎出世（三）	崇禎、董鳳梅、張獻忠	臺數 15 臺	玲藝 1
康熙君造浮橋報母恩	康熙、白齊、殷翠蓮	田野記録	寶雲
張三刀（恩將仇報）	張三刀、岳天雷、張慶堂、趙美瑶	臺數 21 臺	玲藝 1
張世真下凡	張世真、崔文瑞、王冠成、包拯	文獻記録四	一心
張仙女下凡	張仙女、黄文隨、阿社子、包拯	文獻記録三	金興社
情斷西湖	華天祥、陸慶山、李碧桃、陸金平、華淑雲	文獻記録二	民權
情斷西湖	陸慶山、賴天祥、李月娥、陸金平	文獻記録三	民權
情難斷	莊空愛、張鳳凰	田野記録	新櫻鳳
挂名夫妻	周静子、林玉堂、張進武	臺數 27 臺	一心孫詩詠
斬大殿下	李世民、尉遲恭、梅（秀英）	臺數 19 臺	玲藝 1
斬太保	林豔紅、張定文、朱青、朱漢郎	臺數 23 臺	玲藝 1
斬單雄信	尉遲恭、單雄信	田野記録	宏聲
斬鄭英	鄭英、昭容池、昭寶寶、包公	臺數 18 臺	玲藝 1
斬顔良	關公、顔良、趙子龍	田野記録	葉麗珠三姐妹一團
曹國舅	曹國舅、曹鳳燕、酒空成、曹友	臺數 8 臺	明華園天團孫詩雯
梁武帝歸佛	梁武帝、侯翠琴	文獻記録四	飛鳳儀
梧桐奇案	趙鸞鳳、王英、劉備義、鯉魚仙子	文獻記録三	新春玉
殺子報（通州奇案）	趙雪嬌、王官寶、陳志强	文獻記録四	藝人
深宫醜	乾隆、韓阿春、永成太子、龍孫	田野記録 臺數 15 臺	春美
烽火情戀：薛丁山與樊梨花	樊梨花、薛丁山、薛父	文獻記録三	柳新女
莾夫東邪	東邪、杜冰梅、尚春風、魔天崙	田野記録	秀琴
莾夫東邪（一）①	尚春風、璀璨、杜歡情、東邪	臺數 11 臺	秀琴陳美淑 1
莾夫東邪（二）	曲冰梅、尚春風、東邪	臺數 25 臺	秀琴陳美淑 1
莾夫東邪（三）	曲冰梅、尚春風、東邪	臺數 31 臺	秀琴陳美淑 1
蛇郎君	金蛇聖母、金玉虎、劉玉萍	臺數 19 臺	玲藝 2
連慶堯一本	連夏年、春花、鐵金英	臺數 17 臺	玲藝 2
連慶堯二本	連夏年、春花、連慶堯	臺數 15 臺	玲藝 2
連慶堯三本	連慶堯、施雍正、陳香兒	臺數 15 臺	玲藝 2
連慶堯五本	連慶堯、甘内池、陳香兒	臺數 13 臺	玲藝 2
連慶堯四本	連慶堯、春花、連花明	臺數 15 臺	玲藝 2
郭子儀大拜壽	郭子儀、郭曖、升平公主李金枝	文獻記録二	民權

① 本劇爲三本連臺，原不標前後，但臺數各有十一、二十五、三十一臺，依劇情判斷。

續表

劇　　目	主要劇中人物	記録形式	資料來源
郭子儀大拜壽（打金枝、金枝玉葉）	郭曖、公主	田野記録	福聲
郭子儀太行山	郭子儀、李林甫、伊賽花、伊文俊、包金花、包寬寶、安禄山	文獻記録二	民權
郭子儀救李白（郭姓）	郭子儀、監軍太監、李白	文獻記録三	金興社
陰陽界	柳建成、洪蓮心、覺羅池	田野記録	一心
陰陽界	柳建成、黄玉娘、陳劍生	臺數 26 臺	秀琴莊金梅
陳三五娘	陳伯卿、黄碧琚、益春	文獻記録四	新協興
陳世美反奸	陳世美、秦香蓮	文獻記録四	高麗
陳金定	薛丁山、陳金定、程咬金	臺數 17 臺	小飛霞黄月霞
陳郎救鶴（陳姓）	陳郎、鶴、縣令、七省巡撫	文獻記録三	金興社
陳靖姑收妖	陳靖姑、劉紀、白蛇	角色記録	秀琴陳美淑 1
陳靖姑收妖	陳靖姑、劉記、白蛇	臺數 12 臺	秀琴莊金梅
陳厭良過大金橋	陳厭良、白瓊花	臺數 21 臺	小飛霞黄月霞
陸文公斬子	陸文公、陳志明、林素秋	文獻記録三	溪湖新文玉
陸明光斬子	陸明光、李桂枝、王志明	文獻記録二	民權
陸黄昏與花碧蓮	陸黄昏、花碧蓮、林正謙	臺數 17 臺	玲藝 2
陸黄昏與花碧蓮二本（敗首都）	陸黄昏、王倫、何愛珠	臺數 16 臺	玲藝 2
陸黄昏與花碧蓮三本	陸黄昏、花碧蓮、林正謙	臺數 12 臺	玲藝 2
陸黄昏與花碧蓮四本	陸黄昏、花碧蓮、林正謙	臺數 14 臺	玲藝 2
雪梅教子	秦雪梅、愛玉、商禄	臺數 18 臺	秀琴莊金梅
麻雀變鳳凰（殘本）	李春花、金陀福、玉嬌容	臺數 15 臺	秀琴陳美淑 2
啼笑姻緣	錢月明、柳含煙、國舅子	臺數 18 臺	小飛霞黄月霞
彭公案	潘世雄、朱世清、彭公	臺數 21 臺	玲藝 2
彭公案（大義滅親）	施天保、趙一清、林桂香、施嬌嬌、彭公	臺數 19 臺	玲藝 1
彭公案①（殘本）	彭平、金胡爐、徐明輝	臺數 10 臺	秀琴陳美淑 1
彭公案——慈母淚	彭孝忠、施霸强、彭平	臺數 12 臺	秀琴陳美淑 1
棋盤山	薛丁山、竇仙童、薛金蓮	臺數 20 臺	小飛霞黄月霞
棒打薄情郎	穆魁、金玉奴	臺數 19 臺	秀琴陳安妮
猩母奇緣	猩母、陳明仁、林天生	臺數 20 臺	玲藝 1
猩猩膾	猩猩女、狐狸公公、狀元	臺數 7 臺	明華園天團孫詩雯
猴母養人子	吴貴昌、潘仁美、猴王、吴山林	文獻記録四	宏聲
華山救母	鳳仙、劉彦昌、秋香	文獻記録四	春美

① “彭”原作“澎”。

續表

劇　　目	主要劇中人物	記録形式	資料來源
賀雙喜	何信忠、岳鶯、賀雙喜、杜杏玉	臺數 25 臺	玲藝 2
賀雙喜二本①	賀雙喜、杜杏玉、韓素梅	臺數 15 臺	玲藝 2
賀雙喜三本（殘本）	賀雙喜、杜杏玉、岳青天	臺數 12 臺	玲藝 2
鄉下姑娘・都市少爺	陳乙明、陳元六、小旦	臺數 22 臺	玲藝 1
隋唐演義（一）楊堅統一南北朝，秦瓊長安觀花燈	秦起、楊堅、秦瓊、程咬金	臺數 12 臺	明華園天團
隋唐演義（二）秦叔寶雙鐧會天子，伍雲召血戰無敵將軍	秦瓊、竇二娘、楊廣、梅妃、宇文成都	臺數 14 臺	明華園天團
隋唐演義（三）秦叔寶燕州會姑母，瓦崗寨擁出混世王	謝應登、秦瓊、秦勝珠、程咬金	臺數 16 臺	明華園天團
隋唐演義（四）裴元慶賭氣投瓦崗，李元霸報恩戰金提	裴元慶、裴翠娥、程咬金、李元霸	臺數 13 臺	明華園天團
隋唐演義（五）李子通收三勇，四五大戰孤二	伍雲召、程咬金、宇文成都	臺數 13 臺	明華園天團
隋唐演義（六）秦叔寶智賺呼雷豹，裴元慶誤走葫蘆臺	李密、秦瓊、程咬金、尚司徒、裴元慶	臺數 13 臺	明華園天團
隋唐演義（七）王伯當巧遇東方女，秦瓊三鐧倒銅旗	王伯當、東方百花、尚司徒、秦瓊	臺數 12 臺	明華園天團
隋唐演義（八）徐茂公本赦李世民，斷密澗夜哭王伯當	徐茂公、李世民、李密、王伯當	臺數 12 臺	明華園天團
隋唐演義（九）戰燕州羅成護印，遊江都楊廣喪命	羅成、秦瓊、楊廣、宇文化及	臺數 16 臺	明華園天團
隋唐演義（十）一印追五將，雷神殛雷神	王世充、李子通、伍雲召、李元霸	臺數 14 臺	明華園天團
隋唐演義（十一）李世民喜得山東將，秦叔寶初逢尉遲恭	秦瓊、尉遲恭、李世民	臺數 15 臺	明華園天團
隋唐演義（十二）馬賽飛血戰唐軍，尉遲恭單鞭救主	尉遲恭、李世民、徐茂公、馬賽飛	臺數 21 臺	明華園天團

① 第二本情節可能誤植，賀雙喜與韓素梅（杜杏玉之婢）成夫妻；第三本小旦（似爲韓素梅）又與何春淵成夫妻，劇情不連貫。

續表

劇　目	主要劇中人物	記録形式	資料來源
隋唐演義（十三）羅成單槍鎮五帝，青龍篡唐朝	竇建德、羅成、單雄信、程咬金	臺數 23 臺	明華園天團
隋唐演義（十四）賜王帶天子遇害，泥羅河白虎歸天	李世民、羅成、尉遲恭	臺數 18 臺	明華園天團
隋唐演義（十五）假瘋魔尉遲恭用計，玄武門貞觀登基	尉遲恭、魏徵、蘇定芳、鐵香蘭	臺數 12 臺	明華園天團
隋唐演義之收尉遲寶林	羅成、尉遲寶林	田野記録	玲藝
順治君與董小宛	順治君、董小宛	田野記録	民權
黄巢造反（殘本）	石二娘、石孝順、黄巢	臺數殘稿	秀琴陳美淑 1
黄巢造反第一本（黄巢出仕）	黄巢、李克用、程敬思	文獻記録一劇本 19 場	吕福禄
黄巢造反第二本（李克用收十二太保、珠簾寨）	李克用、周德威、沙麗金、沙麗銀	文獻記録一劇本 13 場	吕福禄
黄巢造反第三本（李存孝出仕、石頭人招親）	李克用、周惠珍、石頭人、石存孝（李存孝）	文獻記録一劇本 17 場	吕福禄
黄巢造反第四本（興唐滅巢）（殘本）	黄巢、盧遠	文獻記録一劇本 2 場	吕福禄
黄巢造反第五本（無名槍）	李克用、李存孝、王彦章	文獻記録一劇本 17 場	吕福禄
黄巢試劍	黄巢、九天玄女、法明、羅遠	文獻記録四	民權
黑人大俠（黑衣大俠）	陸金虎（趙廷玉）、陸金豹（黑人大俠）、陸飛珠（白牡丹）、周玉珍	講戲範例臺數 31 臺	顔木耳
黑色的愛（一）	施明珠、（柳劍）海、馬田	臺數 9 臺	秀琴莊金梅
黑色的愛（二）	施明珠、（柳劍）海、馬田	臺數 13 臺	秀琴莊金梅
黑色的愛（劍海明珠）一本	柳劍海、施明珠	臺數 26 臺	秀琴陳安妮
黑色的愛（劍海明珠）二本	柳劍海、施明珠	臺數 23 臺	秀琴陳安妮
黑衫哥（一）	李鳳琴、黑衫哥	臺數 9 臺	秀琴莊金梅
黑衫哥（二）	李鳳琴、黑衫哥、乞丐	臺數 10 臺	秀琴莊金梅
黑衫哥（三）	李鳳琴、馬神劍、乞丐	臺數 16 臺	秀琴莊金梅
傾城之戀	雲南王子、蒙古公主仙枝、孫文輝	田野記録	新櫻鳳
媽祖傳	林默娘、林父	文獻記録四	尚和
媽媽的罪惡	劉麗秋、白劍明、胡三朗、白玉如	臺數 26 臺	玲藝 2
愛姑告御狀	林愛姑、詹典、林佳木、盧樹金	文獻記録一劇本 16 臺	陳秀枝

續表

劇　目	主要劇中人物	記録形式	資料來源
慈母淚一本	王春花、江文魁、許愛珠	臺數 21 臺	玲藝 2
慈母淚二本	王春花、江文魁、許愛珠	臺數 24 臺	玲藝 2
慈母淚三本	王春花、江文魁、許愛珠	臺數 15 臺	玲藝 2
慈母淚四本	王春花、江文魁、許愛珠	臺數 18 臺	玲藝 2
暗光鳥	陳志勇（暗光鳥）、石英	田野記録	秀琴
暗光鳥（母之罪）第一本	楊淑芬、陳志勇、陳志强、石英	臺數 26 臺	秀琴莊金梅
暗光鳥（母之罪）第二本	陳志勇、陳志强、石英、楊淑芬	臺數 24 臺	秀琴莊金梅
會國母	范仲華、李宸妃、包公、寇珠	臺數 10 臺	玲藝 1
楊乃武與小白菜	楊乃武、林秀姑（小白菜）	臺數 20 臺	玲藝 1
楊家將三本（殘本）①	楊繼業、佘賽花	臺數只剩第 16 臺	玲藝 2
楊家將四本②	楊繼業、佘賽花、趙光義	臺數 10 臺	玲藝 2
楊家將五本③	楊繼業、雷鳳英、楊延嗣	臺數 13 臺	玲藝 2
楊家將六本	楊繼業、佘賽花	臺數 13 臺	玲藝 2
楊家將七本	楊繼業、佘賽花	臺數 10 臺	玲藝 2
楊排風挂帥	楊排風、佘太君、楊延昭	田野記録	新臺光
楊寶才得黄金	楊懷玉、吴鳳珠	田野記録	寶安美
楊繼業出征	楊繼業、佘太君	田野記録	蘇恩嫜
楊繼業與蕭太后一	楊繼業、蕭燕燕	臺數 15 臺	玲藝 1
楊繼業與蕭太后二	楊繼業、蕭燕燕、佘賽花	臺數 19 臺	玲藝 1
楊繼業歸天	楊繼業、楊延昭、柴王	田野記録	一心
楚漢（四）韓信書信定三國，霸王濰水敗劉邦	韓信、張良、劉邦、項羽	田野記録	明華園天團
楚漢相争之月下追韓信	蕭何、韓信	田野記録	一心
楚漢相争之鴻門宴	劉邦、項羽、韓信	田野記録	一心
獅子樓	武大、潘金蓮、西門慶、武松	文獻記録三	民聲
瑞雲安國	張振國、張振安、吴秉宏、吴瑞雲	文獻記録三	新世華
義俠馬天狗	陸麒麟（馬天狗）、馮少庭、陸金仙、史豔文	文獻記録二	民權
義悲亭	方素貞、思明	田野記録	光陽
萬古流芳	屠岸賈、莊姬、程嬰、魏絳	文獻記録三	秋月
董卓逼宫	董卓、曹操、劉鞭、劉妾、張忠	臺數 14 臺	秀琴陳美淑 2

① 殘本，只有第十六臺，情節不詳。
② 《雙龍會》情節。
③ 楊令公碰碑情節。

續表

劇　　目	主要劇中人物	記録形式	資料來源
補破網	王世賢、林素華、余鶯嬌、王世傑	文獻記録一劇本15臺	張耀金
路遥知馬力	路遥、馬力、梁鳳英、林秀蘭	講戲範例臺數15臺	吴進旺
道光斬子	陳應龍、白雪嬌、道光太子	田野記録	梅玉
雷打不孝子	吴天賜、杜玉琴、朱鳳鸞、吴天富	臺數16臺	小飛霞黄月霞
雷打不孝子	吴天富、吴天賜、杜玉琴、施鳳元	田野記録 臺數17臺	陳美雲
雷打不孝子	吴天賜、吴天富、杜玉琴、朱鳳鸞	田野記録 臺數11臺	小飛霞
鳳凰淚	朱鳳冠、金龍、寶貴	臺數9臺	明華園天團孫詩雯
精忠報國	岳飛、岳母、崔孝前	文獻記録三	建龍
台灣奇案林投姐	周施、鄭氏、算命先	文獻記録四	飛鳳儀
趙子龍招親	趙子龍、吴鳳珠、劉備	臺數14臺	秀琴陳美淑2
鳳凰淚（一）（錯嫁）	蘇金龍、朱鳳冠	臺數21臺	玲藝1
鳳凰淚（二）（生子）	朱小桃（朱鳳冠）、朱少安	臺數16臺	玲藝1
鳳凰淚（三）	朱小桃（朱鳳冠）、朱少安、高炎卿、蘇寶全	臺數14臺	玲藝1
鳳凰淚（四）	朱小桃（朱鳳冠）、朱少安、高炎卿、蘇寶全	臺數21臺	玲藝1
鳳嬌會李旦	李旦（胡進興）、胡鳳嬌	文獻記録四	新明光
劉全進瓜	劉全、李氏	文獻記録四	新藝芳
劉備招親	劉備、喬國老、孫尚香、吴太后	文獻記録三	小金枝
劉智遠翻無道	劉智遠、李三娘、郭炎輝	田野記録	明華園月團
劉陽復國	劉陽（東漢明帝）、朱金蓮、王恩	文獻記録三	王桂冠
劉瑞蓮挂帥	劉瑞蓮、皇妃	田野記録	宏聲
劉瑞蓮挂帥	劉瑞蓮、蘇娘娘	田野記録	新櫻鳳
劍血	王鐵虎、蝴蝶霸、白月娥、寶琪、朱永德、王麗珠、王來、方福、方玉山、方玉如、紫玫瑰	文獻記録二	民權
劍影流星情	白鳳凰、葉明輝、葉秀花、白二郎	文獻記録三	新春玉
審烏盆	包拯、張伯古、寇珠	臺數15臺	玲藝1
熱情鴛鴦	李文忠、李瑞堂、李瑞珠、李仔哥、朱國良、朱雀屏、朱楊桃、柯秀玲、柯俊雄	文獻記録二	民權
盤絲洞	唐三藏、蜘蛛精、孫悟空	文獻記録四	秀琴
瞎眼國王	莫舉雲、莫色姬	田野記録	秀琴
蔡端造橋	蔡端、蔡母、觀音妙善、寶菜義、吕洞賓、龜蛇雙妖、玄天上帝	文獻記録二	民權

續表

劇　目	主要劇中人物	記録形式	資料來源
蝴蝶盃	田玉川、胡鳳蓮、盧林	文獻記録四	小飛霞
蝴蝶鏢（一）	楊鳳凰、楊大雄、劉國輝	臺數 8 臺	明華園天團孫詩雯
蝴蝶鏢（二）	楊鳳凰、劉國民、劉國輝	臺數 14 臺	明華園天團孫詩雯
誰是凶手	劉鳳姑、小生（不著姓名）	臺數 15 臺	秀琴莊金梅
誰是凶手	陳志輝、陳志坤、許仙梅、馬金鏢	田野記録	秀琴
請國母	李宸妃、包公、陳琳、郭槐	臺數 9 臺	玲藝 1
賢妻殺夫第一本	林孝義、林孝忠、李仁書、吳美娘	文獻記録一劇本 22 臺	陳聰明
賢妻殺夫第二本	林孝義、林孝忠、李仁書、陳麗屏	文獻記録一劇本 16 臺	陳聰明
賢妻殺夫第三本	李仁書、吳美娘、朱寬仁、林志强	文獻記録一劇本 13 臺	陳聰明
賢妻殺夫第四本	林孝忠、李仁書、白衣女	文獻記録一劇本 5 臺	陳聰明
賢妻殺夫第五本	林孝義、林孝忠、李仁書、吳美娘	文獻記録一劇本 15 臺	陳聰明
鄭元中狀元（鄭姓）	鄭元、仙女、富豪、皇帝	文獻記録三	金興社
鋒劍春秋第一集	孫臏、孫燕、海頭老祖、金翎子	文獻記録三	新春玉
鋒劍春秋第二集	矮毛瑞、孫臏、孫燕、海頭老祖	文獻記録三	新春玉
鋒劍春秋第三集	王翦、孫臏、海頭老祖、龍王	文獻記録三	新春玉
鋒劍春秋第四集	孫臏、海頭老祖、孫燕、秀英	文獻記録三	新春玉
駝背妻嫁狀元夫（上）	崔文賓、高金花	田野記録	春美
駝背新娘	高文賜、高金花	田野記録	福聲
憨按君（一）	賽玉鳳、薯皮	臺數 5 臺	明華園天團孫詩雯
憨按君（二）	賽玉鳳、薯皮	臺數 7 臺	明華園天團孫詩雯
戰宛城	吕布、曹操、展（典）偉、張秀（綉）	文獻記録三	新世華
戰遠城①（戰宛城）	曹操、張秀、典威、黑車、曹金花	臺數 16 臺	秀琴陳美淑 2
燈妹（台灣開墾故事）	燈妹、劉人傑、馬天生、錢阿舍	臺數 17 臺	玲藝 2
燕雲十六州	耶律青龍、柴榮、趙匡胤	文獻記録四	明華園星團
獨手怪女	胡三泰、白清華、劉玉娘、胡劍鋒、胡劍隆、馬鳳珠、白玉蘭	文獻記録二	民權
盧守誠遇仙（盧姓）	盧守誠、吕洞賓	文獻記録三	金興社
穆桂英	穆桂英、楊宗保	文獻記録三	小金枝
穆桂英（陣前招親、降龍木）	穆桂英、楊宗保、楊延昭、八賢王	文獻記録三	小倩

① 此劇情節與京劇《戰宛城》同。劇中人張秀即張綉，典威即典韋，黑車即胡車，曹金花即鄒氏。

續表

劇　　目	主要劇中人物	記録形式	資料來源
穆桂英大鬥天門陣	穆桂英、楊宗保、佘太君	文獻記録三	小金枝
穆桂英東征	穆桂英、楊宗保、楊延昭、囉哩囉嗦	文獻記録三	新藝興阿財班
蕭太后拜玉樹	蕭太后、楊四郎、鐵鏡公主、楊延昭	文獻記録四	飛鳳儀
錢塘縣冤案	四姨太、師爺、大夫、刀斧手	文獻記録四	小飛霞
錯配姻緣	鄭素真、鄭素珍、小生（無姓名）	臺數 11 臺	秀琴莊金梅
龍女情緣	段雲霄、段雲天、胡珍珠	臺數 23 臺	小飛霞黄月霞
龍虎兄妹（女俠胭脂虎）	賽金龍、賽麗雲、李先廣	田野記録	新鈺雲
龍俠黑頭巾	張宏文、宋瑶卿、朱進武	田野記録	一心
龍俠黑頭巾	朱天德、朱進龍（馬彪）、張浩雲、妙英、朱雪嬌、朱進武（龍俠黑頭巾）、張玉琴（催魂劍客）、鐵蘭英、枇杷膏、彭心桃	文獻記録二	民權
龍鳳奇緣	秦鳳蕭、李如龍	臺數 11 臺	秀琴莊金梅
龍鳳會	劉備、孫權、孔明、周瑜	文獻記録四	新櫻鳳
龍鳳餅	劉文聰、周英蘭、包公	臺數 22 臺	玲藝 1
濟公大戰接引尊者	濟公、接引尊者、小龍女、	田野記録	勝珠
濟公活佛	胡偉冠、桃九妹、濟公、吕洞賓	文獻記録四	新美興
濟公傳	濟公、女媧、蘇有定、朱宗坡	文獻記録三	新春玉
濟公傳第四階段：濟公大戰接引會女媧	濟公、接引尊者、女媧	田野記録	明華園辰團
濟公戰女媧	高宏彬、朱文慶、濟公、女媧	田野記録	秀枝
薛丁山下山之棋盤山	薛丁山、竇仙童	田野記録	明華園月二團
薛丁山征西之青龍關	薛丁山、樊梨花、程咬金	田野記録	雪卿
薛丁山與樊梨花之樊梨花大破洪水陣	薛丁山、樊梨花、薛應龍	田野記録	秀琴
薛仁貴三下天牢（上）	薛仁貴、李世民、尉遲恭	臺數 19 臺	小飛霞黄月霞
薛仁貴三下天牢（下）	薛仁貴、李世民、程咬金	臺數 16 臺	小飛霞黄月霞
薛平貴與王寶釧	薛平貴、王寶釧、王允	文獻記録四	秀琴
薛光打雁門關	樊梨花、薛光、狄仁傑	臺數 19 臺	玲藝 2
薛武輝反關	薛寶蓮、薛武輝、張蹇、薛武德	文獻記録四	新明光
醜女嫁皇帝	濟公、唐高宗、鍾文豔	文獻記録四	民權
鍾馗嫁妹	鍾馗、杜平	田野記録	明華園玄團
鍾聲怪影（二）	李秋金、江少英、杜金龍	臺數 25 臺	秀琴莊金梅
韓世忠梁紅玉	金粘罕、梁紅玉、韓世忠	臺數 14 臺	玲藝 2
韓世忠梁紅玉二本	梁紅玉、金兀朮、陸登	臺數 14 臺	玲藝 2
斷指	嚴天明、蘇慧君、劉小英	臺數 6 臺	小飛霞黄月霞
簫聲（上）	韓世偉、周淑娟、周健元、韓明忠	田野記録 臺數 19 臺	秀琴

續表

劇　　目	主要劇中人物	記録形式	資料來源
藍采和得道	藍采和、燕唾玉、張果老	臺數 13 臺	玲藝 2
轉車輪	宋秋金、鳳玲	臺數 7 臺	秀琴莊金梅
雙天臺	馬三保、小燕、伍天臺、飛天臺、飛泰山	文獻記録二	民權
雙王子復國①（二）	龐黎兒、邱禪卿、郡主	臺數 20 臺	明華園天團孫詩雯
雙生仔怨	木夏蓮、左雲、南飛龍、秀玲	田野記録 臺數 17 臺	秀琴
雙鳳緣	石月香、秋娘、鍾義	臺數 20 臺	玲藝 2
雙鳳緣②	石月香、養娘、鍾義	臺數 19 臺	玲藝 2
雙龍比武	沙玉霜、岳雲、柴排峰	文獻記録四	協興
雙龍奪位	李登正、李朝正、曹秀英	臺數 24 臺	小飛霞黃月霞
顔春敏	桃花西宫娘娘、魯世雄、白春生、白小蘭、魯月華、顔春敏	文獻記録二	民權
魏津斬龍王	王蟬、龍王、魏津	臺數 14 臺	玲藝 1
魏徵斬龍王	袁天罡、魏徵、龍王	田野記録	神仙
魏徵斬龍王	袁天罡、魏徵、龍王、李世民、李建成	田野記録	春美
羅成救真主③	羅成、李世民、李元吉	臺數 18 臺	玲藝 1
羅通歸天	薛丁山、竇仙童、羅通	田野記録	春美
關公出世	浦静禪師、露水星君、關羽	文獻記録四	協興
關公保嫂	劉備、關公、趙子龍	文獻記録三	龍聲
關羽得寶（殘本）	關羽、黃菊、燕月磘龍	臺數 11 臺	秀琴陳美淑 2
關東大俠（一）	紅麗琴、徐鳳秋、小春紅、徐公所	臺數 8 臺	明華園天團孫詩雯
關東大俠（二）	紅麗琴、劉素貞、馬鳳春、徐鳳秋	臺數 9 臺	明華園天團孫詩雯
關東大俠（三）	紅麗琴、馬鳳春、徐鳳秋	臺數 12 臺	明華園天團孫詩雯
寶蓮燈	楊鳳仙、靈芝、劉彦昌、秋香、王桂英	文獻記録二	民權
蘇英挂帥（殘本）	蘇英、胡風、蘇文忠、土地婆	臺數 13 臺	秀琴陳美淑 2
蘇秦拜相（蘇姓）	蘇秦、蘇秦嫂子	文獻記録三	金興社
櫻花風雲	趙劍平、王冠美、趙志文、趙志武（海波浪）、劉玉如、櫻花、謝志玲	文獻記録二	民權
櫻花戰争	劉漢文、大公主美華、岳劍峰	田野記録	新櫻鳳
櫻花戰争	劉漢文、劉漢武、美華、美紅、美蘭	文獻記録二	民權
櫻花戰争（一）	麗華、劉漢文	臺數 8 臺	秀琴莊金梅
櫻花戰争（二）	麗華、劉漢文、周三保	臺數 4 臺	秀琴莊金梅

① 此劇又名《泰荖國風雲》，2015 年 8 月 22 日“明珠”歌劇團曾於中興新村虎山藝術館户外小舞臺演出此劇。

② 十九臺本《雙鳳緣》爲散頁，不著劇目，但記録較二十臺本清楚。

③ 此劇在《斬大殿下》一劇之後，内容爲殺李元吉之經過，即“殺二殿下”。

續表

劇　　目	主要劇中人物	記録形式	資料來源
櫻花戰争（三）	麗華、劉漢文、周三保	臺數95臺	秀琴莊金梅
櫻花戀（櫻花戰争）	劉漢文、女將美華、岳劍峰	田野記録	梅玉
鐵扇鷩情（上）	白雲天、凌月霜	田野記録	協興
鐵膽柔情雁南飛	張文瑞、謝安、朱尚、符堅	文獻記録三	一心
霸王庄	連玉芳、杜建邦、志宗、錦蓮昭	文獻記録二	民權
霸王莊（殘本）	朱少青、潘世雄、彭平	臺數8臺	秀琴陳美淑1
霸王奪姬	吴天來、千姬、陳劍鋒	角色記録	秀琴陳美淑1
霸王奪姬	千姬、吴天佑、陳劍風	臺數29臺	秀琴莊金梅
贖罪塔	都少天、玉芙蓉、賽玉鳳	田野記録	秀枝
贖罪塔	都少天、金沙王妃、賽玉鳳	田野記録	蘇恩嬅
贖罪塔	都少天、金沙皇后、賽玉鳳	田野記録	福聲
贖罪塔	都少天、賽玉鳳、芙蓉皇后	臺數24臺	小飛霞黄月霞
靈前會母	朱坤定、朱坤科	臺數16臺	玲藝1
靈前會母	施明玉、施明輝、公主	田野記録	蘇恩嬅
觀世音	妙莊、妙善、天朗、普賢	臺數28臺	小飛霞黄月霞
觀音伏大鵬	大鵬鳥、黄鸝鳥、劉文生、觀音	文獻記録三	五虎
觀音收大鵬	大鵬鳥、宋仁宗、李妃、包公、土地公、觀音菩薩	文獻記録二	民權
觀音收竹枝	文山玉、竹枝婆、玄天上帝、王桂枝	文獻記録四	新明光

總計筆者"所知"和"所見"的歌仔戲劇目，其來源確切、依據足供登録者，有七百五十三筆。從這份劇目目録，已可看到台灣民間歌仔戲劇目内涵的大致輪廓。值得注意的是，在"中國傳統戲曲"的影子之外，出現了大批很具台灣味的新内容，它所取徑和所關切的，與來自大陸，曾經帶給歌仔戲巨大影響的京劇、北管戲、南管戲（高甲戲）等，已經大異其趣。①

結語　台灣歌仔戲"做活戲"知見劇目建構的意義

20世紀60年代末期，歌仔戲被迫從"内臺"的商掌戲院出走，轉戰"外臺"的廟會劇場。從"内臺"到"外臺"，爲了適應從"五至十天"到

① 有關台灣民間歌仔戲幕表戲的劇目内涵，參見林鶴宜《歌仔戲"活戲"劇目研究：以田野隨機取樣爲分析對象》，《紀念俞大綱先生百歲誕辰戲曲學術研討會論文集》，宜蘭傳統藝術中心，2009，第259～292頁。

"一至三天"的檔期縮減，歌仔戲劇目經歷了重新整編翻新的過程，一批經過考驗而幸存的劇目，因爲人員的高度流動，得以流播到各劇團。這樣的背景，使得這份目録具備了相當的代表性。以上料資排除來源不明確者，已有七百五十三筆之多。

"做活戲"劇目目録的建構，首先是藝術資源普查的基礎工作。劇目是戲劇最具體可見的成果，據此得以尋索表演藝術資源和人才資源，從而爲歌仔戲這一劇種勾勒出完整樣貌和版圖。

"做活戲"即興戲劇劇目出自民間藝人編劇，它輾轉流播不斷改變内容的"變動性"，以及在流播過程中，經由無數演員參與創作的"集體性"，相對於我們熟悉的作家文學，其所展現的民間創造力、民間思維和美學模式，價值自是無可取代。

從創作的角度來説，掌握這一批來自民間的劇目文化遺產，其意義不僅在於保留劇種精華，更可能提供現代劇場創作的"靈感"——包括戲劇情節的創意，思維模式的啓發，道德觀的反思，生活及生命的理解和詮釋等。

從戲劇研究的角度看，它更提供了無限的可能性。這一份劇目本身所展示的樣貌，包括取材來源、題材偏好、風格取向等，不僅透露了劇種的"身世"，更爲它取得了戲劇藝術光譜中的位置，對於歌仔戲發展歷史也能提供相關細節的佐證。而當它和另一份目録並列，無論是作家戲劇目録，還是其他劇種目録，它的重要性將更加彰顯。一切從資料的串聯開始，審視它串連的對象，將開啓一扇扇不同的探索之窗，引領我們進入更寬廣的藝術世界。

參考文獻

《中國戲曲劇種大辭典》編委會編，《中國戲曲劇種大辭典》，上海辭書出版社，1995。

林茂賢，《〈歌仔戲重要詞彙編纂〉計劃成果報告》，2006，未出版。

林鶴宜，《台灣歌仔戲做活戲的田野數據類型與運用》，《中華藝術論叢》12輯，上海：復旦大學出版社，2014，頁 123～145。

林鶴宜，《中西即興戲劇脈絡中的歌仔戲"做活戲"——藝術定位、研究視野與劇場運用》，《民俗曲藝》179 期，臺北：施合鄭基金會，2013，頁 123～184。

林鶴宜，《歌仔戲"活戲"劇目研究：以田野隨機取樣爲分析對象》，《紀念俞大綱先生百歲誕辰戲曲學術研討會論文集》，宜蘭傳統藝術中心，2009，頁

259～292。

林鶴宜，《體系與視野：五十年來（1945－2002）台灣學者對傳統戲曲學的建構》，《從戲曲批評到理論建構》，臺北：“國家”出版社，2011，頁361～421。

林鶴宜，《1999－2016田野記録》。(略)

蔡欣欣，《〈台灣地區歌仔戲研究論述及演出劇目初編〉計劃成果報告》，1998，未出版。

田野工作清單（不含“劇目記録”田野）

01	2004/08/18 下午	王東花	趙雪君	臺北縣板橋市受訪者家
02	2004/08/26 下午	陳文億	王雲玉	臺北縣三重市受訪者家
03	2004/09/04 晚夜戲結束約十點	莊金梅	許芳慈	臺北市大同區報安堂“秀琴”戲臺
04	2004/09/08 晚夜戲結束約十一點	莊金梅	許芳慈	臺北市大同區報安堂附近
05	2004/09/20 上午	吳錦桂	邱佳玲	臺南市受訪者家
06	2004/9/30 下午	鄭金鳳	趙雪君	新竹市受訪者所開茶店
07	2004/10/06 下午五點左右	呂瓊珷	許芳慈	臺中市受訪者家
08	2004/10/21 下午	鄭金鳳	趙雪君	新竹市受訪者所開茶店
09	2004/11/10 下午	吳進旺	邱佳玲	臺北縣三重市受訪者家
10	2004/11/16 下午	吳進旺	邱佳玲	臺北縣三重市受訪者家
11	2004/11/30 下午	顏木耳	林鶴宜 王雲玉	臺北縣三重市受訪者家
12	2004/12/28 下午	顏木耳	王雲玉	臺北縣三重市受訪者家
13	2004/12/31 下午	陳清海	王雲玉	臺北縣三重市護山宮戲臺
14	2005/01/10 下午	林秀鳳	許芳慈	臺北縣板橋市受訪者家
15	2005/01/10 下午	陳清海	林鶴宜 王雲玉	臺北縣中和市中和路“中和大廟”廣濟宮對面巷子空地“飛鳳儀”戲臺
16	2005/01/12 下午	洪明雪	趙雪君	臺北縣新莊市受訪者家
17	2005/01/15 下午	吳錦桂	邱佳玲	臺南市受訪者家
18	2005/01/16 下午	董錦鳳	邱佳玲	高雄市受訪者家
19	2005/01/17 上午	董錦鳳	邱佳玲	高雄市受訪者家
20	2005/01/17 下午	顏木耳	王雲玉	臺北縣三重市受訪者家
21	2005/01/24 晚	林秀鳳	許芳慈	臺北縣板橋市受訪者家
22	2005/02/17 晚	陳清海	林鶴宜 王雲玉	宜蘭縣礁溪鎮中山路協天廟“飛鳳儀”戲臺
23	2005/03/12 晚	朱蔚嘉	林鶴宜	臺北縣新店市董公廟“秀琴”戲臺

續表

24	2005/03/13 晚	嫐脚（陳美淑）	林鶴宜	臺北縣新店市寶慶路福安宫“秀琴”戲臺
25	2006/04/23 晚	陳文億	林鶴宜	臺北市大稻埕媽祖廟“新櫻鳳”戲臺
26	2006/07/02 晚	郭春美	林鶴宜	臺北市豬屠口“春美”戲臺
27	2006/07/26 晚	郭春美	林鶴宜	臺北市紅樓廣場“春美”類民戲戲臺
28	2006/11/11 午至晚	莊金梅 陳安妮	林鶴宜	臺南縣下茄定忠孝街私人神壇前“秀琴”戲臺
29	2006/12/31 晚	陳進興	林鶴宜	臺北縣三重市護山宫“明華園天字”戲臺
30	2007/01/01 下午	陳昭香	林鶴宜	臺北縣三重市護山宫“明華園天字”戲臺
31	2007/01/03 晚	陳清美	林鶴宜	臺北縣三重市護山宫“新櫻鳳”戲臺
32	2007/01/06 晚	陳美雲 王秀文	林鶴宜	臺北縣三重市護山宫“陳美雲”戲臺
33	2007/01/14 晚	林嬋娟	林鶴宜	臺北縣三重市護山宫“民權”戲臺
34	2007/01/30 晚	陳昭香	林鶴宜	臺北縣蘆洲市中正路保和宫“明華園天字”戲臺
35	2007/06/25 晚	郭春美	林鶴宜	臺北市迪化街城隍廟“春美”戲臺
36	2007/07/02 晚	陳美雲	林鶴宜	臺北市迪化街城隍廟“陳美雲”戲臺
37	2007/07/04 午	何秀裹 孫詩珮 孫詩詠	林鶴宜	臺北市迪化街城隍廟“一心”戲臺
38	2007/07/10 午至晚	周陳秀錦	林鶴宜	高雄市左營區店仔頂路舊城城隍廟“玲藝”戲臺。《兄弟情深》《收蔚遲寶林》
39	2007/07/11 早	董錦鳳	林鶴宜	高雄市受訪者家
40	2007/09/20	李裕仁	林鶴宜	臺北市北投福德宫“勝珠”戲臺。劇目來源
41	2007/10/15	陳子陽	林鶴宜	電話訪問
42	2007/11/03 晚	陳勝國	林鶴宜	臺北市蓬萊“國小”“明華園黄字”公演戲臺
43	2008/06/07	郭春美	林鶴宜	臺北市迪化街城隍廟“春美”戲臺。留在後臺看《玉面夜叉靈蛇劍》
44	2008/09/02	陳勝國	林鶴宜	嘉義市地藏庵“明華園黄字”戲臺。《孫臏夜痛易州城（鋒劍春秋之八）》講戲及演出録音、演出記録《青蛇傳》講戲録音
45	2009/01/18	張秀琴等	林鶴宜 劉映秀 陳惟文	臺北市大稻埕戲院《桐花二度》後臺
46	2009/03/30	孫詩詠 孫詩珮	林鶴宜 劉映秀 陳惟文	臺北縣新店市玄聖宫（中正路663巷7弄15號）“一心”戲臺。《真假皇后》講戲録音、臺數記録
47	2009/04/02	陳昭香	林鶴宜	臺北市保安宫“明華園天字”戲臺
48	2009/04/05	張秀琴 張秀雅	林鶴宜	臺北縣新店市福壽宫（寶橋路266號）“秀琴”戲臺。《簫聲》講戲録音、演出照片

續表

49	2009/04/18	陳美雲 吕雪鳳	林鶴宜 劉映秀 陳惟文	臺北市大稻埕媽祖宫“陳美雲”戲臺。《包公斬文判》照片、臺數記録
50	2009/06/08	郭春美 黄月琴	林鶴宜 陳惟文	臺北市迪化街城隍廟“春美”戲臺。《深宫醜》講戲録音、演出録音及照片、臺數記録
51	2010/03/31	米雪 （陳滑玲）	林鶴宜 劉映秀 吴彦霖	臺北縣新店市太平路太平宫“秀琴”戲臺。《浪蕩子》聽講戲、臺數記録、照片
52	2010/04/01	米雪 （陳滑玲）	林鶴宜 吴彦霖	臺北縣新店市太平路太平宫“秀琴”戲臺。《千古情怨》講戲録音、演出録音、臺數記録、照片
53	2010/07/24	林明芬 周桂美	林鶴宜	高雄縣仁武灣仔内“玲藝”戲臺。《程咬金娶某》演出録音、臺數記録、照片、臺數。（下大雨）
54	2010/08/07	張秀琴	林鶴宜	臺北市豬屠口“秀琴”戲臺。記録秀琴上妝步驟。照片
55	2010/08/20	林明芬 周桂美	林鶴宜	高雄市苓雅區鼓山亭“玲藝”歌劇團。《薛剛取某/紀鸞英招親》演出録音、臺數記録、臺數
56	2010/08/20	張秀琴 艕脚 （陳美淑）	林鶴宜	臺南市米雪家。臺數
57	2010/08/27	米雪 （陳滑玲） 張心怡	林鶴宜 吴彦霖 陳惟文	臺北市豬屠口報安堂“秀琴”戲臺。《雙生仔怨》講戲録音、臺數照片、臺數記録、演出録影

顧思義及其作品《餘慈相會》的發現

譚正璧

兩年前，我曾無意中又發現了一位上海雜劇作家，並看到了他的作品的稀有抄本。這位作家便是南雜劇《餘慈相會》的作者顧思義。1959 年的某一天，在一家舊書店的一堆不引人注意的零星戲曲、殘本雜書裹，得到了這個稀有抄本。初得到時，還不過等閑視之，後來在明人祁彪佳的《遠山堂劇品》裹發現了《餘慈相會》這個書名和作者顧思義的姓名，但没有字號和里籍，而這個抄本却署“上海雁峰顧思義編”，有字號又有里籍，這纔引起了我的注意。細看内容，又正如《遠山堂劇品》所說：“從《錦箋》中之《争館》討出神情，鄉語酷肖，而曲之致趣，亦自亹亹。”但這時我還想不到它是個孤本，只以爲是個少見本罷了。後來看到了傅惜華編著的《明代雜劇全目》，在 191 頁著録的“顧思義”名下，也是“名號、籍里、生平事迹，皆不詳，待考。所製雜劇一種，今亦不傳”，在《餘慈相會》劇目下，也說“今日亦不見傳本”。《明代雜劇全目》是中國戲曲研究院主編的《中國戲曲史資料叢刊》之一，編著者是戲曲研究專家，收藏極多，見聞極廣，其說“今亦不傳”“今日亦不見傳本”，當然是完全可以相信的。這個抄本既然是他所未知未見，那當然是個孤本了。《遠山堂劇品》把《餘慈相會》列入“逸品”類内，評價極高，所以發現在明代上海有這樣一位雜劇作家，並獲見他被稱爲“今日亦不見傳本”的作品，在上海地方史和戲劇史上，不失爲一件可喜的事！

劇中寫的是：餘姚人胡一年，已在上海就館三年，主人因生徒漸長，别擇明師，把他辭去。他只好一肩行李，暫回故鄉，别尋生計。路過朱涇鎮（屬金山縣）歇脚，遇慈谿人衛空頭，却遠離家鄉，要到上海去找館。兩人遂同下酒店小飲。飲間，胡一年從一個宿店的寄信人包無事口裹，得悉三年來發生的一些“難言”的情況。包無事告訴他，賢德夫人因想夫過甚，日逐望井，感而成孕，三年連生三子，使他啼笑皆非。衛空頭趁機討教處館經驗。他教他要百般忍受，要怎樣“奉承”學生，“奉承”主母，“奉承”主翁，還要着意“奉承”家僮；還教他“教書要先勤後惰”，説什麼：

【皂羅袍】教書定要分别四季：春間初到時切須勤謹，到春來須惜寸陰。夏天要歇夏，到夏來説被暑蒸。到秋來旅况懨懨，到冬來别圖他姓。四時勤惰，宜加三省。一年糊過，來歲再尋。束脩到手時，過眼韶光莫認真。

説到最後，他又道：“我還有一件心法，肯將三分重，介一塊生箇白銀謝我，一發話向你道。”衛空頭忙答：“有！有！”他又教道：

【尾聲】關書須要央人定，莫使年終少半文！初到館時，切須粧點行藏，做一箇假志誠！

封建統治時代一般没有功名的貧苦“讀書人”所遭受的生活熬煎與屈辱，在這一折南雜劇裏，幾乎被作者如實地描繪了出來。作者用喜劇手法，將兩主角用“净”“丑”扮演，筆調極盡詼諧、辛辣的能事，而骨子裏却直透出極盡人世悲凉、無告的隱痛。此不獨反映了封建時代底層社會貧苦“讀書人”黑暗生活的一角，也抨擊了這時代的科舉制度給貧苦的“讀書人”帶來了無窮無盡的痛苦和災害。作者又暗示在這個社會制度下，一個貧苦讀書人的悲慘命運没有結束，另一個又跟踵而來，劇中胡一年的家庭悲劇正在上演，衛空頭又無可避免地走上了他剛走過的老路。這樣一代一代綿延下去，正表現了説不完的封建時代一般讀書人的痛苦和悲哀！

所以，《餘慈相會》不僅僅是個悲喜劇，也是個反映封建時代現實社會的作品，還值得繼續加以分析研究，給予恰當的評價。此外，作者的生平事迹和在世年代，一時也還没有查到，尚待獲得相當資料時作進一步的探索、研究。（原載《上海戲劇》1962 年第 2 期）

按：譚正璧先生是我國著名古典文學研究專家，“文革”結束後，雖然年邁體弱，雙目失明，但仍筆耕不輟。1963 年已打紙型的《三言二拍資料》得以刊行，又在其女兒譚尋的幫助下，修訂出版了《話本與古劇》，並根據他的口述，整理出版《彈詞叙録》《木魚歌・潮州歌叙録》

《曲海蠡測》等著作。今年是他誕辰115周年，爲紀念和表彰他對通俗文學研究的卓著貢獻，特摘要刊發他撰寫的《顧思義及其作品〈餘慈相會〉的發現》一文。

他所存手稿、資料在“文革”中被洗劫一空。這本《餘慈相會》南雜劇，由於贈給程毅中，纔躲過那一劫。中央文史館館員、原中華書局副總編程毅中先生又在2011年8月16日將影本轉贈我，今征得程先生同意，由我標點發表，並收入即將出版的《全明戲曲》。

吴書蔭謹識

2016年12月6日

原抄本在“餘慈相會”劇名下鈐有“譚正壁”篆文印，“上海鴈峰顧思義編”題署下，有“雅著居士珍藏”印。

餘慈相會

（明）顧思義 撰　吴書蔭[*]校點

上海鴈峰顧思義編

（末上）盈虚消息幾春秋，碌碌忙忙苦不休。世上若無花共酒，三歲孩兒也白頭。戲文耍過一本，再演《餘慈相會》新劇一回，多少是好。道猶未了，餘姚先生早上。

【一剪梅】（净上）西風落葉正飄飄，旅舘蕭條，旅況難熬。一肩行李帶星挑，水遠山遥，意懶心焦。

【鷓鴣天】獨坐黄昏思悄然，孤燈剔盡未成眠。家鄉遠别經年久，尺素無魚未得傳。思夢切，去心懸，倚門頻望眼將穿。不如收拾回家去，免得渾家怨萬般。自家非别，姓胡名一年，本貫浙江紹興府餘姚人氏。只爲家業凋零，生涯淡薄，出來處舘。奄忽三載，争柰生徒漸長，别擇明師，暫且歸家，再尋生意。想帶起來，吃他飯，哄他財，年又一年，可羞，可愧！一路行來，正到朱涇鎮上。好一條大石橋，安息行李，登眺一回，多少是好。遠遠望見一箇頂方斗、挑竹扁的，好像我帶鄉里。待他到來，便知分曉。（丑扮慈谿先生，挑行李上）

【西地錦】（丑）少小攻書欲業儒，螢窗懶讀五車書。未登雲路三千里，先受風塵七日餘。

自家衛空頭便是，祖籍寧波府慈谿人也。争奈業少立錐，家無擔

---

* 吴書蔭，男，1938 年生，安徽无爲人。北京語言大學教授。著有《曲品校注》等。

石。與人商議，都説教書第一好事。可恨肚裏空虛，弗識講書作文。咱㖞是好，多感三大伯，借得五經脚本，七老婆舅，借得三場活套，雖要趂錢，實無天理。豈知道一日不識羞，三日不忍餓。弗是我自言自語，争柰未經未歷。迤逞行來，已到朱涇地方了。那橋上一位先生，好像我鄉里打扮，不免上前施禮，探問一番。正是：要知山下路，須問過來人。先生作揖。（净）尊客少禮。（丑）請問先生，仙鄉何處，尊姓貴表？（净）小子姓胡名一年，紹興府餘姚縣人也。（丑）原來是鄉里前輩老先生。久仰，久仰！（净）請問足下高姓貴鄉？（丑）小子寧波府慈谿縣人，姓衛名空頭。（净）久聞，久聞。萍水相逢，偶然幸會。天色已晚，且尋酒店安歇，講論一番，多少是好。（丑）通得，通得。胡老先生，行李待我并挑。（净）弗敢起勞，待我自挑。遥看酒旗飛動處，紛紛俱是異鄉人。投店安宿，商量喫飯，我主人送得些薰肉鹽豆。（丑）我家下帶得些白鰲笋乾。（净）妙哉，妙哉！各用沽酒一壺，客邸談心，却不快活。（飲酒介）（末扮寄書人上）

【金錢花】（末）暑往寒來春復秋，經年奔走不曾休。稍書落得盤纏用，越地吴山無不遊。

自家寄書人包無事是也。安宿此店，獨處寂寥。隨此月明，且到前廊散步一回，消遣則箇。轉彎抹角，此閒便是。呀！原來是胡、衛二先生在此。正是：淡酒一壺情所寄，真箇他鄉遇故知。待在下張燈執壺。（净）包無事一發坐下。（末）弗敢，弗敢。（净）我帶弗比上海人家，分别尊卑。我且問你，家中有耍事麼？（末）宅上無事，只是十一月初二，早半上起身，劈帶來有一箇大雷响得猛。（净）咱有介箇事，八月中，雷便用收聲；十一月响得猛，天變，天變！（末）還有人變哩！（净）耍箇人變？（末）箇些扒灰老，細細打爛哉！（净）有天理，有天理，我帶家父無事麼？（末）令尊倒無事，只是令祖驚悶子兩日，醒活得轉來。（净）家祖極愛我，願渠活介百歲。天公以後大雷，弗要驚嚇老人家。我家下還有耍事麼？（末）恭喜，娘娘添得三箇倸。（净）壞哉，壞哉！咱㖞三年弗回家裏，咱樣㖞添得許多？好氣悶，好氣悶！（末）未曾話向你道，已弗問明白，咱㖞就氣悶？（净）咱話？（末）話向你道，娘子端端正正，賢德夫人。因爲你出來長久，想得猛，想得猛，日逐到井邊頭釣水，望井中便感孕，喚做望井生望子。咦望望子，咦望望子，三年咱弗生三箇。（净）真箇？（末）咱弗真？（净）且問三箇小偎叫做耍名頭？（末）娘娘倒聰明，大箇叫宿砂。（净）咱咦喚宿砂？（末）頭一日你出門，想你在江頭灘上宿，因此有孕，叫做宿砂。（净）有理。第二箇喚耍？（末）第二箇喚做知母。（净）咱喚子知母？（末）生出來只見娘，弗見爹，故喚子知母。（净）真喚得好。第三箇喚耍？（末）第三箇喚做當歸，想你三年當歸，故此喚名。（净）我帶娘娘真箇聰明，我若再有三年弗歸，好開一箇生藥鋪哉！（末）姆郎，姆郎，看是松江上海人嚼舌頭，鄙薄譏誚，咱咦自説箇生藥鋪？（净）我帶兩縣同鄉，一體再弗要做聲，使上海朋友知道。（丑）自然，自然。老先生回去，合家歡喜。我如今初到上海，弗知人情風俗，望先生一一指教。

【黄鶯兒】（净）小子是餘姚，爲謀生，運未遭，欲尋書館東家少。王裁相識，謝皮舊交，侯家作寓爲東道。訓兒曹，束脩不計，淡薄也甘熬。

【前腔】（丑）小子是慈谿，爲教書，命運低，連年失舘無生意。（净）何不傭工？（丑）傭工受欺。（净）何不去看鴨？（丑）看鴨忍饑，傾銀賣酒都微細。筭便宜，豪門牧馬，温飽便相依。

（净）鄉兄，教書箇一碗飯也難吃，主人要責長責短，學生子咦要講是講非。苦惱，苦惱！咱處，咱處？

【皂羅袍】（净）堪嘆先生難做，得館時切莫蹉跎。要小心謹慎，逢人下禮要謙和，朋友謝絶專心坐。若問家門，須要話得大樣些，弗要吃渠看小子。舉人舍弟，進士長哥。自家弗要話儒士，鴻門僥倖，弗要話無科舉箇秀才，走科數多，真情莫使傍人悟。

【前腔】學生子要奉承，令郎有顔回天性。主人婆要奉承，令正有孟母辛勤。主人定用奉承，老翁有孟嘗襟度。學僮也要奉承，渠盛价，有便孌使令，夜眠早起，須要小心。茶遲飯晏，莫嫌冷清，合家大小俱欽敬。

【前腔】教書定要分別四季，春間初到時切須勤謹。到春來須惜寸陰。夏天要歇夏，到夏來説被暑蒸。到秋來旅况慨慨，到冬來別圖他姓。四時勤惰，宜加三省。一年糊過，來歲再尋。束脩到手時，過眼韶光莫認真！

【前腔】到那家說，久聞隆師最殷。到這家說，主翁供膳甚勤。分顔送舊喜迎新，一毫莫使窺真性。隨時機變，見景生情。阿他歡喜，須圖僥倖，倘教仍舊要人請。

我還有一件心法，肯將三分重介一塊生箇白銀謝我，一發話向你道。（丑）有，有！

【尾聲】（净）關書須要央人定，莫使年終少半文。初到館時，切須粧點行藏，做一箇假志誠。

（丑）多承指教。（净）幸會，幸會！各自安歇了罷。
冒名慣把儒巾戴，避世常將孝服穿。
只有教書爲活計，肩挑竹籠趁航船。

餘、慈最多偉人，且饒名儒，其糊口四方而可笑者，亦千百中一二耳，遂爲四方口實，可恨也！然當今師道陵夷，借此爲師箴，亦快事也。寄語讀此劇者，勿笑餘、慈而復爲餘、慈之可笑也，則四方弟子幸甚，則四方主人亦幸甚！白牛。

南京圖書館藏祁彪佳尺牘論曲文字輯考（中）

張詩洋　李　潔*

摘　要：1628年11月，祁彪佳父祁承㸁卒。1629年彪佳服喪居家，遠離官場，撰寫《遠山堂曲品》《遠山堂劇品》，故書信中所論及戲曲之事尤多。此年中，與陳汝元、王應遴、沈泰、王元壽、吕師著、袁于令等人的信札，涉及祁彪佳“二品”創作情况、祁氏戲曲觀念、沈泰《盛明雜劇》之輯刊、四大南戲之定本、音律問題等，值得關注。

關鍵詞：祁彪佳　遠山堂劇品　遠山堂曲品　袁于令　盛明雜劇

南京圖書館藏祁彪佳尺牘中的論曲文字，第一部分係天啓三年至崇禎元年（1623～1628）所撰，筆者據“莆陽尺牘”輯録，已載於《戲曲與俗文學研究》第一輯。本文爲第二部分，收録崇禎二年（1629）的論曲信札，共42封，均據“遠山堂尺牘”輯録。

➢ 與陳太乙[一]舅（一）

某息影苫塊，暇日頗多，較讎之役，必不敢辭，冀以共成勝事，但不能任費耳。先刻北曲之四折全者，則周藩諸劇想必在所當首舉矣。聞孫鑑老[二]多元劇藏本，甥意葉桐柏或能得之，欲求王雲翁轉致。倘得其劇本在臧刻之外者梓之，洛陽紙貴，必勝於明劇。蓋知音者奉臧刻如拱璧，不能不想望其餘耳。近又得《蘇臺奇遘》[三]《殺試官》[四]《夫子禪》[五]《眉頭眼角》[六]數劇，當録出奉上。原發下□（按：原信空格）本先返璧。《殺狗記》[七]内有圈者，是從《九宫譜》内對出，餘訛甚多，竟不可讀。倘得鬱藍生校正之本刻之，必大行，不識老舅有意圖之否？家兄《玉燈》[八]，近已再加删潤，較

---

* 張詩洋，女，中山大學中文系博士生。發表過《論明清戲曲丑脚的發展》《“十五嫁王昌”爲何惹怒李邕》等。
李潔，女，廣陵書社編輯。發表過《〈鶯鴻記〉作者及其家世考》《傳奇〈意中人〉的情節來源——兼析〈意中人〉非李玉〈意中緣〉》等。

原稿勝數倍，似可兼案頭場上之勝矣。俟其改完，容呈請大教，餘俟再布。

【注】

［一］陳太乙：陳汝元（1572？~1629？），字太乙，别署燃藜仙客，紹興人。作雜劇《紅蓮記》，今存；傳奇三種，今存《金蓮記》。徐渭之弟子，彪佳之舅輩。

［二］孫鑑老：孫如游（1549~1625），字景文，號鑑湖，與孫鑛同爲明末姚江孫氏家族名人，所藏戲曲頗多。

［三］《蘇臺奇遘》：詳後。

［四］《殺試官》：所舉四劇，惟此劇未見二品著録。

［五］《夫子禪》：葉汝薈作，《遠山堂劇品·能品》著録，評云："邇來選佛場中，反令世人顛倒沈溺，乖庵惻然憫之，俾僧伽醜態，盡現當場，足爲瞑眩之藥。"

［六］《眉頭眼角》：祁豸佳作，《遠山堂劇品·逸品》著録，評云："畫龍耳之舉動神情，無不逼肖。詞情宕逸，出人意表。齊班生不知何許人，有此劇可不朽矣。"

［七］《殺狗記》：詳後。

［八］《玉燈》：未見二品著録。

【箋】

陳太乙有編撰明代戲曲全集之意。彪佳此言"較讎之役，必不敢辭"，但不能承擔刊刻費用，故另建議其搜集並刊刻臧懋循元曲之遺，必爲知音者所追捧，但終亦未能成行。

彪佳對周憲王頗推崇，《遠山堂劇品》"妙品"首列周藩誠齋八種雜劇，"雅品"亦收入十六種，誠爲"周藩諸劇想必在所當首舉矣"。

孫如游多藏元雜劇，因葉憲祖與其交好，故彪佳欲托王應遴轉致葉以得之。

《玉燈》未見曲目著録，應爲傳奇，可補祁彪佳家兄所作曲目一則。

與陳太乙舅（二）

不孝某雖有音律之癖，然第管窺一二耳，昨蒙老舅賜以江海巨觀，感銘無已。若刊刻，則不孝蕭然之篋，萬無其貲。向日雲翁戲言共刻者，在某不過欲任數種較讎之役，以助老舊知音之佳興耳。即雲翁亦決不能任梨棗之費也。惟是有數劇最佳，爲某所未見者，意刻出尚遲，先録之以爲帳中之秘，萬萬不敢示人，乞老舅少寬五六日之期，即當全璧。惟俯原至禱。兹先以十本奉上，再以甥所儲者五本先呈台覽。甥已托友人搜沈寧庵[一]之家藏，再求袁父母録臧晉叔未刻之元劇，庶几以土壤益華泰，必不敢有負台命也。

【注】

［一］沈寧庵：沈璟（1553～1610），字伯英，晚字聃和，號寧庵，别號詞隱，吴江人。所作傳奇十七種，合稱“屬玉堂傳奇”。

【箋】

陳汝元藏曲頗豐，並有彙刻之意。王應遴曾戲言“共刻”明代劇本，彪佳亦愿助其興，但因資費頗甚，恐二人均不能承擔。承上信，彪佳以汝元舅、孫如游、沈璟家藏，袁父母録臧晉叔未刻之元劇皆可得，建議陳汝元編刻臧懋循元曲百種之遺，有此好者，必愿購之，則必大賣。

陳汝元藏之雜劇，有多種爲彪佳所未見，故欲録之以爲帳中之秘。陳汝元求借的沈璟諸曲，彪佳“托友人覓”之，即索之吕天成長子吕師著處：“《曲律》二本，及沈詞隱諸本，索之大家兄處，俱璧上鄴架。”（1629年《與吕諱師著》之一①）吕天成曾師事沈璟，王驥德《曲律》卷四載：“詞隱生平著述，悉授勤之，並爲刻播，可謂尊信之極，不負相知耳。”知吕整理、刊刻沈璟作品。吕天成在《義俠記・序》中還明確指出：“先是世所梓行者，惟《紅蕖》《十孝》《分錢》《埋劍》《雙魚》凡五記，及《考訂〈琵琶〉》《南曲全譜》《南詞韻選》；予所梓行者惟《合衫》。”故彪佳向吕師著求借沈璟《合衫》刻板，並“遣印匠備紙張至宅上，求每記印四五册”（1629年《與吕諱師著》之二）。

與史荷汀[一]（一）

不孝神交翁丈於詞壇者有年矣。顧向以奔走四方，今則伏處苫塊，不能

① 箋注部分所引尺牘，爲南京圖書館所藏，只標注年代與尺牘名；涉及國家圖書館所藏《遠山堂尺牘》，則特別標明藏館以示區別。

晤對芝宇，盈盈一水，惟挹室邇人遐之嘆耳。聞翁丈有和孟子若《花前一笑》之劇[二]，不知可光惠示否？此後當竭誠以請，祈我翁丈大啟琅函，盡披鴻秘，度我以金針也。率爾裁瀆。

【注】

［一］史荷汀：史槃（1533？～1629?），徐渭弟子。作有傳奇十六部，今存三部；雜劇三種，均佚。

［二］和孟子若《花前一笑》之劇：即史槃所作《蘇臺奇遘》①，用孟氏劇題材，同演“唐伯虎點秋香”事。《遠山堂劇品·雅品》著録，評云：“叔考見孟子若有伯虎劇，遂奮筆爲之，直欲壓倒元、白耳。北調六齣，始此。”

【箋】

此求借史槃《蘇臺奇遘》劇。徐朔方先生以此三信判定，史槃卒年當晚於1629年。②

與史荷汀（二）

日來不晤芝宇，懸企無極。讀唐伯虎劇[一]，詞致詞律，無不入妙，真堪壓倒元、白矣。翁丈前許顧我，大家兄[二]亦欲談心，明晨望玉趾之臨矣。得意尊作，攜二三本來何如？

【注】

［一］唐伯虎劇：即史槃《蘇臺奇遘》。

［二］大家兄：祁麟佳（1580～1629），字元儒，別署太室山人，天啓元年（1621）貢生。作有《太室山房四劇》（《救精忠》《紅粉禪》《慶長生》《錯轉輪》），祁彪佳爲之序云：“伯兄著述甚富，兹先簡其四劇，暨古近體若干首，灑淚授梓。夫世既不能知伯兄矣，予尚欲使伯兄受世知哉？即子期不乏，能知之於其詩，

① 《奕慶藏書樓書目》著録作《蘇臺集遊》。

② 徐朔方：《史槃行實系年》，《晚明曲家年譜》第二卷，浙江古籍出版社，1993，第235頁。

知之於其詞也。而世方賞之，予固悲之；世方歌之，予固哭之；世方於琳琅函中、氍毹場上歡笑而燕樂之，予固唏嘘而憑吊之矣。"

【箋】

承上信，彪佳得閲史槃《蘇臺奇遘》雜劇，評曰"詞致詞律，無不入妙，真堪壓倒元、白矣"，並謂北調六齣始於此劇。

此信後一日，史槃登門拜訪，彪佳請其再示所作戲曲。彪佳長兄祁麟佳亦欲一見，據《山陰祁氏家譜》載，祁麟佳卒於崇禎二年（1629）九月初三，則此信至晚撰於1629年九月。

與史荷汀（三）

昨得佳作，如獲拱璧，已令人録出，當什襲藏之，捧持如千佛名經也。小園岑寂，不知可邀翁丈作數日之談否，如許之，容耑迎也。馮猶龍所刻五種，如在案頭，乞擲覽，當即返璧，不一。

【箋】

彪佳與史槃晤面，得史槃諸作，評價頗高，並令人抄録。又欲借閲馮夢龍所刻五種傳奇。按，《玉麟》爲葉憲祖作，《雙串》《合衫》爲史槃作，《存孤》即馮夢龍改訂《酒家傭》。己巳年（1629）《與袁鳧公》信中言："昨云馮猶龍初刊五種，憶是《玉麟》《雙串》《合衫》《存孤》。"另一種，據任二北《曲諧》卷三"齒雪餘香"載："又墨憨齋訂本傳奇中，有史槃《雙丸記》一種。"今人或謂未知任氏何據①，但彪佳與史槃諸信中僅借閲過史槃之作；此信向史槃借閲馮猶龍所刻五種，或應包含史槃之作。

與王雲萊[一]（一）

老伯武林之行且緩之，必俟其結局，侄亦乃得放心也。目下有小價往

① 陸樹侖《馮夢龍研究》引述任二北此語，出處作"《曲海揚波》卷三'齒雪餘香'"。此後《曲學大辭典》"金丸記"條、《〈墨憨齋定本傳奇〉考述》、《〈墨憨齋定本傳奇〉研究》諸研究中均誤作《曲海揚波》，而實應爲任氏《曲諧》卷三所載。

彼，老伯致一柬于沈林宗[二]，索其借去之曲，并其所藏明劇之目録何如。某每恨元劇不得多見，孫鑑老家既有藏蓄，則葉桐柏必能得之，然在臧刻《百種》之外者乃妙，欲求老伯台劄，不孝耑一价往覓之，不知可否？昨太乙老舅刻劇之興甚濃，侄當力任較讎之役，以鼓其興也。不一。

【注】

［一］王雲萊：名應遴，字堇父，號雲萊，别署雲萊居士。浙江山陰人。官至禮部員外郎。曾作雜劇一種，今存。傳奇有《清凉扇》，寫魏忠賢事，未見傳本。

［二］沈林宗：沈泰，浙江杭縣人，字林宗，又字大來，别署福次居主人。編刻有《盛明雜劇》初集、二集，各30種。

【箋】

此與《與陳太乙舅》均欲借孫如游所藏元劇，並請王應遴致意葉憲祖。又請王應遴致信沈泰，索其借去之曲，並借沈泰所藏明劇之目録。此時尚未得識沈泰。

與王雲萊（二）

前以所言公故，公言之，凡衙門中人役，無不聞之甚悉，時尚有王姓一春元在座，不特一趙鼎石也。今若此何汶汶至此哉，真可發一笑。但投牌則彼必有好意耳。昨沈兄覓劇，已將十種應付之，然多皆家兄輩所作者，太乙舅之秘本，并不示之。太乙老舅前，乞勿道爲感。時下有小价入姚江，乞老伯作一書于葉六桐，切求其轉借元人秘劇，必在臧晉叔所刻《百劇》之外者。若止是臧刻所有，不敢求也。并乞老伯索此公自已所作記劇之已、未刻者，及其所藏全本雜劇之目録，懇懇。侄亦有書致之，然不敢及此，老伯書中亦勿及出之某之意何如。候領尊教，不一。

【箋】

同上信，請王應遴轉致葉憲祖，求其所藏臧氏《元曲選》所録之外諸劇。並求借葉憲祖所作已刻、未刻諸戲曲，以及所藏全本雜劇之目録。

➢ 與王雲萊（三）

哀冗中偷得片暇。細玩大作搆局，極照應関合之妙，而練詞工雅，下語恰當，非胸有成竹，腕下具千鈞力者，不能道隻字。不孝如矮人觀場，何能再粂末議，但尊命不敢重違，故於無可斟酌中斟酌數處，然實不妨于全瑜也，幸恕狂瞽是禱。老伯若有所藏之曲，乞示一目，使侄得見所見（筆者按：似應爲"得見所未見"），至幸至幸，顒望顒望。

◀【箋】

彪佳論戲曲，以"立局爲上，科諢次之，鍊詞又次之"（1624年之前《與許玄祐》之一）。此處評王應遴之作，亦以構局爲最首要，"極照應関合之妙"，而後論"練詞工雅，下語恰當"，讚其"非胸有成竹，腕下具千鈞力者，不能道隻字"。

今所見《遠山堂劇品·雅品》評《逍遥遊》云："於尺幅中解脱生死，超離名利，此先生覺世熱腸，竟可奪南華之席。"《遠山堂曲品·能品》評《清凉扇》云："此記綜覈詳明，事皆實録。妖姆逆璫之罪狀，有十部梨園歌舞不能盡者，約之於寸毫片楮中。以此作一代爰書可也，豈止在音調内生活乎。"則是對作品之概括總評，可與信中内容相參看。

彪佳此信向王應遴借閲所藏曲之目。

➢ 與王雲萊（四）

老伯至武林又已旬日矣。侄因先嚴几筵在堂，不敢遠離，故不獲躬送張老師[一]。此是人子至情，乞老伯晤間一言之，或當見諒也。昨見狀稿，還須略帶盗情并説出原問衙門，方便於批捕。廳耳狀後，必涉彼人誣告之事，更便於結案。如狀未投，乞以小侄言酌之。邇來晤沈大來兄否？侄即八行中遂定神交矣。幸一致鄙意。别後曾改《地獄生天》劇，不覺盡易原本，意欲附刻於《二集》中，然未求老伯指點，終怦怦不自慊也。稿已寄于沈兄處，便中一取閲之，賜以金鎞，望之。《典會》一書，倘肆中有之，乞老伯代侄置一部。邇得有新曲否？武林友人有《十快記》及魏監之《祥虹紅符》[二]，乞老伯覓一副本，或借抄可也。諸容面悉。葉六桐回劄及詩稿附上，外有《冥勘陳玄禮》[三]一劇，小侄暫留録出，并歸記室也。

【注】

［一］張老師：張延登，字濟美，號華東，謚忠定，山東鄒平人。曾任浙江巡撫。

［二］《十快記》《祥虹紅符》：均未見二品著録。

［三］《冥勘陳玄禮》：葉憲祖作，《遠山堂劇品·雅品》著録作“鴛鴦寺冥勘陳玄禮”，評云：“馬嵬埋玉，此是千秋幽恨，槲園欲爲千古泄恨耶。然古生之腐，亦自不可少。北詞一折，幾於行雲流水，儘是文章矣。”

【箋】

前請王應遴致意沈泰，此時彪佳與沈泰已有書信交往，並將所“改《地獄生天》劇”（即《魚兒佛》）交與沈泰，意欲選入《盛明雜劇》二集中。請王致意葉憲祖，亦得到回劄及《冥勘陳玄禮》劇。

除此處詢及《十快記》《祥虹紅符》，彪佳是年還曾向沈泰、袁于令、王元壽等人借閱此二種傳奇。蓋因終未得見，今所見二品未著録。

與葉六桐

某鑑曲豎儒，譾陋無足比數，惟是向慕之私，不敢後人。向曾於越城望見顔色，如披雲霧而睹青天，迄今十載，猶在寤寐。一行作吏，魚鹿簿書，九疏起居，時懷歉仄。迩者息影苫塊，翹企台臺于雲霄，咫尺之間，亟欲樞叩，以展積忱，而一水爲阻，逡巡未能也。然每於青翰飫領珠輝玉屑，不啻挹春風於座上，而玄度之思轉不能已已。薄將一芹，仰惟台鑒。

【箋】

由王應遴致意，彪佳得識葉憲祖，此應爲訂交之信。由《與王雲萊》第四封信可知，葉六桐回劄，並附詩稿《冥勘陳玄禮》一劇。後《與吕諱師著》（一）：“頃見葉六桐札，云曾搆《玳瑁梳》一劇，已失原本，或老姊丈家藏有之。”則又可知，葉六桐回信中告知《玳瑁梳》一劇已失原本，故彪佳詢問吕師著是否有藏。

➤ 與吕諱師著（一）

憶向於小園護奉紫芝眉宇，至今寤寐以之。昨歲欲申一介於左右，竟因遭兹鞠凶，以至中止，罪歉如何。尊公老親翁著作甚富，海内但得片紙，便爲至寶，獨不孝寡昧，第窺見一斑。諸傳奇中惟得《神劍》[一]《三星》[二]《戒珠》[三]，諸劇中惟得《勝山會》[四]《耍風情》[五]《纏夜帳》[六]《海濱樂》[七]數種耳，其他記、劇，乞老姊丈大啟琅函，盡以惠教。如未刻者，乞借原本一録，完即緘奉，不敢浮沉也。尊公老親翁所收藏之曲，并懇垂示一目，使不孝得作江海之大觀。内有手較之《殺狗記》[八]，尤爲珍重，乞先慨擲，幸甚望甚。《曲律》二本，及沈詞隱諸本，索之大家兄處，俱璧上鄴架。惟《結髮》《分柑》二本，王伯彭謀付之劂剞，容稍遲奉返也。

【注】

［一］《神劍》：吕天成作，《遠山堂曲品・雅品逸文》著録，評云："以王文成公道德事功，譜之聲韻，欲令瞋笑皆若識公之面，可佐傳史所不及。曲白工麗，情境宛轉。"

［二］《三星》：吕天成作，《遠山堂曲品・艷品》著録，評云："煙鬟閣主人，色天散聖也。此記以自寫其壯懷，備極嫵婉歡笑之境；而赤虹紫電，噴薄紙上，自是詞場大觀。"

［三］《戒珠》：吕天成作，《遠山堂曲品・艷品》著録，評云："勤之每下筆，藻采飈發，傾倒胸中二酉。如此記傳王、謝風流，收羅一部晉史。語以駢偶見工，局以熱豔取勝。"

［四］《勝山會》：吕天成作，《遠山堂劇品・雅品》著録作"勝山大會"，評云："此必實有其事。鬱藍以險韻譜之，意想無出人頭地。若詞之瑩潤，則非作家不能。"

［五］《耍風情》：吕天成作，《遠山堂劇品・逸品》著録，評云："傳婢僕之私，取境未甚佳，而描寫已逼肖矣。披襟讀之，良爲一快。"

［六］《纏夜帳》：吕天成作，《遠山堂劇品・雅品》著録，評云："以俊僕狎小鬟，生出許多情致。寫至刻露之極，無乃傷雅？然境不刻不現，詞不刻不爽，難與俗筆道也。"

［七］《海濱樂》：吕天成作，《遠山堂劇品·逸品》标注“《海濱樂》即《齊東絶倒》”，評云：“傳虞舜竊負瞽瞍，爲桃應實謊，爲咸丘蒙附會，錯綜唐虞時人物事迹，盡供文人玩弄，大奇，大奇。”

［八］《殺狗記》：吕天成曾校訂《荆釵記》《拜月記》《殺狗記》和《浣紗記》《還魂記》《義俠記》等二十八種南戲與傳奇，今不傳。

【箋】

此求借吕天成所藏之曲目，並《勝山會》《耍風情》《纏夜帳》《海濱樂》，與其他未刻諸種創作。亦可知沈璟諸本，彪佳得之於吕師著處；其中《結髮》《分柑》二傳奇，王伯彭欲刊行。

與吕諱師著（二）

昨奉謁，未及一瞻紫芝眉宇，懸企何如。邇於憂患拂鬱之中，得讀尊公老親翁佳作，差可度愁中之日月，皆備録藏之敝笥，以爲鴻秘矣。荷老姊丈慨然垂示，感佩雅誼，真足不朽也。原本封固謹璧，尚有《雙修》[一]《李丹》[二]《鸞鎞》[三]三記，容少遲録完，上之鄴架。更有數本，皆《曲品》所有者，欲借一閲，望之不啻饑渴。今具列其目，耑价走懇，顒祈惠教。昨見尊公老親翁《曲品》中評《春蕪記》云：“宋玉事，予曾作《神女》[四]《雙棲》[五]二記。”是則别有《神女記》，非《藍橋》[六]也。此佳本，恐致遺失，煩老姊丈留神覓之。

【注】

［一］《雙修》：葉憲祖作，《遠山堂曲品·能品》評史槃《瓊花》，言及《雙修》云：“於梵貝中標出慈雲一事，可以仰配《雙修》，抹殺《妙相》矣。但語過率真，未是叔考得意之作。”

［二］《李丹》：吕天成作，《遠山堂曲品·雅品逸文》著録，評云：“劉慈水閲擲李事，寄之屬鬱藍生作記，二十日而成，鬱藍尚自遜爲握管未疾也。”

［三］《鸞鎞》：葉憲祖作，未見祁氏二品著録。吕天成《曲品》“上中品”著録，評云：“杜羔妻寄外二絶，甚有致。曲中頗俱憤激。唐

時進士題名後，可遍閱諸妓。必作羔醉眠青樓之狀。而其妻‘醉眠何處’之句，猜來有情耳。插合魚玄機事，亦具風情一斑。温飛卿最陋，何多幸也。”

［四］《神女》：吕天成作，《遠山堂曲品·艷品》著録，評云：“此勤之未解音律時之作。沈詞隱評之，謂：‘東鄰客舍，曲有情境，而音律尚墮時趨。’乃其才情富麗，每一詞如萬繡齊張，亦堪配騷，亦堪佐史。”

［五］《雙棲》：吕天成作，《遠山堂曲品·雅品逸文》著録，評云：“此《神女》改本也。與前絶不同。以□□《騷》《雅》供其筆端，覺汨羅江畔，暗雨凄風；黄陵廟前，暮色斜照，恍忽如見矣。”又，《遠山堂曲品·能品》評徐應乾《汨羅》時，亦言及《雙棲》：“聞友人袁凫公有《汨羅記》，極狀屈子之忠憤，記成乃爲秦灰，不可得見，惟散其事于《神女》《雙棲記》中。孔坪爲此，歷歷叙致，已是暢其所欲言。”

［六］《藍橋》：吕天成作，《遠山堂曲品·艷品》著録，評云：“於離合悲歡、插科打諢之外，一以綺麗見奇。字字皆翠琬金鏤，丹文録牒，洵爲吉光片羽，支機七襄也。直堪對壘《曇花》，且能壓倒《玉玦》。”

【箋】

上信求借吕天成所藏之曲目，此信列吕天成《曲品》所載而彪佳未見之目，向吕師著借閱。

與吕諱師著（三）

尊公老親翁諸大作，弟誦慕已久，恐煩清思，故未敢遽請，荷老姊丈慨然惠教，可勝感銘。弟欲借大刻之板，沈詞隱《合衫》[一]之板，遣印匠備紙張至宅上，求每記印四五册，祈老姊丈許之，幸甚。未刻之《李丹》，乞簡示，便弟得見所未見，且可以明他人竊取此記之故。《易水歌》[二]《渭塘夢》[三]《琴心雅調》[四]，今俱傳爲葉六桐之作，豈尊公别有所搆耶？頃見葉六桐札，云曾搆《玳瑁梳》[五]一劇，已失原本，或老姊丈家藏有之。及他明劇，弟不及見者甚多，倘得俱擲下，俾録出置之笥中，則不啻百朋之錫矣。其全記有數十種，欲借閲，恐多則有遺失之虞，今止借《殺狗》《嬌紅》

《龍泉》《大節》四古記，及所藏諸明人雜劇，顒望德音。

【注】

［一］《合衫》：沈璟作，《遠山堂曲品·雅品逸文》著録，評云："取元人《公孫合衫》劇參錯而成，極意摹古，一以淡而真者，寫出怨楚之況。"

［二］《易水歌》：葉憲祖作，《遠山堂劇品·雅品》標注"易水離情即易水寒"，評云："荆卿挾一匕首入不測之强秦，即事敗身死，猶足爲千古快事。桐栢於死者生之，敗者成之，荆卿今日得知已矣。"

［三］《渭塘夢》：葉憲祖作，《遠山堂劇品·雅品》著録，評云："桐栢之詞以自然取勝，不肯鎸琢。如此劇，乃其鎸琢處漸近自然，則選和練紗，别有大冶矣。夢中得物極奇，王伯彭已演爲《異夢記》。"

［四］《琴心雅調》：葉憲祖作，《遠山堂劇品·雅品》著録，評云："翫其局段，是全記體，非劇體，故必八折，而長卿之事，乃陳其概。"按：以上三劇今存原刻本，日本内閣文庫有藏；《日本所藏稀見中國戲曲文獻叢刊》第一輯據以影印。

［五］《玳瑁梳》：葉憲祖作，《遠山堂劇品·雅品》著録，評云："鬱藍生何所見，而謂嫡之妬妾也可解，妾之妬妾也不可解？乃摭爲傳，寄槲園度以清歌。纖纖團扇之怨，固自取之，即蕣華亦終覺不快。惟静姝以後進奪寵，大解人意。"

【箋】

今存《李丹記》有二：一爲明刻本，署"四明大雅堂編，雲間陳眉公評，友人趙當世校"；首有陳眉公《李丹記題辭》稱："浙東有英雄曰海日先生"，《古本戲曲叢刊（五集）》據以影印。一爲明萬曆間朱墨套印本，署"天放道人劉還初編、雲間陳眉公批評、方外彭幼朔續評、社友趙當世訂正"，則作者爲劉還初。

據今人程芸①、潘明福②考訂，《李丹記》作者爲慈水劉志選，與吕天成

① 程芸：《明傳奇〈李丹記〉作者劉還初新考》，《文獻》2011年第1期。
② 潘明福：《明傳奇〈李丹記〉作者考補》，《文獻》2013年第1期。

父吕玉繩、孫如法爲同年進士。

此信中，彪佳欲借吕天成未刻之《李丹》，以明“他人竊取此記之故”。《遠山堂曲品》亦言劉慈水囑吕天成作《李丹記》，二十日成。若此説可靠，則《李丹記》爲吕天成所作，後爲劉志選竊取。但此説僅見於彪佳。《李丹記》未見於吕天成《曲品》、王驥德《曲律》及其後的《南詞新譜》《傳奇彙考標目》等。

又，《甬上耆舊傳》著録周朝俊《李丹記》一種，則周亦有同名傳奇，今佚。

➤ 與沈大來（一）

小伻從武林回，獲捧雲翰，開函展誦，如於和風朗月之下，挹玄度襟期，令人時時作天際之想，懸企何如。自詞隱而後，賴江南一二作手，撑此詞壇世界，然而知音絶響，此道亦垂盡。不意今日見之仁兄也。弟于音律毫無所知，而强作解事，未免見誚於大方，何幸仁兄收之同調内耶。古詩有詩僧，畫有畫僧，獨於填詞一道，自元及我明，絶無能之者。湛然和尚偶作《地獄生天》一劇，《妒婦生天》[一]一記，然詞氣卑下，不堪列于諸名家之後，弟偶欲爲删改以存大師之名，而無可著筆處，遂盡易其舊本，别爲新聲。然湛大師不説禪語，第以趣境見禪机，弟輩門外漢，反不能脱離禪家科臼，故遂遜大師多矣。然倘有數語可觀，乞仁兄大加斧政，或刻入《二集》中何如。倘《二集》已足三十種，或以别一劇俟之三刻，而此劇仍插入何如？惟尊裁之。袁凫公相别時已相約爲弟批評，兹小柬乞仁兄并小劇致之，祈其踐此約也。若此兄已還金閶，則不必煩往返，第得仁兄一字之品題，便爲腐草生光矣。《二集》何日告竣？弟拭目望之。至於《三集》，更得出人頭地數劇，使人驚詫愈出愈奇，則洛陽之紙益貴。若周憲王、凌濛初諸劇，真堪壓卷。近來作家，非不有新艷可觀，而詞格、詞律、詞致，無一不合，則畢竟無出周藩右者。議論久而自定，宗工在前，知决不以此易彼也。兹先以其中最佳者□（按：原信空格）種奉上清覽，俟刻《三集》時，當與仁兄徹底較量，擇其善者從之。倘鄴架有不足，弟力任以充其數。仁兄執中耳，使弟拜下風而從事可乎？昨垂示十二劇，先以十一種璧上。《四友》[二]亦是全記，且庸腐無足取也。尚有《五行錯亂》[三]《錦郎傳奇》[四]《錢神》[五]三劇，乞以賜教。《聽鈴記》[六]倘非《金漁翁》，《玻璃》[七]倘非《張知州》，則亦爲弟所未見者，得示之爲望。全記并乞惠一目。表母舅陳太乙向欲獨刻諸劇，云仁兄曾向被（筆者按：當作“彼”）搜取，秘而不發。夫亦何足秘也，但不孝所寄諸種，乞仁兄勿道傳自何處，庶使弟不重違其秘之之意耳。

【注】

［一］《妒婦生天》：湛然禪師作，《遠山堂曲品·能品》著録，評云：“湛然大師以婦人悍妬，多入三塗，遂取房玄齡事，諱其名爲白心室。雖大師一片婆心，亦未免老僧饒舌。”

［二］《四友》：無名氏作，《遠山堂曲品·能品》著録，評云：“以羅疇老之蘭、周茂叔之蓮、陶淵明之菊、林和靖之梅，合之爲四友。於四賢出處，考究甚確；但意格終乏瀟散，故不得與《四節》并列。”

［三］《五行錯亂》：未見二品著録。

［四］《錦郎傳奇》：未見二品著録。

［五］《錢神》：《遠山堂曲品·能品》著録無名氏所作，評云：“直刺時事，毫無忌諱，遂有以縉紳大老横罹粉墨者。詞亦不俗，但俱是拗嗓。”但此處稱“劇”，當非此傳奇。

［六］《聽鈴記》：湛然原作《地獄生天》，《盛明雜劇》二集卷十九收録彪佳改本，正名作“觀自在解脱獅子鈴金漁翁正果魚兒佛”。

［七］《玻璃》：《遠山堂劇品·具品》著録有王素完《玻璃鏡》一種，評云：“偶爲張刺史記此一事耳，而穿插俱不合拍，且音韻全疎，安能免俗。”蓋别題《張知州》。

【箋】

湛然原作《地獄生天》，以趣境見禪機，然而“詞氣卑下，不堪列于諸名家之後”。彪佳“盡易其舊本，别爲新聲”，建議沈泰刻入《二集》中。《盛明雜劇》二集卷十九收録彪佳改本，正名作“觀自在解脱獅子鈴金漁翁正果魚兒佛”。此前彪佳請王應遴借得沈泰所藏明劇之目録，彪佳閲後，詢問“《聽鈴記》倘非《金漁翁》，則亦爲弟所未見者”。可知《金漁翁》（即《地獄生天》）已閲過，而沈泰所藏名爲《聽鈴記》彪佳未見。後一封《與沈大來》中稱："《聽鈴記》即《地獄生天》，屬湛然散木師作。"則三者實爲一劇，即湛然原作《地獄生天》。

入選《盛明雜劇》二集之《魚兒佛》，在刊刻前，彪佳自覺"小劇中有數語不妥，今具改稿一紙，乞仁兄削入之"（國圖所藏《與沈林宗》），又作更改。又言"倘二集尚無成緒，則小劇乞仁兄命剮劂氏另刻之。工貲當如數奉來，期於望前差役領板，惟尊裁之。倘二集將懸國門，則可省另一番災木矣"。此問及刊刻情況，若未刻出，請沈泰將《魚兒佛》付剮劂氏另刻之。此爲彪佳直接參與《盛明杂剧》选目、纂集、评阅、校刻之又一例。

➤ 與沈林宗（二）

不孝耳交仁兄於詞壇者久矣，愧未能挹紫芝眉宇，不免室邇人遐之嘆耳。每晤王雲翁，輒道仁兄如玉如金之品，管風弦月之懷，擬相約湖頭過訪，逡巡未能，而王伯彭傳尊意至[一]，明劇之刻，品題甚當，採擇極精，真足表章詞學，與臧晉叔之元劇爭衡不朽也。閱所示劇目，鄴架之蒐羅已甚富矣，弟安能以涓滴益江河哉。但不敢不共成快事，當以未刻者六種，命小价上記室。如許時泉之《太和》[二]，沈詞隱之《博笑》[三]，葉桐柏之《四艷》[四]，車柅齋之《四夢》[五]，彼已彙成全記，似不宜仍作散劇。倘劇剞未成，於數種或中止之何如？今日作者如林，何難覓得秘本也。《捧硯記》即戴金蟾之《青蓮》內摘出數折耳。汪昌朝[六]所作《青梅記》[七]《太平樂事》[八]之外，尚有五六種，皆有刻本矣。《櫻桃園》屬會稽王淡[九]（按：應作澹）號淡（按：應作澹）翁作；《聽鈴記》即《地獄生天》，屬湛然散木師[十]作；《再生緣》屬吳仁仲[十一]作；《耍風情》《纏夜帳》《海濱樂》[十二]屬呂天成勤之作。周藩之劇，追真元韻，爲盛明詞人之領袖，其劇有三十餘種，惜不能全見也。凌十九諸劇俱絕佳，不可不一徵之。北劇名劇，南劇名傳奇，沈隱詞《九宮譜》中所載傳奇，得其一臠，皆古質可喜，倘搆得其中數種，尤足以冠諸劇上也。有數劇爲弟所未見者，列目別幅，倘許借一觀，當耑價來領。知音之前，不禁饒舌，統惟垂炤。

➤ 【注】

［一］由前信可知，托王雲莱致意，未及晤面。後由王元壽（伯彭）得識沈林宗。

［二］《太和》：許潮作，未見二品著録。

［三］《博笑》：沈璟作，《遠山堂曲品·逸品》著録，評云："詞隱先生遊戲詞壇，襍取耳談中可喜、可怪之事，每事演三四折，（湊成一記，）俱可絶倒。"按，括號内爲稿本作者删去内容。

［四］《四艷》：葉憲祖作，未見二品著録。

［五］《四夢》：即車柅齋《高唐夢》《蕉鹿夢》《邯鄲夢》《南柯夢》四種，今佚①。

［六］汪昌朝：汪廷訥，字昌朝，號無如，别署坐隱先生。安徽休寧人，沈璟弟子。有環翠堂，廣藏圖籍，所作戲劇，總名"環翠堂樂府"。所作雜劇九種，存八種；傳奇十三部，存七部。

［七］《青梅記》：汪廷訥作，未見二品著録。

［八］《太平樂事》：汪廷訥作，《遠山堂劇品·能品》著録，評云："於燈市中搬演貨物，亦足點綴太平。曲多恰合之句，但無深趣耳。"

［九］王淡：王澹（1556？~1627？），字澹翁，號雪漁，會稽人。早年師事徐渭。著有傳奇五種，佚。僅存雜劇《櫻桃園》一種，《遠山堂劇品·雅品》著録，評曰："張玉華蕭寺孤魂，歐陽生爲結緣於櫻桃花下，自是寒食東風，不至抱梨花之泣，以得雋報張生，宜矣。澹居士詞筆老到，不輕下一字，故字句俱恰合。"

［十］湛然散木師：湛然禪師（1561~1627），法名圓澄，号散木，舊有《地獄生天》② 雜劇，祁彪佳據以重編爲《魚兒佛》。《遠山堂劇品·能品》評云："老僧説法，不作禪語，而作趣語。正是其醒世苦心。"己巳年（1629）《與沈林宗》《與袁鳧公》等多封尺牘亦談及此，可作參證。

［十一］《再生緣》：《遠山堂劇品·能品》著録，署"吴仁仲"作，評云："此亦作意搆曲者，惜轉筆未快，故生動處覺少。鈎弋既爲李夫人後身，何爲復有留子奪母之事？"沈泰《盛明雜劇》本題"蘅蕪室編"，《今樂考證》《曲録》等俱著録爲"蘅蕪室主人撰"。

---

① 《盛明雜劇》二集所收《蕉鹿夢》（六折）署"舜水蘧然子"。蘧然子爲其同鄉後輩鄭祖法之號，柅齋所撰確爲傳奇，而非雜劇。

② 《祁氏讀書樓目録》《鳴野山房書目》著録作《地獄升天》。

諸家書目和研究者都認爲"蘅蕪室主人"爲王衡的別署。吴書蔭先生通過劇本内證及黄汝亨《寓林集》等材料，考辨今存本《再生緣》爲吴大山（仁仲）所作。①

［十二］《耍風情》《纏夜帳》《海濱樂》：此三種詳後。

【箋】

此信所提許潮、葉憲祖、王澹、湛然、車任遠之作品皆收入《盛明雜劇》二集中②。蓋彪佳閲過沈泰提供的劇目，請彪佳從其中挑選。彪佳以《太和》《四艷》之類作品爲"全記體"，"不宜作散劇觀"，故對入選提出異議，建議二集若倘未剞劂，或應中止。今見二集收入許潮《太和記》八種，葉憲祖《四艷記》四種，或因當時二集作品已經刊成，不便删削之故。沈詞隱之《博笑記》當是聽從彪佳建議未刊。③ 而信中提到的吕天成《海濱樂》即《齊東絶倒》，收於《盛明雜劇》初集，《耍風情》《纏夜帳》未見於今之二集。

彪佳對周憲王、凌濛初劇作大加讚賞，建議沈泰徵集。今見《盛明雜劇》二集，沈泰收入周憲王《风月牡丹仙》《香囊怨》兩種，凌濛初《虬髯翁》一種。

又提出"北劇名劇，南劇名傳奇"，沈璟《增定查補南九宮十三調曲譜》别題《南曲全譜》，從傳奇和散曲中選録南曲。彪佳稱其中所載傳奇，"皆古質可喜，倘搆得其中數種，尤足以冠諸劇之上"。

與沈大來（三）

昨有八行附之盛使，想已上記室矣。奉來八劇，知不足供大方之採擇，倘有所需，不妨再命及也。周藩之劇佳者甚多，不知七種之外，仁兄所未見者幾何，或示以一目何如。作者如陳藎卿［一］、吕鬱藍諸劇多不能盡得之，則弟之寡昧可概見矣。弟欲借觀者，昨已具之别幅，倘荷慨允，望付於小价，

① 可參吴書蔭《〈再生緣〉雜劇作者考辨》，《文學遺産》2004 年第 1 期。

② 許時泉《太和記》之八種《武陵春》（目録下注：或作楊升庵）《兰亭会》《寫風情》《午日吟》《南樓月》《赤壁遊》《龍山宴》《同甲會》，王澹之《櫻桃園》，車任遠之《蕉鹿夢》，祁彪佳重編湛然法師之《魚兒佛》。

③ 可參羅旭舟《〈盛明雜劇〉的輯刊與流傳》，《文學遺産》2013 年第 2 期。

不敢浮沉也。再懇鄴架中全記之目録以見示，使弟得作江海之大觀，幸甚，諸容嗣布。

【注】

［一］陳藎卿：陳所聞，字藎卿，號蘿月道人，上元（今南京）人。作有雜劇四種、傳奇四種，均不傳。

【箋】

彪佳提供八種雜劇供《盛明雜劇》編選採擇，並求借陳所聞、吕天成諸劇及沈泰所藏傳奇之目。

與沈林宗（四）

昨得一瞻芝宇，遂慊幾年寤寐之懷，乃以匆遽東渡，不及再圖握手，又不禁悵然於雲樹矣。《二集》煩先示以一目，幸甚。此集已紙貴洛陽，三續、四續，似不宜中止。名詞如林，仁兄勿慮其不继也。《青雀舫》[一]刻成，幸以惠教；《殺狗》一記，真大方手筆，今人即極意雕琢，决不能及。倘仁兄與王心翁有意梓之，乞便中擲原本，弟照古本加白，不數日即可付劂剞矣。《冥勘陳玄禮》劇録完，乞并《魚兒佛》副本附之王雲萊舍親。昨聞令甥藏曲已及四百餘本，不知可惠教曲目否？望仁兄留神。昨弟所録遠山曲、劇之目，此外尚各藏有十數種，未入於内。聞此中友人有作《十快記》及魏監之《紅符祥虹》二記，書房又刻魏監一記，乃顧九疇之乃翁[二]所作者。此數種倘得仁兄覓之，借弟一録，不啻百朋之錫矣。諸不一。

【注】

［一］《青雀舫》：徐陽輝作，《遠山堂曲品·逸品》著録，評云："陳眉公曰：'明妓翻經，老僧釀酒，將軍翔文章之府，書生踐戎馬之場，雖乏本色，故自有致。'此類語，爲古今闢大戲場。玄輝、林宗，遂借之爲鉗鐘棒喝矣。疎疎散散，靈氣統于筆墨，若無意結構，而凑簇自佳。"

［二］顧九疇之乃翁：顧錫疇，字九疇，號瑞屏，昆山人。父顧天敘

(1565～1645)，字禮初，號荀洲，所作戲曲，未見明清曲目著録，亦無傳本。

【箋】

《殺狗》一記，彪佳曾向吕師著借閲吕天成手校本，未得。後"得之舍侄婿"，評價極高，並奉與袁于令，稱"亦足爲四大家梓繡之一助也"。此信尋沈泰與王心翁有意梓之否，"乞便中擲原本，弟照古本加白，不數日即可付剛劁矣"。如此則既可以看到原本，又可促成四大南戲刊行一事，爲"曲譚鼓吹"矣，似未能成。及至崇禎三年（1630），彪佳言歲暮無事，"又得《殺狗》精本較之，漸就緒，不知王如老有意梓之否？乞詢之"（國圖藏《遠山堂尺牘·與沈林宗》）。

爲區别武林友人魏監之《紅符祥虹》，彪佳特云"書房又刻魏監一記，乃顧九疇之乃翁所作者"。國圖所藏《與袁鳧公》稱："新本如周君建之《十快》《魏瓃傳奇》、范香令之《花門綻》《楊雄斑管》、顧九疇乃翁之《天公醉》，俱亟欲一观者"，則顧天叙所作爲《天公醉》，演魏監故事，未見於今存之戲曲目録。

與沈林宗（五）

昨於武林將歸，時曾有八行，不知已達之典簽否？小劄中所望《二集》劇目，及令親藏曲之目與《青雀舫》傳奇，統祈惠示，望之不啻饑渴也。弟在武林時不知袁鳧公已至敝鄉否，日來始獲，與將小劇商確，略改一一，再與一較正訛字，請其批點，專价奉上，惟簡存是禱。徐野君[一]有新作否？有則祈賜教。《南華幻》[二]劇奉璧，《四友》下卷尚遲數日。附來有新搆之劇。及前目中一二種未示者，倘得擲來，消弟愁中日月，足徵知己之愛也。諸不一。

【注】

［一］徐野君：徐士俊（1602～1681），原名翽，字野君，號西湖散人。武林人。有《春波影》《絡冰絲》二劇，收入沈泰《盛明雜劇》。

［二］《南華幻》：《遠山堂曲品·具品》著録無名氏作《南華》一種，

評云："記漆園吏尚不及玉蝶，則其鄙陋更可知矣。"然，此處所言《南華幻》爲"劇"，則恐非此《曲品》中所收之《南華》傳奇。

【箋】

沈泰與徐翽交好，故彪佳問沈泰徐有新作否。除已作《春波影》《絡冰絲》被收入《盛明雜劇》外，徐翽亦參與了初集、二集中《洛水悲》《風月牡丹僊》《香囊怨》《昭君出塞》《袁氏義犬》《桃花人面》等劇的評閱。

承上信所言"令甥藏曲已及四百餘本，不知可惠教曲目否"，此再求沈泰親屬藏曲之目與徐陽輝《青雀舫》傳奇。

袁鳧公評點《魚兒佛》事，見於同年《與袁鳧公》："《生天》劇改成，欲借重鳧公評點，不知仁兄許之否?"承上所見第二封《與沈林宗》所云"袁鳧公相别時已相約爲弟批評，兹小柬乞仁兄并小劇致之，祈其踐此約也。若此兄已還金閶，則不必煩往返，第得仁兄一字之品題，便爲腐草生光矣"，則袁于令相約爲《魚兒佛》作評點。彪佳恐袁已返還金閶，亦請沈泰評閱，故二集卷十九所收《魚兒佛》題"吴中袁鳧公批點西湖沈林宗參評"。1630年《與沈林宗》有"小劇中袁鳧公批於首，有'轉覺此僧多番俚語'之句，似有碍板中，乞仁兄刊去之爲感"。今所見崇禎本《盛明雜劇》中，沈泰已將此句删去。

賴此五信，可知《盛明雜劇》編選過程中，沈泰聽取了祁彪佳的大量意見。對於三集，彪佳亦熱忱提供底本以供擇取，惜因種種原因，終未編成。

與王伯彭[一]（一）

日讀大作，以蒸霞湧霧之才，唾玉生香之韻，而守詞隱之功令更嚴，真足獨步詞壇矣。每一迴環，如對芝宇，愁苦之中，藉以遣日。然必求翁兄大啟琅函，盡披鴻寶，凡屬尊作，俱以賜教。弟每得一帙，即録出，秘之帳中，捧持如千佛名經，萬不致有浮沉之慮也。萬惟宗工斧削，然欲拋磚引玉，故不敢藏醜也。倘得度以金針，幸甚。《紫綬》[二]一本先璧上，餘二本尚在抄録未完，容附之袁鳧公處也。前有沈寧庵數曲，知已閱訖，希擲旋。昨一縷不荷鑒存，益增愧赧。兹將不腆，惟勿再麾棄，臨楮可勝瞻注。

【注】

［一］王元壽：字伯彭，陝西合陽人。作有傳奇二十三種，今存三種。

［二］《紫綬》：王元壽作，《遠山堂曲品·能品》著録，評云："記文姬保孤事，有陸無從、欽虹江各出其長。近日馮猶龍删合之，足稱合作。伯彭此記，于李爕傭工處，描寫苦狀，閲之令人酸楚；且陳列條暢，竟可與欽、陸二先生爭勝。"《遠山堂曲品·能品》評《空緘》亦言及《紫綬》曰："此與《紫綬》，皆伯彭有關世道文字也。"

【箋】

彪佳閲過王元壽《紫綬》等三種戲曲作品，並借與袁于令看。亦可知沈璟諸曲，彪佳曾借與王元壽閲。

與王伯彭（二）

湖上之談，頓慰飢渴，匆匆别去，如瞻恋何。台臺足恙獲痊，希於秋初放山陰之棹，望之望之。《紫綺裘》[一]完否？并《擊筑䮅》[二]《將無同》[三]《中流柱》[四]，千乞惠教。《擊筑》二記，如未取來，乞作一字與陳兄[五]，即付之小价；他日小价有事至海鹽，可轉達也。《魚兒佛》之疵謬，乞我翁指教，方見同調之雅。《豔雪樓》[六]千乞轉索之示我，望亟望亟。弟偶於莆署燭下閲元劇，遂作龐居士之傳，然必台臺鎔化無跡，乃成佳傳奇。我翁自有化工手也。容他日簡出奉來。前有二曲在弟處，昨又攜歸三曲，共五曲，容餘完一并完上。餘不一。

【注】

［一］《紫綺裘》：王元壽作，《遠山堂曲品·能品》著録，評云："田夫人幽配崔煒，事極詭異。記中崔子以好施受祉，任賊以撲滿招尤，作者欲以惕世也。"

［二］《擊筑䮅》：王元壽作，《遠山堂曲品·能品》著録作"擊筑"，評云："高漸離不死，而始皇卒以荆卿死，快極，快極。傳之者，激烈中轉爲悠揚之韻，覺滿紙簫瑟，令人泣下。"

［三］《將無同》：王元壽作，《遠山堂曲品·能品》著録，評云："匠心

獨構。談生、賈妹，皆無是公也，故名其曲曰《將無同》。風流自賞，如昔人評謝康樂詩：‘似東海揚帆，風日流麗。’”

［四］《中流柱》：王元壽作，《遠山堂曲品·能品》著録，評云：“傳耿樸公强項立節，而點綴崔、魏諸事，俱歸之耿公，方得傳奇聯貫之法。覺他人傳時事者，不無散漫矣。”

［五］陳兄：陳梁，字則梁，號散木子，浙江海鹽人。復社成員。《（光緒）海鹽縣志》卷十九：“喜揚雄司馬家言，詩文非大奇輒不肯下筆，書法得顔米筆意。所交皆當世名士，以詩酒相娱樂。所著有《易疑》《詩疑》《个亭集》《莧園集》《浣筆池藏稿》《侖者菑勿个集》，散軼不傳。”余懷在《板橋雜記》中稱陳則梁：“人奇文奇，舉體皆奇。”

［六］《豔雪樓》：未見二品著録。

【箋】

《豔雪樓》傳奇，後《與袁鳧公》有言：“昨日從王伯彭得見武林友人《豔雪樓》一記，才盡佳，但未深於音律，不足呈宗工也。”蓋因音律不佳未入選。可知其作者为武林（杭州）人。

與王伯彭（三）

久望台旌之至止，而久不至，豈台翁足疾尚未全愈耶。是月二十外弟將有雲棲之行，爲先大夫禮懺以資冥禮，是時或先可於湖上圖一晤也。《靈寶符》[一]婉而暢，精切而工，彼兩劇直當作此記注脚耳。乃台翁以浹月成之，又何神速至此也。敬謝明教之及，并《將無同》一本俱璧上，《紫綺裘》《玉扼臂》[二]千乞見示，至禱。

【注】

［一］《靈寶符》：王元壽作，《遠山堂曲品·能品》著録，且評價較高：“予向閲元人《看錢奴》《來生債》二劇，喟然異之曰：‘是可以砭錢虜矣！’乃摭爲傳，寄示伯彭，不一月而新聲遂爾繞梁。北詞之雄，南詞之婉，兼極其致。”

［二］《玉扼臂》：王元壽作，《遠山堂曲品·能品》著録，評云："取汪昌朝所傳《韋將軍聞歌納妓》劇，而雜之以虎易美姝事。其中以豪俠肝腸，不乏麗情婉轉，是作者傳神處。"

【箋】

承上信，彪佳於莆署燭下閲元人《看錢奴》《來生債》二劇，作龐居士之傳，令王元壽據以作傳奇。王不到一月便作成《靈寶符》，彪佳評云"婉而暢，精切而工"，兼及"北詞之雄，南詞之婉"。此種情況尚見於《遠山堂曲品·雅品逸文》著録《結髮》，"鬱藍生作傳，先生（按：沈璟）譜之者"，據傳而譜之爲傳奇。彪佳亦曾提供素材令他人創作，如國家圖書館所藏《遠山堂尺牘·與王雲萊》："張兄有曲才，吾輩慫恿之，亦是風雅之事。有大樹坡義虎，可作一劇，以先試筆何如。"所言張兄張大諶，敷演此事作雜劇《報恩虎》。張大諶，字號、籍里、生平事迹皆不詳。賴彪佳《遠山堂劇品》收録之功，得知所撰雜劇三種，今佚。

與王伯彭（四）

小伻奉手，教知尊駕有白門之行，計此際可言旋矣。鐘山秀色，又不知有幾許入詩囊也。弟以息影苫塊，未能再圖一晤，歉如之何。尊作已録出爲帳中秘矣，原本奉璧，尚一種，容續奉也。弟欲補作《曲品》，集詞場諸公之始名及所作名目，乞台翁以所作諸記之目，逐一示之。未刻除領教《紫綬》《石榴花》[一]《領春風》[二]《題燕》[三]《寶碗》[四]《莫須有》[五]之外，俱乞簡以惠我。幸甚，望甚。令弟無功兄宛麗明秀之作，久已誦服，亦乞示所作之目，并代梅花墅主人所作者示之。未刻除《瑪瑙》[六]《看劍》[七]之外，亦望啟琅函之秘也。前台翁所留《結髮》[八]《分柑》[九]二本，如尚未付梓人，或以原本見擲，弟別録副本以與書肆何如？望望。聞武林友人有作《十快記》及魏監之《紅符祥虹》二記者，乞台翁爲弟覓一底稿，望之不啻饑渴也。餘楮不一。

【注】

［一］《石榴花》：王元壽作，《遠山堂曲品·能品》著録，評云："伯彭喜爲兒女子傳情，必有一段極精警處，令觀場者破涕爲歡。若此

記羅惜惜尋花下之盟，竟致悮約是也。然結末只宜收拾全局，若疊起峯巒，未免反致障眼，如惜惜之悮謁，非乎？"

［二］《領春風》：王元壽作，《遠山堂曲品·能品》著録，評云："爲柳耆卿寫照，風流不減當年。可與周禹錫之《宫花》争道而馳。"

［三］《題燕》：王元壽作，《遠山堂曲品·能品》著録，評云："劉方、劉奇事，自葉桐栢作劇之後，已再見於黄履之之《雙燕記》矣。此記插入妓女夜來，而二劉顛連之狀，層叠點綴，令觀者轉入而轉見其巧。"

［四］《寶碗》：王元壽作，《遠山堂曲品·能品》著録，評云："伯彭諸詞，帶有一種秀媚之致，全似翩翩少年。此記首尾關鍵，俱爲濯錦小兒所播弄，較他曲更覺輕灑。"

［五］《莫須有》：王元壽作，《遠山堂曲品·能品》著録，評云："雜取《博笑記》中事，串入於巫嗣真一人，巧笑叠出，想見其胸有成竹，非徒資謔浪於他人者。"

［六］《瑪瑙》：王元壽作，《遠山堂曲品·能品》著録，作"瑪瑙簪"，評云："無功諸作，一以曲折争奇。阿兄伯彭有《將無同》記，此略取其意，惟卞生之遇薄女不同耳。無功喜傳女俠，故紅俠中每有技擊者。"

［七］《看劍》：王元壽作，《遠山堂曲品·能品》著録，評云："格善變，詞善轉，便是能手，此記生、旦通本不脱豪俠之氣，而始終作合者，乃在一黎女，大奇，大奇。其間聚散，原不關一劍，此中似可省一二轉摺。"

［八］《結髮》：沈璟作，《遠山堂曲品·雅品逸文》著録，評云："此鬱藍生作傳，先生譜之者。中間狀白叟之負義，鶯娘之守盟，蕭生之異遇，一轉一折，神情俱現。"

［九］《分柑》：沈璟作，《遠山堂曲品·雅品逸文》著録，評云："男寵只方諸生《男皇后》一劇，自來無全本。拈毫搬弄，備極謔浪之態。但爲樂未久，而輒爲□□負心，受諸凄冷，覺歡場太短耳。雖狀雌雄雙飛，竟奪人國。原生以此破家，又何足責哉。"

【箋】

彪佳此信中稱《曲品》爲"集詞場諸公之始名及所作名目"。《曲品》

初稿此時已完成，又欲補作，故搜集遺漏諸記之目。除信中所及六種，《遠山堂曲品·能品》亦收録王元壽《北亭》《玉馬墜》等十七種傳奇。此並求王元壽弟無功之作及目録，其中代梅花墅主人許自昌所作者，爲《百花亭》傳奇，王無功改爲《百花》，《遠山堂曲品·能品》著録，評云："此無功改《百花》本也。彼以鄒化爲生，此以江六雲爲生。情節亦不無稍異。"

➤ 與鄭伯子

湖上一别，淹忽至今，苦塊之苦味，吾輩同之。弟則更有不可語人者，奈何！倘得臧晉叔所改《荆釵》及重訂《四夢》，或藉以度愁中之日月，不知仁兄已爲弟覓得否？望之。老伯於書無所不備，倘藏有傳奇，幸示一目，餘俟再布，不一。

【箋】

此求借臧懋循改本《荆釵記》與重訂湯顯祖之"臨川四夢"。後彪佳借得此臧改五種，致信《與袁鳧公》云："頃得臧晉叔所改《四夢》《荆釵》，此公極自負，想來必佳，不知仁兄已覽過否？"

同年又一信，云："臧改《四夢》，於曲律或有小補，以言乎才情，恐不及湯多矣。《荆釵》云是古本，仁兄試閲之果否。四大家中以此本爲定本何如？"又，彪佳曾向吕師著借録吕天成校正本《殺狗記》，未得之。同年《與袁鳧公》中，彪佳催促"《荆》《劉》四種，决不可不蚤刻。弟倘得吕鬱藍較本，當覓便羽寄來，以鼓劂剞之興。弟雖枯腸禿筆，或勉效數言，使姓名附以不朽，是所願也。"而後"得之舍侄婿"，"似足爲定本……附奉仁兄録置案頭，亦足爲四大家梓繡之一助也"。可知袁于令有意編"四大南戲"。

➤ 與袁鳧公[一]（一）

我輩聲氣相通，幸在咫尺間，豈堪一日不晤，乃睽違動輒經旬，他日吴山越水，徒使夢魂飛越，不知悔恨當何如也。初二日祈顧我於小園，請與仁兄約，蔬果之外，必不多設一器，致戕物命，惟是杯酒談心，或裸袒以就木蔭之東西。摇耳如此，而仁兄尚忍使弟致嘆于盈盈一水乎！弟之感激劉公祖[二]，真有非筆舌可喻者，得仁兄轉致鄙悃，幸甚感甚。兹以服不祥，不敢從諸紳後，恭賀報最，惟投一刺，具一儀耳。晤間望并及之。署中晤期不遠，不敢煩復札矣。弟作字甚惡，不能親筆布忱，惟亮之。

【注】

［一］袁鳧公：袁于令（1592～1672），原名晉，字令昭，一字韞玉。號鳧公，晚號籜庵，別署白賓、幔亭仙史、吉衣道人等。江蘇吴縣人。撰有雜劇兩種；傳奇七種，今存三種。

［二］劉公祖：劉鱗長，字孟龍，號乾所，晉江人。萬曆己未（1619）進士，官至南京户部郎中。

【箋】

祁彪佳與袁于令神交已久，通過劉公祖相識，《遠山堂詩集》中有五言古詩《贈袁鳧公》記載二人見面的情形：

君家笠澤濱，我家梅福墅。一水儼相望，暮雲幾延佇。古人重神交，何必在晤語。每讀君文章，輒以琅函貯。姓字有天香，翩翩落毫褚。然而客寐久，會面豈終阻。疇昔之中夜，忽夢述離緒。曉聞剥啄聲，君舟泊林諸。相視而一笑，與君非暫處。蓋緣肺腑通，無俟面目許。吾儕無意氣，安所問濤侶。釁坳之衣裝，何往不楚楚。君贈我瑶篇，字字朝霞舉。我則何所言，短歌對新醑。

與袁鳧公（二）

昨仁兄言欲過武林，弟意必再得一晤，及捧翰，悵然久之，何仁兄之忍於離别乎！然尊駕云尊駕在月内或尚有山陰之行，則離索之感，轉爲企望矣。弟雖獲交于仁兄於今日，而夙昔之瞻戀，真所謂通之於寤寐矣。江南渭北，雖能隔我輩形骸，不能隔我輩神情，即或未得把臂而鴻羽寸箋，則時時望之知己也。王伯彭未知從白門歸否？所作劇本，弟已璧之其宅上，晤時乞一及之。邇來始得通行于沈大來兄，知必同調中人也。弟因自有詞曲以來，從無老僧作此者，有之，自湛然始，而詞实卑下，故漫爲捉筆，欲存其名耳。不覺盡易原本，然假禪機都是囈語，正不若老僧詞中之絶不談禪爲妙也。借重仁兄以斧削當棒喝可乎。此劇已致之沈大來兄，轉上記室，幸有宿約，知仁兄之不唾棄也。至三四兩折，作興愈懶，上去入聲俱不暇細較，乞大筆裁定，無使貽笑詞壇，尤徼至愛。陳藎卿是金陵人，所作記、劇俱佳，不知仁兄可得之否？《屈三閭》[一]佳作，原無副本，惜乎止在夢想之中。《雙俠》[二]既曾付剞劂，傳者必廣，萬乞覓一部以惠。再有傳魏監所謂《祥虹紅符》者，及武林友人之《十快記》，倘得原本與弟，一録出即當返上，不致浮沉也。《玉符》之刻，倘在躊躕，則移名易姓之後，不可不使弟抄一部爲帳中之秘。道上千岩萬壑，景色依然，仁兄如不即返金閶，何不於小寓避暑，且可省湖上幾許應酬也。余惟崇炤，不盡縷縷。

【注】

［一］《屈三閭》：袁于令作，《遠山堂曲品·能品》評徐應乾《汨羅》，言及袁于令之作："聞友人袁鳧公有《汨羅記》，極狀屈子之忠憤，記成乃爲秦灰，不可得見，惟散其事于《神女》《雙棲記》中。孔坪爲此，歷歷敘致，已是暢其所欲言。"按，此信中《屈三閭》當即袁鳧公《汨羅記》。

［二］《雙俠》：彭南溟作，《遠山堂曲品·具品》著録，評云："王伯彭傳荆卿，而俠烈之概，英英千古。乃此傳聶政，覺舉體沓拖，少一段龍威虎振意氣。"

【箋】

此年中，彪佳與袁鳧公書信往來頻繁，多有借曲評曲事，亦常詢音問律。信中言袁鳧公所作屈原事之傳奇，彪佳當時已不可見。故下信中借閱袁于令《玉符記》時，彪佳擔心其又同《屈三閭》剞劂未即告成便不得見，提出借録一部。

"武林友人之《十快記》"，國圖藏《與袁于令》有言："新本如周君建之《十快》"，當爲同種。按，周君建，名之標，號梯月主人。刻印過自輯《女中七才子蘭咳集》五卷，又《新刻出像點板增訂樂府珊珊集》四卷，又《吴歈萃雅》四卷，元羅本輯《鐫李卓吾批點殘唐五代史演義傳》八卷，胡貞波《周君建鑒定古牌譜》二卷。① 然《吴歈萃雅》等書前均屬"長洲周之

① 據瞿冕良編《中國古籍版刻辭典》，齊魯書社，1999，第380頁。

標君建甫題”，非武林人，蓋爲彪佳訛誤。

又，周君建增訂本《珊珊集》中，選入《千古十快記》（版心題“十快記”）。所選《渡江·一枝花》，所演似爲項羽故事。凡例中特別指出“新即戲曲，如《西樓記》，如《千古十快》，如《鷫鸘裘》，俱新出傳奇，他刻中所未載”。據彪佳信，此武林友人尚有《艷雪樓》傳奇。

➤ 與袁鳧公（三）

離多會少，聚難散易，自古嘆之。如弟之神交于仁兄，蓋幾許年矣，得一見而喜可知也。乃以息影苫塊，不獲時時過從，以承色笑。今日倏爾言别，悵怏何如。雖然，我輩交誼，不在遐邇間論疎密，玄度襟期，時時在寤寐中，況西子湖頭，寒山寺畔，他日聚首，又可屈指乎。小試不妨小屈，仁兄獨不見漢高九里一戰耶？遇大敵而勇，方足徵詞鋒之利，芙蓉鏡上，弟拭目以俟之矣。長安道中，迷目炎塵，而雅意憐才之當道，亦自不少。得仁兄一字，懸之國門，定無不捧持若《千佛名經》者。所以燕都之遊，弟敢勸駕也。昨所乞諸曲，倘有便間，幸以擲教，得佳者一二種，便令貧兒驟富，即百朋之錫，不過是矣。香月居曲五種[一]，覓之書肆不得，并望惠我。重曲另列一單，倘有所需，即可供清玩也。弟於音律實毫無所知，而强作解事。昨得仁兄金鍼之度，已窺其崖略，而求教之心，正未有已。《生天》劇改成，欲借重鳧公評點，不知仁兄許之否？《荆》《劉》四種，决不可不亟刻。弟倘得吕鬱藍較本，當覓便羽寄來，以鼓剞劂之興。弟雖枯腸禿筆，或勉效數言，使姓名附以不朽，是所願也。《玉符》刻成，萬萬啟亟示。近有《淇園六訪》[二]一劇，便間亦祈惠之。别緒縷縷，未能一吐。雲樹之思，想知己同之也。

➤ 【注】

[一] 香月居曲五種：由下一封信“昨云馮猶龍初刊五種，憶是《玉麟》《雙串》《合紗》《存孤》，乞仁兄留神”，可知香月居曲五種有《玉麟》《雙串》《合紗》《存孤》，未知另一種爲何。馮夢龍（1574～1646），字猶龍，號香月居主人等。江蘇長洲人。除創作傳奇兩種外，還改編湯顯祖、李玉等人的作品數種。

[二]《淇園六訪》：無名氏作，《遠山堂劇品·能品》著録作“琪園六坊”，評云：“六訪中，惟錯訪、病訪最有情景，曲亦具相思、相

見之大概。他調尚未能洗俗還雅，用韻更雜。”

【箋】

此信求借“香月居曲五種”、《淇園六訪》、《玉符》諸種。

與袁鳧公（四）

《風箏》[一]《躍劍》[二]二記上覽，聊以見敝鄉詞人風氣耳。《躍劍》半出單槎先[三]手，終是庸筆。《風箏》之才致，似可取，仁兄以爲何如？此君尚有《宫花》一記，俱得書坊刻之爲妙。外一傳亦可作戲否，苦無閨門情趣，即搆之亦必不行。倘得仁兄删煩就簡，打换局面，現出神情，分定齣數，必有一番化工也。昨云馮猶龍初刊五種，憶是《玉麟》《雙串》《合紗》《存孤》，乞仁兄留神。及凌初成諸劇，他日并爲我覓之。日望作田龍之曲，此債必須了却，作一笑也。《玉符》倘已改就，可惠然容録一本否？弟必三緘以藏，所慮剜劂未即告成，又同《屈三閭》之不得出現人間耳。

【注】

［一］《風箏》：單本作，《遠山堂曲品·能品》評《花園》，言及《風箏》：“其事大類《釵釧》《風箏》。詞之撰造處，設色亦濃。但訛字幾不可辨，當取定本較正之。”

［二］《躍劍》：《遠山堂曲品·能品》著録，評云：“作法撇脱，且能即景會情，以曲打科，以白引曲，遂爾轉折生動，勝《蛟虎記》多矣。”

［三］單槎先：單本（1562？~1636？），字槎仙，會稽人。至少作有《蕉帕》《露綬》《風箏》《躍劍》《宫花》五本傳奇。

【箋】

稿本《遠山堂曲品·能品》評《花園》，有彪佳孫祁晉注云：“類《風箏》者，是周錫珪所作《苦風箏》，非近日李笠翁之《風箏誤》也，孫晉識。”按，信中《風箏》後有言“此君尚有《宫花》一記”，則信中所及《風箏》，爲“敝鄉詞人”單本所作。

《躍劍》，彪佳題作者“潘□□”（按：原文空格），而此信中云“半出單槎先手”，蓋此傳奇爲潘、單二人共成之。

彪佳與袁于令觀《風箏》《躍劍》二記，以明“敝鄉詞人風氣”。“外一傳亦可作戲否，苦無閨門情趣，即搆之亦必不行。倘得仁兄删煩就簡，打換局面，現出神情，分定齣數，必有一番化工也。”此是從流通與讀者接受言時下流行風尚，但彪佳不擅寫風情，故建議袁于令據此創作傳奇。

此信中言“作田龍之曲，此債必須了却，作一笑也”，與下一封中“再爲田班生演北調一折”，均爲彪佳應邀作曲。田班生未詳。

➢ 與袁鳧公（五）

日以舍侄完姻，遂阻良晤。冗中得片暇，再爲田班生演北調一折，於音韻陰陽，其实不曾照管，粗率甚多，弟先自遞降書，仁兄亦須服而舍之矣。又《做官》[一]南曲，是四家兄所作，但恐玉田四尹，紗帽壓殺，無此大福分耳。臧改《四夢》，於曲律或有小補，以言乎才情，恐不及湯多矣。《荆釵》云是古本，仁兄試閲之果否。四大家中以此本爲定本何如？《全節記》中《圖麟》一折，北［梁州第七］折後用［合笙］［擔子令］，從《彩樓》對出者；［越恁好］，從《李丹》對出者。今對北曲［担子令］，即北［小桃紅］；［越恁好］似北［麻郎兒］。王伯彭《寶碗》，用［喬合笙］［調笑令］［禿斯兒］［金蕉葉］［小桃紅］［聖藥王］［麻郎兒］數調，《李丹》用［合笙］［調笑令］［聖藥王］［鮑子令］［禿廝兒］［越恁好］數調，弟欲改原本之不妥，於此二式，何去何從，仁兄爲我酌之。

➢ 【注】

［一］《做官》：祁駿佳作，未見二品著録。

➢ 【箋】

承上信所言“頃得臧晉叔所改《四夢》《荆釵》，此公極自負，想來必佳，不知仁兄已覽過否”，可知當時尚未閲臧改本。此信閲過臧改《四夢》，“於曲律或有小補，以言乎才情，恐不及湯多矣”。甲子年（1624）《與許玄祐》彪佳言：“弟每謂傳奇一道，立局爲上，科諢次之，鍊詞又次之。”可見彪佳於傳奇特重“局段”，而對於音律則等而下之。

彪佳欲改訂《寶硯》《李丹》中曲律之不妥處，特向袁于令請教。

與袁鳧公（六）

昨得珠璣之惠，遂令樗朽生光，然晤時又不能稱謝，想亦知己前不能作套語乎。韻葉領入居停之書，已付小价去矣，覓刊字之札，俟得大筆後，同扁附之，必得良工也。曲水園扁在離敝寓數步之門，朝來閣扁在樓上。扁尚未製，乞仁兄量其廣狹，揮成後制扁乃便。再有“敢曰懸車開緑野，且將拄笏對青山”一聯，乃先嚴所屬對者，倘并得大筆，尤感。《曲律》二本奉覽。如仁兄有暇日，研墨濡筆，作數北劇，使弟先得之，誇彼秘曲者，以鴻寶在握，何如？望之。□（按：原信空格）《宫凫（按：當爲“梟”）》[一]容于大家兄架上搜之，并戲目俟對完，統歸記室。外具數物，皆聊可作清齋之供者，乞仁兄鑒存，倘麾其一二，便罪我矣，懇懇。

【注】

［一］《宫凫》：陶崇文作，《鳴野山房書目》“子之十樂府家二傳奇”著録爲“宫梟”，未見二品著録。

【箋】

曲水園，彪佳父所構，其園中“卧龍盤旋，雉堞外山環列”，“登朝來閣，望千山萬壑，使人應接不暇，居然城市山林，蓋寓也而實園也”①。朝來閣，爲曲水園中一景。祁承㸁曾屬對“敢曰懸車開緑野，且將拄笏對青山”，彪佳請袁于令揮毫題字以製匾額。

與袁鳧公（七）

仁兄贈我扇頭珠璣也。弟不揣，亦賡和數語，皆打油腔口，知不足以呈大方，然蓋恃知己，非削其謬，則匿其醜耳。弟欲求仁兄就南曲譜中人所常歌之數十調，如北曲之分别務頭，於要緊字眼，説破應陰陽之故，以爲枕中之秘，何如？容晤悉。

---

① 祁彪佳：《越中園亭記二·曲水園》，《祁彪佳集》卷八，中華書局，1960，第188頁。

【箋】

彪佳每謂自己“與音律一毫未解”，但品評諸曲時，多涉及音律問題，故“不覺獵心復萌”（《與袁鳧公》之十二），因此向袁于令請教尤多。此信中，彪佳對南曲與務頭、陰陽等問題一一請教。

與袁鳧公（八）

昨片刻晤談，終不能罄數時懷想之殷。所以敢言暫别者，以仁兄或得少留曲水小園，或得再邀垂顧，庶幾再晤可圖耳。非謂臨行一握手，便足吐此縷縷也。小劇萬祈斧削擲示，其中不叶處，倘得仁兄即删改之，尤足徵知己同調之雅。望之。吕棘津較正《殺狗》，似足爲定本，昨得之舍侄婿，附奉仁兄録置案頭，亦足爲四大家梓繡之一助也。敝鄉一老童，漫欲握管，弟初意必不脱老腐之氣，閲之，不意其尖新乃爾。雖于曲律一毫不解，他日或可引之門墻内也。蔬果四色，聊供行廚，乞仁兄叱存是禱。

與袁鳧公（九）

拙作經宗工一番鎔鍊，頑鐵可望成金矣。昨附來《青鞭》[一]劇，亦有數語可觀否？無奈其毫不識音律也。仁兄倘容弟漫作一曹丘生，賤姓名亦將附高賢以不朽。入燕之初，六館諸公似有一番相與，弟當擇一一相知者托之。他非當道，縱其刮目，無益遊客。舍親中亦有重才者，第近日長安如奕棋，當道者恐遷代不常，統容臨期與仁兄酌之。何日可圖一晤乎？望亟望亟。

【注】

［一］《青鞭》：無名氏作，未見二品著録。

【箋】

此《青鞭》，似即爲前信中與袁提到的“敝鄉一老童”“漫欲握管”所作。彪佳評云：“初意必不脱老腐之氣，閲之，不意其尖新乃爾。雖于曲律一毫不解，他日或可引之門墻内也。”作家作品均未見著録。

與袁鳧公（十）

數日不晤，覺鄙吝復生矣。秘藏之本，得其一二，便可廢他本數百十種，何惜重貲搆之耶。聞白下崇製堂[一]刻曲已數百矣，但想來皆時本已刻者耳。頃接王白（筆者按：當作“伯”）彭札，云《東廓（筆者按：當作“郭”）》[二]是會稽學究所作，會稽那得有此學究也。頃得臧晉叔所改《四夢》《荆釵》，此公極自負，想來必佳，不知仁兄已覽過否？《露綬》[三]奉上，《宫梟》前一本憶有點壞處，今以新本上閲。野人一芹，聊充行庖，惟笑存是禱。

【注】

［一］白下崇製堂：南京书坊。

［二］《東廓（郭）》：陳與郊作，《遠山堂劇品·雅品》著録《中山狼》，評云：“借中山狼唾駡世人，説得透快。當爲醒世一編，勿復作詞曲觀也。”按，陳與郊（1544～1611），字廣野，號禺陽、玉陽仙史，亦署高漫卿、任誕軒，海寧人。

［三］《露綬》：《遠山堂曲品·逸品》著録，評云：“全是一片空明境界地，即眼前事、口頭語，刻寫入髓，决不留一寸餘地，容别人生活。此老全是心苗裏透出聰穎，真得曲中三昧者。舊本《佩印》之傳朱翁子，何足道哉！”

【箋】

彪佳評價陳與郊《中山狼》，與王伯彭“會稽學院”之評相左，收入《雅品》中，以爲“説得透快”，絶非學究所能作出，“當爲醒世一編，勿復作詞曲觀也”。

與袁鳧公（十一）

弟昨見五家兄[一]贈老龍之作，因篝燈效颦，止少却一覺睡，曲已成矣。欲其速，欲其諧俗，不暇問工拙、問音律叶否也。還有四家兄[二]作《家人慶賀》第三折，其二折俟仁兄補之。老龍氣殺，吾輩可得一捧腹矣。呵呵，不一。

【注】

［一］五家兄：祁豸佳（1594～1683），祁彪佳堂兄。字止祥，號晉嶽，

又號雪瓢。《遠山堂曲品·逸品》著録《玉麈》，評云："短犢韇，玉麈尾，風流佳話，不謂遺之至今，乃供止祥摹寫。烟姿玉骨，隱躍詞中；香色聲光，絪緼言外。"豸佳另有雜劇《眉頭眼角》。

［二］四家兄：祁駿佳（1594～1653），字季超。《遠山堂劇品·艷品》著録其《鴛鴦錦》，評云："新歌初轉，豔色欲飛。以虎易美姝，沈詞隱曾采之《博笑》内，較不若此劇之豪暢。"

【箋】

此信所言二種，似爲曲社集會時所作。其中彪佳稱讚五家兄祁豸佳所作《眉頭眼角》"止少却一覺睡，曲已成矣"，因此"欲其速，欲其諧俗"，則"不暇問工拙、問音律叶否也"；四家兄祁駿佳所作《家人慶賀》第三折，當爲雜劇，内容不詳，原劇今佚，諸曲目均未見著録。

與袁鳧公（十二）

湯若士自號璽翁，乾而不出，弟近况頗似之。然弟不能討不出之趣，昏昏度日。若以爲營俗事，則於賤性不類；若以爲作韻事也，則於愁埸不慊。每至中夜，自思日間所作何事，有可舉以對人者乎？真可笑更可嘆也。溽暑苦人，安得聆霏霏玉屑，立我冰壺中耶。□（按：原信空格）邇人遐，不禁天際真人之思矣。無聊之極，遂欲如今人之佞佛作福者，邇躬督奴輩煮粥飽飢人之腹，而又爲億千萬昆蟲向劉公祖乞命，仁兄閲小札則自知之。倘晤時，或慫恿作此功德何如？言及音律，不覺獵心復萌。昨日從王伯彭得見武林友人《豔雪樓》一記，才盡佳，但未深於音律，不足呈宗工也。向年曾草有《明劇品》，今略次第之，當録上，求仁兄并以數語。但所品止一百九十餘種，殊愧淺陋耳。再有請教者，南曲之入聲，亦必配入三聲否？有云南曲之入俱可作平，然乎？否耶？《雍熙樂府》，弟搆得一部，是十三卷，分作六本者，不知是正是續，乞示之。前與王伯彭再訂［合笙］一調，云從仁兄《彩樓》[一]全譜中對出，今俗本與優人所歌，皆非全調也。不識何以教我？聞仁兄有吼山快遊，俟遊竣，乃望復音，不一。

【注】

［一］《彩樓》：袁于令作，《遠山堂曲品·雜調》評《三元》言及此："將自擬《彩樓》之傳文穆乎？然境入酸楚，曲無一字合拍。"

【箋】

國圖所藏《與陳太乙》云："向在莆署，漫次第諸劇，欲加品題，而所見尚未及百。"至1629年，彪佳云："向年曾草有《明劇品》，今略次第之，當録上，求仁兄并以數語。但所品止一百九十餘種。"則又作補充修改。

與袁鳧公（十三）

數日累欲入城，而累爲河魚之疾所阻，良晤不常，奈何。遠社必仗仁兄主盟，五家兄期在牛女之夕，惟許之。南曲之入聲，得麈教乃豁然。《中原音韻》入聲之配三聲者，爲北曲設也。倘南曲詞窮於韻，欲作於韻脚下一二入字，亦可從中原韻内照平上去押之否？即曲之中，意有偶到而不得上去正音，亦可以中原韻内入聲所叶之上去間用一二字否？至於入聲之可作平，凡入俱可作平乎？抑止中原韻所作之平作之乎？至於佳作《西樓》[一]之［晝眉序］，《玉符》[二]之［高陽臺］，純用入聲，則下韻字亦必分照譜中韻脚之平上去否？種種乞再示之。昔陸象山與朱晦庵互相辨難，而後道學大明，詞學亦然。弟下根人，必仁兄時時以金鎞撥轉盲眼也。《冥勘陳玄禮》一劇，畢竟何所指，仁兄試一揣之。花露四尊，仁兄讀快意書時，浮此一大白，或亦如弟之促膝坐談乎。弟明日下午或圖一望眉宇也。

【注】

［一］《西樓》：袁于令作，《遠山堂曲品·逸品》著録，評云："寫情之至，亦極情之變。若出之無意，實亦有意所不能到。傳青樓者多矣，自《西樓》一出，而《繡襦》《霞箋》者，皆拜下風，令昭以此噪名海内，有以也。"

［二］《玉符》：袁于令作，《遠山堂曲品·具品》評《奇貨》，言及《玉符》："陽翟大賈，以呂易嬴，當以雄豪突兀之詞傳之，乃平庸若此耶。呂鬱藍欲記此爲《玉符》，不果。"又，清焦循《劇説》卷

四引卓珂月《殘唐再創小引》云："今冬遵鳧公、子塞於西湖，則鳧公復示我《玉符》南劇，子塞復示我《殘唐再創》北劇，要皆感憤時事而立言者。鳧公之作，直陳崔、魏事，而子塞則假借黃巢、田令孜一案，刺譏當事。"然未見二品著録。

【箋】

言《玉符》之［高陽臺］入聲字，則彪佳應已閱過《玉符記》。

彪佳從王雲萊處借得《冥勘陳玄禮》一劇，亦曾借與沈泰過録。此是詢問袁于令劇中是否另有深意。《遠山堂劇品·雅品》著録作"鴛鴦寺冥勘陳玄禮"，評云："馬嵬埋玉，此是千秋幽恨，槲園欲爲千古泄恨耶。然古生之腐，亦自不可少。北詞一折，幾於行雲流水，儘是文章矣。"

今存"遠社"之記載頗少，彪佳此請袁于令主盟，則遠社或爲曲社。此外，彪佳創辦文昌社、楓社、燕社等。

與袁鳧公（十四）

吼山之遊樂乎？弟不能追隨，想仁兄不無遍插茱萸之嘆矣。二家兄[一]入城養病，正資玄言爲《七發》，乃反不能密迩清光，弟甚訝之。《魚兒佛》，沈氏已災之木，幸有仁兄郢削，足當金鎞，或不至貽笑詞壇耳。聞《玉符》已經梓繡，弟得與天下人共寶之，大是快事，但不知何日刻竣耳。原板《雍熙樂府》，不知仁兄携在笥中否？倘有之，乞并《北詞韻選》内險韻如桓歡等曲數本，并以惠教，幸甚。弟後日有暇，欲于佳曲内每記選四折，俾人染指一臠，即知全味。刻成，則今之集雜曲者一切可廢。不知金閶有肯任其役否？昨尊教言入聲止可作平，則譜中多有作上去者，盡非耶？且譜中以入作入者，百不一二見，豈南曲亦無入聲耶？種種茅塞，伏祈指示。松蘿茶二罐附奉，惟存之，餘不一。

【注】

［一］二家兄：祁鳳佳，字德公。

【箋】

前信云："《雍熙樂府》，弟搆得一部，是十三卷，分作六本者，不知是正是續，乞示之。”此欲借閱袁于令藏“原板《雍熙樂府》”。彪佳此言欲從《北詞韻選》《雍熙樂府》諸佳曲内“每記選四折”，務使人人得“染指一臠，即知全味”。並稱此集一成，“則今之集雜曲者一切可廢”。然此舉或未成行。

與陸際明[一]

昨承垂顧，具仞注存之雅，村中荒褻，抱歉殊甚，何日再得圖握晤手。林兄曾致意否？又有書一本，希并返之。外家報一封，煩附致家叔處。撫台所托之儀，崙價來領。外具戲劇二目，皆不孝笥中所已藏者。不孝頗有蠹魚之癖，南都爲戲劇淵藪，乞門下遍覓之書肆及諸友家，凡在此目之外者，俱爲不孝所未見，不論已刻未刻，俱乞乘便附擲，自當一一具價於記室也。千萬留神。

【注】

［一］陸際明：《杭州府志》卷一百三十九載：“陸際明，仁和人。事父至孝，母歿，手寫《金剛經》《廣輯感應篇》二卷，華亭董其昌、陳繼儒序而傳之，海内稱陸孝子書。仿范文正爲義學，以教族子，冠娶必以告。瘞其不克葬者五棺。解越州教授。宋琬撰墓誌。”

【箋】

南都藏曲之盛，又見《與彭本之》“白門固藏書藪也，欲將未獲諸本，祈門下購之”。彪佳將所藏雜劇傳奇二目交與陸繼明，囑其於南京書肆、友人間，凡見目録中未有者，俱收之。

與吴二如[一]

閩海宦遊，如吾兩人之徹肝胆以相照，寧有幾哉！乃以台臺之宏切卓績，竟爲讒口所奪，弟亦以五年淹滯，抱痛而歸，若天之偏以遇艱吾兩人也。然而湖山笑傲，一觴一咏，不能奪台臺，而不孝則又艱之也。是以息影苫塊，心期一晤而若千里爲遥，言之可勝於悒。台臺去閩之後，人情微有不同，倘公道獲明，則台臺之功自是不泯，否則，雖抱白於知者，而不知者之悠悠自若。昨承台命之後，弟再四躊躕，知微言之無益，非敢自外于知己也。前聞有録敘之疏，至今未見，便中乞示之。台臺園居之暇，倘教歌兒度以佳曲，是大快事，恨弟不能預此，惟作詞曲蠹，僻集明人之詞幾百種，聊以遣岑寂之日，安得於湖上與台臺作竟日夜之韻談乎。不腆聊將，仰乞垂炤。

【注】

［一］吴二如：《祁忠敏公日記》崇禎八年乙亥（1635）五月二十二日記："午後邀余心涵、王峩雲、吴二如酌，觀《空函記》。"

【箋】

此信"閩海宦遊"云云，知吴二如亦曾於閩地做官，後彪佳歸鄉後多與之有交。彪佳稱"台臺園居之暇，倘教歌兒度以佳曲，是大快事"，可知吴亦愛好戲曲。但與吴二如、王伯彭、彭天錫見面時，彪佳特别囑咐："此際國難家憂，止以斗酒澆我輩塊壘則可耳，寧敢有歡場可覓哉，乞勿用戲用妓。"（庚午年，1630，《遠山堂尺牘·與吴二如》）

信中所言"録敘之疏"，未知爲何，疑爲吴藏曲之目。

與趙應侯［一］

首春一别，不獲再瞻芝宇，懸企何如。弟向日所作小曲，偶以災木，不敢不呈之宗工者，蓋因聞仁兄有佳劇，欲拋磚引玉耳。萬祈勿秘之琅函，至懇至禱。昨閲陳兄［二］大作，尖爽之語，每出人意表，真妙才也。此兄若在，弟願與之言交，乞仁兄爲我介紹之。尚有下半卷，并祈惠示，餘不一。

【注】

［一］趙善徵：字應侯，山陰人。《祁忠敏公日記》崇禎九年（1636）正月初十記："趙應侯過訪，與之小酌。午後憩於舟中。乃邀王雲岫、王雲嬴及潘鳴岐小酌，觀《投梭記》。"

［二］陳兄：陳情表，名禘，字聖鑒。所作傳奇《彈指清平》、雜劇《鈍秀才》均收入二品"逸品"。另有雜劇《桐江老》①。均已佚。

① 據祁彪佳日記崇禎四年（1631）《涉北程言》，閏十一月十九日，"聖鑒思作劇苦，無佳題，乃就陳伯武借《豔異編》閲一過，皆兒女子態，聖鑒以其非英雄本色也，乃别爲《桐江老》一傳"。

【箋】

據此信，趙善徵作有雜劇，彪佳欲一閱之，故先將己作呈示。由趙善徵得識陳情表，據日記所載，1631、1632兩年中彪佳與陳交往頗多。

與陶畬軒[一]

自家伯兄之獲交于文壇，弟某即髮未燥而嚮往已夙矣。迩聞玉趾臨敝寓，亟圖走晤，以展請事之懷，而息影苫塊，畏望城市之塵，且溽暑作苦，未免見月而喘。不獲從家兄後一親玄度襟期，弟之固陋，可槩見矣。《全節》是六七年前之作，即小劇亦是無聊中之囈語，於音律一毫未解，人方敝帚棄之，弟亦自厭其庸蕪，而仁兄獨加賞鑒，真弟生平之知己矣。然宗工在前，必不吝郢削，則尤佩同調之雅也。愁困之人，言及歌聲，益增傷感，昨小劇亦偶有所感而作耳。乞仁兄爲弟秘之，勿增弟罪。此則恃家兄夙蒙之愛，而敢布悃也。諸容握手，吐此縷縷。

【注】

［一］陶崇文：字乳周，號畬軒，會稽人。撰有雜劇《宫梟記》①。爲張岱舅父。

【箋】

崇禎二年（1629）《與袁鳧公》："《宫鳧（梟）》容于大家兄架上搜之，并戲目俟對完，統歸記室。"《鳴野山房書目》"子之十樂府家二傳奇"著録爲"宫梟"，是於大家兄祁麟佳處得之。此信中亦云"自家伯兄之獲交于文壇"，祁麟佳與陶崇文有交。同年《與袁鳧公》："《宫梟》前一本憶有點壞處，今以新本上閱。"未見二品著録。

《會稽陶氏族譜》卷一五有傳云："畬軒公諱崇文，字乳周。明季政衰，客、魏亂國，遂絶意功名，自放山水間，日與親朋登陟嘯歌，曠然綿遠，山陰祁元孺先生嘆曰：'畬軒子蘊奇絶古，不欲問世而遁迹山林，令人想見安石風流。'然公目擊時事，不能忘情，因作《宫梟記》，雖院本戲劇，其藴義生風，疾邪刺世，志節可概見矣。"

---

① 據裴喆《明代戲曲家畬軒道人考》，《文學遺産》2009年第6期。

此信述及六七年前所作《全節記》與雜劇創作。後文中彪佳又稱“昨小劇亦偶有所感”，似爲新作之雜劇，而非指《魚兒佛》，未詳其名。

➢ 與鄭壽子[一]

愁中日月，他人覺長，弟轉覺其促。蓋先靈在几筵，不能奉顔色如生時，他日人恐不能奉几筵如今日也，故惟恐日月之去我耳。毛穎生未得奉雲箋，老伯吉地在，猶子亦自關心，特詢之。葉瑛石舍親之式有一二處，但慮未必能得之耳。仁兄須早定，此是吾輩一件極大事也。毛穎生來，弟以冗中失迓，弟不善作書，所用筆皆分毫易數十枝者。家兄亦久踈筆硯，即舍親欲售此者，亦少恐薦之而不售，則費其時。即或售之而價薄，則虧其本，故敢斗膽璧之矣。《全節》是六七年前作，已爲敝帚矣，仁兄尚欲享以千金乎？今在苦塊中，不敢拈弄此道，容印出，他日奉博一笑也。不一。

【注】

［一］鄭壽昌：字壽子，仁和（今杭州）人。

【箋】

國圖藏《與鄭壽子》云：“爲老伯佳城計者，朝夕在心。”所論皆爲鄭壽子父置墓地事。鄭前信中必問及《全節記》，故彪佳云“《全節》是六七年前作”。

終生難忘的教誨

——紀念王季思先生誕辰110周年

薛瑞兆

近日，中山大學的同門師弟康保成與黄仕忠兩位教授提醒我，今年是王季思老師（1906～1996）誕辰110周年，也是老師離開我們的第二十個年頭，希望我寫點什麼，以示紀念。我立即從書櫃裏取出珍藏已久書序，思緒仿佛重新回到三十年前的校園。那是1987年五月，我在即將離校之際，請老師爲我在中山大學完成的兩部書稿寫序，他慨然允諾。從此這兩篇書序與我相伴，成爲老師留給我的永久教誨與紀念，激勵我不斷向前奮進。

一 《馬致遠曲集校注》序

中國古代戲曲遺産極爲豐富，有選擇地加以整理，對於研究戲曲史和文學史是必要的，而且，也爲歷史、語言、宗教、民俗等方面問題的研究提供重要參考。因此，這樣的工作是嚴肅而有意義的。

以往，由於封建傳統觀念的制約，不少高雅之士視戲曲爲小道末技，不屑一顧。其實，個中學問不亞於治經史。例如，一部《元曲選》不啻爲一部元代社會生活史，而時至今日，尚有不少語詞令人似懂非懂。所謂元雜劇，實際是發源於北方的文藝樣式，後來傳入南方。就整體而言，那些作品更多地反映了北方的風俗、語言，並雜有女真語、蒙古語的漢語音譯，而要完全讀懂，不是一件容易的事情。

薛瑞兆的《馬致遠曲集校注》是他讀博士學位時的一項作業。爲完成這項工作，他從千餘種史志、筆記及詩文總集與别集中搜集箋證資料；幾次遠赴冀、豫、秦、晉諸省，進行文物與方言調查；同時還注意從前輩與時賢的研究心得中汲取營養，而又不囿於既有結論。因此，我在仔細批閱後感到滿意。

學術研究是以勤奮爲基礎的。雖然，這樣的工作常常與故紙堆打交道，而它的本質不是讀死書或死讀書。一個優秀的學者必須鑽入那些故紙堆，全面瞭解其中蘊藏的種種故事，然後跳出來，用先進的思想加以總結，使自己的研究成果貼近現實社會生活。文學遺產只有經過這樣整理，纔有可能還歷史以真實面貌，實現古爲今用，達到前人未曾達到的境界。

瑞兆在即將走向新的工作崗位之際，請我爲他的這部書稿寫幾句話，故勉爲此序以勉之。

一九八七年五月於中山大學　王季思

二 《宋金戲劇史稿》序

自王國維《宋元戲曲考》問世後，一些前輩時賢以自己的創造性勞動建立起中國戲曲學。時至今日，這個領域依然面臨許多懸而未決的問題，如戲曲究竟形成於何時，它的特徵怎樣？這些看似平常而又不易解釋清楚的問題構成戲曲學的基礎，也誘發一代又一代學術工作者的興趣。學術研究的任務就是要對類似問題給予科學解釋。

一九八四年春，薛瑞兆同學從哈爾濱考入中山大學，經我們師生共同商定，以宋金戲劇爲研究對象撰寫博士論文。這項課題的難度大，一是有關資料匱乏，不易搜求；二是理論上需要有所突破。以往從事戲曲研究的學者大都致力於具體問題的考證辨源、輯佚勾沉，功不可沒，不足之處是踈於宏觀把握。進入新的歷史時期，這方面的問題得以改進，却又産生忽視基礎研究的傾向。其實，無論宏觀概括，或是微觀判析，都是治學的基本方法。就個人而言，可以有所側重；從學術研究的全域看，必須把二者結合起來，既要加强理論修養，使自己站得高些、看得遠些，同時，也要一點點收集資料、一個個攻克問題。唯有如此，纔能避免謬誤，靠近事實。

學術研究没有捷徑可走。研究什麼可以有所選擇，使用的方法也不盡一致，然而，必須具備執着追求的精神。追求什麼？對於學術工作者來説，就是在各自的專業領域拿出無愧於時代的精神産品，有助於繼承和發揚中華民族的優秀文化傳統。實踐中有没有這樣的目標，成效是不一樣的。

我已經老了。我們這一代人經歷的坎坷不算少，成果也就有限。因此，我由衷希望新的學人盡快成長起來，不斷有所超越。這是自然規律使然，也是事業發展的要求。三年來，瑞兆在我們共同認識的原則指導下，比較全面地考察了宋金戲劇形態，思路清晰，資料詳實，論證嚴謹，取得了令人滿意的成果。尤其是研究過程中，三赴秦晉進行社會與文物考察，四上京津訪書，體現出一種鍥而不捨的求實精神，我以爲值得稱道。至於對這部《宋金戲劇史稿》的具體評價，臧否得失，可以仁者見仁。

瑞兆行將離校之際請我寫序，因此說了這些以資勉勵的話。

一九八七年五月　中山大學玉輪軒　王季思

我是在1984年春與保成弟一同考入中山大學中文系王季思、黃天驥兩位先生門下讀博士學位的。那時，老師年屆七十八，身板硬朗，神情矍鑠，在學界已被尊爲泰斗；黃先生正值壯年，主持中文系工作，同時還兼任學校研究生院領導。先生囑咐我與保成："天驥那裏很忙，今後學習上的事可以與我聯繫。"於是，我與保成弟相約，一定抓住機會，從老師那裏多學些本事。

入學前，我已完成關於《馬致遠曲集校注》這部書稿的基礎工作，入學後邊修訂邊謄清，費時數月，編爲九卷，三十萬字，半尺多厚。交給先生時，我斟酌詞句，小心翼翼說："老師，這是我的作業，請您方便時批閱。"老人家詢問了編纂起因與過程，然後緩緩打開包裝，用雙手掂了掂書稿，笑着說："哦，不輕。這樣的作業我願意看。"先生略帶幽默的話，頓時化解了我的緊張情緒。嶺南的六月，天氣既熱又潮，我以爲學期內先生看不完，於是就忙其他事情了。

那年六月末，老師約我去家裏談書稿。他說："我看完了，意見都在書稿裏。"令我震驚的是，書稿的每一頁幾乎都黏有數目不等的紙條，上面寫滿工整的小字批注，或質疑，要求重新考慮；或補充，並提示文獻出處。總之，先生的評點如高屋建瓴，往往一言中的，是老人家深厚學養的自然流露。我自以爲細枝末節而未能盡心之處，老師也都一一指出，且評曰："古籍整理講究細緻，不應忽略細微之處，越是細微，越要悉心。"那些字條近二百，字數約六千。我揣度，紙條上的每個字都是先生有感而發，經思考寫成，並同步黏到合適地方，以避免破壞書稿。如此算來，那得耗費多少功夫啊！先生以自己的方式詮釋了“誨人不倦”的內涵，也體現了對他人勞動的尊重，即使是自己的學生也不例外。

第二學期，我將修訂稿再報先生，他說：“不用看了，相信會有進步。”然後拿出一封寫好的推薦信，讓我借赴京訪書之機，將信與書稿交給中華書局。半年後，中華書局就書稿提出若干修改意見，希望儘快完成。

當時，我從這件事悟出一條從師學習的經驗，那就是多寫文章，争取讓老師批閲，以便將自己學業的優劣全部暴露出來，通過老師指點，發揚其中那些“優”，克服其中那些“劣”。前四個學期提交的論文，老師從篇章到結論，逐字逐句批閲，我經反覆體會，再次修訂，然後拿出去發表。第五學期，我一次送去兩篇，解釋説：“下學期事多，修訂畢業論文、列印、校對，所以提前交稿。”老師没説什麼，此後就再無音訊了，我也不好催問。事隔約半年，那兩篇文章竟然發表了，這纔知道老師直接推薦給學術期刊，一篇發表在《中山大學學報》，一篇發表在《文學遺産》。

《宋金戲劇史稿》是我的學位論文，老師在通過答辯後推薦給人民文學出版社，責編比我年輕——現在已經是那裏的總編了，經審閲提出若干修改意見，準備印行。

由於我自身的原因，以上兩部書稿都未能完成修訂，一拖再拖，説起來十分慚愧。

回到家鄉後，我先是受命在宣傳部門任秘書長，繼而自願接手一家資不抵債的國有企業，甚至需要自籌啓動資金。一些親友、同事對此很不理解，爲什麽放着太平官不做，而去一家虧損企業折騰？那段時間，我同母校老師與同學的聯繫也中斷了。工作忙、壓力大是一方面，如何解釋這些變化，不是幾句話能够説清楚的。傳統觀念中的“學而優則仕”，儘管是封建時代的説法，人們却比較認同。其實，我是個要强的人，喜歡具有挑戰性的工作，而厭倦四平八穩的環境。特别是同改革開放前沿的廣東相比，家鄉的不少人仍沉浸在清談加勞騷之中。當時，我剛四十出頭，正處在人生的最好階段，不想浪費時間。我給自己定下目標是，以三年爲限，如不能實現扭虧爲盈、徹底翻身，就重回院校教書搞研究。俗話説：功夫不負有心人。由於衆志成城，運氣不錯，這個企業經過整頓，發展一年比一年好。它所形成的企業文化、管理模式以及創造的效益已在社會上引起轟動。因此，一九九三年春，廣東省爲王季思老師舉辦從教七十年慶祝活動，我纔從容應邀，重回母校。

那次見老師，我的心情比入學初交作業時還要忐忑，一是"下海"從事企業經營管理，似乎有些"離經叛道"；二是雖未放棄研究，却已偏離既有方向。在學校讀書時，研究重點在金曲，也就檢閱了當時所能見到的金代文獻，因而發現關於金代歷史、文化與文學方面的研究幾乎處於空白狀態，加之金源文化與黑龍江聯繫緊密，如將精力放在這裏，效果可能會更好些。而囿於既有方向，困難重重，况且單槍匹馬，又是利用工作之餘研究，毫無優勢可言。因此，經審時度勢，我調整了研究方向，並在重回母校前完成了《全金詩》輯校。

我向老師扼要匯報了這兩方面工作，最後自責説："我辜負了老師的期望，是個不孝弟子。"而老師却説，"學校培養學生的初衷就是要滿足社會多方面的需求。從事什麼工作，應當根據需要與可能來確定，只要是爲國家服務，並能取得成績，就是好樣的。你在學校讀書時，學生工作搞得有聲有色，我曾表揚你有辦事能力，這説明我没有看錯。"説到這裏，他老人家笑了，我也如釋重負，開心地笑了。他還説："至於研究金源文化，既然已經確定，而且有所成就，就要堅持搞下去，只有持之以恒，纔會搞出名堂。我相信，你會成爲金源文化的開拓者。"當時，老師年近九十，而思維依然清晰、深刻，特别是老人家的開明與豁達，使我倍感温暖。他對我在事關人生大事問題上的轉向之舉，給予了充分的理解和鼓勵，這不僅掃除我心中積存已久的負咎之感，也給了我繼續前行的信心和力量。我想，自己所能回報的，也就是在自己的崗位上多做些老師所强調的——有益於國家的事情吧。

在這方面，留校工作的王門子弟做得很好。例如保成師弟，雖歷經坎坷，却能在逆境中奮力作爲，他利用"下放"圖書館之機，以書爲伴，苦讀數年，重回中文系執教後，遂將自己積蓄的能量逐步釋放出來，脱穎而出，成爲老師學術事業的卓越繼承者。仕忠比我入學晚，年齡小許多，他在多年研究戲曲文獻的基礎上，另闢蹊徑，在俗文學文獻的整理方面取得重要突破。令我特别感動的是，在老師晚年喪失了生活自理能力後，黄天驥先生帶領保成、歐陽等其他師弟共同料理老師的生活，輪流值守，請醫送藥，侍奉吃喝，以及每天爲老師洗澡潔身，等等。可以説，這些王門弟子努力踐行了中華民族傳統孝道的美德。而且，這支自發組成的群體，在經歷種種風雨後，煉就了一種自覺精神：和諧與奮進。正是有了這種精神，老師開創的學術事業纔得以不斷創新和發展，形成國内罕見其比、經久不衰的學術影響。

如今重讀老師的書序，令我百感交集。《宋金戲劇史稿》，已於 2005 年由生活·讀書·新知三聯書店出版。卷首載序三篇，首篇爲老師所寫，自序一寫於 1986 年，自序二寫於出版前夕，記録了我對老師終生難忘的感恩之情，兹附録如下：

學界有句老話：十年磨一劍。而我這部書稿竟歷時十八個春秋纔問世，够矜持的了。實際不是這樣。一九八七年，我走向新的崗位後，曾應某出版社之約，做過一次修訂。由於自己不甚滿意，又缺乏繼續深入研究的時間與條件，一晃幾年過去了。

一九九三年，我回母校參加廣東省爲王季思先生舉辦的從教七十周年慶祝活動。當時，先生壽届八十七，精神依然不錯，而面容却蒼老許多，坐在輪椅上，行動不能自如了。那是我最後一次見老師，也是最後一次聆聽老人家的教誨。先生説，無論在哪裏、幹什麼，只要努力爲國家服務，都可以幹出成績；工作再忙，也要抽時間完成書稿修訂，那是一段重要經歷，應該善始善終。不久，先生去世了。這促使我决心再次修訂，但是，幾乎出於同樣的原因，仍辜負了先生的期望。

其實，在學校讀書時，我是個用功的學生，古籍閲覽室幾乎是我每天必到的地方，偌大的房間常常就一個讀者，安静極了。南方天熱，室内没有空調，一坐半天，全身浸在汗水裏。那段時間讀了些書，也做了些事：整理曲家文集約三十萬字；發表文章六篇五萬餘字；寫出學位論文近二十萬字；協助先生編撰《全元戲曲》。而所有這些工作，先生都是一字一句校閲，寫出眉批，或訂正謬誤，或提出新的研究思路與綫索，或表揚精彩之處。應該説，那段學習生活緊張而充實，收穫頗豐。

令我難忘的是，先生博識寬厚的師長風範。先生是著名學者，桃李滿天下，却樂於與後輩晚進商量問題，從不把自己的意見强加於人。不僅如此，我在先生身邊三年多，深切感受到老人家的關愛。我從塞外到南國讀書，已有家室，老的老小的小，我的“助學金”不僅助學，還要養家，難處不少，而先生竟想得周全，“聘”我做他的“秘書”，每月增加些收入。那在當時的確幫助我解决了實際問題。每逢年節，先生還把弟子請到家裏吃飯。有時與師母相攜，把節令食品送到學生宿舍。一九八七年六月，我辭别先生時，老人家艱難地從座位站起身，執意送到門口。望着先生動情的面容，我再也抑制不住自己，熱淚奪眶而出。我趕緊跪下，給先生磕頭……

自今年春節至五一，我沉下心，集中精力，終於完成修訂工作。這部書稿是我從先生問學的結果，或好或差，都是那段逝去光陰的見證。也許現在可以告慰九泉之下的先生吧。

二〇〇四年五月九日哈爾濱　薛瑞兆

至於《馬致遠曲集校注》，迄今仍塵封於書櫃中。這部校注是我步入學術生涯的處女作，其中還處處浸透着老師的心血，應當倍加珍惜纔是。因此，我準備在完成《金代文學文獻集成》之後，再做最後修訂，那也許是始於此而終於此的收官之作了。

大家風範

——回憶與徐朔方先生的幾次通信

鄭尚憲

徐朔方先生（1923.12～2007.2）是古代戲曲、小説研究的大家，著作甚豐，尤以所著《晚明曲家年譜》嘉惠學林爲多。本文所叙與徐先生的來往信函，正值徐先生爲年譜諸稿定稿之時，當時所編輯刊發的文章，亦多爲各譜之引論，於中可見徐先生之爲學、爲人。今值先生去世十周年，因撰此文，以表懷念。

1989年夏天，我從中山大學畢業，分配到江蘇省文化藝術研究所工作，所裏安排我在《藝術百家》當編輯。上班不久，主編交給我一篇杭州大學徐朔方先生的稿件，讓我編輯。對徐先生，我並不陌生，早在南京大學讀研究生時，就在學術會議上瞻仰過他的風采。他的所有文章我都曾多次拜讀，其論文集《論湯顯祖及其他》更是我案頭必備之物。而且在中大攻讀博士學位期間，剛好和徐先生的弟子黄仕忠同窗，三年間，我們經常交流各自的學習和從師經歷，對徐先生的爲人與治學，我們都欽佩不已。現在讓我這個新手來編輯徐先生的稿件，真是深感榮幸。

徐先生的稿子是他正在撰著的《晚明曲家年譜》中“陸粲、陸采”年譜的“引論”，文中對陸家兄弟生平事迹作了簡明扼要的述評，對他們所作的《明珠記》《南西厢》《懷香記》等劇作做了精闢的分析。自從明代以來，關於《明珠記》的著作權，人們大都採納陸粲同郡友人王世貞《曲藻》的説法：“《明珠記》即《無雙傳》，陸天池所成者，乃兄浚明給事助之。”即陸采（字天池）主創，其兄陸粲（字浚明）提供了一些幫助。徐先生根據自己對作品的解讀，認爲晚明時期吕天成《曲品》的説法更準確，即此劇係“陸粲具草，而天池踵成之者”。徐先生提出：“陸粲考慮到編戲可能有損他官僚士大夫的名聲，纔把它的著作權歸於未仕的弟弟身上。本文認爲將《明珠記》看作陸粲、陸采的合作較爲符合事實。”爲了支持這一觀點，他還以陸氏兄弟二人的人生經歷同《明珠記》的劇情進行對照，作爲上述説法的佐證，並摘引了《明珠記》劇終的下場詩：“金谷銅駝非故鄉，歸心日夜憶咸陽。三年奔走荒山道，一旦悲歡見孟光。遊説尚憑三寸舌，江流曲似九迴腸。相逢盡道休官去，不逐東風上下狂。”徐先生認爲這幾句詩和劇中主人公王仙客的生平實際不符，“完全没有着落”，而和陸粲的遭際完全對得上號，因此是“作者的自白”。我看了後有些想法，於是以編輯部名義給徐先生去信，指出這幾句下場詩是集唐人詩句，乃傳奇中慣用套路，和劇情不完全貼切，也不難理解，似乎不宜拿來和作者或劇中人的生平做簡單比照。信寄出後，很快收到徐先生回信。

藝術百家編輯部：

七月二十二日手示奉悉。來信所提《明珠記》下場詩爲集唐，意見很對。已經長久没有收到編輯同志對作者的這種指正了，謹此致謝。原稿“可見如同多數傳奇的劇終下場詩一樣，它們是作者的自白。”請改爲“可見如同多數傳奇的劇終下場詩一樣，以集句爲形式，内容則是作者的自白。”

拙作《晚明曲家年譜三十種·蘇州卷》收鄭若庸、△△陸粲、采、△梁辰魚、△王世貞、△△張鳳翼、孫柚、顧大典、△沈璟、徐復祚、△△王衡、許自昌、△金聖嘆十三家，每譜前有引論一篇，上述人名有△爲記的都已發表，有△△的發表在貴刊。此卷將在明年春節前交稿，除鄭若庸資料還需查對外，其餘都已完成。顧大典、許自昌、孫柚的引論自一千餘字到三千字不等，太短，未寄出去。其餘爲浙江卷、皖贛卷，共一百萬字。二陸引論，承貴刊録用，不勝感激，附加小標題“《晚明曲家年譜三十種·蘇州卷·二陸年譜》的引論”，帶書訊或廣告性質，全書《前言》較長，則在明年《中華文史論叢》約秋季發表。適在整理此稿，不覺信筆奉告如上。

謝謝，順致

敬禮

徐朔方　7. 26

從回信時間可以看出，徐先生是接到去信後立即回信的，完全接受了編輯部的意見，而且心情是相當愉快的，所以纔會將手頭正在進行的工作“不覺信筆奉告如上”。

遵照徐先生的囑咐，我對原文做了改動後交印刷廠付印。但在隨後的校對過程中，發現文中提到二陸所作《懷香記》的第十九齣《醉誤佳期》仿效了《嬌紅記》的現成齣目，但没有説明是哪一部《嬌紅記》。我覺得孟稱舜是後輩，二陸作《明珠記》時不可能看到《嬌紅記》傳奇；至於明初劉兑的《嬌紅記》雜劇，則該情節只是在男主角念白中一筆帶過，並無敷演。此外，對徐先生關於《明珠記》創作時間的判斷我也有一些疑問，於是又去信向徐先生請教。徐先生也很快就回信了。

藝術百家編輯部：

示悉。第十一頁《嬌紅記》前請加劉兑二字，以免與後之孟作相混。第八頁“它的寫作當在一五三二年，不遲於一五三四年”，請改爲“它的寫作當在一五三四年”。拙作對二陸的著作權及作年提出新説，自以爲持之有故，若有不同看法，歡迎撰一署名短文與之商榷，同時刊出，那倒十分符合“藝術百家”的精神，鄙人絶不會有反感，而只能歡迎。

請允許我再次向貴刊編輯部敬致謝意。若承示以此稿責任編輯芳名，此書出時當以一卷奉贈。順致

敬禮

朔方　8.28

顯然，徐先生這次没有全盤接受意見，但對編輯部的去信仍持歡迎態度。信末一句“請允許我再次向貴刊編輯部敬致謝意”，其中“敬”“謝”二字是後添上去的。不難看出，徐先生是由衷歡迎這種學術性的商榷的。於是，我以個人名義去信，做了自我介紹，並表示尊重徐先生觀點。

《〈晚明曲家年譜〉——陸粲、陸采年譜引論》這篇文章在當年《藝術百家》第三期刊出。不久在編輯第四期稿件時，我向主編提出，編輯部與讀者、作者常有書信往來，相互切磋，建議出一個“讀者·作者·編者”專欄，摘登一些有較高學術價值的信件，並作相應説明。主編十分贊同，於是

我着手此事，徐先生的這兩封信當然被選入。謹慎起見，我給入選書信的作者和讀者逐一去信，徵求他們的同意。徐先生又及時回信了：

藝術百家編輯部：

來函奉悉。貴刊擬出《讀者・作者・編者》專欄，用心甚好，十分贊同。所云選入去信兩封，自無不可，但我寫信十分草率，希望將校樣或選用段落先行示下，當日即可付郵寄還。可能略加潤色，但不會作實質性修改，如荷同意感甚。順致

敬禮

徐朔方　11.6

校樣因去北京，略有稽遲，此次在家不出，可以更快。又及

顯然，徐先生對這個專欄的創設是很支持的，但涉及具體信件的公開，則態度比較謹慎，希望校樣能够讓他過目，並强調可以儘快寄回，不致耽誤出刊。

第四期稿件付排後，我把校樣寄給徐先生過目，徐先生回信：

藝術百家編委：

貴刊《讀者・作者・編者》校樣誦悉，立意甚佳，承獎飾太過，愧無以克當也。既已付印，今後當更思積德爲善，以副盛意於萬一。

拙編年譜，出版社商定春節來取。他們因人力有限，早送去也是無益，若91年第2季度能出就算快了。蘇州卷十三位作家的引論有半數已發表，二陸及張鳳翼、王衡刊於貴刊，梁辰魚、王世貞、沈璟、金人瑞刊於別刊，孫柚、顧大典太短，可不刊，餘下鄭若庸、徐復祚、許自昌三篇各五千字，春節後南京開海峽兩岸小説研討會，可帶上供採擇。90年可發一篇，91年如在第二季度可發，亦可發一篇，但不要勉强。那時再説好了。浙江卷以在浙江發爲宜。匆復　順致

敬禮　並向

鄭尚憲同志致意

徐朔方　11.21

我這裏有一篇日本關西大學日下翠女士用漢文寫的論文《金瓶梅作品考——怎樣瞭解金瓶梅》，約7000字不到。雖無特别好見解，但看問題的角度不同，很有新鮮感。其中有不多幾個日文片假名字母。貴刊如有意刊用，請即來示，我就不寄别的雜誌了。如無來信，即表明無此需要。如刊用，稿費可以寄贈貴刊代替。又及

很快到了年底。過了春節，“海峽兩岸小説研討會”在南京師範學院召開。我去會場找徐先生拿稿子，還没到會場，就聽到擴音器裏傳出徐先生洪亮的聲音，原來他正在做大會發言。我在後排找了個位子坐下。發言完畢後，徐先生大步走下主席臺，徑直走出會場。我趕緊迎上前去自我介紹。他握住我的手連稱“抱歉”，説稿子忘帶了，等回去再寄來。他説要去南京圖書館古籍部看書，問我要不要一起去，可以邊走邊談。我因爲還要看望來參會的其他老師，就没和他同行。當時南京剛下過大雪，路上積雪甚多，我目送着徐先生背着挎包，大步流星地往校門口走去。

幾天後，收到了徐先生的來信。此前我和徐先生通信，都是以編輯部的名義，現在因爲見過面，認識了，所以信就直接寄給我了：

尚憲同志：

去南京，臨行匆促，整理行裝時忘却將拙作帶去，甚歉。又爲去無錫、上海訪書，未終會而先離南京，未及一詳談爲憾。

近來出書甚難。適有幸在浙江省教委撥款中我有數萬元可以資助出版，因此將《晚明曲家年譜三十種》的出版計劃略作改變，即不出單行本，將它編入《徐朔方集》中，分四厚册，約200～250萬字。不收校注和翻譯。全書在91年6月交稿，估計92年底，最遲93年可出。因此曾當面請將季思師題詞推遲發表，如能遲到92年最好。我已將此意禀報季思師。他可能會有信給您，如與鄙意有出入，一切以季思師的主張爲準。早遲一點，想來對我關係不大。題詞下方希望加一行小字：“《晚明曲家年譜三十種》將編入《徐朔方集》第二編，預計在92年終由浙江古籍出版社出版。”如有不便，不能加亦無妨，請不要勉强。

年譜前都有一引論，可供採擇有如下幾篇：陳與郊8000字，屠隆5000字，王驥德、吕天成7000字，徐復祚5000字，許自昌4000字，另

有一篇《牡丹亭解説》16000 字，但最後一段可删，則爲 12500 字。其上各篇，您如需要，可任選若干篇寄上，只要在 1992 年第 3 季度前刊出即可。可以都要，也可以都不要。完全自由。我現在無心考慮發表的問題，正忙於編文集也。

匆此　順致

敬禮

朔方　2. 14

過了幾天，主編吴繩武先生帶着我去浙江組稿。很不巧，一到杭州我就病倒了，住進醫院。出院的當天晚上，徐先生的博士生廖可斌兄帶我們去拜訪徐先生。因爲知道徐先生惜時如金，不喜閑談，所以本來只準備登門拜見，稍坐片刻，取了稿子就走。不料徐先生十分關心，不但談了不少學問方面的事情，還一再詢問我的病情和身體狀況，建議我平時要多走路鍛煉。最後他把尚未發表的各家年譜“引論”及《牡丹亭解説》都拿給我們，讓我們帶回南京，根據刊物的要求慢慢挑，並特地聲明，這些稿子“可以都用，也可以都不用，不必礙於情面”。

回南京後，我們挑選了篇幅較爲合適的兩篇“引論”和《牡丹亭解説》留下，計劃在兩年内刊發，並將其餘幾篇寄還徐先生，同時請示是否給各篇文章另擬題目。徐先生回信説：

退回的稿子已妥收，因近日較忙，未即復，請諒。我完全同意這樣的原則，我自己也早已這麼做：一個雜誌每年只發一篇。您現録用三篇，可能還多了一點，如臨時有困難，再卡下一篇，我完全能理解。

因爲都是一個規格寫的，命題要有新意倒難了。我想不妨照原題×××年譜引論，或改爲×××和他的劇作。您另有辦法命名，就直接改上去好了，不必事先徵求同意。如能先看校樣，則我還有機會提意見。您説好麼？請每天定時保持半小時到一小時的散步，如能做到一天貳次，對貴恙必大有裨益。感到不適時暫停。順致

敬禮

朔方　4. 22

徐先生那麼忙，還記挂着我生病的事情，囑咐我要走路鍛煉。我既感動，又很不安，趕緊去信説明病已好了。第二年年底，爲編發稿件的事，我又去信徵求徐先生意見，徐先生回信：

> 示悉。足下何其謙讓也。王吕年譜引論得借貴刊一角以饗讀者，幸甚。延至本年第三期無妨也，幸勿爲難。拙集雖已付出版社，但他們編輯進度跟不上，可能會延至明年夏出版，届時當奉呈候教。季思師題詞前請略延，現在或略遲都可以發了。海外友人來函索柳如是南京舊居照片，居處在媚香樓附近，若找不到，即媚香樓船埠連同附近遠景也可。若便，請賜一幀附底片寄下爲荷。順致
> 新年如意
>
> 朔方　1.19

斗轉星移，柳如是的故居早已無從尋覓，但李香君的媚香樓還在。於是我買了一卷膠卷，到秦淮河邊，對着媚香樓，從各個角度拍了一遍，冲洗出來後，挑選角度最好、效果最佳的五張照片，連底片一起寄給徐先生。徐先生回信十分客氣：

> 示悉。承費心攝製媚香樓遠近左右五景，太破費了，老臉皮接受，殊以爲感。拙集可能分五或六厚册，寫前封信時，似乎明年底未必能出齊，現在看起來，似乎明年底可以出齊。他們在三月份内將大部分稿件付印刷廠。當時决定在杭州出版，也是考慮到修改方便，看校樣方便，看來這想法還是對的。另有《湯顯祖評傳》也在春節後交南京大學中國思想家叢書，出版後除老兄外，可以再送同老兄一道見訪的吴總。徐集則只送老兄。拙稿如何又提早見刊，盛情不知如何克當也。

此時已是1992年3月，以前向他組來的稿子已按計劃全部刊發。兩年中每次去信，徐先生都是很快作復，而且措辭越來越客氣。作爲學生輩，我感動之餘，又深感不安。因爲知道徐先生忙於《徐朔方集》的最後收官階段，非常忙，所以就没敢再給他去信。

轉眼間又過了兩年，1994年5月，我收到了徐先生寄來的五巨册《徐朔

方集》，捧讀一遍後，精心收藏起來。二十幾年過去了，這套書我經常拿出來撫摩、翻閱，同時回憶與徐先生通信的點點滴滴。在厦門大學給每届研究生上課時，我都要講述這一段通信經歷，介紹徐先生的爲人和治學，並把徐先生惠贈的《文集》拿出來給學生翻翻、看看，讓青年學子們感受一代大家的風範。有位學生還因此通讀了厚厚三大本《晚明曲家年譜》，寫了篇《徐朔方與戲曲文獻學》，作爲該門課的作業。

附：徐朔方先生書信影印件（共八通）

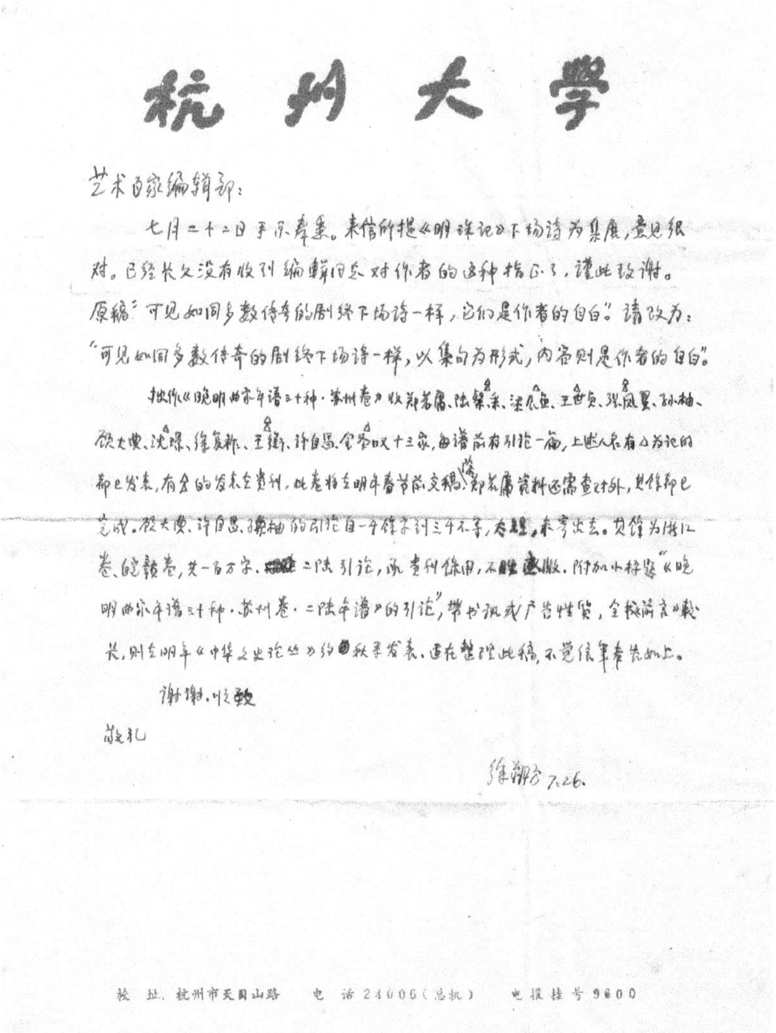

杭州大學

艺术百家编辑部：

七月二十二日手示奉悉。来信所提《明珠记》下场诗为集唐，意见很对。已经长久没有收到编辑同志对作者的这种指正了，谨此致谢。

原稿"可见如同多数传奇的剧终下场诗一样，它们是作者的自白。"请改为："可见如同多数传奇的剧终下场诗一样，以集句为形式，内容则是作者的自白。"

拙作《晚明曲家年谱三十种·苏州卷》收郑若庸、陆粲、梁辰鱼、王世贞、张凤翼、孙柚、顾大典、沈璟、徐复祚、王衡、许自昌、冯梦龙等十三家，每谱前有引论一篇，上述人名有△者的都已发表，有余的发表在贵刊。此卷将在明年春节前交稿，除郑若庸资料还需查对外，其余都已完成。顾大典、许自昌、孙柚的引论自一千余字到三千不等，太短，未寄出去。其余为浙江卷、皖赣卷，共一百万字。二陆引论，承贵刊录用，不胜感激。附加小标题"《晚明曲家年谱三十种·苏州卷·二陆年谱》的引论"，带些预或广告性质，全稿前言较长，则在明年《中华文史论丛》约秋季发表。还在整理此稿，不觉信笔奉告如上。

谢谢，此致

敬礼

徐朔方 7.26.

校址：杭州市天目山路　电话 24006（总机）　电报挂号 9600

杭州大学

艺术百家编辑部：

正误。第十一页《娇红记》前请加"刘兑"二字，以免与后之孟作相混。第八页"它的写作当在一五三二年，不迟于一五三四年"请改为"它的写作当在一五三四年"。拙作对小说的著作权及作年提出新说，自以为持之有故，若有不同看法，欢迎撰一篇来稿交互商榷，同时刊出，那倒十分符合"艺术百家"的精神，鄙人决不会有反感，而是衷心欢迎。

请允许我再次向贵刊编辑部致表谢意。若承示以此稿责任编辑芳名，此书出版时当以一卷奉赠。此致

敬礼

朔方 已日.

地　址：杭州市天目山路　电　话 24006（总机）　电报挂号 9600

杭州大學

艺术百家编辑部：

来函奉悉。贵刊拟出《谈艺·作艺·论艺》专栏，用心甚好，十分赞同。所云选入去信两封，自无不可。但我写信十分草率，希望将校样或选用段落先行示下，当即可付邮寄还。可能略加润色，但不会作实质性的修改。如荷同意，至甚。顺致

敬礼

陈桥驿 11.6.

校样因去北京，略有耽误。此后当不至如此，可以更快。又及

校　址：杭州市天目山路　　电　话 24[illegible]6（总机）　　电报挂号 9600

杭州大學

艺术百家编委：

贵刊《读书·作者·编者》校样谛悉，立意甚佳，承奖饰太过，愧无以克当也。既已付印，今后当更思积德为善以副盛意之万一。

拙编年谱，出版社商定春节来取。他们因人力有限，界连交也意无益。若91年第2季度付出就够快了。苏州卷十三位剧作家的引论有半数已发表，二陆与张凤翼（王衡）刊于贵刊，梁辰鱼、王世贞、沈璟、金人瑞刊于别刊，孙柚、顾大典太短，可不刊，余下郑若庸、徐复祚、许自昌三篇各五千字。春节后南京开海峡二岸小说戏曲讨论会，可带上以便采择。90年可发一篇，91年如在第2季度可发，亦可发一篇。但不要勉强。那时再说好了。浙江卷以在浙江发为宜。匆匆顺颂

敬礼 并向

黄浩宽同志致意

徐朔方 11.21

我这里有一篇日本关西大学日下翠女士用汉文写的论文《金瓶梅作品考——怎样了解金瓶梅》，约7000字不到。虽无特别好见解，但看问题的角度不同很有新鲜之感。其中有不多几个日文假名字母。贵刊如有意利用，请即来示，我就不拿到别处去了。如无来信，亦表明无此需要。（如利用）稿费可以寄赠贵刊代替。又及。

地址 杭州市天目山路 电话 24006（总机） 电报挂号 0600

杭州大学

尚玺同志：

去岁来，指引和促，想已引起对你部将如作学会，甚歉。又为去冬偶、上海讲学，未能会而先离南京，未及一详谈为憾。

近来出书甚难。适有东台浙江古籍出版社检查中我有数万元可以资助出版，因此将《晚明曲家年谱三十种》的出版计划略作改变，即不出单行本，将它编入《徐朔方集》中，分四厚册，约200—250万字，不收校注及翻译。全书在91年6月交稿，估计92年底，最迟93年初可出。因此曾去函请将李思师题词推迟发表，如能迟到92年最好。我已将此文案报李思师，他可能会有信给您，如与部分有出入，一切以李思师的主张为准。早迟一点，想对（时期）关系不大。题词下方希望能加一行小字："《晚明曲家年谱三十种》将编入《徐朔方集》第二编，预计在1992年终由浙江古籍出版社出版"。如有不便，不能加亦无妨，请不要勉强。

年谱前都有一篇引论，可供采择者如下几篇：汤显祖8000字，屠隆5000字，王骥德吕天成7000字，徐复祚5000字，许自昌4000字，另有一篇《牡丹亭解说》16000字，但最后一段可删，则为12500字。其它各篇，您如需要，可依送老年篇章上。只要在1992年第3季度前刊出即可。可以都要，也可以都不要，完全自由。我现在无心考虑发表的问题，正忙于编文集也。

专此顺致

敬礼

朔方 2.14

校　址：杭州市天目山路　　电　话 24006（总机）　　电报挂号 9600

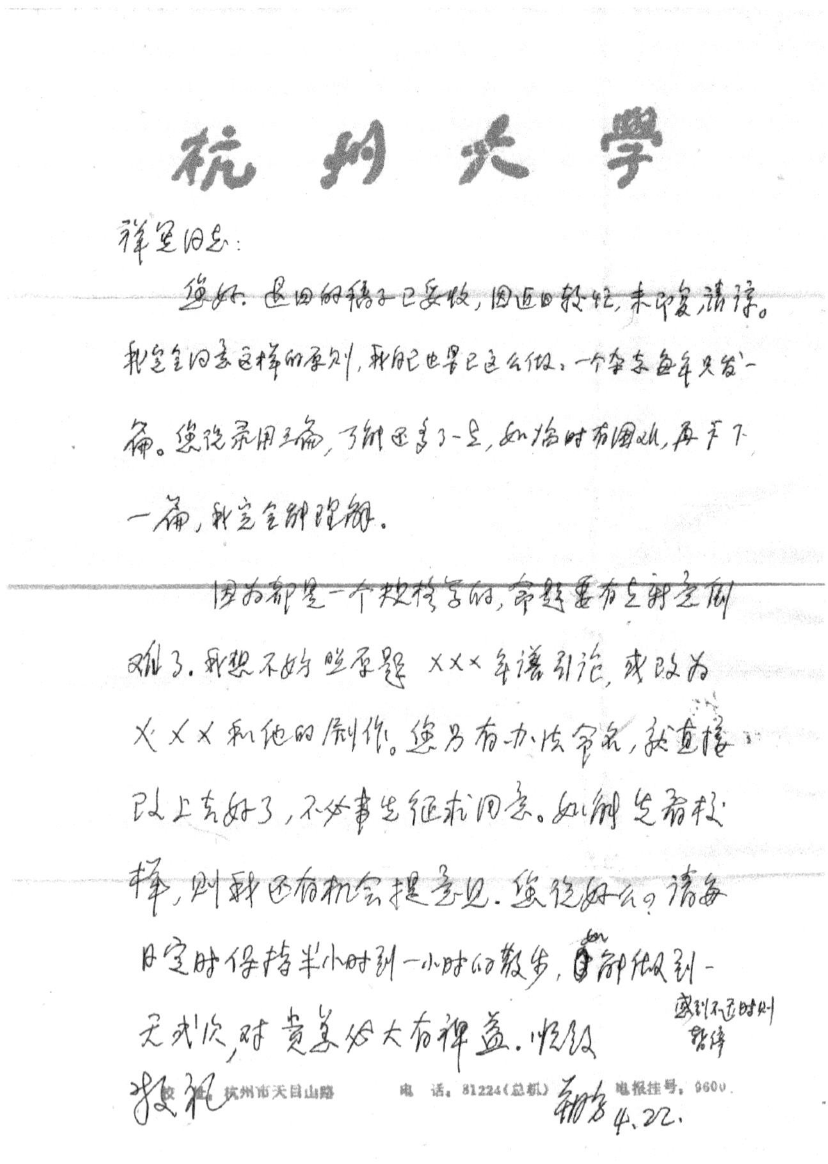

杭州大学

祥垕同志：

您好。退回的稿子已妥收，因近日较忙，未即复，请谅。我完全同意这样的原则，我自己也早已这么做，一个杂志每年只发一篇。您说录用三篇，了解还多了一点，如将来有困难，再挤下一篇，我完全能理解。

因为都是一个校里写的，命题要有点新意倒难了。我想不如照原题 ×××年谱引论，或改为 ×××和他的剧作。您另有办法命名，就直接改上去好了，不必事先征求同意。如能先看校样，则我还有机会提意见。您说好么？请每日定时保持半小时到一小时的散步，如能做到一天两次，对贵体大有裨益。感到不适时则暂停。此致

敬礼

徐朔方 4.22.

校址：杭州市天目山路　电话：81224（总机）　电报挂号：9600

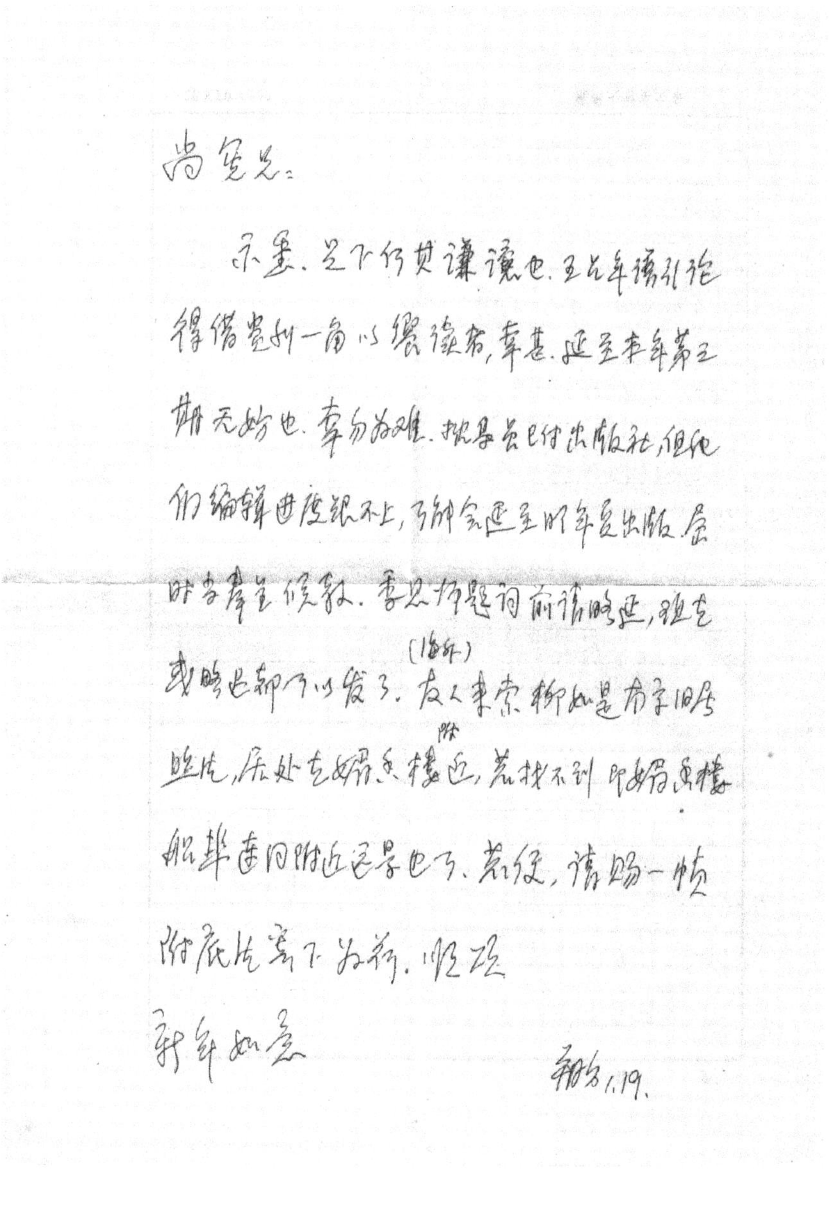

尚贤兄：

示悉。足下何其谦让也。王先生稿引论得借贵刊一角以飨读者，幸甚。延至来年第三期无妨也。幸勿为难。拙著书已付出版社，但他们编辑进度跟不上，可能会延至明年夏出版。届时当奉呈候教。季思师题词前请略延，现在或略迟都可以（海外）发了。友人来索柳如是南京旧居照片，原址在媚香楼附近，若找不到即媚香楼船埠连同附近之景也可。若便，请赐一帧附底片寄下为荷。顺颂

新年如意

[illegible] 1.19.

尚震兄：

手示，承费心摄制媚香楼远近左右之景，太破费了，老脸皮接受殊以为感。拙著可能分五或六厚册，写前封信时似乎明年底未必能出齐，现在看起来似乎明年底可以出齐。他们在三月份内将大部分稿件付印刷厂。当时决定在杭州出版，也是考虑到便于看校样方便，看来这想法还是对的。另有《汤显祖评传》也在春节前交南京大学中国思想家丛书出版社，除尊兄外，可以再送伯老兄一道见谅的是忽忽。徐集则只送尊兄。拙稿如何又提早见刊，盛情不知如何道谢也。

匆祝

近好

朔方 2.29.

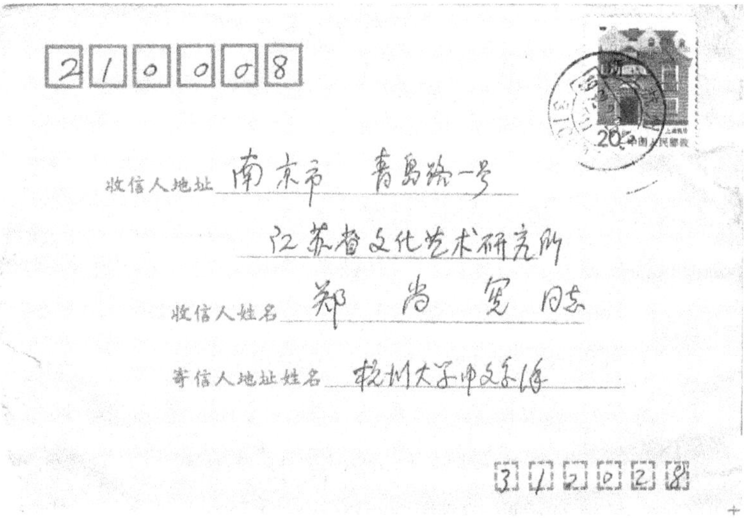
210008
收信人地址 南京市 青岛路一号
江苏省文化艺术研究所
收信人姓名 郑尚宪 同志
寄信人地址姓名 杭州大学中文系徐
312028

《戲曲與俗文學研究》首發式紀要

2016年8月23日，中山大學中國古文獻研究所和社會科學文獻出版社在北京聯合舉辦了“中國俗文學文獻整理與研究研討會”暨《戲曲與俗文學研究》首發式。來自北京及廣州的二十多位學者參加了會議。學者們在商討瞻望中國俗文學研究的未來的同時，對《戲曲與俗文學研究》提出了建議與期待。兹將會議發言整理成文。

黃仕忠（中山大學）：首先，非常感謝諸位的到來。第二，這本刊物得以問世，要感謝社科文獻出版社，感謝謝壽光社長。

我之前並沒有辦刊物的想法。因爲我們中山大學中文系已經有學術期刊《文化遺産》了。而且辦刊物太費心力了。去年見到謝社長，他給我解説了他對推進學術集刊的理念與目標，讓我動了辦刊的念頭。謝社長認爲，應争取與民國學術及海外學術接軌，真正的學術刊物必然是學術界同仁的刊物，而且是真正的專業性刊物。對此，我很是認同。現在我們大學裏所定的“高等級”刊物都是社科院辦的，但現在社科院系統的所有刊物已經歸到社科文獻出版社，由他們統一出版發行，並納入數據庫。他們正在建立一個學術的平臺，有强大的數據庫支持以及社科院的支持。我覺得謝壽光先生深切關注真正的學術，在引領出版行業的同時，也正在改變着學術界的面貌。他們的“皮書”系列，就是一個很好的例子。去年我參加了他們在深圳舉辦的“學術集刊”年會，更多地了解到他們的辦刊理念。這引發了我的辦刊念頭：既然我們現在有這樣的機會和條件，經費也還允許，那麼我們應當按照自己的學術理念，來辦一個我心目中合适的學術刊物。這就是創辦這個刊物的緣由之一。

創辦這個刊物，還與北大和中國俗文學學會有關係。十年前，我第一次參加俗文學學會，陳平原教授是會長，我忝列副會長。對俗文學研究而言，一方面，這是一個國家一級學會，但另一方面，相關的學術活動其實不多。

這與俗文學在當下處於非常尷尬的學術地位有關。在教育部設立的各級學科裏，没有“俗文學”。而没有學科位置，不能進入評價體系，也就不能進入學術的主流，甚至没地方發表研究成果，不知道應該放在哪一學科，如何給予評價，這就大大限制了這一領域的開拓和研究。俗文學本身是一個很寬的概念，我們講戲曲、小説、説唱、歌謡，甚至包括謎語等，都屬於俗文學。它大略可以分爲四塊：戲曲、小説、説唱，還有“其他”。這好像一個大家庭裏，小説、戲曲很强，已經分家而獨立，剩下的，則是生存艱難。

小説、戲曲分離獨立之後，“俗文學”之家中，剩下的不過是説唱、歌謡、笑話、雜曲之類，難以躋身大雅之堂。而且，它們被大量印刷並且傳播，主要是相對晚近的事情，在晚清、民國時候纔最興盛，纔有大量的出版物。雖然説唱的發生很早，而且唐代變文繁盛，從這條線下來，還有元明寶卷、明代成化本説唱詞話等偶然被保留了下來，也被納入了“古代文學”。在古代文學學科中，“説唱文學”只能附於“小説”之驥尾，但小説研究界現在只接受部分的説唱作品，而不認同“説唱文學”整體成爲“小説”的一員。我曾對很多位具有影響力的小説研究學者提出，應當擴大“小説”的概念，把説唱納入自己的范疇，但小説研究者的門檻很精，不願給正式的“名額”。另外，我們現在能够看到的曲藝唱本文獻，大部分是晚清出現的，大量地排印出版，其實是在民國年間。而“民國”這個時段，已經屬於“現代文學”學科范圍，這個學科研究的是“新文學”。“新文學”，其實指的是現代作家寫的白話文文學。如此一來，以説唱爲中心的俗文學文獻，古代文學學科不要，現代文學不收，所以處境尷尬。

另外，正因爲這些文獻的出現相對比較晚近，保存下來較多，所以還不够“珍稀”。總量很大，保存却很分散。1925 年，馬廉在爲孔德學校購藏車王府曲本之後，就提到“也不免有人要批評我們，説是‘圖書館不應該有這類的收藏!’”這説明那個年代，在大家的概念中，一個規範的圖書館怎麽能放那些東西！即使到 20 世紀 50 年代之後，不少圖書館雖然也有一些這類的藏品，但因爲大多是薄册小本，難以分類編目，往往是壘成一堆，塞到角落裏面，無人關注。儘管現在我們意識到它們是寶貝，却仍然不知道家底，不知道到底有多少東西留存下來，有多少版本。而這一塊，對我們未來的學術或者説這個時段的文化學術研究，却是非常非常重要的。

我覺得俗文學的研究，有好多基本的問題都没有解决。這點我們可以從馬廉先生説起。車王府藏曲本，是馬廉買的，現在它的主體在北大，大都是鈔本。馬廉在爲顧頡剛編的目録的識語中説得很清楚，這是他在購買“蒙古車王府大宗小説詞曲”時，附帶得來的。這些鈔本曲本，還是在劉半農的認可下，纔買下的（劉復《中國俗曲總目稿・序》）。作爲小説、戲曲研究者，那時候在馬廉他們的觀念裏已經將小説戲曲作爲文學的一部分進行研究。然而他們研究的主要是文人創作的劇本、通俗小説、文言小説以及彈詞，並且大都是刻本，至於民間的鈔本唱本，則還未受到重視。所以，我們現在面對的是當年剛剛開始關注俗文學的那班學者也都看不起的一些東西。基於歷史的責任，這些東西需要我們去做，去整理，去編成目録，方便後人研究。

2000 年，我開始編校《子弟書全集》時，想着子弟書大約有四五百萬字，我個人花上五年十年，應當可以完成。更重要的是當時没人來做這個領域的工作。我認爲子弟書、岔曲、碼頭調，這些北京的俗曲，都應該有人來做。後來，我讓我的學生一起合作來做。2004、2005 年以後，慢慢地已經有年輕學者開始進入這個領域，説明大家也都意識到這一點。但是，基礎的工作，做得還不够。我們已經在做搶救性工作了。我們編子弟書，可以説是在全世界范圍内，把所有能看到的文本都找出來了。我們新發現了數十种新的子弟書。但是，傅惜華先生在五十年代著録過的文本，有許多我們已經找不到了。例如，民國初年天津的一個子弟書愛好者收藏了 300 多種子弟書，後來散出，有 100 多種曾爲馬彦祥先生收藏，其中有三十幾種是孤本。馬先生在 80 年代末去世，但是他曾經收藏的 200 多種子弟書，却不知下落。子弟書是如此，其他的也可以想見。

我們隨後着手調查廣東的木魚書，也是本着這樣的想法。這些廣東的俗曲，如果我們中大人也不來做，可能真的没人做了。我認爲這是我們的責任。所以，我安排了學生分頭做潮州歌册、木魚書、龍舟歌、粵劇，以及閩臺歌仔册。十年前，我參與了《廣州大典》工程，主持其中“曲類”的編集，借助政府的支持，我們不僅彙集了廣東地區的文獻，而且在全世界范圍内征集文獻，然後分類編目，選擇善本，影印出版。這項工作，經過十餘年的努力，今年底基本上可以完成。這是合作，也是“借力”。因爲完全靠學者個人的力量，是不可能實現的。

從王國維先生編《曲録》開始，到後面傅惜華先生所做的《總録》，其實就是在做基本的目録編集。20 世紀 50 年代，鄭振鐸先生主持把一些重要的曲本文獻影印出來。調查、編目，把重要的文獻整理、影印出版，使得一般人都可以看，大概是我們俗文學的學科應該做的最基礎的工作，之後，我們纔能進入内容、體裁的分析比較研究、文化的研究。我也希望通過我們的努力，讓這些東西進入學術主流，讓更多的年輕人有更多的機會來參與，這個領域的面貌纔會改變。

現在的學術理念需要進行交叉學科的研究。搞文學的不能僅僅做文本或案頭的研究，因爲它涉及整個生態，尤其是通俗文學，一定是要和民俗學、社會學等結合起來，所以我們總的想法也就説，因爲有俗文學學會，我們是不是可以辦一個中國俗文學研究的刊物。此前陳平原先生也主持出過兩期，但基本上是發表過的文章。我想，那樣的工作應該由學會來做，那我呢？就做我們中山大學能做的，起碼能爲俗文學研究提供陣地。但是中大畢竟是戲曲爲主，而我們的學生大部分也做這個，這樣稿子也比較容易整。所以前面就加了一個戲曲，因爲戲曲本來是從屬於後面“俗文學”的，所以現在由小的來帶大的，題目就以戲曲引起。

我們這個刊物採用繁體字，採用繁體字的原因是著録的需要。我們的刊物，内容上除了專題研究外，可能增加大量的文獻新發現、文獻考證，包括某種俗文學的新編目録，某個地方有相關的收藏。你編個目録，我們可以讓你來發表。如果用簡體字的話，著録就會不大準確。所以我們徵稿要求用繁體字，照原來的樣子著録。因爲著録和整理不一樣。著録需要按原樣，無論原本是繁體字，還是俗寫的簡體字，它該怎麼樣就怎麼樣。

我們這裏刊發的文章也許没有特别偉大的發現，但是能提供很多的資料，讓一些優秀的學者來採納，那麼我們的工作也就有了意義。希望我們借這樣一個同仁刊物，共同來做這樣的工作。所以謝謝社科文獻出版社給我們這個機會，讓這個刊物出來。現在定爲每年兩期。它的目標，首先是站在我們自己的立場，符合學術的，或者按照我們認爲的學術的準則選稿子、編稿子、寫稿子。我們選擇社科文獻出版社出版，除了有歷史的淵源，更重要的是他們的實力，如創建數據庫、郵發系統，等等。這樣可以讓我們的刊物借他們的大船，去出海，能發生它的影響，也希望更多的學界能看到它。我做這個刊物的來龍去脈基本就是這樣。

卜鍵（國家清史編纂委員會）：我跟仕忠是 1986 年 10 月在山西召开的第二届全國古代戲曲學術研討會上認識的，當時我們剛剛碩士畢業，仕忠等幾位繼續讀博，我與陸林等進入工作崗位。記得與會的有《文學遺産》呂薇芬老師，對我等後生頗多關心。應該説，當時是《文學遺産》引領着我們這一代人。所以，有一個好的學術刊物，便能引領研究路徑，識別和選載優秀的論文，帶出一批學者來。怎樣去尋找一個刊物與學者的契合點？或應學習民國時候的一些同仁刊物，那時候主編與作者關係親切，溝通順暢，惺惺相惜，主要以文章質量評判。仕忠今天來主持這個刊物，希望能辦成一個真正重視學術的同仁刊物。乾隆帝曾説過一句話："民風多隨乎士習，士習刻見於文章。"知識分子的作爲，會影響一代風氣的。辦好這樣一個刊物，在今天尤爲重要和急迫，這是一件有益於社會的事，當然也會是很開心的事，相信仕忠會成功。第二，感謝給予很多學術期刊以支持，也慷慨支持仕忠這本新刊物的社科文獻出版社。一個出版社，能够在出書的過程中，不完全視作一個生意行爲，能够在你讀書、訪書、編書、出版書的時候，出來支持資助，並且能够建立起相互間的信任依賴，是很了不起的。我們都吃過找書看書的苦，知道寫篇文章，發現點有價值的東西不容易。在中國文學史上，俗文學有其獨特的社會價值、文化價值、學術價值，是一個特别值得開拓和深耕細作的領域。仕忠已經在這個領域取得了很好的成績，編一本以此爲主題的學術期刊，真的非常適合，謹給以滿滿的期待。

秦華生（梅蘭芳紀念館）：這個刊物定的這個題目有創意，又符合藝術史的實際。戲曲和劇種脱胎於曲藝説唱。戲曲與俗文學的關係，首先是跟地方的説唱文學有緊密的關係。昨天我拿到這本書感到非常興奮，裏面的好文章非常多。這樣一本好的刊物，如果能堅持十年，每年兩期就有二十本，對於學界是很有價值的。

下面我對刊物提個建議，就是要加强對少數民族劇種曲種的重視。希望能在刊物中開個專欄或者約些文章。少數民族的曲種據我統計有一百九十多個，劇種有三十三個。這裏面還是有大量待發掘整理的戲曲文獻的。比如藏戲，有六大支派，裏面的東西很多。像《格薩爾王傳》，是説唱的曲本，青海市社科院就有一個格薩爾研究室，這裏面就有可挖掘的東西。總之，對《戲曲與俗文學研究》的創刊表示祝賀。

廖可斌（北京大學）：近代以來，受西方文學觀念的影響，中國人的文學觀念發生了很大轉變，俗文學研究也登上了大雅之堂。從歌謡運動算起，從 1918 年一直延續到三十年代，曾有一個研究的高潮。可惜因爲抗日戰爭的緣故，救亡壓倒啓蒙，俗文學研究也便暫時停歇了。到了五十年代，“大躍進”前後，俗文學研究又迎來一個高潮。然後就是八十和九十年代，隨着大傳統、小傳統等概念的引進，俗文學研究迎來了第三次高潮。

近代以來，雖然我們受西方文學觀念的影響，開始關注戲曲小説，但真正重視的還是其中已經在很大程度上經典化了的那部分，像《三國演義》《水滸傳》等。而對真正通俗、最通俗的部分仍然重視不够。造成這一現象的主要原因，我認爲是搜集整理第一手的資料很費功夫。因爲經典的戲曲小説，已經有很多現成的東西在那裏，但若要研究子弟書、彈詞、地方小戲，則必須自己去挖第一手資料，很多人不願意去做這樣的工作。這個工作是需要沉進去扎實做的，又有幾個人能做到呢？我認爲現在對俗文學研究重視不够，首先固然與觀念不到位有關，但更主要的原因還是大家不願下功夫。

所以我認爲，黄仕忠先生現在大力從事通俗文學文獻的調查整理，非常有意義。他以“戲曲與俗文學研究”爲題目辦刊物，思路也很合理。這既考慮到中山大學戲曲研究和俗文學研究的傳統和優勢，也考慮到戲曲與俗文學的關係。戲曲總體上屬於俗文學，但如前面所説，有些戲曲已經經典化，已不太像俗文學，所以俗文學也不能包含所有的戲曲。另外，刊物以此爲名，還含有既要繼續重視原有的戲曲小説研究，也要開拓俗文學研究的新領域之意。兩方面兼顧，並行不悖，這個思路比較合理。當然，對於子弟書、彈詞等俗文學，現在更緊迫的工作還是文獻的搜集整理，因爲文獻是研究的基礎，過去這方面做得還很不够，這類文獻很分散，也不便於使用，而且現在這類文獻正在大量遺失，必須抓緊搜集整理。

我對黄仕忠教授做出的這個學術判斷與學術選擇表示讚同和敬佩。此外，社科文獻出版社支持以集刊的形式出版學術刊物，把這當做一個學術事業來做，可以説具有超前的眼光。我認爲學術刊物走向專門化纔是正途，學術刊物專題化、集刊化，是符合學術發展方向的。

黄仕忠：正如廖老師所説，我們辦集刊，完全按照做學問的方向走，扎扎實實地做，其學術含量也終會得到承認。比如《民國研究》，現在已經是該領域的重要刊物，並被學術評估體系所承認，從中也能看到這些刊物持續多年爲學術做的貢獻。從這個角度來看，我們只能説是邁出了第一步，還要繼續努力。希望踏踏實實地做十年二十年，爲學術做出一些貢獻。

朱萬曙（中國人民大學）：一個專業刊物，會帶來學術觀念的變化，所以頂級的學術刊物應該有引領學術的擔當。刊物的作用，難道只是把不同領域的文章歸攏在一起嗎？刊物，應該發揮學術陣地的作用。以《戲曲與俗文學研究》爲例，什麽是俗文學？俗文學還包括哪些形態？當然子弟書、寶卷，有大批文獻，有了固定而完整的形態，是俗文學没錯，但像順口溜、楹聯這些，能够體現民間的生活觀念的形態，算不算俗文學？毫無疑問，我們第一期的刊物可謂文獻扎實、信息豐富，但諸如此類俗文學的邊界問題涉及學術觀念，應該在刊物中有所探討，這樣纔能促使這個領域的學者去思考。

現在社科文獻出版社，在進行一條刊物改革之路。《文學遺産》《文學評論》之所以權威，不僅僅因爲它是社科院辦的，而且有歷史的積累，並且辦得很認真，認真對待學術，也自然是權威。但我們現在的學術也不能僅限於權威刊物。在已有的刊物之外，由學者主辦的學術集刊，則開闢了新的道路。希望貴刊越辦越好。下面我提幾個建議：

第一，除了發表質量優秀的個體文章以外，建議在刊物中設計話題。建議設計些有意義的能够推動相關研究，或有利於我們轉换觀念的話題，可以提高關注度，並真正起到引領學術的作用。第二，作者隊伍要擴大。第三，刊物中要增加英文摘要，甚至英文摘要需要比中文摘要更詳細，利於國外學者關注。還有，對我而言，很喜歡閲讀學術綜述。因爲它比單篇論文討論的問題更多，能够給讀者帶來更多信息。戲曲與俗文學的相關研究，已經發展了很多年，相對集中的問題很多很多，建議每期能登刊一篇關於某一個問題的研究綜述，增加刊物的信息量。

黄仕忠：感謝朱老師的建議，非常具有實際操作性。第一，所以如朱老師所説，俗文學裏面有很多東西需要討論，以後我們計劃一下，更集中地討論問題。第二，對於俗文學的定義可以有兩種處理方式：一種是我們先定一個標準，先説俗文學是什麽，再做相應的研究；還有一種是先有具體的文章，比如如果能將謎語、順口溜的文學性説清楚，那它自然就歸於俗文學了。“文革”中有句口號，叫做“不破不立”，而我以爲先要“立”，則“破”亦在其中。第三，英文摘要不應該變成中文的翻譯，應該按照英文的表述來寫摘要。這次因爲時間有限，以後我們會予以完善。

李玫（中國社會科學院文學研究所）：這個刊物有兩個特點，也正是這兩個特點顯示其重要性所在。第一個是這個刊物的出現，多了一個比一般的戲曲研究刊物内容更寬的陣地，因而是做這方面研究的學者的福音。第二個特點是以文獻爲主的定位。通常，純文獻考證類的文章難以發表。現在發現的、被注意到的新文獻較多，需要這樣的陣地來發表。並且關於具體文獻、具體考證的文章也非常重要，因爲是其他研究較爲宏觀問題的文章的基礎，是最基本的工作。從這個角度來看，《戲曲與俗文學研究》的創刊是很重要的。此外，對於俗文學的概念已經討論良久，需要對其進行進一步討論界定。像俗文學、民間文學、説唱文學等概念之間也有所交叉。因此希望這種宏觀的概念問題能够在期刊中加以討論。

黄仕忠：我們這個刊物採用的是伊維德先生對俗文學的定義，簡單來説，就是與“雅文學”相對的那部分。例如小説裏的文言小説就不能算作俗文學，而白話小説則歸爲俗文學範疇。借這個刊物，我們一定會對這些問題加以討論。有討論就有進步，共同推進學科的發展。

陳均（北京大學）：俗文學有一個概念的變化，最早民國時候，俗文學包括的內容是很廣泛的。但是後來由於戲曲小説地位上升，能够和西方的文類對應，能够相對獨立，反而導致俗文學的概念窄化了。看到這本刊物的名字，叫作《戲曲與俗文學研究》，説明是在比較窄的意義上來使用的。這是它概念的變化。現在比較狹窄意義上的俗文學所包含的類型，可能相當於西方文學裏面的亞類型。

另外，俗文學其實還在發展，還有一些當代的俗文學文本，比如説我聽到一坊間傳聞，日本的東洋文庫收購中國的《故事會》，所以像《故事會》《知音》至少也是八十年代俗文學很重要的樣本。《故事會》《知音》是歸入文獻研究還是文化研究的範疇，這是一個問題，而且我們還在進一步發展，比如網絡文學，也是俗文學的陣地。還有前段時間看到關於農村的調查，農村 APP 上顯示出的樣態，比如説曲藝，它也是在網絡媒體上顯示出的俗文學。這樣的話，俗文學的概念一方面在窄化，一方面又在發展擴充。這些都是可以去應對的問題。這有點類似於書法史上的民間書法，歷史上的民間書法，有的已經進入到經典行列了。但是我們當代書法裏面的民間書法，我們處理的方式也是不一樣的，而且也有一個變化，比方説變成了印刷的書法，而不是書寫的（作品）。這是我一些小小的想法。

黄仕忠：這些問題都非常好，其實廣州就是在邊緣，在外面。一方面我希望立一個榜樣，就是我們認認真真做，給大家看到集中的那些。我們老老實實做就可以了。其實一個刊物不可能什麼都做到，不可能發一篇大文章來告訴別人應該怎麼做。只要你做出來，無論是哪一塊的，只要證明它符合俗文學范疇，那麼“俗文學”的内容可以得到拓寬。只要做好了，我們的刊物就給發表。其實是學者在做什麼，做出了什麼，我提供平臺來發表。但是我相信這一個刊物，我們一幫人認真地去做了以後，一定發生它的影響，只是這有個過程。

戴雲（中國藝術研究院）：民國時期的學術大家開創了俗文學研究。胡適、鄭振鐸、顧頡剛、馬廉、傅芸子、傅惜華、趙景深，等等，他們都是俗文學研究的開創人。比如，傅芸子、傅惜華兄弟，他們在北方，在《華北日報》開了一個俗文學研究的專刊，而南方的趙景深先生則在《中央日報》辦了俗文學研究專刊，又在上海某報開了一個通俗文學專刊，當時吸引了一大批學者爲其撰稿，比如年輕的吴曉鈴先生、關德棟先生等都曾爲俗文學專刊撰稿。雖然專刊辦的時間不是很長，每篇的篇幅也不長，但是這些文章以文獻爲基礎，都是言之有物的。新中國成立以後，對俗文學的研究雖然没有停止，但局限在編目方面，比如，胡士瑩先生編有《彈詞寶卷書目》，傅惜華先生編有《子弟書總目》，譚正璧先生編有《彈詞叙録》，至於深入研究俗文學的相對比較少。這與當時的意識形態有關，因爲俗文學裏面涉及比如愛情、比如封建迷信，這在當時是禁區，所以對俗文學的具體研究非常少。到了1958年“大躍進”時期，郭沫若、周揚編有《紅旗歌謡》，這也算是俗文學的珍貴文獻。改革開放以後，情況有所改觀。

大陸受到港澳台學者的影響，越來越多地關注俗文學研究這一塊。但相對來講，爲俗文學研究提供的陣地特别少。現在黄老師創辦了這樣的刊物，適應了時代的潮流，也爲更多的研究者提供了俗文學研究的平臺。這本書除了戲曲以外，還收了木魚書、潮州歌册等一系列研究論文，都是廣東地區的曲藝形式。黄教授爲首的學術團隊創辦了這樣的刊物，我認爲非常好，爲俗文學研究的學者提供了平臺。我相信在黄教授的引領下，這本書能越辦越好。

吴真（中國人民大學）：這本刊物，無論是在戲曲研究、俗文學研究還是文獻學方面，都是具有前沿和引領的風向標意義，前面的幾位前輩都講得很透徹，我想我不可能更好地總結和讚美。下面想談談對於刊物編輯方面的自己一些不成熟的看法。

我感覺日本和歐美方面比較注重文獻的綜述。日本的幾個集刊，每年都會有一期，把這個領域的論文做一個目録，幾年做下來，就變成這個集刊最大的亮點，像《東方宗教》《中國研究集刊》之類的，一般拿起集刊，大家都會先看後面年度論文的綜述。我想黄老師是不是可以考慮先從俗文學的年度目録做起，而且把它分成更細的研究方向，讓每個學生根據他擅長的研究方向去做。而且目録的話，像日本學會刊物一般會區分日本國内和海外的研究目録，我想黄老師帶領着這樣有國際視野的團隊，做到日文和英文的年度文獻綜述，至少是英文的目録，應該是没有問題的。

剛纔朱老師、黄老師也提到了專業書評的創立，這也彌補了一般學術期刊存在的問題，它們因爲評價體系而不會刊發專業的書評。我們可以参考台灣的《漢學研究》或《史語所集刊》之類的。一本學術期刊對當下有代表性的學術著作進行前瞻性的學術綜述和評論，恰恰就是它的亮点，可以找這個研究方向的專業學者撰寫書評。我很期待黄老師的《戲曲與俗文學研究》能够做到像西方 BOOK REVIEW 這樣的學術書評的寫作和刊發。我覺得這是很鼓舞人，也是特别有前程的事業。

裴喆（中國戲曲學院）：這樣一個以實證爲主的刊物，對於我們這些喜歡小問題、實證研究的人來説是一個福音。戲曲史研究在目前不大可能有大的突破和進展，能做的就是穩步前進。小的進步，很大程度上還是依靠文獻的研究、文獻實證方面的成果，所以出現這樣的刊物是一件好事。

在座的大部分都是中文系出身，所以無形當中就把我們放到文學研究的立場上，包括俗文學也是按文學的路數去研究。我在藝術院校工作，想到的是所謂俗文學，其實首先是藝術。有些東西可能藝術的成分更多一點，可能不能放到文學裏面去。對於這樣一個刊物，怎麼樣來定一個範圍，哪些東西可以放到裏頭，哪些東西不能放到裏頭，或者我們將來要把一些藝術的、現代的以及更晚的、到目前還活着的那些俗文學，是不是也要收進去，還是單獨從文獻的角度出發？黄老師將來可能要劃一個大致的範圍。

黄仕忠：其實我在想，我現在做的是變成文字的東西。這是我個人的原因，我做的是古籍整理研究，其實也做的是文獻。文獻的概念，就是已經被寫下來的，是寫下來後我們可查的，有檔案也好，目録也好，裏面收了幾件，等等，那我們就好説。但是活態的，這不是我們能做的，那個是另一個概念，更寬泛的，也是無底的。

谷曙光（中國人民大學）：我個人認爲要辦好一個集刊或者説刊物，不外乎兩點：一個是堅持，一個是特色。其實以書代刊在新時期以來特別多，我覺得真是做個三期、五期、十期，然後時間越長，價值就能體現出來。要做出特色，比如説有一些專題，就像朱萬曙老師講的能起到引領的作用。譬如説咱們可以發一些長文章，別的地方發不了的，三萬字甚至更長的文章，有特點的。在十幾年前，胡忌先生曾經編過一部刊物叫《戲史辨》，出了四本，也是以書代刊。這四本書非常好，後來可能因爲年紀比較大了，可能有其他的原因，他們没有編下去。我覺得這套書的價值就凸顯出來了，我們的《戲曲與俗文學研究》能够辦出那樣的特色，就立住了，以後就會有地位。我非常期待我們這個刊物在歷史上有一席之地。

張劍（中國社會科學院文學研究所《文學遺産》編輯部）：我覺得既然是以書代刊，介乎書籍和刊物之間，在内容上我們的專家、學者已有自己的思考，那麽能不能在形式上，例如開本上我們也體現出以書代刊的一些特色，比如像《中國詩學》《中國詩歌研究》那樣的小 16 開本是否可以考慮。這樣的話，别人從外觀上一看就不像書而像刊物，時間長了會形成自己的特色標識。

第二點，具體到黄老師做這本書的思路，剛纔黄老師有句話，我是比較感動的："立，破亦在其中。"我是特别讚同這句話。過去我們老想着要出大的思想，要有破，有創造性，但另一種説法是偉大的思想家、哲學家五百年纔出來一個，你想破，想有大的思想，實際上不那麽容易。學術研究不能急於求成，要像下圍棋一樣，要造勢，勢好了，慢慢地，領域就有了，空間就有了。我們現在重要的還是要"立"，要一步一個脚印地打好基礎，在累積的過程中慢慢出思想，出創造，你的優勢、你的特點也都會體現出來。

從辦刊物的角度，我再談幾點。首先，剛開始看這本書的題目，我覺得怪怪的，但是看了發刊詞，我理解了。從邏輯上來講，這個題目稍微有點問題，但是發刊詞裏面講，它是以戲曲爲首的，或者説是以之爲中心的俗文學研究。這樣，題目稍微讓人不解一點兒，有時候反而起到吸引人的效果，也不是壞事。另外，要堅持自己的特色。《文學遺産》在這方面是怎麽做的呢？歷任主編可能都有自己不同的辦刊理念，但是總體上，我自己感覺，不管主編怎麽變，《文學遺産》作爲古典文學的綜合刊物，一直都堅持兼容並包，不像有的刊物只發某類風格的稿子。但是一個刊物如果不講原則、没有理念地兼容并包，也會變成一鍋東北亂炖，反而没有自己的特色。所以這個問題要辯證對待。這幾年我們也加强了選題策劃，并注意將同一專題的論文放在一起發表。黄老師的這本書希望也能够有自己的特色，同時可以考慮選題的專門化，如某一輯可不可以專發謎語或説唱這樣帶有專題性質的論文呢？

還有，要慢慢形成穩定的作者隊伍，要有自己的核心作者。就像《文學遺産》一樣，一定要有一線作者、二線作者、三線作者，慢慢地再培養一些新生代的力量，這樣纔能讓一個刊物，不管是以書代刊還是真正的期刊，長期發展下來。此外，還有時間段的問題，這本書的用稿範圍是否以古代爲主？從現在看，《戲曲與俗文學研究》好像並没有設置一個時間段。最後談一點我自己對這本書未來的判斷。我是很樂觀的，這本刊物的空間非常廣闊，和你競争的刊物基本上是没有的，假如能集中做，保證自己的核心作者，保證自己一定的特色，我覺得三到五年就立起來了。因爲有很多我們是發不了的，一般刊物也不會發的，但是在你這裏面能够看到，這就是優勢所在。

黄仕忠：關於研究對象，我們心裏有時間段，目前的下限大概在20世紀50年代。我想我們可以出了三、四期，四、五期之後，再來總結。當然，如剛剛張老師講的，其實學者集中開會，就會有一批文章。在座的幾位，就和《子弟書全集》的編集有關，有你們幾位在，我們起碼可以組織一次以“子弟書”爲主題的稿子。雖然不一定説整集都是這樣，也許五六篇，它的概念和意義就不一樣。我覺得這是我們刊物的優勢。

回頭來講，幾位先生、幾位女士們其實也都談道，這個領域是諸多前輩開創的。我原先是做古代戲曲的，往下走，就做到了説唱，總覺得該有哪位前輩，來引領我們，比方説編目啊整理啊，但一直没有看到。既然没有，那就我們自己來做。現在我自己也到這個年齡了，一轉眼也成了“前輩”，回頭一看，好像也應該由我們主動來做了。我很多次跟學生講，這是我們這一代的責任。到了我這個年齡，成了學術傳承中必須承前啓後的中堅，走在前沿，而學術的發展，學科的建設，也要求你做出更多貢獻，奠定未來的發展方向。所以，我們長期從事戲曲、古代文學有關的研究，我們對於學術未來的發展，這個領域怎麼推進，應該有我們自己的意見，通過我們的工作來體現。

一百多年前，戲曲研究没人做，所以王國維站出來了。他通過五六年的努力，做出來了。那麼他怎麼做的？先編目，然後研究戲曲有關的。所以先後有《曲録》《古劇脚色考》《唐宋大曲考》《曲調源流表》《優語録》《戲曲考原》，等等，最後纔有《宋元戲曲史》。這是對於學術研究過程的一次很好的示範。我現在和學生用的就是王國維的方式。我們當時做《子弟書全集》也是這樣，先調查到底有多少文獻，調查完了，編一個目録，整理文獻，編纂全集，全集的編校需要細緻的閱讀與校勘，做完了以後，新的完備的目録也就出來了。之後纔是系統的研究，或者專門的研討。我們現在所做的每一個領域的工作，也都是這樣。例如我做日藏戲曲文獻，就是先全面調查，編選孤本稀見之本影印、解題，之後纔有全面深入的研究性著作。可以説，這不是我的發明，王國維就是這樣做的。或者説，所有這類領域的開拓研究，都應該這樣做。

我們辦這個刊物，在一些不被關注的領域，現在開始播种扎根。而真正的希望，是寄托在年輕的各位身上。希望你們的支持，也希望你們對文獻、對實證感興趣，願意從具體的問題入手，見微知著，從小的地方能够看到大的問題。我反復和我的學生講，我們不能單純只做文獻，後面一定要有自己的學術理念，對戲劇史、文學史有一套想法，再去做文獻，會不一樣。

總之，謝謝大家來參加我們的首發式，更重要的是讓這個刊物跟大家見面，請大家多多提意見，多多支持。現在辦一個刊物，找一點錢來出版，這不難。難的是有一幫同道來支持，有好的稿子。我希望我們的刊物，也許不是從很大的意義上去引領。但我們提倡一種學術理念，一種學術的途徑。雖然我們提供的文獻，從更深入的層面講，也許没研究透，但是我們提供的資料都放在這裏，讓更有能力的人容易看到，并且繼續深入研究下去。所以，學術研究不僅是提供自己的研究結論，也提供原始材料，把初級的原料給别人，讓學術作爲“公器”，供大家使用。所以我現在想，我要有個補充，因爲現在做研究寫論文，很多珍貴的材料，只取了一些内容放到文章裏，很多都浪費了。如果把您研究時搜集的資料都歸類整理，作爲文獻資料彙編刊發在這裏，將來做這個研究的學者就方便了。這也可能成爲我們刊物的一個特色。當然，我們的特色究竟會怎麽樣，需要大家一起來做。我們做幾期以後，也許會慢慢清楚，慢慢構成真正的特色。今天很多的學者給我們提出很好的意見和建議，以及具體的支持，從這裏面，讓我們看到了未來的方向。謝謝大家。

（陳妙丹、孫笛廬、馮小芯整理，並經過發言者本人審閱）

後記

編完本期文字，終於可以鬆一口氣了。

諸位作者，爲讀者奉獻了厚重的論文。如田仲一成先生通過對日刊《佛説目連救母經》刊印情况的考察，研討從佛教盂蘭節法會所用的宋代文本《目連救母經》演變爲明代《目連寶卷》，再更變爲清代閩北《目連戲》的過程，進而闡明中國祭祀戲劇的發展史。華瑋教授通過明末朱墨刊本《南柯記》的探討，指出其“有湯亦有臧”，原著與改訂合併呈現，這種獨特的刊本形式與内容，有助於瞭解湯氏劇作之傳播、接受及出版情况。趙興勤先生致力於方志文獻中戲曲有關史料的爬羅梳理，翻檢了數千種文獻，復加稽考，有一系列成果陸續問世，本次所刊爲其新著的前言，四万餘字的篇幅，詳細介紹了他的創獲，僅新見的清人劇目就有數十種。林鶴宜教授長期關注台灣歌仔戲“做活戲”，在多年的田野考察過程中，收羅了大批知見劇目，爲之編纂目録，讓諸多劇目借此存世，爲學者未來的研究，奠定基礎。這種視野、意識和學術擔當，也正是我們當今時代所缺乏的。

甚爲難得的是，本輯有諸多新文獻的發現介紹。明顧思義所撰《餘慈相會》雜劇，係譚正璧先生所藏；但譚藏本今已晦而不見，我曾多方詢及師友及譚先生的後人，均告不知下落。幸而中華書局程毅中先生曾獲一複印本，珍藏至今，並慨然付托吴書蔭先生整理，纔使這部明人雜劇重見天日。今刊於此，可使永世不墜。還有一份海外文獻，也彌足珍貴：莊士敦在 1921 年出版的《中國戲劇》。很少人知道這位末代皇帝溥儀的英國人老師，居然還有這樣一部戲劇史著作。莊士敦借助在京大量的觀劇機會，從西方人的視野，用文化人類學的方法，審視解釋中國戲曲，頗令人耳目一新。余上沅即稱“這本書確是一本好書”。

本期文章仍以戲曲研究居多。但王馗研究員對《打燈科》的科儀形態的研討，李芳博士對緑棠吟館所選子弟書情况的考索，頗多勝義，也展示了拓展俗文學研究領域的努力。

今年是譚正璧先生（1901－1991）誕辰115周年，王季思先生（1906－1996）誕辰110周年，本刊印刷出版之時，也是徐朔方先生（1923－2007）離世的第十個年頭，這裏刊發薛瑞兆、鄭尚憲的紀念文章，摘發譚先生介紹《餘慈相會》雜劇的一篇舊作，也借此表達我們對三位學者的敬意。

本期論文題材廣泛，内容豐富，作者也各具代表性。諸位年輕學者的文章，體現了良好的專業訓練和寬廣的學術視野，這也讓我們對本刊的未來，充滿信心。

徵稿啓事

本刊以中國戲曲及俗文學爲研究對象，歡迎投稿。文章字數不限。

一、文稿包括三部分：本文、中文提要及關鍵詞。請提供繁體字文本，正文用五號字。

二、請使用新式標點。引號用“ ”，書名、報刊名用《》，論文名及篇名亦用《》。書名與篇（章、卷）名連用時，用間隔號表示分界，例如：《漢書·藝文志》。注釋用脚注①、②、③，每頁獨立編號。

三、引用文獻，請依下列格式：

1. 傅惜華：《明代傳奇全目》，人民文學出版社，1959，第60頁。

2. 吴書蔭：《明代戲曲文學史料概述》，《文獻》2004年第1期，第132～155頁。

3. 徐朔方：《臧懋循年譜》，載《古籍整理與研究》第四期，中華書局，1989，第185～208頁。

4. 劉曉明：《雜劇形成史》，中山大學博士學位論文，2003，第65頁。

5. （明）祁彪佳：《遠山堂曲品》，《續修四庫全書》第1758册影印國家圖書館藏明鈔本，第127頁。

6. 陳與郊：《櫻桃夢》，明萬曆四十四年刻本，卷上第四葉下。

四、作者介紹格式如下：

郭英德，男，1954年出生，福建晋江人。文學博士。現爲北京師范大學文學院教授。著有《明清傳奇綜録》等。

五、來稿請寄：廣東省廣州市海珠區新港西路135號中山大學中國古文獻研究所，郵編510275。電子郵件投稿信箱：hsshsz@mail.sysu.edu.cn；zsuhsz@tom.com。

圖書在版編目(CIP)數據

戲曲與俗文學研究. 第二輯 / 黃仕忠編. -- 北京 : 社會科學文獻出版社, 2016.12（2017.10 重印）
ISBN 978-7-5201-0295-7

Ⅰ. ①戲… Ⅱ. ①黃… Ⅲ. ①古代戲曲－古典文學研究－中國②通俗文學－古典文學研究－中國 Ⅳ. ①I207.37②I206.2

中國版本圖書館 CIP 數據核字(2016)第 323872 號

戲曲與俗文學研究（第二輯）

編　　者 / 黃仕忠

出 版 人 / 謝壽光
項目統籌 / 宋月華　李建廷
責任編輯 / 李建廷

出　　版 / 社會科學文獻出版社 · 人文分社（010）59367215
地址：北京市北三環中路甲 29 號院華龍大廈　郵編：100029
網址：www.ssap.com.cn
發　　行 / 市場營銷中心（010）59367081　59367018
印　　裝 / 北京京華虎彩印刷有限公司

規　　格 / 開 本：787mm × 1092mm　1/16
印 張：21.5　字 數：363 千字
版　　次 / 2016 年 12 月第 1 版　2017 年 10 月第 2 次印刷
書　　號 / ISBN 978-7-5201-0295-7
定　　價 / 89.00 圓